아름다움 그것은 상처

아름다움 그것은 상처

초판 1쇄 펴낸날	2017년 12월 18일
개정판 1쇄 펴낸날	2019년 7월 22일

지은이	에카 쿠르니아완
옮긴이	박소현
펴낸이	박재영
디자인	당나귀점프
제작	제이오

펴낸곳	도서출판 오월의봄
주소	경기도 파주시 회동길 363-15 201호
등록	제406-2010-000111호
전화	070-7704-5809
팩스	0505-300-0518

이메일	maybook05@naver.com
트위터	@oohbom
블로그	blog.naver.com/maybook05
페이스북	facebook.com/maybook05

ISBN	979-11-87373-30-8 03830

Cantik Itu Luka

아름다움 그것은 상처

에카 쿠르니아완 장편소설
박소현 옮김

오월의봄

틈만 나면 밝혀왔듯이 저는 호러 소설과 무협 만화뿐 아니라 로
맨스 소설 심지어 등사판 소설(등사기로 찍은 해적판 포르노 소설)을
읽으며 자랐습니다. 그래서 중고생 시절에는 나중에 소설을 쓴다면
반드시 호러 소설이나 무협 소설을 쓰겠다고 생각했습니다.

물론 2002년 가자마다대학교 철학과를 졸업한 지 얼마 안 되어
첫 소설을 출판할 때는 상황이 꽤 달라져 있었습니다. 그사이 소설을
훨씬 더 많이 읽었을 뿐 아니라 도스토옙스키, 크누트 함순, 허먼 멜
빌 같은 대작가들의 작품을 탐독하는 심각한 독자가 되었으니까요.
그 작품들은 제게 소설과 문학 일반이라는 새로운 우주를 열어주었
습니다. 하지만 그렇다고 해서 호러 소설과 무협 소설에 대한 제 집
착까지 버릴 수는 없었습니다.

그런고로《아름다움 그것은 상처》는 기본적으로 여기저기서 싸
움이 벌어지는 호러 소설의 형태를 한 귀신 또는 귀신들에 관한 이야
기입니다. 그리고《호랑이 남자》는 범죄 이야기와 전설/미신이 뒤섞
인 소설이라고 할 수 있습니다. 두 작품 안에서 인도네시아의 역사,
사회·정치 비판, 인간의 심리 등을 읽을 수도 있겠지만, 그렇다고 귀
신과 초자연적인 존재에 관한 이야기라는 본 바탕을 덮을 수는 없을
것입니다.

저는 언제나 제 자신이 서로 충돌하고 모순되는 요소들로 가득한
세대에 속한다고 생각해왔습니다. 한쪽에는 지방색 강한 전설/미신

의 세계가 있고, 다른 쪽에는 대학에서 공부한 서양철학이 있습니다. 이쪽에는 싸구려 인도네시아 소설이 있고, 저쪽에는 문학사의 위대한 걸작들이 있습니다. 저는 소설과 이야기를 오락거리라 여기지만 동시에 정치적 표현을 위한 매체로도 봅니다. 그렇게 우리 모두는 문화가 교차하는 그 지점에서 만들어진 아이들이 아니던가요?

첫 소설이 세상에 나온 지 15년, 두 번째 소설이 나온 지 13년이 지났습니다. 그리고 이제 두 작품이 한국어로 번역되어 나옵니다. 쓸 때만 해도 제 작품을 읽게 되리라고는 상상도 못해본 독자들이 제 소설을 읽게 됩니다. 한국 독자들은 완전히 낯선 세계와 만나겠지만 (인도네시아를 아는 한국 사람이 얼마나 되겠습니까?) 여전히 익숙한 것들을 보게 될 것입니다. 어쨌거나 제 작품은 인간의 감정, 비극, 그리고 해학에 관한 것들이니까요. 제가 (제일 좋아하는 감독인) 박찬욱이나 김기덕의 영화를 보면서 문화와 지리적 거리, 경험의 한계에 가로막히지 않고 그 영화 속에 드러나는 인간의 감정, 비극, 해학을 보는 것과 다르지 않을 것입니다.

2017년 자카르타에서
에카 쿠르니아완

차 례

가 계 도

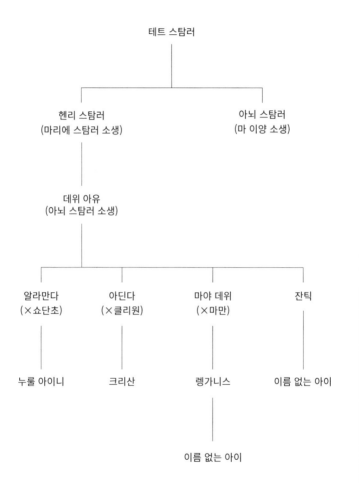

테트 스탐러

헨리 스탐러
(마리에 스탐러 소생)

아뇌 스탐러
(마 이양 소생)

데위 아유
(아뇌 스탐러 소생)

알라만다
(×쇼단초)

아딘다
(×클리원)

마야 데위
(×마만)

잔틱

누룰 아이니

크리산

렝가니스

이름 없는 아이

이름 없는 아이

일러두기

1. 이 책은 2015년 Kompas Gramedia에서 발간한 Cantik Itu Luka 제5판을 완역한 것이다.
   초판은 2002년 12월 AKY Press와 Jendela 출판사에서 출간됐다.
2. 인도네시아어는 국립국어원의 말레이인도네시아어 표기법을 원칙으로 했으나 경우에 따라
   현지 발음에 가깝게 표기하기도 했다.
3. 인도네시아어의 3인칭 대명사 dia와 소유격 ~nya는 성을 지시하지 않으므로 성별과
   관계없이 모두 '그'로 번역했다.

이렇게 무기를 손질하고 얼굴 가리개가 달린 투구도
갖추고 말의 이름도 지어주고 자기 이름도 고쳐놓았으니,
이제 사랑할 귀부인을 찾는 일만 남았다. 왜냐하면
사랑하는 귀부인이 없는 편력기사란 잎이나 열매가 없는
나무요, 영혼 없는 육체이기 때문이었다.

— 미겔 데 세르반테스,《돈키호테》
(번역 인용: 안영옥 옮김, 열린책들, 2014, 72쪽.)

1

3월 어느 주말 해질녘, 스물한 해 동안 죽어 있던 데위 아유가 무덤에서 일어났다. 캄보자나무* 아래에서 자던 양치기 소년은 바지에 오줌을 지리며 비명을 질러댔다. 소년이 돌보던 양 네마리는 호랑이라도 달려든 것처럼 사방으로 날뛰었다. 이 소동이 시작된 곳은 오래된 무덤이었다. 잡초가 무릎께까지 자란 데다 묘비명도 없지만 그곳이 데위 아유의 무덤이라는 걸 모르는 사람은 없었다. 쉰두 살에 죽은 그가 스물한 해 동안 죽었다가 살아났다. 그날 이후 데위 아유의 나이를 어떻게 셈해야 할지 아무도 몰랐다.

양치기 소년에게 소식을 듣고 동네 사람들이 몰려왔다. 사롱** 한 귀퉁이를 둘둘 말아 들고, 아이를 업거나 빗자루를 들고,

---

* 자바에서 주로 묘지에 심는 꽃나무. 학명 플루메리아.
** 긴 천을 치마처럼 둘러 입는 하의. 동남아시아 전역에서 남녀 모두 두루 입는다.

9

논에서 묻은 진흙을 붙인 채로, 앵두 덤불과 바나나나무 주위로 모여들었다. 그러나 아무도 가까이 갈 엄두는 못 내고 무덤에서 나는 괴성에 귀를 기울이기만 했다. 그 꼴이 월요일 아침이면 시장 약장수 앞에 몰려든 구경꾼과 다를 게 없었다. 혼자면 무서워서 벌벌 떨었겠지만 여럿이다보니 은근히 그 괴이한 광경을 즐기기까지 했다. 그러다 한술 더 떠 더 놀라운 일이 벌어지길 기다리는 중이었다. 그도 그럴 것이 무덤 속에 있는 여자는 전쟁 때 일본군을 상대한 여자였다. 키야이*는 죄 지은 자는 무덤에서 벌을 받는다고 늘 말하지 않았던가. 이 괴성은 천사들이 내려치는 채찍 소리가 분명하다. 하지만 구경꾼들은 금방 지루해져서 뭔가 다른 일이 벌어지기를 기대했다.

기대했던 일은 그야말로 괴이한 방식으로 벌어졌다. 무덤이 흔들리며 갈라지더니 땅속에서 뭐가 터진 듯 흙이 튀어오르며 땅이 흔들렸다. 폭풍까지 불어와 풀과 묘비석이 이리저리 날릴 정도였다. 얼마나 지났을까, 흙먼지의 장막 뒤로 늙은 여자가 찌푸린 얼굴로 꼿꼿이 선 채 나타났다. 지난밤에 묻혔대도 믿을 만치 말끔한 수의 차림이었다. 구경꾼들은 혼비백산해 아까 날뛰던 양들보다 더 기겁해서 줄행랑을 쳤다. 비명 소리가 먼 산에 부딪혀 메아리가 되어 돌아왔다. 여자는 안고 있던 아이를 덤불에 던지고 아이의 아비는 바나나 줄기를 들고 뛰었다. 남자 둘은 수로에 처박히고 몇몇은 길가에서 졸도했다. 나머지는 40리 길을 쉬지도 않고 달려 도망쳤다.

---

* 이슬람학교에서 가르치는 이슬람 지도자를 가리키는 말.

10

데위 아유는 이 난리를 모두 지켜보다가 얕은 기침을 하며 목소리를 가다듬었다. 잠시 무덤 한가운데 있는 자신이 신기한지 두리번거렸다. 수의를 둘러맨 위쪽 매듭 두 개는 벌써 풀어버린 채였다. 걸을 수 있게 다리 쪽의 매듭도 끌러버렸다. 머리칼이 마법처럼 순식간에 자라났다. 수의 사이로 슬쩍 머리를 흔들자 머리칼이 강바닥의 물이끼처럼 빛나며 해질녘 바람에 흩날렸다. 피부는 주름졌어도 얼굴은 하얗게 빛났다. 안구에 빛이 되살아나더니, 덤불 뒤에서 슬금슬금 기어나오는 구경꾼들을 쏘아보았다. 그 눈빛에 놀라 구경꾼의 반은 줄행랑을 쳤고 나머지 반은 혼절했다. 데위 아유는 딱히 누구를 가리키지는 않았지만 사람을 산 채로 묻다니 너무들 한다며 구시렁거렸다.

제일 먼저 뇌리에 떠오른 것은 아기였다. 물론 아기는 더 이상 아기가 아니었다. 데위 아유는 스물한 해 전 끔찍하게 못생긴 여자아이를 낳고 스물하루 만에 죽었다. 아기가 얼마나 흉물스러웠던지 해산을 돕던 산파는 아기와 똥 무더기를 분간하지 못할 정도였다. 그도 그럴 것이 아기가 나오는 구멍과 똥구멍 사이는 한 치도 안 되지 않던가. 하지만 아기가 꼼지락대며 웃기도 하자 산파는 겨우 이게 똥이 아니라 갓난애구나 싶었다. 산모에게 아기가 건강하고 순하다고 일러주었다. 산모는 태어난 아이를 쳐다볼 생각도 않고 침대에 누워 있었다.

"딸 맞지?"

"네, 위에 셋처럼 딸이네요."

"어여쁜 딸 넷이라. 유곽을 열어야 할 지경이구먼. 우리 막내가 얼마나 예쁜지 말해주겠어?"

그때 포대기에 꽁꽁 싸인 아기가 산파 품에서 몸을 비틀며 울기 시작했다. 일하는 여자가 방으로 들어와 피 묻은 옷과 태반을 내갔다. 산파는 대답하지 않았다. 똥 덩어리 같은 애를 예쁘다고 할 수는 없지 않은가. 그래서 딴소리를 했다.

"엄마가 늙어서 애 젖 먹이기는 힘들 거 같네요."

"맞아, 애 셋한테 다 빨렸지."

"남자 백 명한테도."

"정확히 백일흔두 명! 제일 늙은이가 아흔두 살, 제일 어린 녀석이 열두 살이었어. 할례한 지 딱 일주일 된 애였지. 그 남자들이 다 생생하게 기억나."

아기가 다시 울었다. 산파는 유모를 구해봐야겠다고 했다. 유모를 못 구하면 소젖이나 개젖, 아니 쥐젖이라도 구해야 했다. 그래, 가봐요, 데위 아유가 말했다. "불쌍한 것." 형체를 알아볼 수 없는 아기 얼굴을 보며 산파가 말했다. 그 형상은 뭐라고 말로 표현할 수 없었다. 지옥에서 떨어진 괴물이라고나 할까. 몸 전체가 화상이라도 입은 듯 새까만 데다 그 형체도 불분명했다. 코는 코 같지도 않았다. 전기 꽂는 콘센트같이 생겼을 뿐 평생 봐온 어떤 코와도 닮은 데가 없었다. 입은 돼지저금통의 동전 구멍 같았고 귀는 냄비 손잡이처럼 생겼다. 이 저주받은 어린 것보다 지상에 더 흉물스런 피조물은 없을 게 분명했다. 산파는 만약 자신이 신이라면 아기를 살려두지 않는 편이 낫겠다고 생각했다. 온 세상이 이 아이를 무자비하게 깔아뭉갤 것이 불 보듯 뻔했다.

"불쌍한 것." 유모를 찾으러 가면서 산파는 다시 말했다.

"그래, 불쌍한 것." 데위 아유가 침대에서 몸을 뒤척이며 말했다.

"저걸 떼내려고 할 수 있는 짓은 다 했는데. 수류탄이라도 삼키고 배 속에서 터트렸어야 했나. 징그러운 것 같으니라고. 저런 것들은 명도 질겨.”

산파는 이웃 아낙들에게 아기 얼굴을 보여주지 않으려고 했다. 하지만 유모가 필요하다고 입을 열자마자 다들 아기에게 달려들었다. 데위 아유를 아는 사람이라면 누구나 그가 갓 낳은 어여쁜 딸들을 보는 기쁨을 알기 때문이었다. 여자들이 달려들어 포대기를 들춰대니 산파로서는 도리가 없었다. 아기를 들여다본 여자들이 그 끔찍한 형상에 놀라 비명을 질러댔다. 그제야 산파는 그래서 내가 보여주지 않으려 했던 게 아니냐며 배시시 웃었다.

난리 끝에 산파가 자리를 뜨고 나서도 여자들은 넋을 잃고 멍하니 서 있었다. 갑자기 아무것도 기억나지 않는 듯한 표정이었다.

“저거 죽여버려야 하는 거 아냐.” 제일 먼저 정신을 차린 여자가 말했다.

“내가 이미 그러려고 해봤어.” 데위 아유가 밖으로 나와 말했다. 구깃구깃한 홈드레스에 허리를 천으로 질끈 묶은 차림이었다. 소싸움이라도 하다 나온 양 머리는 산발이었다.

여자들은 안됐다는 표정으로 데위 아유를 쳐다보았다.

“애기 예쁘지?” 데위 아유가 물었다.

“어…… 음…… 그러게.”

“발정난 개 같은 남자들이 득시글거리는 이 세상에 예쁜 딸을 낳는 것만큼 끔찍한 저주가 또 있을까.”

아무도 대답하지 않았다. 아기가 예쁘다고 거짓말한 것에 죄책감을 느끼며 동정하는 표정으로 데위 아유를 바라보았다. 그때 로시나가 나왔다. 이 산촌 출신의 벙어리 소녀는 벌써 여러 해 데위 아유의 몸종으로 일해왔다. 로시나는 목욕물이 준비된 목욕탕으로 여주인을 데려갔다. 여주인이 향내 나는 비누 거품 가득한 물에 몸을 담그자 알로에 기름으로 머리를 감겨주었다. 이 벙어리 소녀만이 동요하지 않았다. 산파 외에 해산을 거든 유일한 인물인 로시나가 아기의 끔찍한 몰골을 모를 리 없었다. 하지만 로시나는 묵묵히 여주인의 등을 밀어주고 몸에 수건을 둘러주었다. 여주인이 나가자 목욕탕을 청소하기 시작했다.

누군가가 무거운 분위기를 깨보려고 데위 아유에게 말했다.

"애기한테 이름을 지어줘야 하지 않겠어?"

"음, 잔틱(아름다움)이라고 하지."

"아!" 사람들이 짧은 신음을 내뱉더니 이내 말리기 시작했다.

"아니면, 루카(상처)?"

"제발, 그 이름은 안 돼."

"그렇담 애 이름은 잔틱으로 하겠어."

데위 아유는 옷을 입으러 방으로 들어갔다. 여자들은 속수무책으로 그 모양을 바라보며 서로 눈짓을 했다. 숯검정처럼 까맣고 전기 소켓 같은 코를 한 여자애 이름이 잔틱이라니. 부끄러운 추문이었다.

오십이 넘어 또 임신한 것을 알았을 때 데위 아유가 애를 떼려고 갖은 애를 쓴 것은 사실이었다. 위의 아이들과 마찬가지로 아비가 누구인지 알지 못했다. 그러나 위의 아이들을 가졌을 때와는 달리 아이를 낳고 싶은 마음은 추호도 없었다. 그래서 동네 의사에게 구한 파라세타몰을 용량의 다섯 배나 삼키고 반 리터나 되는 소다 탄 물을 들이켰다. 산모를 죽일 수도 있는 양이었지

14

만 아기는 죽지 않았다. 다음에는 생각을 바꿔 낙태 시술을 하는 산파에게 갔다. 산파는 질 안으로 작은 나뭇조각을 밀어넣었다. 이틀 밤낮을 하혈하고 나자 나뭇조각이 쪼개져 나왔다. 그러나 아기는 죽지 않았다. 여섯 가지 다른 방법을 써봤지만 아기는 죽지 않았다. 결국 백기를 들고 탄식했다.

"이거 완전 악바리구만. 싸워봐야 어미가 질 게 뻔해."

데위 아유는 체념하고 배가 불러오게 내버려뒀다. 일곱 달째 는 슬라마탄* 의식도 치렀다. 아기 얼굴은 쳐다보지도 않았지만 어쨌거나 낳기는 했다. 위의 세 딸은 모두 빼어난 미인이었다. 첫째보다 둘째가 예쁘고 둘째보다 셋째가 더 예뻤다. 데위 아유는 그런 딸들이 지겨워졌다. 상점에 전시된 마네킹과 다를 게 없지 않은가. 막내도 언니들과 마찬가지라면 구태여 볼 까닭이 없다고 생각했다. 그러나 막내는 언니들과 달랐다. 다만 데위 아유는 막내가 얼마나 못생겼는지 알지 못했다. 이웃 여자들이 원숭이랑 개구리나 왕도마뱀이 붙어먹지 않고서야 어떻게 저런 애가 나오겠냐고 수군거려도 알아차리지 못했다. 지난밤에 숲에서 들개가 울부짖고 부엉이가 닭장에 달려들었다고 해도 꺼림칙한 기색조차 없었다.

데위 아유는 옷을 입고 다시 누웠다. 불현듯 그런 생각이 들었다. 아이를 넷이나 낳고 반백 년 넘게 살다니. 이 얼마나 피곤하고 지치는 일인가. 아이가 죽지 않겠다면 어미가 죽어야 하는 게 아닌가. 아기가 처녀로 자라나는 꼴을 보지 않으려면 그 수밖

---

* 자바에서 무사안녕을 비는 의식. 출산과 관련해서는 임신 7개월, 출산, 생후 5일, 생후 7개월에 의식을 치른다.

15

에 없다. 자리에서 일어나 문가로 가 아직도 수군거리는 여자들을 바라보았다. 로시나가 목욕탕에서 나와 여주인의 곁에 서서 명령을 기다렸다.

"흰 천을 사다줘. 이 저주받은 세상에 딸을 넷이나 낳았으니 이제 내 장례를 치를 차례야."

여자들은 새된 소리를 지르며 천치 같은 얼굴로 데위 아유를 쳐다보았다. 괴물 같은 아이를 낳은 것만도 남부끄러운 일인데 애를 버리고 죽겠다는 것은 더 용서받지 못할 일이다. 그러나 감히 아무도 그 말을 입 밖에 내지는 못했다. 백 살도 넘게 사는 사람도 많은데 왜 그렇게 죽겠다는 거냐, 죽기엔 너무 이르지 않느냐고 좋게 말했다.

"백 살까지 산다면 애를 여덟이나 낳아야 한다는 건데. 그건 너무 많아."

로시나가 새하얀 옥양목을 사오자 데위 아유는 냉큼 그 천을 둘렀다. 그러나 수의를 입었다고 당장 숨이 끊어지지는 않는 법. 산파가 유모를 찾으러 나가자(결국 유모를 찾지 못해 아이에게 쌀뜨물을 먹여야 했지만), 데위 아유는 옥양목을 감고 침대 위에 누웠다. 꼼짝도 않고 누워 저승사자가 데리러 오기를 기다렸다.

쌀뜨물로는 감당하기 어려워지자 로시나는 가게에서 곰표 우유를 사와 아기에게 먹였다. 데위 아유는 여전히 침대에 누워 있었다. 누구도 아기 잔틱을 방으로 데려오지 말라고 엄명을 내렸다. 그러나 괴물 같은 아기와 수의를 뒤집어쓴 산모가 있다는 소문은 순식간에 퍼져나갔다. 가까운 동네뿐 아니라 멀리 시골 마을에서도 구경꾼들이 몰려들었다. 소문은 예언자의 탄생쯤으로 부풀려져 예수의 탄생과 잔틱의 탄생을 억지로 끼워 맞추기까지

했다. 들개들의 울부짖음이 곧 동방박사가 본 별이고 수의를 둘러쓴 산모가 기진맥진한 성모 마리아라는 것이었다.

구경꾼들은 겁에 질려 동물원의 새끼 호랑이를 만져보는 계집애 같은 표정으로 괴물 같은 아기를 데리고 사진사 앞에서 포즈를 취했다. 그전에 수의를 쓰고 누운 데위 아유 앞에서 사진을 찍는 게 순서였다. 데위 아유는 이 비정한 난리통에 눈곱만큼도 신경 쓰지 않고 송장처럼 누워 있었다. 불치병에 걸린 병자들이 아기를 만지면 쾌유할지도 모른다는 생각으로 찾아오기도 했다. 그러나 곧 로시나가 온갖 병균이 옮을지 모른다며 아기를 만지지 못하게 했다. 대신 아기가 목욕한 물을 들통에 담아 내주었다. 노름판 운이나 사업 운을 빌러 오는 이들도 있었다. 아기의 보호자가 돼버린 로시나는 모금함을 내놓았다. 모금함은 금세 구경꾼들이 내놓은 돈으로 가득 찼다. 로시나는 데위 아유가 정말 죽을지도 모른다고 생각했다. 그래서 이 흔치 않은 기회에 돈을 좀 모아두려 한 것이다. 곰표 우유를 사고, 어쩌면 아기와 둘이서 살아가야 할 미래를 대비하기 위해서였다. 잔틱의 세 언니가 이곳에 다시 나타날 리 만무했다.

하지만 소란은 오래가지 않았다. 키야이가 경찰을 대동하고 나타났다. 키야이는 이 모두가 이단이라며 씩씩댔다. 데위 아유에게는 이 부끄러운 짓을 모두 집어치우고 수의를 벗으라고 했다.

"창녀더러 옷을 벗으라고 하시네요. 돈부터 내셔야지요." 데위 아유가 비아냥거리며 대꾸했다. 질려버린 키야이는 방에서 나와 잠시 기도를 하더니 다시는 나타나지 않았다.

다시 로시나만 남았다. 로시나는 데위 아유가 어떤 변덕을 부려도 개의치 않았다. 그를 진심으로 이해하는 사람은 로시나뿐임이 다시금 분명해졌다. 배 속의 아기를 지우려고 애쓰기 한참 전 데위 아유가 이제 애 낳는 게 지긋지긋하다고 한 적이 있었다. 그 말을 들은 로시나는 데위 아유가 임신한 것을 알아차렸다. 남 말하기 좋아하는 이웃 아낙이 그 소리를 들었다면 비죽거리며 입을 놀려댔을 것이다. 갈보짓을 관두면 애가 들어설 걱정은 안 해도 될 텐데. 이건 우리끼리 얘긴데 말야. 다른 창녀는 몰라도 데위 아유한테는 말하지 마. 하지만 데위 아유는 한 번도 세 (이제는 네) 딸이 몸 파는 여자에게 내려진 저주라고 생각한 적이 없었다. 딸들에게 아비가 없다면 그건 정말로 딸들에게 아비가 없기 때문이고, 아비가 누구인지 모르는 것도 자신이 결혼을 하지 않았기 때문이 아니었다. 차라리 딸들을 악마의 자식이라고 생각했다.

"악마도 하느님이나 다른 신들만큼이나 자식 보는 걸 좋아하니 말이야. 마리아가 하느님의 아들을 낳고 판두*의 두 아내가 신들을 낳은 것처럼 말이지. 내 자궁은 악마가 씨를 뿌리는 곳인지라 악마의 자식들을 낳았지. 그런데 로시나, 이제 그것도 지겨워졌어."

언제나 그랬듯 로시나는 그저 빙긋이 웃었다. 로시나는 알아들을 수 없는 소리를 웅얼거릴 뿐 말은 하지 못했다. 하지만 누구보다 아름답게 미소 지을 줄 알았고 또 미소 짓기를 좋아했다. 데위 아유는 그 미소 때문에 로시나를 더 아꼈다. 한때 로시나를 아기 코끼리라고 부르기도 했다. 코끼리는 아무리 화가 나도 그저

---

* 산스크리트 대서사인 《마하바라타》에 등장하는 신. 주인공인 판다와 형제의 아버지.

웃기만 하기 때문이었다. 해마다 연말에 오는 곡마단의 코끼리들이 그랬다. 로시나는 수화로, 어느 농아학교에서도 배울 수 없고 세상에서 로시나 자신만이 가르칠 수 있는 수화로 대답했다. 간다리**는 백 명이나 되는 쿠라와 형제를 낳았는데 자식이 스무 명도 안 되면서 자식 낳기를 지긋지긋해해선 안 된다는 것이었다. 그 말에 데위 아유는 박장대소했다. 로시나의 어린애 같은 유머감각이 마음에 들었다. 간다리는 자식 백 명을 하나씩 낳은 것이 아니라 커다란 핏덩어리 하나를 낳았고 그 핏덩어리가 흩어지면서 자식 백 명이 된 것이라고 바로잡아주면서도 계속 깔깔거렸다.

로시나는 그렇게 여주인을 눈곱만큼도 거스르는 법 없이 바쁘게 몸을 움직였다. 아기를 돌보고 부엌에서 하루 두 번 밥을 하고 아침마다 설거지를 했다. 데위 아유는 누워만 있었다. 무덤에 묻히기를 기다리는 시체와 다를 바 없었다. 배가 고프면 일어나 밥을 먹고 오전 오후 한 번씩 화장실에 갔다. 하지만 곧 침대로 돌아와 다시 수의를 뒤집어쓰고 몸을 반듯하게 뉘였다. 두 손을 배위에 가지런히 놓고 눈을 감고 입에는 희미한 미소를 머금었다. 이웃들이 열린 창문 사이로 엿보았다. 로시나가 손을 내저으며 쫓았지만 그들은 가지 않고 데위 아유가 왜 자살하지 않는지 물었다. 평소 같으면 빈정대는 말로 되받아쳤겠지만 데위 아유는 아무 말 없이 그대로 누워 있기만 했다.

** 《마하바라타》의 주인공 판다와 형제의 맞수인 쿠라와 형제의 어머니. 데스타라타의 아내. (이 책에서 《마하바라타》 주인공 이름은 인도식과는 조금 다른 인도네시아식을 따른다.)

그토록 기다려온 죽음은 못생긴 잔틱이 태어난 지 스물하루 되던 날 해질녘에 찾아왔다. 아니 다들 그렇다고 생각했다. 죽음의 징후는 그날 아침부터 보였다. 데위 아유는 로시나를 불러 묘비명에는 이름을 넣지 말고 한 문장만 써달라고 했다. "나는 자식 넷을 낳고 죽었다." 로시나는 듣는 데는 아무 문제가 없을 뿐 아니라 읽고 쓸 줄도 알았다. 로시나가 그 말을 받아 적어두었지만 장례를 진행하던 이맘은 단칼에 그 청을 거절했다. 그는 그런 정신 나간 짓이 죄를 더할 뿐이라며 비석에는 아무것도 새기지 않겠다고 했다.

　그날 낮 창문으로 엿보던 이웃 여자가 고요히 잠든 데위 아유를 발견했다. 죽지 않고서야 그렇게 미동도 없이 잠들 수는 없었다. 방 안에는 붕산 냄새가 났다. 로시나가 빵집에서 사다준 것이었다. 데위 아유는 박소(미트볼)에 넣는 보존제와 붕산을 몸 구석구석에 뿌렸다. 로시나는 여주인이 죽겠다고 마음먹은 후 벌인 해괴한 짓을 말리지 않았다. 무덤을 파고 자신을 산 채로 묻으라고 해도 그렇게 했을 것이다. 그저 여주인의 남다른 유머감각 때문이라 여겼으리라. 그러나 막무가내인 염탐꾼 덕분에 그런 일은 벌어지지 않았다. 이웃 여자가 창문으로 불쑥 들어오더니 데위 아유가 죽었는지 확인하려 들었다.

　"야! 이 온 동네 남자랑 다 붙어먹은 갈보년 들어라! 죽고 싶으면 죽어. 하지만 네 몸뚱아리를 보존할 생각은 꿈에도 마. 네 썩어질 몸뚱이를 부러워할 사람은 없으니까!" 여자는 분에 차서 말했다. 데위 아유를 흔들어봤지만 아무 반응도 없었다. 로시나가 들어와서 벌써 죽은 게 분명하다고 손짓을 했다.

　"저 갈보년이 죽었다고?"

로시나가 고개를 끄덕였다.

"죽었다고?!"

여자는 그제야 속마음을 드러냈다. 악을 쓰던 여자가 갑자기 제 어미라도 죽은 듯 통곡하며 사연을 쏟아냈다. "작년 1월 8일은 우리 집에서 제일 평화로운 날이었지. 그날 남편이라는 작자가 다리 밑에서 돈을 주워가지고는 박쥐엄마네 유곽에 가서 저 뒈진 갈보년이랑 자고 오지 않았겠어. 집에 와서는 생전 처음으로 식구들한테 잘해주더만. 그날은 심지어 아무도 안 때렸어."

로시나는 여자를 경멸하는 눈초리로 쳐다보았다. 저렇게 말 많은 여편네를 때렸다고 누가 남자를 탓하겠냐는 눈빛이었다. 로시나는 여자에게 데위 아유가 죽었다는 소식을 알려달라며 밖으로 내보냈다. 수의도 필요 없었다. 스물하루 날 전에 이미 사두었기 때문이다. 시신을 닦을 필요도 없었다. 망자가 이미 몸을 깨끗이 닦고 스스로 보존제까지 뿌려두었기 때문이다. "마님은 하실 수만 있었다면 기도도 직접 하셨을 거예요." 이 말에 이맘은 화를 버럭 내며 벙어리 소녀를 노려보았다. 그는 창녀를 위해 기도하고 싶은 마음이 눈곱만치도 없고 그 시신을 묻어주고 싶은 마음은 더더욱 없다고 했다. 로시나는 (여전히 수화로) 되받았다. "마님은 돌아가셨으니 이제는 창녀가 아닙니다."

이맘 키야이 자로는 그제야 마지못해 장례를 치르기 시작했다.

죽기 전에 데위 아유는 정말이지 한 번도 아기를 보지 않았다. 사람들은 차라리 다행으로 여겼다. 괴물 같은 아기를 봤다면 어미의 가슴은 찢어졌을 것이고 편안히 죽지도, 죽어서도 편히 눈을 감지도 못했을 것이라고 했다. 그러나 로시나는 과연 데위 아유가 아기를 봤다면 슬퍼했을까 싶었다. 데위 아유가 세상에서 제일 싫어하는 것은 예쁜 여자 아기였기 때문이었다. 막내가 언니들과는 딴판임을 알았더라면 신바람이 났을지도 모른다. 하지만 데위 아유는 그 사실을 알지 못했다. 로시나가 주인의 명을 너무나 충실히 지켜 아기를 절대 보여주지 않았기 때문이다. 아기가 어떻게 생겼는지 알았다면 적어도 몇 년은 더 살기로 하고 죽음을 미뤘을지도 모른다.

"헛소리 마라. 죽고 사는 문제는 신이 정하신다." 키야이 자로가 말했다.

"마님께서는 죽기로 작정하고 스무 날 후에 돌아가셨는걸요." 주인의 고집을 고대로 닮은 로시나가 수화로 말했다.

망자의 유언에 따라 로시나가 저주받은 아기의 보호자가 되었다. 로시나는 분주히 데위 아유의 세 딸에게 어머니의 부고와 장지를 알리는 전보를 쳤지만 소용없는 일이었다. 딸들은 아무도 오지 않았다. 그러나 다음날 아침 열린 장례는 이 도시에서 전무후무할 정도로 성대한 규모였다. 데위 아유를 한 번이라도 안아본 남자들이 모조리 나왔기 때문이었다. 그들은 부드러운 입맞춤으로 그 여인에게 작별인사를 하고 장례 행렬을 따라가며 재스민꽃을 뿌려댔다. 그 뒤로 그들의 아내와 애인들이 제 남정네의 등을 뚫어져라 쳐다보며 따라갔다. 여자들의 눈은 아직 질투심으로 가득했다. 데위 아유가 시체가 됐다고 해도 같이 잘 기회만 생긴다면 남정네들이 치고 받고 싸울 것을 너무나 잘 알기 때문이었다.

로시나는 이웃 남자 넷이 운반하는 관을 따라 걸었다. 머리에 쓰는 베일로 잘 가려둔 아기는 품 안에서 금세 잠들었다. 말 많던 이웃 여자가 꽃잎이 든 바구니를 들고 나란히 걸었다. 로시나는 바구니 안의 꽃잎을 쥐어 동전과 같이 뿌렸다. 아이들이 금세 관 밑으로 달려들어 동전을 차지하려고 싸움을 벌였다. 그러다가 수로에 빠지거나 예언자의 축복을 비는 조문객들의 발에 차이기도 했다.

데위 아유의 자리는 묘지 구석에 있는 제 명에 죽지 못한 사람들이 매장된 구역이었다. 키야이 자로와 묘지기가 데위 아유는 거기에 묻혀야 한다고 우겼기 때문이다. 식민지 시절의 악명 높은 강도, 미치광이 살인범, 공산주의자들이 묻힌 그곳에 이제는 창녀까지 묻히게 됐다. 그런 불운한 영혼들은 무덤에서 시험에 들고 재판을 받는다고 했다. 따라서 그런 자들은 선한 망자들의 묘에서 멀리 떨어진 곳에 묻혀야 이치에 마땅했다. 선한 망자들은 고요히 잠든 후 벌레들의 공격을 받아 고이 썩어가며 천상의 요정들과 사랑을 나누기를 바라 마지않기 때문이다.

장례가 끝나자마자 데위 아유는 잊혔다. 아무도 무덤을 찾지 않았다. 로시나와 잔틱조차 오지 않았다. 무덤은 풍파에 시달리며 캄보자잎에 뒤덮이고 위로는 야생부들이 웃자랐다. 그러나 로시나에게는 무덤을 돌보지 않는 저 나름의 확고한 이유가 있었다. "우리는 죽은 사람의 묘만 돌본단다." 그는 괴물 같은 아기에게 (아기는 절대 이해할 수 없는 수화로) 그렇게 말했다.

어쩌면 로시나가 정말로 앞일을 내다볼 줄 아는지 모른다. 선조로부터 내려오는 약간의 예지력 같은 것이 있을지도 모른다. 그 아이는 5년 전 제 아비의 손에 끌려왔다. 아비는 산에서 일하는 모래 캐는 광부였다. 로시나는 이제 겨우 열네 살이었지만 아비는 벌써 쪼글쪼글하게 늙고 심한 류머티즘까지 앓고 있었다. 부녀는 박쥐엄마 유곽에 있는 데위 아유의 방으로 찾아왔다. 애당초 데위 아유는 어린 소녀에게는 아무 관심도 없었다. 그 아비에게도 마찬가지였다. 노인의 코는 앵무새 부리처럼 생겼고 곱슬곱슬한 머리칼은 하얗게 셌으며 구릿빛 피부에는 주름이 가득했다. 무엇보다 조심 또 조심하며 걷는 모양이 누가 살짝 건드리기만 해도 주저앉을 것만 같았다. 데위 아유는 금방 노인을 알아보았다.

"영감님, 너무 자주 오시네요. 바로 이틀 전에도 오셨잖아요."

노인은 제 여자친구 앞에 선 소년처럼 수줍게 웃으며 고개를 끄덕였다. "자네 품에 안겨 죽고 싶네만 돈이 없어 이 벙어리 아이를 데려왔네. 내 딸이라오."

데위 아유는 어리둥절한 표정으로 여자아이를 쳐다보았다. 로시나는 조금 떨어진 곳에서 상냥한 미소를 지으며 얌전히 서 있었다. 꼬챙이처럼 마른 아이가 너무 큰 옷을 걸치고 있었다. 맨발에 곱슬곱슬한 머리는 뒤로 모아 고무줄로 묶었다. 여느 산촌 아이들처럼 피부는 매끈했다. 얼굴은 동그랗고 눈빛은 똘똘해 보였다. 코는 납작하고 큰 입으로는 누구라도 기분 좋게 만들 그런 미소를 짓는 아이였다. 저 아이를 데려다가 어쩌라는 것인지, 데위 아유는 영문을 몰라 노인을 빤히 쳐다보았다.

"저도 벌써 딸이 셋이나 있는데 이 아이를 어디에 쓰겠어요."

"그 애는 말은 못하지만 읽고 쓸 줄 안다오." 노인이 말했다. "제 딸들은 모두 읽고 쓰고 말도 하는걸요." 데위 아유는 노인을 놀리듯 웃으면서 대꾸했다. 그러나 노인은 이미 벙어리 딸을 화대로 주고 데위 아유의 품에서 죽기로 작정한 터였다. 아이를 마

24

음대로 하라고 했다. "창녀로 만들어서 살아 있는 동안 번 돈을 다 빼앗아도 되고. 같이 자려는 남자가 없다면 토막 내서 시장에 고기로 팔아도 된다네." 노인이 말했다.

"영감님도 참. 누가 저 아이 살을 먹고 싶어 하겠어요." 데위 아유가 말했다.

그래도 노인은 포기하지 않았다. 오줌보가 터지기 직전인 어린애처럼 떼를 쓰기 시작했다. 데위 아유가 인심 좋게 노인에게 행복한 시간을 내주기 싫었던 것은 아니다. 다만 이 이상한 거래에 마음이 어지러워져 노인과 벙어리 아이를 번갈아 보기만 했다. 결국 로시나가 종이와 연필을 달라고 하더니 이렇게 썼다.

"저희 아버지랑 자주세요. 금방 돌아가실 거예요."

데위 아유는 노인과 침대로 갔다. 노인이 제안한 이상한 거래가 마음에 들어서라기보다는 그 딸이 제 아비가 곧 죽게 됐다고 했기 때문이었다. 침대에서 두 사람이 엎치락뒤치락하는 동안 벙어리 아이는 방문 앞 의자에 앉아 아비가 들고 온 조그만 옷 모퉁이를 꼭 들고 기다렸다. 오래 걸리지는 않았다. 데위 아유는 가랑이 사이를 간질이는 느낌밖에 들지 않았다. "배꼽 위에서 잠자리가 파닥거리는 것 같았어." 노인은 파괴 임무를 맡은 네덜란드군 대대처럼 허둥지둥 그러나 온 힘을 다해 창녀에게 달려들었다. 류머티즘 따위는 까맣게 잊었다. 허겁지겁 달려든 노인은 금방 절정에 이르렀다. 짧은 신음을 내면서 몸을 부르르 떨었다. 처음에 데위 아유는 그 경련이 음낭 안에 든 것을 뿜어낸 수컷의 경련인 줄로만 알았다. 그러나 그 이상이었다. 노인은 영혼마저 뿜어내고 말았다. 아직 축축한 연장을 늘어뜨린 채로 데위 아유의 품에서 저세상으로 가버렸다.

노인은 후일 데위 아유가 묻히게 될 공동묘지의 한구석에 묻혔다. 로시나는 여주인의 무덤은 내버려두었지만, 아비의 무덤에는 해마다 라마단이 끝나면 찾아가 풀을 베고 무심히 기도를 올렸다. 데위 아유는 벙어리 아이를 집으로 데려왔다. 슬픈 하룻밤의 화대로서가 아니라 아이에겐 이제 가족이라 부를 만한 이가 아무도 없기 때문이었다. 아이를 데려오며 말벗 삼아 집에 두겠다고 생각했다. 낮에는 이를 잡게 하고 밤에는 유곽에 나간 사이 집을 보게 해야지.

로시나는 온기가 가득한 집을 기대했건만 도착한 곳은 적막한 집이었다. 미색 벽은 칠한 지 여러 해 지났고, 거울에는 먼지가 잔뜩 쌓였다. 커튼에는 곰팡이가 피었고, 낡은 부엌은 어쩌다 커피 끓일 때 말고는 버려진 지 오래였다. 그 집에서 사람의 손길이 닿는 데라곤 커다란 일본식 욕조가 있는 욕실과 여주인의 침실뿐이었다. 며칠 지나지 않아 로시나는 자신이 쓸모 있는 존재임을 증명해 보였다. 데위 아유가 낮잠을 자는 사이 벽을 새로 칠하고, 바닥을 닦고, 나무꾼에게 사온 톱밥으로 유리창을 닦고, 커튼을 바꿔 달고, 정원을 가꾸었다. 오래 지나지 않아 정원에는 온갖 꽃이 피어났다. 해질녘 데위 아유는 부엌에서 풍겨오는 맛있는 냄새에 잠에서 깼다. 이 집에서 처음 있는 일이었다. 유곽에 나가기 전 두 사람은 함께 저녁을 먹었다. 로시나는 이 흉가 같은 집에 손볼 일이 너무 많은 데는 괘념치 않았다. 다만 어째서 집에 둘 말고 아무도 없는지는 궁금했다. 데위 아유가 로시나의 수화를 배우기 전인지라 종이에 적었다.

"자식이 셋이라고 하지 않으셨나요?"

"맞아, 그 애들은 남자한테 다리 벌려주는 법을 배우자마자

26

떠났단다."

로시나는 몇 년 후 여주인이 (이미 임신한 상태였으면서도) 이제 아이를 갖고 싶지 않고 자식이라면 진절머리가 난다고 하자 바로 이 말을 기억해냈다. 두 사람은 해질녘이면 부엌문에 앉아 이야기를 나눴다. 로시나가 키우는 닭들이 흙을 파헤치는 것을 바라보며 데위 아유는 천일 동안 얘기한 세헤라자데처럼 끝없이 이야기를 쏟아냈다. 거의 대부분은 예쁜 딸들에 대한 거짓말 같은 신기한 사연들이었다. 그렇게 두 사람은 서로를 알아가며 깊은 우정을 쌓아갔다. 그래서 데위 아유가 갖은 방법을 동원해 배 속의 아이를 죽이려 해도 로시나는 말리지 않았던 것이다. 지친 여주인이 포기하려 하자 이렇게 손짓으로 말했다.

"그러면 못생긴 애를 낳게 해달라고 기도하세요."

"기도 같은 거 안 믿은 지 오래야."

"누구한테 기도하느냐가 중요해요. 어떤 신은 기도발이 잘 안 먹히거든요." 로시나가 배시시 웃었다.

데위 아유는 반신반의하면서도 기도하기 시작했다. 화장실에서건 길에서건 살찐 남자가 제 몸 위에서 허우적거리고 있을 때건 생각만 나면 기도했다. 신이건 악마건 천사건 이프릿 정령이건 누구라도 내 기도를 듣는다면 아기를 못생기게 만들어주세요. 그리고 마음속으로 온갖 추한 것들을 그려보기 시작했다. 멧돼지처럼 송곳니가 튀어나오고 뿔이 난 악마 같은 애였으면 좋겠다고, 어떤 날은 전기 소켓을 보고 저런 코를 단 아이였으면 좋겠다고 생각했다. 거기서 그치지 않았다. 냄비 손잡이 같은 귀와 돼지 저금통 같은 입, 빗자루 같은 머리칼을 상상했다. 화장실에서 정말로 역겹게 생긴 똥덩어리를 보고는 신이 나서 그래 저렇게 생

27

긴 애였으면 좋겠다고 빌었다. 코모도 같은 피부에 거북이 같은 수족을 단 아기라면 너무 좋을 것 같았다. 배 속에서 아이가 자라는 동안 상상의 나래는 갈수록 하루하루 더 멀리멀리 날아만 갔다.

꼭 채워 임신 7개월이 되던 날 밤은 그 절정이었다. 데위 아유는 로시나의 시중을 받으며 꽃잎을 띄운 물에 목욕했다. 이날 밤 임신한 여자는 태어날 아이가 어떻게 생겼으면 좋겠는지 그 바람을 야자잎에 그린다. 임산부들은 딸을 바라면 드루파디, 신타, 쿤티* 같은 와양**에서 가장 아름다운 등장인물을, 아들을 바란다면 유디스티라, 아르주나, 비마*** 같은 용맹하고 잘생긴 주인공들을 그리게 마련이다. 그러나 데위 아유는 숯 조각을 들고 괴물 같은 아기를 그렸다. 그런 그림을 그린 임산부는 지상 위에서 그가 처음이었을 것이다. 그리고 자신이 죽는 날까지 그로 인한 결과가 무엇인지 알지 못했다. 그는 아기가 멧돼지나 원숭이 말고는 자신이 세상에서 본 어떤 것과도 닮지 않기를 바랐다. 그래서 무시무시한 괴물의 형상을 그렸다. 한 번도 본 적 없는 괴물. 사람들이 자신의 시체를 묻기 전에 보지도 못할 괴물.

그러나 결국은 그도 그 괴물을 보게 됐다. 스물한 해가 지나 무덤에서 일어난 그날이었다.

---

* 각각 《마하바라타》에서 판다와 5형제와 결혼하는 아름다운 공주, 《라마야나》의 여주인공, 《마하바라타》에서 판두의 첫 번째 아내.
** 인도네시아의 자바, 발리 등지에서 공연되는 그림자인형극. 단순한 오락거리를 넘어 서사의 원형이자 신화적 상상력의 준거가 된다. 산스크리트 서사 《마하바라타》와 《라마야나》를 주로 공연한다.
*** 《마하바라타》에서 판다와 형제 중 가장 유명한 세 신.

날은 벌써 저물어 어두워졌다. 계절의 변화를 알리는 바람이 몰려오더니 비가 쏟아졌다. 산에서 들개들이 요란하게 짖어대는 소리가 마그립**** 기도 시간을 알리는 소리를 떠내려보냈다. 아무래도 기도하러 모스크에 갈 사람은 없어 보였다. 어두워지고 비마저 쏟아지는데 누가 밖에 나가고 싶겠는가. 개 짖는 소리가 요란하고 다 젖은 수의 바람의 귀신이 훌쩍이며 나다닐 때라면 더더욱 그랬다.

공동묘지에서 집까지는 가까운 거리가 아니었다. 그러나 오젝(오토바이 택시) 기사들은 앞만 보고 달릴 뿐 태워주지 않았다. 봉고버스도 세워주지 않았다. 길가의 노점상과 가게들조차 죄 문을 닫아걸었다. 길에는 아무도 없었다. 집 없는 거지나 광인도 보이지 않았다. 죽었다 살아난 늙은 여자 홀로 걷고 있었다. 박쥐들만 온 힘을 다해 폭우를 뚫고 하늘을 날았다. 가끔 열리는 커튼 사이로 겁에 질린 얼굴이 보였다.

데위 아유는 추위에 몸을 떨었다. 배도 고팠다. 몇 차례 아직 자신을 기억할 만한 사람의 집 문을 두들겨봤지만 집 안의 사람들은 놀라 기절하거나 아무 대답도 하지 않았다. 저만치 집이 보이기 시작하자 얼마나 기뻤는지. 옛집은 그가 무덤으로 실려가던 그날과 다를 게 없어 보였다. 담장을 따라 종이꽃(부겐빌레아)이 줄지어 서 있고 국화꽃이 그 둘레를 빗속에 얌전히 둘러싸고 있었다. 베란다 등에서 따뜻한 불빛이 퍼져나왔다. 미칠 듯이 로시나가 그리워졌다. 따뜻한 저녁상이 차려져 있기를 간절히 바랐

**** 하루 다섯 번 하는 무슬림의 기도 중 해질녘에 하는 네 번째 기도.

다. 그 생각을 하니 기차역이나 버스터미널에 있을 때처럼 걸음이 빨라졌다. 그 탓에 헐거워진 수의가 폭우에 벗겨져 알몸이 드러났다. 데위 아유는 흰 천을 재빨리 주워들고 목욕을 마친 계집애가 수건 두르듯 몸에 둘러버렸다. 막내딸이 보고 싶어졌다. 어떻게 자랐을지 궁금했다. 푹 자고 나면 생각이 바뀐다는 말은 사실이었다. 특히 스물한 해 동안 자고 난 후였으니 더욱 그러했다.

베란다의 어두침침한 등 아래 젊은 여자가 홀로 앉아 있었다. 해질녘이면 로시나와 서로 이를 잡아주던 바로 그 자리였다. 처음에는 그 여자가 로시나인 줄로만 알았다. 하지만 막상 가까이 가보니 낯선 얼굴이었다. 그 흉측한 모습에 놀라 소리를 지를 뻔했다. 심한 화상을 입은 것 같아 보이는 여자는 지상이 아니라 지옥에 속한 피조물로 보였다. 지상으로 돌아온 줄 알았는데 아직이란 말인가. 머릿속이 혼란스러워졌다. 그러나 다시 보니 그 흉측한 괴물은 불쌍한 여자애였다. 더군다나 수의 차림으로 빗속을 걷는 자신을 보고도 도망치지 않은 사람은 저 아이가 처음이었다. 고마운 마음마저 들었다. 물론 자신의 딸인 줄은 꿈에도 몰랐다. 그사이 스물한 해가 지났는지 몰랐기 때문이다. 피어오르는 의문을 풀어보고자 소녀에게 말을 걸었다.

"여기는 내 집인데, 너는 누구니?"

"잔틱이에요."

데위 아유는 무례하게도 깔깔거리며 웃음을 터트리고 말았다. 이내 웃음을 멈추고 모든 상황을 이해하고는 맞은편 의자에 앉았다. 노란 천을 씌운 탁자에는 잔틱이 마시던 커피가 놓여 있었다.

"어미 소가 벌써 팔짝대는 제 새끼를 만난 꼴이로다." 알 듯

모를 듯한 소리를 하더니 잔틱에게 탁자 위의 커피를 좀 마셔도 되겠느냐고 예의바르게 물었다. 커피를 한 모금 마시더니 입을 열었다. "내가 네 에미다." 그 목소리에는 딸이 자신이 바랐던 그대로 만들어졌다는 자부심이 담겨 있었다. 비가 쏟아지지 않았더라면, 배가 고파 쓰러질 지경이 아니었더라면, 그리고 달이 밝게 빛나고 있었더라면 당장 옥상으로 올라가 춤이라도 췄을 것이다.

잔틱은 데위 아유를 쳐다보지도 않고 대답도 하지 않았다.

"그런데 한밤중에 밖에서 뭘 하는 게냐?" 데위 아유가 물었다.

"왕자님을 기다려요." 마침내 잔틱이 입을 열었다. 여전히 데위 아유를 쳐다보지 않았다. "이 괴물 같은 얼굴의 저주를 풀어줄 왕자님요."

잔틱은 남들은 자기만큼 흉하지 않다는 사실을 안 그때부터 잘생긴 왕자에 집착했다. 로시나는 잔틱이 아직 아기이던 시절 이웃집에 데려가보려고 했지만 아무도 받아주지 않았다. 잔틱을 봤다 하면 애들은 온종일 비명을 지르며 울어댔고, 노인들은 갑자기 고열에 시달리다 이삼일 내로 죽어버렸기 때문이었다. 괴물 같은 아이를 받아주는 곳은 없었다. 학교에 다닐 나이가 되어도 마찬가지였다. 어떤 학교도 잔틱을 받아주지 않았다. 로시나는 교장을 찾아가 빌기도 했다. 그러나 교장은 괴물 같은 여자애보다는 로시나에게 더 관심이 많았다. 교장실에서 로시나의 몸을 만져대더니 곧 방문을 닫아걸었다. 눈치 빠른 로시나는 뜻이 있는 곳에 길이 있다고 생각했다. 잔틱을 학교에 보내기 위해 순결을 잃어야 한다면 그렇게 하리라고 마음먹었다. 그날 아침 로시나는 교장실의 회전의자 위에서 옷을 벗었다. 윙윙거리는 천장 선풍기 아래에서 두 사람은 정확히 23분 동안 뒹굴었다. 그러나 잔틱은 입학 허가를 받지 못했다. 잔틱이 학교에 다닌다면 다른 아이들이 등록을 하지 않겠다고 들고일어났기 때문이었다.

로시나는 그래도 포기하지 않고 잔틱에게 읽고 셈하는 법이라도 직접 가르치기로 마음먹었다. 그러나 가르치기도 전에 잔틱이 도마뱀을 정확히 셀 줄 아는 것을 보고 말문이 막혀버렸다. 그뿐이 아니었다. 어느 날 오후 늦게는 제 어머니가 남겨둔 책 몇 권을 십어 늘더니 큰 소리로 읽었다. 잔틱이 글을 배운 적이 없는 것을 아는 로시나로서는 놀라 자빠질 일이었다. 예삿일이 아니었다. 그리고 이 모든 일은 이미 여러 해 전에 시작되었다. 말을 가르쳐준 사람도 없는데 잔틱은 말을 했다. 놀란 로시나는 잔틱을 몰래 홈쳐보았다. 하지만 잔틱이 담장 밖으로 나가는 일은 없었고 집 안으로 들어오는 사람도 없었다. 손짓으로 말하는 벙어리 하녀 말고는 잔틱이 만나본 사람은 없었다. 그럼에도 잔틱은 눈에 보이는 것, 안 보이는 것을 막론하고 집 주변의 고양이, 도마뱀, 오리 할 것 없이 모르는 단어가 없었다.

이 모든 기적에도 불구하고 잔틱은 여전히 불쌍하고 무기력한 못생긴 여자애였다. 잔틱은 걸핏하면 커튼 뒤에 숨어서 사람들을 엿보았다. 로시나가 장을 보러 나갈 때면 같이 가자고 해주기를 바라는 양 빤히 쳐다보았다. 로시나는 기꺼이 데리고 가려고 했지만 잔틱은 불쌍한 목소리로 가지 않겠다고 뻗대었다. "아니요. 안 갈래요. 사람들이 나를 보면 평생 밥맛을 잃을 거예요."

잔틱은 아직 남들이 일어나지 않은 이른 새벽에만 밖에 나갔다. 그 시간에는 시장에 가는 야채장수나 들에 가는 농부, 집으로 돌아오는 어부만이 걷거나 자전거를 타고 지나갈 뿐이었다. 하지만 그들은 어둠 때문에 잔틱을 보지 못했다. 그 시간에 잔틱은 세상을 배웠다. 제 둥지로 돌아가는 박쥐, 아몬드나무 가지 위에 날아 앉는 참새, 요란하게 홰를 치는 닭, 허물을 벗고 히비스커스 꽃잎 위에 날아 앉는 나비, 기지개를 펴는 고양이, 이웃집 부엌에서 풍겨나오는 음식 냄새, 멀리서 부릉거리는 엔진 소리, 라디오에서 나는 설교 소리, 무엇보다 동쪽 하늘에서 빛나는 금성. 잔틱은 괭이밥나무 가지에 매달아둔 그네 위에 앉아 금성을 바라보았다. 로시나는 밝게 빛나는 그 별이 금성인 줄도 몰랐지만 잔틱은 잘 알았다. 금성뿐 아니라 모르는 별자리가 없었다.

그러나 날이 밝기 시작하면 잔틱은 거북이가 몸 안으로 목을 밀어넣듯 집 안으로 사라졌다. 등교하던 아이들이 대문 앞에 서서 혹시 잔틱이 보이지 않을까 호기심에 가득 찬 눈으로 문과 창문을 쳐다보기 때문이었다. 노인들이 이 집에 사는 잔틱에 대해 무시무시한 얘기를 해둔 터였다. 눈곱만큼이라도 자신을 거역하는 기색이 있으면 목을 베어버리고 조그만 불평이라도 하면 아이들을 산 채로 먹어버리는 괴물이 있다고 했다. 아이들은 겁에 질렸다. 동시에 정말로 그런 무시무시한 괴물이 존재하는지 만나보고 싶다는 욕망에 불타올랐다. 그러나 잔틱을 만날 수는 없었다. 어느새 로시나가 빗자루를 거꾸로 잡아 들고 나타났기 때문이었다. 그러면 아이들은 욕을 해대면서 도망쳤다. 잔틱을 보고 싶은 마음에 대문 앞을 얼쩡거리는 것은 아이들만은 아니었다. 인력거를 타고 집 앞을 지나가는 여자들도 잠시나마 집 쪽으로 고개를 돌렸고, 일터로 가는 사람들이나 양떼를 모는 양치기도 마찬가지였다.

하지만 잔틱은 밤마다 밖으로 나갔다. 밤이면 아이들은 밖에 못 나오고 부모들은 아이들을 돌보느라 바빴다. 바다로 나가는 어부들만 등에 그물과 노를 지고 분주히 나다닐 뿐이었다. 잔틱은 커피잔을 들고 베란다의 의자에 앉아 있곤 했다. 로시나가 이 밤에 밖에서 무얼 하느냐고 묻자 제 어미에게 했던 대답을 그대로 들려주었다. "왕자님을 기다려요. 이 괴물 같은 얼굴의 저주를 풀어줄 왕자님요."

"불쌍한 것 같으니." 처음 만난 그날 밤 어미가 말했다. "이건 축복이야. 날밤에 덩실덩실 춤이라도 춰야 할 일이라고. 들어가자꾸나."

데위 아유는 다시 로시나의 우아한 시중을 받게 되었다. 벙어리 여인은 즉시 목욕탕에 더운 물을 받고 유황과 속돌, 샌들우드와 빈랑잎을 준비해주었다. 덕분에 식탁에 앉았을 때 데위 아유는 한결 말끔해진 얼굴이었다. 로시나와 잔틱은 데위 아유의 먹성에 입이 딱 벌어졌다. 걸신이라도 들린 것처럼 먹어대는 것이 스물한 해 동안 못 먹은 것을 보상받기라도 하려는 듯했다. 참치한 마리를 가시 하나 안 남기고 해치우더니 국 한 그릇과 밥 두 그릇도 싹 비웠다. 제비집 조각을 넣은 맑은 음료도 곁들였다. 식탁에 앉은 다른 두 여자보다 먹는 속도가 월등히 빨랐다. 다 먹어치우고 나자 배 속이 계속 꾸르륵거리더니 항문 밖으로 요란한 소리를 뿜어냈다. 참을 수 없는 종류의 방귀였다. 데위 아유는 수건으로 입 주변을 닦으면서 물었다.

"그래 내가 얼마나 오래 죽어 있었던 건가?"

"스물한 해 동안이요." 잔틱이 대답했다.

"미안하구나. 너무 오래였어. 하지만 무덤엔 자명종이 없어서 말이야." 데위 아유가 한스럽게 말했다.

"다음엔 꼭 챙겨 가세요." 잔틱이 조심스럽게 말했다. "모기장도 잊지 마시고요." 작지만 경쾌한 소프라노 조였다.

　데위 아유는 그 말에는 대꾸하지 않고 이어 말했다. "내가 스물한 해 동안이나 있다가 깨어났으니 엄청나게 정신이 없을 게지. 내 맞은편에 묻혔던 머리 긴 남자는 사흘 만에 깨어났는데 말이야."

　"정말 정신이 없네요. 다음번엔 전보라도 쳐주세요."

　어쩐지 데위 아유는 그 목소리를 흘려들을 수 없었다. 잠시 생각해보니 그 말에는 어떤 적개심 같은 것이 있었다. 그러나 고개를 돌려보니 잔틱은 빙그레 웃고 있었다. 그 표정이 다시는 이렇게 놀래키지 말라고 하는 것만 같았다. 무슨 실마리라도 얻을까 싶어 로시나를 쳐다보았지만 벙어리 여인 또한 빙그레 웃기만 했다. 두 사람 다 숨기는 게 있는 것 같지는 않았다.

　"로시나, 네가 벌써 마흔이라니. 좀 있으면 늙고 쭈글쭈글해지겠네."

　데위 아유는 식탁의 분위기를 밝게 해보려고 애쓰면서 조용히 웃었다.

　"개구리처럼요."

　로시나가 수화로 대꾸했다.

　"코모도처럼."

　데위 아유가 농담으로 받아쳤다. 이제 잔틱의 차례였다. 두 사람은 잔틱이 입을 열기를 기다렸다.

　"저처럼요." 짧지만 무시무시한 말이었다.

　며칠 동안 데위 아유는 사자들의 세계가 궁금해 찾아온 옛 친구들을 만나느라 바빴다. 덕분에 집 안의 성가신 괴물을 잊고 지낼 수 있었다. 손님 중에는 키야이도 있었다. 데위 아유의 장례를 치러주기도 꺼려하고 지렁이라도 본 계집애마냥 혐오스런 표정으로 시신을 쳐다봤던 자였다. 그가 성녀라도 영접하는 듯한 태도로 찾아와서는 데위 아유의 부활은 기적이며 그런 기적은 그가 순결하기 때문에 벌어졌다고 점잔을 빼며 말했다.

"순결하다마다요. 스물한 해 동안 아무도 제 몸에 손가락 하나도 대지 않았는걸요."

데위 아유가 받아쳤다.

"죽어보니 어떻던가?"

키야이가 물었다.

"재미가 꽤 좋더라고요. 그래서 죽은 사람들이 돌아오지 않는 거예요."

"하지만 자네는 돌아왔잖나."

"그 얘길 해주려고 왔지요."

금요일 예배에서 설교로 써먹기 딱 좋은 얘기였다. 키야이는 신이 나서 돌아갔다. 데위 아유의 집에 드나든 것이 부끄러울 일도 아니었다(그는 한때 창녀의 집에 들어가기만 해도 죄가 되며 그 집 대문만 열어도 지옥에서 불고문을 당한다고 소리를 질러대던 자였다). 데위 아유의 말대로 스물한 해 동안 아무도 그 여자에게 손대는 사람이 없지 않았던가. 앞으로도 누군가가 손댈 일은 없을 테니 이제 데위 아유는 창녀가 아니었다.

데위 아유가 살아 돌아와 소란이 벌어지면서 가장 힘든 시간을 보낸 것은 방 안에 갇히게 된 잔틱이었다. 다행히 집에 오래 머무는 손님은 없었다. 손님은 들어선 지 얼마 지나지 않아 잠긴 잔틱의 방문 뒤에서 뿜어져나오는 으스스한 기운을 느끼게 마련이었다. 문틈과 열쇠구멍으로 정체를 알 수 없는 메스꺼운 냄새와 음산한 기운이 스멀스멀 기어나와 방문객을 둘러싸면 뼛속까지 파고드는 서늘한 기운이 느껴졌다. 산파가 산모를 구하러 아기를 안고 돌아다닐 때 말고는 잔틱을 본 사람은 없었다. 하지만 사람들은 잔틱을 생각만 해도 목덜미의 털이 곤두서고 온몸이 덜덜 떨렸다. 그 괴물의 방문을 쳐다보면 역한 냄새가 바람에 실려와 코를 고문하고 기이한 침묵의 소리가 귓가를 괴롭혔다. 그러면 저도 모르게 헛소리가 튀어나오고 데위 아유의 사후 세계 경험을 듣고 싶은 생각은 까맣게 사라졌다. 그래서 찻잔에 절반도 더 남은 차를 급히 들이켜고 벌떡 일어나 작별인사를 하게 마련이었다.

"데위 아유가 살아 돌아온 게 아무리 궁금해도 말이지 그 집엔 가지 말아." 그 집에 다녀온 사람들은 누가 물어보면 이렇게 말하게 마련이었다.

"아니 왜?"

"거의 죽었다 까무라칠 정도로 무섭거든."

어느새 손님들의 발길이 끊겼다. 그제야 데위 아유는 잔틱에게 뭔가 이상한 구석이 있음을 알아차렸다. 베란다에 앉아 왕자를 기다리거나 별을 보며 자신의 운명을 점치는 것만이 아니었다. 한밤중에 잔틱의 방에서 요란한 몸싸움 소리가 났다. 데위 아유는 어둠 속에 아래층으로 내려가 잔틱의 방문 앞에 섰다. 흉측한 딸애의 방에서 나는 소리에 점점 혼란스러워졌다. 로시나가 휴대용 전등을 들고 와 여주인의 얼굴을 비출 때까지 데위 아유는 우두커니 서 있었다.

"난 이 소리를 잘 알아." 데위 아유가 로시나에게 속삭였다.

"유곽에서 나는 소리지."

로시나가 고개를 끄덕였다.

"사랑을 나누는 소리야."

그에 로시나가 다시 고개를 끄덕였다.

"문제는 말이지 그 애가 누구랑 그 짓을, 아니 대체 어떤 작자가 그 애랑 자고 싶어 한다는 거야?"

로시나는 고개를 저었다. 사랑을 나누는 게 아니에요, 아니 누군가와 사랑을 나누지만 마님은 누군지 모르시는 거예요, 볼 수 없으니까요.

데위 아유는 여전히 차분한 로시나에게 경외감을 느끼며 자신이 미쳐가던 시절을 돌아보았다. 그때도 로시나만이 자신을 이해해주었다. 두 사람은 부엌으로 가서 자리를 잡았다. 옛날 그대로인 화덕 앞에 앉아 커피물이 끓기를 기다렸다. 빛이라고는 화덕의 일렁이는 불꽃뿐이었다. 그 불꽃에 쪼개진 코코아 나뭇가지와 야자수 가지로 만든 타다 만 불쏘시개와 야자껍데기 안쪽의 섬유질이 드러났다. 옛날처럼 두 여자는 이야기하기 시작했다.

"네가 가르친 거니?"

데위 아유가 물었다.

"뭘요?" 로시나가 입모양으로 되물었다.

"자위하는 법 말이야."

로시나는 고개를 저었다. 자위가 아니에요, 사랑을 나누는 거예요, 상대가 누군지 모를 뿐이에요.

"왜 안 가르쳤어?"

저도 모르니까요. 로시나는 고개를 저었다.

로시나는 그간 있었던 기적 같은 일들에 대해 털어놓았다. 잔

38

틱은 어릴 때부터 아무도 가르치지 않았는데 말을 하기 시작했다. 여섯 살이 되자 저 혼자 글을 읽고 썼다. 로시나는 아무것도 가르친 적이 없었다. 잔틱은 로시나가 해본 적도 없는 것들마저 다 할 줄 알았다. 아홉 살에는 수를 놓고 열한 살에는 바느질을 했다. 이뿐만 아니라 물어보지도 않고 상대가 먹고 싶은 음식을 차릴 줄도 알았다.

"누가 가르쳐준 게 분명해." 데위 아유가 혼란스러운 표정으로 말했다.

"하지만 이 집에는 아무도 오지 않는걸요." 로시나가 손짓으로 대답했다.

"그놈이 어떻게 너나 내가 모르게 들어왔는지는 신경 안 써. 하지만 그놈이 와서 모두 가르친 게 분명해. 섹스도 말이지."

"그 사람이 와서 둘이 사랑하는 것인가 봐요."

"귀신 들린 집이야."

로시나는 집에 귀신이 있다고 생각한 적이라고는 없지만, 데위 아유에겐 그럴 만한 이유가 있었다. 하지만 이번 일과는 상관없는 일이었다. 그리고 적어도 그날 밤에는 그 모든 사정을 로시나에게 말하고 싶지 않았다. 데위 아유는 급히 방으로 들어갔다. 올려둔 커피 물은 까맣게 잊어버렸다.

그날 이후 늙은 어미는 그동안 벌어진 기적 같은 일의 배후를 파헤쳐보고자 막내를 엿보기 시작했다. 이 집에 정말로 귀신이 있다고 해도 그 일이 모두 귀신 때문은 아니기를 바라는 마음이었다.

어느 날 아침 일찍 데위 아유와 로시나가 부엌에 나와보니 한 노인이 화덕 앞에 앉아 있었다. 그는 찬 아침 공기에 벌벌 떨면서 불을 쬐고 있었다. 차림새는 꼭 게릴라 같았다. 머리카락은 사방으로 뻗친 데다 이마에는 노랗게 바짝 마른 야자잎 띠를 둘렀다. 몇 년은 굶은 것 같은 퀭한 얼굴에 진흙과 피가 말라붙은 칙칙한 옷차림이 심증을 더 굳혀주었다. 허리께의 가죽벨트에는 작은 단검도 매달려 있었다. 전쟁 때 네팔 용병들이 신던 종류의 신발을 걸쳤는데 그의 발에는 턱없이 컸다.

"노인장은 뉘시오?" 데위 아유가 물었다.

"쇼단초小隊長라고 부르시게. 몸이 꽁꽁 얼었으니 부뚜막에서 좀 녹이고 가게 해주게나."

로시나는 속으로 노인이 어떤 사람일지 가만히 생각해보았다. 옛날에 진짜로 쇼단小隊을 이끌었을지도, 할리문다 대대에 속했다가 일본군에 반란을 일으키고 정글로 들어갔을지도 모른다. 정글에 너무 오래 있다보니 네덜란드도 일본도 떠난 지 오래고 공화국이 세워져 우리 국기와 국가가 생긴 것을 모를지도 모른다. 로시나는 노인에게 아침을 차려주었다. 눈빛에는 안쓰러움과 좀 과해 보이는 존경심이 가득했다.

하지만 데위 아유는 이 노인이 막내가 매일 밤 기다리는 왕자가 아닌지, 막내에게 남자와 자는 법을 알려준 작자가 아닌지 의심에 찬 눈초리를 거두지 않았다. 그러나 이 남자는 일흔도 넘어 보였다. 남자 구실을 못한 지 벌써 여러 해째일 것이다. 그렇게 생각하니 의심과 불안이 사라졌다. 데위 아유는 심지어 노인에게 같이 살지 않겠냐고도 물었다. 집에는 빈 방이 있고 노인은 바깥세상과 인연이 끊긴 것 같아 보였기 때문이다.

쇼단초 노인은 어리둥절하고 염치없게 느껴졌지만 흔쾌히 그렇게 하겠다고 했다. 그날은 데위 아유가 무덤에서 깨어난 지 꼭

석 달째 되던 날이었다. 또 잔틱이 바닥에 큰대자로 쓰러진 채 발견된 날이기도 했다. 늙은 어미는 로시나의 도움을 받아 막내를 일으켜 침대에 뉘였다. 그때 뒤편에서 쇼단초 노인이 불쑥 들어오더니 말했다.

"배를 보시게. 3개월은 된 것 같소만."

믿을 수 없는 일이었다. 데위 아유는 이제 혼란은 사라지고 참을 수 없는 분노에 찬 표정으로 잔틱을 추궁했다. "너 어떻게 임신한 거야?"

"엄마랑 똑같이요. 발가벗고 남자한테 다리를 벌려줬어요."

2

무언가 이상한 일이 벌어지고 있는 게 분명했다. 다 늙어가는 노인이 한밤중에 네덜란드인 저택에 끌려갔다. 그러더니 아직 10대인 데위 아유와 결혼을 하라는 것이다. 콜리브리 자동차가 집 앞에 섰을 때 노인은 곯아떨어져 코를 골던 중이었다. 그러나 자동차 엔진 소리는 칠흑 같은 밤을 가르고 자던 노인을 깨울 만큼 요란했다. 그 노인 마 게딕은 그 후 태풍이 몰아치듯 연달아 몰아친 일 때문에 충격에 빠졌고 영원히 그 충격에서 헤어나지 못했다. 허리에 칼을 찬 경비원이 차에서 내리더니 문 앞에서 자던 똥개를 걷어찼다. 개가 요란하게 짖어대며 공격 태세를 취했지만 부질없는 일이었다. 콜리브리 운전수가 곧바로 소총을 꺼내들어 개를 쏴버렸다. 개는 죽기 직전 긴 울부짖음을 내뱉었다. 동시에 경비원이 오두막의 판자문을 걷어차자 문짝이 경첩에서 떨어져 나갔다.

오두막 안은 깜깜했다. 사람이 사는 집이 아니라 박쥐와 도마뱀의 서식지 같아 보였다. 달빛에 집 안이 희미하게 드러났다. 방 안 침대에는 노인이 어리둥절한 표정으로 앉아 있었고 부엌에는 재가 가득 찬 화덕이 보였다. 침대와 부엌 사이를 오가는 길을 제외하면 사방 천지에 거미줄투성이였다. 경비는 집 안으로 들어왔다. 하지만 마구간이나 돼지우리보다 더 지독하게 나는 지린내 때문에 기침을 터트렸다. 잠시 후 화덕 가에서 야자잎을 한 줌 쥐어 들더니 불을 붙여 횃불을 만들었다. 곧 집 안은 온갖 다른 형상과 크기로 울렁거리는 그림자들로 가득 찼다. 집 안에 있던 박쥐들이 이리저리 흩어졌다. 노인은 여전히 침대 가장자리에 앉아 어리둥절한 표정으로 불청객을 바라보았다.

놀라운 일은 계속됐다. 경비원이 노인에게 작은 흑판을 내밀었다. 소녀의 단정한 필체로 글씨가 쓰여 있었다. 노인이나 경비나 글을 읽을 줄 모르기는 마찬가지였다. 하지만 경비는 그 내용을 잘 알고 있었다.

"데위 아유가 노인장과 결혼하고 싶어 합니다."

농담이 분명했다. 노인은 자신의 처지를 잘 알았다. 오십이 넘은 늙은이였다. 남편을 델리나 보번 디홀*에서 잃은 늙은 과부조차 수레 끄는 자신과 재혼하느니 혼자 사는 편이 내세를 위해 낫다고 여겼다. 아직 여자를 먹여 살릴 수 있다면 운이 좋았다. 여자와 잠자리를 갖는 법도 기억나지 않을 지경이었다. 마지막으로 유곽에 간 것도 제 손으로 자위를 한 것도 수년 전이다. 노인은 촌사람처럼 천진스럽게 말했다.

---

* 각각 고된 노역으로 악명 높은 플랜테이션이 많았던 수마트라섬의 델리와 정치범을 주로 수감했던 파푸아섬의 보번 디홀 수용소를 가리킨다.

"내가 남자 구실을 못할 텐데."

"영감이건 개좆이건 상관없어요. 데위 아유는 영감이랑 결혼하겠답니다. 안 그러면 스탐러 나리가 영감을 개밥으로 줘버릴 거요." 경비가 으름장을 놓았다.

그 말에 노인은 몸을 떨었다. 네덜란드인들은 멧돼지 사냥용으로 들개를 키웠고 종종 마음에 안 드는 원주민을 개한테 던져주곤 했다. 그러나 協迫이 사실일지라도 데위 이유 외의 결혼은 간단한 문제가 아니었다. 일단 대체 왜 그래야 하는지 이해할 수 없었다. 더군다나 그는 아무와도 결혼하지 않기로 맹세하지 않았던가. 영원한 첫사랑 마 이양. 그는 허공에 몸을 날리고 사라졌다.

그 여자는 또 다른 이야기, 이루어지지 못한 사랑 이야기와 같은 것이었다. 마 게딕과 마 이양은 한 마을에서 자랐다. 둘은 매일 만나서 같은 만灣에서 수영하고 같은 물고기를 먹었다. 아직 결혼하지 않은 유일한 이유는 두 사람의 나이였다. 둘은 아직 어렸다. 마 게딕에게는 또래 다른 남자애들과 다른 이상한 습관이 있었다. 혼자 걷기 시작해 어미 품을 떠난 후로도 늘 제 어미의 젖이 담긴 대나무통을 들고 다녔다. 궁금해진 마 이양이 왜 열아홉 살이나 돼서 엄마젖을 먹고 또 상했을지 모르는 젖을 들고 다니냐고 물었다.

"아버지는 늙었는데도 맨날 엄마젖을 먹는걸."

마 이양은 그를 이해했다. 그래서 판단 수풀 속에 숨어 윗옷을 벗고 마 게딕에게 제 앙증맞은 젖꼭지를 빨아보라고 했다. 젖은 나오지 않았다. 그날로 마 게딕은 엄마젖 먹기를 그만두고 죽는 날까지 마 이양을 사랑하게 됐다. 마 이양이 마차에 실려간 어느 밤이 오기 전까지만 해도 모든 것이 순조로웠다. 그날 밤 신트 렌* 무용수처럼 꾸민 그는 너무나 아름답고 또 그만큼 안쓰러워 보였다. 무슨 소식이건 제일 나중에야 아는 마 게딕이 뒤늦게 허둥지둥 해변을 가로질러 마차를 쫓아갔다. 마차를 따라잡고 뒷좌석에 앉은 아름다운 소녀에게 소리쳤다.

"너 어디 가?"

"네덜란드 나리 댁에."

"왜? 네덜란드 사람 식모가 되려는 거야?"

"식모가 아니라 첩이 되는 거야. 이제 나를 냐이**라고 불러."

"제기랄! 대체 왜 첩이 되겠다는 거야?" 마 게딕이 소리를 질렀다.

"안 그러면 어머니랑 아버지가 개밥이 될지도 몰라."

"하지만 내가 널 사랑하는 걸 몰라?"

"알아."

마 게딕은 여전히 마차를 따라 달리던 중이었다. 소년과 소녀는 이별을 한탄하며 눈물을 터트렸다. 눈물의 유일한 목격자는 마부밖에 없었다. 사람 좋은 마부는 둘을 달래보려고 했다.

"가질 수 없다고 사랑할 수 없는 건 아니란다."

이 말은 전혀 위안이 되지 못했다. 마 게딕은 길가 모래바닥에 주저앉더니 엉엉 울며 신세를 한탄하기 시작했다. 소녀는 마차를 세워달라고 하고 소년 앞에 내려섰다. 늙은 마부와 말, 울어대는 개구리들, 부엉이, 모기, 나방이 지켜보는 가운데 소녀는 맹

---

*   자바, 특히 서부 지역의 전통무용.
**   식민지 시기 네덜란드인의 원주민 첩을 부르던 호칭.

세했다.

"16년이 지나면 네덜란드 나리도 나한테 관심이 없어질 거야. 그때까지도 날 사랑한다면, 네덜란드 사람이 버린 여자라도 괜찮다면 바위산 꼭대기에서 기다려줘."

그 후로 두 사람은 다시는 만나지도 연락을 주고받지도 못했다. 마 게딕은 꽃 같은 열다섯 살 제 연인을 앗아간, 욕정에 가득한 그 네덜란드 나리가 누구인지조차 알지 못했다. 열아홉 마 게딕은 마 이양이 고기 토막이 되어 돌아온다고 해도 사랑하겠다고 다짐했다.

그러나 연인을 빼앗긴다는 것은 간단한 문제가 아니었다. 기다림의 세월 동안 그는 미친 사람보다 더 미쳐가고 천치보다 더 멍청해지고 상주보다 더 애통해했다. 수레꾼 친구들과 항구의 짐꾼들은 다른 여자와 결혼하라고 했다. 그러나 그는 차라리 도박판에서 품삯과 시간을 날리고 아락(야자 등으로 빚은 증류주)에 취해 비틀거리며 집으로 가는 편을 택했다. 딴 여자와 결혼하기를 마다하자 친한 친구들은 이번에는 유곽에 가보라고 성화를 했다. 슬픔에 찬 욕정을 여체로 달랠 수 있을지도 모르는 일이었다. 그 시절에 유곽이라고는 부두 끝에 하나뿐이었다. 애초 네덜란드 군인들을 상대하던 곳이었지만 매독이 돈 후로는 발길이 끊겼다. 네덜란드 군인들은 첩을 두는 편을 택했고 이제 부두 일꾼들이 그 유곽의 단골이 되었다.

"창녀랑 자는 건 다른 여자와 결혼하는 것만큼이나 큰 배신이야." 마 게딕은 고집스럽게 말했다. 그러나 한 주 후에 친구들이 그가 반쯤 정신이 나갈 정도로 술을 먹여 유곽으로 끌고 갔다. 그는 하루치 품삯을 내고 보지가 쥐구멍만 한 뚱뚱한 여자를 샀다.

여자 맛을 알고 나자 그는 금세 말을 바꿨다. "창녀랑 자는 건 배신이라고 할 수 없어. 창녀한테는 사랑이 아니라 돈을 주니까."

이제 그는 부두 끝 유곽의 단골이 되었다. 창녀들과 자면서 자신을 두고 간 소녀의 이름을 불렀다. 주말마다 친한 친구들과 유곽을 찾았다. 돈이 충분할 때는 저마다 여자를 끼고 잤지만 돈이 모자랄 때는 다섯이서 여자 하나를 사기도 했다. 그렇게 여러 해가 지나고 친구들이 하나둘씩 결혼하면서 마 게덕에게 힘든 시간이 시작되었다. 이제 친구들은 유곽에 갈 시간이 없었다. 그들에겐 돈이 아니라 사랑을 주고 같이 잘 수 있는 아내가 있었다. 혼자 유곽에 가는 것은 세상에서 제일 서글픈 일이었다. 마 게덕은 외로울 때면 제 손으로 자위를 했다. 그래도 견딜 수 없어지면 한밤중에 홀로 부두 끝 유곽에 갔다가 어부들이 바다에서 돌아오기 전 새벽같이 집으로 돌아왔다.

그러면서 그는 만인의 적이 되어갔다. 몇 번인가 이웃집 외양간에서 대소동이 벌어졌다. 마 게덕이 소나 닭을 붙잡고 짐승의 창자가 쏟아져나올 때까지 수간을 하다가 잡힌 것이었다. 양치기 소년을 때려눕히고 풀밭 한가운데서 양을 붙잡고 그 짓을 하기도 했다. 한번은 바구니에 카사바잎을 이고 가던 마을 여자가 그 망측한 욕정의 현장을 보고 발작을 일으키며 논 한복판을 달려가기도 했다. 모두 그를 멀리하기 시작했다. 그는 씻지도 않았다. 밥이나 음식은 마다하고 제 똥이나 바나나밭에서 주워온 똥만 먹었다. 친구와 가족들은 걱정 끝에 멀리서 두쿤*을 불러왔다.

---

* dukun. 민간 처방이나 주술로 병자를 치료하는 무속인.

못 고치는 병이 없다고 소문이 자자한 인도 사람이었다. 두쿤은 염소우리에서 마 게딕을 살펴보았다. 마 게딕은 아홉 달째 염소우리에 묶인 채 염소똥으로 연명하던 중이었다. 두쿤은 걱정하는 구경꾼들에게 담담히 말했다.

"이런 광인을 고칠 수 있는 건 사랑밖에 없소."

그것은 정말로 어려운 일이었다. 마 이양을 돌아오게 하는 것만큼이나 어려운 일이었다. 결국 모두 그를 포기했고 마 게딕은 쇠고랑을 찬 채로 오랜 기다림을 이어갔다.

"둘이서 16년을 기다리기로 했다는데 그전에 저 애가 썩어 문드러지고 말 게야." 마 게딕의 어머니가 분통을 터트렸다. 항문으로 내장을 쏟아놓고 꼬꾸라진 닭을 여섯 번이나 잡고 나서, 아들을 묶어두자고 한 사람은 바로 그였다.

그러나 그는 썩어 문드러지지 않았다. 오히려 약속한 날이 다가올수록 볼이 발그레해지면서 건강해져갔다. 낮이면 맨발의 초등학생들이 귀갓길에 염소우리에 모여들었다. 마 게딕은 아이들에게 농담을 섞어가며 고추에 침을 바르고 비벼대는 법을 가르쳐주었다. 학교 선생들은 학생들이 마 게딕 근처에 가는 것을 금지했다. 그러나 아이들은 제 고추를 잡고 마 게딕이 가르쳐준 대로 해보았다. 그러고는 한밤중에 염소우리로 찾아가 그의 귀에 대고 전에 알던 오줌 누는 법보다 새로 배운 방법이 훨씬 좋다고 속삭였다.

"그걸 여자애 보지에 넣고 하면 더 기분이 좋단다."

그러던 어느 날 한 농부가 아홉 살 난 초등학생 둘이 대낮에 판단 수풀 속에서 그 짓을 하고 있는 것을 발견했다. 마을 사람들은 염소우리에 판자를 둘러쳐버렸다. 마 게딕은 말 걸 사람도 빛한 줄기도 없이 갇혔다.

그러나 그 벌도 마 게딕의 투혼을 막지 못했다. 육신이 판자를 친 염소우리에 갇히자 그의 입이 음탕한 노래를 부르기 시작했다. 그 노래를 들으면 키야이들의 얼굴은 벌겋게 달아오르고 사람들은 한밤중에 엎치락뒤치락하며 잠들지 못했다. 그의 복수는 몇 주째 계속되었다. 마을 사람들이 더 이상 참지 못하고 코코넛으로 그의 입을 틀어막기로 결정했을 때 기적이 일어났다. 마 게딕이 음란한 노래를 그치고 아름다운 사랑 노래를 부르기 시작했다. 듣고 있으면 절로 눈물이 나올 정도로 아름다운 노래였다. 이웃들은 일손을 멈추고 천상의 천사가 내려오기라도 한 듯 넋을 놓고 노래를 들었다. 동네 사람 중 하나가 무슨 일인지 그제야 알아차렸다. 오늘은 바로 그가 16년 동안 기다려온 날이었다. 마 게딕이 바위산 꼭대기에서 연인을 만나기로 한 그날이었다.

마 게딕을 아는 이들이 모두 염소우리로 달려가 판자를 떼어냈다. 쥐구멍에서 매캐한 냄새가 나는 염소우리에 마침내 빛이 들어왔다. 마 게딕은 여전히 묶인 채로 노래를 부르는 중이었다. 사람들은 그를 끌어내 도랑으로 데려가 신생아나 시신을 다루듯 조심조심 목욕시켰다. 장미기름과 라벤더 같은 좋은 향을 몸에 뿌려주고, 네덜란드인이 버리고 간 재킷과 바지를 입혀주었더니 관에 들어가기 직전인 기독교도의 시체 같아 보였다. 몸단장이 모두 끝나자 오랜 친구가 깜짝 놀라며 말했다. "자네 너무 멋있어서 우리 마누라가 반할까 걱정이네."

"당연하지 자네 마누라는 나한테 홀랑 넘어올걸. 양이랑 악어도 나한테 반할 게 분명해." 마 게딕이 으스댔다.

두쿤의 말은 정말이었다. 사랑은 마 게딕의 병뿐만 아니라 어떤 병도 낫게 할 수 있었다. 이제 아무도 그를 걱정하지 않았다. 모두 과거에 그가 저지른 과오를 잊어버렸다. 어린 소녀들조차 그의 손이 제 몸을 더듬을지도 모른다고 겁먹지 않고 가까이 다가갔고, 독실한 무슬림들도 불경하고 음탕한 소리에 귀를 더럽힐 걱정 없이 그를 따뜻하게 맞아주었다. 그의 어머니는 마 게딕의 갑작스런 완쾌를 축하하는 잔치를 열었다. 원뿔형으로 쌓은 노란 샤프란 밥과 항문으로 내장을 쏟고 죽은 닭이 아닌 절차를 갖춰 잡은 닭을 내놓았다. 키야이가 찾아와 감사와 축복의 기도를 해주었다. 안개 덮인 할리문다의 외딴 갯마을이 맞이한 빛나는 아침이었다. 오랫동안 기억될 영광스런 아침이었다. 마을 사람들이 제 자식과 손주들에게 전해줄, 여러 대가 흘러도 잊히지 않을 변치 않는 사랑과 진실에 대한 이야기였다.

그러나 16년의 기다림은 비극으로 마무리되었다. 해가 빛나기 시작한 지 얼마 되지 않아 사람들은 차를 타고 말을 타고 바위산으로 달려가는 네덜란드인의 첩을 쫓기 시작했다. 첩은 두말할 것 없이 마 이양이었다. 마 게딕은 당나귀를 빌려 타고 네덜란드 나리와 제 연인을 쫓아갔다. 이웃들이 기다란 뱀꼬리처럼 줄을 지어 그를 따라갔다. 그들은 계곡에서 멈춰 섰다. 네덜란드인들이 멈춰 서고 마 게딕이 울부짖으며 제 연인의 이름을 불렀다.

마 이양은 바위산 꼭대기에서 참으로 작게 보였다. 자동차나 말, 당나귀로는 꼭대기에 갈 수 없었다. 네덜란드인들은 분에 차서 저 여자를 잡으면 바로 개장에 넣어버리겠다고 했다. 마 게딕은 바위산을 오르기 시작했다. 그러나 그 산은 너무 험해서 마이양이 대체 어떻게 꼭대기까지 올라갔는지 궁금할 따름이었다. 천신만고 끝에 마 게딕은 제 연인 곁에 섰다. 그리움으로 몸이 달왔다.

"아직도 나를 원해? 내 몸은 네덜란드인의 침으로 더럽혀지고 내 보지는 천백아흔두 번이나 욕보여졌는데도?" 마 이양이 물었다.

"나는 스물여덟 명이나 되는 여자들을 사백여든두 번이나 욕보였는걸. 거기다 그건 손으로 한 거랑 짐승들이랑 한 건 뺀 거라고. 내가 너와 다를 게 어디 있겠니?"

욕정의 신이 주술을 걸기라도 한 듯 둘은 서로를 꼭 끌어안았다. 그리고 뜨거운 열대의 태양 아래에서 입을 맞추었다. 기나긴 세월 동안 쌓아올린 욕망을 날려버릴 기세로 입은 옷을 훌렁훌렁 벗어던졌다. 벗은 옷들이 계곡 아래로 날아가 바람에 마호가니꽃이 날리듯 빙글빙글 돌았다. 그리고 눈앞에 믿을 수 없는 광경이 펼쳐졌다. 비명을 지르는 사람들도 있었다. 네덜란드인들은 얼굴이 시뻘게졌다. 두 연인은 아무 거리낌 없이 넓적한 바위 위에서 사랑을 나누기 시작한 것이다. 계곡을 가득 채운 구경꾼들이 극장에서 영화를 보듯 그 광경을 쳐다보았다. 정숙한 여자들은 제 머릿수건 자락으로 얼굴을 가렸고 남자들은 몸이 굳어버린 채 차마 서로를 쳐다보지 못했다. 네덜란드인들은 한마디씩 했다.

"내 말했지. 원주민들은 원숭이라고. 저것들은 아직 인간이 아니야."

진짜 비극은 두 사람이 사랑을 나누고 난 후에 벌어졌다. 마 게딕은 연인에게 바위산을 내려가 집으로 가자고, 결혼해서 같이 살며 영원히 사랑하자고 했다. 그건 불가능한 일이야, 마 이양이 말했다. 계곡에 발을 내려놓기도 전에 네덜란드인들이 달려들어두 사람을 개우리에 처넣을 것이었다.

"그래서 난 날아가려고 해."

"말도 안 돼. 날개도 없으면서."

"날 수 있다고 믿으면 날 수 있어."

마 이양은 제 말을 증명해 보이려는 듯 계곡으로 몸을 던졌다. 그의 알몸을 뒤덮은 땀방울에 햇살이 반사되어 진주알처럼 반짝였다. 그는 안갯속으로 사라졌다. 연인을 찾으러 기어내려간 마 게딕의 안쓰러운 비명만 들려왔다. 모두들, 네덜란드인들과 개들까지 그를 찾아나섰다. 계곡 구석구석을 뒤졌지만 흔적조차 보이지 않았다. 마침내 다들 그가 정말로 날아가버렸다고 믿게 되었다. 네덜란드인들도 마 게딕도 그렇게 믿었다. 이제 남은 것은 바위산뿐이었다. 사람들은 그곳에서 하늘로 날아가버린 여인의 이름을 따서 그 산을 마 이양 산이라고 불렀다.

그날로 마 게딕은 늪지대로 가서 움막을 지었다. 네덜란드인들은 우기에 말라리아 때문에 버텨내지 못하는 곳이었다. 그는 낮에는 항구로 가는 커피, 코코아, 야자, 얌 따위를 수레로 날랐다. 다른 수레꾼들과 필요한 말을 주고받는 것 외에는 일체 입을 열지 않았다. 자신 아니면 주변의 정령들하고만 말을 주고받았다. 이제 소나 닭을 범하거나 똥을 먹는 일은 없었지만 사람들은 그의 광증이 도졌다고들 했다.

마 게딕이 움막을 짓자마자 늪지대에 사람들이 몰려들어 새로 마을이 생겼다. 그러나 여전히 말라리아가 기승을 부리는지라 네덜란드인들은 관심조차 두지 않았다. 재산 상태를 알아보는 것은 말할 것도 없고 세금을 걷으려고도 하지 않았다. 그 마을에 가본 네덜란드인이라고는 인구조사를 하러 들어갔던 관공서 직원이 다였다. 그는 마 게딕의 집에 방문한 유일한 손님이기도 했다. 처음 그 집에 갔을 때 이상한 일이 벌어졌다. 늙수그레한 사내가 나왔고 어디선가 아이들이 왁자글하게 떠드는 소리가 들려왔다.

"마누라와 자식 열아홉이랑 삽니다." 마 게딕이 대답했다.

관청 직원은 그 내용을 받아 적고는 이웃집으로 발걸음을 옮겼다. 마을 사람들은 목숨을 걸고 맹세컨대 허름한 움막에 사는 남자는 혼자 산다고 했다. 아내도 없을뿐더러 자식 열아홉은 더더욱 없다고 했다. 내막이 궁금해진 관청 직원은 다시 마 게딕의 움막에 갔다. 저번처럼 늙은 사내가 나오고 어디선가 왁자글하게 떠드는 소리가 들려왔다. 어두운 방에서 여자가 아이를 재우는 소리와 어디서 나는지 모를 아이들 소리였다.

"마누라와 자식 열아홉이랑 삽니다." 마 게딕이 다시 똑같이 대답했다.

그러나 네덜란드인은 다시 오지 못했다. 일주일 후 말라리아에 걸려 숙소에서 죽었기 때문이다. 개를 쏘아 죽인 콜리브리 운전수와 문짝을 날려버린 경비가 한밤중에 오기 전까지는, 그 네덜란드인이 마 게딕을 찾아온 마지막이자 유일한 방문객이었다. 두 사람은 갑자기 찾아와서 기가 막힐 소리를 했다. 데위 아유가 결혼하고 싶어 한다는 것이다. 노인은 그 애가 왜 결혼하겠다는 것인지 알 수 없었다. 마음속에서 안 좋은 생각이 들었다. 애를 밴 게 분명했다. 그래서 네덜란드인 가족이 추문을 피하려고 서둘러 결혼시키려는 것이다. 여전히 덜덜 떨며 경비에게 물었다.

"애를 밴 거요?"

"누가?"

"데위 아유 말이요."

"아가씨가 영감이랑 결혼하겠다는 건 임신하기 싫어서가 아니겠어."

데위 아유는 기쁜 표정으로 새신랑을 맞이했다. 하인들에게 새신랑을 목욕시키고 좋은 옷을 입히게 했다. 주례를 설 촌장이 곧 온다고 했다. 그러나 마 게딕은 기쁘지 않았다. 결혼할 시각이 다가올수록 그는 더 침울해지기만 했다.

"여보, 좀 웃어보세요. 개장에 던져버리는 수가 있어요." 데위 아유가 말했다.

"말해보시오. 왜 나랑 결혼하려는 거요?"

"오전 내내 그 말씀만 하시는군요. 다른 사람들은 다 결혼할 이유가 있어서 결혼한다고 생각하세요?" 데위 아유가 짜증 섞인 목소리로 물었다.

"보통은 서로 사랑하기 때문에 결혼하지요."

"그렇담 정확히 반대네요. 우리는 눈곱만큼도 서로를 사랑하지 않으니까요. 그게 바로 이유예요."

이제 열여섯 살, 여느 혼혈아들처럼 데위 아유도 눈부시게 아름다웠다. 반짝반짝 빛나는 검은 머리칼과 파란 눈, 망사로 된 웨딩드레스를 입고 티아라를 한 모습이 마치 동화 속 요정 같았다. 이제 스탐러 저택을 책임질 사람은 그뿐이었다. 다른 가족들은 아직 기회가 있을 때 짐을 싸들고 다른 네덜란드인들과 오스트레일리아로 피신하는 배에 올랐다. 일본군이 싱가포르를 점령했다. 아직 할리문다까지 오지 못했지만 바타비아(수도 자카르타의 옛 이름)에는 도착했을 공산이 컸다.

전쟁에 대한 소문은 벌써 여러 달 전 라디오에서 유럽에 전쟁이 터졌다는 소식이 나왔을 때부터 돌았다. 데위 아유는 프란치스코회 사범학교에 다니던 중이었다. 그 학교는 나중에 중학교가 되었고, 후일 데위 아유의 손녀 렝가니스가 그 학교 화장실에서 개에게 강간당한다. 데위 아유는 간호사가 되기 싫어 교사가 되려고 했다. 유치원 교사인 고모 하네커와 마 게딕의 개를 쏜 운전수가 운전하는, 마 게딕을 데리러 간 바로 그 콜리브리 자동차를 타고 학교에 갔다.

　데위 아유는 할리문다 최고의 교사들에게 배웠다. 수녀들이 음악, 역사, 네덜란드어, 심리학을 가르쳤다. 신학교의 예수회 신부들이 와서 종교, 교회사, 신학을 가르치기도 했다. 수녀들과 신부들은 데위 아유의 타고난 머리에 감탄하면서도 타고난 미모를 걱정했다. 수녀들 몇몇이 청빈, 순결, 정조의 선서를 시키려 들기도 했다. "말도 안 돼요. 여자들이 모두 그런 선서를 해버리면 공룡처럼 인류도 사라져버릴 거예요." 타고난 미모보다 더 큰 걱정거리는 사람을 깜짝깜짝 놀라게 하는 당돌한 말버릇이었다. 그러거나 말거나 그가 기독교에서 좋아하는 것은 성서에 나오는 신비롭고 환상적인 이야기들뿐이고 교회에서 좋아하는 것은 감미로운 종소리뿐이었다.

　그가 프란치스코회 사범학교 1학년일 때 유럽에서 전쟁이 터졌다. 마리아 수녀가 교실 앞에 설치해둔 라디오에서 독일군이 고작 나흘 만에 네덜란드를 점령했다는 소식이 흘러나왔다. 전쟁이 역사책에나 나오는 무의미한 사건이 아니라 진짜로 벌어지고 있다는 사실에 학생들은 어쩔 줄 몰라 했다. 더군다나 제 선조들의 고향에서 벌어진 전쟁인 데다 네덜란드는 지고 있었다.

　"처음에는 프랑스더니, 이번엔 독일이 점령했다고? 정말 한

심한 나라로군." 데위 아유가 말했다.

"데위 아유, 그게 무슨 소리냐?" 마리아 수녀가 물었다.

"제 말은 우리나라에는 장사꾼만 많지 군인이 부족하다는 얘기예요."

그런 말을 한 대가로 데위 아유는 큰 소리로 찬송가를 읽는 벌을 받았다. 반에서 전쟁 소식에 열을 올리는 사람은 그뿐이었다. 이제 무시무시한 전망이 나왔다. 전쟁은 네덜란드령 동인도는 물론이고 할리문다에까지도 미칠 것이다. 수녀들은 네덜란드에 있는 가족들의 안위를 비는 기도회를 열었고, 데위 아유도 참석하기는 했지만 대수롭잖게 여겼다.

그러나 집에서는 걱정이 커져만 갔다. 특히 할머니와 할아버지는 네덜란드에 두고 온 여러 식구들을 걱정했다. 매일같이 네덜란드에서 온 편지를 찾았지만 편지는 오지 않았다. 데위 아유의 부모인 헨리와 아뇌의 안위도 걱정이었다. 헨리와 아뇌는 16년 전 어느 날 아직 어린 아기인 데위 아유를 남겨두고 홀연히 유럽으로 떠나버렸다. 그 일로 온 가족이 분노했지만 여전히 두 사람을 걱정할 수밖에 없었다.

"어디서건 그 애들이 행복했으면 좋겠구나." 테트 스탐러가 말했다.

"독일인들이 두 분을 죽인대도 천국에서 쭉 행복하시길." 데위 아유는 이렇게 말해놓고 제 말에 답했다. "아멘."

"16년이 지났잖니. 난 이제 다 용서했어. 넌 엄마, 아빠나 만날 수 있게 해달라고 기도하렴." 마리에가 데위 아유에게 말했다.

"그럼요, 할머니. 엄마, 아빠는 저한테 크리스마스 선물 열여섯 개랑 생일선물 열여섯 개를 빚지셨어요. 그나마 부활절 달걀 열여섯 개는 뺀 거라고요."

데위 아유는 부모인 헨리와 아뇌에 대해 이미 잘 알았다. 하인들이 손녀에게 부모에 관해 누설한 것을 알면 테트와 마리에가 매를 들 것이 불보듯 뻔한지라 부엌에서 일하는 일꾼들이 귓속말로 알려주었다. 얼마 지나지 않아 테트와 마리에도 데위 아유가 이미 모든 것을 안다는 사실을 알게 됐다. 그는 자신이 어느 날 아침 바구니에 담겨 문 앞에서 발견된 것마저 잘 알았다. 아기는 강보에 싸인 채 곤히 잠들어 있었다. 짧은 편지에는 아기의 이름과 아기의 부모는 오로라호를 타고 유럽으로 떠난다는 사연이 적혀 있었다.

데위 아유는 자신에게 부모는 없고 조부모와 고모만 있다는 사실을 늘 신기해했다. 그러나 부모가 그렇게 갑자기 사라졌다는 것을 알고는 화내지 않았다. 오히려 부모를 경외하는 쪽이었다.

"엄마, 아빠는 진정한 모험가예요." 데위 아유가 테트 스탐러에게 말했다.

"이야기책을 너무 많이 읽었구나." 할아버지의 대답이었다.

"엄마, 아빠는 교회에 열심히 다녔나봐요. 성경에는 나일강에 아기를 버리는 어머니가 나오잖아요."

"그건 다른 이야기지."

"그럼요, 물론 다르죠. 저는 현관에 버려졌으니까요."

정말이지 그건 말도 못하게 수치스런 추문이었다. 헨리와 아뇌는 둘 다 디트 스탐러의 자식이었다. 어릴 때부터 한집에 살았던 둘이 사랑에 빠질 줄은 아무도 몰랐다. 헨리는 본처 마리에의 배에서 났고 아뇌보다 두 살 위였다. 아뇌는 테트의 원주민 첩인

마 이양의 소생이었다. 마 이양은 경비원 두 사람이 지키는 집에서 따로 살았지만, 테트는 아뉘가 태어나자 본가로 데려와 키우기로 했다. 마리에는 난리법석을 치며 반대했지만 남자들이 죄다 첩을 두고 첩 소생의 아이를 보는 상황에서 할 수 있는 일은 별로 없었다. 결국 아이를 데려다 키우고 가족의 성姓을 쓰도록 허락하고 말았다. 그렇지 않으면 클럽에서 두고두고 뒷말이 돌 깃이있다.

함께 자라난 두 아이가 사랑에 빠질 시간은 차고 넘쳤다. 헨리는 쾌활한 청년이었다. 러시아산 사냥개를 데리고 돼지 사냥에 나서면 따를 자가 없었고, 축구면 축구, 수영이면 수영, 춤이면 춤 빠지는 데가 없었다. 아뉘는 어여쁜 소녀였다. 피아노를 치며 소프라노로 노래할 때면 누구든 그 미모에 빠려들었다. 테트와 마리에는 두 아이가 야시장이나 댄스홀에 가는 것을 막지 않았다. 신나게 놀고 싶은 나이가 아닌가. 좋은 짝을 데려올지도 몰랐다. 그런데 파국은 바로 거기서 시작됐다. 어느 날 두 아이는 밤늦게까지 춤을 추고 레스토랑에서 레몬주스를 마시고도 집으로 돌아오지 않았다. 걱정하던 테트는 경비원 둘을 보내 야시장을 뒤지게 했다. 하지만 회전목마는 어둠 속에 꼼짝도 하지 않았고 귀신의 집은 굳게 잠겨 있었으며 댄스홀은 텅 비어 있었다. 먹을 것을 파는 좌판은 다 파했고, 좌판을 보던 점원들이 지친 채좌판 앞에 널브러져 자고 있었다. 헨리와 아뉘의 흔적은 찾을 수 없었다. 테트는 마지막으로 아이들의 친구들에게 둘의 행방을 물었다. 누군가가 말했다.

"헨리랑 아뉘는 만灣에 간다고 했어요."

한밤의 만에는 여인숙 몇 곳 외엔 아무것도 없었다. 테트는 여인숙을 하나씩 뒤졌다. 결국 찾아낸 두 아이는 벌거벗은 채 파랗게 질려 있었다. 테트는 아무 말도 하지 않았고 두 아이도 다시는 나타나지 않았다. 아무도 그들의 행방을 알지 못했다. 돈을 빌리거나 친구의 도움을 얻지 않았다면 닥치는 대로 이 일 저 일 하며 하숙집을 전전하고 있을지 모른다. 정글에 들어가 과일과 멧돼지 고기로 연명하고 있을지도 모른다. 둘이 바타비아에 살며 철도 회사에서 일한다고 말하는 이도 있었다. 테트와 마리에는 둘이 어디에 있는지 무얼 하는지 전혀 알지 못했다. 그러던 어느 날 테트가 현관에서 아기가 담긴 바구니를 발견했다.

"그 아기가 바로 너란다. 그 애들이 네 이름을 데위 아유라고 지었지." 테트가 말했다.

"두 분이 오로라호에서 아기를 더 만드셨을 텐데. 유럽에는 바구니랑 현관이 더 많아야겠어요."

"그 사실을 안 네 할머니는 미친 사람처럼 히스테리를 부리더니 뛰어나갔어. 어찌나 빠르던지 말을 타고도 차를 타고도 따라잡을 수가 없었지. 바위산 꼭대기에서 겨우 찾았는데 할머니는 내려오지 않았단다. 그리고 거기서 날아가버렸어."

"마리에 할머니가요?"

"아니, 마 이양 말이야."

그의 첩, 데위 아유의 또 다른 할머니 마 이양의 이야기였다. 할아버지는 뒤쪽 베란다에 앉아 북쪽을 바라보면 바위산 두 개가 보인다고 알려주었다. 그중 서쪽 산이 마 이양이 날아간 곳이 있다. 사람들은 그 산을 마 이양 산이라고 불렀다. 감동적이지만 슬픈 이야기였다. 데위 아유는 해질녘이면 그 산을 바라보았다. 할머니가 아직도 잠자리처럼 날고 있길 바라며 혼자 멍하니 앉아 있곤 했다. 이제 그의 관심을 사로잡은 것은 전쟁이었다. 라디오 앞에 앉아 전선 소식에 열중했다.

전쟁은 아직 먼 데서 벌어지는 일이었지만 할리문다에도 영향을 미쳤다. 테트 스탐러는 다른 네덜란드인들과 공동으로 관내에서 가장 큰 코코아 농장을 운영했다. 하지만 전쟁 때문에 국제무역은 엉망이 되었다. 수입이 바닥을 치고 사업은 망한 것 같았다. 가족들은 돈을 아끼고 또 아꼈다. 이제 마리에는 이 집 저 집으로 다니는 행상에게서만 먹을 것을 샀다. 이제 하네커는 영화도 안 보고 레코드도 안 샀다. 운전기사 겸 수리공으로 일하는 혼혈인 빌리조차 총알과 콜리브리에 넣는 기름을 아껴야 했다. 데위 아유는 학교 기숙사로 대피했다.

프란치스코회 수녀들은 기숙사를 무상으로 개방해서 전시에 보탬이 되는 일을 하려고 했다. 학교 수업시간이면 온통 전쟁에 대한 불안한 소식들이 난무했다. 이제 전쟁은 바로 안마당에까지 찾아왔다. 끝도 없는 전쟁 이야기가 지긋지긋해진 데위 아유가 벌떡 일어나서 큰 소리로 말했다.

"여기 앉아서 말만 할 게 아니라 총 쏘고 대포 쏘는 법을 알려주시면 안 되나요?"

이 말에 수녀들은 기겁을 했고 데위 아유는 벌로 정학을 받아 집으로 쫓겨 갔다. 그나마 할아버지가 나서서 학교를 상대로 전쟁을 벌여 정학 기간은 일주일로 줄었다. 데위 아유가 학교로 돌아간 것은 진주만 폭격이 벌어진 후였다. 늘 신나는 표정으로 역사를 가르쳤던 마리아 수녀가 이번엔 심각한 표정으로 말했다. "이제 미국이 나서게 될 거야."

어느덧 전쟁이 아주 가까운 데까지 온 것을 다들 깨달았다.

풀밭 위의 도마뱀처럼 서서히 그러나 확실하게 전쟁은 지표면을 피와 탄피로 뒤덮기 시작했다. 데위 아유의 예언은 곧 현실이 될 듯했다. 가까이 오는 것은 독일군이 아니라 일본군이었다. 호랑이가 오줌을 갈겨 제 영역을 표시하듯, 필리핀에서 나부끼던 일장기가 금세 싱가포르에도 휘날렸다.

집에는 더 큰 문제가 벌어졌다. 아직 중늙은이인 테트 스탐러가 소집영장을 받은 것이다. 근검절약과는 차원이 다른 종류의 시련이었다. 하네커는 눈물을 흘리며 부적을 쥐어주었고 데위 아유는 테트를 안심시켰다. "할아버지, 총에 맞아 죽는 것보단 포로가 되는 편이 백배 낫다는 거 잊으시면 안 돼요."

테트가 어디로 배치될지 아무도 몰랐다. 빠른 속도로 자바로 오는 중인 일본군을 막기 위해 수마트라로 배치될 가능성이 높기는 했다. 테트는 다른 농장주 남자들과 할리문다를 떠났다. "내 목숨을 걸고 하는 말인데 생전 그인 돼지 한번 제대로 맞혀본 적이 없어." 읍내 광장에서 테트와 헤어지면서 눈물에 젖은 마리에가 말했다. 이제 남편을 대신해 집안을 이끌어야 하는 마리에가 딸과 손녀딸의 위로를 받는 모습은 서글프기만 했다. 빌리가 거의 매일 집으로 왔다. 그는 혼혈이라 네덜란드 국민으로 등록된 적이 없는 데다 멧돼지에게 받힌 후로 다리를 약간 저는지라 소집영장을 받지 않았다.

"할머니, 진정하세요. 일본 사람들은 눈이 너무 작아서 지도에서 할리문다를 못 보고 지나갈 거예요." 데위 아유가 말했다. 할머니를 달래보려 한 우스갯소리였지만 마리에는 억지로라도 웃는 시늉조차 하지 않았다.

온 도시가 실의에 빠졌다. 야시장은 문을 닫고 클럽에는 손님이 끊겼다. 댄스 파티도 열리지 않았고 농장 사무실을 지키는 것은 여자와 노인들뿐이었다. 사람들은 수영장에서 만나도 아무 말도 하지 않고 몸을 물에 담그기만 했다. 원주민들만이 이 모든 일과 아무 상관없이 하던 일을 계속했다. 수레꾼은 평소처럼 항구로 수레를 끌었다. 여전히 무역은 계속됐고 배들도 드나들었기 때문이다. 농부들은 논밭에서 일하고 어부들은 밤마다 바다에 나갔다.

정규군이 할리문다항에 도착했다. 자바 남쪽 해안에서 가장 큰 항구인 할리문다는 오스트레일리아로 가는 대규모 피란 행렬을 실어 나르는 항구가 될 가능성이 컸다. 본래 할리문다는 렝가니스강 하구에 자리 잡은 작은 갯마을일 뿐 대항해와 뱃사람의 전통과는 무관한 곳이었다. 교역이라봐야 해안에 사는 이들이 생선, 소금, 새우젓 같은 것을 내륙에 사는 이들이 가져온 쌀, 야채, 향료와 바꾸는 정도였다.

그보다 훨씬 전 할리문다는 아무에게도 속하지 않은 안개 자욱한 습지대일 뿐이었다. 파자자란 왕조*의 마지막 공주가 여기로 도망와 이곳을 할리문다라고 이름 지었다. 공주의 후손들이 이곳에 자리 잡고 마을과 도시를 세웠다. 마타람 왕국은 반역을 저지른 왕자를 이곳으로 추방했다. 네덜란드인들은 이 지역에 아무 관심도 없었다. 습지대라 말라리아가 자주 창궐했고 홍수와 범람을 통제할 수 없는 데다 도로 상황은 최악이기 때문이었다. 할리문다에 처음 정박한 큰 배는 18세기 중반에 나타난 영국 상

---

* 7세기부터 16세기 중반까지 서부 자바 지역에 있었던 왕국. 순다 왕국이라고도 부른다.

선 로열조지호였다. 이 배는 물을 구하러 왔지 무역을 하러 온 것이 아니었다. 그러나 이 사건은 네덜란드 식민 정부를 자극했다. 네덜란드인들은 이 배가 커피와 인디고, 어쩌면 진주도 사들였을지 모른다고 의심했다. 더 나아가 이 배가 할리문다를 통해 디포네고로** 부대에 무기를 몰래 대줄지도 모른다고 생각했다. 그리하여 마침내 첫 네덜란드 탐험대가 도착해 이 지역을 둘러보고 지도를 만들었다.

처음으로 할리문다에 살게 된 네덜란드인은 중위 한 명, 병장 두 명, 상병 두 명이었다. 그들은 소총으로 무장한 위관급 군인을 예순 명쯤 거느리고 할리문다에 초소를 세웠다. 그때면 디포네고로의 전쟁이 끝나고 강제재배제도***가 시작된 후였다. 수비대가 주둔하기 전, 그리고 네덜란드인들이 직접 코코아를 재배하기 전, 할리문다 내륙지대에서 수확한 엄청난 양의 커피와 인디고는 육로를 거쳐 바타비아로 실려갔다. 육로에는 여러 가지 위험이 도사리고 있었다. 가는 길에 물건이 상하기도 했고 도처에 도둑이 들끓었다. 그런데 이제 할리문다에 수비대가 있고 항구가 열렸으니 수확한 상품을 바로 배에 실어 유럽에 보낼 수 있게 되었다. 수레와 마차가 다닐 수 있도록 길을 넓혔다. 홍수를 막을 운하를 파고 항구 곳곳에 창고를 지었다. 비록 할리문다가 북쪽 해안의 항구들에 비해 중요하게 여겨진 적은 한 번도 없었지만, 적

** 1825·1830년 사이 반네덜란드 무력투쟁을 이끈 마타람 왕국의 왕자.
*** 1830년경 네덜란드 식민 정부가 자바에 도입한 경작체제. 토착 귀족의 협력으로 원주민의 노동력을 이용해 사탕수수, 차, 인디고, 담배 등 환금성 작물을 강제로 재배하게 하고 유럽에 판매해 엄청난 이윤을 남겼다.

어도 식민 정부의 인정을 받았고 이제 민간 회사가 쓸 수 있는 항구가 열린 것이다.

언제나 그렇듯 할리문다에서 제일 먼저 영업을 시작한 회사는 네덜란드령 동인도 증기선 회사였다. 동서로 자바를 가로지르는 철도가 개통되자 창고업도 시작되었다. 그러나 할리문다의 무역은 한 번도 황금기를 맞지 못했다. 식민 정부는 첫 수비대 주둔 이후 할리문나를 쭈요 군사 서섬으로 개발했다. 남쪽 해안에서 유일하게 큰 항구인 할리문다는 유사시에 네덜란드인들이 순다해협이나 발리해협을 거치지 않고 오스트레일리아로 피할 수 있는 뒷문 역할을 할 수 있었다.

네덜란드인들은 항구와 도시를 방어할 요새와 대포를 해안에 설치했다. 오래전 파자자란 왕가의 혈통을 이어받은 공주가 살았다는 곳을 따라 산 위로 감시탑이 세워지고 포병 백 명이 배치됐다. 25년 후에는 거대한 암스트롱 대포 25기가 설치됐다. 20세기 초에는 막사가 더 세워지고 방어 계획은 더 탄탄해졌다. 그렇게 할리문다에 많은 것들이 처음으로 생겨났다. 사창가, 클럽, 병원, 말라리아 방제 계획, 네덜란드인 사업가들, 그중 일부는 코코아 농장을 세워 여러 해 동안 할리문다에 머물렀다.

전쟁이 터지고 독일이 네덜란드를 점령하자 할리문다의 군사 시설은 더 강화되고 더 많은 군인들이 몰려왔다. 그 후 라디오에서는 일본군이 영국 전함 프린스오브웨일스호와 리펄스호를 침몰시켰고 말레이반도마저 차지했다는 소식이 들려왔다. 일본은 계속 승승장구했다. 말레이반도를 점령한 지 얼마 되지 않아 영국군 참모총장 아서 퍼시벌 장군이 싱가포르에서 항복했다. 싱가포르는 영국군 진지 중 가장 튼튼한 곳이라고 하던 데였다. 상황은 나빠져 가기만 했다. 어느 날 아침에는 관청에서 직원이 나와 집집마다 찾아다니며 가슴 철렁한 소식을 전해주었다. "일본군이 수라바야를 공습했습니다." 인도네시아인 노동자들은 일손을 놓았고 무역은 모두 중단됐다. "빨리 피신하셔야 합니다, 마님." 사람들이 독촉했지만 마리에는 하네커와 데위 아유의 손만 잡고 아무 대답도 하지 않았다.

할리문다는 금세 기차와 차를 타고 몰려든 사람들로 북새통을 이뤘다. 사람들은 배에 오를 차례를 기다리며 며칠씩 기다렸다. 군함 50여 척이 항구로 와서 대피를 도왔다. 모든 것이 엉망이었고 네덜란드령 동인도는 망한 것 같았다. 스탐러 가족은 배에 오를 수 있다는 확실한 약속을 받자마자 정신없이 짐을 싸기 시작했다. 그 와중에 데위 아유가 폭탄선언을 했다. "전 안 가겠어요."

"바보 같은 소리 하지 마. 일본 놈들이 너를 내버려둘 리 없어." 하네커가 말했다.

"어떤 상황이건 스탐러 집안 사람 중 하나는 여기 남아야 하지 않겠어요? 그래야 나중에 누굴 찾아야 할지 알 거 아녜요." 데위 아유가 고집을 피웠다.

마리에는 손녀의 고집에 통곡을 했다. "놈들이 너를 전쟁포로로 만들 거야!"

"할머니, 제 이름은 데위 아유라구요. 그리고 그 이름은 네덜란드식이 아니라 원주민 이름인 걸 다 알아요."

일본군은 수라바야를 폭격해 초토화시키고 목표인 탄중 프리옥을 향해 전진했다. 네덜란드 식민 정부의 고위 관료들이 제일 먼저 몸을 피했다. 마리에와 하네커는 전장에 나간 테트의 운명을 알지 못하고 데위 아유를 제 고집대로 남겨둔 채, 거대한 증기선 잔담호에 몸을 실었다. 이 배는 벌써 여러 차례 피란민들을 오스트레일리아로 실어 날랐지만 이번이 마지막 항해가 될 터였다. 항해 중 일본군 순양함과 마주쳤는데 싸움 한번 해보지 못하고 침몰해버린 것이다. 데위 아유와 빌리를 비롯한 스탐러 저택의 식솔들은 배에 탄 두 사람의 상을 치렀다.

일본군 48사난 소속 보병대가 필리핀 바타안 전투 후 크라간에 상륙했다. 그중 절반은 수라바야를 거쳐 말랑으로 갔고, 스스로를 사카구치 연대라고 밝힌 나머지 절반은 할리문다에 도착했다. 일본군 전투기들이 벌써 하늘을 날며 바타프세 석유사 소유 정유공장과 노동자 숙소, 코코아와 야자 플랜테이션 농장에 폭탄을 떨어뜨렸다. 아직 할리문다 외곽을 철통같이 지키고 있던 네덜란드령 동인도군은 사카구치 연대를 맞아 치열한 싸움을 벌였다. 그러나 겨우 이틀 후, 네덜란드가 칼리자티에서 항복했다는 소식이 전해지자 할리문다의 지휘관 P. 메이제르 장군은 바로 투항했다. 결국 네덜란드령 동인도 전체가 일본군 손에 넘어갔다. P. 메이제르 장군은 시청에서 할리문다 지휘권을 일본에 넘겨주었다.

데위 아유는 이 모두를 제 눈으로 보고 제 귀로 들었다. 그러나 상을 당한 후로는 누구와도 말을 섞지 않았다. 집 뒤편 베란다에 앉아 테트가 일러준 마 이양 산을 바라보기만 했다. 그러던 어느 해질녘 빌리가 보르조이 한 마리를 앞세우고 뒤뜰에 나타났다. 빌리가 데려온 개는 아버지 헨리의 개였던 보르조이 혈통을 물려받은 것 같았다. 상을 당한 후 처음으로 데위 아유가 입을 열었다.

"하나는 날아가버리고 하나는 물에 빠져버렸어."

"무슨 말입니까, 아가씨?" 빌리가 물었다.

"그냥 할머니 두 분을 생각하던 중이었어."

"아가씨, 무슨 말씀이라도 하셔야 합니다. 하인들이 우왕좌왕하고 있어요. 이제 아가씨가 집안의 주인이 아닙니까?"

데위 아유는 고개를 끄덕였다. 그날 저녁 해가 지고 난 후 빌리를 시켜 요리사, 하녀, 정원사, 경비 할 것 없이 하인들을 한자리에 모았다. 데위 아유는 이제 자신이 이 집안의 유일한 주인이라고 선언했다. 모두 자신의 명령을 따라야 하며 거역하는 일은 있을 수 없다. 자신이 직접 매를 들지는 않겠지만 할아버지가 돌아오시면 책임을 물어 매질을 하고 개장에 던져넣을 것이라고 했다. 그러나 그가 내린 첫 지시는 모두를 놀라게 하고 혼란스럽게 만들었다.

"오늘밤에 누가 습지대 마을에 가서 마 게딕이란 노인을 데려와줘야겠어. 내일 아침에 그이랑 결혼할 거야."

"농담하지 마십시오, 아가씨." 빌리가 말했다.

"이게 장난이라고 생각이 들면 가서 실컷 웃어."

"하지만 신부님도 안 계시고 교회는 폭격에 무너진걸요."

"그래도 촌장은 있을 거 아니야."

"하지만 아가씨는 무슬림이 아니잖아요."

"하지만 난 가톨릭도 아닌 지 오래니까 상관없어."

그렇게 데위 아유와 마 게딕의 결혼은 시작되었다. 불쌍한 노인이 젊고 아름다운 여자와 결혼한다는 소문은 순식간에 온 도시로 퍼졌다. 할리문다에 들어오던 일본군들마저 소문을 들었을 정도였다. 몸을 피하지 못했던 네덜란드인들은 하인을 시켜 편지를 보내 소문이 사실인지 물었다. 헨리와 아뇌의 추문을 다시 들먹이는 이들도 있었다.

"내가 아가씨랑 결혼하지 않으면 어떻게 되는 겁니까?" 촌장이 도착한 지 얼마 지나지 않아 마 게덕이 물었다.

"개밥이 되겠지요."

"그렇다면 개밥이 되겠소."

"그리고 마 이양 산을 평평하게 만들 거고요."

그 무시무시한 협박 때문에 마 게덕은 도리가 없었다. 그날 아침 9시 데위 아유와 마 게덕은 결혼식을 올렸다. 같은 시각 일본군도 할리문다시 점령을 기념하는 식을 올렸다. 하인들과 경비원들 말고는 하객은 아무도 없었다. 빌리가 증인이 되어주었다. 마 게덕은 결혼식 내내 부들부들 떨면서 말을 더듬어 혼인서약도 제대로 하지 못했다. 급기야 신랑이 정신을 잃고 쓰러지자 촌장은 황급히 성혼을 선언했다.

"딱한 이 같으니라고. 할아버지가 마 이양을 첩으로 삼지 않았더라면 내 할아버지가 됐을지도 모르는데." 데위 아유의 말이었다.

마 게덕은 오후에야 정신이 들었다. 어떻게 된 영문인지 몰라도 이미 데위 아유의 남편이 돼 있었다. 노인은 데위 아유가 악마라도 되는 양 노려보았다. 신부의 몸에 손끝도 대지 않았을 뿐 아니라 신부가 가까이 오기라도 할라치면 몸을 움츠리며 손에 집히는 대로 아무거나 집어던졌다. 신부가 기세를 늦추자 재빨리 방구석으로 가 몸을 웅크리고 요람의 아기처럼 큰 소리로 울었다. 데위 아유는 멀지 않은 곳에서 웨딩드레스 차림으로 차분히 기다렸다. 한번씩 새신랑을 구슬리고 어루만지며 합방을 시도해보았다. 그러다 마 게딕이 비명을 질러대면 바로 멈추고 입을 다문 채 제자리로 돌아갔다. 겁에 질린 남편에게 화를 꾹꾹 참으며 미소를 지었다.

"왜 나를 무서워하나요? 그저 만지고 싶고 또 같이 자고 싶을 뿐이에요. 당신은 제 남편이니까요."

마 게딕은 대답하지 않았다.

"생각해보세요. 결혼했는데도 당신은 합방을 거부하시니 그럼 난 임신을 못하겠죠. 그럼 당신이 남자 구실을 못하는 게 온 동네에 알려질 텐데요."

"너…… 너…… 이 요망한 계집." 마침내 마 게딕이 더듬거리며 입을 열었다.

"어여쁜 요부죠." 데위 아유가 말을 고쳤다.

"넌 처녀가 아니야."

"말도 안 되는 소리!" 살짝 마음이 상한 데위 아유가 말했다. "내 몸을 뚫어보라고! 그럼 진실이 뭔지 알 거 아녜요."

"넌 처녀가 아니야. 애를 밴 거야. 그래서 나를 흑염소(희생양)로 만들려는 거지."

"그렇지 않아요."

두 사람의 입씨름은 한밤중을 지나 다음날 새벽까지 계속되었지만 어느 한쪽도 마음을 바꾸지 않았다. 날이 밝아오고 신방으로 아침 햇살이 들어올 때쯤이면 데위 아유는 신랑의 비명 소리에 완전히 지쳐 있었다. 그를 달래기를 포기하고 옷을 다 벗어버렸다. 웨딩드레스와 티아라 할 것 없이 모두 침대 위에 던져버렸다. 데위 아유는 벌거벗은 채로 아직도 히스테리를 부리는 노인 앞에 서서 그의 귀에 대고 소리쳤다.

"자 넣어! 넣어보면 내가 처녀인지 아닌지 알 거 아냐!"

"악마에게 맹세컨대 안 해. 넌 처녀가 아니야."

그 말에 데위 아유는 제 음부를 마 게딕의 코앞에 들이대더니 가운데 손가락을 질 깊숙이 집어넣었다. 손가락이 가랑이 사이에서 움직일 때마다 데위 아유는 신음을 내뱉으며 몸을 떨었다. 곧 피 묻은 손가락을 꺼내 마 게딕에게 보여주었다. 그리고 손가락을 들어 마 게딕이 이마에서 턱 끝까지 일직로 선을 그었다.

"당신 말이 맞아요. 난 이제 처녀가 아니야."

그리고 목욕을 하더니 침대 위에서 잠들었다. 아직도 방구석에서 벌벌 떨고 있는 노인 따위는 아무래도 상관없다는 투였다. 하루 밤낮을 꼬박 깨 있었던지라 곤히 잠들었다. 하인들이 점심을 먹으라고 깨우러 와도 일어나지 않았다. 느지막이 일어나더니 곧바로 식탁으로 가 입맛을 다시며 밥을 먹었다. 제 명령을 기다리며 대기하고 있던 하인들에게는 말 한마디 하지 않았다. 방으로 돌아와보니 노인이 사라졌다. 화장실, 정원, 부엌을 샅샅이 뒤져봤지만 찾을 수 없었다. 마지막으로 집 앞을 지키는 경비원에게 물었다.

"악령이라도 본 사람처럼 비명을 지르며 도망갔습니다, 아가씨."

"그런데 잡지도 않았단 말이야?"

"너무 빨리 달려서 잡을 수가 없었습니다. 16년 전에 마 이양도 이렇게 달려갔죠. 그래도 빌리 씨가 차로 쫓아갔습니다."

"그래서 잡았어?"

"아니요."

데위 아유는 마구간으로 달려가 말을 타고 그를 따라나섰다.

70

짐작컨대 마 게딕은 마 이양이 뛰어내린 바위산 꼭대기로 갔을 것 같았다. 그러나 마 게딕이 달려간 곳은 그 바위산 동편에 있는 다른 바위산이었다. 데위 아유는 사람들에게 물어물어 콜리브리 타이어 자국을 찾았다. 타이어 자국은 바위산 기슭으로 이어지다 차로는 더 이상 올라갈 수 없는 지점에서 멈췄다. 그곳에 빌리가 자동차 뒤 범퍼에 앉아 있었다.

"꼭대기에서 노래하는 중입니다." 빌리가 말했다.

데위 아유는 고개를 들어 마 게딕을 보았다. 그는 오페라 가수라도 된 것처럼 바위에 올라 노래를 부르고 있었다. 노랫소리가 희미하게 들렸다. 그러나 데위 아유는 그 노래가 오래전 그가 16년간 기다렸던 마 이양이 떠나던 날 불렀던 바로 그 노래라는 사실은 알지 못했다.

"마 이양처럼 뛰어내릴 게 분명합니다. 하늘로 날아가서 안갯속으로 사라질 거예요." 빌리의 말이었다.

"아니야. 바위 위로 떨어져서 고깃덩어리처럼 산산조각 나고 말 거야."

그리고 일이 벌어졌다. 노래를 마치자마자 마 게딕은 허공으로 몸을 던졌다. 일순 날아오르는 것 같았다. 그의 얼굴은 여러 해 동안 볼 수 없었던 기쁨으로 빛났다. 그러나 날갯짓하듯 아무리 팔을 파닥거려봐도 몸을 날아오르게 할 수는 없었다. 무서운 속도로 곤두박질치기 시작했다. 이제 무슨 일이 벌어질지 뻔히 알면서도 그는 환희에 차 소리쳤다. 그의 몸뚱이는 바위 위로 떨어졌고 데위 아유의 예견대로 산산이 조각 나버렸다.

데위 아유와 빌리는 곤죽이 된 마 게딕의 시신을 거둬 집으로 돌아와 예를 갖춰 장례를 치렀다. 데위 아유는 마 이양 산 옆에 솟아 있는 그 바위산을 마 게딕 산이라고 이름 짓고 일주일간 상을 치르기로 했다. 탈상을 앞두고 있는데 테트 스탐러가 네덜란드가 항복하기 전 마지막 전투에서 전사했다는 소식이 전해졌다. 테트의 시신은 돌아오지 않았지만 데위 아유는 일주일간 할아버지의 죽음을 애도하기로 했다. 다시 일주일이 지나자 데위 아유는 이제 더 이상 들려올 부고가 없다는 사실에 기뻐하며 상복을 벗어던졌다. 화려한 옷을 차려입고 몸단장을 한 후 아무 일도 없었던 듯이 시장에 나갔다. 그러나 집에 돌아와보니 부고보다 훨씬 더 놀라운 소식이 기다리고 있었다.

재킷에 넥타이를 매고 반질반질한 가죽구두까지 갖춰 신은 빌리가 데위 아유를 맞았다. 긴히 할 이야기가 있다고 했다. 아무래도 빌리가 일을 그만두고 바타비아에 가서 일을 찾거나 일본군에 입대할 모양인가보다 생각했다. 그러나 둘 다 아니었다. 그가 입을 열기 전까지는 발갛게 물든 얼굴에서 아무 단서도 찾을 수 없었다. 마침내 그가 입을 열었다. 짧은 말이었지만 데위 아유의 숨을 멎게 하기에 충분했다.

"아가씨, 저와 결혼해주십시오."

3

데위 아유는, 네덜란드 군대의 항복을 받아낸 일본이 정보란 정보는 모조리 장악한다는 사실을 잊은 것이 분명했다. 시청 주민등록을 비롯해 그가 네덜란드인 가족의 일원이라는 사실을 알려줄 각종 기록은 일본군 손에 넘어갔다. 생김새나 피부색은 차치한다 해도 이름이 데위 아유라고 해서 그를 원주민으로 봐줄 사람은 아무도 없었다.

"그래, 물타툴리*가 술주정뱅인 데다 사실 자바인이 아니라는 걸 모르는 사람이 없는 거랑 마찬가지지."

데위 아유는 혼자 거실에 앉아 중얼거렸다. 좋았던 시절을 그리워하며 할아버지의 애청곡인 슈베르트의 〈미완성 교향곡〉과

---

* 네덜란드령 동인도의 비참한 현실을 그려 큰 반향을 일으킨 1860년 작 소설 《막스 하벨라르》의 저자. 네덜란드령 동인도 관리 출신인 에뒤아르트 다우베스 데커르의 필명. 물타툴리는 라틴어로 '많이 고생했다'는 뜻이다.

림스키 코르사코프의 〈세헤라자데〉를 듣는 중이었다. 그리고 빌리의 청혼에 어떻게 대답할지도 고민했다. 사실 빌리는 썩 괜찮은 남자였다. 하네커 고모가 빌리와 결혼하길 바랐던 적도 있었다. 그렇게 좋은 남자를 거절하는 것은 그런 남자와 무모하게 결혼하는 것만큼이나 어려운 일이었다.

빌리가 할리문다에 온 것은 5년 전이다. 할아버지가 바타비아의 벨로드롬 상회에서 낡은 피아트를 대신할 콜리브리 자동차를 주문했다. 사장인 브레스트 판 캠펀은 자동차를 할부로도 파는 인심 좋은 사업가였다. 테트 스탐러야 군이 할부 구매를 하지 않아도 됐지만, 친구들이 벨로드롬 상회의 특별행사를 입이 마르게 칭찬하는 데 혹했다. 차를 사면 무료 자동차보험은 물론이요, 믿을 만한 정비소를 연결해주고 경험 많은 운전수까지 구해준다는 데 귀가 솔깃해진 것이다. 그런 연유로 할아버지는 기술자 겸 운전기사가 될 빌리를 데리고 왔다. 농장에서 쓰는 기계를 돌볼 사람이 필요하기도 했다. 빌리는 중간 정도 체구에 30대 중반쯤 된 사내였다. 옷에 기름때가 가시는 날이 없고 조끼 단추는 늘 풀어헤친 채였다. 소총을 들고 다니면서 쥐나 돼지를 쏴 죽였다. 그때 데위 아유는 열한 살이었다. 그러니까 빌리가 그에게 청혼하기 꼭 5년 전 일이었다.

"생각해봐. 난 아무래도 미친 게 분명해." 데위 아유가 말했다.

"제가 보기엔 전혀 그렇지 않습니다." 빌리가 대답했다.

"마 게딕이 죽고 불현듯 그런 생각이 들었어. 내가 결혼한 건 할아버지가 두 사람의 사랑을 망쳐놓은 게 너무 화가 나서였어. 그러니까 난 미친 게 분명해."

"그저 좀 이성을 잃었던 것뿐입니다."

"그게 미쳤다는 소리잖아."

그때 데위 아유에게 구원의 손길이 찾아왔다. 아예 집을 떠나버리면 청혼에 답하지 않아도 되는 게 아닌가. 아직 이른 새벽이었다. 레코드판은 아직 끝까지 돌아가지 않았다. 데위 아유는 해변에 늘어선 군용트럭들을 보았다. 아직 피신하지 못한 할리문다의 네덜란드인들을 모조리 포로수용소로 끌고 갈 트럭이었다. 전날 군인들이 집으로 찾아와 짐을 싸라고 했다. 그날 밤 데위 아유는 아무에게도, 특히 빌리에게는 알리지 않고 짐을 챙겼다. 짐은 많지 않았다. 여행가방 하나에 옷가지, 담요, 작은 깔개, 가족의 재산을 증명할 서류만 담았다. 현금이나 보석은 하나도 넣지 않았다. 어차피 다 빼앗길 것이 뻔했다. 대신 할머니의 목걸이와 팔찌 등을 찾아서 똥오줌을 모아두는 정화조에 던져버렸다. 나머지는 작은 봉투 여러 개에 담았다. 하인들이 새 일자리를 찾을 때까지 먹고살 수 있도록 나눠줄 작정이었다. 그리고 제 몫으로는 비취, 터키석, 다이아몬드가 박힌 반지 여섯 개를 꿀꺽 삼켰다. 반지는 몸 안에 안전하게 있다가 똥과 함께 나올 것이다. 그러면 다시 삼키고 다시 똥과 함께 내보냈다가 또 삼켜가며 수용소에 있는 동안 버틸 생각이었다. 이제 가야 할 시간이었다. 트럭 한 대가 집 밖에 서더니 총검을 든 일본군 두 명이 베란다로 올라섰다. 데위 아유는 베란다에서 기다리고 있었다.

"아는 얼굴이군요. 길모퉁이 사진관에서 일했죠?" 데위 아유가 물었다.

"맞습니다. 할리무다에 사는 네덜란드인 치고 우리 집에서 사진 안 찍은 사람이 없죠." 둘 중 한 명이 대답했다.

다른 군인이 말했다. "준비하세요, 아가씨."

"마님이라고 불러요. 난 이제 과부거든요."

데위 아유는 잠시 하인들과 인사할 시간을 달라고 했다. 다들 여주인이 떠나는 것을 잘 아는 눈치였다. 그러나 안다고 해서 슬프지 않은 것은 아니었다. 찬모 인나가 울고 있었다. 인나는 부엌의 여왕이었다. 할머니는 손님 식사는 인나에게 모두 맡길 정도로 그를 아끼고 믿었다. 이제 인나의 레이스타펄*을 다시는 어쩌면 영원히 맛볼 수 없을 것이다. 가족에게 솜씨 좋은 찬모만큼 중요한 자산이 또 있겠냐마는 이제 가족 자체가 없어지게 됐다. 가족들은 하나씩 떠났고 마지막 남은 데위 아유마저 전쟁포로가 돼 집을 떠나는 참이었다. 인나에게 금목걸이를 주면서 그는 추억에 잠겼다. 인나는 어릴 적 그에게 향신료를 빻는 법이며 화덕에 부채질하는 법을 가르쳐주었다. 그런 인나와 헤어져야 한다니 제 조부모의 부고를 들었을 때보다 더 서러워졌다.

바로 옆에는 인나의 아들 심부름꾼 무인이 서 있었다. 무인은 언제나 남들보다 옷을 잘 차려입었다. 네덜란드인들도 그가 블랑콘 모자를 쓴 모습에 찬사를 보내곤 했다. 무인이 맡은 일은 집 주변 돌보기였지만 제일 바쁠 때는 식사시간이었다. 상을 차리는 일 또한 그의 몫이었기 때문이다. 테트 스탐러는 무인에게 축음기 사용법을 알려주고 종종 음반을 바꾸거나 어떤 곡을 틀라고 시켰다. 그러면 무인은 신바람이 나서 음반을 바꾸거나 바늘을 옮겨놓았다. 그럴 때면 세상에 저 말고는 그 일을 할 수 있는 사람이 아무도 없기라도 한 것처럼 자랑스러워했다. 그러면서 클래

---

* 밥상이란 뜻의 네덜란드어. 밥과 여러 인도네시아 반찬을 곁들여 내는 상차림으로 네덜란드인들이 식민지 시기에 고안해냈다.

식 음악을 배웠고 또 진심으로 음악을 사랑하는 눈치였다.

"무인, 이것들은 모두 네가 가져." 데위 아유가 축음기와 레코드장을 가리키며 말했다.

"그럴 순 없어요. 주인님 물건인걸요."

"망자는 음악을 듣지 않는단다. 내 말을 들으렴."

데위 아유는 여러 해가 지나 전쟁이 끝나고 공화국이 세워진 후 우연히 무인을 보았다. 네덜란드인들은 모두 떠났고 하인을 여럿 부릴 만한 부자도 없던 시절이었다. 데위 아유도 잘 알고 있었듯 무인은 상 차리고 축음기 트는 것 말고는 달리 할 줄 아는 게 없었다. 무인은 시장 앞에다 테트의 축음기를 틀어놓았다. 그 곁에서 작은 원숭이가 작은 수레를 밀거나 우산을 쓰고 왔다 갔다 하거나 베토벤 〈9번 교향곡〉에 맞춰 춤을 췄다. 사람들은 무인의 블랑콘 모자에 잔돈을 던졌다. 데위 아유는 멀찍이서 그 모습을 보고 빙그레 웃었다.

무인의 또 다른 임무는 편지 배달이었다. 전화 있는 집이 없던 그 시절 '편지'란 사실 양면으로 된 흑판이었다. 데위 아유가 흑판 한쪽 면에 학교 친구들에게 보내는 짧은 메시지를 쓰면 무인이 흑판을 들고 그 친구네 집으로 달려가 반대쪽 면에 답장을 받아왔다. 답장을 기다리는 동안 시원한 마실 것과 과자를 대접받게 마련이었고 돌아올 때는 흑판뿐 아니라 다른 집 하인들에게서 들은 온갖 소문까지 가져왔다. 무인은 이 일을 좋아했고 데위 아유도 거의 매일 그를 친구 집에 보냈다.

데위 아유가 무인이 아닌 이에게 흑판을 들려 보낸 것은 마 게덕에게 청혼 메시지를 보냈을 때가 처음이자 마지막이었다. 그때는 빌리와 경비원이 흑판을 들고 마 게덕의 움막을 찾아갔다.

"그 흑판도 네가 가지렴."

이번엔 우물과 비누의 여왕 세탁부 수피와 인사했다. 수피는 〈니나 볼로〉를 불러주거나 〈루퉁 카사룽〉 이야기를 해주며 어린 데위 아유를 재워주곤 했다. 정원사로 일하는 수피의 남편은 노상 허리에 큰 칼을 차고 손에는 낫을 들고 다녔다. 집에 올 때면 살쾡이 새끼나 뱀알, 왕도마뱀 같은 깜짝 선물이나 반쯤 익은 가시여지(그라비올라), 왕바나나, 망고스틴 같은 먹을거리가 손에 들려 있었다.

경비원도 여럿이었다. 집, 정원, 염소우리에 각각 경비가 따로 있었다. 데위 아유는 그들을 모두 안아주었다. 몇 년 만인가, 참으로 오랜만에 눈물이 났다. 이들을 두고 떠나는 것이 제 몸의 일부를 잃는 것만큼 아프게 느껴졌다. 마지막으로 빌리 앞에 섰다. "난 미친 게 분명하고 미친 사람은 미친 사람끼리 결혼해야 하는 법이죠. 그런데 난 미친 사람이랑 결혼하긴 싫어요." 그는 빌리에게 입을 맞추고 발길을 재촉하는 일본군 둘과 집을 나섰다.

"우리 집 잘 봐줘. 이 사람들이 빼앗지 않는다면 말이야." 마지막으로 모두에게 말했다.

집 앞에서 기다리던 트럭 뒤칸에 올라탔다. 트럭 안은 이미 여자와 아이들로 가득 차 앉을 자리를 찾기 어려울 정도였다. 거기다 울음소리와 비명 소리 때문에 혼이 나갈 정도로 소란스러웠다. 데위 아유는 아직 베란다에 서 있는 하인들에게 손을 흔들었다. 16년 동안 그 집에 살았고 반둥이나 바타비아로 휴가를 갈 때를 빼면 할리문다 바깥으로 나가본 적이 없었다. 보르조이들이 집 뒤에서 달려나와 마당에서 짖어댔다. 마당에는 개들이 뒹굴기 좋아하는 일본 잔디가 깔려 있었고 집 주변은 재스민꽃이 에워

쌌으며 담장 가에는 해바라기가 자라고 있었다. 식물이 지배하는 구역이었다. 식물은 서로 뒤얽히길 좋아한다. 빌리가 정원의 식물을 잘 돌봐줘야 할 텐데. 트럭이 출발하자 다른 여자들의 몸에 한데 얽히고 끼어 숨도 쉬기 힘들 지경이었다. 그래도 보르조이들이 짖어대는 쪽으로 손을 계속 흔들었다.

"내 집을 두고 가야 한다니 믿을 수가 없어. 오래 걸리진 않았으면 좋으련만." 옆에 앉은 여자가 말했다.

"우리 군대가 일본군을 무찌르길 바라야죠. 안 그러면 우리도 설탕이나 쌀처럼 팔려갈지 몰라요." 데위 아유가 대꾸했다.

길 양옆으로 원주민들이 쪼그리고 앉아 트럭 뒤칸에 엉켜 탄 네덜란드인들을 바라보았다. 도무지 속을 알 수 없는 표정들이었다. 원주민 여자들은 그래도 자기가 아는 네덜란드 마님이나 아가씨가 보이면 눈물을 쏟으며 손수건을 흔들기도 했다. 데위 아유는 눈물을 닦으며 이 이상한 광경에 쓴웃음을 지었다. 원주민은 백치처럼 순하고 게으른 족속이었다. 구경꾼 중에는 아는 얼굴도 몇 있었다. 어릴 때 집에서 몰래 빠져나와 그들의 움막에 놀러 가곤 했다. 원주민들은 와양과 거인에 관한 옛날이야기를 해주었다. 데위 아유는 그들이 잘 웃는 것이 좋았다. 여자들은 데위 아유에게 사롱을 단단히 매주고 크바야(레이스 블라우스)를 입히고는 할머니처럼 머리를 동그랗게 말아주기도 했다. 대부분은 할아버지의 코코아 농장에서 일하던 사람들이었다. 그들은 찢어지게 가난했다. 극장에서는 스크린 반대편에 앉아서 좌우가 바뀐 영화밖에 보지 못했다. 빗자루질을 할 때가 아니면 클럽이나 댄스홀에도 나타나는 일이 없었다. 데위 아유가 옆에 앉은 여자에게 말했다. "보세요. 저 사람들 자기 땅에서 전쟁하는 두 나라 때문에 헷갈리는 게 분명해요."

가는 길은 멀기만 했다. 목적지인 감옥은 서쪽 해안 렝가니스 강 하구의 작은 삼각주에 있었다. 전쟁이 나기 전까지 살인범, 강간범, 정치범 등 중범죄자들을 가둬두던 곳이었다. 그중 상당수는 보번 디홀 수용소로 보내지기 전에 임시로 머무는 공산주의자들이었다. 여자들은 이글거리는 열대의 태양 아래서 양산도 마실 물도 없이 타들어갔다. 트럭이 딱 한 번 멈춰 섰지만 달아오른 냉각기만 물을 먹었지 여자들은 먹지도 마시지도 못했다.

데위 아유는 웅크린 채 바깥만 바라보다가 지쳐 이번에는 몸을 반대로 돌려 트럭에 등을 기댔다. 이제 보니 트럭 안에는 이웃이나 학교 친구를 비롯해 잘 아는 여자들이 꽤 있었다. 할리문다의 네덜란드인 사회는 작고 긴밀했다. 어린애들은 거의 매일 만에서 만나 물놀이를 하고, 10대들은 댄스홀이나 극장 아니면 코미디 공연에서, 어른들은 클럽에서 만났다. 데위 아유는 친구 몇을 알아보았다. 쓸쓸한 미소를 주고받던 중 한 친구가 농담조로 물었다. "안녕?"

쓰라린 심정으로 데위 아유가 대답했다. "안녕 못해. 수용소에 끌려가는 중이거든."

그 대답에 트럭 안의 여자들은 잠시나마 깔깔거렸다.

농담을 건넨 친구는 어릴 적 함께 물놀이를 하던 예니였다. 예니는 수용소에 있는 동안에도 물놀이를 할 수 있는지 궁금해했다. 지금은 좋은 계절이다. 파도가 잔잔한 만에 맨발에 꼬질꼬질한 원주민 아이들이 바글거릴 것이 분명했다. 그 애들은 백인 도련님과 아가씨들이 나오면 금방 자리를 피했다. 데위 아유만 해도 바로 몇 주 전 전쟁이 터지기 전까지 만에 나가 차 안에 넣어둔 폐타이어를 꺼내 타고 놀았다. 해변에는 젊은이들뿐 아니라 늙은이들도 파라솔 아래서 담배를 가득 채운 파이프를 물고 앉아 있었다. 그들의 주 목적은 수영복 차림의 소녀들을 훔쳐보는 것이었다. 데위 아유는 백사장 구석의 탈의실에서 무슨 일이 벌어지는지 잘 알았다. 사람들은 탈의실을 해변의 공동우물이라고 불렀다. 남녀 탈의실이 나뉘어 있지만 고작 대나무로 짠 벽으로 가려놓았을 뿐이었다. 옷을 갈아입다보면 얼기설기 짜인 벽 틈으로 훔쳐보는 눈동자와 마주치게 마련이었다. 그럴 때면 데위 아유는 지지 않고 그 틈으로 그 남자를 훔쳐보면서 외쳤다. "세상에! 네 고추 정말 작구나!" 그러면 상대는 당황해 줄행랑을 쳤다.

어쩌다가 상어 지느러미가 나타나 사람들을 기겁하게 만들기도 했다. 하지만 사람이 공격당하는 일은 없었다. 할리문다 앞바다는 너무 얕아서 상어들은 금방 다시 바다로 헤엄쳐나가기 마련이었다. 가끔 작은 상어가 어부의 그물에 걸려들기도 했지만 어부들은 상어를 잡으면 재수가 없다며 풀어줬다. 겁낼 것은 상어만이 아니었다. 강 하구에는 사람을 잡아먹는 악어가 살기 때문이었다.

"악어가 없어야 할 텐데." 아기를 안은 중년 여자가 말했다.

그 말에는 까닭이 있었다. 삼각주 한가운데 있는 수용소에 가려면 강을 건너야 했다. 고단한 트럭 여행 끝에 강가에 이르자 여자들은 트럭에서 내렸다. 강둑을 돌던 일본군들이 여자들에게 소리를 질러댔다. 아무도 이해 못할 일본말이었다. 일본군 중에는 말레이어나 네덜란드어, 영어를 하는 사람이 별로 없었다. 그래서 저렇게 영문 모를 소리만 질러댔다.

여자들은 페리에 오르기 시작했다. 트럭에 타기보다 훨씬 겁나는 일이었다. 물에 빠질 수도 있고 아까 말한 대로 악어가 나타날 수도 있었다. 그런데 악어보다 빨리 헤엄칠 만한 사람은 없어 보였다. 페리는 거센 물살과 정면으로 부딪히지 않으려고 고통스러울 정도로 느릿느릿 움직였다. 굴뚝에서는 시커먼 연기가 나왔다. 페리 엔진이 내는 소음에 놀란 왜가리 떼가 물이 얕은 강가로 날아갔다. 그러나 이 광경마저 하나도 아름답게 느껴지지 않았다. 억자들은 수풀을 지나 전쟁포로를 수용하려고 비운 듯한 낡은 건물 앞에 도착했다. 여기가 바로 악명 높은 범죄자들도 벌벌 떤다는 무시무시한 블루던 수용소였다. 한 번 안에 갇히면 악어보다 빨리 헤엄쳐 강을 건너지 않는 한 빠져나올 도리가 없는 곳이었다.

페리가 강기슭에 닿자 일본군은 다시 소리를 질러댔고 여자들은 최대한 빨리 배에서 내렸다. 아이들이 울기 시작했고 일대 소동이 벌어졌다. 여행가방이 강물 위로 떨어지자 임자가 가방을 잡으려다 홀딱 젖고 깔개가 진흙탕에 떨어졌다. 그 난리통에 아이와 엄마가 떨어졌다. 여자와 아이들은 군인들이 지키는 철문 세 개를 지나 수용소로 갔다. 안으로 들어가기 전 일본군 두 명이 명단을 들고 앉아 있는 탁자를 통과했다. 그 옆에는 돈과 귀중품을 넣는 바구니가 있었다. 여자들은 보석을 빼서 그 안에 넣었다.

"우리가 뒤지기 전에 알아서 내놓도록." 한 일본군이 제대로 된 말레이어로 말했다.

내 똥을 헤쳐보시지 그래, 데위 아유는 속으로 생각했다.

감옥은 돼지우리보다 끔찍했다. 지붕은 숭숭 뚫렸고 벽에는 오래된 핏자국이 가득한데 갈라진 틈새로 이끼와 풀이 자랐다. 바닥은 더럽기 짝이 없는 데다 이, 바퀴벌레, 거머리 천지였다. 어린애 허벅지만 한 시궁쥐가 갑작스런 침입에 놀라 갈지자로 숙녀들의 다리 사이를 뛰어다니며 찍찍거렸다. 여자들은 앞다투어 여행가방으로 자리를 맡았다. 제자리를 치우고 나서는 울기 시작했다. 데위 아유는 방 한가운데 자리를 잡았다. 깔개를 펴고 여행가방을 베개 삼아 지칠 대로 지친 몸을 뉘였다. 돌봐야 할 어머니나 아이가 없고 키니네와 다른 약들을 챙겨 와서 얼마나 다행인지 몰랐다. 말라리아와 이질이 돌 가능성이 커 보였다. 거기다 화장실에는 물이 내려가지 않았다.

그날 저녁에는 먹을 것이 없었다. 다들 집에서 가져온 음식은 점심때 벌써 먹어치웠다. 일본군에게 물어보니 내일이나 모레는 되어야 음식이 온다고 했다. 그날 밤은 굶은 채 자야 했다. 데위 아유는 감방을 나와 밖으로 나갔다. 철문 세 개가 모두 열려 있어서 밖으로 나가 걸어 다닐 수 있었다. 아까 수용소에 도착했을 때 소 몇 마리를 봐두었다. 원주민 교도관이나 삼각주에 사는 농부가 키우는 소일 것이다. 수용소의 제자리를 청소하면서 거머리를 여럿 잡아 블루밴드 마가린 깡통에 넣어두었다. 제일 살찐 소가 풀을 뜯는 데로 가서 소 엉덩이 부근에 거머리들을 풀어놓았다. 소는 잠깐 뒤를 돌아보더니 다시 풀을 뜯었고 데위 아유는 바위에 앉아 기다렸다. 거머리들이 소의 피를 빨아먹을 만큼 빨아먹고 나면 부풀어 올라 잘 익은 사과처럼 툭툭 떨어질 것이다. 바닥에 떨어진 그놈들을 잡아 깡통에 다시 넣었다. 이제 거머리들은 통통하게 부풀어 있었다.

이세 작은 불을 피우고 깡통에 강물을 부어 끓이기 시작했다. 양념 하나 없는 거머리 깡통을 들고 새 집인 수용소 안으로 들고 들어갔다. "저녁식사 대령입니다." 이제 새 이웃이 된 제자리 근처의 여자와 아이들에게 말했다. 하지만 아무도 관심을 두지 않았다. 구역질을 하는 여자도 있었다. "거머리를 먹는 게 아니에요. 소 피를 먹는 거지." 데위 아유는 작은 칼로 거머리를 갈라서 그 안의 핏덩어리만 꺼내 먹었다. 아무도 그 야만스런 식사에 동참하지 않았다. 하지만 밤이 오고 허기를 견디지 못할 지경이 되자 다들 그를 따라 했다. 아무 맛도 없었지만 먹을 만은 했다.

"굶어 죽진 않을 거예요. 거머리 말고도 도마뱀이랑 쥐도 있으니까요." 데위 아유가 말했다.

"좋았어. 고마워요." 여자들은 허겁지겁 먹으면서 대답했다.

수용소에서 처음 맞는 밤은 끔찍했다. 열대의 태양은 일찍 진다. 전기는 들어오지 않았지만 대부분이 초를 가져왔다. 수많은 촛불들이 벽에 일렁이는 그림자를 만들어 아이들을 겁먹게 했다. 다들 깔개를 깔고 누웠지만 쉽게 잠들지 못했다. 어둠 속에서 쥐들이 몸 위를 넘나들고 모기가 양 귓가에서 앵앵거리는 데다 박쥐까지 여기저기 날아다니는 탓이었다. 그러나 더 끔찍했던 것은 일본군이 한밤중에 벌인 소지품 검사였다. 아직도 감춰둔 돈이나 보석을 찾는다고 했다. 아침이 밝았지만 달라질 것은 없었다.

블루던 수용소에는 여자와 아이들이 5,000명가량 있었다. 일본군이 이들을 어디서 다 끌고 왔는지는 모르겠지만 할리문다에서 온 것만은 아니었다. 유일한 희망은 카드 점을 칠 줄 아는 여자가 한 말이었다. 그는 카드 패를 읽더니 일본군이 여자를 끼고 자는 막사에 미군이 폭탄을 떨어뜨리는 모습이 보인다고 했다. 데위 아유는 꼭두새벽에 일어나 화장실에 가보았지만 벌써 줄이 길었다. 이럴 때 제일 좋은 방법은 블루밴드 마가린통에 물을 담아서 감옥 밖 뒤뜰로 나가는 것이다. 누가 심었는지 모를 카사바

사이에 작은 구덩이를 파고 앉아 쥐처럼 똥을 누었다. 뒷물을 하고 남은 물을 약간만 똥 위에 부어 반지 여섯 개를 끄집어냈다. 다른 여자들도 멀찍이서 데위 아유의 아침 일과를 따라 했다. 그러나 그들은 데위 아유가 제 보석을 지키는 중임을 알 리 없었다. 데위 아유는 나머지 물로 반지를 씻고 다시 배 속에 삼켰다. 전쟁이 끝나면 무슨 일이 벌어질지 모를 일이었다. 집과 농장은 잃어도 반지는 잃지 않으리라 다짐했다. 그날은 목욕을 할 수 있을지 없을지 모르는 채 감방 안으로 돌아왔다.

그날 아침 새로 온 사람들은 마당에서 수용소장과 간수들을 기다리며 햇빛에 익어갔다. 아이들은 울어대고 여자들은 실신하기 직전에야 수용소장이 나타났다. 짙은 콧수염을 기르고 긴 일본도를 허리에 찼다. 번쩍번쩍 닦은 군화에 햇빛이 반사돼 눈이 멀 정도였다. 그는 전쟁포로는 모두 케이레이! 구령을 듣는 즉시 일본군을 향해 허리를 깊이 숙여 인사해야 한다고 했다. 그리고 나오레! 구령을 듣기 전에는 똑바로 서면 안 된다고 했다. "이것은 일본 제국에 대한 존경의 표시다." 통역이 그의 말을 옮겨주었다. 따르지 않는 자에게는 그에 따른 벌이 내려질 것이다. 추가 노동, 매질, 심지어 사형도 가능하다고 했다.

감방으로 돌아온 엄마들은 아이들이 실수할까 걱정된 나머지 연습을 시켰다. 엄마들이 케이레이!와 나오레!를 외쳐대는 모습을 보고 데위 아유는 깔깔대며 말했다.

"어쩜 일본군보다 더 지독하세요들!"

엄마들도 따라 웃을 수밖에 없었다.

수용소 안에는 별다른 오락거리가 없었다. 사범학교 학생이었던 데위 아유는 기질을 발휘해 아이들을 모아 수용소 한구석에 작은 학교를 차렸다. 아이들에게 읽기, 쓰기, 산수, 역사, 지리를 가르쳤다. 밤에는 옛날이야기와 성경이야기를 해주거나, 원주민들에게 배운 《라마야나》와 《마하바라타》 이야기 아니면 제가 읽은 책에서 본 이야기를 해주었다. 데위 아유의 이야기는 지루한 법이 없어 아이들이 좋아했다. 그는 아이들이 엄마 곁에 가서 잘 시간이 될 때까지 신나게 이야기를 해주었다.

일본군은 수용소를 정결하게 유시하라고 명령했다. 여자들은 조를 편성해서 조마다 조장을 두고 할 일을 나눠 하기 시작했다. 공동주방에서 밥하기, 수조 채우기, 여러 가지 도구 씻기, 마당 청소, 쌀자루와 감자 포대며 땔감 등을 트럭에서 창고로 나르기 등 할 일은 많았다. 데위 아유는 나이는 어리지만 조장이 되었다. 남들을 통솔할 만큼 의젓한 데다 돌볼 식구도 없었기 때문이다. 그는 감옥 안에 학교를 연 데 이어 의사를 찾아내 병상도 약도 없는 병원을 열었다. 신부님을 모셔 오자는 여자들도 있었지만 남자들은 다른 수용소에 있었다. 그래서 수녀를 찾아냈다. "결혼하려는 사람이 없는 다음에야 신부님이 꼭 필요한가요. 설교하고 기도를 이끌어줄 사람만 있으면 되죠." 데위 아유가 당당하게 말했다.

하지만 모든 일이 순조롭지는 않았다. 사내애들은 수용소에서 자라나며 거칠고 사나워졌다. 동별로 패거리를 짓고 동 사이에 패싸움이 벌어지기도 했다. 일본군이 화를 내는 일보다 애들 싸움이 훨씬 자주 벌어졌다. 엄마들도 애들을 다루는 데 거칠어질 수밖에 없었다. 하지만 매를 들어도 아이들은 달라지지 않았다. 일본군은 이러한 크고 작은 분란을 중재할 생각이 눈곱만치도 없었다. 오히려 새로운 오락거리라도 즐기는 듯 애들 싸움을 부추기기만 했다.

음식도 문제였다. 배급은 전쟁포로 수천 명이 먹기에는 턱없이 부족했다. 모두 엄격한 식단을 따랐다. 아침은 소금만 넣은 죽, 점심은 수용소 뒷마당에 심어 기른 야채, 저녁은 흰 빵 한쪽을 먹었다. 배급에 고기가 나오는 일은 없었다. 블루던 수용소 안에 있는 동물이란 동물은 다 잡아먹어 씨가 마른 지 오래였다. 처음에는 쥐, 다음에는 도마뱀, 다음에는 개구리가 사라졌다. 아이들이 낚시를 하기도 했지만 멀리 가지는 못하는지라 어린애 새끼손가락이나 올챙이만 한 물고기밖에 잡지 못했다. 제일 사치스러웠던 먹거리는 누군가 발견한 바나나였다. 하지만 바나나는 아기들 몫이었고 어른들은 껍질을 놓고 싸움을 벌였다.

먼저 아기와 노인들이 죽어나가기 시작했다. 젊은 엄마와 아이들은 병이 났다. 누가 언제 죽을지 모르는 상황이었다. 감옥 뒤편의 뜰은 묘지가 되어갔다.

데위 아유는 올라 판 레이크라는 소녀와 친해졌다. 올라는 어머니와 여동생과 함께였다. 실은 두 사람은 오랫동안 알던 사이였다. 올라의 아버지도 코코아 농장을 경영했고 집안끼리 자주 왕래하기도 했다. 올라는 데위 아유보다 두 살 어렸다. 어느 날 오후 늦게 올라가 데위 아유를 찾아와 눈물을 쏟았다.

"엄마가 돌아가시게 됐어."

데위 아유가 가보니 그 말은 사실이었다. 판 레이크 부인은 몸이 불덩이 같은 데다 얼굴이 창백해져 떨고 있었다. 할 수 있는 일은 아무것도 없어 보였지만, 데위 아유는 올라에게 수용소장을 찾아가 군용으로 배급된 음식과 약을 얻어오라고 했다. 하지만 올라는 일본군에게 말을 붙여야 한다는 생각에 벌써 몸이 굳어버렸다.

"빨리 가봐. 엄마 돌아가시기 전에." 데위 아유가 말했다.

올라는 떨어지지 않는 발걸음을 떼고 데위 아유는 환자의 이마에 찬 수건을 올리며 여동생을 달랬다. 10분쯤 지나 빈손으로 돌아온 올라는 더 서럽게 울기만 했다. "돌아가시게 돼." 올라가 울면서 말했다. "너 뭐라는 거야?" 데위 아유가 물었다. 올라는 힘없이 고개를 껏더니 소매로 눈물을 닦았다. "말도 안 돼. 수장이 자기랑 자면 약을 주겠다는 거야."

"내가 가서 얘기할게." 화가 머리끝까지 난 데위 아유가 말했다. 그길로 수용소장 사무실로 찾아가 노크도 없이 불쑥 들어갔다. 소장은 책상에 앉아 냉커피를 마시며 멍하니 라디오를 듣던 중이었다. 데위 아유의 무례한 처사에 깜짝 놀란 얼굴에 노기가 서렸다. 그러나 데위 아유는 화낼 틈도 주지 않고 책상으로 돌진했다. "방금 왔던 애 대신 왔어요. 나랑 자고 올라 어머니한테 약이랑 의사를 보내줘요. 의사도요!"

"약이랑 의사?" 그는 말레이어를 조금 아는 눈치였다. 화는 금방 누그러들었다. 지루한 오후를 밝혀줄 축복 같은 선물이 제 발로 걸어 들어왔다. 참으로 고운 아이였다. 이제 열일곱 아니면 열여덟이나 됐을까. 거기다 아직 처녀일지도 모른다. 그런 아이가 고작 해열제와 의사 때문에 제 몸을 바치겠다니. 비열한 미소를 지으며 자신이 정말이지 행운아라고 생각했다. 행운의 주인공은 책상 반대편 데위 아유가 서 있는 곳으로 걸어갔다. 그는 예의 침착한 태도로 꼿꼿이 서 있었다. 소장의 손이 소녀의 얼굴 전체를 감싸 안더니 도마뱀처럼 재빨리 손가락을 놀려 코와 입을 만지다 턱에서 멈추었다. 턱을 잡아 얼굴을 들어올리더니, 일본도를 잡느라 거칠어진 손이 소녀의 목을 향했다. 그 손은 쇄골을 쓸어내리더니 옷깃을 만져댔다.

손이 옷 안으로 들어오자 데위 아유는 움찔했다. 그러나 소장은 벌써 왼쪽 젖가슴을 움켜쥐었고 손놀림은 점점 빨라졌다. 재빨리 윗옷을 끄르더니 가슴을 움켜쥐고 게걸스럽게 목에 입을 맞추었다. 이쪽저쪽으로 바삐 움직이는 손은 왜 손이 두 개밖에 없냐고 화를 내는 꼴이었다.

"빨리요, 소장님. 안 그러면 올라 어머니는 죽어요."

소장도 그 말에 암묵적으로 동의했는지 서둘렀다. 냉커피와 트랜지스터 라디오를 한쪽으로 치우더니 여자를 번쩍 들어올려 책상 위에 뉘였다. 재빨리 여자 옷을 벗기고 자신도 옷을 벗더니 생선 위로 달려드는 고양이처럼 덤벼들었다. "소장님, 약이랑 의사요. 잊으시면 안 돼요." 데위 아유는 다시 한 번 더 확인했다. "그래, 그래. 약이랑 의사." 소장이 대답했다. 그리고 바로 애무도 없이 곧바로 제 물건을 들이밀었다. 데위 아유는 눈을 감아버렸다. 어쨌거나 이번이 첫 경험이었다. 조금 떨었지만 무사히 그 순간을 견뎌냈다. 그러나 그 이후부터는 도무지 눈을 감고 있을 수가 없었다. 수용소장이 너무 심하게 들썩거리며 쉴 새 없이 좌우로 몸을 흔들어댄 것이다. 그래도 소장이 입을 맞출라치면 얼굴을 휙 돌려 뿌리칠 수는 있었다. 소장은 폭발이라도 하듯 정액을 쏟아내고는 여자의 몸에서 떨어져나왔다. 데위 아유가 거칠게 숨을 내쉬며 물었다.

"그래서 어떻게요?"

"끝내줬어. 지진이라도 나는 줄 알았네."

"그 얘기가 아니라 약이랑 의사는 어떻게 됐냐구요?"

5분 후 동그란 안경을 쓴 선량한 얼굴의 원주민 의사가 도착했다. 이제 교도소장을 안 봐도 된다고 생각하니 속이 시원해졌다. 의사를 판 레이크 가족이 머무는 감방으로 데려가다가 복도에서 올라와 마주쳤다. 데위 아유를 보자마자 올라가 물었다. "언니, 소장이랑 잔 거야?"

"응."

"세상에!" 올라는 비명을 지르더니 눈물을 주체하지 못했다. 의사는 병자를 살피고 데위 아유는 올라를 달랬다. "별일 아냐. 그냥 가운데 구멍으로 똥 싼 거라고 생각하지 뭐."

병자를 보고 난 의사가 말했다. "저 여자분은 이미 돌아가셨습니다만."

그날 이후 데위 아유, 올라, 이제 아홉 살 난 올라의 여동생 헤르다 이렇게 셋은 언제나 함께였다. 올라와 헤르다의 아버지도 테트 스탐러와 마찬가지로 징집되었다. 그러나 딸들은 아버지가 살았는지 죽었는지도 알지 못했다. 수용소에서 보내는 첫 부활절과 성탄절이 지나갔다. 달걀도 크리스마스트리도 없었다. 집에서 가져온 초를 다 써버려 이제 촛불도 없었다. 셋은 서로 의지하며 언제 찾아올지 모를 질병과 죽음과 싸우며 살아남았다. 수용소 아이들은 필요한 것이 있으면 무엇이든 훔쳤지만 데위 아유는 어린 헤르다가 그러지 못하게 했다. 데위 아유는 매일 먹을 것을 찾아 이런저런 궁리를 다 해보았다. 이제 거머리도 사라졌고 삼각주에서 풀을 뜯던 소들도 사라진 지 오래였다.

그러던 어느 날 삼각주 끄트머리에 새끼악어 한 마리가 보였다. 데위 아유는 악어가 뭍에 있을 때는 꼬리만 피하면 된다는 것을 잘 알았다. 그는 큰 돌을 가져다 악어 머리를 찍어버렸다. 악어는 눈알이 터졌지만 아직 죽지 않았다. 불운한 짐승은 꼬리를 앞뒤로 휙휙 움직이며 강 쪽으로 움직이기 시작했다. 이번에는 데위 아유가 죽창을 들고 악어의 눈부터 배 속까지 무자비하게 꿰뚫어버렸다. 악어는 고통스럽게 죽어갔다. 어미 악어와 친구들이 오기 전에 데위 아유는 악어 꼬리를 붙들고 재빨리 수용소 안으로 끌고 갔다. 이제 악어고기 수프를 먹으며 이 사냥을 축하할수 있게 됐다! 다들 그의 용기에 감탄하며 감사를 표했다.

"강에 악어는 아직 많아요. 원하시기만 한다면 말이죠." 그는 대수롭잖게 대꾸했다.

그는 어릴 때부터 아무것도 겁내지 말라고 배웠다. 할아버지는 경비들과 돼지 사냥을 갈 때면 그를 데리고 갔다. 빌리가 평생 다리를 절게 된 그 사고 때도 바로 그 곁에 있었다. 데위 아유는 멧돼지를 상대하는 법을 알았다. 멧돼지는 방향을 바꿀 줄 모르기 때문에 추격당할 때는 지그재그로 달려야지 절대 일직선으로 달려선 안 된다고 경비들이 알려주었다. 악어를 상대하는 법을 가르쳐준 것도 그들이었다. 구렁이에게 몸이 칭칭 감겼을 때, 독사나 개에게 물렸을 때, 거머리가 몸에 붙었을 때, 어떻게 해야 할지 알려준 것도 그들이었다. 수용소에 오기 전까지는 그런 일을 겪을 일이 없었지만 데위 아유는 경비들에게 배운 것을 잘 기억하고 있었다.

경비들은 악령을 물리치고 자신을 지키는 주문도 알려주었다. 주문을 써본 적은 없었지만 주문을 안다는 사실만으로 기분이 좋았다. 할리문다에 살던 시절 100킬로미터도 넘는 곳에서 걸어와 네덜란드인들에게 과일을 파는 자바인 여자 과일장수가 있었다. 꼬박 나흘 걸려 밤이면 남의 집 창고에서 자면서 걸어온다고 했다. 마리에 스탐러는 저녁과 커피를 내주었고 과일장수는 날이 밝으면 다시 왔던 길을 되돌아갔다. 돈 말고 헌옷을 챙겨 돌아가기도 했다. 과일장수는 한 번도 숲속의 맹수 같은 것을 무서워해본 적이 없다고 했다. 주문을 외우기 때문일 거야, 데위 아유는 생각했다.

그러나 그런 주문을 정말로 믿지는 않았다. 마찬가지로 기도를 하는 까닭도 이해하지 못했다. "미국이 전쟁에서 이기게 해달라고 기도하렴." 기도를 믿지 않으면서도 제 자신은 한 번도 진심으로 기도해본 적이 없으면서도 헤르다에게는 이렇게 말했다.

어쨌거나 미국이 이기고 독일이 항복했다는 소식이 입에서 입으로 온 수용소에 퍼졌다. 그 소식은 무엇이 될지는 모르지만 미래에 대한 희망을 가져다주었다. 그러나 달라지는 것 없이 하루 이틀, 일주일 이주일, 한 달 두 달이 흘러갔다. 결국 수용소에서 맞는 두 번째 크리스마스가 왔다. 데위 아유는 올해는 헤르다를 위해서라도 크리스마스를 즐겨보자고 생각했다. 수용소 대문 앞 보리수에서 가지를 잘라와 종이 장식을 달고 〈징글벨〉을 불렀다. 잠시나마 수용소의 삶이 얼마나 비참한지 잊고 올라와 헤르다가 있어 정말 행복하다고 생각했다.

세 사람은 전쟁이 끝나고 자유의 몸이 되면 무엇을 할지 얘기하기도 했다. 데위 아유는 집으로 돌아가 모든 것을 예전처럼 돌려놓고 싶다고 했다. 원주민들이 자기 나라를 세우면 예전처럼 살기를 거부할 테니 아무래도 과거와 완전히 똑같을 수는 없을 것이다. 그래도 집으로 돌아갈 것이다. 올라와 헤르다도 함께라면 더 좋겠지. 올라가 좀 더 현실적이었다. 일본군이 벌써 집을 빼앗아서 팔아버렸을지도 모르고 원주민이 집을 차지했을지도 모를 일이라고 했다.

"다시 사들이면 되지." 데위 아유는 정확히 어디인지는 말하지 않았지만 보석을 잘 숨겨놓았다는 비밀도 털어놓았다. "일본 군이 그 집을 폭격해서 남은 거라곤 타일 무더기밖에 없다고 해도 집을 다시 사면 돼." 헤르다는 그런 이야기를 듣는 것을 좋아했다. 이제 열한 살이 되었지만, 수용소에서 산 두 해 동안 몸은 조금도 자라지 못했다. 헤르다만 그런 게 아니라 모두 쪼그라들고 꼬챙이처럼 말라갔다. 데위 아유는 제가 10에서 15킬로그램 정도 살이 빠졌을 거라고 생각했다.

"악어수프가 오십 그릇은 나오겠는걸." 데위 아유가 웃으면서 말했다.

진짜 미친 짓은 수용소에서 만 2년을 보낸 후에 시작되었다. 일본군이 열일곱 살에서 스물여덟 살 사이인 여자들의 명단을 만들기 시작했다. 데위 아유는 벌써 열여덟 살이 됐고 곧 열아홉 살이 된다. 올라는 열일곱 살이었다. 처음에는 더 힘든 노동을 시키려나보다고 생각했다. 그러던 어느 아침 군용트럭 몇 대가 강 맞은편에 서더니 장교들이 연락선을 타고 블루던 수용소에 왔다. 여러 차례 수용소에 와서 시설을 점검하고 새 규칙이나 명령을 전달하던 자들이었다. 이번 명령은 열일곱 살에서 스물여덟 살 사이인 여자들은 모두 앞으로 나오라는 것이었다. 가족이나 친구들과 떨어질지 모른다는 두려움에 일대 혼란이 벌어졌다.

올라를 비롯한 몇몇 소녀들은 얼굴을 늙어 보이게 해봤지만 무용한 일이었다. 어떤 소녀들은 도망쳐서 화장실이나 옥상 위에 숨어보기도 했지만 일본군이 모두 찾아냈다. 한 노인이 딸과 헤어질지도 모른다는 생각에 젊은 애들을 데려갈 거면 우리 모두 데려가라며 일본군을 막아 섰다. 그리고 그 대가로 온몸이 시퍼렇게 멍들도록 맞았다.

결국 젊은 여자들은 모두 끌려와 마당 한가운데 줄지어 서게 됐다. 소녀들은 두려움에 떨고 어머니들은 멀찍이서 서로 끌어안고 있었다. 데위 아유는 헤르다가 혼자 기둥을 잡고 울고 있는 것을, 올라가 고개를 숙인 채 다 떨어진 제 신발코만 쳐다보는 것을 보았다. 울먹이는 소리, 입속으로 기도하는 소리가 들렸다. 장교들이 와서 소녀들을 하나씩 뜯어보기 시작했다. 실실 웃으면서 머리끝에서 발끝까지 몸을 훑어보았다. 가끔 손가락으로 입가를 끌어올리며 억지웃음을 지어 보이게 하기도 했다.

그리고 선발 과정이 시작되었다. 대열에서 소녀들이 하나씩 제해질 때마다, 이쪽에서 어머니들이 있는 저쪽으로 화살이 날아가듯이 돌아갔다. 이제 절반만 남았다. 2차 선발 과정이 끝나고도 데위 아유와 올라는 남았다. 그들은 일본군이 벌이는 멍청한 게임에서 힘없는 졸에 불과했다. 장교들은 남아 있는 소녀들을 하나씩 불러 작고 찢어진 눈으로 더 자세히 살펴보았다. 마지막 선발 과정을 거치자 마당에 남은 사람은 스무 명으로 줄어들었다. 소녀들은 서로 꼭 붙들었지만 눈길을 주고받을 엄두는 내지 못했다. 최종 선발된 예쁘고 건강한 소녀들은 즉시 짐을 싸서 사무실로 모이라는 명령을 받았다. 소녀들을 데려갈 트럭이 벌써 대기 중이었다.

"헤르다를 데려가야 돼." 올라가 말했다.

"안 돼, 우리가 죽게 되면 그 애라도 살아야지." 데위 아유가 말했다.

"그 반대면?"

"그 반대일 수도 있고."

둘은 데위 아유가 오랫동안 알고 지낸 가족에게 헤르다를 부탁했다. 그래도 올라는 이 상황을 받아들일 수 없었던지 자매는 구석에서 한참 동안이나 꼭 끌어안고 있었다. 데위 아유는 짐을 싸고 헤르다에게 남겨줄 물건을 정리했다.

"신난다. 2년 동안 아주 지루해 죽을 뻔했는데 여행이라니 좋아. 올 때 선물 사올게." 데위 아유가 헤르다에게 말했다.

"가이드북 꼭 챙겨, 언니." 헤르다가 말했다.

"웃기는 녀석 같으니."

선발된 스무 명이 대문 옆에 모였다. 데위 아유만 신나는 여행이라도 떠나는 듯했다. 나머지 소녀들은 아직도 어리둥절하고 무엇보다 겁나는 얼굴이 돼 남아 있는 사람들을 쳐다보았다. 장교들은 먼저 떠나고 소녀들은 일본군에 떠밀려 페리에 탔다. 배위에 올라서니 수용소 대문과 그 안쪽에 모여 자신들이 떠나는 모습을 보는 다른 전쟁포로들이 보였다. 손수건을 흔드는 사람들도 있었다. 그 모습이 처음 일본군에 끌려 집을 떠나올 때를 생각나게 했다. 페리가 움직이고 수용소 정문과 그 안의 광경도 시야에서 사라지자 소녀들은 통곡하기 시작했다. 연락선의 엔진 소리와 일본군의 짜증 섞인 고함 소리가 울음소리에 잠겨버렸다.

강 건너에는 트럭이 기다리고 있었다. 모두 트럭 뒤칸 좌석에 앉았다. 데위 아유만 일본군 두 명과 나란히 트럭 앞칸에 기대서서 할리문다로 가는 익숙한 풍경을 바라보았다. 소녀들 모두 2년간 수용소에서 지내면서 서로 잘 아는 사이였지만 아무도 입을 열 기분이 아니었다. 그리고 데위 아유의 무사태평함에 놀랐다. 올라조차 데위 아유가 무슨 생각을 하는지 몰랐다. 다만 아무도 두고 가지 않으니 걱정할 게 없어 저렇게 아무렇지도 않은가보다고 짐작했다.

"어디로 가는 건가요?" 트럭이 할리문다의 서쪽 경계를 넘어가는지 뻔히 알면서도 데위 아유가 일본군 병사에게 물었다. 병사는 소녀늘과 말을 섞지 말라는 명령을 받은 모양이었다. 데위 아유를 무시하고 그저 다른 병사들과 일본어로만 말했다.

소녀들이 도착한 곳은 바타비아에 살던 네덜란드인이 별장으로 쓰던 저택이었다. 정원에는 나무들이 제멋대로 자라고 있었다. 잔디밭 가운데 보리수가 있고 담장을 따라 종려나무와 야자나무가 번갈아가며 나란히 서 있었다. 트럭이 저택 정원에 들어섰다. 데위 아유는 이 이층집에 방이 스무 개도 더 되겠다고 생각했다. 트럭에서 내린 소녀들은 눈이 휘둥그레졌다. 조금 전까지 어둡고 퀴퀴한 수용소에 있었는데 지금은 휘황찬란한 저택에 와 있었기 때문이다. 명령이 뒤바뀌었다거나 그런 일이 벌어진 것이 분명했다.

소녀들을 데려온 군인 두 명 말고 더 많은 군인들이 저택을 지키고 있었다. 넓은 정원을 돌며 순찰하는 군인들과 베란다에 앉아서 카드놀이를 하는 군인들이 보였다. 집 안에서 중년의 원주민 여자가 나왔다. 머리는 동그랗게 말아 올렸고 허리를 매지 않은 헐렁한 드레스 차림이었다. 여자는 소녀들에게 미소를 지어 보였다. 소녀들은 궁궐에 발을 들여놓기가 두려운 촌사람들처럼 마당에서 서성거렸다.

"여기가 뭐하는 덴가요, 마님?"

데위 아유가 공손하게 물었다.

"박쥐엄마라고 불러. 난 박쥐처럼 낮에는 자고 밤에만 깨어 있거든." 박쥐엄마는 베란다에서 내려와 소녀들 쪽으로 내려왔다. 그리고 농담과 미소로 암울한 표정의 소녀들을 편하게 해주려 애써보았다. "이 집은 바타비아에 사는 레몬주스 공장 주인이 별장으로 쓰던 데야. 이름은 기억 안 나지만 문제될 건 없어. 이제 이 집은 너희 거니까."

"어째서죠?" 데위 아유가 물었다.

"왜인지 잘 알 텐데. 너희는 아픈 군인들을 돌보러 왔잖아."

"적십자 같은 건가요?"

"똑똑하구나. 이름이 뭐지?"

"올라요."

"그래, 올라. 친구들을 안으로 데려오지 그래."

저택 안은 더 근사했다. 벽에는 모이 인디*풍의 그림이 여럿 걸려 있었다. 데위 아유는 벽에 걸린 가족 초상화를 보았다. 그림 속에는 삼대도 더 될 법한 인원이 소파 하나에 끼어 앉아 있었다. 저 사람들은 무사히 피란 갔으려나. 어쩌면 그들도 블루던 수용소에 있거나 죽었을지 모른다. 빌헬미나 여왕**의 대형 초상화는 한쪽 구석에 내려져 있었다. 일본군의 소행일 것이다. 이 모두가 데위 아유에게 이제 집이 없다는 사실을 일깨워주었다. 집은 일

---

*　식민지 말기인 1920~1938년 사이 인도네시아에서 유행한 화풍. 인도네시아의 아름다운 자연을 이상적으로 표현하는 데만 치중해 식민지 현실을 무시한다는 비판을 받았다.

**　1890~1948년 사이에 재임한 네덜란드 왕.

본군에게 몰수당했거나 잘못 떨어진 폭탄에 산산조각 났을지 모른다. 하지만 이 집은 구석구석까지 세심하게 잘 관리되어 있었다. 박쥐엄마의 손길이 닿았으리라. 침실은 신방 같았다. 푹신하면서도 탄탄한 매트리스가 놓인 침대는 분홍색 모기장이 드리워졌고 방 안에는 장미향이 가득했다. 옷으로 꽉 찬 장롱에는 젊은 여자가 입을 만한 옷도 있었다. 박쥐엄마는 마음대로 입어도 좋다고 했다. 올라는 수용소에서 2년 살다가 이런 데 오다니 꿈만 같다고 했다.

"내가 뭐랬어. 놀러 가는 거랬잖아." 데위 아유가 말했다.

모두 각자 제 방이 생겼다. 호사는 거기서 끝이 아니었다. 박쥐엄마가 하인 두 명을 데리고 완벽한 레이스타펄로 저녁상을 차려주었다. 여러 달째 굶주려서가 아니라 이 레이스타펄은 여태껏 먹어본 것 중 최고였다. 그러나 수용소에 두고 온 가족을 생각하면 이 호사를 마음껏 즐길 수 없었다.

"헤르다도 같이 왔어야 하는데." 올라가 말했다.

"무기공장에서 강제노동하는 게 아니면 헤르다를 데려올 수 있을 거야." 데위 아유가 올라를 달랬다.

"아까 그 여자는 우리가 적십자 봉사자가 된다잖아."

"다를 게 뭐람. 어차피 넌 붕대 감는 법도 모르잖아. 헤르다는 어떻겠니?"

사실이었다. 그러나 소녀들은 적십자 봉사자가 된다는 생각에 흥분해서 어쩔 줄 몰랐다. 적군 편에서 일한다고 해도 수용소에서 굶어 죽는 것보다는 나았다. 다들 응급조치법을 아느냐며 왁자지껄하게 떠들어댔다. 한 소녀가 걸스카우트였다면서 자기는 지혈법도 알고 설사, 열, 식중독 같은 증상을 약초로 낫게 하는 법도 안다고 했다.

"문제는 일본군은 설사약 같은 건 필요 없다는 거야. 할복할 때 목 쳐줄 사람이나 필요할까."

데위 아유는 그렇게 말하고는 제 방으로 들어갔다. 제일 연장자는 아니지만 무리 중 가장 의젓하고 침착한지라 소녀들은 데위 아유를 대장처럼 따랐다. 나머지 열아홉 명도 데위 아유를 따라 들어왔다. 침대와 여기저기에 앉아서 일본군이 머리에 부상을 입으면 어떻게 목을 베는지 계속 얘기했다. 데위 아유는 그런 멍청한 이야기에는 신경 쓰지 않았다. 오히려 새 장난감을 받은 아이처럼 침대를 이리저리 살펴보았다. 매트리스를 쓰다듬어보고 담요를 매만지더니 침대 위에서 앞뒤로 구르다가 껑충껑충 뛰어 침대에 앉아 있던 친구들까지 흔들리게 만들었다.

"너 뭐 하는 거야?"

"심하게 흔들리기라도 하면 이 침대가 괜찮을지 확인해보는 거야." 데위 아유가 여전히 침대 위에서 뛰면서 대답했다.

"지진 날 일 없거든." 다른 소녀가 맞받아쳤다.

"누가 알겠어. 자다가 바닥으로 굴러떨어지느니 처음부터 바닥에서 자는 게 낫지."

"정말 이상한 애라니깐." 소녀들은 하나둘 제 방으로 돌아갔다.

방에 혼자 남은 데위 아유는 창가로 걸어가 창문을 열었다. 튼튼한 철봉으로 가로막힌 것을 보고 혼잣말을 했다. "빠져나갈 구멍이 없구나." 창문을 닫고 침대 위에 올라갔다. 옷도 갈아입지 않은 채 시트를 뒤집어쓰고 눈을 감으면서 중얼거렸다. "빌어먹을, 전쟁이란 게 이런 건지 알았겠냐고?"

아침에 일어나보니 박쥐엄마가 벌써 계란프라이를 얹은 볶음밥으로 아침식사를 준비해놓았다. 다들 씻기는 했지만 여전히 낡을 대로 낡아빠진 행주 쪼가리 같은 헌 옷을 입은 채였다. 눈이 충혈된 것이 밤새 운 눈치였다. 데위 아유만 넉살 좋게 옷장에서 새 옷을 꺼내 입었다. 하얀 물방울무늬가 있는 크림색 반팔 드레스를 입고 동그란 버클이 달린 벨트를 허리에 맸다. 얼굴에는 분을 바르고 입술에는 립스틱을 옅게 발랐다. 은은한 라벤더 향수 냄새까지 났다. 이 모두는 화장대 서랍 안에 다 있었다. 우중충한 차림의 소녀들 사이에서 데위 아유는 생일을 맞은 주인공처럼 반짝반짝 빛났다. 다들 그가 배신자라도 되는 듯이 못마땅한 얼굴로 쳐다봤다. 하지만 아침을 먹자마자 경쟁하듯 제 방으로 달려가 옷을 갈아입더니 서로 칭찬해주느라 바빴다.

일본군이 온 것은 정오쯤이었다. 군화 소리가 저택에 울렸다. 소녀들은 자신들이 여전히 전쟁포로라는 사실을 떠올렸다. 그간 누렸던 호사가 낯설어졌다. 등에 벽이 딱 붙을 때까지 뒤로 물러나 우울한 현실과 마주했다. 데위 아유만 앞으로 나서 일본군을 맞았다.

"안녕하세요?"

일본군은 그를 잠깐 쳐다보기만 할 뿐 아무 말도 하지 않고 박쥐엄마를 찾으러 갔다. 박쥐엄마와 이야기를 하더니 돌아와서 소녀들을 세어보고 돌아갔다. 저택은 다시 조용해졌고 소녀들과 박쥐엄마, 그리고 경비병 두어 명만 남았다.

"우리가 무슨 군인이라도 되는 것처럼 세더라." 소녀들 중 누군가가 구시렁거렸다.

"그게 감독관이 하는 일이니까." 박쥐엄마가 변호했다.

하루 종일 응접실이나 침실에서 빈둥거리는 것 말고는 하는 일 없이 지내다보니 지루해지기 시작했다. 전쟁이 나기 전 행복했던 어린 시절 이야기도 너무 많이 해서 더 할 이야기도 없었다. 이제 아무도 적십자 이야기를 꺼내지 않았다. 아무래도 적십자 자원봉사자가 될 것 같은 분위기는 아니었다. 일본군도 소녀들도 적십자 얘기를 다시 하지 않았다. 소녀들은 정말로 자원봉사자가 되는 것이라면 훈련이나 교육이 있어야 한다고 생각했다. 그러나 말도 안 되는 호사를 누리며 집 안에서 썩어가고 있을 따름이었다. 더군다나 누군가가 말했듯이 전선은 여기서 아주 멀리 떨어진 곳, 어쩌면 태평양, 어쩌면 인도이지 여기 할리문다가 아니었다. 할리문다에는 부상병이라고는 없었고 적십자가 필요한 사람도 없었다.

"그래도 할복할 때 목 쳐줄 사람이 필요하긴 해." 데위 아유가 말했다.

이제 그런 농담은 하나도 재밌지 않았다. 특히나 그 농담이 세상만사를 통달한 듯한 사람의 입에서 나오면 더 그랬다. 데위 아유는 무사태평했다. 탁자에 있던 사과를 우적우적 먹어대더니 바나나와 파파야까지 먹기 시작했다.

"언니, 진짜로 그렇게 배고픈 거야 아니면 그냥 욕심 부리는 거야?" 올라가 물었다.

"둘 다."

다음날 역시 아무 일도 일어나지 않았다. 소녀들은 더 불안해졌다. 올라는 포로 교환이 있나보다고 스스로를 안심시켰다. 그래서 좋은 집과 음식, 옷을 줘서 그동안 고생한 티가 나지 않게 하려는 모양이라고 했다. 하지만 아무도 그 말을 믿지 않았다. 일본인들이 사진사를 데리고 오자 질문할 기회가 생겼다. 하지만 일본인 중에 영어나 네덜란드어, 말레이어를 할 줄 아는 사람은 없었다. 다만 손짓으로 소녀들에게 사진을 찍을 테니 자세를 취해보라고 했다. 소녀들은 내키지 않지만 줄을 서서 억지웃음을 지으며 카메라 앞에 섰다. 올라의 말대로 이 사진은 전쟁포로들이 잘 대접받는다고 선전하는 용도고 곧 포로 교환이 있기만를 바랐다.

"박쥐엄마한테 물어보지 그래?" 데위 아유가 말했다.

그러자 여자들은 박쥐엄마를 찾아왔다.

"저희가 적십자 봉사자가 된다고 하셨잖아요!"

"봉사자? 맞아. 하지만 적십자는 아니야."

"그러면요?"

박쥐엄마는 기대에 차서 자신을 바라보는 소녀들을 쳐다보았다. 아무것도 모르는 순진무구한 얼굴들이었다. 박쥐엄마는 머리를 젓더니 슬며시 자리를 피하려고 했다. 소녀들이 재빨리 따라나섰다. "뭐라고 말 좀 해주세요!"

"내가 아는 건 너희가 전쟁포로라는 거뿐이야."

"그런데 왜 이런 음식들은 주는 거죠?"

"죽으면 안 되니까." 그렇게 말하고 박쥐엄마는 뒤뜰로 가버렸다. 소녀들이 따라나섰지만 일본군이 막아서더니 박쥐엄마만 내보내주었다.

저택으로 돌아와보니 데위 아유는 여전히 흔들의자에 앉아 콧노래를 부르며 사과를 먹는 중이었다. 그 태연한 모습에 부아가 치밀었다. 소녀들은 화를 꾹꾹 누르는데 데위 아유는 웃으며 입을 열었다. 너희 꼭 벙어리 인형 같아 보인다. 소녀들이 데위 아유를 에워싸자 그는 입을 다물었다. 마침내 누군가가 입을 열었다.

"넌 이상하다는 생각 안 들어? 아무 걱정도 안 돼?"

"근심은 무지에서 오지." 데위 아유가 대답했다.

"우리가 어떻게 될지 알지?" 올라가 물었다.

"응, 우리는 창녀가 될 거야."

사실 모두가 알고 있었다. 다만 데위 아유만 감히 그 사실을 입 밖에 낼 수 있을 뿐이었다.

4

박쥐엄마 유곽은 네덜란드군 막사가 크게 들어서던 시절부터 있었다. 유곽을 차리기 전 박쥐엄마는 못된 숙모가 하는 선술집에서 일을 거드는 점원이었다. 술집에서는 야자술과 곡주를 팔았다. 네덜란드 군인들은 할리문다에 온 지 얼마 되지 않아 술집 단골이 되었다. 군대가 들어오면서 선술집은 어느 때보다 장사가 잘됐지만 박쥐엄마가 받는 대가는 쥐꼬리만도 못했다. 새벽 5시부터 밤 11시까지 일하고 밥 두 끼 먹여주는 게 다였다. 하지만 박쥐엄마는 그 얼마 안 되는 자유시간을 이용해 돈을 벌기 시작했다.

술집을 닫고 나면 박쥐엄마는 군대 막사로 갔다. 그는 군인들이 원하는 게 무엇인지 알았고 군인들도 그가 원하는 게 무엇인지 알았다. 군인들은 단단하게 부풀어 오른 제 물건을 달래주는 대가로 돈을 치르고, 그는 하룻밤에 서너 명을 상대하고 돈을 챙겨 돌아갔다. 얼마 지나지 않아 박쥐엄마의 수입이 숙모보다 더 많아졌다. 돈 버는 재주 하나는 비상한 여자였다. 어느 날 잠깐 졸다가 숙모에게 쌍욕을 듣자, 그길로 집을 나와 부두 끝에 따로 선술집을 차렸다. 야자술과 곡주뿐 아니라 제 몸도 팔았다. 이제 막사를 찾아가지 않고 군인들이 술집으로 찾아왔다. 한 달이 되지 않아 열두어 살 된 여자애 둘을 데려다놓고 점원 겸 창녀로 일하게 했다. 이렇게 박쥐엄마의 포주 경력이 시작됐다.

석 달이 지나자 색시를 여섯이나 거느리게 됐다. 술집을 확장하고 대나무로 엮어 만든 방 몇 개를 더 이어 붙였다. 그러던 어느 날 수비대를 순시하러 온 대령이 찾아왔다. 여자를 사러 온 것이 아니라 유곽 시설을 점검하러 온 것이었다.

"여긴 돼지우리만도 못하구나. 이래서는 우리 장병들이 적과 싸워보기도 전에 여기서 죽고 말 거야." 대령이 말했다.

박쥐엄마는 대령 앞에 머리를 조아리며 정중하게 대답했다. "하지만 시설이 좋은 업소를 찾다가는 장병들이 욕구불만으로 죽을지 모릅니다."

대령은 제대로 된 유곽이 있으면 병사들이 문제도 덜 일으키고 사기를 진작시킨다고 생각하고 긍정적인 보고서를 작성해 올렸다. 그가 다녀간 지 한 달 반 만에 좋은 시설을 짓는다는 결정이 내려졌다. 대나무 벽과 사탕수수잎 지붕은 철거되고 요새처럼 튼튼한 콘크리트 바닥과 벽이 세워졌다. 티크 침대와 최고급 솜을 넣은 매트리스가 들어왔다. 이 모두를 거저 얻고 신이 난 박쥐엄마는 유곽에 오는 군인들을 지극정성으로 맞았다.

"제 집처럼 편하게들 사랑을 나눠요."

"말도 안 되는 소리. 우리 집엔 엄마랑 할머니밖에 없다고." 한 군인이 대꾸했다.

그날 이후 박쥐엄마의 유곽에 오는 남자는 누구든 제왕 같은 대접을 받았다. 창녀들은 네덜란드 숙녀들보다 훨씬 더 화려하게 차려입고 곱게 화장해서 여왕보다 아름다웠다.

매독이 돌자 박쥐엄마와 군인들은 병원을 지어달라고 요청했다. 병원은 군병원이었지만 민간인도 이용할 수 있었다. 매독 때문에 파산 직전까지 갔지만 박쥐엄마는 금방 살길을 찾아냈다. 군인 몇몇에게 전용 현지처를 두는 것이 어떻겠냐며 돈만 내면 여자를 구해주겠다고 했다. 그는 구석구석 이 마을 저 마을을 돌고 산촌까지 찾아가 현지처가 될 어린 여자애들을 찾아왔다.

여전히 박쥐엄마가 여자들을 유곽에 두고 관리하긴 했지만, 여자들은 자기가 속한 군인하고만 동침할 수 있었다. 이렇게 성병이 퍼지지 않게 관리해준 덕분에 박쥐엄마는 금세 돈방석에 앉았다. 박쥐엄마한테 내야 하는 엄청난 돈 때문에 차라리 자기 여자와 결혼하겠다고 나서는 군인들도 있었다. 그러면 박쥐엄마는 배상금 조로 더 큰 돈을 뜯어냈다. 한편 원래 데리고 있던 여자들은, 그래도 여전히 유곽을 찾아오는 새로운 고객들인 뱃사람과 부두 노동자들을 상대하게 했다.

식민지 말기 박쥐엄마는 할리문다에서 제일 돈 많은 여자였을 것이다. 땅을 가진 농부가 도박판에서 전 재산을 날리면 땅을 사서 그 농부에게 소작을 주었다. 그런 식으로 땅을 늘려 가진 땅이 작은 산 하나만큼이 됐다. 네덜란드인 농장주들을 빼면 박쥐엄마보다 땅이 많은 사람은 없다고들 했다.

박쥐엄마는 할리문다에서 여왕 같은 존재였다. 원주민이건 네덜란드인이건 누구도 그를 함부로 대하지 못했다. 그는 사업상 볼일이 생기면 늘 마차를 타고 다녔다. 여전히 제일 중요한 사업은 몸 파는 여자들을 관리하는 일이었다. 남들 앞에 나설 때 박쥐엄마의 차림새는 단정하기 이를 데 없었다. 사롱을 단단히 여미고 크바야를 걸친 후 머리는 동그랗게 말아 올렸다. 이제 보기 좋게 살이 올라 예전처럼 빼빼 마르지도 않았다. 사람들은 유곽 여자들을 따라 그를 '엄마'라고 부르기 시작했다. 누가 처음 그렇게 부르기 시작했는지 몰라도 어느덧 박쥐엄마라고 불리게 됐다. 박쥐엄마는 그 이름을 좋아했고 얼마 지나지 않아 박쥐엄마 자신을 포함해서 아무도 원래 이름을 기억하지 못했다.

"왕국이란 왕국은 모두 망했는데 할리문다에는 새 왕국이 생겼어. 박쥐엄마 왕국 말이야." 선술집에서 취한 네덜란드인의 말이었다.

박쥐엄마는 욕심이 많았지만 데리고 있는 여자들을 고생시키는 일은 없었다. 오히려 여자들한테 너무 잘해줘서 손주 버릇을 망쳐놓는 할머니 같다는 소리를 들을 정도였다. 더운 물을 준비하는 하인을 두고 여자들이 손님을 받고 나면 더운 물로 목욕을 할 수 있게 해주었다. 가끔은 유곽 문을 닫고 다 같이 가까운 폭포 같은 데로 물놀이를 가기도 했다. 제일 좋은 양장점에서 옷을 맞춰주고 언제나 건강을 최우선으로 여겼다.

"건강한 몸에서만 최상의 쾌락을 얻을 수 있기 때문이지." 박쥐엄마의 말이었다.

이제 네덜란드 군인들은 떠나고 일본 군인들이 왔다. 시절이 바뀌어도 박쥐엄마의 유곽은 그대로였다. 박쥐엄마는 네덜란드군을 대할 때와 다름없이 일본군을 대하는 데 최선을 다했다. 일본군을 상대하기 위해 더 어린 여자들은 데려다놓기도 했다. 하루는 일본군 고위간부들이 박쥐엄마를 불러들였다. 짧은 질의응답이 있었는데 박쥐엄마로서는 전혀 어려운 일이 아니었다. 할리문다의 일본군 고위장교들이 자기들만 쓸 수 있는 여자들을 찾아달라고 했기 때문이다. 일본군 하급장교들이 찾는 창녀나, 어부나 부두 노동자들과 동침하는 창녀들과는 다른 여자들이어야 했다. 순결하고 잘 관리된 여자들이어야 했다. 박쥐엄마는 그런 여자들을 최대한 빨리 찾아내야 했다. 그의 근심처럼 장교들은 욕구불만으로 미쳐가고 있었다.

"나리, 그런 여자들을 찾는 건 어려운 일이 아닙니다."

"어디에 있단 말인가?"

"전쟁포로들이요." 박쥐엄마가 짧게 대답했다.

해질 무렵 일본군들이 도착하자 소녀들은 비명을 지르며 이리저리 도망쳤다. 애타게 도망칠 구멍을 찾아보았지만 사방이 막혀 있었다. 널찍한 정원은 높은 담으로 둘러싸였고 나갈 곳이라고는 정문과 뒷문뿐인데 일본군이 철통같이 지키고 있었다. 하늘에서 내려올 동아줄이라도 기대하듯 지붕으로 올라가려는 소녀들도 있었다.

"다 찾아봤는데 빠져나갈 방법이 없어." 데위 아유가 말했다.

"그럼 우린 창녀가 되는 거야." 올라가 주저앉더니 울음 섞인 목소리로 악을 썼다.

"사실 그것보다 더 나빠. 돈도 못 받을 테니까."

헬레나라는 소녀가 대뜸 일본군 장교에게 다가가 제네바협정이 보호하는 포로의 인권을 침해하고 있다고 주장했다. 그 말에 일본군들뿐 아니라 데위 아유마저 큰 소리로 웃어댔다.

"전쟁 중에 협정 같은 건 없어요, 아가씨." 데위 아유가 말했다.

소녀들 중에서 특히 헬레나가 눈앞에 닥친 현실을 가장 못 견디 했다. 사실 헬레나는 전쟁 전에 수녀가 되려고 했다. 여기 올 때 기도서를 챙겨온 것도 헬레나뿐이었다. 그런데 이제 모든 것이 엉망이 됐다. 그는 일본군 앞에서 큰 소리로 기도문을 외기 시작했다. 악령을 쫓는 퇴마사라도 된 듯 일본군이 기도 소리에 겁에 질려 도망가기를 바랐다. 그러나 기대와는 달리 일본군들은 그의 기도 구절이 끝날 때마다 예의바르게 대꾸했다.

"아멘." 물론 그들은 낄낄거렸다.

"아멘." 헬레나는 힘없이 의자에 주저앉았다.

장교 한 사람이 종이를 가져와 여자들에게 한 장씩 나눠주었다. 종이에는 말레이어로 각각 다른 꽃 이름이 씌어 있었다. "이제 너희 이름은 종이에 적힌 대로다." 장교가 말했다. 데위 아유는 제 이름이 마와르(장미)인 것에 조금 기분이 좋아져 혼자 중얼거렸다. "조심해. 장미에는 가시가 있게 마련이니까." 이름 중에는 앙그렉(난)도 달리아도 있었다. 올라는 알라만다였다.

여자들은 각자 제 방으로 가라는 명령을 받았다. 그사이 일본군들은 베란다의 탁자 앞에 줄을 서서 표를 샀다. 일본군은 여자들이 모두 처녀라고 믿었던지라 첫날밤의 가격은 엄청나게 비쌌다. 데위 아유가 처녀가 아니라는 사실을 알 턱이 없었다. 여자들은 제 방으로 가지 않고 데위 아유에게로 몰려왔다. 데위 아유는 침대가 튼튼한지 두들겨보고 있었다. "이 위에서 곧 지진이 날 테니까."

그리고 일본군들이 여자를 하나씩 붙잡기 시작했다. 너무나 쉬운 싸움이었다. 소녀들은 쓸데없이 몸부림을 치는 고양이 새끼와 다를 바 없었다. 전쟁 같은 그날 밤 내내 발작 같은 비명 소리가 들려왔다. 벌거벗은 채로 거실로 뛰쳐나온 소녀도 있었다. 그러나 금방 다시 잡혀가 침대 위에 내팽개쳐졌다. 그 짐승 같은 시간 내내 여자들은 통곡을 멈추지 못했다. 달려드는 일본군 앞에서 헬레나가 악을 쓰며 기도문 외우는 소리가 들렸다. 이 난리통에 베란다에 있던 일본군들이 낄낄거리는 소리도 들려왔다.

데위 아유는 아무 소리도 내지 않았다. 방에 들어온 장교는 키가 크고 스모 선수마냥 덩치가 좋은 데다 허리에 일본도를 찼다. 데위 아유는 침대에 누워 천장만 쳐다보았다. 상냥한 미소는 커녕 눈길도 주지 않았다. 그는 방 안에서 벌어질 일보다는 방 밖에서 벌어지는 소란에 더 관심이 많아 보였다. 그리고 매장될 준비를 마친 시신처럼 꼼짝하지 않았다. 장교가 옷을 벗으라고 소리쳤지만 미동도 하지 않았다. 숨도 안 쉬는 것 같았다.

장교가 화를 내며 일본도를 꺼내들었다. 그의 얼굴에 칼날이 닿을 정도로 가까이 휘둘러대며 다시 옷을 벗으라고 했다. 그래도 그는 움직이지 않았다. 칼끝이 뺨에 닿아 생채기를 내놓았지만 그래도 꼼짝하지 않았다. 눈은 여전히 천장에 고정됐고 귀는 멀리서 들리는 소리에만 반응하는 것 같았다. 장교는 제 분을 못이기고 칼을 던지더니 데위 아유의 따귀를 두 번 날렸다. 맞는 순간 몸 전체가 들썩이고 맞은 자리는 시뻘겋게 부풀었다. 그래도 그는 여전히 꼼짝하지 않았다.

이제 장교는 자신의 불운을 받아들이고 제 앞에 누운 여자의 옷을 찢어발겼다. 찢은 옷을 바닥에 던지자 이제 여자는 알몸이었다. 장교는 여자의 두 팔과 두 다리를 큰대자로 벌려놓았다. 제 앞에 놓인 시체 같은 살덩어리를 살펴보더니 후다닥 옷을 벗고 침대로 올라왔다. 그리고 얼굴을 마주보는 자세로 올라타 여자를 범하기 시작했다. 그 짐승 같은 시간 내내 데위 아유는, 남자가 팔다리를 벌려놓은 그대로 꼼짝도 않고 아무 반응도 하지 않았다. 눈을 감지도 않고 웃지도 않고 천장만 바라보았다.

데위 아유의 차가운 태도는 예상치 못한 결과를 낳았다. 장교는 3분도 채 버티지 못했다. 데위 아유가 방구석의 태엽시계로 세본 대로라면 꼭 2분 23초 만에 일이 끝났다. 장교는 여자의 몸에서 떨어져나와 벌떡 일어났다. 툴툴거리며 허겁지겁 옷을 입더니 아무 말 없이 문을 꽝 닫고 나갔다. 그제야 데위 아유는 몸을 움직이며 생긋 웃었다. 기지개를 켜며 중얼거렸다.

"정말 지루한 밤이구나."

옷을 입고 욕실로 갔다. 다른 여자들이 이 더러운 감정과 수치심과 죄를 물 몇 바가지로 씻어내려는 듯 혼신의 힘을 다해 몸을 닦고 있었다. 아무도 입을 열지 않았다. 아직 끝난 것이 아니었다. 이제 초저녁이었고 밖에는 일본군의 줄이 길었다. 목욕을 마치자 여자들은 다시 제 방으로 돌려보내졌고 몸싸움과 통곡은 계속되었다. 데위 아유만이 아까와 마찬가지로 차가운 태도로 일관했다.

그날 밤 소녀들은 각기 네 명에서 다섯 명의 일본군을 상대했다. 데위 아유를 괴롭힌 것은 제 몸을 신기할 정도로 마비시키는 일본군의 지치지 않는 욕정이 아니었다. 친구들의 비명과 울음이었다. 딱한 애들 같으니. 이길 수 없는 것에 맞서 싸우는 것만큼 어리석은 일이 또 있을까. 그렇게 아침이 왔다.

아침에는 할 일이 있었다. 헬레나가 절망에 빠져 제 머리카락을 쥐어뜯어 쥐가 파먹은 꼴이 된지라 다듬어줘야 했다. 셋째날 밤 올라가 욕실에서 손목을 긋고 다 죽어가는 채로 발견됐다. 데위 아유가 정신을 잃은 올라를 빨리 방으로 옮겼고 박쥐엄마는 의사를 불러왔다. 올라는 죽지 않았다. 그러나 데위 아유는 올라가 제가 생각했던 것보다 훨씬 힘든 시간을 보내고 있음을 깨달았다. 올라가 병석에서 일어나자 데위 아유는 올라에게 말했다.

"헤르다한테 네가 강간당하고 죽었다고 전해주고 싶지는 않아."

이런 시간이 여러 날 계속됐지만 여전히 운명을 받아들이지 못하는 소녀들이 있었다. 데위 아유는 여전히 밤마다 비명 소리를 들었다. 아직도 복도에 숨거나 저택 뒤편 사포딜라 나무 위로 기어올라가는 소녀가 둘 있었다. 데위 아유는 둘에게 자신이 매일 밤 쓰는 방법을 알려주었다.

"그냥 시체처럼 누워 있어. 일본 놈들이 질려버릴 때까지." 그러나 다른 소녀들은 그 방법이 더 끔찍한 데가 있다고 느꼈다. 다른 사람이 제 몸을 범하는데 꼼짝 않고 가만히 있다니 상상하기 힘든 일이었다. "그렇담 그나마 다른 놈들보다 나아 보이는 남자 하나를 찾아봐. 그래서 그 남자한테 온 정성을 다해서 너한테 쏙 빠지게 하는 거지. 그럼 그 남자가 매일 밤 널 찾아와서 하룻밤을 통째로 사줄 거야. 여러 사람을 상대하느니 차라리 한 사람을 계속 상대하는 게 낫잖아."

이 계획이 더 나아 보이긴 했지만 여전히 상상하기 어려운 일이었다.

"아니면 세헤라자데처럼 놈들한테 얘기를 해줘."

하지만 아무도 이야기를 잘하는 사람은 없었다.

"그럼 카드놀이를 하자고 해."

하지만 아무도 카드놀이를 할 줄 몰랐다. 데위 아유는 포기했다.

"정 그러면 상황을 역전시키는 수밖에. 너희가 놈들을 강간해."

이런 밤 시간에도 불구하고 가끔 낮에는 마음 편히 행복해질 때가 있었다. 첫 주에는 너무나 수치스러운 나머지 다들 아무와도 말을 섞지 않고 방 안에 처박혀 울기만 했다. 그러나 한 주가 지나자 아침식사 후 한자리에 모여 서로를 달래고 끔찍한 밤의 일과는 아무 상관없는 일을 얘기했다.

데위 아유는 박쥐엄마와 자주 어울렸고 두 사람은 좀 괴이한 우정을 키워나갔다. 그런 우정이 가능했던 것은 데위 아유가 늘 침착한 데다 박쥐엄마와 일본군의 관계를 문제 삼지 않기 때문이다. 박쥐엄마는 부두 끝에서 유곽을 한다고 솔직히 털어놓았다. 거기에는 일본군 하급장교를 상대할 여자들이 끌려오고 있는데 이 집에 있는 여자들 말고는 모두 원주민이라고 했다.

"밤낮으로 그 짓을 안 해도 되니 그래도 형편이 나은 거야. 거기다 하급장교들은 더 지독한 놈들이라고." 박쥐엄마가 말했다.

"하급장교나 일본 천황이나 뭐가 다르겠어요. 모두 여자 보지 쑤실 생각밖에 없는데요." 데위 아유가 대꾸했다.

박쥐엄마는 반쯤 눈이 먼 안노인을 안마사로 데려다 놓았다. 안마를 받으면 임신하지 않는다는 박쥐엄마의 말을 믿으며 소녀들은 아침마다 안마를 받았다. 데위 아유만이 예외였다. 그는 아침식사 전에는 자는 편을 택했고 피곤하다 싶을 때만 안마를 받았다.

"남자랑 자니까 임신하는 거지 안마 안 받는다고 임신하는 거 아니야." 그는 대수롭잖게 말했다.

기꺼이 위험을 감수하던 그는 한 달 후 그 저택에서 처음으로 임신한 당사자가 됐다. 박쥐엄마는 낙태를 권했다. "가족들을 생각해야지." 박쥐엄마의 말이었다. "그렇게 말씀하시니 제 가족을 생각할 수밖에 없네요. 저한테 가족이라곤 배 속의 이 애뿐이에요." 그래서 데위 아유는 하루하루 배가 불러오게 내버려두었다. 임신한 덕분에 몸은 편해졌다. 박쥐엄마가 일본군에게 데위 아유는 임신했으니 이제 군인들을 상대할 수 없다고 말하고 뒷방에서 지내게 해주었다. 일본군도 임신한 여자와는 자고 싶어 하지 않았다. 데위 아유는 다른 소녀들에게 차라리 자기처럼 임신하는 게 어떻겠냐고 했다.

"아기가 저마다 복을 가져온다더니 그 말이 맞나봐."

그러나 아무도 데위 아유 같은 위험을 감수할 엄두를 내지 못했다. 석 달이 지났지만 아무도 아침 안마를 그만두지 않았고 아무도 임신하지 않았다. 배가 불러 집으로 돌아가느니 매일 밤 두려움에 떠는 편을 택했다. "헤르다에게 뭐라고 설명하겠어?" 올라가 말했다.

"선물은 배 속에 가져왔다고 하면 되지."

시간이 남아도는 낮이면 소녀들은 모여서 수다를 떨었다. 카드놀이를 하거나 데위 아유가 아기 옷 만드는 것을 돕기도 했다. 저희들 중 누군가가 엄마가 된다는 사실에 들뜨고 이 무자비한 세상에 태어날 아기를 기다리면서 가슴이 뭉클해졌다.

전쟁에 대해 얘기할 때도 있었다. 연합군이 일본군 점령 지역 중 일부를 공격한다는 소문이 돌자 소녀들은 할리문다도 거기에 속했으면 했다.

"일본 놈들이 다 내장을 쏟으면서 죽어버렸으면 좋겠어." 헬레나가 말했다.

"말 조심해. 아기가 다 듣는다." 데위 아유가 말했다.

"뭐 어째서?"

"우리 애 아버지는 일본인이니까."

데위 아유의 뼈아픈 농담에 다들 웃고 말았다.

그러나 연합군이 온다는 희망 덕분에 소녀들은 정말로 힘을 내기 시작했다. 하루는 연락용 비둘기 한 마리가 길을 잃었는지 저택 안으로 들어왔다. 소녀들은 비둘기를 잡아 연합군에 보내는 편지를 썼다. "도와주세요. 강제로 창녀 생활을 하고 있습니다. 젊은 여성 스무 명이 구원의 전사를 기다립니다." 바보 같은 생각이었다. 비둘기가 연합군을 제대로 찾아가게 할 방법도 몰랐다. 그래도 비둘기를 날려 보냈다.

비둘기가 연합군을 제대로 찾아갔다는 증거는 아무것도 없었다. 하지만 그 비둘기는 다시 나타났다. 발목의 편지는 사라진 채였다. 소녀들은 여기가 어디인지 아는 누군가가 편지를 읽은 것이 분명하다고 생각했다. 소녀들은 신이 나서 다시 편지를 보냈다. 그렇게 거의 3주 동안 편지를 보내고 또 보냈다.

그러나 나타난 것은 연합군이 아니라 일본군 장군이었다. 처음 보는 얼굴이었다. 장군이 갑자기 나타나자 저택을 지키던 경비병들은 그가 안으로 들어가지 못하게 하려고 안간힘을 썼다. 경비병 둘은 장군의 질문에 답하며 무릎이 딱딱 부딪힐 정도로 몸을 떨었다.

"여기가 뭐하는 덴가?" 장군이 물었다.

"매춘이 벌어지는 곳입니다." 군인들이 대답하지 못하는 사이 데위 아유가 나섰다.

장군은 키가 크고 다부진 체격이었다. 어쩌면 사무라이의 후

예인지도 몰랐다. 허리에는 긴 칼을 찼다. 숱 많은 구레나룻을 기른 얼굴은 차갑고 심각해 보였다.

"너희가 모두 창녀란 말인가?" 장군이 물었다.

데위 아유가 고개를 끄덕였다. "저흰 병든 병사들의 영혼을 돌보고 있어요. 이렇게 돈 한 푼 못 받고 강제로 창녀가 되어버렸습니다."

"임신한 거냐?"

"일본군은 여자를 임신시킬 리가 없다는 듯이 말씀하시네요, 장군님."

장군은 데위 아유의 말에는 대답하지 않고 저택에 있던 일본 군들을 꾸짖기 시작했다. 밤이 되어 저택의 단골들이 나타나자 장군은 머리끝까지 화가 났다. 그는 장교들을 방으로 불러들였다. 아무도 그를 거역하지 못했다.

장군은 방에서 나와 소녀들 앞에 서서 모자를 벗더니 허리를 숙여 절을 했다.

"나오레!" 데위 아유가 소리쳤다.

장군은 바로 서더니 처음으로 미소를 지어 보였다. "이 정신 나간 놈들이 또 숙녀들 몸에 손이라도 대면 다시 편지를 보내주시오."

"장군님 성함을 알 수 있을까요?" 데위 아유가 물었다.

"무사시."

"제 아이가 아들이면 무사시라고 이름 붙이겠습니다."

"아이가 딸이기를 기도하게. 여자가 남자를 강간했다는 얘기는 들어본 적 없으니." 장군은 이렇게 말하고 소녀들이 손을 흔드는 가운데 트럭에 올랐다. 그가 떠나자마자 쭉 서 있던 장교들은 손수건으로 식은땀을 닦으며 그를 따라갔다. 그날 밤 처음으로 남자를 받지 않은 저택은 조용하기만 했다. 소녀들은 작은 파티를 열었다. 박쥐엄마가 와인 세 병을 내주었고 헬레나가 영성체 의식을 하는 신부처럼 그 술을 작은 잔에 따랐다.

"장군님을 위하여! 정말 잘생겼더라." 헬레나가 말했다.

"나한테 달려들어도 뿌리치지 못하겠던데." 올라가 말했다.

"아기가 딸이면 올라 이름을 따서 알라만타라고 하겠어." 데위 아유가 말했다.

그렇게 일은 순식간에 끝나버리고 말았다. 더 이상 일본군을 받지 않아도 됐다. 이제 저녁이면 성욕을 해소하러 오는 일본군 장교도 없었다. 이제 소녀들을 겁먹게 만드는 것은 곧 엄마를 만나러 가게 된다는 사실이었다. 무슨 일을 겪었는지 어떻게 말해야할지 알지 못했다. 거울에 비친 자신을 향해 용기 내어 말하는 연습을 하기도 했다. "엄마, 나는 창녀가 됐어요." 그렇게 말할 수는 없는 노릇이다. 다시 말해보았다. "엄마, 나는 창녀였어요." 이것도 마음에 들지 않는다. 다시 말해보았다. "엄마, 저는 강제로 창녀가 됐어요."

그러나 엄마를 만나 그 말을 직접 하기란 거울을 보며 말하는 것보다 훨씬 힘들 터였다. 그나마 다행스러운 일은 일본군이 소녀들을 즉각 블루던 수용소로 돌려보내지 않았다는 점이었다. 위안부로서가 아니라 원래 신분인 전쟁포로로서 저택에 잡아두었다. 아직도 군인들은 저택을 철통같이 지키고 박쥐엄마는 소녀들을 할 수 있는 한 최고로 잘 대우해주었다.

"난 내가 데리고 있는 애들을 여왕처럼 대우해줘. 일을 그만둔다고 해도 말이지." 박쥐엄마가 자랑스럽게 말했다.

저택의 소녀들은 하루 이틀, 한 주 두 주, 한 달 두 달을 아기 옷 만들기를 거들며 보냈다. 친구들의 도움을 받아 저택의 옷장에서 찾아낸 옷감으로 만든 아기 옷이 벌써 바구니 하나 가득이었다. 아기 옷을 만들며 전쟁이 끝나기를 기다리는 지루함을 견딜 수 있었다. 어느덧 박쥐엄마가 산파를 데려왔다.

"내가 데리고 있던 애들이 몸 풀 때 전부 이이가 받아줬어." 박쥐엄마가 말했다.

"저 산파가 아기를 받아준 여자가 전부 창녀는 아니었으면 좋겠네요." 데위 아유가 대꾸했다.

블루던 수용소에서 위안소로 끌려온 그해가 다 가기 전 어느 화요일, 데위 아유는 딸을 낳았다. 아기 이름은 별 고민 없이 올라에게 약속한 대로 알라만다라고 지었다. 엄마의 미모를 그대로 물려받은 아기는 사랑스럽기 그지없었다. 일본인 아버지의 흔적을 찾아볼 수 있는 데는 째진 눈뿐이었다.

"째진 눈을 한 백인 여자가 있는 덴 세상에 네덜란드령 동인도밖에 없을 거야." 올라가 말했다.

"알라만다가 장군의 딸이 아닌 게 한이다." 이번에는 헬레나였다.

아기는 금세 저택 전체의 기쁨이 됐다. 일본군들조차 인형을 가져다주거나 잔치를 열고 복을 빌어주었다. "저치들은 알라만다를 잘 받들어야 해. 어쨌거나 자기네 상관의 자식이니까." 올라의 말이었다. 올라는 조금씩 불행했던 과거를 잊어가고 있었다. 올라가 다시 행복해 보여서 데위 아유는 한시름 놓았다. 데위 아유는 알라만다의 이모를 자처하는 친구들과 아기를 돌보며 하루하루를 보냈다.

어느 날 이른 아침 한 군인이 헬레나의 방에 들어가 강간하려 했다. 헬레나가 요란하게 비명을 질러 다른 이들을 깨우자 범인은 어둠 속으로 도망쳐버렸다. 아침이 오고 장군이 나타나기 전까지는 누가 범인인지 알지 못했다. 장군은 한 병사를 붙잡아 마당 한가운데로 질질 끌고 가더니 권총을 주었다. 범인이 권총을 입안에 넣고 발사하자 머리통이 박살났다. 그 후로는 아무도 소녀들을 건드릴 엄두를 내지 못했다.

한편 전쟁은 아직 끝나지 않았다. 저택을 드나드는 식모들과 박쥐엄마가 전해주기를 일본군이 남쪽 해안에 방어용 참호 건설을 마쳤다고 했다. 박쥐엄마가 몰래 라디오를 넣어주어서 일본에 폭탄 두 개가 떨어졌고 세 번째 폭탄이 곧 떨어진다는 소식도 들었다. 저택 전체가 이 소식에 환호했다. 일본군들은 아직 그 소식을 모르는 듯했다. 다음날 일본 병사들은 나무 아래에 무질서하게 앉아 있다가 하나씩 사라졌다. 연합군 비행기가 할리문다 상공을 가로지르며 전쟁이 곧 끝난다는 삐라를 뿌렸다. 이제 저택에 남은 일본군은 두 명뿐이었다.

지키는 병사가 둘뿐인데도 소녀들은 도망가지 않았다. 무슨 일이 벌어질지 알 수 없는 상황이기 때문이었다. 거기다 라디오에서는 영국군이 도시를 점령했다고 하는데 그렇다면 길거리에 있는 것보다는 저택에 있는 편이 훨씬 안전했다. 일본은 항복했고 소녀들은 연합군이 자신들을 구해주기를 기다렸다. 그러나 연합군은 오지 않았다. 할리문다라는 도시가 세상에 존재한다는 사실을 까맣게 잊은 게 아닐까 싶을 때쯤 다시 비행기가 나타나 비스킷과 페니실린을 던져놓고 갔다. 그러고 나서야 지상군이 나타났다. 제일 먼저 온 네덜란드령 동인도군 2연대는 저택에 걸려 있던 일장기를 네덜란드기로 바꿔 달았다. 남아 있던 일본군 둘은 아무 저항도 못하고 항복했다.

그러나 데위 아유가 제일 놀랄 일은 따로 있었다. 그 부대에 빌리가 있었다.

"네덜란드령 동인도군에 들어갔어요." 빌리가 말했다.

"일본군에 들어간 것보단 그편이 낫네요." 데위 아유는 아기를 보여주며 희미하게 웃었다. "일본군이 남기고 간 건 이 애뿐이에요."

저택에 있던 소녀 스무 명의 가족들이 블루던 수용소에서 풀려났다. 헤르다는 수척해 보였다. 그동안 어떻게 지냈냐고 묻자 올라가 짧게 대답했다. "우린 놀러 갔었어." 하지만 헤르다는 알라만다를 보자마자 무슨 일이 있었는지 바로 알아버렸다. 소녀들은 저택에 남았고 네덜란드령 동인도군이 번갈아가며 경비를 서주었다. 데위 아유에겐 힘든 시간이었다. 빌리는 여전히 그를 깊이 연모하고 있었다. 일전에 거절당했지만 또 거절당한대도 상관없다는 태도였다.

그러나 또다시 불운이 데위 아유를 구했다.

어느 날 밤 빌리와 다른 네덜란드군 세 명이 저택을 지키던 중 원주민 게릴라 부대의 습격을 받았다. 게릴라들은 일본군에게서 훔친 무기와 큰 칼, 단검 따위로 무장했다. 습격 계획은 제대로 맞아떨어져 네덜란드군 네 명이 다 사살되었다. 빌리는 데위 아유와 이야기하다가 뒤에서 다가온 게릴라에게 목을 베였다. 잘린 목이 탁자 위에 떨어지면서 아기 알라만다가 피를 뒤집어썼다. 다른 병사는 화장실에서 똥을 누다가 총에 맞았고 나머지 두 명은 정원에서 죽음을 맞았다.

게릴라는 열 명이 넘었다. 포로들을 모두 모이게 하더니 모두 네덜란드 여자라는 것을 알고는 더 미쳐 날뛰었다. 소녀들 중 일부는 부엌에 묶어두고 일부는 방으로 끌고 가 강간했다. 소녀들은 일본군이 저들을 위안부로 만들었을 때보다 더 서럽게 울었다. 게릴라들은 아기를 빼앗으려 했고 막아서는 어미의 팔에 칼자국을 냈다.

지원군은 너무 늦게 왔고 게릴라들은 너무 빨리 사라졌다. 소녀들은 뒷마당에 병사 네 명의 시신을 묻어주었다.

데위 아유는 빌리의 무덤에 꽃을 놓으며 흐느꼈다. "차라리 게릴라가 됐다면 나를 강간해볼 수나 있었을 텐데."

비슷한 습격이 또 벌어졌다. 저택을 지키는 병사는 넷이었고 중무장한 게릴라의 수는 늘 그보다 많았다. 그래도 지역사령부는 병력을 증원할 수 없었다. 사령부조차 병력이 부족한 처지였다. 영국군이 당도해 도시 전체의 치안을 보강하고 나서야 저택의 소녀들은 안도했다. 그들은 자바에 들어온 인도군 23사단으로 그중 상당수는 네팔 용병이었다. 영국군은 사방에 기관총을 설치하고 저택 뒷마당에 초소를 세웠다. 원주민 게릴라들이 다시 왔다. 꽤 요란한 싸움이 벌어졌지만 이번에는 게릴라들이 저택 안으로 들어오지 못했고 한 명이 사살되었다. 그 후로 게릴라들은 다시 오지 않았다.

영국군이 지켜주는 동안 저택의 삶은 참으로 안온했다. 소녀들은 나쁜 기억을 잊고자 작은 파티를 열었다. 군용 지프를 타고 무장한 장교들의 호위를 받으며 해변에 가기도 했다. 장교 몇은 저택의 소녀들과 사랑에 빠졌고 소녀들도 장교들과 사랑에 빠졌다. 소녀들은 어떤 일을 겪어야 했는지 힘들게 털어놓아야 했다.

하지만 일단 털어놓고 나자 일은 순조롭게 풀려갔다. 원주민 악단을 불러 작은 축하 파티를 열고 와인과 케이크를 나눠 먹기도 했다.

전쟁포로 구출은 계속되었다. 국제적십자사가 도착했고 전쟁포로 모두를 즉각 유럽으로 이송하기로 했다. 어쨌거나 이 나라는 '문명인'에게 안전한 곳이 아니었다. 특히 수용소에 3년이나 갇혀 있었던 전쟁포로들에게는 더욱 그러했다. 원주민들이 독립을 선언했고 곳곳에 무장한 민병대가 출몰했다. 스스로를 국민군이나 인민군이라고 부르는 이 게릴라들은 도시 바깥에서 활동했다. 대부분은 일본군 점령기에 일본군에게 훈련을 받은 이들이었다. 네덜란드군에게 훈련받고 네덜란드령 동인도군에 가담한 원주민과 게릴라인 원주민이 마주치기도 하는 혼란스럽기 짝이 없는 전쟁이었다. 전쟁은 끝나지 않았다. 오히려 이제 시작이었다. 원주민들은 이 전쟁을 혁명이라고 불렀다.

저택에 있던 소녀들과 그 가족들은 적십자사가 마련한 특별기를 타고 유럽으로 떠나게 됐다. 모두 짐을 싸느라 분주한데 홀로 한가한 사람이 있었다. 언제나 남들과 다른 생각을 하는 데위 아유였다. "난 유럽에 아무도 없어. 알라만다랑 배 속의 아이 말고는 아무도 없는걸."

"그래도 나랑 헤르다가 있잖아." 올라가 말했다.

"하지만 여기가 내 고향인걸."

데위 아유는 벌써 박쥐엄마에게 할리문다를 떠나지 않겠다고 말해두었다. 창녀로 살아야 한다고 해도 그는 할리문다에 남을 것이다. 박쥐엄마가 그에게 말했다. "계속 이 집에서 살아. 이 집은 내 거고 네덜란드 사람이 되돌려달라고 할 리 만무하니까."

그래서 모두 떠나는데 데위 아유만 박쥐엄마와 하인들과 함께 남았다. 게릴라 중 누군가가 아비인 것이 분명한 아이가 태어나기를 기다리며, 올라가 두고 간《막스 하벨라르》*를 읽었다. 이미 읽은 책이지만 달리 할 일이 없어 또 읽었다. 박쥐엄마는 집안일에는 손도 대지 못하게 했다. 알라만다가 두 살이 돼갈 무렵 아기가 태어났다. 아기의 이름은 읽던 책에 나오는 소녀의 이름을 따서 아딘다라고 지었다.

데위 아유는 박쥐엄마 집에서 여러 달을 보냈다. 어느 날 갑자기 옛날 집 하수구 똥통에 던져두었던 보석이 생각났다. 옛집을 되찾을 때가 되었다. 지금 사는 집은 새 유곽이 된 지 오래였다. 전쟁 중에 일본군을 상대하던 여자가 한둘이 아니었다. 박쥐엄마는 전쟁이 끝나고 집으로 돌아가지 못하는 그런 여자를 잔뜩 찾아내 빈 방에 넣고 제 왕국의 공주로 만들었다. 네덜란드령 동인도군 병사들이 단골이었다. 박쥐엄마는 데위 아유에게 방 하나를 내주고 두 아이와 살게 해주었다. 그렇다고 대가로 몸을 팔아야 하는 것은 아니었다. 데위 아유는 박쥐엄마의 호의를 고맙게 받아들이긴 했지만, 유곽이 딸들을 기르기에 좋은 곳이 아니란 생각을 버릴 수 없어 옛집을 되찾기로 결심했다.

사실 데위 아유는 몸을 팔지 않아도 됐다. 전쟁 동안 매일 삼켰던 반지가 여섯 개나 남아 있었다. 비취 반지 하나를 박쥐엄마

---

* 물타툴리의 1860년 작 소설. 네덜란드령 동인도의 참상을 고발해 식민 정부가 '윤리적 통치'를 시작하는 계기가 되었을 뿐만 아니라 인도네시아 민족주의가 등장하는 데 큰 영향을 미쳤다.

에게 팔아서 그 돈으로 한동안 먹고살았다. 중고가게에서 헌 유모차도 사들였다. 그 유모차에 두 아이를 태우고 처음으로 할리문다 시내로 가보았다. 아딘다는 차양 아래 뉘이고 그 뒤에 스웨터를 입고 모자를 쓴 알라만다를 앉혔다. 데위 아유는 머리를 동그랗게 말아 올리고 긴 드레스에 벨트를 맸다. 양쪽 주머니에는 우유병이며 손수건, 기저귀를 넣고 차분히 유모차를 밀며 걸어갔다.

거리는 적막하고 인적도 드물었다. 남자들은 대개 게릴라가 되러 산에 들어갔다고 했다. 남자라고는 모퉁이 가게의 이발사밖에 보이지 않았다. 이발사는 오지 않는 손님을 기다리느라 지루해 죽을 지경이었다. 그 외에 데위 아유가 본 사람이라고는 시내를 지키는 네덜란드령 동인도군 병사들이 다였다. 병사들은 오래된 신문을 읽으며 졸음과 무료함을 견디고 있었다. 군용트럭과 지프의 운전석에 앉았거나 탱크 위에 앉아 있었다. 병사들은 데위 아유에게 상냥하게 인사했다. 그의 생김새를 보고는 아직 네덜란드 여성이 혼자 걷기에는 위험하다며 호위해주겠다고 했다. 게릴라들이 언제 나타날지 모르거든요, 병사들이 말했다.

"고마워요. 하지만 선물을 찾으러 가는 길인데 나눠 갖고 싶은 생각이 없어서요."

데위 아유는 추억이 가득한 길로 접어들었다. 네덜란드인 농장주들의 집이 몰려 있는 동네였다. 집들은 해변 가장자리에 나란히 자리 잡고 있었다. 앞 베란다는 해변으로 이어진 좁은 길을 바라보고 뒷문에서는 멀리 솟은 두 언덕과 그 아래로 푸른 농장과 플랜테이션이 보였다. 데위 아유는 해변을 따라 난 길을 조용히 걸었다. 게릴라 따위가 바다에서 갑자기 나타날 리 없다고 굳게 믿으며 옛집까지 걸었다. 모든 것이 그대로였다. 담장에는 국화가 피어나고 괭이밥나무는 제일 낮은 가지에 그네를 매단 채 집 옆에 서 있었다. 할머니가 베란다를 따라 늘어놓았던 화분들도 제자리에 그대로 있었다. 다만 알로에는 말라죽었고 코끼리 귀풀은 엉망으로 자라난 데다 기둥의 난은 계단까지 뻗어 있었다. 잔디나 바닥에 닿을 정도로 제멋대로 자라버린 난을 아무도 돌보지 않는 것이 분명했다. 하인들과 경비들조차 그곳에 살지 않는 것이 분명했다.

데위 아유는 앞마당으로 유모차를 밀고 갔다. 그런데 베란다 바닥은 말끔했다. 누가 먼지를 닦아낸 것이 분명했다. 문고리를 돌려보니 잠겨 있지 않았다. 안으로 들어갔다. 아이들이 칭얼거리기 시작했지만 개의치 않고 유모차를 밀었다. 거실이 어두워서 전등을 켰다. 여전히 전기가 들어왔다. 불이 켜지자 모든 것이 빛나기 시작했다. 모든 것이 그대로였다. 무인이 가져간 축음기 말고는 탁자, 의자, 선반 모든 것이 제자리에 있었다. 벽에는 아직 데위 아유의 사진도 걸려 있었다. 프란치스코회 사범학교에 입학하기 직전인 열다섯 살에 찍은 사진이었다.

"엄마다." 알라만다가 말하자, 데위 아유가 대꾸했다. "일본인이 찍어준 사진이지. 얼마 지나지 않아 일본인에게 당했고. 그자는 네 아비일지도 몰라."

세 사람은 계속해서 집 안 구석구석을 살펴보며 이층까지 올라갔다. 데위 아유는 집에 얽힌 추억을 모두 아이들에게 이야기해주었다 할머니와 할아버지가 주무시던 곳을 보여주고 헨리와 아녀 스탐러의 사진도 보여주었다. 두 사람이 아직 어리고 아직 사랑에 빠지지 않았을 시절의 사진이었다. 아이들이 이해할 리

만무했지만 그는 계속 안내인 역할을 자처했다. 정화조의 보석들이 떠오르자 아이들을 데리고 화장실로 갔다. 다행히도 화장실은 여전히 그 자리에 있었다. 이제 정화조를 해체해서 보석들을 찾기만 하면 됐다.

그때였다. "공화국이 세워진 지가 언젠데 네덜란드 여자가 싸돌아다니다니." 뒤편에서 누군가의 목소리가 들렸다. "여기서 뭘 하시는 겝니까, 아가씨?"

고개를 돌려보니 목소리의 주인공, 원주민 안노인이 매서운 눈으로 쏘아보고 있었다. 낡아빠진 크바야에 사롱 차림, 입안에는 씹던 빈랑이 가득했다. 짚고 있던 지팡이로 지나가던 똥개를 내려치듯 데위 아유를 칠 기세였다.

"보시면 알겠지만 제 사진이 아직 저기 걸려 있어요. 제가 이 집 주인이라고요." 데위 아유가 제 사진을 가리키며 말했다.

"내 사진으로 바꿔 걸 시간이 없었을 뿐이오."

안노인은 데위 아유를 쫓아냈지만 데위 아유는 여기는 제 집이라고 우겼다. 데위 아유가 고집을 피우자 노인은 손을 내저으며 웃어댔다. "이 집은 몰수됐단 말이오, 이 아가씨야." 노인이 불청객을 문밖으로 몰아내면서 해준 이야기는 간단명료했다. 이 집은 일본군에게 몰수당했다. 전쟁이 끝날 즈음 한 게릴라 가족이 일본군에게서 집을 다시 빼앗았다. 그 가족이 바로 노인의 가족이었다. 노인의 남편은 일본도에 한쪽 팔의 절반을 잃었고 다섯 아들을 데리고 산으로 들어갔다. 그리고 얼마 지나지 않아 네덜란드령 동인도군의 총에 남편과 아들 둘이 죽고 말았다. "그렇게 해서 내가 이 집을 물려받았네만. 원한다면 사진은 가지고 가시게나. 돈을 따로 받지는 않을 테니."

말로 안노인을 이길 도리가 없었다. 유모차를 밀며 허둥지둥 집을 나섰지만 반드시 집을 되찾겠고야 말겠다고 다짐했다. 먼저 임시정부 사무소와 군사무소에 가서 사령관을 만나 상의해보았다. 하지만 사령관의 대답은 시원치 않았다. 빠른 시간 안에 집을 찾긴 힘들다고 했다. 아직 게릴라들이 활개치고 다니는 한 어려운 일이라고 했다. 더군다나 집이 게릴라 가족의 손에 들어간 경우라면 되사들이는 방법밖에 없다고 했다.

그러나 돈이 없었다. 남은 반지 다섯 개로는 어림도 없었다. 유일한 희망인 보석이 정화조에 있지만 집을 손에 넣지 않는 한 되찾을 길이 없었다. 고심 끝에 박쥐엄마를 찾아가 최대한 솔직하게 상황을 털어놓았다. 박쥐엄마는 도움이 필요한 사람을 시의적절하게 도와주는 사람이었다. "엄마, 돈 좀 빌려주세요. 우리 집을 다시 사야겠어요."

박쥐엄마는 어떤 상황에서도 계산이 빠른 여자였다. "돈을 어떻게 갚을 참인데?"

"집 안에 보석이 있어요. 전쟁 전에 할머니 보석을 전부 묻어놨어요. 하느님하고 나밖에 모르는 곳에요."

"하느님이 훔쳐갔으면 어쩌려고?"

"그럼 엄마 집에서 일해서 갚을게요."

두 사람 다 손해 볼 것 없는 거래였다. 박쥐엄마는 데위 아유가 직접 나서면 일이 어려워진다며 거간꾼 역할까지 자처했다. 게릴라 안노인이 네덜란드인처럼 생긴 데위 아유를 믿을 리 없었다. 더군다나 박쥐엄마는 돈이 필요한 그런 사람들에게 땅과 집을 사들이는 데 귀재였다. 최대한 집값을 깎아보겠다는 약속까지 했다.

일이 마무리되는 데 꼬박 일주일이 걸렸다. 박쥐엄마는 매일같이 집주인을 찾아갔다. 게릴라 안노인은 새집과 현금을 좀 받을 수 있다면 집을 팔겠다고 했다. 박쥐엄마의 빼어난 일처리 덕분에 데위 아유는 게릴라 안노인을 몰아낼 수 있었다. 이제 온전히 제 것이 된 집에 들어오던 그 순간 얼마나 기뻤던가.

"그래 돈은 언제 줄 거야?" 박쥐엄마가 물었다.

"한 달만 기다려줘요."

"그래, 그 정도면 보물 탐사에 충분한 시간이지. 누가 와서 괴롭히면 나한테 바로 찾아와. 나한텐 게릴라 친구도 있고 네덜란드군 친구도 있으니까. 그이들 전부 내 단골이지."

데위 아유는 곧바로 보물찾기에 나서지 않았다. 제일 먼저 애들을 봐줄 보모를 구했다. 산기슭 마을에서 전쟁 전에 네덜란드인 집에서 일하던 미라라는 안노인을 찾아냈다. 미라의 식구들에게 자신은 네덜란드인이 아니라 이름이 데위 아유인 원주민이라고 했다. 미라가 정원을 원상 복구할 정원사도 알아봐주었다. 한 주가 지나자 모든 것이 예전처럼 돌아왔고 정원에는 싱그러운 식물들로 가득했다.

"일본군도 연합군도 이 집을 부수지 않았다니 정말 행운이지 뭐야." 데위 아유는 혼잣말을 했다.

그즈음 올라와 헤르다가 소식을 전해왔다. 자매는 유럽에서 조부모를 만났고 수마트라의 전쟁포로 수용소에 있던 아버지가 무사한 것도 알았다고 했다. 올라는 영국인 병사와 약혼했고 그 해 3월 17일에 성마리아교회에서 식을 올린다고 했다. 데위 아유는 두 딸의 사진을 보냈고 올라는 답례로 결혼식 사진을 보내왔다. 올라가 혹시라도 온다면 볼 수 있게 그 사진을 벽에 붙여놓

왔다.

집안일을 대강 마무리하자 어떻게 보물을 찾을 것인지 궁리하기 시작했다. 정원사 사프리가 믿을 만하다고 생각하고 그를 불러 정화조를 해체할 계획을 털어놓았다. 보물을 못 찾으면 월급도 못 줄 처지라고도 해두었다. 그 말에 사프리는 쇠지렛대와 괭이를 가져왔다. 데위 아유는 할아버지의 바지를 꺼내 입고 소매를 걷어붙였다. 사프리가 바닥을 파내고 정화조로 가는 관을 따라 오물을 파헤치는 것을 거들었다. 전쟁이 시작된 후로 아무도 화장실을 쓰지 않은지라 그렇게 험한 일은 아니었다. 악취를 풍기는 뜨끈한 오물은 보이지 않았고, 지렁이가 득시글득시글 몸부림치는 흙이 바스러져가고 있을 뿐이었다.

미라가 아이들을 봐주는 사이 두 사람은 하루 종일 일했다. 밥 먹을 때와 콘크리트를 깨고 흙이 돼버린 똥더미를 뒤집기 전에 한 번 말고는 쉬지도 않았다. 그러나 아무것도 나오지 않았다. 정화조의 똥과 흙을 다 꺼낸 것이 분명했지만 보석은 하나도 보이지 않았다. 목걸이나 금팔찌는 흔적도 없고 축축하게 썩어가는 갈색 흙만 잔뜩 있었다. 보석들이 똥 속에 있었다고 썩어버릴 리 없다. 데위 아유는 결국 포기하고 말았다.

"하느님이 훔쳐가버렸어."

독립혁명 시기 사람들은 원색적인 구호를 대담하게 외쳐댔다. 거리며 벽이며 현수막마다, 어린 학생들의 공책에도 그런 구호들이 휘날렸다. 박쥐엄마는 그런 사회 분위기에 편승해 제 영혼을 담은 새 구호로 유곽의 이름을 바꿔보려 했다. 벌써 "사랑 아니면 죽음을!"을 시도해봤고 "한 번 사랑하면 영원히 사랑하라!"로 바꿔봤다. 그러다가 결국 "죽을 때까지 사랑하라!"가 최종 낙찰됐다.

그 구호는 너무나 자주 현실이 되었다. 네덜란드군 병사가 사랑을 나누다 게릴라의 칼에 목을 찔려 죽었고, 게릴라가 사랑을 나누다 네덜란드군의 총에 맞아 죽었다. 너무 오래 키스하는 손님 때문에 창녀가 숨이 막혀 죽기도 했다.

바로 그곳이 데위 아유의 일터였다. 하지만 그는 "죽을 때까지 사랑하라"에 살지는 않았다. 어쨌거나 제 집이 있기 때문이었다. 땅거미가 지면 출근했다가 아침이면 퇴근했다. 이제 알라만다, 아딘다, 마야 데위까지 돌봐야 할 아이가 셋이었다. 마야 데위는 아딘다보다 세 살 어렸다. 밤에는 미라가 아이들을 봐주었지만 낮에는 여느 엄마들처럼 제 손으로 아이들을 돌보았다. 아이들을 제일 좋은 학교에 넣고 모스크에도 보내 키야이 자로에게 코란 읽는 법을 배우게 했다.

"그 애들이 창녀가 되는 일은 없을 거야. 애들이 정말로 원하지 않는 한은 말이지." 미라에게 한 말이었다.

데위 아유 자신은 한번도 스스로 원해서 창녀가 되었다고 한 적이 없었다. 상황 때문에 어쩌다보니 창녀가 되었다고 입버릇처럼 말했다. "어쩌다보니 왕이 되고 예언자가 되는 것처럼 말이지." 세 아이들에게 이렇게 말하곤 했다.

데위 아유는 할리문다에서 제일 인기 있는 매춘부였다. 유곽에 와본 남자라면 한 번은 그와 동침하게 마련이고 화대가 아무리 비싸도 개의치 않았다. 네덜란드 여자와 자보고 싶어서가 아니라 그가 진정한 사랑의 전문가임을 알았기 때문이다. 누구도 다른 매춘부를 다루듯 데위 아유를 함부로 다루지 않았다. 누가 그랬다는 소문이라도 나면 다른 남자들이 마치 제 마누라라도 건드린 양 가만있지 않을 것이 분명했기 때문이었다. 손님이 끊이지 않았지만 데위 아유는 하룻밤에 한 명 이상은 절대 받지 않았다. 박쥐엄마는 그 특권에 엄청난 가격을 매기고 누구에게도 값을 깎아주지 않았다. 그 돈은 고스란히 밤에는 잠들지 않는 박쥐엄마의 손으로 들어갔다.

박쥐엄마가 할리문다의 여왕이라면 데위 아유는 공주였다. 두 사람은 취향도 비슷했다. 제 몸을 무엇보다 소중히 여기면서 여느 여염집 아낙보다도 정숙한 차림새를 했다. 박쥐엄마는 솔로나 족자카르타, 프칼롱안*에서 사온 수제 바틱 사롱과 크바야를 갖춰 입고 머리는 동그랗게 말아 올리기를 좋아했다. 유곽에서도 그렇게 차려입었고 집에서 쉴 때만 헐렁한 옷을 입었다. 데위 아유는 패션 잡지 화보에서 마음에 드는 차림새를 따라 입었다. 그러면 정숙한 숙녀들조차 슬그머니 데위 아유의 옷차림을 따라 했다.

두 여자는 할리문다에서 기쁨의 원천이었다. 중요한 행사 치고 두 여자를 초대하지 않는 곳은 없었다. 해마다 독립기념일 행사장에서 박쥐엄마와 데위 아유는 사드라 소령, 구청장, 군수를 비롯해 산에서 돌아온 쇼단초와 나란히 앞자리에 앉았다. 정숙한 숙녀들은 제 남편이 한밤중에 슬그머니 사라져 "죽을 때까지 사랑하라"에 돈을 갖다 바치는 것을 알기에 두 여자를 미워하고 뒤에서 욕했지만 면전에서는 함부로 대하지 못했다.

---

* 천에 왁스를 입혀 문양을 만드는 기법인 바틱 직물의 산지로 유명한 도시들.

그러던 어느 날 할리문다의 공주를 온전히 제 것으로 만들고 아내로 삼겠다는 남자가 나타났다. 천하무적으로 소문이 자자한지라 아무도 그를 막지 못했다. 사람들은 그를 미치광이 마만 혹은 마만 겐뎅이라고 불렀다.

　그리하여 할리문다 남자들의 행복은 종말을 고하고 그들의 아내와 연인들의 얼굴에는 웃음이 번졌다.

5

아직도 사람들은 폭풍우가 치던 그날 아침 마만이 할리문다에 도착해 바닷가에서 어부들을 때려눕힌 그 사건을 생생히 기억한다. 할리문다 사람들에게 마만은 신화나 성서의 등장인물 같은 존재였다. 그는 어릴 적부터 전사의 후예였다. 태산太山의 발차기 도사 아래서 수련한 마지막이자 유일한 제자였던 것이다. 식민지 말 제 운을 시험해보려 방랑길을 떠났지만 일본군 점령이 끝날 때까지 원수도 동지도 만나지 못했다. 그 후 게릴라 부대에 들어가 제멋대로 대령이 되었지만 군대가 재편성되자 쫓겨난 수천 명의 대열에 끼게 되었다. 남은 것은 독립혁명을 위해 싸웠다는 영광의 기억뿐이었다. 그러나 마만은 분노하지 않았다. 그저 다시 방랑길에 올라 새로이 명성을 얻었다. 신출귀몰한 산적패의 우두머리가 된 것이다.

마만은 도둑질에 천부적인 재능을 보였다. 누구보다 부자들을 증오했기 때문인데 사연을 알고 보면 이해할 만했다. 그는 부파티*의 서자였다. 어머니는 대대로 부파티 집안에서 식모로 일하는 여자였다. 아무도 언제 부파티와 식모가 몰래 관계를 가졌는지 몰랐지만 부파티가 본부인뿐 아니라 여러 첩과 애인들을 두고도 육욕을 채우지 못하는 오입쟁이라는 것을 모르는 사람이 없었다. 밤마다 집안 하녀를 제 방으로 끌고 들어갔다. 마만의 어머니는 그런 기구한 운명의 덫에 걸려 아이를 배고 말았다. 그 사실을 안 부파티 부인은 집안 망신을 면하려고 식모를 쫓아냈다. 식모의 온 가족, 어머니와 아버지, 양쪽 할머니와 할아버지, 다시 양쪽 할머니와 할아버지의 어머니들과 아버지들까지 대대로 집안을 섬겨왔는데도 비정하게 내쳐버렸다. 배 속의 아이 말고는 가진 것도 갈 곳도 없는 불운한 여인은 산으로 들어갔지만 곧 태산에서 길을 잃고 말았다. 발차기 도사가 여인을 발견하고 사탕야자나무 아래에서 아이를 받아주었다.

여인은 죽어가면서 이렇게 말했다. "아이 이름은 아버지 이름을 따서 마만이라고 해주세요. 이 아이는 부파티의 서자입니다." 여인은 태어난 아이를 제대로 보지도 못하고 죽었다. 도사는 딱한 아이를 집으로 데려왔다.

"내 너를 최고의 전사로 길러내리라." 도사가 아기에게 말했다.

도사는 정성을 다해 아이를 길렀다. 아이를 잘 먹이고 걷기도 전부터 몸을 단련시켰다. 얼음장처럼 차가운 물속에서 덜덜 떨게 하거나 정오의 태양 아래서 땀을 뻘뻘 흘리며 견디게 했다. 아장아장 걷기 시작하자 아이를 강물에 던져넣고 제 힘으로 헤엄쳐

나오게 두었다. 다섯 살이 되자 믿거나 말거나 아이는 지구상에서 가장 힘센 어린이가 되어 있었다. 훗날 미치광이 마만이라고 불렸던 그는 이미 그 시절 맨손으로 바위를 으깨 고운 모래로 만들 수 있었다. 다른 사부들과 달리 발차기 도사는 마만에게 자신이 아는 모든 것을 아낌없이 가르쳐주었다. 싸움 기술이며 가진 부적을 모두 전해주고 고대 순다어부터 네덜란드어, 말레이어, 라틴어를 읽고 쓰는 법을 알려주었다. 명상하는 법뿐 아니라 음식 만드는 법도 다른 기술과 다름없이 진지하게 알려주었다.

마만이 열두 살 때 발차기 도사가 세상을 떠났다. 사부를 묻고 일주일 동안 상을 치른 후 산에서 내려와 생물학적 아비에게 복수하러 길을 떠났다. 그러나 마침 그때 일본군이 자바를 점령했고 전쟁으로 집안이 초토화된지라 아비를 찾을 수 없었다. 네덜란드 협력자였던 부파티는 몸을 피했다. 아들은 제 어머니를 내팽개쳐 죽게 만든 아비를 3년이나 뒤쫓았다. 그러나 결국 제 손으로 복수를 하지는 못했다. 아비가 총살형을 당한 직후에야 그를 찾아낸 것이다. 시신을 보았으나 묻어줄 생각은 하지도 않았다.

일본이 항복하고 인도네시아가 독립을 선언한 후 독립혁명 전쟁이 벌어지자 마만은 게릴라에 가담했다. 게릴라들은 낮에는 북쪽 해안의 움막에서 지내다 밤에 나가 전투를 벌였다. 그런 접전은 보통 네덜란드령 동인도군의 승리로 끝났다. 그 시절에 별다른 일은 없었다. 다만 마만이 어부의 딸 나시아에게 홀딱 반해버리는 사건이 벌어졌다. 매끈한 갈색 피부에 웃을 때 파이는 볼우물이 매력적인 소녀였다. 마만은 바닷가에서 간식으로 먹을 생선을 주워 모으다가 나시아를 처음 보았다. 게릴라들에게는 환한 미소를 지으며 인사하는 상냥한 소녀였다. 또 무엇이든 먹을 것이 생기면 몰래 가져다주었다.

이름밖에 아는 것이 없었지만 나시아의 존재만으로 자신이 진정 살아 있다고 느꼈다. 이제 방랑을 그만두고 그와 살겠다고 결심했다. 친구들이 이 애타는 짝사랑을 눈치채고 정식으로 청혼해보라고 부추겼다. 그러나 그는 일본 점령기에 창녀들과 자본 것 말고는 평생 여자와 말을 섞어본 적이 없는 처지였다. 나시아에게 말을 거는 것은 네덜란드군 총살 집행대와 마주하는 것보다 더 겁나는 일이었다. 그럼에도 나시아가 혼자 생선 바구니를 들고 집에 가는 모습을 보자 기회를 놓치지 않고 달려갔다. 볼우물이 파이며 환하게 웃어주는 소녀를 보자 용기백배해 아내가 돼달라고 했다.

나시아는 이제 열세 살이었다. 아직 어려서일까 아니면 다른 연유가 있었던 것일까. 길에서 광인을 보고 겁먹은 어린애처럼 화들짝 놀라 바구니를 내팽개치더니 인사도 없이 집으로 가버렸다. 마만은 이리저리 흩어진 물고기 가운데 서서 나시아가 가는 것을 보고는 그 자리에서 죽고 싶어졌다. 그러나 물러서지 않았다. 사랑의 힘이란 그렇게 무한한 것이었다. 바구니에 생선을 주워 모아 나시아의 집으로 발걸음을 옮겼다. 나시아의 아버지에게 정식으로 청혼해야겠다고 생각했다.

집 앞에는 나시아가 기다리고 있었다. 옆에는 삐쩍 마르고 다리 한쪽이 불편한 남자가 서 있었다. 오빠 둘은 게릴라전에서 죽었고 가족이라고는 늙은 어부인 아버지밖에 없다고 들었는데, 이 비실비실한 외다리 청년은 누구란 말인가. 가슴이 쿵쾅거리며 질투심이 피어올랐다. 마만은 억지로 웃음을 지어 보이며 나시아의 발아래에 들고 온 바구니를 놓았다. 용기 때문인지 어리석음 때문인지 다시 물었다.

"나시아, 내 아내가 되어주겠소?" 애원하는 표정이었다. "전쟁이 끝나면 결혼하고 싶소."

나시아는 고개를 젓더니 울음을 터트렸다.

"게릴라 나리." 소녀는 더듬더듬 말을 이어갔다. "제 곁에 이 남자가 안 보이시나요? 이이는 참으로 약한 사람입니다. 평생 고기를 잡으러 바다에 갈 수도 없고 나리처럼 싸울 수도 없어요. 나리는 파리 잡듯이 쉽게 이이를 죽이고 저를 끌고 가실 수 있을 거예요. 하지만 그런 일이 벌어진다면 전 이이 곁에서 죽어버릴 거예요. 우리는 떨어질 수 없으니까요."

외다리 청년은 고개를 숙인 채 아무 말 없이 가만히 있었다. 마만은 가슴이 찢어질 것 같았다. 천천히 고개를 끄덕이며 발길을 돌리는 수밖에 없었다. 작별인사도 못했지만 뒤도 돌아볼 수 없었다. 그의 눈에도 두 사람은 완전히 하나였다. 한동안 쓰라린 가슴을 부여잡아야겠지만 둘의 행복을 망가뜨릴 수는 없었다. 그 후로 전쟁이 끝날 때까지 마만은 뭣에 홀리기라도 한 듯했다. 적의 총탄에 맞기를 바라며 허허벌판에 서 있거나 소총과 대포의 표적이 되기를 자처했지만 언제나 살아남았다. 그는 두 번 다시 나시아를 보지 않았고 마주칠 만한 곳에는 아예 가지를 않았다. 그러나 전쟁이 끝나고 두 사람이 결혼한다는 소식을 듣자 장인에게 산 눈부시게 아름다운 붉은 옷감을 선물로 보내주었다.

게릴라 부대는 해산했다. 그러나 마만은 아쉽기보다는 기뻤다. 아직 사랑의 상처는 아물지 않았지만 다시 방랑길을 떠날 수 있는 자유의 몸이 되었기 때문이다. 게릴라들이 적에게 쫓길 때 쓰던 경로를 따라 북쪽 해안을 떠돌기 시작했다. 그는 호구지책으로 부잣집을 털면서 이렇게 말하곤 했다. "혁명기에 부자가 된 놈은 네덜란드의 개가 아니면 일본 앞잡이가 분명하다."

여남은 명 되는 마만의 무리는 북쪽 해안의 여러 도시를 공포로 몰아넣었다. 경찰과 군대가 마만 무리를 뒤쫓았다. 마만 무리는 로빈 후드처럼 부잣집을 털어서 전쟁에서 남편과 아비를 잃은 과부와 아이들에게 장물을 나눠주었다. 적과 동지를 막론하고 명성이 높아졌지만 하나도 기쁘지 않았다. 오래된 사랑의 상처는 여전히 그를 괴롭혔다. 아무리 예쁜 여자를 보고 창녀들과 자보아도 상처는 아물지 않았다. 밤이 오면 광기가 발동해 매끄러운 갈색 살결에 보조개가 있는 예쁜 여자를 찾아오라고 부하들을 닦달했다. 마만이 나시아의 외모를 어찌나 자세히 설명했던지 은신처에 끌려온 여자들은 서로 분간할 수 없을 정도로 똑같이 생겼다. 여러 날 그 여자들을 품어보았지만 누구도 나시아를 대신하지 못했다.

그가 생의 의욕을 되찾은 것은 오랜 시간이 흐르고, 어부의 아이들이 렝가니스 공주에 대해 얘기하는 것을 듣고 나서였다. 공주가 너무 아름다워서 누구라도 목숨을 내놓겠다고 나서며 공주를 차지하려고 전쟁이 벌어진 적도 있다고 했다. 어느 날 밤 자다가 벌떡 일어난 마만은 그런 여자를 얻기 위해서라면 누구와도 싸워볼 만하다고 생각했다. 자고 있던 부하들을 차례로 깨워 어디에 가면 렝가니스 공주가 있느냐고 물었다. 부하들은 당연히 할리문다라고 대답했다. 처음 듣는 곳이었지만 한 친구가 말하길 배를 타고 해안을 따라 서쪽으로 계속 가면 그곳에 닿을 것이라고 했다. 마만은 무엇보다 이번에는 오래된 상처를 치유할 수 있으리라는 확신에 차 부하들에게 제 구역을 넘겨주었다. 쪽배를 타고 진정한 사랑을 찾으러 길을 떠나겠다고 했다. 마침내 생애 두 번째로 사랑에 빠진 것이다. 렝가니스에 대해 아는 것이라곤 애들에게서 엿들은 것뿐이었다.

렝가니스 공주의 아름다움이란 말로는 표현할 수 없을 정도라고 했다. 파자자란 왕가의 마지막 후손인 공주는 파쿠안 궁궐 공주들의 미모를 모두 물려받았다고 했다. 공주 자신도 제 미모 때문에 불행한 일이 벌어진다는 것을 알았다. 공주가 아직 어려 궁궐 안팎을 마음대로 돌아다니던 시절부터 주변에는 크고 작은 사건과 사고가 끊이지 않았다. 가는 곳마다 사람들은 공주의 얼굴만 쳐다보았다. 그 얼굴을 쳐다보면 일순 우수의 안개에 휩싸여 사람의 형상을 한 조각상이라도 돼버린 양 멍한 표정으로 꼼짝달싹 못했다. 오직 눈알만 공주의 움직임을 따라 굴러갈 뿐이었다. 관리들조차 그가 나타나면 넋을 놓고 나랏일을 내팽개쳤다. 그러다가 도적 떼들에게 나라의 절반을 빼앗겼다가 군대의 절반을 잃고서야 되찾는 일이 벌어지기도 했다.

"그런 여자라면 찾아나서볼 만하지." 마만이 말했다.

"그저 또 상처받지 않기를 바랄 따름이네." 친구가 이렇게 대답했다.

드막 왕국*의 공격을 받기 전 마지막 왕이었던 공주의 아버지조차 제 딸의 아름다움에 취해 조로早老해버렸다. 제 딸과 잠자리

---

* 1475~1554년 자바 북부 해안 지역에 있던 자바 최초의 이슬람 왕국. 파자자란 왕국은 1527년 드막 왕국의 공격을 받아 세력이 크게 약화됐다.

를 할 수는 없는 노릇이었지만 어쨌거나 그것도 사랑은 사랑이었다. 참을 수 없는 근친상간의 욕망은 그를 통째로 갉아먹어버려 오직 죽음만이 이 고통에서 벗어날 길이라고 생각하기에 이르렀다. 왕비조차 질투심에 사로잡혀 어린 딸을 죽이는 수밖에 없다고 생각할 정도였다. 벌써 몇 번이나 주방에서 칼을 찾아들고 살금살금 어린 것의 방에 가기도 했다. 그러나 그럴 때마다 딸을 보자마자 그 아름다움에 취해 왜 이 방에 들어왔는지조차 잊어버렸다. 칼을 내려놓고 딸에게 가 살결을 어루만지며 입을 맞추고 나서야 정신을 차렸다. 그러면 부끄럽고 황망한 심정으로 아무 말 없이 방을 나서는 수밖에 없었다.

마만의 여행길 내내 어부들은 렝가니스 공주에 대한 얘기를 계속 늘어놓았다. 그는 쪽배를 서쪽으로 몰아가다가 해거름이 되면 눈에 띄는 갯마을에 배를 댔다. 할리문다가 얼마나 남았느냐고 물어보면 사람들은 서쪽으로 계속 가다가 해안이 남쪽으로 내려가기 전 동쪽으로 길을 틀라고 했다. 남쪽 해안의 거센 파도를 조심하라는 말도 빼놓지 않았다. 렝가니스 공주에 대한 얘기도 빼놓지 않았는데 덕분에 외로운 방랑자의 가슴은 더욱 달아올랐다.

"내 기어이 공주와 결혼하고 말리라." 그는 다짐했다.

그러나 렝가니스 공주는 점점 물오르는 미모 때문에 더 자주 곤경에 처하자 아예 방에서 나오지 않았다. 바깥세상과의 통로는 방문에 뚫린 작은 구멍뿐이었다. 그 구멍으로 시녀들이 옷과 음식을 건네주었다. 공주는 다시는 세상에 제 모습을 보이지 않기로 결심했다. 그리고 남들과는 다른 이유로 자신을 사랑하는 남자와 결혼하겠다고 마음먹었다. 방 안에 처박혀 혼례복과 혼숫감을 바느질하며 나오지 않았지만, 호사가와 나그네들이 퍼트리고 다니는 제 미모에 대한 소문을 막을 수는 없었다. 급기야 근친상간의 욕망에 괴로워하던 왕과 질투에 눈이 멀어버린 왕비는 딸을 시집보내버리기로 했다. 아흔아홉 명의 전령을 나라 구석구석과 이웃나라에까지 보내 왕자와 전사들의 시합이 열린다고 알렸다. 일등을 차지한 자가 세상 최고의 미녀, 렝가니스 공주와 결혼하는 상을 받는다는 것이었다.

잘생긴 남자들이 모여들었고 시합이 시작되었다. 아르주나가 드루파디를 차지할 때처럼 활쏘기 대결*을 하는 그런 시합이 아니었다. 참가자들은 제 이상형이 어떻게 생겼는지 설명해야 했다. 키와 몸무게는 얼마고 어떤 음식을 좋아하는지 어떤 식으로 머리를 빗고 어떤 빛깔의 옷을 입는지 어떤 냄새가 나는지 모든 것을 말해야 했다. 그다음에는 공주의 방문 앞에 앉아 질문에 답해야 했다. 공주와 똑같은 여인이 이상형인 남자가 있고 또 공주의 이상형이 바로 그 남자라면 결혼을 허락하겠다고 왕이 약속했다. 그러나 그런 식으로 배필을 찾기란 쉽지 않은 일이었다. 결국 시합은 아무 결실을 맺지 못하고 끝났다.

문제는 그런 여인을 차지하기란 쉽지 않다는 것이다. 마만은 순다해협을 통과하다가 해적 무리와 만났다. 놈들을 간단히 제압하고 물에 빠뜨려서 그간 쌓인 울분을 좀 풀었다. 하지만 난관은 계속됐다. 남쪽 바다로 들어서자 성난 폭풍우가 불어닥치는 데다

---

* 《마하바라타》에 나오는 이야기로, 아름다운 공주 드루파디의 신랑을 뽑는 경연 대회에서 판다와 형제의 둘째이자 무예의 명수 아르주나가 활을 명중시켜 공주를 차지한다.

상어 한 쌍이 계속 따라왔다. 결국 늪지에 배를 대고 사슴을 잡아 던져줘 상어들을 달래야 했다.

이 모두가 렝가니스라는 아름다운 여인에 관한 이야기였다. 시합이 아무 결실을 맺지 못한 채 끝나버리자 왕국은 공주의 치명적인 아름다움으로 인한 절망과 공포에 다시 휩싸였다. 언젠가는 한 왕자가 기마병 300명을 이끌고 와 무력으로 공주를 차지하려 했다. 그러자 다른 나라 왕자가 또 기마병 300명을 끌고 와 막으려 했다. 그러면 렝가니스 공주가 고마워서 자신과 결혼해주리라 생각한 것이었다. 그리하여 큰 전쟁이 벌어졌다. 곧 다른 전사들과 왕자들도 이 전쟁에 휩쓸렸고 그해 말이면 누가 누구를 상대로 싸우는지 알 수가 없을 지경이 됐다. 그저 모두가 여러 해째 여자 하나를 차지하기 위해 개싸움을 벌이고 있었다. 미모의 저주는 점점 극단으로 치달았다. 죽거나 다친 병사가 수천이고 왕국 전체가 도탄에 빠졌다. 여기에 무자비한 전염병과 기근까지 덮쳤다. 이 모두가 그 치명적인 아름다움 때문이었다.

"그렇게 힘들었던 시절이 없었다네." 마만이 하룻밤 묵은 여인숙의 늙은 어부가 말했다. "마자파힛* 놈들이 비열하게 쳐들어왔던 부밧 전쟁 때보다도 더 힘들었어. 우리 순다인은 전쟁을 싫어하는 거 잘 알지 않나."

"난 독립혁명 전쟁 때 싸웠는데요." 마만이 대꾸했다.

"아, 그건 아무것도 아니야. 렝가니스 공주 때문에 벌어진 전쟁에 비하면."

---

* 　1293~1500년경 자바 중부 지역을 근거지로 현대 인도네시아 영토 거의 전체에 영향력을 미쳤던 해상 왕국.

공주가 이 모든 일을 몰랐던 것도 아니다. 시녀들이 열쇠구멍으로 소식이란 소식은 다 속삭여주었다. 그래서 눈먼 데스타라타가 쿠루세트라 전쟁에서 자식들에게 무슨 일이 벌어졌는지** 다 알았듯이 모르는 일이 없었다. 공주는 자지도 먹지도 못하며 이 모든 불행의 근원이 자신이라고 한탄했다. 통곡한다고 해서 아니 죽어버린다고 해도 씻을 수 없는 죄였다. 그때 갑자기 제 혼례복이 떠올랐다. 그 옷을 입고 당장 결혼해버린다면 이 지옥에서 벗어날 수 있다. 그러면 이 전쟁과 불운은 모두 끝나리라.

공주는 벌써 몇 년째 어두운 방 안에 처박혀 있었다. 그동안 희미한 등잔불에만 의지해 한땀 한땀 혼례복을 바느질했고 이제 거의 마무리되었다. 세상에서 그보다 아름다운 혼례복은 없을 성싶었다. 어떤 침모나 재봉사도 따라올 수 없을 만큼 엽렵한 솜씨였다. 어느 아침 마침내 혼례복이 완성되었다. 그러나 누구와 결혼해야 할지 알 수 없었던지라 창문을 열고 눈앞에 제일 먼저 나타나는 사람과 결혼하겠다고 다짐했다.

그 약속을 실행하기 전 백일 동안 밤마다 꽃향내 나는 물에 목욕을 했다. 그리고 잊을 수 없는 그날, 아침이 오자 혼례복을 입었다. 공주는 제가 한 약속을 어길 사람이 아니었다. 몇 년 만에 처음으로 제 방 창문을 열고 처음 본 남자와 결혼할 것이다. 남자가 여럿 보이면 제일 가까이 있는 남자와 결혼할 것이다. 그러나 아내나 애인이 있는 남자를 고르지는 않을 것이다. 이제 다

** 《마하바라타》에 나오는 이야기로, 쿠라와 형제의 아버지인 데스타라타는 앞이 보이지 않지만, 판다와 형제와 쿠라와 형제의 최후 격전인 쿠루세트라 전쟁에서 자식 100명이 다 죽은 것을 모르지 않았다.

시는 누구도 괴롭게 하고 싶지 않기 때문이다.

혼례복을 차려입은 공주는 어느 때보다 더 아름다웠다. 어두운 방 안에서조차 광채가 나고 시중을 들던 시녀들마저 넋을 잃을 정도였다. 렝가니스 공주는 우아한 걸음걸이로 창가로 다가갔다. 잠시 멈춰 서 긴장된 숨을 가만히 내쉬었다. 의지는 확고했고 약속은 맺은 후였다. 덧문에 가닿는 손이 심하게 떨리더니 곧 흐느꼈다. 깊은 설움과 넘쳐나는 기쁨 사이 어딘가에서 터져나오는 울음이었다. 공주는 손끝으로 가볍게 덧문 걸쇠를 풀었다. 덧문이 끼익거리며 열렸다. "거기 있는 당신, 누구시건 나와 결혼해주세요."

"그때 내가 거기 없었던 게 한이구만." 이야기를 해주는 어부에게 마만이 말했다. "그래, 할리문다까지는 얼마나 남은 거요?"

"얼마 안 남았소."

벌써 "얼마 안 남았다"는 말을 수없이 들은지라 그 말은 마만의 화를 돋울 뿐이었다. 이렇게 해서는 평생 할리문다에 닿지 못할 것 같았다. 그는 계속 길을 가며 어촌이란 어촌과 항구라는 항구에는 모조리 섰다. 여기가 할리문다요? 아, 아니오. 계속 동쪽으로 더 가면 됩니다. 모두 똑같이 대답했고 마만은 점점 지쳐갔다. 어느덧 이 모두가 실은 거대한 음모이고 사람들이 모두 저에게 거짓말을 하는 게 아닌가 싶었다. 할리문다는 사실 세상 어디에도 없는 곳인지 모른다. 한 번만 누가 계속 동쪽으로 더 가라고 하면 얼굴에 주먹을 날려주고 사람 그만 놀리라고 해줄 참이었다.

바로 그때 작은 항구와 어촌이 보였다. 마만은 재빨리 뭍으로 방향을 돌리고 여전히 그를 따라다녀 어느덧 정들어버린 상어 한 쌍에게 작별을 고했다. 피로와 실망감으로 몸이 덜덜 떨렸다. 렝가니스 공주를 만나는 날은 오지 않을 것만 같았다. 해변에 그물을 널던 어부와 마주쳤다. 주먹을 꽉 쥐면서 물었다. "여기가 할리문다요?"

"그렇소. 여기가 할리문다요."

어부는 운이 좋았다. 사부가 최강의 전사라고 불렀던 마만이 그동안 쌓인 울분을 담아 주먹을 날렸다면 그는 살아남지 못했으리라. 그러나 마만은 이제 신바람이 났다. 진짜 할리문다였다. 마침내 할리문다에 오고야 말았다. 갯냄새를 들이마시며 땅바닥에 무릎을 꿇고 감격에 겨워했다. 지나가던 어부가 어리둥절한 표정으로 그를 쳐다보자 말을 걸었다.

"아, 이곳은 정말 모든 것이 아름답습니다." 마만이 중얼중얼 말했다.

"아 예, 개똥도 예뻐 보이는구면요." 어부는 별 미친 사람을 다 보겠다는 듯이 가던 길을 가려 했다. 하지만 마만이 그를 붙잡았다.

"렝가니스를 만나려면 어디로 가야 하오?"

"어느 렝가니스 말입니까? 렝가니스라는 여자는 수도 없이 많아요. 렝가니스라는 길이랑 강도 있는데요."

"물론 렝가니스 공주지."

"공주는 수백 년 전에 죽었는데요."

"뭐라 그랬소?"

"수백 년 전에 죽었다고 했어요."

모든 것이 순식간에 무너져 내렸다. 그럴 리가 없어, 마만은 속으로 생각했다. 그러나 그것만으로는 분이 풀리지 않았다. 분이 치밀어 올랐다. 그 불쌍한 어부를 협박하며 거짓말하지 말라고 소리를 질렀다. 다른 어부들이 노를 들고 달려왔다. 그러나 마만은 노를 다 부러뜨리고 노 임자들마저 때려눕혀 축축한 모래 위로 던져버렸다. 이번에는 동네 건달 셋이 나타나 여기는 우리 구역이니 썩 꺼지라고 했다. 마만은 꺼지기는커녕 건달들마저 때려눕혀 아직도 쓰러져 있는 어부들 위로 던져버렸다.

마만이 할리문다에 도착하자마자 온 동네를 떠들썩하게 한 난리법석의 아침은 이렇게 시작되었다. 어부 다섯과 건달 셋은 첫 희생양에 불과했다. 다음은 퇴역군인이었다. 그는 마만이 총알에 맞아도 끄떡없다는 것을 모른 채 멀찍이서 쏘려 했다. 그러나 총알이 무용지물임을 알고는 허둥지둥 도망치기 시작했다. 마만은 그를 잡아 소총을 낚아채더니 장딴지를 쏘아 맞혔다. 퇴역군인은 길에 널브러졌다.

"나랑 붙을 놈 또 없어?"

수백 년도 더 된 이야기로 자신을 속인 할리문다 놈들을 적어도 몇이라도 손봐줘야 했다. 몇 번의 싸움이 더 벌어졌으나 마만이 모두 이겨버렸다. 이제 바닷가에는 아무도 그와 대적하려는 사람이 없었다. 헌데 마만이 갑자기 지쳐 보였다. 그가 파리한 얼굴로 식당에 들어가자 주인은 있는 것 없는 것 할 것 없이 모두 내왔다. 사람들은 허둥지둥 그 앞에 아락술통을 산처럼 쌓아올렸다. 부디 이 말썽꾼이 술에 취해 더 이상 말썽을 부리지 않길 바라는 마음이었다. 지친 데다 배까지 부르자 졸음이 몰려왔다. 마만은 휘청휘청 바다 쪽으로 가더니 모래사장에 끌어다 놓은 제 쪽배 위에 드러누웠다. 고생스러웠던 여행과 그 실망스런 종말을 잠시 생각하다가 똑똑히 외쳤다. "나중에 딸을 낳으면 렝가니스라고 하겠다." 그러고는 잠들어버렸다.

렝가니스 공주가 오래전에 죽은 것은 사실이었다. 그러나 결혼도 하고 할리문다로 숨어들어가고 난 후의 일이었다. 공주가 여러 해 동안 닫혀 있던 창을 열자 따사로운 아침햇살이 방 안으로 들어왔다. 공주는 눈이 부셔 한동안 아무것도 보지 못했다. 온 우주가 이 아름다운 여인이 어둠 속에서 세상으로 돌아오는 광경을 지켜보는 것 같았다. 새들은 재잘거리기를 멈추고 바람도 멎었다. 공주가 창틀 사이에 서자 그 모습이 마치 액자 속의 그림 같았다. 눈을 제대로 뜨기까지는 시간이 걸렸지만 곧 주변을 둘러보았다. 이제 연인이 될 사람을 만난다고 생각하니 눈빛은 떨리고 뺨은 붉게 상기되었다. 그러나 눈앞에는 아무도 없었다. 시야가 닿는 곳 안에는 개 한 마리뿐이었다. 개는 창문이 끼익거리며 열리는 소리에 고개를 돌려 이쪽을 보고 있었다. 공주는 아연실색했지만 두말하지 않았다. 그래서 진심으로 그 개와 결혼하겠다고 다짐했다.

그러나 그런 결혼을 반길 사람은 아무도 없었다. 공주와 개는 남쪽 바닷가 귀퉁이 안개 자욱한 숲으로 숨어들어갔다. 그곳을 할리문다, 곧 안개의 땅이라고 이름 지은 사람이 바로 공주였다. 공주와 개는 할리문다에서 오래오래 살았고 자식도 여럿 두었다. 할리문다 사람들은 자신들이 렝가니스 공주와 개의 후손이라고 믿었다. 아무도 개의 이름은 알지 못했다. 공주 자신조차 개의 이름을 몰랐지만 따로 이름을 지어주지도 않았다. 창문에서 개를 처음 본 그 순간 공주는 빨리 내려가서 제 신랑을 만나야 한다는 생각밖에 없었다. 남들이 뭐라 하건 개의치 않았다. "왜냐하면 개는 내가 아름답건 못생겼건 신경 쓰지 않거든."

마만이 할리문다에 왔다는 소문은 순식간에 온 도시에 퍼졌다. 그는 잠시 낮잠을 자고는 이 도시에서 렝가니스 공주의 후예들과 함께 살아보겠다고 마음먹었다. 과거를 떠올리게 하는 활기찬 어촌 풍경이 마음에 들었다. 바닷가를 따라 늘어선 술집들, 므르데카(독립) 거리의 가게들도 좋았다. 할리문다 최고의 유곽 박쥐엄마네는 말할 것 없이 만족스러웠다.

지나가던 사람이 박쥐엄마네를 가르쳐주자 마만은 곧 그리로 발길을 돌렸다. 할리문다에 살기로 했으면 이 도시를 손에 넣어야 하고 그 일을 시작하기엔 유곽이 적소였기 때문이다. 박쥐엄마네 술집에 들어서자 박쥐엄마가 부리는 창녀와 건달들을 데리고 나와 맞아주었다. 벌써 바닷가에 내리면서부터 자자해진 마만의 명성이 귀에 들어간 것이다. 박쥐엄마가 맥주잔을 건네자 마만은 선 채로 한입에 털어넣더니 누가 할리문다에서 제일 세냐고 물었다. 그 질문은 박쥐엄마네서 일하는 건달들의 심기를 불편하게 하기에 충분했다. 곧 앞마당에서 몇 번인지 모를 싸움이 벌어졌다. 마만은 건달들의 긴 칼이며 낫, 일본도 따위는 거들떠보지도 않고 맨손으로 그들을 제압했다.

만족스런 표정으로 손을 문지르며 또 두들겨줄 놈이 없는지 확인하러 술집으로 다시 들어갔다. 그러나 두들겨줄 사람은 없고 아름다운 여인이 구석에서 담배를 피우고 있었다. "나 저 여자랑 자고 싶은데. 창녀인지 아닌지는 상관없어." 마만이 박쥐엄마에게 속삭였다.

"데위 아유예요. 우리 집에서 제일 잘나가는 애죠." 박쥐엄마가 대답했다.

"마스코트 같은?"

"마스코트 같은 거죠."

"할리문다에서 살아보려고 하는데. 그렇다면 호랑이가 영역을 표시하듯 저 여자 보지에 오줌 좀 갈겨줘야겠는데."

데위 아유는 무심하게 구석에 앉아 있었다. 뽀얗고 매끈한 피부가 네덜란드 혈통을 자랑하며 불빛 아래서 광채를 냈다. 푸른 기운이 도는 눈동자에 칠흑 같은 머리는 프랑스 여자처럼 틀어 올렸다. 늘씬한 손가락 사이에는 담배가 끼워져 있고 손톱은 핏빛으로 칠했다. 아이보리색 드레스를 입고 버들가지 같은 허리에 벨트를 맸다. 마만이 박쥐엄마에게 하는 말을 듣고 데위 아유는 고개를 들었다. 잠시 두 남녀가 서로를 바라보았다. 여자는 근육 하나 움직이지 않고 미소를 지으며 남자의 애를 태웠다.

"그럼 서둘러요. 바지에 싸기 전에."

데위 아유는 술집 뒤에 자기가 쓰는 특별실이 따로 있다고 했다. 그러나 한 번도 자신은 그 방에 제 발로 걸어가본 적이 없다고 일러주었다. 누구건 자신과 동침하려면 첫날밤을 맞은 신부처럼 안고 가야 하기 때문이라고 했다. 마만에게는 문제가 될 일이 아니었다. 아름다운 창녀 앞으로 다가가 몸을 숙이고 그를 들어올리면서 60킬로그램쯤 나가겠다고 생각했다. 술집 뒤로 가서 문과 향기로운 오렌지나무밭을 지나 여러 건물들 사이 어슴푸레 밝혀진 작은 방으로 갔다. 마만이 말했다. "렝가니스 공주와 결혼하러 여기에 왔는데 내가 백 년도 넘게 늦은 걸 알았소. 렝가니스 공주를 대신해주겠소?"

데위 아유는 청혼자의 볼에 입을 맞추며 말했다. "아내는 아무 대가 없이 섹스를 하지만 창녀는 돈을 받고 섹스를 하죠. 문제는 난 공짜로는 섹스하기 싫다는 거예요."

두 사람은 밤새도록 사랑을 나누었다. 오랫동안 보지 못한 연인이 재회한 듯 열기로 가득한 밤이었다. 아침이 오자 둘은 여전히 벌거벗은 채 홑이불 하나를 함께 휘감고 있었다. 둘은 방문 앞에 앉아 시원한 아침 공기를 쐬었다. 참새들이 요란하게 짹짹거리며 오렌지나무 가지를 옮겨 다니다 지붕 끝으로 조금씩 날았다. 곧 마 이양 산과 마 게딕 산 사이로 태양이 떠오르며 열기를 내뿜었다.

할리문다가 깨어나기 시작했다. 남녀는 새로운 하루를 준비했다. 홑이불을 던져버리고 일본군이 남기고 간 커다란 목욕통에 들어갔다 나와서 옷을 입었다. 여느 아침처럼 데위 아유는 인력거를 타고 귀가했다. 마만은 할리문다에서 새로운 날을 시작할 차비를 했다.

박쥐엄마가 아침을 차려주었다. 그날 일찌감치 시장에 주문해둔 샤프란을 넣고 지은 노란 밥에 버섯과 메추리알이었다. 마만은 또다시 할리문다에서 누가 제일 세냐고 물었다. "한 구역에 두목이 둘일 수는 없는 노릇이니까." 맞는 말이죠, 박쥐엄마가 대답했다. 그리고 버스터미널을 장악한 건달 '바보 에디'에 대해 일러주었다. 군대와 경찰도 그를 겁내고 할리문다의 산적, 해적, 도둑 할 것 없이 모두 그의 똘마니라고 했다. 거기다 지금쯤이면 그가 마만에 대해 알고 있을 게 분명했다. 유곽의 주먹들이 죄다 그에게 일러바쳤을 것이기 때문이다. 정오쯤 마만은 버스터미널로 가서 마호가니 흔들의자에 앉아 있는 에디를 찾아냈다.

"나한테 할리문다를 넘겨. 아니면 한쪽이 죽을 때까지 싸우도록 하지."

바보 에디는 마만을 기다리고 있었다. 그는 도전을 받아들였고 소식은 금세 온 시내에 퍼졌다. 할리문다에 이런 신나는 볼거리가 생긴 것은 참으로 오랜만이었다. 구경꾼들이 신이 나서 두 사람이 결투를 벌이는 장소인 바닷가로 모여들었다. 누가 누구를 죽일지는 아직 아무도 모를 일이었다. 시의 군사령부가 일개 중대를 보냈다. 별명이 쇼단초인 빼빼 마른 지휘관이 왔지만 아무도 그가 싸움을 말릴 수 있을 거라 여기지 않았다.

쇼단초는 '할리문다 지역사령부'라는 간판이 걸린 본부에 앉아 시내 작은 구역을 담당했다. 이 요란한 싸움이 벌어지는 곳이 하필 제 구역인지라 군사령부에 자신이 가보겠다고 자원했다. 사실 일개 중대의 병력으로는 구경꾼들에게 명령 비슷한 것을 내리는 것 말고는 할 수 있는 일이 별로 없었다. 사실 그는 내심 두 말썽꾼이 싸우다가 둘 다 죽어버리기를 바랐다. 한 구역을 세 사람이 맡을 수는 없는 노릇인 데다 그 구역은 온전히 자신의 것이어야 한다고 생각했다. 그러나 그 또한 결과를 예측하지 못한 채 구경꾼들과 함께 기다렸다.

싸움이 끝나기까지는 일주일을 꼬박 기다려야 했다. 둘은 쉬지도 않고 이레 밤낮 동안 싸웠다. "아무래도 바보 에디가 죽겠는걸." 급기야 쇼단초가 부하에게 이렇게 말했다.

"그래봐야 달라질 건 없습니다." 부하가 침울하게 대답했다. "할리문다에는 산적 떼, 도둑, 게릴라, 혁명군, 공산당 잔당들이 득시글득시글합니다. 우린 맨날 그놈들 뒤치다꺼리만 하다가 세월을 다 보내고 말 겁니다."

쇼단초는 고개를 끄덕였다. "그저 바보 에디가 미치광이 마만으로 바뀌는 거뿐이야."

부하는 쓴웃음을 지으며 속삭였다. "그저 마만이 군대 일에는 신경 안 쓰길 바라야죠."

쇼단초가 관장하는 구역은 손바닥만 했지만 그는 할리문다 전체에서 꽤 존경받는 몸이었다. 계급이 더 높은 상관들도 그에 겐 경례를 붙일 정도였다. 그가 일본 점령기에 할리문다 대대 반란을 이끌었고 반란에서 그보다 더 용감했던 사람은 없었다는 것을 모르는 사람이 없기 때문이었다. 할리문다 사람들은 만약 수카르노*와 하타**가 독립선언을 하지 않았더라면 분명 쇼단초가 하고 말았을 것이라고 생각했다. 존경받을 만한 군인은 못 되었지만 그래도 사람들은 그를 좋아했다. 그가 통솔하는 부대의 주업은 인도네시아산 직물을 오스트레일리아로 밀수출하고 자동차와 전자제품을 밀수입해 암시장에 내놓는 일이었다. 그 시절에는 정말이지 가만히 앉아서도 돈방석에 앉는 사업이었다. 장군들에게 어마어마한 뇌물을 바치는지라 사업을 방해할 장교는 아무도 없었다. 여기저기서 벌어지는 이런저런 말썽을 처리하는 것은 부대의 부업이었다.

바보 에디는 완전히 기운이 빠졌다. 얕은 바닷물에서 허우적거리더니 결국 죽고 말았다. 마만은 에디의 시체를 바다로 던져버렸다. 그의 오랜 친구인 상어 한 쌍이 뜻밖에 날아온 오후 간식을 덥석 받아 물었다. 마만은 바닷가로 돌아가 몰려든 구경꾼들을 쳐다보았다. 아직도 똑같은 상대를 일곱은 더 대적할 수 있을 만치 거뜬해 보였다. "이제부터 여기는 내 구역이다. 이제 나 말고는 아무도 데위 아유와 잘 수 없다."

---

*   Sukarno(1901~1970). 인도네시아 초대 대통령.

**   Mohammad Hatta(1902~1980). 인도네시아 초대 부통령.

데위 아유는 마만의 으름장에 깜짝 놀랐지만 섣불리 움직이지는 않기로 했다. 일단 새로운 넘버원에게 심부름꾼을 보내 한 번 다녀가라고 전했다. 마만은 정중히 청을 받아들이더니 가능한 한 빨리 찾아가겠노라고 약속했다.

데위 아유는 정말이지 할리문다 최고의 매춘부였다. 아직 서른다섯 살, 한 치도 사그라지지 않았다. 매일 아침 유황비누로 스크럽을 하고 매달 한 번씩 허브를 가득 채운 뜨거운 물에 몸을 담갔다. 미모에 관해서라면 할리문다의 선조인 렝가니스 공주에 비견할 만했다. 다만 데위 아유를 차지하려는 전쟁이 벌어지지 않는 까닭은 그가 창녀인 덕분이었다. 누구라도 돈만 내면 동침할 수 있기 때문이다. 그러나 마만이 데위 아유를 독차지하겠다고 나서자 문제가 복잡해졌다.

데위 아유는 여간해선 사람들 앞에 나타나지 않았다. 인력거를 타고서 해거름에 출근하고 아침에 퇴근하는 모습이 어쩌다 눈에 띄었다. 그 외에는 딸들을 영화관이나 축제에 데려가거나 학교에 내려주다가 사람들 눈에 띄었다. 아주 가끔 시장에 가기도 했지만 흔한 일은 아니었다. 그럴 때는 모르는 사람이 보면 창녀라고는 상상도 못할 차림이었다. 누구보다도 단정하고 정숙한 복장으로 한 손에는 양산을 다른 손에는 시장바구니를 들고 왕궁의 시녀처럼 우아하게 걸었다. 유곽에서도 온몸을 가리는 단정한 옷을 입고 주점 구석에 앉아 여행책을 읽었다. 남들 앞에서 남자를 유혹하는 일은 절대 없었다. 그의 방식이 아니었다.

그가 되사들인 옛집은 할리문다의 옛 네덜란드인 구역, 아직 남은 식민지 시절의 코코아 플랜테이션 농장 뒤로 바다를 마주 보는 야트막한 산기슭에 있었다. 과거를 그리워하며 집을 되사들였지만 지금은 향수에 집주인이 잡아먹힐 지경이었다. 그래서 데위 아유는 렝가니스 강가에 건설 중인 주택단지에 집 한 채를 분양받아 내년 입주를 기다리는 중이었다.

그 옛집으로 할리문다 최고의 주먹이 납시었다. 여주인은 이제 막 일어나 목욕을 마친 후였다. 열한 살쯤 된 계집아이가 손님을 맞이했다. 계집아이는 저를 마야 데위라고 소개하고, 어머니가 머리를 말리는 중이니 응접실에서 기다리라고 했다. 벌써 엄마만큼 대단한 미인이 될 것이 분명해 보였다. 얼음을 띄운 레몬주스를 내오더니, 마만이 담배를 피우자 냉큼 재떨이를 대령했다. 마만은 반들반들한 집안 살림을 둘러보며 이 아이의 솜씨가 분명하다고 생각했다. 박쥐엄마한테 데위 아유에게 딸이 셋 있다고 들었는데 다른 딸들은 얼마나 예쁠지도 궁금해졌다. 그러나 알라만다와 아딘다는 집에 없는 것 같았다.

데위 아유가 머리를 푼 채 오후 햇살 속에 광채를 내며 나타났다. 딸아이를 내보내고 제 흔들의자에서 자는 새끼 고양이를 깨워 내보냈다. 의자에 앉더니 다리를 꼬고 등받이에 기댔다. 이 모든 동작은 한결같이 느릿느릿하면서도 우아하고 차분했다. 양쪽에 큰 주머니가 달리고 목 부분을 리본으로 묶는 드레스를 입었다. 머리칼에서 라벤더와 알로에 향이 났다. 이미 동침도 했던 사이이건만 마만은 새삼스럽게 여자의 치명적인 아름다움에 빠져들었다. 데위 아유는 우유처럼 희고 늘씬한 손을 들어 주머니에서 담뱃갑을 꺼내더니 마만에게 권하고 자신도 한 가치 물었다. 마만은 잠시 몸 둘 바를 모르고, 흔들의자 위에서 앞뒤로 오가는 여자의 진녹색 벨벳 슬리퍼만 바라보았다.

"와줘서 고마워요. 누추하지만 편히 앉아요." 데위 아유가 말했다.

마만은 데위 아유가 왜 불렀는지 너무 잘 알았다. 아니 적어도 짐작은 했다. 남들 앞에서 데위 아유가 제 것이라고 으름장을 놓았지만 정작 당사자에게는 먹히지 않는다는 것도 알았다. 그러니까 그는 데위 아유를 사랑하게 되고 만 것이다. 드디어 나시아와 렝가니스 공주를 잊고 이 빼어난 미모의 창녀에게 빠져들었다. 하지만 다시는 상처받고 싶지 않았다. 그래서 그를 아내로 맞는 것이 불가능하다면, 적어도 다른 누구도 그와 못 자게 독점하고 싶었다.

잘 돌아가는 머리 때문이겠지만 데위 아유의 침착함이란 보통이 아니었다. 고르게 숨을 내쉬며 무슨 궁리라도 하는 것처럼 담배연기가 흘러가는 모습을 뚫어져라 쳐다보았다. 그가 피우는 외제 담배는 클로브(정향)가 들어간 인도네시아 담배와 달리 바싹 마른 냄새가 났다. 담배를 다 피우고는 들고 온 레몬주스를 좀 마시더니 손님에게도 마셔보라는 손짓을 했다. 마만은 허둥지둥 잔을 들었다. 멀리 모스크에서 북소리가 들렸다. 그렇다면 오후 3시쯤일 게다.

"안타깝게도 자기가 서른두 번째야. 나를 제 것으로 만들겠다고 한 사내는."

이 말에 마만은 눈곱만큼도 놀라지 않았다. 데위 아유가 무슨 말을 할지도 알았기에 먼저 입을 열었다. "나랑 결혼하지 않겠다면 매일 밤 화대를 내겠소."

"문제는 나라고 하루도 안 빼놓고 섹스를 할 수 있는 거 아니란 거예요. 그래서 아무것도 안 하고 돈만 받는 날도 많을 거예요." 데위 아유는 빙그레 웃었다. "그럼 적어도 임신하면 누가 애

아버지인 줄 알 수 있을 테니 그건 좋네요."

"그럼 남은 평생 내 전용 창녀가 되기로 한 거요?"

데위 아유는 고개를 저었다. "그렇게 오래는 아니고, 자기 연장이랑 지갑이 감당하는 한에서만."

"내 연장으로 만족하지 못하면 손가락이나 쇠족을 쓸 수도 있어."

"제대로 쓸 줄만 안다면야 손가락으로도 충분해." 빙긋 웃으며 데위 아유가 받아쳤다. 그는 잠시 침묵에 빠졌다가 조용히 중얼거렸다. "이렇게 내 창녀 경력이 끝나는구나."

일본 점령기에 창녀가 돼버린 후 지나온 세월을 돌이켜보았다. 서러운 일도 많았지만 가끔은 좋은 일도 있었다. "여자는 모두 창녀가 아닌가. 현모양처라는 여자들도 결국 몸을 팔잖아. 지참금에, 생활비에, 아니면 사랑에. 사랑 그런 게 있다면 말이지."

"내가 사랑을 믿지 않는 건 아니야. 아니 실은 정반대지. 나는 사랑으로 몸을 팔아. 네덜란드인 집안에서 가톨릭 신자로 자라, 결혼하면서 알라만을 믿는다고 맹세하고 무슬림이 됐고, 결혼도 해봤고 종교도 가져보았지. 하지만 지금은 아무것도 믿지 않아. 그렇다고 해서 내가 사랑도 잃은 건 아냐. 성인이나 수피교도처럼 말이야. 누구든 무엇이든 사랑해야 하는 창녀가 됐지. 자지도, 손가락도, 쇠족도 사랑해야지."

"당신과 반대로 사랑은 나를 아프게만 했소." 마만이 말했다.

"나를 사랑해도 좋아. 하지만 나한테 많은 걸 바라진 마. 바라는 거랑 사랑은 완전히 다른 거니까."

"어떻게 나를 사랑하지도 않는 사람을 사랑한단 말이오."

"곧 알게 될 거예요. 힘센 아저씨."

거래에 동의하는 의미로 데위 아유가 손을 내밀자 마만이 손에 입을 맞췄다. 두 사람 다 만족스런 계약이었다. 둘은 한집에 살지는 않았지만 점점 신혼부부 같은 모양새를 갖춰갔다. 마만은 데위 아유의 다른 딸들도 만났다. 제 엄마의 완벽한 미모를 물려받은 알라만다는 열여섯 살, 아딘다는 열네 살이었다. 마만은 이렇게 공언하고 다녔다. "그 애들을 귀찮게 하면 누구든 죽여버리고 말 테다."

그들은 가족처럼 다 같이 영화관에 가거나 일요일에 바닷가에 가 낚시를 하고 물놀이를 하기도 했다. 그런 때가 아니면 마만과 데위 아유는 밤에 박쥐엄마네 특별실에서 만났다. 이제 데위 아유는 아침에 서둘러 집에 가지 않고 오렌지나무밭에서 느긋하게 담소를 나누었다.

그러나 그런 평화로운 나날은 오래가지 않았다. 그날 밤은 마만이 박쥐엄마네에 오지 않았다. 그러나 아무도 감히 데위 아유를 건드릴 엄두를 내지 못하는지라 그는 주점에서 여행책을 읽으며 시간을 죽이고 있었다. 그때 쇼단초가 부하들을 거느리고 나타났다.

그가 박쥐엄마네 유곽에 발을 들인 것은 처음이었다. 박쥐엄마가 신이 나서 직접 나와 그를 맞으며 원하는 것은 무엇이든 해드리겠다고 했다. 그러나 그가 바라는 것은 유곽 최고의 미녀였다. 냉큼 데위 아유 앞으로 가서 손가락으로 가리켰다. 구경꾼들은 벌벌 떨었다. 데위 아유가 고개를 저으며 거절하자 아무도 입을 열지 못했다 데위 아유가 손님을 거절한 것은 이번이 처음이었다. 그러나 쇼단초는 고갯짓에 물러설 그런 위인이 아니었다. 권총을 빼들더니 데위 아유에게 여행책을 내려놓고 당장 침대로 가라고 명령했다. 데위 아유는 처음으로 남자 품에 안겨서가 아니라 강제로 걸어서 제 방으로 가게 되었고 그 때문에 서글퍼졌다. 쇼단초는 데위 아유를 따라가고 부하들은 술집에 자리를 잡았다.

"권총을 든 폼이 겁쟁이 같군요."

"나쁜 버릇이지. 미안하오. 난 그저 큰딸 알라만다와 결혼해도 될지 묻고 싶었소."

데위 아유는 그를 놀려주고 싶은 마음이 들었다. 먼저 이런 식으로 무례하게 구는 건 아무 도움이 안 된다고 타이르고 차분히 말했다. "알라만다도 제 의사가 있는데 직접 물어보지 그래요?" 그리고 속으로 생각했다. 이따위로 청혼을 하다니 이 말라깽이 군인은 참으로 한심하구나.

"알라만다가 벌써 수없이 퇴짜를 놓은 걸 모르는 사람이 없소. 나도 그런 꼴을 당할까 두렵소만."

나이를 불문하고 사내들이 알라만다를 차지하려고 덤벼드는 것을 모르지 않았다. 그러나 누구도 그 애의 마음을 얻지 못했다. 알라만다가 사랑하는 남자는 단 하나였다. 큰딸이 멀리 떠난 연인을 기다린다는 것을 데위 아유도 잘 알았다.

"다를 게 무어랍니까. 알라만다에게 직접 물으셔야죠. 그 애가 결혼하겠다고 하면 크게 잔치를 열어드리죠. 하지만 싫다고 하면 자살해버리는 편이 어때요?"

오렌지나무밭에서 부엉이가 울어대더니 곧 땅다람쥐를 낚아채는 소리가 들렸다. 데위 아유는 시간을 끌어보려고 했다. 늦게라도 마만이 나타나서 두 남자가 문제를 해결하길 바랐다. 쇼단초가 다가와 양초처럼 매끈한 그의 턱을 쓰다듬었다. "그래서 정확히 어떻게 하란 말인가요, 부인?"

데위 아유는 어차피 헛된 일이므로 계속 구애하라고 용기를 주지는 않았다. 오히려 할리문다에는 예쁜 여자가 참으로 많지 않냐고, 모두가 렝가니스 공주의 후예이고 그 미모를 이어받지 않았냐고 했다.

"다른 여자를 찾아봐요. 여자 보지 맛은 다 똑같으니까."

그러나 쇼단초는 돌아가지 않았다. 우격다짐으로 데위 아유를 방으로 밀어 넣더니 옷을 벗겼다. 그리고 허둥지둥 침대로 올라가 여자 위에 올라탔다. 허겁지겁 정액을 쏟아내고 나서야 큰 대자로 눕더니 곧 내려가 옷을 입었다. 그리고 아무 말도 없이 가 버렸다.

데위 아유는 누운 채로 한동안 일어나지 못했다. 믿을 수 없는 일이었다. 마만이 독점권을 선포한 후에 데위 아유가 다른 남자와 잔 그런 차원의 문제가 아니었다. 이런 무례한 대접을 받은 것은 처음이었다. 할리문다 남자들은 그를 제 마누라보다 더 지극정성으로 대했다. 단추 두 개가 뜯겨나간 자신의 옷을 보며 쇼단초가 벼락에라도 맞아 죽기를 바랐다. 그 작자가 자신을 고깃덩어리처럼 다루고 마치 변기통에 배설하듯 몇 십 초 만에 일을 치르고 간 것을 생각하면 할수록 분이 치밀어 올랐다. 욕을 퍼부으면서 잠시 흐느끼다가 서둘러 집으로 돌아갔다.

마만은 이튿날이 밝고서야 소식을 들었다. 쇼단초가 누군지 모르지만 어디서 찾아낼 수 있는지는 아주 잘 알았다. 그는 제가 사는 버스터미널에서 할리문다 군사령부까지 위풍당당하게 걸어갔다. 정문에 이르자 '원숭이 우리' 같은 검문소에서 헌병이 나와 그를 막아섰다. 마만은 쇼단초를 만나러 왔다고 했다. 헌병은 단검과 곤봉만 들었지 화기는 없었다. 또한 자신이 마만의 상대가 되지 않는다는 것을 잘 알았다. 헌병은 마만에게 경례를 하더니 쇼단초의 방문을 가리켰다.

마만은 청바지에 반팔 티셔츠 차림으로 게릴라 시절 이두박근에 그려넣은 용문신을 드러내 보였다. 노크도 없이 대뜸 쇼단초의 방문을 열어젖혔다. 쇼단초는 사무실에서 사령본부와 라디오 교신을 하다가 깜짝 놀랐다. 제 눈앞에 한 사내가 위쏭낭낭하게 서 있는 것을 보고 허겁지겁 사령부와 교신을 끊었다. 그리고 저도 일어서서 노기를 띠고 그를 노려보았다. 곧 이 사내가 일전에 바닷가를 평정한 그 싸움닭인 것을 알아보았다. 그러나 마만은 입을 열 틈도 주지 않았다. "쇼단초는 들어라! 나 말고는 아무도 데위 아유와 잘 수 없다. 네놈이 또 그 여자한테 손대면 그땐 봐주지 않을 거다."

쇼단초는 다른 곳도 아닌 제 사무실에서 이런 무례한 취급을 당하자 머리끝까지 화가 났다. 나 쇼단초가 말만 하면 네놈은 당장 교수형을 당할 수도 있다는 것을 알긴 아느냐고 으름장을 놓았다. 거기다가 데위 아유는 창녀가 아니냐, 돈을 안 내고 그 여자와 잔 게 문제라면 남들보다 화대를 더 쳐주면 될 게 아니냐고 호통쳤다. 제 앞에 선 건달 놈의 오만방자한 태도에 분이 치밀어 올랐다. 쇼단초는 허리에 찬 권총을 들어 안전장치를 풀고 마만에게 겨누었다. 네놈의 협박일랑 하나도 무섭지 않으니 총에 맞아 죽기 싫거든 얼른 꺼지라는 투였다.

"좋아, 내가 누구인지 잘 모르는 모양인데." 건달이 말했다.

쇼단초는 사실 총을 쏘려는 생각은 추호도 없고 겁만 좀 주려던 것이었다. 그러나 마만이 단검을 휘두르자 어쩔 도리가 없었다. 권총이 불을 뿜자 마만은 잠시 벽 쪽으로 휘청했지만 몸에는 상처 하나 입지 않았다. 그 모습을 보고 쇼단초는 기겁했다. 총알이 바닥에 떨어지더니 뱅글뱅글 돌았다. 50미터 안에서라면 늘 명중시키는 제 솜씨를 생각할 때 건달 놈을 제대로 맞힌 게 분명했다. 그런데 마만이 웃으면서 제 쪽을 바라보자 더 놀랄 수밖에 없었다.

"들어라, 쇼단초. 널 찌르려고 이 칼을 꺼낸 게 아니야. 난 널 겁내지 않는다는 걸 보여주려던 거다. 네 총알도 이 칼도 솜털만큼도 나를 건들지 못해." 그렇게 말하더니 단검을 들고 제 배를 힘껏 찔렀다. 칼날이 깨지고 칼날 귀퉁이가 바닥에 떨어졌지만 마만의 몸에는 상처 하나 없었다. 그는 바닥에서 총알과 칼 조각을 들어올려 쇼단초에게 보여주었다.

쇼단초는 그런 사람이 있다는 얘기는 들어보았지만 그런 사람을 직접 보기는 처음이었다. 얼굴은 다 타버린 재처럼 새하얗게 질리고 몸은 망부석처럼 굳어버렸다. 입은 아무 말도 못하고 손에는 권총이 맥없이 들려 있었다.

사무실을 나서며 마만이 마지막으로 경고했다. "다시 말한다, 쇼단초. 데위 아유를 건드리지 마. 한 번만 더 그랬다간 여기를 박살내고 네놈도 죽여버릴 테니.

6

쇼단초는 뜨거운 모래에 몸뚱이를 묻은 채 머리만 내놓고 명상 중이었다. 부하 티노 시딕이 가까이 가보았으나 방해할 용기도 없고 과연 방해할 수 있을지도 의문이었다. 참수당한 머리통처럼 눈을 부릅뜨고 있지만 아무것도 보지 못하는 듯했다. 쇼단초는 명상 체험이 어떤 것인지 설명해준 적이 있다. 그 설명대로라면 그의 영혼은 지금 빛의 왕국을 떠돌고 있을 것이다. "명상이 이 썩어 빠진 세상을 바라보는 고통에서 나를 구해주었지. 적어도…… 네 못생긴 얼굴을 안 봐도 되는 게 어디냐." 잠시 후 쇼단초가 눈을 깜빡거리더니 조금씩 몸을 움직이기 시작했다. 명상이 끝나가는 신호였다. 쇼단초는 우아한 몸짓으로 단번에 모래속에서 빠져나오더니 모래를 털었다. 그리고 새가 나뭇가지에 내려앉듯 티노 시딕의 옆에 가 앉았다. 신앙심이 깊은 사람은 아니지만 엄격하게 지켜온 다우드 단식* 때문에 벌거벗은 몸은 삐쩍 말랐다.

162

"옷 여기 있습니다." 티노 시딕이 녹색 군복을 가져다주었다.

"옷이란 놈은 저마다 새로운 역할을 부여해주지." 군복을 입으며 쇼단초가 말했다. "이제 나는 돼지 사냥꾼 쇼단초다."

쇼단초가 이 역할을 아주 싫어한다는 것을 티노 시딕은 잘 알았다. 그러나 이 역할을 하기로 약속한 터였다. 며칠 전 할리문다 군부대 지휘관인 사드라 소령이 쇼단초에게 정글에서 나와 민간인들의 멧돼지 사냥을 도우라고 직접 명령했다. 쇼단초는 제가 바보 사드라라고 부르는 사드라의 명령을 받는 것을 끔찍이도 싫어했다. 그러나 이번 명령은 일종의 칭찬이었다. 사드라가 말하길, 쇼단초만큼 할리문다 구석구석을 손바닥 들여다보듯이 잘 아는 사람이 없으니 돼지 잡는 데 도움이 될 만한 이는 그이밖에 없다고 한 것이다.

"전쟁이 없으면 이런 일이 벌어지지. 군인들이 돼지나 잡는 데 동원되고 말이야. 바보 사드라는 제 똥구멍이 어딘지도 모를걸."

쇼단초는 옛날 옛적 렝가니스 공주가 왕국에서 도망쳐 피난처를 찾았던 바로 그 정글의 해변에 살았다. 코끼리 귀처럼 생긴 널따란 곶은 산호초와 깎아지른 절벽으로 둘러싸였고 손바닥만 한 모래해변이 있었다. 식민지 시절부터 보호구역으로 지정돼 표범과 들개가 돌아다니는 곳이라 사람 손이 거의 닿지 않았다. 바로 이곳에 쇼단초는 게릴라 시절과 비슷한 움막을 짓고 10년 넘게 살았다. 휘하에 병사 서른둘과 가끔 도우러 오는 민간인이 있었다. 그들은 당번을 정해 시내에 가서 볼일을 봤지만 쇼단초는

---

* 하루 걸러 하루씩 하는 단식법. 예언자 무함마드가 권한 이슬람식 수행법.

이곳을 떠나는 일이 없었다. 지난 10년간 가장 멀리 가봐야 동굴에 명상하러 가는 것이 다였고 낚시를 하거나 길들인 들개들을 돌볼 때만 움막에 왔다. 그런데 이 평화로운 삶을 사드라가 망쳐놓았다. 정글에는 멧돼지가 없다. 멧돼지는 할리문다 북쪽 산에만 살기 때문에 시내까지 나가야 했다. 그 명령을 따르려면 조용히 살기로 한 결심을 깨뜨려야 한다.

"한심한 나라 같으니라고. 군인들이 돼지 잡을 줄도 모른다니."

마지막으로 시내에 갔던 것은 거의 11년 전이었다. 네덜란드령 동인도군이 해산하고 인도네시아를 떠나는 것을 보러 가야 했었다. 사요나라, 그는 실망에 차 그렇게 말했다. "어부가 애써 고기를 잡아서 바구니째 남한테 넘겨주는 꼴이군." 그리고 충직한 부하 서른두 명을 데리고 정글로 돌아가 전쟁 없는 10년 넘는 세월 동안 지루한 일을 하며 보냈다. 어쨌거나 바쁘기는 했다. 쇼단초가 일본군에 반란을 일으키던 시절부터 알고 지낸 장사꾼의 밀수트럭의 안위가 그들의 손에 있었다. 물론 쇼단초 자신은 아무 일도 하지 않고 부하들이 일을 다 했다. 쇼단초는 명상할 동굴을 찾아 정글을 헤매고 낚시를 하거나 무술을 연마하며 보냈다. 그는 갑자기 사라졌다가 갑자기 나타나는 법을 알았다. 스스로 개발해낸 게릴라 전술 중 하나였다.

그는 그 기술을 일본 육군 16사단이 자바를 점령했던 시절 할리문다 다이단大隊에서 진짜 쇼단초였을 적에 개발했다. 막 스무 살이던 그에게 기가 막힌 생각이 떠올랐다. 반란을 일으키는 것이다. 처음에 끌어들인 자는 같은 다이단의 쇼단초 사드라였다. 둘은 일본이 만든 소년단에서 같이 군대 경력을 시작했다. 페타 PETA*가 창설된 후에는 보고르에서 군사훈련을 받고 쇼단초가 돼 돌아와 각기 쇼단을 이끌었다. 이제 그는 친구에게 함께 반란을 일으키자고 했다.

"제 무덤을 파고 들어가잔 소리네." 사드라가 말했다.

"일본 놈들은 나를 묻으려고 그렇게 멀리서 온 걸세. 나중에 손자한테 해주기 정말 좋은 얘기 아닌가." 쇼단초가 낄낄거렸다.

그는 할리문다 쇼단초 중 제일 어리고 체구도 가장 작았다. 그러나 쇼단초라는 호칭을 얻은 사람은 그밖에 없었다. 반란 계획이 다 짜지자 그가 앞장서서 반란을 이끌었다. 여덟 쇼단초와 그에 속한 분단초가 거사에 참여하기로 했고 춘단초中隊長 두 사람은 고문이 되기로 했다. 다이단초大隊長는 반란 계획을 알게 됐지만 자신은 엮이지 않겠다고 했다. "내 무덤을 내가 파기는 싫네."

"그렇다면 제가 대신 파드리겠습니다, 다이단초." 쇼단초는 그렇게 말하고 다이단초를 비밀회의에서 쫓아냈다. "책상머리에서 썩는 게 더 좋은 모양이지." 뒤에 대고 쇼단초가 한마디 했다.

그는 대충 그린 할리문다 지도를 펴고 반란 계획을 세우기 시작했다. 일본군이 있는 지역은 쿠라와 군대로 표시하고 저희 편은 판다와 군대로 표시했다. 다들 좋아했다. 하지만 쇼단초가 덧붙였다. "비스마는 죽지 않고 유디스티라는 거짓말을 못하지.**

---

*   Pembla Tanah Air, 곧 '조국의 수호자'의 약자. 1943년 10월 일본 점령군이 원주민을 조직해 창설한 향토방위 의용군. 일본 패전 후 공식적으로 해산했지만, 페타 출신인 수하르토와 수디르만 등이 군대를 조직하는 데 주도적인 역할을 해 인도네시아군의 전신이 되었다.

** 《마하바라타》에 나오는 신. 판다와 형제의 할아버지뻘인 비스마는 자식을 두지 않겠다고 맹세하여 영생을 얻었고, 판다와 형제의 맏형인 유디스티라는 바른 심성을 가져 거짓말을 하지 못한다.

하지만 우리는 다 죽을 수도 있고 거짓말을 해서라도 살아남아야 해." 어릴 적 할아버지는 《마하바라타》의 전사 이야기를 자주 해주었고 쇼단초는 전쟁에 대한 열망으로 가득했다. 사람들은 그가 16사단장이 됐어야 한다고들 했다.

모두가 반란에 대해 확신을 가질 때까지 비밀회의는 여섯 달 동안 계속됐다. 무기와 총탄을 세고, 일이 잘못됐을 때의 퇴로와 할리문다를 접수했을 때의 목표물을 전달받았다. 연락병들을 보내 다른 다이단에 협력을 요청하도록 했다. 2월 초에 준비는 마무리되었고 거사의 그날은 14일로 정해졌다.

"영영 못 돌아올지 모르겠습니다. 아니면 시체가 돼서 올지도요." 쇼단초는 할아버지에게 작별인사를 했다.

거사일이 다가오자 그는 권총과 총알을 모으고, 쫓길 때를 대비해 비상약품을 제대로 나눠줬는지 확인했다. 티크 밀수를 도와주던 사이인 상인 벤도에게는 게릴라 식량을 대달라고 부탁했다. 쇼단초는 부파티, 시장, 경찰서장을 차례로 만나 2월 14일에 할리문다 병사 전체가 참여하는 실전훈련이 있으니 누구도 방해해선 안 된다고 전했다. 반란 계획을 우회적으로 일러주고, 엿듣는 자들에게 배신자는 가만두지 않겠다는 경고를 돌려 말한 것이었다.

거사일 2시 30분에 그가 말했다. "오늘은 제 무덤 파는 놈들에게 좀 바쁜 날이 될 것이다."

반란은 사쿠라 호텔에 있는 경비대 본부에 사격하는 것으로 시작됐다. 서른 명이 축구장으로 끌려나와 처형당했다. 일본군과 일본인 공무원 스물한 명, 네덜란드 혼혈인 다섯 명, 중국인 부역자 네 명이었다. 시체는 금방 묘지로 끌고 가 의식도 제대로 갖추지 않고 파묻어버렸다.

할리문다 사람들은 반란에 전혀 동조하지 않았다. 다들 집 안에 들어가 문을 걸고 나오지 않았다. 이제 더 끔찍한 일이 벌어질 것이 뻔했다. 금방 일본군 지원부대가 당도해 피의 보복을 감행할 것이다. 그러나 반란군은 의기양양했다. 일장기를 끌어내리고 인도네시아 깃발을 게양했다. 트럭을 타고 도시를 돌며 독립 구호를 외치고 투쟁가를 불렀다. 해거름녘이 되자 그들은 밤에 먹혀 들어간 듯 사라졌다. 일본군이, 아마 온 자바가 벌써 반란 소식을 들었을 것이다. 아침이 오자마자 지원군이 당도할 것이다.

"그렇게 되면 우리는 일본이 질 때까지 할리문다를 떠난다." 쇼단초가 말했다. 이제 그들은 진짜 게릴라가 됐다.

반란군은 세 무리로 나뉘어 흩어졌다. 첫 무리는 쇼단초 바공과 그의 춘단초 고문이 이끌며 서쪽으로 이동해 그쪽으로 오는 일본군을 막기로 했다. 산적들이 들끓는 할리문다 경계 인근으로 들어갈 예정이었다. 두 번째 무리는 쇼단초 사드라와 그의 춘단초 고문이 지휘하고 북쪽 산악지대의 빽빽한 밀림으로 들어갔다. 세 번째 무리는 쇼단초가 이끌고 렝가니스강 하구 삼각주로 갔다. 그들은 습지대의 전투와 말라리아와 이질을 각오해야 했지만, 남쪽의 성난 바다가 언제나 그들의 편이 되어주었다. 모두 자정이 되기 전에 시내를 빠져나왔고 멀리서 들개들이 울부짖기 시작했다.

그렇게 일은 벌어지고 말았다. 흥분과 두려움이 공존했다. 병사 둘이 어머니가 보고 싶다면서 울기 시작했지만, 상사가 그럼 집으로 보내주겠다고 하자 울음을 그쳤다. 전투란 전투는 모조리 이기거나 죽어서라도 이기겠다며 용기백배했다. 반란군은 네덜란드령 동인도군에게 훔친 총구가 짧은 카빈 권총과 스테이어 소총 아니면 대대에서 훔친 소형포와 8미리 박격포로 무장하고 각기 제 위치로 이동했다. 쇼단초나 분단초만 총을 들었고, 일본 인들이 기유케이義勇兵라고 부르던 사병들은 총검이나 죽창을 들었다. 척후병 둘이 앞서 가고 정찰병 둘이 후미를 지켰다. 반란군 은 되는대로 손에 든 무기로 아시아 최강의 군대에 맞섰다. 일본 군은 러시아와 중국을 눌렀고 프랑스, 영국, 네덜란드군을 식민 지에서 몰아냈으며 전 세계 절반을 대상으로 전쟁을 벌이고 있었다. 반란군에게 어떻게 무기를 쓰는지 가르쳐준 바로 그 군대 이기도 했다.

"영웅은 언제나 이기는 법이지. 시간이 좀 걸리는 게 흠이지만." 쇼단초는 반란군의 사기를 북돋았다.

게릴라전 첫날 쇼단초 무리는 블루던 수용소가 있는 삼각주로 가는 트럭을 공격했다. 트럭 바로 아래에 포탄을 날려 연료통을 터뜨렸고 안에 있던 일본군은 모두 즉사했다. 연락병이 알려오기를 서쪽으로 간 무리는 정글 끝자락에서 일본군과 전투를 벌였다고 했다. 치열한 전투 끝에 바공과 무리들은 슬쩍 도망쳤는데 일본군이 뒤쫓지는 않았다고 했다. 북쪽의 무리들은 큰길에서 일본군을 공격했다가 일개 대대의 공격을 받았다고 했다. 일본군은 그들에게 다이단으로 돌아가라고 명령했고 사드라는 부하들을 데리고 항복해서 할리문다로 돌아갔다고 했다.

"당나귀란 놈도 집으로 가는 길은 안 까먹는 법인데, 사드라 놈은 당나귀보다 멍청하다니까." 쇼단초가 말했다.

둘째 날은 일본군에 발각되어 강둑에서 소규모 접전을 벌였다. 일본군 둘을 사살했지만 아군의 손실이 엄청났다. 반란군 다섯 명이 죽고 전체가 포위당했다. 이 상황을 타개하려 몇몇이 강으로 뛰어들어 적의 목표물이 되었다. 부하들을 희생시키는 구출작전을 벌여 쇼단초와 몇몇이 간신히 포위를 뚫고 도망쳤다.

쇼단초는 진로와 계획을 재빨리 변경했다. 시내로 돌아가지만 항복하지는 않는다. 부하들은 생전 처음 들어보는 대단한 계획이었다. 할리문다 남쪽에는 밀림보호구역이 있다. 맹그로브 습지를 따라 도시를 빙 돌아 산호초 해변에서 절벽으로 기어올라 그 밀림보호구역으로 들어간다는 것이다.

일본군과 페타군은 쇼단초 무리가 다른 반란군과 합치려고 계속 동쪽으로 갈 것이라고 생각할 터였다. 쇼단초는 재빨리 계산을 해보았다. 반란은 실패했다. 일본군은 이미 반란군을 찾아냈고 다른 다이단은 도와주지 않았다. 그렇다면 최선의 계획은 제일 가까운 정글로 들어가서 진짜 게릴라전을 준비하는 것이었다.

쇼단초 무리는 동굴에서 여러 날 숨어 있었다. 바다 위 고깃배에 탄 어부들이 그들을 볼 수 있기 때문이었다. 연락병을 보내 서쪽으로 간 무리의 상황과 시내의 형편을 알아보게 했다. 가져온 소식은 하나같이 우울했다. 일본군과 페타군이 서쪽 무리가 숨어 있는 정글을 샅샅이 수색했다고 했다. 산적은 풀어줬지만 반란군은 생포했다고 했다. 총검과 죽창만 지닌 바공과 반란군은 항복하지 않았다. 쇼단초 바공과 춘단초 고문을 비롯한 예순 명은 2월 24일 다이단 앞 연병장에서 사형될 예정이라고 했다.

쇼단초는 옴이 오른 만라깽이 거지로 변장하고 산을 내려갔다. 변장은 완벽했다. 열흘 동안 게릴라 생활을 했더니 진짜 거지와 구별할 수 없는 지경이 되었던 것이다. 산발한 머리로 도시에 들어갔지만 아무도 그를 알아보지 못했다. 돌멩이를 넣은 깡통을 꼭 쥐고 가끔 달그락거리며 길을 걸었다. 다이단 본부 앞 길가 나무 아래 멈춰 서서 사형 집행을 지켜보았다. 예순 명이 하나씩 총살당하고 시체는 트럭에 실려 묘지기집 앞에 던져졌다.

"죽으면 남들이 기억해줄 거란 생각은 절대 하지 마라." 쇼단초는 게릴라 근거지에서 깃발을 올리며 조의를 표하는 부하들에게 이렇게 말했다. "내 말을 믿어. 자기랑 별 상관없는 일을 기억하는 사람은 많지 않아."

그는 무자비한 보복 계획을 세웠다. 어느 날 밤, 그는 부하들을 데리고 초소를 습격해 실탄을 훔쳐냈다. 일본군 여섯을 사살하고 그 시체를 길거리에 던져놓았다. 돌아가기 전 트럭을 폭발시키고 첫닭이 울기 전에 사라졌다. 길거리에 나뒹구는 일본군 시체 여섯 구는 다음날 할리문다 전체를 뒤흔들어놓았다. 사람들은 누가 그런 짓을 했는지 궁금해했다. 일본군과 사드라를 포함한 다이단은 누구의 소행인지 금방 알아차렸다. 쇼단초가 아직 살아 있다. 그가 끝나지 않을 전쟁을 선포한 것이다.

경비대의 일본군들은 분노에 눈이 멀어 수색을 시작했지만 흔적을 찾을 수 없었다. 민가를 뒤지며 쇼단초와 그 패거리를 찾았지만 어디에도 보이지 않았다. 일본군 여섯이 죽고 사흘째 되던 날 식량창고의 식량과 트럭이 없어지고 창고를 지키던 일본군 둘이 죽었다. 트럭은 강에 처박힌 채 발견되었지만 식량은 사라져버렸다. 일본군은 강을 샅샅이 수색했지만 아무 성과가 없었다.

이틀이 지나고 돌아온 연락병이 고하기를 반란이 자바 전역에 알려졌다고 했다. 반란 소식에 고무된 여러 다이단에서 작은 반란이 일어났다고 했다. 반란은 모두 실패했지만 반란이 번질까 겁이 난 일본군이 페타를 해산하고 무장해제시킨다는 소문이 파다하다고 했다.

"배고픈 호랑이를 애완동물로 삼으면 벌어질 수밖에 없는 위험이지." 쇼단초의 일갈이었다.

나흘 후 쇼단초 무리는 일본군을 잔뜩 실은 트럭 다섯 대가 지나가던 다리를 폭파시켰다. 이 때문에 할리문다는 여러 달 고립되었고 게릴라들은 은신처에서 안전하게 지냈다.

어느 찬란한 아침, 잊을 수 없는 일이 벌어졌다. 쇼단초가 산호초 위에 올라 똥을 누고 나오는데 파도에 밀려온 시체 한 구가 보였다. 시체는 이미 퉁퉁 부어올라 터지기 일보 직전이었지만 냄새는 심하지 않았다. 속곳만 걸친 차림이었다. 쇼단초와 부하들은 시체를 바닷가로 끌어와 자세히 들여다보았다. 배에 깊은 상처가 있었다.

"총검에 찔렸군. 일본 놈한테 당한 거야." 쇼단초가 말했다.

"다른 다이단에 있던 우리 편이에요." 한 부하가 말했다.

"히로히토 천황의 후궁이랑 잤나봐요."

시체의 얼굴을 살펴보다가 갑자기 쇼단초가 입을 다물었다. 시체는 분명 원주민이었다. 원주민들이 그렇듯 제대로 먹지 못해 얼굴은 수척했고 콧수염이나 턱수염이 없이 매끈했다. 그러나 그의 눈길을 끈 것은 이상하게 앙다문 시체의 입이었다. "뭔가를 삼킨 게 분명해." 부하들의 도움을 받아 간신히 꽉 다문 입을 벌렸다.

"아무것도 없는데요." 부하가 말했다.

"아냐." 쇼단초는 시체의 입안을 헤집다가 완전히 찢겨진 종잇조각을 꺼냈다. "이것 때문에 죽은 거야." 그는 종이를 따뜻한 산호초 위에 펼쳐놓았다. 입안에 들어간 바닷물 때문에 글씨가 번졌지만 맞춰볼 수 있었다. 모두들 대단한 소식이 있을 거라 기대하며 들떴다. 별 의미 없는 유인물 때문에 살해되는 일은 없기 때문이다. 쇼단초는 (냉기나 허기 때문이 아닌) 떨리는 손으로 종이를 들었다. 얼굴은 눈물범벅이었다. 어리둥절한 부하들이 질문하기도 전에 그가 먼저 물었다. "오늘이 며칠이지?"

"9월 23일입니다."

"그렇다면 우리는 한 달도 더 늦었군."

"뭐가 말입니까?"

"독립기념식." 쇼단초는 시체에서 찾아낸 유인물에 찍힌 내용을 읽어주었다. **선언문, 이로써 우리 인도네시아 인민은 독립을 선언한다. ··· 1945년 8월 17일. 인도네시아 인민을 대표하여 수카르노와 하타.**

잠시 정적이 흘렀다. 하지만 곧 환호와 괴성이 울려퍼졌다. 하지만 쇼단초는 잠잠했다. 부하들은 기뻐 날뛰며 춤을 추고 움막 앞에서 정신 나간 사람들처럼 승리의 노래를 불러댔다. 명령도 없는데 모든 것이 끝난 양 제 물건을 끌어모아 짐을 쌌다. 정글에서 나가 할리문다로 돌아가 복음을 알리려는데 쇼단초가 부하들을 막아섰다.

"회의를 해야겠다."

부하들은 순순히 움막 앞에 모여 앉았다.

"할리문다에는 아직 일본 놈들이 많다. 놈들이 사실을 알면서도 숨긴 것이지." 쇼단초는 재빨리 작전을 짰다. 절반은 할리문다로 가서 우체국을 기습한다. 필요하면 인질을 잡아도 좋다. 우체국 직원은 모두 원주민이니까 그다지 위험할 것 없다. 우체국 등사기로 독립선언문을 찍어서 최단 시간에 도시 전체에 뿌리는 거다. "우체부들을 시켜!" 쇼단초는 당당하게 말했다. 나머지 반은 다른 다이단에 침투해 소식을 알리고 일본군을 무장해제시키고 사람들을 선동해 축구장에서 큰 집회를 연다. 짧고 간단한 회의가 끝난 후 그들은 정글을 벗어났다.

그들이 다시 나타났다는 사실만으로도 온 할리문다가 들썩거렸다. 아직 우체국에서 유인물을 찍기도 전이었다. 쇼단초는 트럭을 구해서 도시를 돌며 소리쳤다. "인도네시아는 8월 17일에 독립을 선언했다! 9월 23일 자로 할리문다도 독립한다!" 길가에 서 있던 사람들은 얼어붙었다. 이발사는 하마터면 손님 귀를 자를 뻔하고 찐빵장수는 자전거 위에서 중심을 잃고 찐빵과 함께 나뒹굴었다. 모두들 믿을 수 없다는 표정으로 지나가는 트럭을 쳐다보다 유인물을 받아들었다. 환희가 번져나갔다. 초등학교 아이들이 길가에서 춤을 추기 시작했고 어른들도 곧 합세했다.

사령과 시도칸을 비롯한 일본군들이 사무실에서 나왔다. 눈앞에 벌어진 광경을 보고도 그들은 아무것도 할 수 없었다. 페타 병사들이 나타나 무장해제시켜도 아무도 저항하지 않았다. 제대로 된 하강식도 없이 일장기를 끌어내리고 일본군에게 소리쳤다. "이 빌어먹을 깃발이나 처먹어라!" 그리고 붉고 흰 인도네시아 국기를 엄숙하게 게양하고 국가를 불렀다.

사람들이 축구상에 몰려들기 시작했디. 넝마 차림에 수척한 얼굴이었지만 기쁨으로 빛나는 얼굴이었다. 독립은 평생 처음 아니 할아버지의 증조할아버지의 생에도 처음이었다. 그런데 그날에야 독립했다는 소식을 들은 것이다. 인도네시아가 독립했다, 그러니까 할리문다도 독립이다. 쇼단초는 오후에 다른 곳에서 국기 게양식을 거행하고 다시 독립선언문을 읽었다. 할리문다 사람들은 풀밭에 앉고 병사들은 꼿꼿이 서서 열심히 그 내용을 들었다. 그로부터 여러 해가 지나도 8월 17일에 독립기념식을 치르는 곳은 학교와 군대뿐이었다. 할리문다 사람들은 9월 23일에 자신들의 독립기념일을 기념했다. 그날은 국기를 게양하고 독립선언문을 읽고 국가를 부르는 것만이 아니라 음식을 바구니째 들고 나와 길에서 잔치를 열었다. 타지 사람이나 학교 선생이 학생들에게 언제 인도네시아가 독립했냐고 물으면 그들은 "9월 23일"이라고 대답했다. 1945년에 독립 소식 전달이 늦어져 벌어진 이 일을 바로잡으려고 중앙정부가 여러 번 시도했으나, 할리문다 사람들은 목숨을 걸고라도 9월 23일 독립기념일을 지키겠다고 맞섰다. 그 후로는 아무도 할리문다의 독립기념일을 바로잡으려 하지 않았다.

소란이 벌어졌다. 사람들이 다이단초를 끌고 온 것이다. 축구장 귀퉁이의 나무에 매달아 죽일 태세였다. 하지만 쇼단초가 막아서더니 다이단초를 축구장 한가운데로 데려갔다. 다이단초의 반역행위를 잘 아는지라 권총을 건넸다. 사람들이 에워싼 가운데 쇼단초가 입을 열었다.

"우리 둘 다 일본군에게 훈련을 받지 않았나. 자네나 나나 배신자는 어떻게 해야 하는지 잘 알지."

다이단초는 권총을 들어 제 머리에 겨누고 목숨을 끊었다. 쇼단초는 병사들에게 모두 하직 경례를 하도록 명령했다. 시체는 깃발로 싸서 시 병원 근처 공터에 묻게 했다. 이 공터는 나중에

군 묘지가 됐다. 그날의 인명 손실은 그뿐이었다. 쇼단초는 다이단 지휘권을 장악하고 연락병을 보내 정보를 수집하도록 했다. 시청 직원들과 협력해 예전에 자신이 폭파했던 다리를 복구했다. 이틀 후에 돌아온 연락병은 페타는 해산됐고 모든 다이단은 인민안전위원회로 전환했다고 전했다.

그래서 인민안전위원회를 결성했다. 그러나 그로부터 이틀 후에 돌아온 다른 연락병은 인민안전위원회는 해산했고 인민안전군으로 바뀌었다고 했다.

"또 이름을 바꾸라고 하면 할리문다는 인도네시아와 전쟁을 벌인다." 수시로 바뀌는 이름에 짜증난 쇼단초가 으르렁거렸다.

중앙정부는 장교들에게 계급을 정해주었다. 쇼단초는 다른 쇼단 지휘관보다 높은 중령을 달았고 멍청이 친구 사드라는 사드라 소령이 되어 신이 났다. 그러나 쇼단초는 계급에 별 신경을 쓰지 않았다. "난 그냥 쇼단초인 게 더 좋아." 몇 주 후 연락병이 와서 문서를 전해주었다. 인도네시아 대통령이 쇼단초 앞으로 몇 달 전에 보낸 문서가 그제야 도착한 것이었다. 곧 온 할리문다 사람들이 문서의 내용을 알게 되었다. 대통령이 2월 14일 반란의 영웅적인 행적을 기려 쇼단초를 인민안전군 총사령관으로 임명했다는 것이다.

할리문다 사람은 모두 이 일을 기뻐했지만 쇼단초는 옛 게릴라 은신처로 들어가버렸다. 하루 종일 혼자 바다에서 고기를 잡고 수영을 하고, 물에 빠진 시체처럼 물 위에 떠서 명상을 했다. 그는 인민안전군의 총사령관이 되는 악몽에 대해 생각하고 싶지 않았다. 은신처로 가기 전에 사드라에게 이렇게 말했다. "내가 처음으로 반란을 일으킨 사람이라니 참 서글프네. 그리고 그 때문에 인민안전군 총사령관으로 임명되다니. 여자 보지를 한 번 보지도 못한 사람을 총사령관으로 임명하는 군대는 대체 어떤 군대인지 궁금하네." 밤이 되자 친구들이 그를 찾아내 집으로 데려갔다.

일주일 후 다른 연락병이 새로운 소식을 가져왔다. 쇼단초에게는 참으로 다행인 소식이었다. 여러 달째 쇼단초가 총사령관 자리를 받아들이지 않아 자바와 수마트라 지역사령관들이 모여 새로운 사령관을 추대했다고 했다. "공화국 대통령께서 수디르만 대령을 총사령관으로 임명하셨습니다." 연락병이 말했다.

"하느님 감사합니다. 그런 자리는 정말로 하고 싶은 사람이 해야 해." 쇼단초가 말했다.

할리문다 사람들은 그 소식을 안타까워했지만 쇼단초는 아무도 헤아리지 못할 큰 기쁨에 휩싸였다.

인민안전군은 인민구세군으로 이름이 바뀌었다. 간판과 명패를 모두 바꾸고 나니 새로 소식이 날아들었다. 인민구세군은 이제 인도네시아공화국군대로 부르기로 했다고 했다.

"그래 이제 인도네시아랑 전쟁하는 건가?" 사드라 소령이 물었다.

쇼단초는 껄껄 웃더니 고개를 저었다. "그럴 리가. 새로 나라가 세워졌으니 새로 이름 짓는 법도 배워야겠지."

일본군은 아직도 남아 있었고 연합군 비행기가 할리문다의 하늘을 날기 시작했다. 사람들은 잠시도 평화를 누려보지 못했다. 며칠 지나지 않아 영국군과 네덜란드군이 도착했다. 풀려난 네덜란드령 동인도군 전쟁포로들은 재무장하고 원주민 군대의 무기를 빼앗기 시작했다. 쇼단초는 즉각 비상령을 내려 전 병력을 정글로 물러나게 했다. 이번에는 군대를 넷으로 나누어 사방으로 보내고, 자신은 남쪽 정글로 향하는 부대를 이끌었다. 다시 게릴라전을 시작하기로 마음먹었다. 이번에는 네덜란드령 동인도 정부를 끌고 온 연합군이 적이었다. 그러나 이번에는 정글로 들어간 이는 게릴라들만이 아니었다. 젊은이들이 대다수인 민간인들이 쇼단초에게 충성을 맹세하며 게릴라를 지원했다. 쇼단초는 병력을 잘게 쪼개 이런 민간인들로 이루어진 게릴라 부대를 이끌도록 했다. 이들이 바로 영국군이 도착하기 전 데위 아유와 소녀들을 강간한 자들이다.

이 게릴라전은 2년 동안 계속됐다. 게릴라들은 주로 승리보다는 패배의 아픔을 맛보았다. 그러나 바다를 면한 정글에 숨어 있는 것을 뻔히 알면서도 네덜란드령 동인도군은 쇼단초를 찾아내지 못했다. 정글 길목에는 정글 지리를 누구보다 잘 아는 게릴라들이 득시글거렸다. 그들은 일본군이 지어둔 수용소의 요새에 숨어 있었다. 네덜란드령 동인도군과 영국군은 정글에 들어갈 엄두를 내지 못하고 도시만 점령하고 있었다. 게릴라들은 도시에 들어오기 어려웠던 것이다. 네덜란드령 동인도군은 정글로 식량과 무기가 들어가지 못하게 막았지만 별 소용없는 일이었다. 게릴라들은 정글 한복판에 논을 만들어 쌀농사를 지었고 화기 없이 싸우는 데 익숙했다. 몇 차례 공중폭격을 시도했지만 게릴라들은 일본군에게 어떻게 폭격을 피하는지 잘 배워둔 터였다.

쇼단초는 게릴라 전술을 더 갈고닦아 위장 잠입하는 데 가장 적합한 기술을 개발해냈다. 그는 신출귀몰했다. 부하들조차 그를 따라잡지 못했다.

"이건 숨바꼭질이 아니다. 게릴라는 잡히면 죽는 거니까."

그러던 어느 날 모든 전투를 중단한다는 소식이 전해졌다. 네덜란드가 협상에서 인도네시아공화국의 주권을 인정했다는 것이다. 쇼단초는 열을 냈다. 인도네시아가 독립을 선언한 것이 벌써 4년 전인데 네덜란드는 이제 와서 그것을 인정하고 그 덕분에 그냥 이 땅을 떠나도 된다니, 그는 낙담했다.

"그동안 치른 전쟁은 다 무엇 때문이란 말인가."

그러나 쇼단초는 제 게릴라 부대를 거느리고 할리문다에 나타났다. 그들이 나타나자 시민들은 열렬히 환영했다. 쇼단초는 아직 그들의 영웅이었다. 사람들은 길가에서 색색의 깃발을 흔들며 그를 맞았지만 쇼단초는 노새를 몰고 심드렁하게 항구로 직행했다. 항구에는 네덜란드 군인과 민간인들이 고국행 배에 오를 준비를 하고 있었다. 쇼단초는 네덜란드령 동인도군 사령관을 찾아갔다. 사령관은 마침내 그토록 찾았던 적을 보게 되어 기뻐 보였다. 두 사람은 악수를 하고 포옹까지 했다.

"조만간 우린 다시 싸우게 될 거요." 사령관이 말했다.

"그럽시다. 네덜란드 여왕과 인도네시아 대통령이 좋다고만 하면."

두 사람은 배로 가는 길목에서 헤어졌다. 배에 오르는 계단이 거둬지고 닻이 올라가고 나서도 쇼단초는 부두에 사령관은 난간에 서 있었다. 엔진 소리가 요란하게 나고 배가 움직이기 시작하자 두 사람은 손을 흔들었다.

"사요나라." 쇼단초가 마침내 입을 열었다.

전쟁이 끝나자 쇼단초는 퇴직자들이 겪는 종류의 무기력에 빠져버렸다. 쇼단초는 며칠간 할리문다 바닷가의 옛 쇼단 본부에서 소일하며 보냈다. 낮에는 풀을 베서 노새에게 먹이거나 가까운 강에서 고기를 잡았다. 그러다가 친구와 부하들을 모아놓고 정글로 들어가서 당분간 나오지 않겠다고 했다.

"거기 가서 뭘 하려고 그러나?" 이제 시 사령관이 된 사드라 소령이 물었다. "이제 게릴라는 필요 없다네."

쇼단초가 찬찬히 대답했다. "평화 시에 군인은 할 일이 뭐 있겠나. 그래서 정글로 들어가 사업을 좀 해보려고 하네."

그리고 그는 정말로 그렇게 했다. 그는 벤도에게 연락했다. 쇼단초의 보호 아래 티크를 밀수하고 대신 게릴라들에게 물자를 대주던 자였다. 벤도가 끌어들인 중국계 무역업자까지 가세해 밀수업을 더 크게 벌이기로 했다. 세 사람 사이에 밀약이 맺어지자 쇼단초는 정글로 들어갈 준비를 했고 그가 뽑은 부하 서른두 명이 이 사업에 나섰다.

"이제 적이란 도둑놈들뿐이다." 그가 부하들에게 말했다.

할리문다에는 군인과 민간인을 막론하고 이 밀수업을 모르는 사람이 없었다. 곶 가장자리에 지은 작은 항구로 온갖 물건이 다 드나들었다. 텔레비전, 손목시계, 말린 코코넛 속, 쪼리까지 없는 게 없었다. 그러나 아무도 불평하지 않았다. 쇼단초는 여전히 할리문다의 영웅이었고, 남는 물건이 있으면 다른 도시로 가기 전에 할리문다에서 싼 값에 팔았다. 군대 장교들도 입을 다물었다. 사드라 소령이 오랜 친구이기도 했고 더 크게는 쇼단초가 수익의 절반가량을 자카르타의 장군들에게 뇌물로 뿌렸기 때문이었다. 쇼단초는 전쟁뿐 아니라 사업에두 귀신같은 재주를 보였다.

"전쟁이랑 사업은 다를 게 없어. 남다르게 교활해야 성공할 수 있지." 쇼단초가 말했다.

사실 쇼단초는 일상적인 사업에는 거의 관여하지 않았다. 부하 서른두 명이 빼어나게 일을 처리하기 때문이다. 그는 10년 넘게 보낸 게릴라 시절의 움막에 살면서 낚시와 명상을 하고 들개를 길들이며 보냈다. 부하들에게 결혼하고 집을 사고 시내에 살면서 번갈아가며 사업을 돌보라고 시키기도 했다. 부하들은 살기가 편해지자 몸이 불었고 점차 전투 본능을 잃어갔다. 그러나 쇼단초는 그대로였다. 몸매는 여전히 호리호리하고 동작은 재빨랐다. 전성기 때와 한 치도 다를 바 없었다. 그는 몸을 바삐 놀렸다. 자신은 별로 먹지도 않으면서 부하들을 먹일 밥을 하기도 했다. 그는 그렇게 평화로운 삶을 누렸다. 사드라 소령이 그에게 정글에서 나와 마 이양 산과 마 게딕 산 기슭의 돼지를 잡아달라고 하기 전까지는.

"다른 애들이 돼지 사냥을 하려고 할지 모르겠습니다. 트럭에 앉아 운전대만 잡은 지 벌써 10년째라 말입니다." 티노 시딕이 쇼단초에게 말했다.

"괜찮을 거야. 내가 사냥 좋아하는 애들을 따로 모아뒀어." 이 말과 동시에 쇼단초가 휘파람을 불자 그간 길들인 들개들이 몰려왔다. 회색에 날렵하고 투지가 넘치는 개들이 백 마리나 쇼단초의 발치에 모여들었다.

"이 정도면 돼지 잡는 데 충분하고도 남습니다." 개 한 마리를 쓰다듬으며 티노 시딕이 대답했다.

"다음주에 전선으로 이동한다."

이야기는 사후디라는 농부와 다섯 친구들이 멧돼지를 없애려 애쓰던 4, 5년 전으로 거슬러 올라갔다. 멧돼지는 걸핏하면 마 이양 산 기슭에 있는 그들의 논밭을 파헤쳐놓았다. 추수할 때가 다가오자 멧돼지의 습격이 더 격해질 것이 걱정된 그들은 사냥에 나서기로 했다. 거기다 사후디의 일곱 살 난 아이가 집 뒷마당에서 돼지와 맞닥뜨리는 일까지 벌어지자 더 이상 두고 볼 수 없는 지경에 이르렀다.

보름날로 날을 잡았다. 여섯 사람은 공기총으로 무장하고 둘씩 짝을 지어 구석마다 자리를 잡았다. 공기총을 들고 나무 아래 앉아 참을성 있게 기다렸다. 어둠 속에서 담뱃불이 타들어갔다. 돼지가 눈에 들어오면 바로 쏘아버리겠다고 굳게 마음먹었다. 마침내 새벽이 오기 직전에야 부스럭거리는 소리가 들렸다. 몇 분 지나지 않아 환한 보름달빛 아래 멧돼지가 모습을 드러냈다. 한 마리가 아니라 두 마리가 잘 자란 콩밭과 옥수수밭을 헤치고 있었다.

사후디는 재빨리 총을 들고 한 놈을 겨냥했다. 달빛을 받아 놈이 또렷하게 보였다. 그가 총을 쏘자마자 세 방이 동시에 같은 놈에게 박혔다. 관자놀이에 세 발의 총알을 맞은 돼지는 그 자리에서 쓰러졌다. 다른 친구가 다른 돼지도 쏘려고 했지만 놈은 도망쳤다. 총소리와 제 짝이 쓰러지는 모습에 놀라 가는 길에 있는 것은 죄다 망쳐버리면서 달아났다.

사후디와 친구들은 나무에서 내려가 돼지 쪽으로 갔다. 놈은 아직 죽지 않았다. 사후디가 온 힘을 다해 놈의 심장에 말뚝을 박아 숨을 끊어놓았다. 그러나 달빛 아래 쓰러진 그 짐승에게 괴이한 일이 벌어지기 시작했다. 사후디와 친구들은 제 눈을 믿을 수 없었다. 진흙투성이에 검은 털 달린 그 짐승이 사람 시체로 변했다. 머리에 총알이 세 개 박히고 가슴에는 말뚝이 박힌 채였다.

"하느님 맙소사! 돼지가 사람으로 변했다." 사후디가 외쳤다.

그 소문은 순식간에 이 마을에서 저 마을로 온 할리문다에 퍼졌다. 아무도 죽은 사람이 누구인지 몰랐고 시체를 찾으러 온 사람도 없었다. 시체는 시의 시체보관소에 있다가 공동묘지에 묻혔다. 그 후로 아무도 돼지를 잡을 엄두를 내지 못했다. 사후디와 친구들은 미쳐버렸다. 다들 자신에게도 그런 저주가 내릴까봐 겁을 집어먹었나. 4년 동안 아무도 돼지 한 마리 집지 않자 짐승들은 더 포악스러워져만 갔다. 농부들은 군대가 와주기를 바랐다. 사드라 소령이 군인들을 숲으로 보내봤지만 돼지는 못 잡고 새나 토끼만 잡아와 밤참으로 구워 먹었을 뿐이었다. 사드라 소령은 결국 쇼단초에게 연락병을 보내 도움을 청했다. 이 일을 맡길 만한 사람은 쇼단초밖에 없었다.

사람들은 쇼단초가 오기를 고대했다. 10년 전에 그랬듯 손수건과 작은 깃발을 들고 오랫동안 보지 못한 영웅을 기다렸다. 어린애들은 제일 앞줄에 서서, 부모와 조부모가 수도 없이 얘기해준 이 인물을 보고 싶어 했다. 독립혁명 참전용사들도 독립기념일인 양 제복을 갖춰 입고 나와 있었다. 현역군인들은 바닷가를 향해 축포를 날리고 학생들은 고적대와 함께 그를 맞았다.

마침내 쇼단초가 나타났다. 노새를 타지 않고 걸어서 등장했다. 언제나처럼 마른 몸에 헐렁한 옷을 걸치고 머리는 빡빡 민 그는 군인이라기보다는 승려 같아 보였다. 부하 서른두 명이 뒤따랐다. 살을 빼야 한다며 쇼단초가 지옥 같은 훈련을 시켜도 묵묵히 따른 자들이었다. 그리고 아흔여섯에 이르는 추가 병력이 나타났다. 회색, 흰색, 갈색의 들개들은 성대한 환영에 신이 났다. 사드라 소령이 직접 나와 전우를 맞이했다.

사드라는 애를 밴 여자만큼이나 배가 튀어나왔다. 쇼단초는 그를 끌어안고는 뼈 있는 농담을 건넸다. "이런, 내가 벌써 돼지를 한 마리 잡은 것 같네만."

"내가 이래서 자네랑은 적이 될 수가 없다네." 사드라는 친구의 농담에 맞장구를 쳤다.

"내 말을 믿어봐. 이 들개들이 쓸모가 있을 걸세."

쇼단초와 부하들은 쇼단초의 옛 본부에 머물렀다. 그에 대한 존경의 표시로 일본 점령기부터 비워둔 곳이다. 다음날은 쇼단초가 약속한 대로 오래 쉬지 않고 그 대단한 사냥을 시작했다. 군인 한 명이 개 세 마리를 끌고 쇼단초는 소총과 총검을 들고 모두를 이끌었다. 사후디와 그 무리들처럼 돼지를 기다리지 않고 돼지가 사는 숲속 덤불을 들쑤셔댔다. 낮잠을 자던 멧돼지들이 놀라 사방으로 날뛰었다.

그날 돼지 스물여섯 마리를 잡았다. 다음날은 스물한 마리, 셋째 날은 열일곱 마리를 잡았다. 그 정도면 멧돼지의 개체 수를 확 줄이기에 충분했다. 총에 맞아 죽은 놈도 있지만 산 채로 잡힌 놈도 많았다. 산 놈은 쇼단 본부 근처의 축구장에 임시로 우리를 지어 몰아넣어두었다. 이상한 일은 죽은 돼지 중에 사람으로 변한 놈은 하나도 없다는 것이었다. 놈들은 그저 돼지일 뿐이었다. 삐죽 나온 이빨에 뭉툭한 코에 시커먼 거죽은 흙투성이인 돼지였다. 덕분에 농부들도 용기를 내 넷째 날부터는 돼지 사냥에 나섰다. 그리고 그날 이후 해마다 수확기부터 다음 파종기 사이에 돼지 사냥을 하는 것이 연례행사처럼 되었다.

죽은 돼지는 중국집 주방에 가져다주고 산 돼지는 돼지 싸움을 붙여 승리를 자축할 작정이었다. 한 경기장 안에 돼지와 들개

를 짝 지워 싸움을 붙이는 것이다. 오락거리에 목이 마른 할리문
다 사람들은 돼지 싸움 날을 손꼽아 기다렸다. 쇼단초는 부하들
을 시켜 축구장에 싸움장을 만들게 했다. 3미터쯤 되는 나무판으
로 둘러싼 동그란 싸움장이 만들어졌다. 그 주위로는 대나무로
높이 2미터쯤 되는 받침대를 단단하게 짜서 구경꾼들이 서 있을
수 있게 했다. 관중석에 가려면 군인 둘이 표를 검사하는 계단으
로 올라가야 했다. 표는 바로 옆 탁자에 앉아 있는 예쁜 아가씨에
게서 사면 됐다.

　돼지 싸움은 쇼단초가 돌아온 지 2주째 되던 일요일 오후 늦
게 시작했다. 돼지 싸움은 돼지가 모두 죽어나가 중국집 주방에
끌려갈 때까지 엿새 동안이나 계속됐다. 할리문다 저 끝에서부터
구경꾼이 몰려와 작디작은 매표소 앞에 줄을 늘어섰다. 표를 살
돈이 없는 사람들은 축구장 주변에 늘어선 야자수에 기어올라갔
다. 그 모습을 멀리서 보면 녹색이나 갈색이어야 할 야자가 알록
달록해진 것처럼 희한했다.

　돼지 싸움은 정말이지 신났다. 쇼단초가 길들였지만 야성을
완전히 버리지 못한 들개들은 돼지를 몰아세울 때면 거칠기 짝
이 없었다. 멧돼지 한 마리에 들개 대여섯 마리가 따라붙었다. 물
론 편파적인 싸움이지만 중요한 것은 돼지가 죽어나가야 한다는
것이다. 구경꾼들은 싸움보다는 학살을 원했다. 돼지가 개 한 마
리에 달려들면 나머지 개들이 달려들어 살점을 물어뜯어 놓았다.
돼지가 지쳐 보이면 군인들이 가서 차가운 물을 한 동이 끼얹어
정신을 차리게 했다. 싸움마다 그 결과는 뻔했다. 돼지는 죽고 들
개 한두 마리가 대단찮은 부상을 입었다. 그리고 나면 새 돼지와
기운 팔팔한 새 들개 여섯 마리가 등장했다. 쇼단초만 빼고 구경

꾼들은 모두 이 잔인한 쇼에 열을 올렸다. 그는 전혀 다른 광경에 빠져 있었다.

구경꾼들 사이에 너무 예쁜 여자애가 있었다. 그 애는 남자밖에 없는 관중 속에서도 흔들림 없이 꼿꼿하기만 했다. 이제 열여섯쯤 됐을까. 천상에서 내려온 선녀가 꼭 이렇게 생겼을 것이다. 검은 머리칼은 초록색 리본으로 묶었다. 쇼단초는 멀리서도 그 애의 앙증맞게 째진 눈, 매끈한 코, 차갑기만 한 미소가 다 보였다. 피부는 눈부시게 하얘서 빛이 나는 것 같았고 미색 원피스는 늦은 오후의 바닷바람에 흩날렸다. 그 애는 주머니에서 담배를 꺼내더니 기가 막힐 정도로 차분하게 담배를 피우며 돼지와 개들의 싸움을 바라보았다. 쇼단초는 그 애가 관중석으로 가는 계단에 올라설 때부터 지켜보았다. 혼자인 것 같아 보였다. 여기에 힘을 얻어 옆에 앉은 사드라 소령에게 물었다. "저 여자앤 누군가?"

사드라는 쇼단초의 시선을 따라가더니 대답했다. "알라만다. 창녀 데위 아유의 딸이지."

돼지 사냥이 끝나자 쇼단초는 제 들개 아흔여섯 마리를 할리문다 시민들에게 나눠주었다. 대부분은 농민들에게 주어 논밭을 지키게 했고 나머지는 여기저기 달라는 대로 주었다. 쇼단초는 개를 받지 못한 사람들에게 들개가 곧 새끼를 치면 받아가라고 했다. 할리문다는 그가 길들인 들개의 씨를 받은 개로 가득하게 될 것이다.

쇼단초는 원래 계획대로라면 정글로 돌아갔어야 했다. 처음 할리문다에 왔을 때 사드라 소령에게 돼지 문제만 해결되면 바로 돌아가겠다고 했다. 그러나 돼지 싸움장에서 알라만다를 본

185

후 잠을 이루지 못했다. "아마 사랑인가봐" 그는 그렇게 생각했다. 그 사랑 때문에 몸이 떨리고 할리문다에 더 있을, 아니 어쩌면 영원히 머물 핑계를 찾기 시작했다.

사드라 소령이 그럴듯한 핑계를 마련해주었다. "바로 가지는 말게. 승리를 자축할 행사가 남았다네. 말레이 악단 공연이 있어."

"그렇다면 내 할리문다를 향한 애끓는 충정으로 공연을 보고 가겠네."

말레이 악단 공연이 있던 그날 밤, 쇼단초는 소녀를 또 보았다. 장소는 지난번처럼 축구장이었지만 이번에는 입장권이 필요 없었다. 그래서 사람들이 더 많이 모여들었다. 자카르타에서 악사와 가수 한 무리가 내려왔다. 처음 들어보는 이름들이었지만 그걸 가지고 뭐라 하는 사람은 없었다.

음악만 있다면야 몸을 흔들어대기 좋지 않던가. 공연이 시작되자 관객들이 몸을 움직이기 시작하더니 얼이 나가기라도 한 듯 고개를 흔들어댔다. 노래 가사는 청승맞기 짝이 없었다. 실연이나 한 손으로 치는 손뼉 같은 짝사랑, 아니면 바람 피우는 남편에 관한 것이었다. 하지만 그렇게 슬픈 노래를 하면서도 가수들은 우는 법이 없었다. 도리어 곱게 화장한 얼굴에 생글생글 웃음이 가득했다. 뒤로 돌아서서는 엉덩이를 흔들어댔다. 관객들이 박수를 치면 돌아서서 얼굴을 보여주며 다리를 좀 구부렸다. 박수가 더 나왔다. 미니스커트를 입은 여가수는 몸을 구부려야 보여주려던 것을 제대로 보여줄 수 있기 때문이었다. 처연한 음악과 음란한 몸짓이 어우러져 그날 밤 관중은 하늘 위로 날아간 듯 들떴다.

저만치 알라만다가 혼자 걸어가는 것을 보았다. 청바지에 가

죽재킷을 입고 그 예쁜 입에는 담배를 물었다. 쇼단초는 정글에서 나와 자신이 사랑하는 이 도시에서 살아 있는 천사를 만날 수 있게 된 것에 진심으로 감사했다. 알라만다는 무대 앞에서 춤추지 않았다. 대신 축구장 여기저기 늘어선 포장마차에서 무대를 지켜보았다. 쇼단초는 그 미모에 취해 알라만다에게 다가갔다. 그러나 자신의 남다른 인기 덕분에 그 애에게 가까이 가기란 쉽지가 않았다. 여기저기서 쇼단초를 알아보고 인사를 했다. 마침내 알라만다 바로 앞에 서자 그 눈부신 미모를 가까이에서 볼 수 있었다. 그는 미소를 지었지만 소녀는 무관심하게 흘낏 쳐다볼 뿐이었다.

"늦은 밤에 젊은 아가씨가 혼자 돌아다니면 못 써요." 대화를 시작해보려고 말을 걸었다.

알라만다는 그의 눈을 빤히 쳐다보았다. "바보 같은 소리 마세요. 저는 여기 있는 사람 수백 명이랑 같이 돌아다니는 중이라구요."

그러고는 아무 말 없이 다른 데로 가버렸다. 쇼단초는 믿을 수 없는 심정이 돼 얼어붙었다. 그간 싸워본 어떤 전투보다 힘들었다. 돌아서서 걷기 시작했지만 몸도 마음도 힘이 쭉 빠져버렸다.

사랑을 얻는 데도 게릴라 전술 같은 게 있을까? 애달프게 자문해보았다.

그는 알라만다의 모습을 머릿속에서 지우려고 애썼다. 그러나 애쓰면 애쓸수록 절반은 일본, 절반은 네덜란드 그리고 인도네시아의 피가 아주 조금 섞인 그 얼굴이 더 또렷이 떠올랐다. (잠들지 못할 것이 뻔하지만) 잠자리에 누워서 그 애를 사랑하면 안 되는 까닭들을 생각해보았다. 내가 쇼단초가 되어 반란을 계획하던 바로 그해에 알라만다는 태어났을 것이다. 나이 차만 해도 스무 살이다. 그런데다 위대한 지휘관이자 인도네시아공화국 초대 대통령이 장군으로 임명한 자신이 열여섯 살짜리 여자애 앞에 무릎을 꿇다니 생각하면 할수록 말이 안 되는 일이었다. 그러나 그러면 그럴수록 점점 더 강렬한 애욕에 사로잡혀 수렁에 빠져드는 기분이었다.

어느 날 아침 쇼단초는 눈을 뜨면서 맹세했다. 할리문다에 영원히 살면서 알라만다를 아내로 삼고 말겠다고.

그러나 명령만 기다리는 부하들에게 그 이야기를 하지는 않았다. 결국 어느 날 티노 시딕이 물었다. "저희는 언제 돌아가는 겁니까, 쇼단초?"

"돌아가다니 어디로?"

"정글 말입니다. 지난 10년 동안 살던 곳 말입니다."

"정글로 가는 건 돌아가는 게 아냐. 나나 자네나 다른 애들이나 다 여기 할리문다에서 태어나지 않았느냔 말야. 우리는 여기로 돌아온 걸세."

"그럼 정글에는 다시 안 가는 겁니까?"

"그래."

쇼단초는 자신의 옛 쇼단 본부에 '할리문다 지역사령부'라고 쓴 현판을 내걸고 할리문다에 눌러앉겠다는 결심을 내보였다. 그가 할리문다에 남겠다며 충동적으로 지역사령부를 세웠다는 소식을 듣고 사드라 소령이 급히 찾아왔다. 쇼단초는 사드라 소령에게 경례했다. "지역사령관입니다. 충성을 맹세하며 명령에 복종하겠습니다."

"바보 같은 소리 말게. 자네는 장군이고 대통령 곁에 있을 사람이야." 사드라가 말했다.

"나는 이 도시에서 자네가 이름을 알려준 그 여자애 곁에 있을 걸세. 그러기 위해서 뭐가 되어도 좋아. 멍멍이 새끼가 된대도 말이지." 서글프고도 서글픈 목소리였다.

사드라는 안쓰러운 표정으로 제 친구를 바라보았다. 잠시 머뭇거리다가 입을 열었다. "그 애는 애인이 있다네." 그러나 차마 친구의 딱한 얼굴을 볼 수 없었던지 딴 데를 보면서 말을 이었다. "클리원이라는 젊은이야."

그 말에 쇼단초의 가슴에는 커다란 구멍이 나고 말았다.

7

아무도 어쩌다가 클리원이 공산당 청년단원이 됐는지 알지 못했다. 부자였던 적은 없을지라도 그는 늘 향락을 좇는 젊은이 쪽에 가까웠기 때문이다. 그의 아버지는 공산주의자이자 빼어난 웅변가였다. 식민지 시절에는 다행히 보번 디홀에 끌려가는 신세를 피했지만 일본 점령기에 사형당했다. 사람들을 모아놓고 연설을 하고 팸플릿을 쓰는 일을 멈추지 않아 경비대에 정체가 발각된 것이다. 그러나 클리원이 아버지의 전철을 따를 낌새는 전혀 없었다. 학교에서 두 학년을 월반할 정도로 성적이 좋아서 그의 앞날은 탄탄해 보이기만 했다.

정말이지 클리원은 금욕적인 공산당원보다는 한량 쪽이 어울렸다. 동네 아이들 사이에서 대장 노릇을 하며 농작물이며 손에 닿는 것은 뭐든 재미로 훔쳤다. 야자나 통나무를 훔치고 카카오를 한 줌씩 빼내와 먹어버리기도 했다. 아이드 전날 밤에는 닭을 훔쳐서 구워 먹고 다음날 닭 임자를 찾아가 용서를 빌었다.* 그래도 클리원 패거리는 너무 심하게 말썽을 부리지는 않아 한두 사람이 불평한다 해도 어른들은 내버려두는 편이었다. 열두어 살이 되자 패거리가 유곽에 몰려가 총각 딱지를 뗀 것을 모르는 사람이 없었다. 바다에서 그물질을 돕고 돈을 받으면 유곽으로 몰려갔다. 하지만 거개는 빈털터리 신세였고 유곽에서 여자 맛을 배운지라 육욕을 참을 수 없는 지경이 됐다.

클리원은 머리가 잘 돌아가고 때때로 남들이 미쳤다고 할 만큼 놀라운 생각을 해냈다. 하루는 친구 셋을 유곽에 데려가 돌아가며 창녀와 잤다. 창녀는 아이들에게 자기한테 앞구멍과 뒷구멍이 있으니 둘씩 들어오는 게 어떻겠냐고 했다. 하지만 아무도 똥이 찬 구멍을 원치 않는지라 한 명씩 들어가기로 했다. 클리원은 친구들에게 순서를 양보하고 마지막에 들어가는 대장의 면모를 보여주었다. 그런데 일을 모두 치른 창녀는 아이들이 돈도 내지 않고 문을 나서는 허망한 광경을 보게 된다.

"내가 물었지. 우리랑 같이 자는 게 좋은지." 잠시 후 클리원이 술집에 앉아 사연을 풀어놓았다. "자기도 좋았다더라고." 사람들은 클리원이 여자와 잔 이야기를 들으려 몰려들었다. "그래 내가 물었지. 우리도 좋았고 그대도 좋았다면 어째서 돈을 내야 하냐고."

클리원의 어머니는 남편이 겪은 일을 아들이 다시 겪지 않게 하고 싶었다. 그래서 정신 나간 마르크스주의 사상과 관련된 것이라면 결단코 용납하지 않았지만 그게 아니라면 뭐든 하게 내

버려두었다. 영화관이나 공연장에 가든 술집에서 코가 삐뚤어지게 마시든 사고 싶은 레코드를 맘껏 사든 상관하지 않았다. 여자애들과 어울리는 것은 특히 환영이었다. 이 여자 저 여자와 자고 다녀도 뭐라 하지 않았다. 그쪽이 총살당하는 편보다는 훨씬 낫다는 생각이었다. "공산주의자가 된다고 해도 행복했으면 좋겠어." 공산주의자와 결혼해 몇 년을 살면서 또 남편의 '동지'들을 보면서 공산주의자란 늘 우울하고 수심에 차 있고 인생을 즐길 줄 모르는 사람들이라고 결론지을 수밖에 없었다. 그래서 일본 점령기와 독립혁명기의 어려운 시절에도 아들이 재미만 쫓아다니게 내버려두었다.

열일곱 살이 되자 도시의 인기남 클리원의 화려한 시절이 시작되었다. 그는 나팔바지에 짙은 색 셔츠를 입고 반짝반짝 빛나는 구두를 신고 다녔다. 계집애들이 집으로 쫓아와 기다리다가 클리원이 가는 곳마다 따라다녔고 젊은 사내들은 그 계집애들 뒤를 쫓아다녔다. 계집애들은 클리원에게 홀딱 반해서 선물을 갖다 바쳤고 그 덕에 집에는 온갖 물건이 쌓였다. 친구들도 그를 따랐다. 그가 절대로 저 혼자만을 위해 여자를 취하지 않기 때문이었다. 패거리들은 아무 걱정 없이 매일 밤 파티를 열었다. 그렇게 인생은 흘러갔다. 그 시절 할리문다에는 클리원 패거리보다 더 행복한 사람은 없을 성싶었다.

클리원도 그 유명한 매춘부 데위 아유에 대해 잘 알았다. 열일곱이 되도록 온 할리문다 사람들이 다 얘기하는 그 창녀와 자보지 못한 것이 유일한 한이었다. 시도해보지 않은 것은 아니었다. 그러나 데위 아유는 하룻밤에 손님을 한 명밖에 받지 않아 제 차례가 오지 않았다. 이미 줄이 너무 길거나 제 시간에 간다 해도 다른 사람이 더 높은 값을 불렀다. 박쥐엄마는 언제나 돈을 제일 많이 내는 사람에게 기회를 주었다. 클리원은 데위 아유의 특별실에 들어가는 것에 너무 집착한 나머지 다른 여자애랑 자면서 몇 번 보지도 못한 데위 아유를 상상하기도 했다.

하지만 확실한 것은 클리원이 데위 아유 덕분에 세상 여자들이 다 저를 좋아하지는 않는다는 사실을 깨달았다는 것이다. 따라다니는 어린 여자애들만큼은 아니지만 결혼한 여자들과 과부들도 그를 훔쳐보곤 했다. 그런 여자들이 속으로는 그와 잠자리를 갖고 싶어 하는 것을 알았다. 그런 여자들과 자보고 나니 세상에 마음만 먹으면 안 넘어올 여자가 없는 것 같았다. 그러나 데위 아유는 아니었다. 그 창녀가 자신에게 아무 관심이 없을 뿐만 아니라 같이 자려면 돈까지 내야 한다는 사실도 너무나 잘 알았다. 클리원은 어떻게 하면 데위 아유와 잘 수 있을지 생각해보았다. 오래도 아니고 5분이면 충분하다고 생각했다. 몸을 만져만 봐도 좋을 것이다. 그래서 집으로 찾아가 다른 남자들은 쓰지 않을 방법을 써보기로 했다.

클리원은 음악을 좋아하고 기타를 잘 쳤다. 적어도 크론총*과 청승맞은 사랑 노래 레퍼토리 몇 곡은 확실히 연마해두었다. 어느 일요일 그는 거리악사처럼 차려입고 기타를 들고 데위 아유의 집으로 갔다. 노래와 제 매력으로 그 여자를 정복하고 말겠다는 투지에 불타올랐다. 이미 수도 없이 해본 일이었다. 창문 앞에서 노래를 부르면 여자애들은 정신을 못 차렸다. 데위 아유의

---

* 포르투갈 음악의 영향을 받은 인도네시아 음악 장르.

집 문 앞에 서서 기타 줄을 튕기며 가성으로 노래하기 시작했다.

그러나 집 안의 여자는 아무 감동도 받지 않은 것이 분명했다. 선 채로 다섯 곡을 더 불렀지만 아무도 문을 열지 않았다. 데위 아유는 딸 셋과 식모 둘과 사는데 그 집 식구는 다들 인심이 후하다고 했다. 누구라도 나와주지 않을까 기대하며 열 곡을 불렀더니 목이 말랐다. 한 시간이 훌쩍 지나버렸다. 손수건을 꺼내 이마와 목에 송글송글 맺힌 땀을 닦았다. 다리가 후들거려 더 서 있지 못할 지경이었지만 여주인이 나올 기미는 전혀 없었다. 결국 기타를 탁자 위에 내려놓고 의자에 앉아 잠시 쉬기로 했다. 눈앞에 별이 보였지만 포기하지 말자고 다짐했다.

여주인에게는 노래보다는 노래가 멎은 상황이 더 흥미로웠던 모양이었다. 문이 열리더니 여덟 살쯤 된 여자애가 나와서 시원한 레몬주스를 탁자 위에 놓았다.

"우리 집 마당에서 노래하시는 건 괜찮아요. 목마르시겠네요."

클리윈은 벌떡 일어나 안절부절못했다. 여자애가 한 말이나 시원한 음료수 때문이 아니라 제 앞에 서 있는 사랑스러운 꼬마 요정 때문이었다. 평생토록 그렇게 예쁜 여자를 본 적이 없었다. 이런 아름다운 피조물을 만들 때 신은 어떤 재료를 쓰는지 궁금해졌다. 꼬마요정의 온몸이 찬란하게 빛났다. 이 광경에 클리윈은 한 시간이나 서서 노래할 때보다 몸을 더 덜덜 떨었다. 떨리는 입을 겨우 열어 더듬더듬 물었다. "너 이름이 뭐니?"

"알라만다. 데위 아유가 우리 엄마예요."

그 이름이 망치로 내리치듯이 머릿속에 박혔다. 기타를 들고 어디로 가야 할지 모르는 채 걷기 시작했다. 몇 번이나 꼬마요정을 돌아보았다가 그 광경에 눈이 부신 듯 고개를 돌렸다. 대문께에 이르렀을 때 꼬마요정이 그를 불렀다.

"이거 마시고 가요. 목마를 텐데."

그 소리에 최면이라도 걸린 듯 돌아서서 베란다로 돌아가 레몬 주스를 마셨다. 꼬마요정은 생글거리며 그 모습을 지켜보았다.

"꼬마 아가씨가 만들어준 거라 마시고 갑니다."

"우리 집 식모가 만든 건데요."

그날부터 데위 아유와 자고 싶은 마음은 사라졌다. 꼬마요정 때문에 모든 것이 시들해지고 일상과 미래마저도 무너져갔다. 그날 이후 모든 것이 달라졌다. 쫓아다니는 여자를 모두 물리치고 파티에도 안 가고 방에 처박혀 기구한 운명을 한탄했다. 천하의 바람둥이가 고작 여덟 살짜리 앞에 무릎을 꿇다니. 아무도 영문을 몰랐지만 사실이 그랬다. 친구들도 그가 일요일에 데위 아유의 집에 간 것을 몰랐던지라 왜 갑자기 그가 집 밖으로 나오지 않는지 알 도리가 없었다. 어머니는 근심이 깊어져갔다. 아들을 키우면서 한 번도 이렇게 기가 죽은 꼴을 본 적이 없기 때문이었다.

"너 공산주의자가 된 거냐?" 어머니가 근심에 차서 물었다. "공산주의자나 그런 수심에 찬 얼굴을 하는 법이지."

"사랑에 빠졌어요." 클리윈이 어머니에게 대답했다.

"더 딱한 일이로구나." 클리윈의 어머니 미나가 아들 곁에 앉아 제멋대로 자란 아들의 머리칼을 쓰다듬었다. "맨날 하듯이 기타를 들고 그 여자애 창문 아래서 노래를 해보지 그러니."

"사실은 걔가 아니라 걔네 엄마를 꼬시려고 그렇게 해봤어요." 거의 울먹이면서 클리윈이 말했다. "그런데 그 여자는 꿈쩍두 안 하고 갑자기 딸한테 반해버렸어요. 헌데 죽었다 깨어나도 그 애랑은 안 될 거 같아요."

"왜? 너한테 안 넘어오는 여자는 없다면서?"

"아아, 걘 안 될 거예요." 클리윈이 버릇없는 새끼 고양이처럼 어미 무릎에 쓰러지면서 말했다. "걔 이름은 알라만다예요. 만약에 공산주의자가 돼서 반란을 일으키고 아버지나 살림 동지처럼 총살형을 당해서라도 걔를 얻을 수 있다면 그렇게 할 거예요."

"어떤 애인지 엄마한테 얘기해보렴." 아들의 말에 겁을 내며 미나가 물었다.

"할리문다에 아니 전 우주에 걔보다 예쁜 애는 없어요. 걔랑 결혼한 렝가니스 공주보다 더 예쁠 거예요. 적어도 제 생각에는 그래요. 남쪽 바다의 여왕보다 아름답고 트로이 전쟁을 일으킨 헬레나보다 아름다워요. 마자파힛이랑 파자자란이 전쟁을 하게 만든 디아 피탈로카보다 예뻐요. 로미오를 자살하게 한 줄리엣보다 예뻐요. 세상에서 제일 예뻐요. 몸 전체에서 막 빛이 나고요, 머리칼은 새로 닦은 구두보다 더 반짝거려요. 얼굴은 도자기처럼 매끄럽고 그 애가 웃으면 주변에 있던 게 모두 빨려들어가요."

"너랑 잘 어울리는 한 쌍이 되겠구나." 어머니가 아들을 달래보려 했다.

"문제는 걘 아직 가슴도 안 자랐고 거기에 털도 안 났을 거예요. 겨우 여덟 살인걸요."

클리윈은 이루어질 수 없는 사랑에 번민하며 보내지 않을 연서를 쓰는 것으로 마음을 달래보았다. 여덟 살짜리에게 어울리겠다 싶은 내용을 써보려 했지만 결국 편지는 모두 찢긴 채로 쓰레기통에 들어갔다. 제 넘치는 열정을 도저히 편지에 담을 수 없었다. 그래서 이번에는 제 마음을 모조리 담아보았다. 하지만 어린 아이가 편지에 쓰인 내용을 과연 이해할까 싶었다. 결국 다 때려치워버렸다.

그때 클리원은 벌써 학교를 졸업한 후였다. 남들보다 2년 먼저 마친지라 남들이 모두 학교에 가거나 일하러 가고 나서도 혼자 사랑놀음을 벌였다. 아침마다 집을 나와 데위 아유의 집에 갔다. 하지만 앞마당에 발을 들이는 일은 없었다. 그는 알라만다가 교복을 입고 책가방을 메고 아딘다와 함께 나타날 때까지 기다렸다. 자매에게 다가가 학교까지 같이 가도 되냐고 물었다.

"그러세요. 하지만 피곤하다고 제 탓 하진 마세요." 알라만다가 대꾸했다.

이 짓을 매일 아침마다 반복했다. 쉬는 시간이면 교실 앞 나무 아래 서서 알라만다가 급우들과 노는 모습을 지켜보았다. 하교 시간이면 미리 정문 앞에 서서 기다렸다가 알라만다를 집까지 바래다주었다. 아이가 수업 중이거나 벌써 집에 가버렸으면 그는 다시 한없는 우울함에 빠져들었다. 갑자기 몸뚱이가 쪼그라드는 느낌이 들어 정처 없이 거리를 헤맸다.

"우리 따라다니는 거 말고는 할 일이 없어요?" 하루는 알라만다가 물었다.

"넌 아직 사랑에 빠진다는 게 어떤 건지 몰라서 그렇게 말하는 거란다." 클리원이 대답했다.

"장난감장수들도 애들이 가는 곳이면 어디든 따라다니죠. 그게 '사랑에 빠진 것'인 줄은 몰랐네요."

알라만다는 정말이지 클리원을 겁나게 했다. 귀신을 만났대도 그렇게 떨지는 않았을 것이다. 밤마다 알라만다가 나오는 악몽 같은 꿈만 꾸었다. 숨을 쉬지 못해서 깨어보면 온몸이 뻣뻣한 채 식은땀을 흘리고 있었다. 얼마 지나지 않아 등하굣길에만 만나는 그 미지근한 관계가 종말을 고했다. 계속 이렇게 살 수는 없는 일이었다. 하루는 불같이 열이 나서 등굣길에 따라나서지 못했다. 실은 고열에 시달리면서도 길을 나섰지만 대문까지도 간신히 갔을 뿐이다. 미나는 아들을 끌고 와 방에 뉘였다. 이마에 찬 수건을 얹어주고 어릴 적 열병을 앓을 때처럼 허밍으로 노래를 불러주었다.

"천천히 기다리렴. 7년만 지나면 그 애도 다 클 거다."

"문제는요, 어머니. 그전에 이러다 제가 먼저 죽을 거라는 거예요."

미나는 여러 두쿤을 찾아다니며 방법을 물었다. 두쿤들은 여자한테 맹목적인 사랑에 빠지게 하는 주문을 써보자고 했지만 미나는 그런 방법은 싫었다. 아들이 알면 이성을 잃고 화를 낼 것이 불 보듯 뻔한지라 그 방법 말고 아들의 심장을 찢어놓는 그 열정을 가라앉힐 방법은 없는지 물었다.

"그런 주문은 있지도 않고 있은 적도 없소이다."

찾아간 두쿤마다 모두 같은 대답이었고 마지막으로 찾은 이도 다를 바 없었다.

"그럼 어쩌면 좋겠습니까?"

"상황이 정리될 때까지 기다려야죠. 사랑을 얻거나 가슴이 찢어져 죽거나 둘 중 하나지요."

아들의 열병이 거의 나아가자 미나는 다른 전통적인 방법을 시도해보았다. 아들을 데리고 나와 바닷가를 걷고 가까운 공원에 앉아 원숭이와 사슴들에게 먹이를 주었다. 여섯 살짜리를 대하듯 어르고 달래주고 알라만다 얘기만 빼고 뭐든 얘기하게 했다.

미나는 아들의 친구들에게도 사정을 털어놓았다. 누군가 이 문제를 풀 방법을 찾지 않을까 기대했다. 친구들은 다시 클리원을 파티에 부르고 그에게 기타를 치고 노래해달라고 부탁했다. 같이 놀러 가자고 남의 닭과 물고기를 훔치고 산에 가서 신나는 모닥불 파티를 열자고 불러냈다. 여자애들은 그의 마음을 얻지는 못하더라도 욕망을 부채질할 요량으로 그를 유혹했다. 한 여자애는 클리원을 텐트 안으로 끌고 가 옷을 벗기고 발기하게 만들기도 했다. 그는 그 여자애와 자고 싶어졌지만 그런다고 해서 예전의 그로 돌아갈 수 있는 것은 아니었다. 예전의 재기발랄함뿐 아니라 누울 데만 있으면 끓어오르던 욕망마저 사라졌던 것이다.

친구들의 노력은 무위로 돌아갔다. 클리원 자신도 잘 알았다. 오직 알라만다의 사랑으로만 치유할 수 있는 병에 걸린 것이다. 알라만다를 납치해서 자기만 아는 정글 속 비밀장소에 숨겨두고 싶었다. 동굴이나 계곡 같은 데서 둘이 살면서 염소를 치는 것이다. 알라만다를 잘 돌봐주고 키워서 처녀로 자라면 그때 사랑을 얻는 것이다. 클리원은 다시 옛 친구들과 멀어졌다. 그리고 다시 아침 일찍 알라만다네 집 앞으로 갔다. 그가 오랜만에 다시 나타나자 알라만다가 깜짝 놀란 표정으로 물었다.

"괜찮아요? 아팠다면서요?"

"응, 사랑 때문에."

"말라리아 같은 건가요?"

"말라리아보다 더 심해."

알라만다는 어깨를 으쓱해 보이더니 동생을 데리고 학교 쪽으로 가기 시작했다. 클리원은 처참한 심정으로 알라만다를 따라 걷다가 간신히 입을 열었다.

"꼬마야, 나를 사랑해주겠니?"

알라만다는 멈춰 서더니 그를 빤히 보면서 고개를 저었다.

"왜?" 실망한 얼굴로 클리원이 물었다.

"사랑이란 게 말라리아보다 더 지독하다면서요." 알라만다는 다시 동생의 손을 잡고 발걸음을 옮겼다. 다시 한 번 알라만다가 클리원을 버리고 갔다. 클리원은 그 자리에서 더 지독한 열병에 걸려버렸다.

클리원이 열세 살 나던 해 한 노인이 집으로 찾아와 이상한 청을 했다. "여기서 죽게 해주시게." 미나는 청을 거절하지 못하고 그를 집에 들이고 차를 내왔다. 클리원은 노인이 이 집에서 어떻게 죽는다는 것인지 이해가 가지 않았다. 며칠이나 굶은 것처럼 보이는 걸 보면 아사하겠다는 것일지도 모르겠다고 생각했다.

"동지는 어디 갔소?"

"일본군에게 총살당했는데요." 미나가 퉁명스럽게 대꾸했다.

"그럼 이 애가 동지의 아들입니까?"

"돼지 새끼는 아니지요." 여전히 무뚝뚝한 대답이었다.

그 객의 이름은 살림이었다. 미나는 그의 방문이 영 못마땅한 눈치였지만 그는 괘념치 않았다. "뒷간에서 자고 닭모이로 쓰는 쌀겨만 줘도 되오. 여기서 죽게만 해주시게나."

클리원은 저 노인이 도랑에서 죽는 것보다는 이 집에서 죽는 편이 낫지 않겠냐고 어머니를 설득했다. 결국 미나는 오랫동안 비어 있던 손님방을 내주었고 클리원은 손님이 죽을 때까지 음식을 가져다주겠다고 자청했다.

그는 방랑하는 나그네가 아니었다. 신발을 벗으니 발에는 물집이 가득했다.

"아저씨는 도망자 같아요." 클리원이 말했다.

"맞아, 내일 놈들이 찾아와서 나를 처형할 거야."

"뭘 훔쳤는데요?"

"인도네시아공화국."

이렇게 두 사람의 우정이 시작되었다. 살림은 클리원에게 챙이 짧은 모자를 주면서 자신이 러시아에 있을 때 가져온 것이라고 했다. 러시아에서는 노동자들이 모두 이 모자를 쓴다고 했다. 그는 1926년 이래로 러시아를 비롯해 여러 나라에 가보았다고 했다.

"하지만 놀러 다닌 건 아니겠죠." 클리원이 말했다.

"그렇지, 나는 도망자였단다."

"그땐 뭘 훔쳤는데요?"

"네덜란드령 동인도."

그는 반역자이자 공산주의자 살림 동지였다. 그것도 네덜란드인 공산주의자 스네이블럿*에게 직접 지도받은 몇 안 되는 옛날 공산주의자 중 한 명이었다. 세마운**과 막역한 사이이며 인도네시아공산당이 창당할 때부터 당원이었다고 했다. 스마랑에 있을 때는 결핵을 앓던 탄 말라카***에게 매일 아침 데운 우유를

---

* Henk Sneevliet(1883~1942). 네덜란드인 공산주의자. 1913년부터 1918년 사이 네덜란드령 동인도에서 활동하다 추방되었다.

** Semaun(1915~1971). 인도네시아공산당 초대 당수.

*** Tan Malaka(1897~1949). 인도네시아의 사상가이자 독립운동가. 1910년대에 네덜란드 유학을 다녀와 교사이자 사회운동가로 활동하다가 세마운의 요청으로 스마랑에 가 인도네시아공산당에 가입했다. 스마랑에 도착하자마자 한 달가량 앓았다고 한다. 이슬람과 공산주의가 양립할 수 있다는 입장을 견지했으며 '인도네시아공화국의 아버지'로 불리기도 한다.

가져다주기도 했다고 했다. 그는 인도네시아공산당이야말로 인도네시아라는 명칭을 사용한 최초의 조직이라며 자랑스러워했다. 그뿐만이 아니다. 인도네시아공산당은 식민 정부에 반기를 든 최초의 조직이기도 했다. 네덜란드령 동인도 정부는 반란을 일으키기 전부터 공산당을 눈엣가시처럼 여겼다. 1919년 스네이블릿이 네덜란드령 동인도에서 추방되었고 4년 후에는 그의 동지 세마운이, 다시 1년 후에는 탄 말라카가 망명을 떠났다. 살림을 포함한 다른 당원들은 짐을 싸서 몸을 피했고 그러지 못한 이들은 체포됐다.

식민 정부는 1926년 1월 살림을 검거하기로 결정한다. 한 달 전 프람바난에서 반란을 모의한 사실이 발각된 것이었다. 살림은 다른 동지들과 무사히 싱가포르로 빠져나갈 수 있었다. 그렇게 여행자도 아니면서 방랑을 시작하게 되었다.

"자기가 공산주의자라고 우기면서 혁명을 일으킬 생각이 없다면 그놈은 진짜 공산주의자가 아니란다."

그는 침대 위에 실오라기 하나 걸치지 않은 채 누웠다. 진흙투성이에 악취가 진동하는 옷을 싹 다 벗어버리더니 클리윈이 가져온 아버지의 옷도 마다했다. 클리윈은 처음에는 눈을 어디다 둬야 할지 몰랐지만 좀 지나자 발가벗은 손님을 마주보며 문가의자에 앉았다.

"나는 알몸으로 죽고 싶어. 놈들이 깨기도 전에 나를 쏠까봐 걱정이네." 살림이 말했다.

"그게 걱정이시면 주무시지 마세요. 죽으면 계속 잘 수 있잖아요. 영원히요."

맞는 말이었다. 그래서 살림은 완전히 탈진했지만 눈을 감지 않으려 했다. 잠들지 않으려고 계속 말을 했다. 가끔 앞뒤가 맞지 않고 어떤 때는 애가哀歌를 읊는 것 같았다. 클리원은 살림이 제정신이 아니라고 생각했다. 살림 동지는 자신이 인도네시아공화국 대통령과 아주 가까운 사이였다고 했다. 수라바야에서 같은 동네에 살며 같은 선생님에게 배우고 같은 여자애를 좋아하기도 했다. 아주 오랜 시간이 흐르고 나서 망명을 떠났다 모스크바에서 돌아오자마자 대통령과 다시 만났다고 했다. 둘은 서로를 끌어안고 기쁨의 눈물을 흘렸다.

"지금은 내 말을 믿지 않겠지만 나중에 신문에서 다 읽게 될 거다. 그런데 말이지, 지금은 대통령 바로 그 작자가 나를 죽이려고 군인들을 보냈단다."

"왜요?" 클리원이 물었다.

"남의 것을 훔치면 그렇게 된단다." 살림 동지가 대답했다.

"또 뭘 훔치셨는데요?"

"아까 말하지 않았니? 인도네시아공화국을 훔쳤다고."

그는 인도네시아공산당이 1926년 혁명에서 실패한 까닭은 우물쭈물했기 때문이라고 했다. 그는 망명 후 싱가포르에서 탄 말라카를 만나 전략을 논의했다. 탄 말라카는 아직 공산주의자들이 준비가 되지 않았다며 혁명을 일으키는 데 극구 반대했다. 그래서 살림 동지는 코민테른의 조언을 들으러 모스크바에 갔으나 코민테른은 더 극렬하게 반대했다.

"스탈린은 나를 석 달이나 잡아두고 재교육을 시켰어."

그러나 그의 머릿속은 온통 혁명을 일으킬 생각뿐이었다. 모스크바를 떠나도 좋다는 허락이 떨어지자 그는 싱가포르로 돌아왔다. 아무도 자신을 지지하지 않는대도 게릴라식으로 일을 벌여야 한대도 혁명을 일으킬 생각이었다. 그러나 혁명은 벌써 일어났고 바로 실패했다. 식민 정부는 공산당을 해산시키고 모든 활동을 금지했다. 당원들은 대부분 체포되거나 보번 디홀로 보내졌다. 더 열받는 일은 이제는 코민테른이 식민지의 혁명을 지지하기로 했다는 것이었다. 너무 늦게 도착한 농담이었다.

"나는 다시 모스크바로 불려가서 학교에 다니게 됐지."

살림 동지는 성공할 가능성이 높은 미래의 어느 시점에 새로운 혁명의 순간이 올 것이라고 설명했다. 한편 보번 디홀의 유형지에 버려진 공산주의자 일부가 변절해 식민 정부에 협력하기로 했다는 슬픈 소식이 들려왔다. 협력을 거부한 동지들은 말라리아가 기승을 부리는 더 끔찍한 유형지로 보내졌다고 했다.

살림 동지가 화장실에 가려고 일어섰다. 클리원은 화들짝 놀라 사롱으로 그의 몸을 가렸다. "그렇게 벌거벗고 돌아다니는 걸 어머니가 보시면 기겁하실 거예요."

클리원이 몸을 가리는 걸 내버려두면서도 살림은 맞받았다.

"다를 게 뭐 있냐. 내일이면 너희 어머니도 어차피 내가 벌거벗은 채로 죽은 꼴을 볼 텐데."

둘은 이제 자리를 베란다로 옮겼다. 살림 동지는 여전히 사롱만 걸친 채였다. 그들이 앉은 자리에서는 캄캄하고 드넓은 바다와 여기저기 고깃배의 등불이 보이고 잔잔한 파도 소리가 들렸다. 클리원은 공산주의자들이 원하는 것이 무엇인지 물었다. "천국." 한밤중에 네덜란드령 동인도군을 잔뜩 실은 트럭이 지나갔다. 두 사람은 트럭을 보았지만 군인들은 베란다에 불빛 없이 앉은 두 사람을 보지 못했다.

"세상은 변하고 있단다." 살림 동지가 말했다. 수백 년 동안 세계의 절반 이상이 유럽 국가들의 손에 들어갔다. 유럽인들은 식민지에서 무엇이든 찾아내 제 나라로 가져가 돈을 벌었다. 그러나 독일과 일본은 그 대열에 끼지 못했다. 하지만 이제 그 두 나라도 다른 열강만큼 힘이 세져서 제 몫을 달라고 요구하기 시작했다. 이것이 바로 이번 전쟁의 근본 원인이며 이 전쟁은 탐욕스런 나라들 사이의 전쟁이다(살림 동지가 담배를 청하자 클리원은 제 방에서 담배를 가져다주었다). 원주민들은 참으로 한심하고 딱한 족속이었다. 그렇게 오랫동안 토후와 술탄 아래서 속으며 살아왔는데 이번에는 유럽인들이 불쑥 나타났다. 유럽인들은 자바 땅에 여전히 남아 있는 거창하기 짝이 없는 윗사람에 대한 경외와 예절을 이해하지 못했다. 농민들은 강제로 일해서 거둔 수확물을 다 빼앗기고도 대여섯 살 난 네덜란드인 여자애가 지나가기만 해도 허리를 굽혀 절했다. 지구상에서 이런 일이 다시는 벌어지지 않아야 한다는 아름다운 꿈에서 공산주의가 태어났다. 게으른 자들은 배터지게 먹고 열심히 일한 이들이 굶는 일은 다시 없어야 한다. 클리원은 그럼 혁명은 그 아름다운 꿈을 이루기 위한 방법이냐고 물었다.

"그렇지. 착취받는 자들이 저항할 방법은 아목*뿐이지. 사실 혁명이란 당이 조직해낸 집단적 아목이지 별게 아니란다."

공산주의자들이 반란을 일으키는 이유는 단 하나, 부르주아지들이 평화롭게 협상할 리가 없기 때문이라고 했다. 부르주아지들은 절대 순순히 권력을 내놓지 않을 것이며, 부를 나눠 갖지도

---

* amok. 열대 지역 원주민들이 착란과 광기에 빠져 벌이는 살육과 파괴행위를 일컫는 말.

않을 것이며, 지금까지 누려온 안락한 삶을 포기하려 들지도 않을 것이다. 그들이 권력과 부를 내놓는다면 이제 커피를 대령하고 옷을 빨고 자동차를 수리하고 코코아를 딸 사람은 없어지기 때문이다. 공산주의 세계에서는 누구나 게으름을 부릴 권리와 동시에 일해야 할 의무를 갖는다. "하지만 부르주아지들이 그걸 바랄 리 없지. 그러니까 반란을 일으킬 수밖에."

살림은 해외에 있다가 독립기념일 며칠 전에 귀국했다. 공화국이 세워진 지 벌써 3년이 지났건만 여전히 네덜란드인들이 활보하고 있었다. 더 열받는 일은 공화국이 전쟁이란 전쟁과 협상이란 협상에서 모두 졌다는 것이다. 공화국의 실질적인 영토는 한 줌밖에 되지 않았다. 옛 친구이기도 한 대통령은 살림을 만나자 대뜸 이렇게 말했다. "나라를 세우고 혁명을 시작하도록 도와주게."

"익 콤 히르 옴 오르더 터 스헤펀Ik kom hier om orde te scheppen."* 임무를 완수하러 내가 왔다네, 라고 그는 네덜란드어로 대답했다.

살림은 지금 벌어진 모든 혼란은 근본적으로 공화국 대통령과 부통령, 관료들과 정치인들 책임이라고 했다. "놈들은 일본 점령기 때 인민들을 노예보다 조금 나은 조건으로 팔아넘기더니 이제는 우리 영토를 네덜란드 놈들에게 팔아넘기려고 해." 살림 동지는 아직 믿을 수 있는 건 인도네시아공산당뿐이라고 했다. 당은 살림 동지를 열렬히 환영했다. 살림 동지는 곧 당의 투쟁 방

---

* 인도네시아의 공산주의자 무소(Musso, 1897~1948)가 오랫동안 소련에 있다 귀국했을 때, 대통령 수카르노가 혁명을 지지해달라고 청하자 화답하며 한 말로 알려졌다.

206

향에 몇몇 중대한 오류가 있음을 알아챘고 이를 수정하고자 했다. 당은 모스크바에서 막 돌아온 구세주 같은 그에게 전권을 위임했다. 그가 도착한 지 한 달 후 드디어 마디운에서 반란이 일어났다. 물론 공산주의자들의 작품이었다. 그는 반란 발발 당시에는 마디운에 없었지만 동지들을 지원하러 갔다. 그러나 혁명은 일주일을 넘기지 못했고 이제 쫓기는 몸이 된 것이다.

"그래서 이제 내 무덤이 다 파지길 기다린단다."

"벌써 먼 길을 오셨는걸요. 원하신다면 아직 도망칠 시간이 있어요."

"나는 두 번 반란을 일으켰는데 두 번 다 실패했어. 그만 하면 충분해." 그는 쓰라린 표정으로 말을 이어갔다. "내가 죽을 때가 온 거란다. 무슨 수를 써서 도망친대도 아침이 오면 죽게 될 거야."

클리윈은 아무래도 그 말을 이해할 수 없었다.

"하지만 죽으면 다 끝이잖아요."

살림 동지는 눈을 가늘게 뜨고 얼굴에 와 부딪히는 밤바람을 맞았다. "이제 자네가 임무를 완수해야 한다, 동지."

살림 동지는 솔직히 자신이 계급이론을 다 이해하지 못해서 훌륭한 마르크스주의자는 못 된다고 했다. 제 머리로는 계급이론을 다 이해하지 못했지만 불의에 맞서서는 가능한 모든 방법을 동원해 싸워야 한다고 생각했다. 이 나라에는 마르크스주의자는 없고 굶어가는 인민만 있다고 했다. 인민들은 언제나 일한 것보다 한참이나 적은 대가를 얻었고, 권력자가 나타나면 무릎을 꿇어야 했으며, 그 모두에서 벗어나는 길은 반란이라는 사실을 모른다고 했다. 생각해보렴, 살림 동지가 말했다. 사탕수수 농장의 설탕공장에는 노동자가 수천이야. 노동자들은 쉬는 날도 없이

1년 내내 일하지만 농장주들은 주말이나 휴가 때면 시원한 고원에 있는 별장에서 편히 쉬지 않니. 노동자들은 이번 월급날에서 다음 월급날까지 간신히 먹고살 만큼만 벌지만, 농장주들이 걷어들이는 수입은 어마어마하지 않니. 차 플랜테이션 농장에서도 같은 일이 벌어지지. 바로 그 때문에 우리는 반란을 일으켜야 해. 우리가 가슴속에 담아둬야 할 마르크스주의 구호는 이것뿐이란다. 만국의 노동자여, 단결하라!

멀리서 첫닭이 우는 소리가 들리자 두 사람은 죽음의 냄새를 맡기라도 한 것처럼 입을 다물었다. 살림 동지는 때가 오기도 전에 죽은 듯이 의자에 가만히 앉았다. 자는 것처럼 보이지만 실은 온 신경을 곤두세우고 세상에서 맞는 마지막 아침을 차분히 기다리는 중이었다. "성자가 죽음 뒤에 하느님의 나라에 간다고 믿듯이 진정한 공산주의자는 죽음을 두려워하지 않지." 살림은 모기만 한 소리로 조용히 말했다.

"신을 믿으시나요?" 클리원이 물었다.

"그건 상관없는 문제다. 신이 존재하는지 아닌지는 인간이 관여할 일이 아니야. 특히나 눈앞에서 한 사람이 다른 사람 목을 칼로 찌르고 있을 땐 말이지." 살림 동지가 대답했다.

"그럼 아저씨는 지옥에 가겠네요."

"차라리 지옥에 가는 편을 택하겠어. 인간 위에 다른 인간이 있는 걸 없애는 데 평생을 바쳤단다. 내 생각엔 우리가 사는 여기가 바로 지옥이야. 우리의 임무는 그 지옥을 천국으로 만드는 것이고."

살림 동지가 예견한 대로 마지막 아침은 오고 말았다. 대위한 명이 공화국 군대를 이끌고 그를 처형하러 온 것이다. 할리문다는 아직 네덜란드령 동인도군 점령 지역인지라 군인들은 사복을 입고 조용히 나타났다. 그리고 베란다에 앉아 있는 살림과 클리원을 빙 둘러쌌다.

"아저씨는 태어날 때처럼 아무것도 걸치지 않은 채로 돌아가시고 싶대요."

"그건 안 될 말이다. 공산주의자 불알이 덜렁거리는 꼴을 보고 싶은 사람이 어디 있겠니."

"마지막 소원인데도요?"

"안 돼."

"정 그러시다면 변소로 가면 안 될까요? 옷을 벗게 해주세요. 아저씨는 아마 똥도 누고 싶으실 거예요. 그다음에 쏘세요."

"공산당 대장이 변소에서 죽는다. 역사책에 오를 만한 대단한 이야길세." 대위는 고개를 저으며 말했다.

그렇게 일은 벌어지고 말았다. 살림 동지는 사롱을 벗어던지더니 세상에 하직인사라도 하듯 제 몸에 흙을 바르며 신선한 공기를 깊이 들이마셨다. 클리원과 대위를 비롯한 군인들이 그를 따라 변소로 갔다. 클리원은 그저 이 난리법석에 어머니가 깨지 않기만을 바랐다. 변소에서 총살당하기 직전 살림 동지는 〈인민의 피〉와 〈인터내셔널가〉를 불렀다. 클리원은 눈물을 글썽였다. 〈인터내셔널가〉가 끝나자마자 대위는 권총을 들어 연달아 세 방을 쏘았다. 살림 동지는 벌거벗은 채로 변소에서 죽었다. 알몸으로 태어나서 알몸으로 죽었다. 총소리에 미나가 깨 무슨 일인지 보러 나왔다. 군인들이 살림의 시신을 끌고 가는데 아들은 그 모습을 지켜보고 있었다.

"아버지가 일본 놈들에게 처형당하는 걸 보더니 이번엔 이 양

반이 공화국 군대 손에 죽는 걸 보는구나. 생각이란 게 있다면 공산주의자가 될 생각은 꿈에도 하지 말거라.”

“교수형당해 죽은 왕이 많지만 그렇다고 사람들이 왕이 되기 싫어하는 건 아니죠.” 클리원이 말했다.

“지난밤에 아저씨가 너한테 무슨 영향을 준 거 아니니?” 미나가 걱정스럽게 물었다.

“밤공기 때문에 감기에 걸리긴 했죠.”

군인들은 시체를 사거리로 끌고 갔다. 이렇게 이른 시각에는 네덜란드령 동인도군이 깨어 있을 리가 없으므로 검문은 신경 쓰지 않았다. 클리원은 따라가서 살림 동지의 시신이 길 한복판에 던져지는 것을 보았다. 총알 세 방을 맞은 시신을 구경하러 모여든 사람들 사이에서 그는 살림이 간밤에 준 모자를 아직 쓰고 있었다. 살림이 여러 해 동안 써온 모자, 처형당하는 그날까지 쓴 모자였다. 시신은 피투성이였다. 한 군인이 석유를 뿌리더니 다른 군인이 성냥불을 붙였다. 시체가 타면서 멧돼지 굽는 냄새가 났다.

“누구라니?” 구경꾼이 물었다.

“돼지는 아니에요.” 클리원이 대답했다.

불길이 잦아들고 군인들이 가버릴 때까지 소년은 자리를 뜨지 않았다. 재를 모아서 작은 통에 넣어 집으로 가져왔다. 어머니는 아들의 과한 행동이 걱정돼 집 안에 재를 두면 재수가 없다고 말했다.

“그리고 모자도 벗어라.”

아들은 모자를 벗어 책상 위에 놓더니 침대로 갔다.

“착하다, 우리 아들.”

"엄마, 오해는 마세요. 너무 오래 못 자서 자려고 모자를 벗은 것뿐이니까요."

클리원은 문 닫은 가게 앞에 앉아서 벽에서 뜯어낸 담배 광고를 갈기갈기 찢고 있었다. 차들이 오가는 것을 멍하니 바라보며 제 딱한 사랑에 대해 생각했다. 세상에 저보다 더 불쌍한 사람이 있는지 자문해보았다. 어머니와 친구들은 정신 차리라고 했지만, 그는 그 꼬맹이를 온전히 제 것으로 만들기 전에는 정신을 차릴 수 없다고 했다.

"나가서 너보다 훨씬 불쌍한 사람들을 찾아보렴. 그러면 훨씬 나아질 거다." 어머니가 두 손 두 발을 다 들고 말했다.

클리원은 제일 먼저 처형당한 아버지와 살림 동지를 생각했다. 미나는 자신이 뱉은 말 때문에 아들이 그 두 사람을 떠올리게 될 줄은 꿈에도 몰랐으리라. 클리원은 일주일 내내 길가에 앉아, 살림 동지가 말하던 불쌍한 사람들, 어린 시절 아버지가 얘기해주던 바로 그 사람들을 보았다. 부스럼투성이 아이를 안은 거지 옆으로 독일제나 미제 차를 탄 사람들이 지나갔다. 식모 아이가 장바구니를 들고 상전인 잘 차려입은 어린 여주인에게 양산까지 받치며 따라갔다. 클리원은 이 모든 사회적 모순을 두 눈으로 보고 남들이 고된 노동과 배고픔으로 죽어가는데 젊은 놈이 사랑 때문에 죽는다는 것이 얼마나 한심한 일인지 스스로에게 일러주고 싶었다.

그렇게 집을 나와 거지들과 산 지 한 달이 넘었다. 탄탄하던 몸은 삐쩍 말라 뼈만 남았고 머리칼은 붉게 변한 데다 빗자루처럼 뻣뻣해졌다. 그냥 흉내만 내는 게 아니었다. 제 고통을 다른 종류의 고통으로 지워버리려는 것이었다. 동냥한 것을 먹고 먹을 것이 없으면 쓰레기 더미에서 찾아낸 것을 먹었다. 그나마도 다른 거지, 떠돌이 개, 쥐와의 경쟁에서 이겨야만 제 차지가 됐다.

이제 어디를 가도 쫓아다니는 여자애는 없었다. 그 반대에 가까웠다. 여자애들은 그를 보면 코를 감싸 쥐고 걸음을 빨리했다. 그가 자신이 홀딱 반해 쫓아다니거나 같이 자기도 했던 클리원이라고는 상상도 하지 못했다. 어린애들조차 돌을 던져대 온몸이 상처투성이였다. 떠돌이 개들은 가시 없는 고슴도치를 가지고 놀듯 그에게 달려들었다. 한번은 집에 갔는데 어머니조차 아들을 알아보지 못했다. "혹시 클리원이라는 거지를 보거든 엄마가 다 죽게 됐으니 집에 가보라고 하렴."

클리원은 밥을 한 그릇 받아들고 말했다. "그런데 아주머니는 돌아가실 거 같아 보이질 않는데요."

"거짓말 좀 한다고 큰일 나니?"

시간이 흐르자 그는 마치 원래 그렇게 살아왔던 것처럼 거리의 삶에 익숙해졌다. 많은 것을 잊어버렸다. 어머니와 집, 친구들과 여자애들, 특히 알라만다(그러나 가끔 알라만다에 대한 기억은 여전히 그를 괴롭혔다). 이 모든 것은 구걸하는 일과에 치여 잊혔다. 그런 것들을 생각하느니 어디서 밥 한 숟가락을 얻고 누울 자리를 찾을지 궁리하는 것이 우선이었다. 복잡한 생각을 그만두니 행복한 거지로 살 수 있었다. 이사 베티나라는 여자 거지를 만나게 되는 그날까지는.

클리원이 그를 두 번째로 봤을 때 그는 쓰레기장 구석에서 떠돌이 거지 다섯에게 윤간당하던 중이었다. 다섯을 상대로 싸우기엔 역부족이었다. 전에도 그 여자 거지를 본 적 있었다. 물과 비누에 손댄 지 한참 지난 듯 역한 냄새가 났지만 꽤 예쁘장했다. 그 애의 통곡은 사람의 가슴을 후벼파는 데가 있었다. 클리원은 제 판잣집에서 낮잠을 자려다가 잠을 이루지 못하고 큰 칼을 들고 아까 그 현장으로 돌아갔다. 두 놈이 일을 끝내고 낄낄거리며 옷자락으로 제 자지를 닦고 있었다. 세 번째 놈이 제 자지를 내놓고 들썩거리고 있었지만 여자는 더 이상 반항도 하지 못했다. 또 다른 놈은 여자의 젖가슴을 움켜쥐고 있었고 마지막 순서인 놈은 제 자지를 손으로 만지작거리며 초조하게 차례를 기다리는 중이었다.

"여자를 나한테 넘겨." 클리원이 분명하고 단호하게 말했다.

볼일을 마친 두 놈 중 하나가 이 거지패의 대장인 것 같았다. 그놈이 소매를 걷어붙이며 클리원 앞에 섰다.

"여자를 나한테 넘기라고 말했다." 클리원이 다시 말했다.

"내 시체를 밟고 가기 전엔 어림없다."

"좋아." 클리원은 등 뒤에 큰 칼을 숨기고 있는 것을 아무도 알아차리기 전에 칼을 빼들어 놈의 목을 쳤다. 피가 사방으로 튀면서 머리가 축 늘어졌다. 목뼈가 거의 잘려나갔다. 그놈은 몇 초 지나지 않아 바닥 위로 쓰러졌다. 죽은 것이 분명했다. 클리원은 시체를 차버리고 나머지 네 놈에게 다가갔다.

"놈의 시체를 넘어왔다. 이제 여자를 넘겨."

여자 위에 올라타 있던 놈은 황급히 제 자지를 뺐다. 그러고는 썩은 빵처럼 하얗게 질려서는 도망가는 나머지 세 명을 쫓아갔다. 그들은 여자를 그대로 내버려두고 갔다. 여자는 다리 없는 탁자 상판 위에 벌거벗은 채 정신을 잃고 누워 있었다. 클리원은 제 셔츠를 벗어 여자에게 둘러주고 등에 업고 제 움막으로 갔다.

침대로 쓰는 낡은 소파에 여자를 눕히고 잠시 바라보았다. 그리고 자신은 오래된 신문 더미 위에서 잠들었다.

일어나보니 벌써 밤이었고 여자는 소파에서 무릎을 끌어안고 떨고 있었다. 여전히 아까 눕혀줄 때처럼 벌거벗은 채였고 어깨에는 클리원이 둘러준 셔츠가 아슬아슬하게 걸쳐 있었다. 클리원은 옥수수죽을 냄비째로 주었다. 아침에 먹다 둔 다 식은 죽인데도 여자는 맛나게 먹었다. 그동안 클리원은 여자 옆에 앉아 어린애처럼 열심히 여자를 관찰했다. 먹는 동안 여자는 그의 존재를 의식도 하지 못하는 것 같았다. 큰 충격을 받은 것 같지는 않았다. 아니 무슨 일이 있었는지 벌써 잊었는지도 모른다. 이제야 여자의 비단결 같은 머리칼, 강렬한 눈, 좁은 코, 얄팍한 입술이 눈에 들어왔다.

"이름이 뭐야?"

여자는 대답이 없었다. 그저 냄비를 내려놓고 수줍은 눈으로 남자를 바라보았다. 여자의 손이 연인의 손길처럼 다정하게 남자의 손에 가닿았다. 순간 남자는 몸을 부르르 떨었다. 무슨 일이 벌어지는지 알아차리기도 전에 여자가 남자에게 달려들었다. 남자 위에 올라타 꼭 끌어안고 격렬하게 입을 맞췄다. 클리원은 처음에는 있는 힘껏 여자를 떼어내려 했지만 곧 망설이다가 이제는 항복하듯 두 손을 위로 들고 가만히 있기만 했다. 여자가 웃옷을 벗기자 제 가슴 위로 여자의 봉긋한 젖가슴이 느껴지면서 모든 것이 아득한 온기 속으로 녹아들었다. 남자는 제 혈관에서 다시 한 번 뜨거운 피가 솟구쳐 올라오는 것을 느꼈다. 이제 여자를 끌어안고 키스하면서 제 바지를 벗어던졌다.

놈들에게 그렇게 심하게 윤간을 당하고도 여자는 서슴없이

214

남자에게 달려들었다. 클리원조차 무슨 일이 있었는지 까맣게 잊어버릴 정도였다. 남자는 여자를 꽉 끌어안고 체위를 바꿔 이번에는 클리원이 위로 올라갔다. 둘 다 똑같이 벌거벗은 채로 똑같이 가쁜 숨을 쉬었다. 비좁은 소파는 남녀에게 걸림돌이 되지 못했다. 둘은 풍랑을 맞은 배처럼 들썩거리며 욕망으로 터져나갈 듯 반복운동을 하며 사랑을 나누었다.

일을 마치고 나서야 클리원은 사실 그 여자가 누구인지도 모르고 여자도 자기를 모른다는 사실을 깨달았다. 둘은 아직도 소파 위에서 탈진한 채 끌어안고 있었다. 남자가 다시 물었다. "이름이 뭐야?" 그러나 아까처럼 여자는 대답이 없었다. 빙긋 웃기만 하더니 알아들을 수 없는 말을 중얼댔다. 그리고 눈을 감더니 가늘게 코를 골며 깊이 잠에 빠져들었다.

"걘 이사 베티나라고 해." 얼마 후 한 거지가 클리원에게 얘기해주었다. "다들 그렇게 부르거든."

"어디서 온 앤데?" 클리원이 또 물었다.

"놈들이 일주일 전에 길가에서 찾았나봐. 그날부터 매일 돌림빵을 당한 모양이야. 네가 나타나서 한 놈을 죽이기 전까지." 거지가 대답했다. "머리가 이상해. 그 여자애 말이야."

그랬던 것이다. 클리원은 자기가 미친 여자랑 잔 것을 알면 친구들이, 특히 저를 쫓아다니던 여자애들이 뭐라고 할지 상상이 가지 않았다.

클리원은 먼저 여자를 바다로 데려가 깨끗이 씻겨주었다. 어머니 집 빨랫줄에 걸린 옷을 훔쳐와서 여자에게 입혀주었다. 그리고 제 판잣집에서 여자와 같이 살았다. 그 낡은 소파에서 호두를 깨먹으며 뒹굴다가 잠들고 사랑을 나눴다. 곁에는 돌을 쌓아

만든 화덕과 냄비가 있었다. 클리원은 이사 베티나를 강간한 놈들이 찾아와 복수를 할까 걱정되었지만 놈들은 다시 나타나지 않았다. 둘이 클리원의 집에서 같이 살기 때문에 다들 두 사람의 관계를 인정했다. 이제 아무도 미친 여자라고 건드리지 않았다.

클리원은 자신이 애초에 떠돌이 거지가 된 까닭을 완전히 잊어버렸다. 이제 저를 심란하게 만드는 불쌍한 사람을 찾지도 않았고 꼬마 알라만다에게 서설낭한 세 사랑의 상처를 잊으러 애쓰지도 않았다. 알라만다를 잊는 최고의 방법은 다른 여자였던 것이다. 먹을 것도 없고 잘 곳도 없는 엉망진창인 삶도 아무 문제가 되지 않았다. 오히려 그는 지금 꽤 행복했다. 클리원은 다시 피어나는 사랑을 만났다. 무엇보다도 제가 준 사랑을 이사 베티나가 똑같은 온도의 사랑으로 되돌려주었기에 눈앞의 현실을 잊을 수 있었다. 사랑에 푹 빠진 두 사람을 보면 아무도 이사 베티나가 미친 여자라고 생각지 못했다. 클리원도 이사 베티나의 근본을 알지 못했지만 조금도 개의치 않고 이렇게 약속하기도 했다. "어떻게 해서든 너랑 결혼할 거야." 둘은 밤이고 낮이고 서로를 쓰다듬는 것 말고는 별로 하는 일이 없었다. 배가 고프면 먹고 피곤하면 자려고 멈출 뿐이었다. 소파는 둘이 사랑을 나누기 좋아하는 장소였다. 사랑의 몸짓은 나날이 격렬해졌고 이웃들은 한밤의 신음 소리에 깨어나 몸이 달아올랐다. 그 때문에 미움을 샀지만 이웃들은 신혼이니 그렇겠거니 했다. 그러나 몇 주가 흘러도 둘은 여전했다.

어느 날 밤 여느 때와 다름없이 사랑을 나누고 있을 때 쓰레기 더미에서 뱀 한 마리가 집 안으로 들어왔다. 뱀은 제가 가는 길목에 있던 이사 베티나의 발가락을 물었다. 그러나 여자는 비명 한 번 지르지 않고 클리윈과 계속 사랑을 나눴다. 언제나 그렇듯 둘 다 절정에 이를 때까지 사랑에만 집중했다. 그러나 그런 행복은 오래가지 못했다. 남자가 사정을 하고 나서도 여자가 여전히 비명을 지르며 몸을 비틀자 클리윈은 여자가 아직 욕망을 다 채우지 못했나보다고 생각했다. 그러다 시퍼렇게 부어오른 다리를 보고서야 무슨 일인지 알아차렸다. 하지만 너무 늦었다. 그 뱀은 독사였던 것이다. 이사 베타나는 그 소파에서 벌거벗은 그대로 땀도 다 식지 않은 채 숨을 거두고 말았다.

밤마다 나는 비명 소리에 익숙해진 이웃들은 이번에도 두 연인이 요란하게 사랑을 나누려니 했다. 클리윈은 이사 베타나의 시체를 들쳐 업고 묘지기 카미노를 찾아가 독실한 신자들에게나 어울리는 그런 매장을 부탁했다. 장례식에는 클리윈 말고는 아무도 없었다. 그는 어디서 훔쳤는지 깔끔한 옷을 입고 나타났다. "나를 행복하게 해주기만 하고 죽었어." 이렇게 말하며 통곡을 했다.

일주일 동안 상을 치르고 마지막 날 클리윈은 제 판잣집을 불태웠다. 불길은 이웃한 판잣집까지 번져 놀란 이웃들이 물을 뿌려 불을 껐다. 클리윈은 미쳐 날뛰며 이웃들에게 개똥을 던지고 가로등에 돌을 던졌다. 그는 슬픔을 주체하지 못했다. 제 주먹만 한 돌로 므르데카 거리에 늘어선 빵집의 유리창을 모조리 깨버리자 점원들이 비명을 질러댔다. 우편배달부를 다치게 하고 자전거를 빼앗고 편지 가방도 빼앗아 편지를 뿌려버렸다. 부잣집 마당에 보이는 개 세 마리를 죽이고 영화관 앞에 주차된 차 타이어에 구멍을 내고는 경비초소를 불태웠다. 이 모든 난동에 경찰이 발칵 뒤집혔다. 클리윈은 시 경계를 표시한 담장을 부수다가 출동한 경찰에게 순순히 잡혀갔다.

아무도 그가 재판까지 갈지 안 갈지 신경 쓰지 않았다. 감방에서는 다른 죄수들과 끝없이 싸움을 벌여대 독방에 들어갔다. 독방에 가서야 가라앉았던 슬픔이 다시 떠오르면서 침울해졌다. 이제는 밤마다 귀청이 떨어져나가도록 요란하게 이사 베티나의 이름을 불러댔다. 그 소리에 개 짖는 소리와 발정난 고양이들의 괴성마저 무색해졌다. 감옥에서 일곱 달을 보내고 나자 어머니 미나가 소문을 듣고 찾아왔다. 미나는 보석금을 내고 아들을 감옥에서 빼냈다. 흙장난 치던 애를 붙잡은 엄마처럼 불같이 화를 내며 아들을 집으로 끌고 갔다. "너란 놈은 여자 말고는 눈에 뵈는 게 없단 말이냐?" 이제 어른이 된 스물네 살 난 아들을 어린애처럼 씻겨주며 미나는 분통을 터트렸다.

집은 떠날 때와 달라진 것이 별로 없었다. 가구며 물건들도 그 자리에 있었다. 클리원은 기분이 나아지길 바라며 죄다 해피엔딩으로 끝나는 싸구려 연애소설을 읽었다. 예전에 여자애들이 사준 것들이었다. 아무 소용없었다. 여자애들이 보낸 연애편지도 읽었다. 더 우울해지기만 할 뿐이었다. 다시 처음의 그 날것 같은 슬픔으로 돌아간 것만 같았다. 친구들을 만나보기도 했다. 상당수는 이미 결혼한 그들에게서 조금이라도 위안을 얻어보려 했다. 옛날 여자친구들을 찾아가보기도 했다. 상당수는 결혼했고 벌써 이혼한 치들도 있었다. 그저 체온을 느껴보려고 그중 몇몇과 자보기도 했다. 하지만 그러면 그럴수록 이사 베티나가 더 그리워질 뿐이었다.

"가서 도로 구걸이나 하려무나. 거기서라면 새 여자를 찾을 수 있을 거다."

"안 그래도 그러려고 했어요."

클리원은 제 물건을 모두 정리해두었다. 언젠가 다시 돌아오면 물건들이 제자리에서 맞아주기를 바라며 치우고 또 치웠다. 침대며 책상, 바닥에 널려 있던 책들은 상자에 담아 구석에 차곡차곡 쌓아두었다. 옷은 모두 옷장에 잘 정리해두고 낡은 기타는 잘 싸두었다. 레코드도 모두 잘 담아두었다. 면도날이며 칫솔마저도 서랍 안에 차곡차곡 정리했다. 말끔한 책상 위에 물건이라고는 하나뿐이었다. 그것은 정리하지 않고 쓰고 갈 작정이었다. 살림 동지가 준 모자였다. 클리원은 거울 앞에 서서 제 모습을 바라보았다. 지난 세월 거리에서 떠도느라 몸은 야위고 얼굴은 수척하고 눈빛은 흐릿해졌다. 곱슬거리는 머리는 한 뼘쯤 되는 길이였다. 그는 거울 앞에 한참 서 있었다. 살림 동지의 말대로 러시아에서는 노동자들이 모두 이런 모자를 쓴다는 것이 사실일까 생각하며 모자를 쳐다보았다.

"침울해 보이기 짝이 없군. 이 모자를 쓸 자격이 충분해." 거울에 비친 제게 말했다.

그때 미나가 문 앞에 와서 거울 앞에 선 아들을 쳐다보았다. 잘 다린 바지와 셔츠를 입고 그 모자를 쓰고 어디로 가려는 건지 맞혀보려고 했다.

"거지 같아 보이지는 않는구나, 얘야."

"엄마, 지금부터 저를 클리원 동지라고 부르세요." 아들이 얼굴을 돌리며 말했다.

8

어느 안개 자욱한 아침 할리문다역 승강장에 있던 사람들은 눈앞에 벌어지는 광경 앞에 아연실색했다. 그들로서는 난생처음 보는 기상천외한 광경이었다. 매표소 앞 편도나무 아래서 남녀 한 쌍이 정열적으로 입을 맞추는 중이었다. 목격자들은 몇 년이 지나고 나서도 그 입맞춤이 너무나 뜨거워 두 입술 사이에 불꽃을 보았다고 우기기도 했다. 이 사건은 전설이 되었다. 왜냐하면 그 주인공이 다름 아닌 클리원과 알라만다였기 때문이다. 남녀를 막론하고 그 사건이 마음속에 떠오르면 질투심으로 불타올랐다.

클리원이 대학에 진학하기 위해 자카르타에 가게 되자, 이별을 앞둔 둘은 지난 몇 주간 대담하기 짝이 없는 애정행각을 벌여 온 도시에 소문이 자자했다.

결국 알라만다는 클리원과 사귀기 시작했고, 다들 그렇게 아름다운 짝이 세상에 또 있겠냐고들 했다. 아딘다만이 예외였다. 언니는 싸구려 창녀야, 그저 남자 마음을 가지고 놀 생각뿐이지,

클리원을 위해서라도 그딴 짓은 그만둬. 아딘다가 잔소리를 해댈 때마다 알라만다는 손가락으로 귀를 막고 안 들리는 척했다. 아딘다는 언니가 여덟 살 때부터 클리원이 얼마나 절박하게 쫓아다녔는지 기억하는 모양이었다. 그래서 언니가 그런 절실한 사랑을 가지고 노는 일은 없어야 한다고 생각했다. 언니가 클리원에게 상처를 주기라도 하면 언니를 죽이겠다는 소리까지 했다. 쓰레기처럼 버리려고 구애를 받아들이느니 차라리 처음부터 거절하는 편이 백번 낫다고도 했다. 알라만다는 동생의 입에서 나오는 잔소리와 협박은 들은 척도 하지 않았다. 그는 점점 누구 말도 듣지 않는 고집불통이 돼갔다.

"그냥 질투하는 거라고 해두자, 꼬맹이." 알라만다가 한마디 했다.

"질투를 하려면 차라리 남자 수백 명이랑 자본 엄마를 질투하지." 아딘다가 응수했다.

"나라고 남자랑 못 잘 줄 알고?"

"언니가 온 할리문다 남자랑 다 자고 엄마처럼 대단해질 수 있는 건 알아. 하지만 언니가 그 남자들을 다 사랑할 순 없잖아."

늘 집에 붙어 있는 동생과 달리 알라만다는 애인이나 친구들과 공연을 보거나 기타를 치며 노래할 일만 있으면 나가느라 집에 있는 날이 없었다. 소풍 가고 영화 보고 나가 노느라 밤을 새우고 새벽에야 들어오기도 했다. 동생 둘이 걱정하는 얼굴로 창가에서 기다리고 있어도 말 한마디 건네는 법 없이 사랑 타령하는 유행가 한 대목을 흥얼거리며 제 방으로 직행했다.

"언니는 창녀만도 못해. 창녀는 아침에 집에 올 때 돈이라도 가져오지." 아딘다가 화를 냈다.

"잔소리쟁이 아가씨, 하고 싶은 말씀을 하세요. 아니면 내가 대신해줄까? 너 클리원 좋아하지?"

"그렇다고 해도 언니한테는 절대 말 안 해. 그러면 언니는 죽어버리고 말걸."

빈말이 아니었다. 클리원은 그렇게나 인기 있었다. 인근뿐 아니라 온 할리문다 여자들이 그에게 빠져 허우적거렸다. 사실 그는 어릴 적부터 인기인이었다. 5학년 때 6학년 시험 문제를 척척 풀어내 교장이 월반을 시켜주었다. 중학교 때는 수학경시대회를 모조리 휩쓸었다. 기타도 잘 치고 노래도 잘하는 데다 얼굴마저 잘생긴지라 밤이면 쫓아다니는 여자애들과 어울리기 시작했다.

여덟 살 난 알라만다를 사랑하다가 거지가 돼 이사 베티나라는 미친 여자와 살기 전 마음에 드는 여자는 마음대로 만나던 시절의 일이다. 요즘 사람들은 클리원과 알라만다가 참으로 근사한 한 쌍이라고들 했다. 다들 그렇게 똑똑한 미남 청년과 할리문다 최고 매춘부의 피를 물려받은 아름다운 소녀를 찬양했다. 오직 아딘다만이 얼마 안 가 올 파국을 예견했다.

그도 그럴 것이 알라만다는 남자들을 수없이 갈아치우는 것으로 악명 높았다. 학교 친구들이 첫 희생양이었다. 빼어난 미모와 사람을 녹이는 미소, 요염한 옆태, 우아한 걸음걸이 같은 것들로 남자애들의 혼을 빼놓고 밤잠을 못 이루게 만들었다. 그중 몇몇이 쫓아다니기 시작하면 알라만다는 돌변했다. 길들이다 만 비둘기처럼 잡으려고만 하면 다른 데로 도망가버렸다.

그러나 남자들은 쉽게 포기하지 않고 온 힘을 다해 구애했다. 지킬 수 없는 약속과 선물, 꽃, 편지와 시, 노래를 바쳤다. 알라만다는 남자들이 주는 것은 마다하지 않고 더 매혹적인 미소를 지어주었다. 더 요염한 몸짓에 더 우아한 걸음걸이로 한두 마디 칭찬도 던져주었다. 너 참 착하구나, 똑똑하고 잘생겼어, 머릿결도 참 좋네. 그러면 남자애들은 신이 나서 천당 꼭대기까지 올라간 기분이 됐다.

남자애들은 저마다 자신감에 차서 제가 세상에서 제일 잘생기고 우주에서 제일 착하고 지구상에서 머릿결이 제일 좋다고 믿게 된다. 점점 용기백배해 종국에는 제 간절한 마음을 말로 고백하거나 연서에 담아 전하게 마련이었다. 알라만다, 사랑해. 그때야말로 남자를 무너뜨리고, 흔들어놓고, 가슴을 찢어놓고, 여자가 한 수 위임을 보여주기 좋을 때다. 난 널 사랑하지 않아, 알라만다는 이렇게 대답했다.

"난 남자가 좋아. 그런데 남자가 상처받고 우는 걸 보는 건 더 좋아." 알라만다는 이렇게 말하기도 했다.

그는 이런 게임을 수없이 해보았다. 한 판이 끝나고 새판으로 옮겨가는 제 모습을 보는 것이 즐거웠다. 언제나 결말은 뻔한데도 쾌감은 늘 새로웠다. 그가 이기고 남자들은 졌다. 먼젓번 도전자가 물러나면 새 도전자가 나타났고 그럴 때마다 신나게 웃어댔다.

열세 살이 되던 해부터 벌써 2년째 이 게임을 해왔다고 생각해보라. 제 어미의 완벽에 가까운 미모와 제 어미를 범한 일본군의 찢어진 눈을 물려받은 것은 부정할 수 없는 사실이었다. 알라만다는 제가 남자의 마음을 흔들어놓을 수 있다는 사실을 여덟 살 때 클리윈이 저를 쫓아다니는 것을 보고 알아차렸다. 열세 살 때였던가 남자애 둘이 알라만다의 팬티가 무슨 색깔인지를 놓고 싸움을 벌였다. 한 아이는 빨간색이라고 우겼고 다른 아이는 흰색이라고 했다. 둘은 교실 뒤에서 치고 박고 싸웠지만 아무도 끼어들지 않았다. 선생님이 나타날 때까지 애들은 신나게 싸움을 구경했다. 얼굴이 퉁퉁 붓고 피투성이가 된 두 아이 앞에 알라만다가 나섰다.

"내 팬티 흰색이야. 하지만 빨간색이기도 하지. 지금 생리 중이거든."

그날부터 알라만다는 제 미모가 남자들에게 치명상을 입힐 수 있는 칼인 동시에 그들을 조종할 수 있는 도구라는 사실을 깨달았다. 그런 딸을 지켜보며 어미의 걱정은 커져갔다. 때론 따끔히 이르기도 했다.

"너 전쟁 때 남자들이 여자들한테 어떻게 했는지 몰라서 그러는 게냐?"

"엄마가 맨날 얘기하니까 모를 리가 없지요. 이제 엄마는 평화로울 때는 여자가 어떻게 남자들을 다루는지 보실 거예요." 알라만다가 대답했다.

"무슨 소리냐?"

"전쟁이 끝나고 남자들이 엄마랑 자려고 줄을 서게 됐잖아요. 나는 남자애들이 상처받고 울게 만들었고요."

데위 아유는 큰딸의 고집스런 성격을 오래전부터 걱정해왔다. 그의 침대로 찾아오는 고객들이 큰딸 때문에 남자애들이 여럿 미쳐간다는 소문을 전해주었다. "그저 그 애가 창녀가 되지 않아서 감사할 따름이에요. 만약 그랬다면 자기도 나랑 여기 있지 않겠죠."

알라만다는 그랬다. 결국 할리문다 여자애들의 우상 클리원마저 손에 넣었다. 여태까지 점령한 다른 남자들과 클리원의 다른 점이 있다면 게임이 끝나고도 차버리지 않았다는 것이다. 종국에 그도 클리원을 사랑하게 됐기 때문이었다. 저보다 나이 많은 이웃 여자애들이 맨날 세상에서 제일 잘생긴 남자라며 속닥거렸던지라 알라만다도 그의 명성을 잘 알았다.

그즈음 클리원이 과부인 미나와 공산주의자였던 죽은 남편의 아이가 아니라는 터무니없는 소문마저 돌았다. 남편은 마디운 반란에 나섰다가 일본군에게 처형당했다. 사람들이 무엇이건 공산주의와 관련된 것이라면 진저리를 치던 시절이었다. 여자애들이 지어내기를 그 부부가 강가에서 커다란 수박 안에 들어 있던 아기 클리원을 발견했다고 했다. 부부를 딱하게 여긴 선녀가 두 사람의 원죄를 덜어주기 위해 아기를 맡겼다는 것이다. 다른 여자애는 클리원이 아기일 때 무지개에서 내려왔다고 했고 다른 여자애는 그가 큰 나팔꽃에서 나왔다고 했다. 그러나 사실 그런 말을 지어내는 여자애 중에서 클리원이 태어났을 때 세상에 있던 사람은 아무도 없었다.

그런 소문은 클리원을 남몰래 좋아하던 여자애들만 지어내는 것이 아니었다. 나이 든 이들조차 클리원이 태어날 때 새로운 예언자가 탄생할 때처럼 예사롭지 않게 빛나는 별이 보였다는 소리를 했다. 그 시절 할리문다를 주름잡던 네덜란드인들이 그 일을 불길한 징조로 여겼다고 덧붙였다.

그런 소문의 사실 여부와 상관없이 알라만다는 여덟 살 때 사랑을 고백받던 그때부터 클리원에게 깊은 인상을 받았다. 그 후로도 여러 해 그의 소식을 들어왔고 마침내 그가 사라졌다는 소식도 전해 들었다. 그가 거지가 되어 떠돌던 시절에 대해서는 사람들도 대부분 알지 못했다. 여자애들은 그가 보고 싶어 초주검이 될 지경이었다. 어떤 사람들은 그가 미쳐서 숨었다고도 했다. 어떤 이야기건 간에 클리원은 여자애들 사이에서는 신비로운 영웅이었고 할리문다에서는 쇼단초에 버금갈 만한 명성을 누렸다.

클리원이 돌아왔을 때 알라만다는 벌써 열다섯 살이 됐다. 이제 스물넷이 된 그는 자기 자신을 클리원 동지라고 불렀다. 길거리 생활을 청산하고 어머니가 집에서 하는 양장점에서 일하는 재단사로 들어앉았다. 그래봐야 어머니가 원래 벌어들이던 수입을 둘이 나누는 것 이상은 아니었다. 관심을 끌어보려는 여자들이 새 옷을 주문하는 덕에 수입이 약간 늘었을 뿐이다. 그는 곧 재단사 일을 집어치우고 친구가 하는 배 만드는 일을 거들었다. 아직 유리섬유가 비싸 나무배에 방수용으로 타르를 바르던 시절이었다. 타르칠과 페인트칠이 그가 맡은 일이었다. 그러다가 버섯농장으로 옮겼다. 온도계를 쳐다보며 알맞은 온도가 유지되는지 보고 볏짚을 뒤집어주는 일이 주 임무였다. 그 외에도 종균 접종이며 수확과 포장, 운반까지 시키는 일은 무엇이든 했다. 그즈음 당원 후보가 된 것이 분명했다. 공산당은 4년 전 선거에서 3대 주요 정당으로 떠올랐고(독립혁명 시기의 안 좋은 기억만 없었다면 최대 정당이 될 수도 있었다) 클리원은 벨란다 거리의 공산당 본부에서 제일 어린 당원 후보였다.

공산당은 클리원의 인기를 이용해 여자들을 당에 끌어들였다. 클리원 동지를 연단에 세울 때마다 여자애들이 몰려와 꺅꺅거렸다. 잘생긴 클리원 동지는 연설도 잘했다. 알라만다는 친구들의 성화에 못 이겨 노동절에 그의 연설을 보러 갔다. 할리문다에서 공산당이 최고 득표를 한 까닭은 클리원 동지 덕분이라고들 했다.

할리문다 최고 미남을 유혹하려고 나설 즈음이면 알라만다는 벌써 제게 반한 남자 스물셋에게 퇴짜를 놓은 일로 악명 높았고, 클리원은 그 짧은 사이에 여자 열둘과 사귀고 나머지 구애는 거절했다. 그러니까 이 연애 사건은 최강의 전사들이 겨루는 시합 같은 것이었다. 시합의 결과를 기대하는 것은 논밭에서 일하는 일꾼들만이 아니었다. 공산당 당원 전체와 할리문다 시민들도 무슨 일이 벌어질지 궁금해했다. 누가 누구에게 퇴짜를 놓을지 내기를 건 사람도 여럿이었고 젊은 남녀들은 벌써부터 속이 쓰릴 준비를 했다.

직업훈련 기간이 되자 알라만다는 친구들 몇몇을 꼬드겨 버섯농장에서 실습을 하기로 했다. 그리하여 두 남녀는 버섯농장의 후덥지근한 비닐하우스 한복판에서 만나게 되었다. 알라만다는 아침에 버섯 따는 일을 돕는 척하며 비닐하우스에 나와 배실배실 웃거나 앞섶 단추를 끄른 채 클리원을 유혹했다. 클리원은 버섯 선반 4층에서 일하고 알라만다는 아래에서 일했는데 그에게 시시콜콜한 부탁을 하며 주의를 끌었다. 정작 그 사내는 태연작약하기만 했다. 깐죽대며 알라만다의 미모를 찬양하는 것이 여러 해 전 그 가시 같은 아름다움에 빠져 미치기 직전까지 갔던 일은 이제 아무래도 상관없다는 투였다.

직업훈련 기간 동안 둘은 매일 마주쳤다. 볏짚을 뒤섞으며, 온도는 몇 도로 맞추어야 할지, 버섯이 얼마만큼 컸을 때 수확해야 할지, 볏짚 위에 종균을 얼마나 뿌려줘야 하는지를 가지고 티격태격했다.

"아가씨는 예쁘긴 하지만 정말 성가시게 구는군." 버섯을 키우는 대나무통을 사이에 놓고 결국 클리원이 한마디 했다. 그러고는 일을 마치고 쉬는 다른 일꾼들 쪽으로 가버렸다.

　나쁜 놈, 알라만다는 속으로 생각했다. 천하의 알라만다를 이렇게 놔두고 가버리면 안 되는 거였다. 정신을 못 차리고 알라만다에게 들이대야 했다. 그러면 언제나 그랬듯 퇴짜를 놓을 테다. 알라만다는 비닐하우스 입구에 서서 동료들과 쉬고 있는 클리원을 바라보았다. 농장 구석에 앉아 담배를 돌려가며 불을 붙여주더니 다들 연기를 내뱉으며 낄낄거렸다.

　이렇게 알라만다는 난생처음으로 평상심을 잃었다. 밤마다 잠을 이루지 못하고 아침이 오기를 그래서 버섯농장에 가서 그를 다시 볼 수 있게 되기를 기다렸다. 아직도 그가 저를 향한 사랑의 열병을 앓고 있는지 아닌지 묻고 또 물었다. 제가 정말로 사랑에 빠진 것을 깨닫기 시작하자 자신이 남자에게 넘어갔다는 사실이 두려웠고 그 감정을 떨치려고 그 남자를 무릎 꿇릴 무시무시한 방법을 떠올려보려 갖은 애를 썼다. 그리고 그를 사랑한대도 그에게 퇴짜를 놓을 작정이었다. 자신을 사랑에 빠지게 만든 데 대한 복수였다. 그러나 만날 때마다 그는 그저 미모에 대한 찬탄만 늘어놓을 뿐 그 이상은 절대 더 나아가지 않았다.

　알라만다는 주체할 수 없는 연모의 감정 속으로 더 깊이 빠져들었다. 이런 남자는 없었다. 감탄을 멈추지 않고 제 몸의 굴곡 하나하나를 욕망으로 이글거리는 눈빛으로 훑어보면서도 종균과 버섯을 돌보는 일에 한 치도 흐트러짐이 없었다. 알라만다는 여덟 살 때처럼 그가 제게 꽃과 연서를 보내는 꿈을 꾸었다. 그러다 결국 정말로 사랑에 빠져버렸다는 사실을, 제 감정을 거스를 수 없다는 사실을 받아들이고야 말았다. 하지만 남자의 태도는 한 치도 달라지지 않았다. 알라만다가 자전거를 태워달라고 부탁

하거나 일할 때 옆에 딱 붙어 있거나 하며 아무리 눈치를 주어도 그는 꿈쩍하지 않았다. 이러다가 더 미쳐버리지 않을까 덜컥 겁이 나 제 짝사랑을, 그리고 제 패배를 인정하기로 했다.

그래, 이제 그만둘래, 알라만다는 결심했다. 그런데 막상 포기하고 클리원을 제 것으로 만들 생각을 버린 지 얼마 지나지 않아, 클리원이 장미 한 송이를 주었다. 알라만다의 심장은 다시 주체할 수 없이 쿵쾅거렸다.

"일요일 아침에 바닷가에 소풍 갈 건데, 생각 있으면 버섯농장 뒤쪽으로 와."

그는 대답을 듣지도 않고 가버렸다. 동료들 쪽으로 가서 담배를 물었다. 알라만다는 집으로 돌아와 장미를 꽃병에 꽂았다. 장미는 시들고 썩어 들어갈 때까지 한참을 그 자리에 있었다.

일요일 아침이 되자 바닷가에 가야 할지 말아야 할지 고민스러웠다. 마음속에서 전쟁이 일어났다. 남자는 모조리 굴복시키려는 정복자인 반쪽은 그렇게 쉽게 따라나서면 안 된다고 외쳤지만, 사랑의 불길에 휩싸인 나머지 반쪽은 나가라고 명했다. 가지 않으면 그날은 그를 한 번도 보지 못하고 지나가버릴 것이다. 다리가 천천히 버섯농장 뒤쪽 밭으로 움직였고 거기에는 클리원이 자전거 바퀴에 바람을 넣고 있었다. 알라만다는 가까이 가서 다른 사람들은 어디 있느냐고 물었다.

"우리 둘이서만 가는 거야."

"그럼 난 안 갈래요."

"그러면 나 혼자 간다."

빌어먹을, 알라만다가 중얼거렸다. 클리원이 자전거 바퀴에 바람을 다 채우고 나자, 알라만다는 악마가 거기에 앉혀놓기라도 한 표정으로 뒷자리에 앉았다. 클리원 동지는 아무 말도 하지 않고 안장에 올랐다. 그렇게 두 사람은 해변으로 갔다.

그날은 알라만다에게 참으로 아름다운 날이었다. 클리원은 어린 시절의 행복했던 추억을 불러와주었다. 둘은 어린애들처럼 모래사장에 앉아 모래성을 높이높이 쌓아올렸다. 모래성이 파도에 무너져버리자, 바람에 날려 모래 위에 앉은 민들레 솜털을 누가 더 많이 잡는지 아니면 우렁이를 누가 더 많이 잡는지 시합을 벌였다. 그것도 지루해지자 우렁이는 바닷물에 던져버리고 신나게 헤엄을 쳤다. 젖은 모래에 누워 바닷물이 전신을 어루만지는 것을 느끼며 하늘이 서서히 분홍빛으로 물드는 것을 보면서, 알라만다는 그날이 영원하기를, 세상 최고 미남과 끝없는 황혼 속에 남겨지기를 바랐다.

클리원 동지는 바닷가에 세워놓은 작은 배에 알라만다를 태웠다. 괜찮아, 친구 배야. 그는 파도가 아무리 거세게 몰아쳐도 배를 잘 몰았다. 배 안에는 어구와 미끼용 치어가 있었다. 우리 고기 잡으러 가자, 클리원이 말했다. 그렇게 둘은 청명하게 눈부신 날 바다 한복판으로 나아갔다. 다만 알라만다는 그날 안에 집에 가지 못할 줄은 꿈에도 몰랐다. 클리원 동지는 멀리멀리 뭍이라고는 보이지 않는 곳까지 배를 몰고 나갔다. 어디를 둘러봐도 바다밖에 보이지 않았다. 덜컥 겁이 나서 알라만다가 물었다. "여기가 어디에요?"

"어떤 남자가 사랑하는 여자를 납치해온 데야, 옛날 옛적에 말이야." 클리원이 대답했다.

알라만다가 할 수 있는 일이란 최대한 남자의 곁에서 멀리 떨어져 고깃배 한 귀퉁이에 앉는 것뿐이었다. 그는 잠자코 앉아 이

제 벌을 받는다고 생각했다. 제발 이 남자가 미처 날뛰지 말아야 할 텐데, 그런 일이 벌어진다면 무슨 수를 써도 남자를 이길 재간이 없었다. 그러나 클리원은 그런 기색이라고는 보이지 않았다. 오히려 배 반대쪽 판자 위에 드러누워 파란 하늘을 나는 갈매기들을 보기만 했다. 갈매기 몇 마리가 배 위에 앉기도 했다.

시간이 좀 지나자 바닷바람이 익숙지 않은 알라만다는 몸을 떨었다. 아까 수영하면서 젖은 옷이 아직 축축했다. 클리원 동지는 아직 해가 있을 때 옷을 벗어 배 지붕에 말리라고 했다. 이제 몇 달이고 바다 한가운데 있을 테니 그러는 편이 나을 것이라고 했다.

"시킨다고 내가 벗을 거란 생각은 꿈에도 하지 마." 알라만다가 말했다.

"그건 아가씨 마음이지." 클리원이 입은 옷도 젖은 채였다. 그는 하나씩 옷을 벗어 배 지붕 위에 널었다. 곧 몸에 걸친 것은 실오라기 하나 남지 않았다. 클리원 동지는 벌거벗었고 그 앞에 선 소녀는 비명을 질렀다.

"무슨 짓을 하려는 거야? 이 멍청아!"

"몰라서 물어?"

그는 원래 자리로 돌아가 다시 누웠다. 그의 물건은 축 늘어져 있어서 알라만다는 헷갈리기 시작했다. 잠시 생각해보니 어쩌면 저도 옷을 벗어서 지붕 위에 널어야 하는 게 아닐까 싶었다. 그런데 제 벗은 몸을 보고 클리원이 욕정에 사로잡힌다면 어쩌지. 글쎄 일어날 일이라면 어떻게 해도 일어날 것이다.

"널 해치진 않을 거야." 클리원 동지는 알라만다의 속을 들여다보듯 말했다. "납치하려는 것뿐이지."

결국 소녀도 옷을 모두 벗었다. 등을 돌리고 앉아 무릎을 감싸 안았다. 저 멀리 하늘에서 천사들과 하느님이 내려다보며 비웃을지 모른다. 바보 같은 인간들 같으니, 벌거벗고도 아무 말 없이 쭈뼛거리기만 하다니. 두 사람은 그렇게 한참을 어정쩡하게 앉아 있었다. 어느덧 해가 지고 배가 고파졌다. 클리원 동지는 낚싯대를 드리워 물고기를 여러 마리 잡았다. 하지만 불이 없는지라 날것 그대로 먹어야 했다. 클리원 동지는 어부들과 친하게 지내며 회를 먹는 데 익숙했지만, 알라만다는 차라리 굶겠다고 했다. 밤이 오고 참을 수 없을 만큼 배가 고파지고 나서야 날생선을 조금 먹어보더니 구역질을 해댔다.

"입안에 있을 때만 비릴 거야. 일단 배 속에 들어가면 똑같아." 클리원 동지가 말했다.

"납치해야만 나랑 있어주는 거랑 비슷하네. 돌아가면 또 못되게 굴 거잖아."

"그럼 우리 돌아가지 말까."

"그건 더 못됐다." 알라만다는 남자를 떠보았다. "이렇게 조용하고 아무도 없는 데서 내가 발가벗고 있는데도 손가락 하나 까딱할 용기도 없으면서."

"난 누구와도 억지로 하지 않아." 클리원 동지는 깔깔대며 웃더니 날생선을 다시 먹기 시작했다. 이 모습에 식욕이 동한 알라만다도 날생선을 한 마리 집어 들었다. 구역질을 꾹 참으며 눈곱만큼 베어 물더니 재빨리 꿀꺽 삼켜버렸다. 그렇게 베어 물고 급히 삼키기를 수없이 되풀이하며 생선 한 마리를 다 먹었다.

그렇게 2주일 동안 두 사람은 바다 위를 떠다녔다. 아무도 둘을 보지 못했다. 클리원이 일부러 고기가 잡히지 않는 데로만 배를 몰았던지라 고깃배 한 척도 만나지 않았다. 2주일 내내 비 한 번 오지 않고 날은 맑기만 했지만 배 안에서는 변화가 일어났다.

알라만다는 날생선에 익숙해졌고 둘째 날부터는 고기잡이에 나서기도 했다. 셋째 날 둘은 바닷물에 뛰어들어 배 주위를 헤엄치면서 신나게 놀았다. 그러고 나서 젖은 옷을 벗어 배 위에 널고는 배 반대쪽에 나란히 앉았다. 두 사람이 사랑을 나눈 건 아니라는 사실을 믿어주시라. 하지만 밤에 찬바람이 불자 클리윈은 알라만다를 꼭 안아주었고 그렇게 아무 일도 없이 같이 잤다. 그렇게 둘은 이 이상한 생활에 익숙해져갔고 슬슬 즐기게 되었다. 그러나 열넷째 날이 되자 클리윈은 뭍으로 돌아가기로 결심했다.

"왜 돌아가야 되는데? 그냥 여기서 재미나게 살 수도 있는데." 알라만다가 물었다.

"널 평생 납치해두려는 건 아니니까."

클리윈이 곁에서 노를 젓는 내내 아무도 입을 열지 않았다. 둘 다 머릿속에서는 같은 생각을 하고 있었다. 그 생각이 머리를 뱅뱅 도는데도 둘 다 입 밖으로 내지 못했다. 뭍으로 돌아가 배를 대고 나서야 클리윈이 입을 열었다. 목소리는 부드럽기만 했다.

"아가씨, 난 네가 좋아. 하지만 네가 나를 좋아하지 않는다 해도 괜찮아."

아, 하느님, 이 남자는 늘 저를 놀라게 하네요, 《운명의 서》를 보아도 이 남자가 무슨 일을 벌일지 알 수가 없어요, 알라만다는 속으로 외쳤다. 나도 당신을 사랑한다고 말하고 싶은 마음이 간절했지만 끝내 아무 말도 하지 않았다.

자전거에 타고 집으로 돌아가는 길 내내 둘 다 입을 열지 않았다. 알라만다는 클리윈의 침묵을 답을 듣지 못한 남자의 실망으로 여겼고, 클리원은 알라만다의 침묵을 남자의 고백에 답하기 망설이는 어린 여자애의 고민이라고 생각했다. 알라만다는 조바심이 나서 남자에게 실망하지 말라고 나도 당신을 사랑한다고 말해야겠다고 생각했다. 그러나 집에 도착해 말문을 열려고 하자 클리원이 막았다.

"지금 대답하지 않아도 돼. 먼저 생각해봐."

그 주는 행복한 나날이었다. 버섯농장에서 일하면서도 말다툼을 벌이지 않았고 그저 서로 기분 좋을 얘기만 했다. 둘은 어디를 가건 붙어 다녔다. 사람들은 둘이 사귀기 시작했다고 생각했다.

소문은 버섯농장의 담을 훌쩍 넘어 논밭으로 번져갔다. 사람들은 논을 갈다가도 옥수수를 따다가도 수군거렸다. 거기서 그치지 않았다. 할리문다의 온 벽과 담을 슬금슬금 넘나들 기세였다. 두 사람이 관계를 인정하지 않는지라 소문은 더 극성스러웠다. 결국 알라만다가 물었다. "내가 사랑하는 거 몰라?" 클리원은 망설임 없이 대꾸했다. "알지, 그걸 모르는 사람이 있겠니?" 그렇게 두 사람의 악명은 종말을 고했다. 이제 클리원 동지도 알라만다도 바람둥이가 아니다.

그렇게 1년이 지났고 클리원 동지는 당에서 대학에 갈 장학금을 받게 되었다. 이제 자카르타로 떠나야 했다. 이별은 견디기 힘든 일이었고 알라만다는 이런 청까지 하게 됐다.

"가기 전에 나랑 자."

"싫어." 클리원이 대답했다.

"왜? 온 할리문다 여자랑 다 자놓고 애인인 나랑은 안 잔다고?"

"너는 다르니까."

정말 그랬다. 클리윈 동지는 무엇에도 흔들리지 않고 알라만다의 몸에 손대지 않았다. "우리 결혼할 때까지는 안 돼." 독실한 청년 무슬림처럼 이렇게 말하곤 했다. 떠날 날을 일주일 남겨두고 두 사람은 아침부터 밤늦게까지 하루 종일 붙어 다녔다. 마침내 이별의 그날이 왔다. 알라만다는 기차역까지 배웅하러 나갔다. 기관사가 출발할 준비를 마치고 호루라기 소리가 들려오자 알라만다는 연인의 입을 맞추지 않을 도리가 없었다. 여태껏 입맞춤 한 번 한 적도 없었던 두 연인은 이제야 편도나무 아래서 입을 맞추며 불타올랐다. 두 입술 사이에서 불꽃이 튀어나왔다는 사람들 말이 맞았다. 이별의 입맞춤, 참으로 고통스러운 입맞춤이었다.

기차가 움직이기 시작하자 두 연인은 아쉬워하며 입술을 떼어냈다. 역 안에 있던 사람들은 여전히 망부석이라도 된 듯 꼼짝 않고 두 연인을 쳐다보고 있었다.

"5년 후에 이 나무 아래에서 다시 만나."

그리고 클리윈은 막 속도를 내려는 기차 위에 올라탔다. 알라만다는 눈물을 글썽이며 손을 흔들었다. 기차 꽁무니가 보이지 않을 때까지 그 자리에서 떠나지 못했다.

이제 게임의 다음 편이 계속된다. 이번 먹잇감은 할리문다 최고의 유명 인사이자 가장 지독한 반일反日 군사반란을 일으킨 장본인 쇼단초였다. 햇볕 좋은 날 잔잔한 바다에서 큰 새치를 낚은 늙은 어부마냥 알라만다는 두근거렸다. 이런 대어를 낚다니, 평생 겪어본 어떤 남자보다도 대단한 남자였다. 그런 남자를 정복하는 날, 그날은 영원히 기억되리라. 이제 차근차근 돼지 싸움장에서 있었던 첫 공격부터 되짚어보자. 알라만다는 그날 밤 쇼단초가 제게 반한 것을 단박에 알아차렸다. 이제 할 일은 그가 거미줄에 더 깊이 걸려들도록 좀 당겨주는 것뿐이었다.

알라만다가 가지고 놀 요량으로 남자 꾀기를 그만두고 클리원이 이 여자 저 여자 만나고 다니지 않은 지도 1년이 지났다. 둘은 서로 사랑했고 사랑은 점점 깊어갔다. 절대 배신하지 않겠다는 맹세까지 했다. 그러나 클리원은 대학 공부를 하러 자카르타에 갔고 남겨진 알라만다는 심심했다. 그렇다고 연인을 배신할 생각은 추호도 없었다. 그를 향한 사랑은 태산보다 높고 바다보다 깊었다. 그저 예전처럼 재미만 약간 볼 생각이었다. 남자를 유혹하지만 그를 사랑하지만 않으면 된다고 생각했다.

알라만다가 알아차리지 못한 것은 쇼단초가 여태까지 상대한 남자들과는 차원이 다른 사람이라는 사실이었다. 전쟁 중에 반란을 일으키고 일본군을 피해 여러 달을 도망 다닌 남자, 네덜란드군을 맞아 5,000여 병력을 이끌고 싸웠던 남자, 불안정한 시기 수많은 실전 경험을 쌓은 남자, 잠시나마 참모총장으로 임명되었으며 어떤 군인보다 훈장을 많이 받은 남자, 대규모 밀수가 벌어지는 이 도시에서 유일하게 믿을 만한 지도자로 꼽히는 남자였다. 언젠가는 알라만다도 알게 되리라. 그러나 후회하는 그날이 오기까지 그는 쇼단초가 여태까지 가지고 놀던 남자들과는 차원이 다르다는 사실을 알지 못했다.

알라만다가 기대한 대로 말레이 악단 공연에서 마주친 지 며칠 지나지 않아 쇼단초가 집으로 찾아왔다. 지프를 몰고 혼자 나타난 그를 어머니가 맞아주었다. 어머니 앞에 선 그는 난생처음 데이트에 나온 코흘리개 같아 보였다. 두 사람은 할리문다의 이런저런 사정에 대해 얘기했지만, 알라만다는 그가 찾아온 진짜 목적이 무엇인지 잘 알았다. 그가 꽃다발을 들고 왔기 때문이었다. 그가 꽃다발을 건넸지만 알라만다는 방으로 들어와 창문 밖 쓰레기통에 꽃다발을 던져버렸다. 그러고는 응접실로 나가 그에게 생긋 웃어 보였다.

그렇게 여러 날이 지나갔다. 쇼단초는 올 때마다 꽃다발을 들고 왔고, 그 꽃다발은 매번 쓰레기통으로 직행했다. 꽃다발만이 아니었다. 세 번째로 오면서는 중국에 직접 주문한 판다 인형을, 다음번엔 도자기 꽃병을, 그다음엔 미국 팝가수 레코드를 잔뜩 가져왔다. 알라만다는 레코드만은 버리지 않기로 했다.

이런 재미있는 게임을 꼬박 1년이나 하지 못했다. 알라만다는 남자들을 바보 같고 멍청하게 만들 수 있는 제 능력이 뿌듯했고 여전히 자신만만했다. 쇼단초가 주고 간 레코드를 틀어놓고 클리원과 춤추는 제 모습을 그려보았다. 쇼단초가 주고 간 음악에 맞춰 클리원과 춤을 춘다니, 정말 신나는 일이었다. 할리문다 최고 영웅이라는 자가 정말 얼빠졌다며 비웃어댔다. 그러나 그날 밤 꿈에 클리원이 나타났다. 모든 것을 알고는 알라만다를 죽여버리겠다며 크게 화를 냈다. 알라만다는 헉헉대다가 잠에서 깼다. 식은땀을 흘리며 이불 속으로 파고들었다. 악몽을 저주하며 클리원에 대한 사랑은 변함없기 때문에 눈곱만치도 그를 배신한 적 없다고 스스로에게 다짐했다.

이튿날 알라만다는 제 연인이 보낸 편지를 받았다. 처음에는 간밤의 악몽과 무슨 상관이 있을까 싶어 불안했다. 제 방에 드러누워 간밤의 꿈이 현실이 될까 두려워 봉투를 열 엄두도 내지 못했다. 그래도 먼저 무슨 내용인지 알아야 할 것 아닌가.

걱정은 쓸데없는 일이었다. 클리원은 대학에 입학했고 공부는 생각만큼 어렵지 않으며 잘 지내고 있다고 했다. 알라만다는 그가 마음먹은 일을 이루는 데 걸림돌이 될 것은 없으리라 생각하며 그렇게 똑똑한 애인을 둔 것을 자랑스럽게 여겼다. 그가 떠돌이 사진사로 일하며 세탁소에서 시간제로도 일한다는 대목을 읽으면서는 눈물이 방울방울 흘러내렸고, 우리에게 더 찬란한 미래가 기다릴 것이라고 속삭였다. 편지에 입을 맞추고 울다가 뺨에 편지를 붙인 채로 잠들었다.

클리원과 결혼하는 달콤한 꿈에서 깬 것은 두 시간쯤 지난 뒤였다. 사실 편지는 끝까지 읽지도 않은 채였다. 편지지 사이에는 사진이 있었다. 직접 찍은 사진이라며 사진이 삐뚤거나 얼굴이 이상해도 그러려니 해달라고 했다.

알라만다는 사진을 보고 웃음을 터트리더니 사진에 대고 여덟 번 입맞춤을 했고, 다시 세 번 더 입을 맞췄다. 사진을 가슴에 대고 한편에 놓은 후 나머지 내용을 읽어 내렸다. 당의 일을 늘어놓은 나머지는 지루하기만 했다. 알라만다는 그런 문제에 전혀 관심이 없었고 그런 내용이 한 문단을 넘지 않아 다행이라고 여겼다. 클리원은 말미에 알라만다의 사진을 보내달라고 했다. 알라만다는 다시 웃으며 제 애인이 바로 옆에 서 있는 양 큰 소리로 말했다. 세계 최고 미남 우리 자기, 이제 곧 세계 최고 미녀의 사진을 받게 될 거예요.

오후 느지막이 그는 한껏 단장을 하고 사진관에 갈 준비를 했다. 나가다보니 응접실에서 쇼단초가 데위 아유와 이야기하는 중이었다. 남자를 가지고 놀고 싶은 본능이 발동해 감미로운 미소를 지어주었다. 쇼단초는 허둥지둥 따라나섰다. 알라만다가 저한테 보여주려고 차려입은 줄로만 알고 쇼단초는 속으로 기도문을 외우며 천지신명에게 감사드렸다. 바로 그때 알라만다가 사진관에 가야 해서 두 분과 함께하지는 못하겠다고 입을 열었다.

알라만다는 쇼단초가 (알라만다가 저 때문이 아니라 사진관에 가려고 단장한 것을 알고) 시무룩해지는 것을 보았다. 그러나 쇼단초는 재빨리 상황을 파악하고 사진관까지 태워주겠다고 했다. 알라만다는 여기까지는 예상하지 못했다. 하지만 태워주는 것이 뭐 문제될 것 있겠는가, 남자친구에게 보낼 사진을 찍으러 가는데 데려다주겠다는 멍청이를 좀 이용해 먹어서 안 될 것은 또 무엇이겠는가. 알라만다는 다시 배시시 웃으며 어머니 쪽을 흘깃 보았다. 데위 아유는 딸의 고약한 행동거지에 화가 났다.

그리하여 쇼단초는 알라만다를 사진관에 데려다주었다. 식민지 때부터 있던 그 사진관은 일본인 스파이들이 운영하다가 지금은 중국인 부부의 손에 넘어갔다. 쇼단초는 대기실에 앉아 창밖을 보았다. 알라만다의 허락도 없이 안주인에게 사진을 두 장씩 인화해달라고 했다. 안주인은 알아들었다는 듯 고개를 끄덕였다.

한편 알라만다는 사진사와 스튜디오 안으로 들어갔다. 먼저 백로가 헤엄치는 호수와 푸른 산이 그려진 휘장을 배경으로 서서 우아한 포즈를 취했다. 다음에는 앞에 놓인 가짜 바위에 앉았다. 배경은 징검다리가 놓인 강과 나무로, 다음에는 어딘가 좀 어색한 중국의 겨울 풍경으로 바뀌었다. 사진사는 플래시를 열 번 터트렸다. 알라만다가 돈을 내러 가니 쇼단초가 이미 다 냈다고 했다. 그는 이 남자 돈으로 찍은 사진을 애인에게 보낸다고 생각하니 신바람이 났고, 쇼단초는 그가 별 말 없이 자신의 호의를 받아주자 둘의 관계가 잘 풀려가는 줄만 알았다.

나흘 후 쇼단초는 사진을 직접 가져다주었다. 우연히 사진관 앞을 지나치게 됐다고 둘러댔다. 알라만다는 기분 좋게 사진을 받아들고 재빨리 제 방으로 들어갔다. 신나서 제일 마음에 드는 사진 네 장을 고르고 애인에게 편지를 쓰기 시작했다. 쇼단초와 그의 멍청한 짓에 대해, 그가 자신에게 반한 것 같다고 솔직히 썼다. 자신은 눈곱만치도 쇼단초에게 관심이 없으며 클리원을 향한 마음은 언제나 변함없다고 그 마음을 저버릴 생각은 추호도 없다고 덧붙였다. 쇼단초에 대해 쓴 것은 질투심을 자아내려는 것이 아니라 아무것도 숨기지 않겠다는 뜻이었다. 알라만다는 클리원이 자신을 믿기 때문에 쇼단초에 대해 말하는 것은 아무 문제가 아니라고 생각했다. 편지지 위에는 분가루를 뿌려서 클리원이 늘 맡던 자신의 향기를 맡을 수 있게 하고 입술에 연지를 살짝 발라 편지지 위에 입술 모양까지 찍었다. 멀리서 보내는 그리움을 담은 입맞춤이었다. 편지와 사진을 봉투에 넣고 며칠 후면 편지를 받아볼 애인을 생각하며 빙그레 웃었다.

쇼단초는 금방 군본부 옆의 제 집으로 돌아갔다. 알라만다의 사진을 손에 들고 벽에 기댄 채 사진을 뚫어버릴 듯 이글거리는 눈빛으로 들여다보았다. 그리고 한 장씩 제 맨가슴 위에 올려놓고 한 손을 베개 삼아 머리 밑에 넣었다.

그는 알라만다를 그리며 몽상에 빠져들었다. 알라만다의 아름다움, 그의 몸. 욕망이 말 그대로 참을 수 없이 폭발하려 했다. 다시 사진을 집어 들고 사진이 바로 알라만다의 몸뚱이라도 되는 것처럼 손가락으로 윤곽선을 따라갔다. 그러자 발정난 개처럼 더 강렬한 욕정이 솟구쳐 올랐다. 눈빛은 욕망으로 흐려지고,

입은 여자의 이름을 웅얼거렸다. 이런 미친 상태로 30분이 지나자, 그가 사진관 안주인과 몰래 짜고 얻어낸 사진은 구깃구깃하고 더러워졌다. 그는 벌떡 일어나 사진을 죄다 서랍에 넣고 군복을 입었다. 밖으로 나가더니 할리문다 군사령부 정문 옆 '원숭이 우리'에서 근무 중인 헌병에게 다가갔다.

"안녕하십니까, 쇼단초." 헌병이 인사했다.

"어디 가면 창녀가 있는가?"

헌병은 낄낄거리더니 할리문다에는 유곽이 많지만 최고는 박쥐엄마네 유곽이라고 했다. "제가 이따 밤에 모셔다드리겠습니다."

쇼단초는 그저 웃을 뿐이었다. 부하들이 벌써 유곽 정보를 소상히 아는 것에 놀라지는 않았다. "이따 가보도록 하자."

"그러시다면 나중에 모셔다드리지요, 쇼단초."

바로 그날 쇼단초는 박쥐엄마 유곽에 가서 데위 아유를 강간했고 다음날 마만이 화가 나서 사무실을 찾아왔다.

그 깡패가 찾아온 후 쇼단초는 이제 할리문다에 앙숙이 생겼다는 것을 깨달았다. 그 후 며칠 동안 부하들을 시켜 알아보게 한 결과 마만의 명성과 별명을 알게 되었다. 미치광이 마만. 두 번 다시 유곽에 가서 데위 아유와 잘 까닭이 없었다. 그 작자와 얽혀서 좋을 일이 없기 때문이었다. 거기다가 유곽에 드나들어봐야 점찍어둔 신붓감에게 좋은 인상을 줄 리 만무했다.

그는 점점 더 알라만다가 자신에게 꼭 어울리는, 자신을 위해 태어난 여자라고 믿기 시작했다. 알라만다는 침대에서는 뜨겁고, 행사장에서는 우아하며, 사교장에서는 매혹적이고, 군의식에서 제 옆에 서 있어도 도도할 여자였다. 그러나 부하가 마만의 명성뿐 아니라 알라만다의 악명까지 전해주자 불편한 마음을 감출 수 없었다. 알라만다는 젊은 남자애들을 가지고 놀다가 차버리고 남자들이 가슴 아파하는 꼴을 보며 깔깔댄다고 했다. 그 애의 마음을 얻은 남자라고는 청년 공산주의자 클리원뿐이었다.

"하지만 그 자식은 대학에 간답시고 자카르타에 갔으니 둘은 끝난 거나 다름없습니다."

그렇다면 적어도 그 애가 한 번은 남자 앞에 무릎을 꿇고 사랑에 빠졌다는 소리였다. 쇼단초는 적잖이 마음이 놓였다. 그 애가 할리문다의 절대 권력자인 자신을 그토록 무자비하게 가지고 놀지는 못할 것이라고 생각했다. 두 번째로 사랑에 빠지는 것도 나쁘지 않을 테다. 쇼단초는 후자가 더 마음에 들었다.

그의 믿음은 점점 확고해졌다. 어느 날 그 집에 갔을 때 알라만다가 군복에 실밥이 뜯긴 것을 보고 말했다. "실밥이 헐거워졌네요. 괜찮으시다면 제가 기워드릴게요."

그 말은 참으로 감미로워서 쇼단초의 마음은 두둥실 하늘 끝까지 올라갔다. 윗도리를 벗어서 알라만다에게 건네주고 녹색 러닝셔츠 바람으로 앉았다. 알라만다는 옷을 받아들고 재봉실로 갔다. 무엇보다도 이 일 때문에 쇼단초는 알라만다가 자신을 받아주리라고 믿게 되었다. 이제 해야 할 일은 두 사람의 관계를 공식화하는 것이다. 그는 어쩌면 결혼식 얘기까지 할 수 있을지도 모른다고 생각하며 왜 이렇게 시간이 더디게 흘러가느냐며 속 터져 했다.

어느 쾌청한 날 고백할 기회가 왔다. 두 사람은 옛 게릴라 루트를 찾아 숲속으로 나들이를 갔다. 쇼단초는 자신이 여러 해 살

왔던 움막이며 숨거나 명상을 하던 동굴, 무기를 숨겨두던 은신처를 보여주었다. 일본군이 지은 방어요새도 보여주었다. 그리고 두 사람은 게릴라 움막 마당의 돌의자와 탁자에 앉아 바다를 내려다보았다. 그가 부하들과 회의를 하던 바로 그곳이었다. 날은 따뜻하고 동풍은 시원하게 불었다.

쇼단초가 여기 바닷가에서 과일 주스를 마시지 않겠냐고 묻자 알라만다는 좋다고 했다. 그는 게릴라들의 은신처라면 훨씬 무시무시할 줄로만 알았다. 쇼단초는 끌고 온 트럭으로 가서 마호병을 들고 왔다.

그날 해질녘 물로 나간 고깃배가 바다 한가운데 여기저기 떠 있는 모양이 마치 연못 위에 피어난 연꽃 같았다. 배 한 척에 어부 두셋이 서로 마주보고 앉았다. 손짓도 고함도 없이 그저 배 위에 앉아 바다를 보며 두런두런 얘기를 주고받았다.

어부들은 두툼한 긴팔 옷을 입고 어깨에는 사롱을 감았다. 머리에는 삿갓을 쓰고 손에는 장갑을 끼고 발에는 앞이 막힌 신을 신었다. 모두 늙을수록 심해지는 류머티즘을 불러오는 매서운 바닷바람을 막기 위한 것이었다. 쇼단초는 나중에는 저런 고깃배들은 점차 사라지고 큰 어선이 그 자리를 차지할 것이라고 말했다. 큰 어선은 어부 50명이 잡을 양을 한 번에 잡고 풍랑에도 끄떡없을 거라고 했다. 큰 배 선장은 류머티즘을 걱정할 일이 없을 거라고도 했다. 알라만다는 어부들이 너무 오랫동안 바다와 벗하며 살아왔기에 풍랑이나 류머티즘을 겁내지 않고 하루하루 필요한 양 이상의 고기를 잡지 않으려는 것인지도 모른다고 받아쳤다. 실은 클리원이 해준 이야기였다.

쇼단초는 잠시 웃더니 어떤 물고기가 맛있는지 이야기하기 시작했다. 알라만다는 농어를 제일 좋아한다고 했고 쇼단초는 오징어를 좋아한다고 했다. 알라만다는 오징어는 비늘도 지느러미도 없기 때문에 물고기가 아니라고 맞섰다. 그 말에 쇼단초는 웃기만 했다. 잠시 침묵이 흘렀다. 쇼단초는 찬 마호병을 열어 알라만다의 잔에 주스를 따랐다. 그리고 하고 싶었던 말, 아니 정확히 말하자면 묻고 싶었던 말을 꺼냈다.

"알라만다, 내 아내가 되어주겠소?"

알라만다는 놀라지 않았다. 이런 말을 하도 많은 남자에게 하도 많은 상황에서 들었던지라 아무런 감흥이 없었다. 이제 언제쯤 남자가 그 말을 꺼낼지 가늠할 수 있을 정도였다. 경험상 저마다 다르기는 해도 남자들은 여자에게 사랑을 고백하기 전에 나름의 신호를 보냈다. 여자는 그냥 안다고, 특히 자기처럼 스물세 번이나 퇴짜를 놓고 스물네 번째 남자를 받아들였다면 더 잘 안다고 생각했다. 이제 알라만다는 보답 없는 사랑에 미쳐가는 스물다섯 번째 남자를 어떻게 퇴짜 놓을까 고민하기 시작했다.

그는 일어서서 절벽 가까이로 걸어가 어부 둘이 천천히 배를 젓는 모양을 바라보았다. 그리고 쇼단초 쪽은 쳐다보지도 않고 입을 열었다. "한 남자와 한 여자가 서로 사랑해야만 결혼하는 거라고 생각하는데요."

"그럼 나를 사랑하지 않는단 말인가?"

"저는 사랑하는 사람이 있어요."

그렇다면 왜 날 만날 때마다 차려입고 나온 거야? 쇼단초는 속으로 울분을 토해냈다. 그렇다면 왜 사진관에 데려가게 하고 네 몸을 찍은 사진을 보게 한 거야, 왜 마음에도 없으면서 군복 터진 데를 기워준 거야?

그 모두 이 계집애가 자기를 가지고 놀려고 벌인 일임을 깨닫자 더 화가 치밀어 올랐다. 그는 제 불찰을 탓했다. 이 계집애가 남자 마음을 수도 없이 홀려놓고 쓰레기처럼 버린 바로 그 애란 사실을 잊었던 것이다. 그 애가 쇼단초인 자신에게도 똑같은 짓을 하리라고는 감히 생각지도 못했다. 반란의 주동자, 할리문다의 영웅인 자신에게 말이다. 그러나 그 애는 겁 없이 자신을 가지고 놀며 신이 났던 것이다.

알라만다가 맞은편에 차분히 앉아 주스를 마시는 꼴을 보자 더 분통이 터졌다. 미안한 시늉을 하며 살짝 웃어 보이자 쇼단초는 더 가슴이 찢어졌다. 차분해 보였지만 분노로 미칠 것 같은 심정이었다. 마침내 입을 열었다. "사랑이란 요사스럽지. 좋기보단 무시무시하니까. 날 사랑하지 않아도 좋아. 그래도 나랑 사랑을 나눌 수는 있잖아."

참으로 한심한 남자로구나, 알라만다는 생각했다. 쇼단초의 얼굴을 쳐다보는데 왜 갑자기 이렇게 그의 얼굴이 흔들리면서 두 개로 쪼개진 것처럼 보이는지, 왜 반쪽이 각기 제멋대로 오르내리는지 모르겠다고 생각했다. 얼굴이 왜 그러냐고 묻고 싶었지만 입술이 옴짝달싹하지 않았다. 그러더니 몸이 떨리기 시작했다. 쇼단초의 얼굴처럼 두 쪽이 나게 하지 말아달라고 빌었다. 그러나 반쯤 빈 주스 잔을 든 제 손을 보자 손이 두 개로 네 개로 보였다.

아직 눈이 보이긴 했지만 쇼단초가 일어나 가까이 오자 모든 것이 흐릿히 보이기 시작했다. 그는 뭐라고 말을 했지만 알라만다는 알아들을 수 없었다. 그러나 쇼단초가 제 뺨과 턱, 콧등을 어루만지는 것은 분명히 느낄 수 있었다. 일어서서 그를 말리고 싫었지만 힘을 조금도 쓸 수 없었다. 그저 비틀거리면서 쇼단초 쪽으로 힘없이 쓰러지고 말았다.

남자가 제 가냘픈 몸을 들어올리는 것을 느꼈다. 갑자기 허공을 나는 느낌이 들어 죽어서 혼이 하늘나라로 가는 게 아닌가 싶었다. 그러나 시야가 점점 흐려지긴 해도 앞은 보였다. 쇼단초가 자기를 탄탄한 어깨에 올린 채 어디론가 가고 있었다. 이봐요, 어디로 가는 거예요, 말리고 싶었지만 여전히 아무 말도 할 수가 없었다. 쇼단초는 게릴라 움막으로 들어가 알라만다를 침대 위에 던졌다. 소녀의 가냘픈 몸이 다시 한 번 허공을 날았다.

이제 알라만다는 침대 위에 눕혀지고, 무슨 일이 벌어지는 중인지 깨닫기 시작했다. 앞으로 닥칠 일에 파랗게 질려 저항하려 했지만 몸에 힘이 들어가지 않았다. 시간이 지나면 지날수록 더 힘이 빠져 몸과 손발이 침대에 꽉 묶인 것처럼 손가락 하나 까딱할 수 없었다.

쇼단초가 단추를 푸는데도 알라만다는 힘이 완전히 빠진 채로 분노와 무력감 속에 속수무책이었다. 여자는 남자가 제 옷을 벗겨 침대 한편으로 던져버리는 것을 보았다. 남자는 섬뜩할 정도로 찬찬히 옷을 벗겨나갔다. 완전히 발가벗겨지자 쇼단초의 손가락이, 전쟁 내내 무기를 들어 거칠어진 손끝과 포탄 파편에 맞아 생긴 흉터가 느껴졌다. 그 손이 제 몸뚱이를 천천히 더듬자 구역질이 났다.

쇼단초는 다시 뭐라고 했지만 알아들을 수 없었다. 이제 손가락만이 아니라 손바닥 전체가 그를 부숴버리기라도 하려는 듯 몸을 거칠게 움켜쥐었다. 남자가 젖가슴을 함부로 움켜쥐자 알라만다는 울부짖고 싶은 심정이 되었다. 그는 몸 구석구석을 탐

246

색하고 가랑이 사이에 손을 넣더니 온몸에 침 자국을 남기며 입술로 여기저기 빨기 시작했다. 이제 알라만다는 울고 싶지 않았다. 그저 제 목을 잘라 이자가 더 무슨 짓을 하기 전에 죽고 싶은 마음뿐이었다. 얼마나 오랜 시간이 흘렀는지 모른다. 30분, 한 시간, 하루, 어쩌면 7년, 800년. 쇼단초가 제 옷을 벗더니 거만하게 침대 옆에 섰다.

남자는 잠시 젖가슴을 주물러대더니 알라만다 위에 올라탔다. 여자의 입술을 잘근잘근 물어대더니 별로 시간을 들이지도 않고 바로 제 물건을 들이밀었다. 알라만다는 제 눈앞에서 왔다 갔다 하는 하얀 다발 같은 남자의 얼굴을 보며 음부가 거칠게 찢어지는 것을 느꼈다. 울어보았지만 제 몸이 아직 눈물을 만들 수 있는지조차 알 수 없었다. 이 고통은 영원히 끝날 것 같지 않았다. 다시 꼬박 800년이 흘러갔다. 눈뜰 힘조차 남지 않았지만 제 몸이 함부로 다뤄지는 것은 느꼈다. 그리고 혼절했다. 아니 더 이상 아무것도 느끼고 싶지 않았는지도 모른다. 마침내 쇼단초가 떨어져나갔다. 알라만다의 몸뚱이는 처음과 똑같은 자세였다. 벌거벗은 채 침대에 딱 붙은 듯 정면으로 누은 채였다.

쇼단초는 곁에 누워 숨을 고르게 쉬는 것이 잠든 것 같았다. 조금이라도 힘이 있었다면 잠자는 그자에게 칼을 꽂는 데 한 치도 주저함이 없었을 것이다. 아니면 주둥이에 폭탄을 처넣고 터트렸을 것이다. 아니면 그자를 대포에 넣고 쏘아 올려 바다 한복판에 처박았을 것이다. 그러나 그는 잠들지 않았다. 일어나더니 입을 열었다. 이번에는 알라만다도 알아들을 수 있었다. "네가 하고 싶은 게 남자들을 무릎 꿇리고 더러운 쓰레기처럼 차버리는 거라면 말이야. 나를 만난 건 참 안된 일이야. 나는 싸움에서 져

본 적이 없거든. 이번 싸움도 마찬가지야."

이 경멸에 찬 말은 알라만다의 가슴에 가시처럼 박혔지만 알라만다는 아무 대꾸도 할 수 없었다. 그저 여전히 흐릿한 눈으로 쇼단초가 일어나서 옷을 줍는 모양을 바라보았다.

쇼단초는 옷을 입고 알라만다에게 옷을 하나씩 끼워 입히더니 이제 정글에서 나가 집에 갈 시간이라고 했다. 이제 알라만다는 옷을 입었고 마치 아무 일도 없었던 것 같아 보였다. 그러나 이제 알라만다는 더 이상 예전의 알라만다가 아니었다. 아직도 그 이상한 약물에서 깨어나지 못했다. 이 모든 일이 과일 주스를 마시고 난 후에 벌어졌다는 것만 기억했다.

쇼단초가 침대에서 알라만다를 들어올리자 다시 붕 뜬 것 같은 기분이 되었다. 이번에는 어깨에 걸치지 않고 억센 양팔로 안아올렸다. 옛날에는 대포를 나르고 네덜란드군에게 부상을 입은 부하를 들어 나르기도 한 탄탄한 팔이었다. 알라만다는 그의 양팔에 들려 게릴라 움막에서 트럭으로 갔다. 쇼단초는 알라만다를 옆 좌석에 앉히고 어둡고 빽빽한 밀림을 뚫고 거친 도로를 운전했다.

그는 집으로 알라만다를 데려다주었다. 알라만다는 그저 길고 희미한 터널 속을 지나온 것만 같은 느낌이었다. 두 사람이 집에 도착해 알라만다를 트럭에서 안고 나오자 데위 아유가 밖으로 나왔다. 데위 아유는 그가 딸을 방으로 데려가는 것을 도왔다. 딸을 침대에 눕히고 무슨 일이냐고 물었다. 쇼단초는 태연하게 걱정할 일이 아니라는 투로 대꾸했다.

"차멀미가 난 모양이오."

"천만에, 당신이 억지로 애를 강간했기 때문이겠죠, 쇼단초."

데위 아유가 매섭게 대꾸했다. 산전수전을 다 겪은 그는 단번에 무슨 일이 벌어졌는지 알아보았다. "일이 이렇게 됐다고 해서 댁이 모든 걸 얻었다고는 생각하지 마요."

알라만다는 제방에 홀로 남았다. 난생처음 눈물이 제 뺨을 적셨다. 모든 것이 막막해졌다. 그렇게 아득하게 정신을 잃고 말았다.

9

　이튿날 정신이 들자마자 알라만다의 머릿속에 떠오른 것은 클리원이었다. 그러나 이제 연인과는 다 끝나버렸다는 것을 금세 깨달았다.

　순간 알라만다는 세상에 저보다 더 저주받은 여자가 있을까 싶으면서도 스스로가 부끄러웠다. 이제 와서 제가 저지른 일을 후회할 필요도 없고 어찌됐건 그 결과도 받아들일 참이었다. 그러나 제가 세상에서 제일 저주받은 여자란 생각을 지울 수 없었다. 연인에게 편지를 써야 했다. 사진을 동봉한 답장에 바로 이어 받을 수 있을 것이다. 자신에게 무슨 일이 있었는지 모두 얘기할 것이다. 하지만 정신이 나가서 가지고 놀아선 안 될 남자를 가지고 놀았던 일과 그에게 강간당한 부분은 빼고, 그저 쇼단초와 잤다고만 할 참이었다. 자신이 너무나 부끄러웠다. 그러나 진정으로 후회하는 것이 있다면 사랑하는 남자를 잃은 것뿐이었다. 클리원은 이유를 불문하고 자신을 받아주겠지만, 그래도 다시는 그를 보고 싶지 않았다. 그를 사랑했지만 쇼단초를 사랑하게 됐다고 거짓말을 할 것이다. 그래서 옛사랑을 두고 새로운 사랑과 결혼하겠다고 할 것이다. 그리고 용서를 구할 것이다. 알라만다는 그날 오후 편지를 써서 봉투에 넣자마자 바로 우체통에 넣어버렸다.

이제 쇼단초를 상대할 차례다. 그에게 복수하고 제 분노를 풀려면 그의 몸뚱이에 칼을 꽂는 것 말고 무슨 수가 있을지 생각해보았다. 그리하여 편지를 우체통에 넣자마자 바로 군사령부로 향했다. 정문에 이르자 '원숭이 우리' 안의 헌병이 평소와 달리 유난스럽게 경례를 올렸다. 마만이 일전에 그랬듯 알라만다도 노크도 없이 쇼단초의 방문을 벌컥 열어젖혔다. 쇼단초는 책상에 앉아 알라만다의 사진 두 장을 손에 들고 뚫어져라 쳐다보던 중이었다. 나머지 사진 여덟 장이 책상 위에 펼쳐져 있었다. 누가 불쑥 들어서자 쇼단초는 깜짝 놀라 사진을 감추려고 했지만, 알라만다는 가만있으라고 손짓했다. 그리고 한 손은 책상 위에 다른 손은 허리에 올린 채로 멈춰 섰다.

"이제 당신네 남자들이 그 잘난 게릴라전을 벌이며 무슨 짓을 했는지 알겠군요." 알라만다가 입을 열자 쇼단초는 상사병에 걸린 젊은이처럼 물끄러미 보았다. "나랑 결혼해줘야겠어요. 하지만 당신을 사랑하는 일은 절대 없을 거예요. 안 그럼 온 할리문다 사람들에게 당신이 무슨 짓을 저질렀는지 말하고 죽어버릴 거예요."

"결혼하고밀고. 알라만디."

"좋아요. 그럼 결혼식 준비는 알아서 하도록 해요."

그리고 알라만다는 간다는 말도 없이 사라졌다.

그날 이후 한 주 내내 두 사람의 결혼 소식은 할리문다 최고의 화젯거리였다. 사람들이 모이는 곳이면 언제 어디서나 그 이야기가 나왔다. 이런저런 추측을 해보고 고심해보고 농담을 하기도 했다. 그러나 할리문다 사람들은 이제 무슨 일이 벌어진대도 놀라지 않을 만치 많은 일을 겪은 터였다. 어떤 사람들은 땅 위에 알라만다와 쇼단초처럼 잘 어울리는 한 쌍은 없다고 자신 있게 말하기도 했다. 할리문다 최고 창녀의 어여쁜 딸과 한때 반란의 주동자이자 참모총장이었던 쇼단초가 결혼한다니 그럴듯하지 않느냐는 것이다. 다른 사람들은 말썽꾼 선동가 클리윈보다는 쇼단초가 훨씬 낫다며 역시 알라만다는 바보가 아니라고들 했다.

그러나 할리문다에는 클리윈 편이 많았다. 먼저 어부들. 할리문다에 살던 시절 그는 어부들과 함께 배를 타고 바다로 나가 그물 끄는 것을 도와주고 생선 한 봉지를 받아가곤 했다. 배 가게에서 일할 때는 배에 물이 새거나 모터가 말썽을 부리면 선뜻 고쳐주었다. 그리고 농부들. 그들은 시 외곽에 살면서 클리윈이 그랬듯이 대개 남의 논밭에서 일했다. 쉴 때면 클리윈은 그들을 즐겁게 해주었고 팽팽 돌아가는 머리로 세상만사에 대해 일러주었다. 농부들이 생전 알지 못하거나 들어본 적 없는 이야기였다. 그리고 젊은 여자들. 클리윈에게 반한 적 있거나 여전히 흠모하는 이들이었다. 그가 다른 여자에게 가려고 내친 여자들조차 그를 미워하지 않고 여전히 좋아했다. 그리고 죽마고우들. 어린 시절 같이 물놀이하고 새를 잡고 부자들에게 팔 장작과 풀을 찾으러 다닌 친구들이다. 친구들은 한결같이 그 결혼 소식을 듣고 서글퍼했다. 어째서 알라만다는 클리윈을 버리고 쇼단초와 결혼하려는 건가. 하지만 무슨 일이 벌어진다 해도 그들에게 알라만다의 결정에 관여할 권리는 없었다. 실연에 가슴이 찢어지는 일은 그저 클리원의 몫이었다.

결혼식에 대한 소문도 돌았다. 이 결혼식이 할리문다 역사상 전무후무할 성대한 잔치가 될 것이라고 했다. 달랑 일곱 팀이 일곱 밤에 걸쳐 《마하바라타》 전체를 보여준다고 했다. 누구든 잔치에 초대받을 테고 온 할리문다 사람들이 일곱 세대에 걸쳐 먹어도 남을 만큼 음식을 차린다고도 했다. 신트렌 무용, 말춤, 말레이 악단 공연뿐 아니라 스크린을 가져다 영화도 틀고 돼지 싸움 또한 빠지지 않는다고 했다.

이 소식은 마침내 클리원의 귀에도 들어갔다. 알라만다의 편지를 받은 것이다. 결혼식 전날 데위 아유의 집 앞에 장막이 쳐지고 알라만다는 여러 여자들의 시중을 받으며 몸단장에 한창일 때, 클리원은 기차를 타고 할리문다로 오는 중이었다. 온몸이 끓어오르는 분노로 이글거렸다. 처음으로 여자에게 차이거나 상처받아서가 아니라 진심으로 알라만다를 사랑했기 때문이었다.

알라만다를 마지막으로 본 역에 이르자, 남들의 이목에도 개의치 않고 그 아래에서 입을 맞췄던 편도나무를 베어버렸다. 아무도 감히 말릴 엄두를 내지 못했다. 두 눈이 분노로 이글거려서이기도 하지만 손에 든 큰 칼 때문이었다. 경찰마저 그를 말리지 못했다. 그 나무는 사람들이 쉴 그늘을 만들려고 심어둔 것이었다. 나무가 쓰러지자 몰려든 사람들은 가지에 맞지 않으려고 그저 두 발자국 물러서기만 했다. 저치는 왜 아무 죄 없는 작은 편도나무에 저렇게 성을 부린단 말인가, 궁금할 따름이었다.

클리원은 역 앞에 몰려든 구경꾼에게는 아무 신경도 쓰지 않왔다. 이제 쓰러진 나무의 가지와 잎을 쳐내기 시작했다. 잘린 가지가 승강장 가는 길을 가로막고 바람에 나뭇잎이 휘날렸지만 청소부조차 그를 말리지 못했다. 그저 저치가 완전히 돌아버린 것은 아닌지 쳐다보기만 했다.

오직 한 사람, 지나가던 죽마고우가 지금 뭐하는 짓이냐고 물었다. "나무 베는데." 그는 짧게 대꾸했다. 그 후로는 아무도 말을 붙일 엄두를 내지 못했다. 그는 계속 나무에 매달렸다.

나무의 가지와 잎이 모두 잘려나가자 이제는 나무를 장작으로 쪼개기 시작했다. 제일 큰 가지를 두 쪽이나 네 쪽으로 쪼개자 얼마 지나지 않아 길가에는 장작개비가 쌓였다. 수화물 창구에 가서 허락도 없이(물론 아무도 그를 말리지 않았다) 노끈을 가져다가 장작을 묶었다. 일을 다 마치고 그는 그때까지 참을성 있게 지켜보던 구경꾼들에게 아무 말도 없이 칼을 사롱 안에 넣더니 장작더미를 들고 길을 나섰다.

구경꾼들은 따라가보고 싶었지만 아까 말을 붙였던 친구가 불현듯 무슨 상황인지 깨닫고는 그들을 막아섰다. "혼자 내버려 둡시다." 친구의 예측은 정확했다. 클리원은 알라만다네 집으로 갔다. 그리고 잔치 준비를 감독하는 제 연인 앞에 섰다. 알라만다는 그의 출현에 깜짝 놀랐고, 아직도 변함없이 사랑하는 그가 용도를 알 수 없는 장작더미를 가져온 걸 보고는 더 놀랐다.

순간 알라만다는 연인에게 달려가 역에서처럼 끌어안고 입맞추고 싶었다. 이 잔치는 우리 두 사람의 결혼식이라고, 쇼단초와 결혼한다는 것은 거짓말이라고 하고 싶었다. 그러나 금방 정신을 차리고 쇼단초와 결혼하게 돼서 뿌듯하고 신나는 척을 했다. 클리원은 어깨에 메고 있던 장작더미를 바닥에 내동댕이쳤다. 알라만다는 깜짝 놀라 뒤로 물러섰다. 드디어 그가 입을 열었다. "이건 우리가 그 아래서 만나기로 했던 불쌍한 편도나무야. 결혼식 날 장작으로 쓰라고 선물로 가져왔어."

알라만다가 그만 가보라는 듯 손짓을 하자 클리원은 자리를 떠났다. 그 손짓에 얼마나 자신이 가루가 되도록 부서졌는지 말하지 않았다. 모든 것을 휩쓸어버릴 듯한 증오의 폭풍 속으로 빠져들었다. 그는 자신이 떠난 후 무슨 일이 벌어졌는지 몰랐으리라. 알라만다는 제 방으로 달려가 울면서 사진관에서 찍은 제 사진을 모두 태워버렸다. 다음날 결혼 예식에서 신랑을 마주했을 때는, 밤새 운 흔적을 지우려고 갖은 애를 썼는데도 아무 소용없었다. 그래서 몇 달, 아니 몇 년이나 소문이 무성했다.

그 후로 클리원은 사라졌다. 적어도 알라만다는 아무 소식도 듣지 못했다. 아니 어쩌면 그에 관해서라면 아무것도 알고 싶지 않았을지도 모른다. 그저 자카르타로 돌아가 대학을 마치거나 공산당 청년연맹에 들어갔으리라 생각했다. 누가 알겠는가. 그러나 사실 그는 아무 데도 가지 않았다. 그는 할리문다에 남아 친구 집을 전전하거나 어머니 집에 숨어 있었다. 그는 남몰래 알라만다의 결혼식에도 갔다. 변장을 하고 쇼단초와 알라만다에게 축하인사까지 했지만 두 사람은 그를 알아보지 못했다. 알라만다의 얼굴에는 밤새 운 흔적이 뚜렷했다. 억지로 결혼하는 것이, 사랑하지 않는 남자와 결혼하는 것이 분명했다. 클리원은 이제 알라만다가 밉지 않았다. 다만 사랑하는 여자의 기구한 운명이 슬펐을 뿐이다.

하지만 대체 무엇 때문에 알라만다가 안 지 고작 몇 주밖에 되지 않은 쇼단초와 결혼하기로 한 것인지 궁금했다. 한 어부가 그날 오후 쇼단초가 옆 좌석에 실신한 알라만다를 태우고 정글에서 빠져나오는 것을 봤다고 했다. 다른 어부는 맹세컨대 쇼단초가 알라만다를 어깨에 메고 게릴라 움막으로 가는 것을 바다한복판 고깃배 위에서 봤다고 했다. "자네와 알라만다 사이에 벌어진 일 때문에 속이 쓰렸다네." 그 어부가 말했다. "하지만 성급하게 움직이진 말게. 자네가 복수하겠다면 우리가 함께할 테니."

"복수 같은 거 하지 않아. 그자는 정말이지 싸움이란 싸움에서는 다 이기고 마는구나."

한동안 클리원은 예전처럼 친구들과 바다에서 지냈고, 알라만다는 불안하고 초조한 첫날밤 소극笑劇을 치렀다. 알라만다가 요령껏 수면제를 먹여두었던지라 쇼단초는 눕자마자 잠들어버렸다. 온갖 향기로운 생화로 아름답게 장식한 황금색 침대 위에서 밤새 코를 골았다. 결혼식으로 진이 빠진 알라만다는 바닥에 자리를 깔고 잠들었다. 여느 새 신부처럼 신랑 곁에 누울 생각은 추호도 없어 보였다. 그러나 쇼단초는 예상보다 빨리 새벽에 깼다. 어리둥절한 표정으로 정신을 차려보니 첫날밤은 지나가버렸고 새 신부는 바닥에서 자고 있었다. 용서받을 수 없는 짓을 저질렀다고 자신을 탓하며 바닥에 누운 신부를 들어 침대 위에 눕혔다.

알라만다가 눈을 뜨자 쇼단초가 능글맞게 웃으며 첫날밤을 이렇게 보내다니 말이 되느냐고 했다. 그가 일어나서 옷을 벗어젖히자 신부는 등을 돌리며 말했다. "그전에 옛날 얘기를 하면 어떨까요?"

쇼단초는 껄껄 웃으며 좋다고 하고는 침대로 들어왔다. 그리고 신부의 등에 찰싹 달라붙어 머리칼에 코를 들이댔다. "빨리해. 난 다 준비됐다고."

그리하여 알라만다는 온 힘을 다해 결론 없이 빙빙 돌며 반복에 반복을 거듭하는 이야기를 지어내기 시작했다. 둘 다 죽기 전에는, 어쩌면 세상이 망하기 전에는 두 사람이 사랑을 나눌 수 있는 날은 올 것 같지 않았다. 이야기가 계속되는 사이 쇼단초는 알라만다의 온몸을 양손으로 어루만지며 언제 끝날지 알 수 없는 이야기가 끝나기를 초조하게 기다렸다. 신부의 예복 단추를 하나씩 끄르기 시작했다. 알라만다는 몸을 웅크려 피하려 했지만 쇼단초의 억센 손이 신부의 몸을 돌려 정면으로 향하게 붙들었다. 쇼단초가 제 위에 올라타자 알라만다는 그를 밀치고는 말했다. "이야기가 끝나야 한다고 했잖아요."

쇼단초는 불만이 가득한 눈으로 신부를 쳐다보다가 이 이야기 게임에 가득한 적의를 눈치채고는, 자기는 사랑을 나누면서도 이야기를 들을 수 있다고 했다.

"말했잖아요. 당신이랑 결혼은 하겠지만 절대 사랑을 나누지는 않을 거라고."

이 말에 쇼단초는 화가 머리끝까지 치밀어 알라만다의 드레스를 거침없이 찢어발겼다. 알라만다는 비명을 질러댔지만 금방 입이 틀어막혔다. 이제 더 이상 저항할 길이 없어 보였다. 그러나 옷을 모두 벗기고 나서 쇼단초는 놀라 자빠졌다. "제기랄! 가랑이에다 무슨 짓을 한 거야?" 알라만다는 가랑이 사이에 쇠로 된 속곳을 입었고, 이 쇠속곳은 열쇠구멍도 없는 맹꽁이자물쇠로 잠겨 있었다.

알라만다는 기이하리만치 차분한 태도로 입을 열었다. "정조

대예요. 두쿤한테 부탁해서 대장장이가 손수 만들어주었죠. 세상에 나만 아는 주문을 외어야 열 수 있어요. 하지만 하늘이 무너진대도 당신한테 열어주는 일은 없을 거예요."

그날 밤 쇼단초는 온갖 도구를 다 동원해 맹꽁이자물쇠를 열려고 해보았다. 드라이버로 쑤셔보고 못과 도끼로 쳐보다 안 되자 총까지 쏴서 알라만다를 기절하게 만들었다. 그러나 쇠속곳을 채운 자물쇠를 열 수 없었다. 욕정과 분노 사이에서 미치기 직전까지 갔다가 비비적거리며 제 물건을 달랠 수밖에 없었다. 아침에는 제 손가락을 좀 베어 침대보에 피를 묻혔다. 세탁부에게 보여야 할 첫날밤의 명예로운 징표가 필요했다.

결혼식 후 일주일이 지나자 남은 것이라고는 쓰레기와 무성한 뒷말이었다. 신혼부부는 쇼단초가 새로 산 집으로 옮겨갔다. 식민지 시절에 지은 그 집에는 하인 둘과 정원사가 딸려 있었다. 그들에게 그 집으로 이사하라고 한 사람은 데위 아유였다. 가급적 찾아오지도 말고 어쩌면 다시는 보지 말자는 말투였다. "결혼한 부녀자가 창녀와 어울리는 법은 없단다." 어머니는 딸에게 그렇게 말했다. 어머니의 말은 사리에 어긋난 적이 없었다. 알라만다는 무거운 마음으로 새집으로 옮겨갔다.

알라만다는 맹세한 대로 절대 쇠속곳을 벗지 않았다. 중세 병사처럼 한시도 경계를 늦추지 않았다. 적이 늘어진, 그러나 치명적인 무기로 언제 제 몸을 쑤셔댈지 모른다. 쇼단초는 여러 두쿤을 찾아다녀보고는 자물쇠를 열 생각을 아예 버렸다. 두쿤들은 하나같이 세상에 어떤 주술로도 한 맺힌 여자의 마음을 열 수 없다고 했다. 쇼단초는 아무 소용없는 대답을 듣고도 엄청난 액수의 복채를 내야 했다. 그들이 묘안을 알려주어서가 아니라 그들의 입을 막기 위해서였다. 이런 문제는 남들이 알아서는 안 될 내밀한 사정이었다. 아무에게도 털어놓을 수 없는 남부끄러운 추문이었다.

알라만다를 수도 없이 얼레고 달래보지 않은 것도 아니었다. 그러나 아내는 고집을 꺾거나 쇠속곳을 벗기는커녕, 이혼법정에 가기만 기다리는 부부처럼 각방을 쓰자고 했다. 그러니까 몸이 달아도 혼자 베개나 끌어안고 뒹구는 수밖에 없다는 소리였다. 알라만다는 남편이 불쌍해서인지 제 아량을 보여주기 위해서인지 이렇게 말하기도 했다. "음낭에 찬 아기 씨를 쏟고 싶어 죽겠으면 창녀에게 가도록 해요. 나는 화 안 낼 거예요. 오히려 당신에게 좋을 거라 생각해요."

그러나 쇼단초는 아내의 조언을 따르지 않았다. 욕정을 극복할 수 있다거나 창녀에 관심이 없어서가 아니었다. 아내에게 자신이 절대 한눈을 팔지 않으며, 얼마나 사심 없이 아내를 사랑하는지 보여주고 싶어서였다. 그러면 제 마음 씀씀이에 아내의 마음도 움직이겠거니 기대했다.

그러나 알라만다는 물러설 기색을 보이지 않았다. 쇠속곳을 벗을 때라고는 욕실의 문을 단단히 잠그고 오줌을 누거나 몸을 닦는 짧은 순간뿐이었고 볼일만 마치면 쇠속곳을 단단히 잠갔다. 쇠속곳을 여닫는 비밀주문은 입 밖으로 나오는 법이 없었다.

쇼단초는 아내가 실수로라도 주문을 내뱉어 엿들을 수 있기를 기다려봤지만, 알라만다는 잠결에도 주문을 중얼거리지 않았다. 운명을 받아들이는 수밖에 없었다. 다른 여자와 잘 수도 없었다. 급할 때면 베개나 끌어안고 몸을 비벼대며 평생 살아야 한다는 사실을 받아들여야 했다. 더 이상 못 참겠다 싶으면 화장실로 달려가 변기에다 음낭의 아기 씨를 쏟아냈다.

그 시절 그는 오랜 동업자 벤도와 함께해온 밀수사업에 온 힘을 쏟아 심란한 가정사를 잊어보려 했다. 둘은 처음으로 합법적인 사업을 시작해볼 요량으로 대형 어선을 사들였다. 전부터 해오던 들개 길들이기와 교배도 다시 시작했다. 1년이 지나자 그 개들은 농민들의 돼지몰이를 거들 만큼 자랐다. 그러나 그 1년 동안 신혼부부는 단 한 번도 사랑을 나누지 못했고 사람들은 수군거리기 시작했다. 쇼단초와 알라만다는 단 한 번도 같이 잔 적이 없는 것이 분명하다고, 알라만다가 아직 임신하지 않은 것을 보면 틀림없다고 했다.

동네 애들이 쇼단초가 발기부전 아니면 생식 불능일 거라는 소문을 냈다. 어떤 사람들은 그가 일본군에게 거세당했을지도 모른다고 했다. 그런 얘기가 아이들의 입에서 입으로 전해지다 어른들에게도 번지면서 걷잡을 수 없이 퍼져나갔다.

사람들은 두 사람이 서둘러 결혼한 이유가 사랑 없는 결혼 때문일 거란 생각은 하지 않았다. 잠자리에 대한 소문에도 불구하고 그 부부는 행사마다 참석해 여느 부부처럼 서로 아끼고 사랑하는 척했기 때문이었다. 함께 파티에 나가고 해질녘이면 손을 잡고 산책을 하고 토요일 밤이면 영화관에 갔다. 그런 광경을 보면 사람들은 오해할 수밖에 없었다. 알라만다는 쾌활했고 쇼단초는 아내를 애지중지하는 것처럼 보였으니, 1년이 지나도 알라만다가 임신하지 않은 이유는 둘 중 하나 아니면 둘 다 불임인 탓이리라. "결혼식은 정말 근사했는데 안됐어." 이렇게들 수군댔다.

그런 소문에 눈 하나 깜짝하지 않는 사람은 알라만다뿐이었다. 그런 소문 따위 신경도 쓰지 않는다는 듯, 아니면 그런 소문을 즐기는 듯 쇼단초와 행사에 나가지 않을 때면 소설을 읽으며 시간을 보냈다. 소설을 보면서 남들 앞에서 행복한 아내인 척하는 법을 배웠다. 남편이나 자신의 위신, 평판 때문에 그러는 것이 아니었다. 다만 남들이 자신이 사랑하지도 않는 남자와 결혼한 것을 알게 하고 싶지 않았다. 남들이 자신을 불쌍하게 여기게 하고 싶지 않았다.

자신의 발기부전과 생식 불능에 관한 소문을 가장 나중에야 안 사람은 쇼단초였다. 말 많은 아이들에게서 시작된 그 소문 때문에 동네 애들은 군대에 가면 거세당할지도 모른다며 전쟁놀이조차 하지 않았다. 결국 소문을 들은 쇼단초는 모욕감과 분노와 무력감으로 정신이 나갈 지경이었다. 아내와 잠자리 문제만 빼면 결혼생활은 순조롭다고 생각했다. 알라만다는 다정한 아내인 척 흉내를 잘 내서 그는 그게 가짜라고 해도 개의치 않았다. 하지만 언제까지나 제 자식이 될 아기 씨를 화장실에 쏟아버릴 수만은 없었다. 꼬박 1년이 그렇게 흘렀고 아직도 그 망할 놈의 쇠속곳을 부숴버리지 못했다.

그리하여 각방을 쓴 지 벌써 여러 달째 되던 어느 밤, 쇼단초는 알라만다의 침실에 들어갔다. 아내는 잠옷을 갈아입던 중이었다. 그는 문을 걸어 잠그더니 아내에게 다가갔다. 알라만다는 가랑이 사이에 쇠속곳이 제대로 잠겨 있는지 속으로 점검하며 의혹에 찬 눈으로 남편을 쳐다보았다. 쇼단초가 입을 열었다. "제발 나를 받아줘." 절망에 찬 목소리였다.

알라만다는 고개를 저으며 그에게 등을 돌렸고 침대로 갔다. 쇼단초는 뒤에서 아내를 붙들고 잠옷을 잡아 뜯었다. 알라만다가 어찌해볼 틈도 없이 침대에 눕히더니 쏜살같이 제 옷을 벗고 올라탔다. 그는 온 힘을 다해 몸을 비틀며 저항했지만 남편은 그를 꼭 붙들고 거칠게 입을 맞추며 젖가슴을 움켜쥐었다. "지금 나를 강간하려는 거야!" 알라만다가 벗어나려 몸부림을 치며 비명을 질렀다. 하지만 쇼단초는 아내의 온몸을 쑤셔댔다. "악마 같은 새끼, 천벌을 받을 놈, 그래봐야 네 연장은 내 쇠속곳 앞에서 부러지고 말 거다!" 알라만다는 이렇게 말하고는 쇼단초가 아무 소득 없이 제 몸을 만져대게 내버려두었다.

이제 쇼단초는 아내의 몸에 진짜 삽입한 줄로만 알고 신나게 몸을 흔들어댔다. 그러나 그가 뿜어낸 정액은 알라만다의 가랑이를 단단히 감싼 쇠붙이 위에 뿌려졌다. 온몸이 땀으로 범벅된 채로 그는 알라만다의 몸에서 떨어졌다. 그리고 잠시 아무 말도 하지 않고 가만히 있었다. 반면 알라만다는 쇼단초의 우매함을 비웃으며 승리감에 도취됐다. 복수다. 쇼단초는 분노에 가득 차 알라만다의 가랑이를 노려보았다. 칫조각에 쓸린 다리가 쓰라렸다. 얼굴을 찌푸리고 침대 가장자리에 앉아 비통한 심정으로 울먹이며 입을 열었다. "이 짓을 백날 해봐야 애가 서지 않겠지. 저주받은 보지와 자궁 같으니." 그는 일어나 옷을 입고 밖으로 나갔다.

그러나 쇼단초가 단념하고 벌을 받아들일 것이라 여긴 알라만다의 예상은 틀렸다. 어느 날 욕실 문을 단단히 잠근 후 쇠속곳을 벗고 알몸이 됐는데 무언가가 엄청난 힘으로 문을 뚫었다. 뚫린 틈으로 쇼단초가 들어왔다. 그리고 알라만다가 미처 손을 뻗기도 전에 쇠속곳을 잡아챘다. 알라만다는 상처 입은 암호랑이처럼 울부짖었지만 곧 붙잡혔다. 남편은 그를 어깨 위에 들쳐 맸다.

정글에서 약에 취해 꼼짝없이 끌려가던 그때와 똑같았다. 등을 후려치며 저항했지만 쇼단초는 알라만다를 욕실에서 끌고 나갔다. 식모 둘이 부엌문의 갈라진 틈으로 그 광경을 훔쳐보며 겁에 질려 덜덜 떨었다.

쇼단초는 알라만다를 제 방, 아니 쇼단초가 부부 침실이기를 소망했던 방으로 끌고 가 침대 위에 내려놓았다. 그리고 방문을 걸어 잠갔다. "너는 저주받을 거야, 쇼단초. 아내를 강간하려 들다니!" 알라만다가 침대 위에 서서 벽을 보며 말했다.

쇼단초는 대답하지 않았다. 그저 옷을 벗더니 발정난 개같이 알라만다를 쳐다보았다. 그 표정을 보고 알라만다는 자신이 위험에 처했음을 직감하고 점점 벽 쪽으로 갔다. 그러나 쇼단초는 재빨리 아내를 붙들어 침대에 쓰러뜨리고 위에 올라탔다.

욕정을 풀려고 드는 남자와 결코 그 남자에게 굴복당하지 않으려고 안간힘을 쓰는 여자 사이에 전쟁이 벌어졌다. 알라만다는 허벅지를 꼭 붙이고 떼지 않으려 했지만 곧 쇼단초의 억센 무릎에 벌려졌고, 일어날 일은 결국 일어나고 말았다. 전쟁이 끝나자 알라만다는 흐느꼈다. "꺼져버려, 이 악마 같은 강간범아!" 쇼단초에게는 얼굴에 할퀸 자국이, 알라만다에게는 가랑이 사이에 찢어질 것 같은 통증이 남았다. 알라만다는 정신을 잃었다.

얼마나 그렇게 오래 쓰러져 있었을까. 깨어나보니 아직도 벌거벗은 채 누워 있었고 팔다리가 침대 네 기둥에 묶여 있었다. 팔다리를 비틀어보았지만 밧줄을 얼마나 세게 묶었던지 움직일 때마다 손목과 발목에 생채기만 날 뿐이었다.

"악마 같은 강간범, 무슨 짓을 한 거야?" 알라만다는 쇼단초가 옷을 갖춰 입고 나타나자 분노에 차 소리쳤다. "그렇게 쑤셔댈

구멍이 필요하다면 소나 염소를 찾아보지 그래."

욕실에서 아내를 납치한 이래 처음으로 쇼단초가 미소를 지으며 말했다. "이제 쑤시고 싶을 때면 언제든 널 쑤셔댈 수 있는 걸." 그 말에 알라만다는 욕설과 저주를 퍼부었다. 남편이 나가고 나서도 그는 밧줄과 한참을 씨름했다.

그날 쇼단초는 목수를 불러 부서진 욕실 문을 손보게 하고, 쇠속곳은 우물에 던져버렸다. 식모들에게는 본 일을 발설하면 가만두지 않겠다고 협박했다. 한편 알라만다는 결박에서 벗어나려고 애쓰다 지쳐 서럽게 울기만 했다. 쇼단초는 시도 때도 없이 거의 두세 시간마다 알라만다를 가둔 방으로 들어와, 혼자 신혼이라도 맞은 양 지치지도 않고 아내를 쑤셔댔다. 새 장난감을 가진 아이처럼 신이 났고 알라만다의 저항은 점점 무력해졌다.

"내가 죽는대도 날 쑤셔대러 무덤에 찾아올 게 분명해." 알라만다가 절망에 차 말했다.

그렇게 알라만다는 하루 종일 침대 위에 묶여 수도 없이 강간당했다. 오후에는 쇼단초가 따뜻한 물이 담긴 목욕통과 젖은 천을 가져와 아내의 몸을 씻겼다. 값비싼 도자기 화병이라도 씻듯 조심스럽기 짝이 없게 몸을 다뤘다. 그런 부드러운 몸짓에도 알라만다의 마음은 조금도 풀어지지 않았다. 쇼단초가 점심을 가져와도 입을 굳게 다물고 먹지 않았다. 억지로 입을 벌려 밥을 쑤셔넣자 바로 남편의 면상에 뱉어버렸다. "먹어, 시체랑 사랑을 나누고 싶진 않단 말이야." 쇼단초가 말하자 알라만다가 욕설로 응수했다. "너 같은 새끼한테 대주느니 죽는 게 낫지."

미친 짓이야, 쇼단초는 잠자코 아내를 달래며 생각했다. 알라만다는 묶인 것을 풀고 쇠속곳을 돌려주지 않으면 아무것도 먹지 않겠다고 했지만 쇼단초는 들어주지 않았다. 저녁이 오면 알라만다의 고집도 한풀 꺾이리라고 생각했다. 밤새 굶고 나면 아침에는 밥을 마다하지 않을 게다.

그렇게 생각하고 가져갔던 음식을 부엌으로 도로 가지고 가 혼자 밥을 먹었다. 해질 때쯤엔 베란다에 앉아 산들바람을 맞으며, 결혼 선물로 받은 비둘기들을 지켜보았다. 새들은 새장 안에서 위아래로 오르내렸다. 또한 밝게 빛나는 전등을 보며 클로브 담배를 깊이 빨아들이며 음미하기도 했다. 그리고 오늘의 승리를 돌이켜보았다. 이제야 아내와 사랑을 나누는 느낌이 어떤지 알게 됐다. 오래전에 한 번 강간한 적이 있지만 결혼하기 전의 일이었다.

이 시간이면 쇼단초와 알라만다는 베란다에 앉아 있는 것이 일과였고, 이웃들도 잘 알았다. 지나가던 사람들이 인사를 했다. "안녕하시오, 쇼단초." 그리고 물었다. "안주인은 어디 가셨나요?" 쇼단초는 답례하고 아내는 몸이 안 좋아 누워 있다고 말했다. 그렇게 말하고 나자 알라만다가 보고 싶어졌다. 그래서 아직 담배를 다 피우지 않았는데도 마당에 던져버리고 방 안으로 들어갔다.

알라만다는 온종일 그랬듯이 사지가 묶이고 벌거벗은 채 누워 있었지만, 지금은 잠든 모양이었다. 쇼단초가 좋은 남편이 되기로 마음먹은 것일까. 모기와 찬 공기에 시달리지 않게 아내에게 담요를 덮어주었다. 신만이 아실 일이다. 그러나 그날 밤도 아내를 강간하지 않고 넘어가지 못했다. 밤 11시 40분에 한 번, 첫닭이 울기 전 새벽 3시에 한 번, 이렇게 두 번.

마침내 아침이 오자 그는 담요 아래 사지가 침대 네 귀퉁이에 묶인 아내가 있는 방에 또 나타났다. 이번엔 계란 프라이와 토마토를 곁들인 볶음밥에 초코우유 한 잔을 아침으로 가지고 왔다. 알라만다가 깨서 맥없이 그러나 증오와 역겨움이 뒤섞인 표정으로 남편 쪽을 쳐다보았다. "내가 아침 먹여줄게." 쇼단초는 자상한 목소리로 말하며 아내에게 애틋한 미소를 지어 보였다. "사랑을 나누고 나면 배가 고파지는 법이지."

알라만다도 미소로 답했다. 그러나 예의 매혹적인 미소가 아니라 혐오와 멸시에 찬 냉소였다. 어린 시절부터 상상해온 악의 화신을 보듯 쇼단초를 쳐다보았다. 그자에게 뿔이나 어금니는 없었다. 간밤에 잘 못 잔 탓인지 조금 충혈되긴 했어도 눈은 인간의 것이었다. 하지만 저자는 악마다. 그렇지 않고서야 이럴 수가 없었다.

"빌어먹을 아침 가지고 지옥으로 꺼져버려!" 알라만다가 말했다.

"여보, 이렇게 안 먹으면 당신 죽어." 쇼단초가 말했다.

"그럼 더 좋고."

그렇게 일은 벌어지고 말았다. 알라만다는 오후부터 열이 나기 시작해 얼굴이 시체처럼 파리해지더니 몸을 떨었다. 꼬박 하루 밤낮 동안 아내를 강간한 쇼단초도 그날은 알라만다를 건드리지 않았다. 너무 지쳤거나, 드디어 욕구를 다 채웠거나, 아내를 달래 밥을 먹게 하려는 심산인지도 몰랐다. 알라만다는 아무것도 입에 넣지 않았다. 먹지만 않는 것이 아니라 물 한 모금도 마시지 않았다. 결국 앓기 시작했고 정신이 혼미한 상태에서도 쇼단초에게 악을 쓰며 저주를 퍼부었다.

아내의 상태가 악화되자 쇼단초는 우왕좌왕하기 시작했다.

여전히 뭘 좀 먹여보려 애쓰며 죽을 가져왔지만 알라만다는 완강히 거부했다. 그런데 아까만 해도 알라만다는 오한이 조금 있는 정도였는데 이제는 곧 죽을 것처럼 열이 끓어오르며 몸을 덜덜 떨었다. 그래도 그저 가만히 견뎠다. 쇼단초는 아내의 이마에 찬 수건을 얹었다. 수건이 금방 뜨거워지면서 수증기가 피어올랐지만 열은 쉬이 내리지 않았다.

쇼단초는 자포자기하는 심정으로 아내의 결박을 풀기로 했다. 그러나 알라만다는 풀려나도 그저 가만히 누워 있기만 했다. 남편이 옷을 입히고 밖으로 데리고 나가도 아무런 저항도 하지 않았다. 의식을 잃어 무슨 일이 벌어지는지 알지 못한 채, 쇼단초의 어깨 위에 매달려 있을 뿐이었다. 그 남자는 아무 소리도 듣지 못하는 아내에게 허겁지겁 말했다. "난 정말이지 당신이 시체가 되는 꼴은 못 봐. 병원에 가자."

쇼단초는 아내가 비타민 주사나 링거만 맞으면 회복될 줄 알았지만, 알라만다는 2주 동안이나 입원해야 했다. 그는 그런 짓을 해서 얼마나 후회하는지 모른다고 날마다 병실로 찾아가 용서를 빌었다. 알라만다는 그 말을 한마디도 믿지 않았다. 그렇다고 화를 내거나 욕을 하지도 않았다. (쇼단초가 주면 먹지 않았지만) 간호사들이 떠먹여주면 죽도 받아먹었고 쇼단초가 다시는 그러지 않겠다고 하자 고개를 끄덕이기도 했다. 하지만 알라만다는 한마디도, 단 한마디도 그 말을 믿지 않았다.

2주째 되던 날 퇴원해도 좋다는 통보를 받고 나서 쇼단초는 의사와 복도에서 마주쳤다. 의사가 먼저 수선을 떨며 인사하더니, 매점에 가서 잠시 얘기를 하자고 했다. "아내한테 무슨 심각한 문제라도 있는 겁니까?" 쇼단초가 물었고 의사는 점심을 주문했다. "약만 잘 쓴다면야 심각한 병 같은 건 없습니다."

의사는 하려던 얘기는 뭐래도 상관없다는 양 밥을 퍼먹기 시작했고 쇼단초는 잠자코 기다렸다. 병원 안의 유일한 흡연구역인 이곳에서 담배를 피우며 무슨 일이 잘못되면 제 탓이 될까 싶어 불안에 떨었다. 입원하던 날, 의사는 아내가 심한 탈수상태에 궤양이 있고 티푸스가 의심된다고 했다. 하지만 큰 걱정은 하지 말라며 자극적인 음식을 피하고 흰죽만 먹으며 수분을 충분히 공급하고 항생제를 맞으면 2주 안에 바이러스는 사라질 것이라고 했다. 의사가 걱정하지 않아도 된다고 말했지만 그는 걱정을 놓을 수 없었다. 알라만다가 단 한순간도 자신을 사랑하지 않았으며 영원히 사랑하지 않을 것을 알면서도, 아내가 죽으면 자신이 견뎌내지 못할 것을 잘 알았기 때문이다.

"제가 좋은 소식을 알려드리면 점심 사시겠습니까, 쇼단초?" 식사를 마친 의사가 물었다.

"말씀해주시죠, 선생님. 무슨 일입니까?"

"이런 진단은 많이 내려봤지만 말입니다. 이제 곧 아버지가 될 겁니다! 사모님이 임신하셨어요."

그는 잠시 아무 말도 하지 못했다. 문제는 누가 애 아버지냐는 거겠지? 물론 그 말을 내뱉지는 않았다. 대신 의사에게 물었다. "그래 몇 개월이나 됐습니까?" 얼굴에는 기쁜 기색이라고는 없고 손은 탁자 위에서 덜덜 떨렸다. 머릿속에 온갖 그림이 그려졌다. 알라만다가 저 몰래 아무 남자와, 옛 애인이나 새 애인과 몸을 섞으며, 사랑하지 않는 남편에게 복수하는 모습이었다.

"네?"

"임신한 지 얼마나 됐는지 궁금합니다."

"네, 2주 됐습니다."

쇼단초는 긴 한숨을 내쉬며 의자 등받이에 기댔다. 이제 안심이었다. 손수건을 꺼내 이마에 흘러내린 식은땀을 닦아냈다. 그러고도 잠시 아무 말 못하다가 슬며시 웃기 시작하더니 이제 마음 놓고 기뻐했다. "점심은 제가 사지요, 선생님."

이제 아버지가 된다. 아내랑 생전 잠자리를 하지 못한다는 소문, 발기 불능이라는 소문, 성기가 잘렸다는 그 모든 소문은 이제 끝이다. 쇼단초는 의사와 병실로 돌아갔다. 알라만다는 이제 집에 가도 될 만큼 좋아 보였다. 의사는 이제 흰죽보다 약간 자극적인 음식이 먹고 싶다면 그걸 먹어도 좋다고 했고 알라만다는 조금씩 생기가 돌았다. 처음으로 침대에서 일어나 앉아 움직이기도 했다.

의사가 퇴원 절차를 밟으러 나가고 나자 쇼단초가 입을 열었다. "여보, 이제 다 나았어."

그러나 알라만다는 싸늘하게 맞받았다. "당신이 다시 꼴릴 만큼은 나은 모양이지."

쇼단초는 날선 대꾸에도 개의치 않고 침대 끝에 앉아 아내의 다리 위에 손을 얹었다. 알라만다는 여전히 꼼짝 않고 천장만 봤다. "의사 말이 우리가 아이를 갖게 됐다고 하네. 당신 임신했대." 그는 아내도 제 기쁨을 함께해주길 기대했다.

그러나 알라만다의 대답은 기가 막혔다. "이미 알고 있어. 애는 떼버릴 거야."

"여보, 제발 그러지 마. 애만 낳아주면 절대로 그런 짓 다신 하지 않을게."

"좋아. 그럼 이제 지금처럼 내 몸에 손대지 마. 그러면 애는 바

269

로 떼버릴 거니까."

그 말에 쇼단초가 다리에 올렸던 손을 얼마나 재빨리 떼었던지 알라만다는 비웃지 않을 수 없었다. 그는 다시 한 번 알라만다가 쇠속곳을 안 입었다 해도 다시는 강제로 범하는 일이 없을 것이라고 다짐했다. 이제 알라만다는 쇠속곳을 입지 않았다. 남편이 쇠속곳을 우물에 던져버려서가 아니라 제 말을 어길 리 없기 때문이었다. 쇼단초처럼 자존심 센 남자에게는 아이를 갖는 것이 무엇보다 중요했다.

거기다 알라만다는 그가 욕정을 채우려고 몸에 손대는 일이 벌어지면 7개월이나 8개월 아니 산달에라도 애를 떼버린다고 했다. 그러다가 자신이 죽는다 해도 상관없다고 했다. 그러니 쇠속곳을 입지 않는다고 해서 알라만다의 마음이 바뀐 것은 아니었다. 절대로 쇼단초를 사랑하는 일은 없을 것이라고 맹세했으니 그와 몸을 섞고 싶을 리도 없었다. 신은 아시겠지만 알라만다는 정말이지 남편을 사랑하지 않았다.

알라만다가 임신했다는 소식은 할리문다 구석구석까지 금세 퍼졌다. 퇴원해 집으로 돌아오자 친지들의 축하가 쏟아졌고 쇼단초는 작은 축하 파티를 열었다. 할리문다 사람들은 온 찻집과 술집에서 황태자의 탄생이라도 기다리는 양 알라만다의 임신에 대해 얘기했다. 클리원과 그의 어부 친구들만이 예외였다.

한번은 클리원이 한마디 했다. "그 쌍년은 창녀야." 한때 그토록 사랑했던 여자를 두고 그렇게 말하자 친구들은 충격을 받았다. 하지만 그는 아무렇지 않게 이어갔다. "창녀는 돈을 받고 몸을 팔지. 그렇다면 돈과 명예를 보고 결혼한 여자는 뭐란 말인가? 그년은 창녀보다 더해. 창녀 중의 창녀지." 저와 아무 상관없는 남 얘기를 하듯 어떤 불편함도 없는 목소리였다.

불편함이 그 집 식구에게 있다면 쇼단초에게 있었다. 그러나 그에게 연인을 빼앗겨서가 아니었다. 클리원은 누구보다 사랑했던 여자에게 버림받는다고 해도 받아들일 수 있는 남자였다. 불편함의 진짜 이유는 쇼단초가 부리는 대형 어선 두 척 때문이었다. 대형 어선 두 척은 할리문다 바닷가의 얼굴을 바꿔놓았다. 대형 어선이 바다에 그물을 드리우면 일꾼들은 갑판 앞뒤를 오가며 물고기를 끌어올리고 짐꾼들은 잡은 고기를 시장으로 날랐다. 대형 어선 두 척은 어부들의 얼굴도 바꿔놓았다. 대형 어선이 물고기란 물고기는 모두 쓸어가자 어부들의 얼굴이 근심걱정으로 타들어갔다. 낡은 고깃배는 대형 어선의 최신 장비와 경쟁이 안됐다. 거기다 고기를 좀 잡는다 해도 대형 어선 때문에 고기값은 똥값이 된 지 오래였다.

바로 이 시기에 클리원은 당의 지령을 받아 어민조합을 조직하기로 했다. 그는 친구들에게 쇼단초의 대형 어선과 어부들의 고깃배가 처한 상황을 설명하기 시작했다. "이건 그냥 좀 불공정한 경쟁이 아니야. 놈들이 우리 고기를 강도질해간 거지." 어부들은 쇼단초의 어선을 태워버리자고 했지만 이제 동지라고 불리는 클리원이 그들을 진정시켰다. 그래봐야 상황은 더 나빠질 뿐이라며 이렇게 말했다. "나한테 시간을 조금 주면 배 주인 쇼단초를 만나서 얘기해보겠소."

클리원 동지는 알라만다의 임신이 온 할리문다의 공공연한 비밀이 될 때까지 기다렸다. 한껏 기분이 좋아진 쇼단초가 협상에 응하지 않을까 기대한 것이다. 그는 일부러 군사령부 사무실로 쇼단초를 찾아갔다. 알라만다와 마주치기도 싫고 첫아이를 기다리는 부부의 기분을 망치고 싶지도 않았다.

"안녕하십니까, 쇼단초?"클리윈 동지는 쇼단초에게 악수를 하며 인사했다. 쇼단초는 커피를 내왔다. 아니나 다를까 눈에 띄게 기분 좋은 티를 내며 평소와 달리 상냥하게 맞아주었다.

"안녕하시오, 동지. 듣자하니 동지가 어민조합장이 되었다면서요. 어부들이 내 배에 불만이 많다 들었습니다."

클리윈 동지는 어민들의 어획량이 줄고 가격은 폭락했다고 사정을 말했다. 쇼단초는 새 시대의 진보에 관해 말하며 대형 어선의 등장은 거부할 수 없는 시대의 흐름이라고 했다. 대형 어선이 있어야 어부들이 늙어 류머티즘으로 고생하는 일이 없을 것이라고 했다. 대형 어선이 있어야 어부의 아낙들이 남편이 폭풍 부는 바다에 휩쓸려가지 않을까 걱정하는 일이 없어진다고 했다. 대형 어선이 있어야 고기가 더 잡혀 할리문다 사람들뿐 아니라 더 많은 이들의 수요를 충족시킬 수 있다고 했다.

"쇼단초, 하지만 오랫동안 우리는 그날그날 필요한 만큼만 고기를 잡아왔습니다. 풍랑을 대비해 조금 더 잡는 정도였죠. 그리고 오랫동안 그렇게 살았습니다. 대단한 부자는 되지 못했어도 찢어지게 가난한 것도 아니었지요. 하지만 대형 어선 때문에 어부들은 먹고살지도 못할 지경이 됐어요. 대형 어선이 어부들이 잡아오던 고기를 훔친 겁니다. 그리고 어부들이 고기를 잡는다고 해도 가격이 너무 낮아 아무 가치가 없어요. 그래서 잡아온 고기를 소금에 절여 매일 억지로 먹게 됐어요."

"내 생각에 자네들이 아마 소머리를 바치는 고사를 안 지낸 모양이오. 그래서 남쪽 바다의 여왕이 자네들한테 고기를 안 나눠주는 걸 거요."쇼단초는 낄낄거리며 커피를 마시고 클로브 담배를 피웠다.

"맞습니다. 왜냐하면 소 한 마리 살 돈도 없으니까요! 이 딱한 사람들을 화나게 하지 마십시오. 아무도 배고파 성난 사람들을 이기진 못합니다."

"동지, 지금 나를 협박하는 겁니까." 쇼단초는 다시 낄낄거렸다. "좋습니다. 내가 고사 비용을 내도록 하지요. 우리 야박한 남쪽 바다의 여왕에게 소머리를 던져줍시다. 우리 첫애를 주신 데 감사하는 걸로 치겠소. 하지만 어부들 일에 관해선 한 가지 해결책밖에 없소. 내가 배 한 척을 더 들일 테니 조합 어부들을 그 배 갑판에서 일하게 하는 거요. 품삯도 받고 류머티즘에도 안 걸리고 풍랑에 휩쓸리지도 않고 좋지 않소. 어떻소, 동지?"

"현명하게 행동하시길 바랍니다, 쇼단초." 클리원은 바로 자리에서 일어섰다. 쇼단초는 계속 말을 빙빙 돌리기만 할 뿐 대형 어선을 물릴 생각이 없는 게 분명했다.

새 배는 알라만다가 임신 7개월을 꽉 채울 즈음 도착했다. 하지만 어부들은 아무도 쇼단초의 일꾼들이 올리는 소머리 던지기 고사에 가려고 하지 않았다. 클리원 동지조차 화가 나 이제 자기도 성난 어부들을 막을 수 없으니 배의 안전은 보장하지 못한다고 쇼단초를 찾아가 말했을 정도였다. 하지만 쇼단초는 대수롭잖게 여기며 경솔하게 행동하지 말라고 했다. 사실 그는 이 문제에 그다지 신경 쓰지 않는 눈치였다. 아무도 만나지 않고 그저 집에만 머무르며 첫아이가 태어나기만을 기다렸다. 아이는 그의 기쁨이자 자랑, 미래가 될 것이다. 아기가 태어나기만 하면 만사를 제쳐두고 초저녁부터 아이를 볼 것이다. 좀 더 나이를 먹으면 학교에도 데려다주고 해달라는 것은 무엇이든 해줄 것이다.

그래서 정말이지 대형 어선 일꾼들이 파업을 벌이는 줄도 몰랐다. 일꾼은 대부분 바닷가를 따라 있는 갯마을 어부 출신이었다. 경찰부대와 군부대가 번갈아 괴롭혔지만 일꾼들은 농성을 풀지 않았다. 선장은 쇼단초와 상의하지도 않고 농성하는 일꾼을 하나씩 해고하고 계약을 충실히 따르겠다는 사람을 뽑아 그 자리를 채웠다. 어민조합이 새 대형 어선에 들여보냈던 조합원 두엇도 다 해고당했다.

이 일로 어부들 사이에 분노가 커져만 갔다. 어부들은 쇼단초의 어선을 모두 태워버리겠다고 했다. 클리원 동지가 다시 그들을 진정시키고 쇼단초와 협상해보겠다고 했다. 쇼단초가 두 달째 사무실에 안 나가고 집에서 아이가 태어나기만을 기다리고 있는 터라 집으로 찾아가는 수밖에 없었다.

그렇게 일은 벌어지고 말았다. 문을 열어준 사람이 하필이면 알라만다였다. 알라만다가 하얀 꽃무늬 임부복 아래 무거운 배를 부여잡고 둥싯거리며 나왔다. 순간 두 사람은 마냥 서로를 바라보며, 부둥켜안고 입을 맞추고 엉엉 울고 싶은 욕망을 꾹꾹 눌러 참았다. 서로 미소를 지어주거나 인사를 하지도 못하고 꼼짝 않고 서로 빤히 바라보기만 했다. 클리원 동지는 임신 중에도 알라만다가 더 아름답기만 해서 놀랐다. 늙은 어부들이 봤다는 어여쁜 인어나 믿을 수 없이 아름답다는 남쪽 바다의 여왕이라도 만난 것처럼 그를 물끄러미 쳐다보았다.

클리원이 배 속의 아기가 들여다보이기라도 하는 양 제 부른 배를 빤히 바라보자 알라만다는 조금 놀랐다. 그리고 마음이 불편해졌다. 클리원은 배 속의 아이가 제 것이었어야 한다고 여길 것이라 생각했다. 용서를 빌고 싶었다. 아직도 그를 사랑하지만 가혹한 운명이 둘을 갈라놓았다고. 언젠가 남편이 죽으면 우리는 결혼할 수 있을지도 몰라. 그러나 클리윈 동지에게는 그런 생각은 추호도 없었다. "꼭 빈 냄비 같아." 그가 입을 열었다.

"무슨 소리야?" 알라만다가 되물었다. 그에게 저간의 모든 사정을 털어놓으려던 생각이 순식간에 사라졌다.

"배 속에 든 건 아들도 딸도 아니야. 바람밖에 없어. 빈 냄비처럼."

그 말에 알라만다는 기분이 확 상해버렸다. 그래서 상처 입은 남자가 옛 연인을 모욕하려고 내뱉은 말로 치부하기로 했다. 더 있어봤자 상처받는 말만 들을 뿐이다. 그는 대꾸도 없이 몸을 돌리다가 현관에 들어서던 쇼단초와 부닥칠 뻔하기까지 했다. 쇼단초도 클리윈의 말에 깜짝 놀랐다. 알라만다는 집 안으로 들어가고 두 남자만 남았다. 해질녘마다 부부가 함께 앉곤 하는 베란다에 자리를 잡았다.

알라만다와 달리 쇼단초는 클리윈이 내뱉은 말에 크게 신경이 쓰였다. 걱정스런 마음에 '빈 냄비'가 무슨 뜻인지 물었다. 클리윈 동지는 알라만다에게 말했던 것처럼 빈 냄비처럼 배 속엔 아들이나 딸이 아닌 바람만 들었을 뿐이라고 대답했다. "그럴 리가 없네. 의사가 벌써 임신했다고 진단한걸. 안사람 배를 보긴 한 건가?"

"봤습니다. 제가 질투에 눈이 멀어 그렇게 본 것으로 해두지요."

10

옛날 옛적의 일이다. 누가 쓰레기 더미에 갓난아이를 버리고 갔다. 그 아이는 동네 개들이 물고 이리저리 끌고 다녔는데도 죽지 않고 살아남았다. 사람들은 저런 애가 크면 어마어마한 주먹이 될 것이라고 했다. 아기를 버린 어미를 백방으로 수소문해봤지만 찾지 못한지라, 아비가 누구인지는 짐작도 할 수 없었다. 어미는 다른 고장에서 흘러들어와 아기만 버리고 황급히 떠났을 테고, 아비는 아기를 나 몰라라한 비정한 사내였으리라.

아기는 마코자라는 혼자 사는 노파가 데려갔다. 마코자만큼 할리문다에서 미움을 받는 이도 없었고 또 그만큼 없어서는 안될 사람도 없었다. 마코자는 할리문다 사람들에게 돈을 빌려주고 이자를 받아먹고 살았다. 돈놀이 말고는 달리 살아갈 방도가 없었던 탓이다. 아무도 땅을 빌려주지 않아 농사를 지을 수도 없었다. 아무도 일자리를 주지 않아 일을 할 수도 없었다. 열여섯 번이나 청혼을 했지만 아무도 결혼해주지 않아 남편도 없었다. 그렇게 마코자는 따돌림당하며 외롭게 살았다. 그리고 돈이 없어 쩔쩔매는 사람들에게 선심 쓰는 척하며 돈을 빌려주고 말도 안 되게 높은 이자로 그들을 옭아맸다. 그렇게 저를 따돌린 할리문다 사람들에게 복수했다.

그리하여 다시 말하지만 누구든 마코자를 미워했다. 특히 영원히 끝나지 않는 빚더미에 앉은 사람들은 더했다. 모두 노파를 피하고 따돌리고 똥 덩어리만도 못하게 대우했다. 그러다가도 갑자기 돈이 필요해지면 백방으로 알아보다 별수 없이 마코자의 집 대문을 두들겼다. 그 집 문턱만 넘어서면 급한 돈을 구할 수 있기 때문이었다. 마코자는 제 집 문을 두들기는 자들의 예의바른 인사와 거짓 미소 뒤에 무엇이 있는지 뻔히 알면서도 개의치 않았다. 사업은 사업일 뿐이다.

사람들은 마코자가 버는 돈이 다 어디로 가는지 궁금해했다. 벌어들이는 돈은 엄청난데 사는 형편은 달라지지 않았다. 사는 집은 어쩌다 페인트칠을 하거나 약간 수리를 하는 것 말고는 예전과 다를 바 없었다. 따로 사치를 부리는 것도 아니요, 친척이 있는 것도 아니었다. 그렇다고 번 돈을 은행에 맡기지도 않으니 사람들은 그가 침대 밑에 돈을 넣어둔다고 믿었다. 어느 날 밤, 동네 사람 넷이 작당을 해 마코자네 집에 쳐들어갔다. 이웃들은 그 사정을 뻔히 알면서도 커튼 뒤에 숨어 구경만 했다. 도둑들이 돈을 찾아 온 집을 뒤지는데도 마코자는 차분히 앉아 있기만 했다. 온 집을 들쑤셔봤지만 침대 밑에도 화덕에도 물독에도 돈은 없었다. 옷장에는 옷만 들었고 부엌 찬장에는 밥 한 그릇과 당근국 한 그릇뿐이었다. 결국 복면 쓴 4인조 강도는 돈 찾기를 포기했다. 마코자는 여전히 방문 앞에서 그들을 빤히 쳐다보기만 할

뿐이었다.

"돈 내놓지 못해?" 한 놈이 성질을 부리며 물었다.

"물론 기꺼이 내주지. 이자는 45퍼센트, 일주일 안에 갚으면
된다오."

4인조는 아무 대꾸도 없이 집에서 나왔다.

그 후로 특히 마코자가 그 아기를 데려다 키우기 시작한 후
로는 아무도 그 집을 털 생각을 하지 않았다. 마코자는 온 정성을
다해 아이를 키웠다. 그는 언제나 아기를 소망해왔지만 아무도
아이를 내주려 하지 않았다. 그런데 쓰레기 더미에서 나온 그 아
기는 아무도 데려가려 하지 않았던지라 그에게 오게 됐다. 아기
이름은 《마하바라타》의 힘센 왕자의 이름을 따서 비마라고 지어
주었다. 하지만 아이가 성깔도 있고 말썽을 피우자 사람들은 아
이를 바보라고 부르기 시작했다. 그러다가 마코자도 아이도 원래
이름을 잊어버렸고 결국 아이의 이름은 바보 에디가 됐다.

사람들은 마코자에게 액이 끼었다고 믿었던지라 함께 사는
아이도 얼마 안 가 큰 화를 입을 것이라고들 했다. 어머니는 마코
자를 낳다가 죽었고 아버지는 마코자가 다섯 살이 되던 해 부엌
에 들어온 전갈에 쏘여 죽었다. 그래서 자식 없는 숙모가 그를 데
려다 키웠는데 마코자가 일곱 살 되던 해 숙모는 야자열매에 머
리를 맞아 죽었다. 그래도 전당포 주인이었던 아버지가 물려준
유산이 넉넉했던지라 하인을 두고 살림을 돌보게 했다. 그러나
마코자가 열두 살 되던 해에 하인은 열병에 걸려 죽었다. 그러고
나서는 마코자와 살면 누구든 급살을 맞는다며 아무도 같이 살
려고 하지 않았다.

젊었을 때 마코자는 사실 꽤 예쁘장한 편이었다. 남몰래 연정

을 품었던 남자도 많았지만, 누구든 그 여자와 살면 금방 죽어버리니 별 도리가 없었다. 죽느니 마코자보다 못생겼더라도 오래 같이 살 수 있는 여자와 결혼하는 편이 나았다. 정확히 무엇 때문인지는 몰랐지만 아무도 그 집 식구들의 줄초상이 우연이라 여기지 않았다. 다들 마코자에게 액이 꼈다고 믿었던지라 죽는 날까지 그는 처녀였다.

마코자는 돈놀이로 먹고살았지만 나이가 들면서 혼자 살기가 두려워졌다. 그래서 괜찮은 남자가 눈에 띄면 청혼해봤지만 모조리 퇴짜를 맞았다. 그래서 도박꾼이나 주정뱅이 등 괜찮지 않은 남자들에게도 청혼해봤지만 모조리 퇴짜를 맞았다. 나중에는 거지들한테도 청혼을 해봤지만 그들 역시 가난해도 오래 사는 편이 낫다며 퇴짜를 놓았다. 그렇게 마흔두 살이 되자 결혼은 포기하고 아이라도 데려와 키우려고 했다. 하지만 아무도 아이를 주려 하지 않았다. 쓰레기 더미에서 그 아이를 건져내기까지 그렇게 마코자는 늘 혼자였다.

바보 에디는 마코자의 손에서 자랐지만 죽지 않았다. 그 아이가 겪은 불운이라면 부모가 하는 소리를 들은 아이들에게 따돌림당한 것뿐이었다. 어른들이 돈 빌릴 때만 빼고 마코자를 피하듯 아이들도 바보 에디를 피했다. 그 때문에 에디는 아이들을 죄다 무시하는 고집불통 욱둥이로 자랐다. 제 마음대로 되지 않으면 아무 때나 성깔을 부렸다. 다른 애들이 자신을 눈곱만치라도 거스르면 무시무시할 정도로 닦아세웠고, 이 때문에 애들은 그를 더 피하게 됐다. 에디는 할리문다에서 제일 힘센 아이가 되어 주먹으로 위협해서라도 친구를 만들고 싶었다.

그러나 에디도 곧 진짜 친구들을 사귀게 된다. 따돌림당하는 다른 아이들을 만난 것이었다. 에디는 다른 아이가 다리를 전다고 동네 애들의 웃음거리가 되거나, 굶주려 뼈밖에 없다고 놀림당하거나, 아비가 짐꾼 아니면 소매치기 같은 비천한 자라고 따돌림당하면 그냥 지나치지 못했다. 그런 애들 곁에 언제나 에디가 있었다. 괴롭힘을 당하기라도 하면 나타나 괴롭힌 애들을 처절하게 응징해주었다. 에디는 그들의 보호자가 되었고 그들은 에디에게 끈끈한 우정으로 보답했다. 학교는 '착한' 애들과 에디를 따르는 무리로 크게 나뉘었다.

에디 패거리는 점차 온 도시의 공적公敵이 되어갔다. 잠시 말썽을 부리다 마는 다른 애들과 달리 에디의 말썽은 끝이 없었다. 그는 남의 집 닭장에서 닭을 모조리 훔쳐 친구들과 바닷가에서 잔치를 벌였다. 열한 살에 벌써 술집에 쳐들어가 주인을 패주고 아락과 맥주를 훔쳤다. 그리고 친구들과 야자 숲에서 곤드레만드레가 됐다. 패거리는 할리문다의 창녀란 창녀는 거의 다 거쳐갔다. 거기다가 10대가 되기도 전에 유치장 안을 구경해보는 남다른 경험까지 해보았다. 그런 일이 벌어지면 마코자는 경찰에 뇌물을 주어 아이들을 빼왔고 에디가 무슨 짓을 해도 화내지 않았다. 도리어 그런 에디를 자랑스러워했다.

"그 애가 온 할리문다 사람들을 괴롭힐 테지." 마코자는 에디를 잡아들인 경찰에게 이렇게 말하기도 했다. "그동안 온 할리문다 사람들이 나를 괴롭혀온 것처럼 말이야."

그리고 그 말은 사실이었다. 학부형들은 바보 에디를 퇴학시키지 않으면 제 자식을 전학시키겠다고 교장을 협박했다. 힘없는 교장은 결국 에디를 퇴학시켰다. 어느 날 아침 학생들이 학교에 와보니 창문과 문이 모두 박살나고 책상과 의자 다리는 남은 것이 없을 뿐 아니라 국기 게양대까지 뽑혀 있었다.

그렇게 열두 살 난 에디는 거리에서 거친 삶을 시작했다. 가게를 돌며 돈을 요구하고 못 받으면 창문을 모조리 깨버렸다. 유곽에 가서는 돈을 안 내고 여자를 안고, 영화관에 가서는 표도 안 사고 영화를 봤다. 누가 뭐라고 하면 싸움을 벌였고 싸움이 벌어졌다 하면 에디가 승자였다.

결국 가게 주인들은 이 말썽쟁이를 처치하려고 깡패를 하나 고용했다. 그러나 그자는 에디와 싸우다가 죽고 만다. 에디는 다시 감옥에 들어갔지만 감방을 부수고 교도관을 두들겨주는 등 감방을 난장판으로 만들어서 금방 풀려나왔다. 그 후로도 제게 시비를 거는 자를 두셋 죽였지만 경찰은 별로 신경 쓰지 않았다.

이제 에디는 버스터미널 한쪽에 자기 자리를 만들었다. 일본인들이 두고 간 마호가니 흔들의자를 제 왕좌로 삼고, 부하들을 하나둘씩 모았다. 싸움에서 두들겨주고 부하로 삼은 자들도 있지만 대부분은 제 발로 찾아왔다. 부하들은 '세금'을 걷었다. 가게 주인, 터미널 출입 여부를 막론하고 지나가는 버스, 시장의 좌판, 고깃배, 유곽과 술집, 얼음공장과 야자유공장, 하다못해 인력거와 마차도 모조리 이 세금을 내야 했다.

바보 에디와 패거리는 할리문다 전체를 두려움에 떨게 했다. 놈들은 제멋대로였다. 술에 취해 난동을 부리고 닭을 훔치고 유리창을 깼다. 혼자 걷는 여자는 말할 것도 없고 가족과 함께 있는 여자마저 희롱하고, 모스크 밖에 벗어놓은 샌들을 훔치기도 했다. 노인들이 새장에 키우는 비둘기며, 싸움닭이며, 널어놓은 빨래도 걸핏하면 없어졌다.

패거리는 착실한 젊은이들도 괴롭혔다. 기타를 뺏고 걷는 사람에게 신발을 내놓으라고 행패를 부리기 일쑤였다. 거기다가 하루에 대체 담배를 몇 갑이나 내놓으라고 하는지는 묻지도 마시라. 대꾸라도 할라치면 바로 주먹이 나갔다. 바보 에디가 나서기만 한다면 패거리를 이길 자는 아무도 없었다. 제일 열받는 것은 경찰의 미적지근한 태도였다. 경찰은 패거리의 행패를 어린애들의 장난 정도로 치부했다.

"에디가 언젠가 죽긴 죽겠지." 답답한 마음을 달래보려 누군가가 말했다. "어쨌거나 마코자랑 사니까 말이야."

"그래, 하지만 그게 언제냔 말이지."

그로부터 3년이 지나도 에디는 죽지 않았다. 도리어 마코자가 먼저 죽고 말았다. 어느 날 아침 아무 기미도 없이 화장실에서 똥을 누다가 죽었다. 에디가 죽은 양어머니를 발견했다. 그날 아침 9시에 일어났는데 평소와는 달리 아침이 차려져 있지 않았다. 온 집을 뒤져봐도 노처녀는 보이지 않았다. 그제야 에디는 잠긴 화장실에 눈길이 갔다. 안에서 잠긴 문을 부수고 들어가보니 마코자는 벌거벗고 변기 위에 쪼그린 채였다.

"엄마, 죽은 거야?" 에디가 물었다.

마코자는 대답이 없었다.

바보 에디가 손끝으로 마코자의 이마를 건드리자 몸뚱이가 금방 뒤로 넘어갔다.

마코자의 죽음은 할리문다 사람들에게 기쁨이었다. 아직 빚을 다 갚지 못한 사람이 더 많았던 까닭이다. 시신을 수습하는 데 나서는 이웃이 아무도 없는지라, 에디가 직접 시신을 들고 묘지기 카미노를 찾아갔다. 그 시절 카미노는 묘지 한복판에서 같이 살겠다는 여자를 찾지 못한 탓에 아직 총각이었다. 그리하여 에디와 카미노 둘이서 시신을 염해야 했다. 둘을 딱하게 여긴 키야이가 와서 장례를 치러주는 동안 에디는 엉거주춤하게 기다렸다. 그렇게 온 할리문다의 미움을 받던 마코자의 시신은 단 세 사람이 지켜보는 가운데 묻혔다.

마코자는 에디에게 둘이 같이 살던 집과 땅 말고는 아무것도 물려주지 않았다. 돈놀이를 하며 받은 이자만 해도 한 재산일 텐데 그 돈이 어디로 갔는지는 아무도 몰랐다. 바보 에디는 그 돈에 조금도 신경 쓰지 않았지만, 할리문다 사람들은 그 돈이 제 것이라도 되는 양 신경을 썼다. 여러 해 동안 마코자의 돈을 찾아다녔다. 마코자가 지하 금고를 팠다는 소문이 돌자 어떤 사람들은 이웃집에서 지하로 터널을 파기도 했다. 하지만 아무것도 찾지 못하고 일당 중 하나가 유황가스를 맡고 죽기만 했던지라 터널은 바로 메워버렸다.

사람들의 기쁨은 오래가지 못했다. 마코자가 죽었으니 바보 에디가 마음을 고쳐먹거나 적어도 몇 달은 조용히 지낼 줄 알았는데 그렇지가 않았다. 도리어 집으로 여자애들을 끌어들이고, 아비들은 딸을 찾아나섰다가는 그 집 앞에서 체념했다. 아무 집이나 불쑥 들어가 식탁에 앉아 밥을 내놓으라고 했다. 음식을 만들던 사람이 간도 보기 전에 뭐든 먹어치워버렸다. 사람도 몇 더 죽었고 버스 승객들의 주머니를 터는 것은 일상이었다.

쇼단초가 정글의 게릴라 본부에서 내려오자, 할리문다 사람들은 그가 돼지뿐 아니라 할리문다의 깡패들도 손봐주길 기대했다. 하지만 쇼단초는 단칼에 거절했다.

"놈들은 똥 같은 존재지. 쑤시고 휘저어봐야 냄새만 더 날 뿐이야." 쇼단초가 자세한 설명을 하지는 않았지만 사람들은 금세 이해했다. 에디 패거리를 건드려봐야 더 큰 말썽거리만 될 뿐이란 소리였다.

그즈음이면 할리문다 사람들은 지친 얼굴로 집 앞에 앉아 있는 일이 잦았다. 어쩌다 짓궂은 타지 사람이 이렇게 묻곤 했다. "여기서 뭣들 하는 게요?" 그럼 할리문다 사람들이 대답했다.

"바보 에디의 관이 지나가기만 기다리고 있소."

하지만 그 소망은 영원히 이루어지지 않았다. 바보 에디가 죽지 않아서가 아니라, 그의 장례는 치러지지도 않고 시체는 묻히지도 못해서였다. 에디는 물에 빠져 죽었고 시체는 상어 두 마리가 먹어버렸던 것이다.

그렇다. 어느 날 아침, 미치광이 마만이 나타나 이레 밤낮으로 결투를 벌이고 에디를 죽였다. 처음에는 아무도 그 골칫덩어리가 진짜로 죽었다는 것을 믿지 못했다. 악몽에서 깨어날 때와 같았다. 바보 에디도 여느 인간처럼 유한한 존재였던 것이다. 할리문다 사람들은 골칫덩어리를 처치해준 마만에게 진심으로 감사하며 그를 할리문다 사람으로 받아들였다.

사람들은 전무후무할 잔치를 벌여 흥청거리며 에디가 사라진 것을 기뻐했다. 할리문다의 9월 23일 독립기념일 행사도 이렇게 성대한 적이 없을 정도였다. 한 달 내내 열린 야시장에는 곡마단이 와서 코끼리, 호랑이, 사자, 원숭이, 뱀이며 소녀 곡예사와 어릿광대가 쇼를 벌였다. 온 할리문다 구석구석에서 신트렌과 쿠다 룸핑(말춤) 공연이 무료로 열렸다. 이제 젊은 남녀는 에디 패거리가 방해할 걱정 없이 데이트를 마음껏 즐겼다. 닭도 마당에서 평화롭게 돌아다니고 부엌문도 꼭 걸어 잠그지 않아도 됐다.

그랬던지라 마만이 자기 말고는 아무도 데위 아유와 잘 수 없다고 선언했을 때도 사람들은 아쉬워하긴 했으나 크게 화를 내지는 않았다. 마코자의 성난 아들, 바보 에디를 해치워준 은인에게 걸맞은 일이라 여겼던 것이다.

열대의 열기로 무더운 어느 날이었다. 마만이 에디에게서 빼앗은 마호가니 흔들의자에서 벌떡 일어나 터미널에서 제일 가까운 가게로 갔다. 귀에는 웅웅거리는 소리가 맴돌았다. 더위를 식힐 요량으로 시원한 맥주 한 짝을 내놓으라고 했는데 점원이 맥주 한 병만 내주었다. 여기에 꼭지가 돌아버린 마만이 주먹을 내리치자 진열장이 산산조각 났다. 가게 주인이 도무지 배워먹질 못했다며 흠씬 두들겨주고는 맥주 한 짝을 빼앗았다. 그리고 흔들의자로 돌아와 빼앗은 맥주를 마시며 갈증을 달랬다.

이 일로 할리문다 사람들은 사실 아무것도 달라진 것이 없다는 것을 깨달았다. 바보 에디는 죽었지만 새 깡패, 미치광이 마만이 나타난 것이었다.

알라만다의 혼인 잔치가 끝나자, 데위 아유는 신혼부부에게 새 집으로 옮기라고 했다. 그는 최근에 벌어진 여러 일과 그로 인해 큰딸이 겪은 고초 때문에 화가 났다. 수도 없이 알라만다에게 남자를 그렇게 가지고 놀면 못 쓴다고 타일렀건만, 그 애는 누구에게서 물려받았는지 모를 고집불통이었고 이제 그 값을 치르는 중이었다.

아름답지만 가지고 놀다가 버릴 요량으로 남자를 홀리는 그런 딸을 낳을 줄은 꿈에도 몰랐다 그러나 ㄱ는 알라만다가 처음 남자를 만나기 시작할 때부터 그 못된 버르장머리를 알고 있었다. 문제는 이제 아딘다마저 언니를 따라 하기 시작했다는 것이었다. 아딘다는 본래 나가 놀기보다는 집에 붙어 있는 얌전한 아이였다. 하지만 언니의 갑작스런 결혼 후로는 집에 붙어 있는 날이 없었다. 이 소녀를 볼작시면 공산당 행사가 있는 곳은 어디든 따라다녔다. 아딘다는 한때 언니의 것이었던 남자, 클리원 동지를 쫓아다니기 시작했다. 데위 아유는 둘째가 무슨 생각을 하는지 알 수 없었지만, 그 남자를 꼬드겨 언니에게 분풀이를 하려나 보다고 짐작했다. 그 또한 딱한 일이었다.

"남자들은 내 보지를 찾아다니고, 나는 남자 자지를 쫓아다니는 딸들을 낳고 말았구나." 그는 혼잣말을 했다.

그렇다보니 이제 열두 살이 된 셋째 마야 데위가 더 걱정됐다. 셋째마저 제 언니들의 무모한 성정을 따르지 않을까 불안해졌다. 지금이야 셋째는 착하고 말 잘 듣는 딸이었다. 집에서 그애보다 바지런한 사람은 없었다. 아침부터 저녁까지 쉴 새 없이 살림을 반들반들하게 가꾸었다. 아침이면 정원에서 장미와 난을 꺾어와 응접실 화병에 꽂았다. 일요일 오후면 빗자루를 들고 온 천장의 거미줄을 치웠다. 생활기록부를 보면 늘 품행이 단정하고 타의 모범이 된다는 평가를 받았다. 저녁이면 예습과 복습을 철저히 하고 과제를 미루는 법이 없었다. 그러나 그런 아이도 아딘다가 그랬듯 변할 수 있었다. 데위 아유는 바로 그 점을 걱정했다.

"사랑하지도 않는 남자랑 결혼해서 사는 건 창녀보다 못한 삶이란다." 그는 셋째에게 그렇게 일렀다.

셋째가 커서 제멋대로 굴기 전에 가능한 한 빨리 시집보내야겠다고 생각했다. 벌써 여러 해 그는 문제가 생기면 재빨리 머리를 굴려 해결했다. 언제나 제일 먼저 머리에 떠오른 생각을 실행에 옮겼다. 마야 데위마저 알라만다가 빠져들었고 아딘다도 빠져들지 모르는 그런 운명에 빠지는 것을 보고 싶지 않았다. 그러나 누구에게 열두 살 난 딸을 짝 지워준단 말인가. 아무에게나 딸을 맡기고 싶지는 않았다.

연인인 마만과 이 문제를 상의해봐야겠다고 생각했다. 어느 일요일 세 사람이 함께 공원에 갔다. 하루 종일 그곳에 앉아 먹고 싶은 것은 다 먹고 사슴에게 먹이를 주고 그네를 타며 보냈다. 데위 아유는 마만이 셋째의 손을 잡고 이리저리 같이 놀아주는 모습을 지켜보았다. 그는 공작새가 덤불에 숨는 모양을 보여주고 원숭이 떼에게 땅콩을 던졌다. 데위 아유는 두 사람이 자신의 존재도 잊고 둘이서만 신나게 놀아도 개의치 않았다. 두 사람은 이제 해안가 절벽으로 걸어가 날고 있는 갈매기가 몇 마리나 되는지 세고 있었다.

집으로 돌아와 마야 데위가 이웃 동무와 나가고 나서야, 데위 아유는 말을 꺼냈다.

"둘이 결혼하는 게 어때?"

"누구? 나랑 누구?" 마만이 물었다.

"자기랑 마야 데위 말이야."

"미친 소리. 내가 결혼하고 싶은 여자가 있다면 그건 자기뿐이야."

데위 아유는 찬 레몬주스를 앞에 두고 제 근심을 털어놓았다. 두 사람은 아직 뜨거운 열기가 가시지 않은 베란다에 나란히 앉았다. 멀리서 파도 소리가 들려왔고, 지붕 위 둥지에서 참새들이 지저귀는 소리가 들려왔다. 두 사람은 벌써 여러 달째 창녀를 독점하는 고객과 창녀로 연인관계를 이어왔다. 데위 아유는 셋째를 결혼시켜야 하는데 제게는 마만 말고는 가까운 사람이 없으므로 마만 말고는 시집보낼 데가 없다고 우겼다.

"자기 혹시 나랑 자기 싫어서 그러는 거야?"

"그런 말이 아니야. 마누라한테 부끄럽지만 않다면야 남의 집 남편들처럼 박쥐엄마 집으로 날 찾아오면 돼."

"이런 일은 생각을 좀 해봐야겠어. 몇 년이 걸린다 해도." 마만이 우물쭈물했다.

"남 생각도 좀 해봐. 할리문다 남자들은 내 몸을 쑤셔대지 못해서 반쯤 미쳐가는 중이야. 바로 자기 때문이지. 자기가 날 놔주면 자긴 영웅이 될 거야. 그 대신에 절대 자길 실망시키지 않을 예쁘고 참한 각시를 얻는 거지. 할리문다 최고 창녀의 막내딸!"

"하지만 그 앤 이제 열두 살인걸."

"개는 두 살, 닭은 여덟 달만 되면 붙어먹는걸."

"하지만 그 앤 개도 닭도 아니잖아."

"자기는 생전 학교라고는 가보질 않아서 그런 식으로 생각하는 거야. 인간은 개와 마찬가지로 포유류고, 닭처럼 두 발로 걷잖아."

마만은 이 여자를 잘 알았다. 아니 적어도 잘 안다고 여겼다. 이 여자는 제아무리 미친 짓이라 해도 한번 마음먹으면 포기하는 법이 없었다. 찬 레몬주스를 마시고 나자, 이글이글 끓는 불지옥 위에 일곱 가닥 실로 드리워진 외줄다리를 전력으로 지나오기라도 한 양 한기가 들었다.

"하지만 난 좋은 남편이 못 될 텐데." 마만은 다시 저항해보았다.

"그럼 나쁜 남편이 되면 돼."

"마야 데위도 그러길 원할까?"

"그 앤 엄마 말을 잘 들어. 내 말이면 뭐든 따르지. 그리고 자기랑 결혼하는데 불만이 있을 턱이 없어."

"하지만 내가 그 애랑 잠자리를 같이할 수도 없는 노릇이잖아."

"5년만 기다리면 돼."

벌써 결혼은 기정사실이 돼버린 듯했다. 무서울 게 없는 최고의 주먹이라지만 이 결혼을 두고 사람들이 얼마나 입방아를 찧어댈지 생각만 해도 몸이 덜덜 떨릴 지경이었다. 다들 마만이 새 신부가 될 아이를 강간한 게 분명하다고 할 것이다.

"정 안 내키면 나를 사랑하는 마음으로 그 애랑 결혼해줘." 데위 아유가 결론짓듯이 말했다.

그 말은 마만에게는 재판관의 판결문같이 들렸다. 머리통 속에서 벌이 윙윙거리고 배 속에서는 잠자리가 파닥거리는 것 같았다. 남은 레몬주스를 마저 마셔도 몸속의 벌과 잠자리가 사라지지 않았다. 거기다가 이제는 가슴속에서 가시덤불이 자라나더니 가시가 온몸을 찔러댔다.

"왜 이렇게 갑작스럽게 이 얘길 꺼내는 거야?"

"내가 언제 이 얘길 꺼낸다 해도 놀라기는 마찬가지야."

"누울 데 좀 만들어줘. 나 좀 누워야겠어."

"내 침대가 있잖아."

마만은 조용히 코를 골며 거의 네 시간 동안 깊은 잠에 빠졌다. 그러지 않고서는 벌과 잠자리와 가시덤불을 이길 도리가 없었다. 데위 아유는 목욕을 하고 응접실에 앉아 커피를 마시고 담배를 피우며 마만이 일어나기를 기다렸다. 마야 데위가 돌아와 씻겠다고 하자, 어미는 가까이 와서 앉으라고 했다.

"딸아, 너도 알라만다 언니처럼 곧 결혼하게 됐다."

"결혼하는 건 쉽다고들 하던데요."

"맞아, 어려운 건 이혼이지."

그때 마만이 몽유병자같이 허옇게 질린 얼굴로 침실에서 나왔다. 의자에 앉았지만 제 어머니 곁에 앉은 어린 소녀를 차마 똑바로 보지 못했다. "꿈을 꿨어." 입을 열었지만 데위 아유도 마야 데위도 대꾸하지 않았다. "꿈에서 뱀한테 물렸어."

"그거 좋은 꿈이네. 두 사람은 이제 결혼할 거니까 나는 촌장을 만나볼게."

그렇게 해서 신부보다 서른 살이나 많은 마만과 열두 살 난 마야 데위가, 알라만다와 쇼단초가 결혼한 그해에 결혼하게 됐다. 결혼식은 참으로 간소했으나, 그 결혼을 둘러싼 말잔치는 참으로 성대했다. 온 할리문다 사람들이 대체 무슨 일이 있었느냐며 입방아를 찧어댔다. 그래도 할리문다 남자들은 결혼 소식에 꽤나 기뻐했다. 이제 다시 박쥐엄마 유곽에 데위 아유를 찾아갈 수 있게 됐기 때문이었다.

데위 아유는 살던 집과 딸린 두 하인을 신혼부부에게 주고, 자신과 아딘다는 새 집으로 옮겨갔다. 일본인이 버리고 간 것을 손본 집이었다. 일본인이 갖춰둔 수영장만 한 욕조가 있는 것이 마음에 들었다.

"너도 결혼하고 싶으면 말만 하렴." 그가 아딘다에게 말했다.

"아, 전 아직 아니에요. 파국의 날은 아직 멀었어요."

이사 전에 데위 아유는 신혼부부를 위해 재스민향과 난향이 나는 호사스러운 신방을 꾸며주었다. 최신 기술로 만든 할리문다 최고의 매트리스를 얹은 새 침대가 그날 오후에 도착했다. 네 기둥으로 우아한 분홍빛 모기장을 둘러쳤다. 온 벽은 종이꽃으로 장식했다. 그러나 신혼부부는 이 방에서 함께 첫날밤을 보내지 않을 것이므로 모두 소용없는 일이었다.

마야 데위는 잠옷을 갈아입고 어린애 같은 천진난만한 마음으로 침대 위에 뛰어올랐다. 제 어미가 오래전 일본군 위안소에서 그랬던 것처럼 침대 매트리스가 튼튼한지 시험해보았다. 침대와 신방에 감탄하기도 지겨워지자 베개를 끌어안고 누워 신랑을 기다렸다. 마만은 뭐라 말할 수도 없는 어색한 품새로 나타났다. 그는 침대에 오르지도, 무심한 새신랑들이 그러듯 신부를 끌어안고 함부로 하지도 않았다. 대신 침대 옆에 의자를 끌어와 가만히 앉았다. 그러고는 죽어가는 연인을 바라보는 듯한 표정으로 어린 신부의 얼굴을 바라보았다. 베개 위에 흐트러진 검은 머리칼이 빛났다. 신랑을 빤히 쳐다보는 눈은 투명하고 순진무구했다. 코와 입술도 조각처럼 아름다웠다. 그러나 이 모두가 아직 너무도 작고 어리기만 하지 않은가. 손은 아직 어린애 손이고 종아리도 어린애 종아리였다. 잠옷 아래 젖가슴도 아직 다 자라지 않았다. 이런 어린애에게 첫날밤을 치르게 할 수는 없는 노릇이다.

"왜 그렇게 가만히 앉아만 계세요?" 마야 데위가 물었다.

"그럼 뭘 해야 한단 말이냐?" 마만이 짜증을 부리며 되물었다.

"옛날얘기라도 해주세요."

마만은 이야기를 지어내는 데는 소질이 없었던지라 제가 아는 유일한 이야기인 렝가니스 공주 이야기를 시작했다.

"우리한테 딸이 생기면 렝가니스라고 이름 지어요." 마야 데위가 말했다.

"나도 그러고 싶었어."

그리고 그날 이후로도 매일 밤이 그렇게 지나갔다. 마야 데위가 잠옷을 입고 누우면 마만이 여전히 어색한 품새로 나타났다. 의자를 끌고 와 낙담한 얼굴로 신부를 쳐다보면, 어린 신부는 이야기를 해달라고 졸랐다. 마만의 이야기는 언제나 똑같았다. 토씨 하나 다르지 않은, 렝가니스 공주가 개와 결혼한 이야기였다. 그러나 두 사람은 여느 신혼부부처럼 매일 밤 행복에 겨워 이 일과를 반복했고 조금도 지루해하지 않았다. 이야기가 끝나기 전에 마야 데위는 잠들게 마련이었다. 그러면 마만은 신부에게 이불을 덮어주고 모기장을 닫고 불을 끄고 수면등을 켜주었다. 편안히 잠든 신부의 얼굴을 잠시 지켜보다 가만히 문을 닫고 나갔다. 2층의 빈 방에 올라가 아침에 신부가 커피를 들고 와 깨울 때까지 잤다.

이렇게 마만의 새로운 일과가 시작됐다. 아침에 일어나면 아내가 만들어온 커피를 마셨다. 30분쯤 지나 미라가 아침을 차려주면 부부는 식탁에 앉아 여느 행복한 가족처럼 식사를 했다. 늦잠이 일상이었던 마만에게 이런 새 일과는 참으로 견디기 힘든 고역이었다. 그러나 아침만 먹고 나면 마야 데위는 마만이 다시 자러 가게 해주었고 배를 채우고 자니 더 단잠을 잘 수 있었다. 마만이 10시쯤 다시 일어나보면 침대 곁에 말끔하게 다려놓은 새 옷이 기다리고 있었다. 전에는 잘 하지 않던 일이지만 목욕을 하고 새 옷을 갈아입었다. 단추가 달린 셔츠와 줄을 잡아 다린 바지를 차려입은 제 모습을 거울로 보면 어색하기 짝이 없었다. 그러나 마야 데위를 위해 기꺼이 그 옷을 입고, 마중하는 아내의 이마에 입을 맞추고 버스터미널의 제 의자로 출근했다.

시간이 좀 흐르자 이런 새 일과가 몸에 배어, 터미널 패거리들이 흘겨보는 것에도 개의치 않게 됐다. 하루 종일 집에 가고 싶고 아내가 보고 싶었던지라 예전처럼 밤늦게까지 터미널에 있는 일도 없었다. 해질 때가 되면 재깍 집에 갔다.

결혼한 지 한 달째 되는 어느 날, 마야 데위가 물었다. "저 다시 학교 다녀도 될까요?"

마만은 그 말에 깜짝 놀랐다. 어쨌거나 마야 데위는 아직 학교에 다닐 나이였고 열두 살 난 계집아이들은 아침부터 낮까지 학교에 있게 마련이었다. 하지만 벌써 결혼한 몸이었고 결혼한 여자가 학교에 다닌다는 얘기는 들어본 적이 없었다. 때문에 그는 한동안 생각에 잠겼다. 하지만 이 결혼은 남들이 하는 그런 결혼이 아니었다. 그는 아내와 잠자리를 한 적도 없고 그러고 싶지도 않았다. 그렇다면 학교에 다니는 편이 나으리라.

그러나 또 다른 문제가 있었다. 학교가 다른 학생들에게 악영향을 끼칠 수 있다며 결혼한 여학생은 받아들이지 않겠다고 한 것이다. 마만은 어쩔 수 없이 이 문제를 해결하러 교장을 찾아갔다. 하지만 대화는 순조롭지 못했다. 교장을 벽에 밀어붙이고 허둥지둥 달려온 다른 선생 둘을 메다꽂을 수밖에 없었다. 오랜 세월이 흐른 후 딸 렝가니스가 퇴학당했을 때도 그는 똑같은 일을 벌일 수밖에 없었다.

무자비한 협박 끝에 학교는 마야 데위를 받아주었다.

그 후로도 두 사람의 결혼생활은 달라진 것이 없었다. 아침이면 마야 데위는 방금 간 람풍산 원두로 끓인 커피를 가져와 마만을 깨웠다. 달라진 것이 있다면 이제는 교복을 입었을 뿐이다. 그리고 함께 식탁에서 아침을 먹었다. 식모들이 보기에는 상처한 아버지와 어머니를 여읜 딸처럼 보였다. 7시 15분 전이면 마야 데위는 학교 갈 준비를 마쳤다. 남편이 이마에 키스를 해주면 어린 신부는 학교로 가고 마만은 다시 침대로 갔다.

낮에 학교에서 돌아오면 마만은 집에 없었다. 그러면 마야 데위는 날래게 집을 치웠다. 저녁상을 치우고 나면, 책상으로 돌아가 숙제를 했다. 마만은 이 일만은 도울 수가 없는지라 어마어마한 인내심으로 자상한 남편 흉내를 내며 곁에 있어줄 뿐이었다. 9시쯤이면 이 일과는 모두 끝났다. 이제 잘 시간이다. 하지만 이제 개와 결혼한 렝가니스 공주 이야기는 하지 않았다. 마야 데위가 잠옷을 입고 침대에 누우면 마만이 이불을 덮어주고 커튼을 내려주고 불을 끄고 수면등을 켜고 속삭였다. "잘 자."

"잘 자요." 마야 데위도 눈을 감으며 속삭였다.

그렇게 1년이 지나고도 두 사람이 몸을 섞는 일은 없었다.

어느 날 밤 마만은 예전처럼 박쥐엄마 유곽의 특별실로 데위 아유를 찾아갔다. 그날 밤 손님은 벌써 돌아간 뒤였다.

"어쩌자고 여기 온 거야?" 데위 아유가 물었다.

"더 이상 참을 수가 없어서."

"부인이 있으신데."

"걔는 너무 작고 사랑스럽고 순수해서 건드릴 수가 없어. 그러니까 난 차라리 장모랑 붙어먹어야겠어."

"자기는 정말 빌어먹을 사위야."

두 사람은 아침까지 사랑을 나눴다.

마만과 쇼단초의 우정은 시장 복판의 카드판에서 시작됐다. 그 우정은 참으로 이상한 것이었다. 애초 쇼단초가 데위 아유를 겁탈한 일 때문에 마만이 군사령부로 찾아가 난리를 쳤고, 그 일로 둘은 서로를 원수 보듯 해왔기 때문이다. 거기다 마만의 부하들이 늘 쇼단초의 병사들과 부딪치면서 골은 더 깊어갔다.

군인들은 유곽에서 돈을 내지 않으려 들었고, 깡패들은 돈을 안 내는 자는 누구든 손을 봐줬다. 군인들은 술집에서도 돈을 내지 않으려 했다. 사실 군인들이 술을 많이 마시는 일은 없어서 술집 주인들은 별로 신경 쓰지 않았지만, 술집을 차지한 깡패들은 군인들이 제 뺨을 치기라도 한 양 발끈했다. 거기다가 군인들은 걸핏하면 깡패 한둘을, 취했다거나 상점에 돌을 던졌다거나 하는 말도 안 되는 이유로 끌고 가서 흠씬 두들겼다. 이 모든 일로 쇼단초의 군인들과 마만의 부하들은 서로 감정이 좋지 못했다.

그러나 지금까지 문제는 쉽게 해결됐다. 군인들이 깡패를 잡아가서 멍투성이가 되도록 두들겨주면, 깡패들은 지나가던 군인을 잡아 코코아 농장으로 끌고 갔다. 그러다가 깡패 하나가 잡혀가기라도 하면 마만이 돈을 들고 가 군인의 입을 막고 부하를 빼내왔다. 이 모든 분쟁의 중간에는 경찰이 있었지만, 경찰은 파출소에 앉아 이 일에는 전혀 관여하지 않으려 들었다.

사람들은 바보 에디 때처럼 쇼단초가 이 일을 빨리 처리해주기를 바랐다. 그러나 쇼단초는 집안일과 어민조합 일로 바빠서 마만과 그 패거리에 대해 생각할 틈이 없었다. 그리하여 점차 쇼단초의 인기는 시들해졌다. 사람들은 쇼단초를 믿지 않고 사실 군대와 깡패들이 짜고 이 소란을 벌이는 게 아닌가 의심하기 시작했다. 더군다나 쇼단초와 마만은 둘 다 데위 아유의 사위가 아닌가.

그런 가운데 쇼단초의 부하 하나가 박쥐엄마 유곽을 지키는 기도와 실랑이를 벌이는 일이 벌어지자 상황이 복잡해졌다. 그 일은 두 남자가 시골에서 온 여자애 하나를 두고 싸움을 벌이며 시작됐다. 길 한복판에서 둘이 싸우기 시작하자 각지 패거리들이 나타났다. 사소한 우격다짐이 군인들과 깡패들 간의 일대 격전으로 번졌다.

무엇 때문에 싸움을 시작했는지는 아무도 모르는 채, 한 시간쯤 개싸움을 벌이고 나자 가로수가 스무 그루나 뽑히고 가게 유리창은 모조리 박살났다. 사방에 돌멩이와 타다 남은 타이어가 널려 있고, 자동차 두 대가 뒤집히고 경찰서는 불타버렸다.

사람들은 겁에 질려 집 안으로 들어가 밖으로 나올 엄두를 내지 못했다. 싸움은 번화가인 므르데카 거리 전체에 걸쳐 벌어졌다. 한편에는 깡패들이 크고 작은 칼, 일본도, 창, 도끼, 돌, 화염병을 잔뜩 쟁여놓았다. 이뿐만 아니라 수류탄에 게릴라들이 버린 각종 화기까지 있었다. 다른 편에는 쇼단초의 부하들뿐 아니라 할리문다 전체에서 온 군인들이 각종 무기를 쌓아둔 채였다.

그날 할리문다는 벌써 여러 해 버려진 도시처럼 인기척 하나 없었다. 땅 위에는 침묵이 짙게 드리워졌다. 내전이라도 벌어진 게 아닌가 하는 두려움도 짙게 깔렸다. 독립전쟁 이후로는 태평한 나날이 아니었던가. 사람들은 깡패들의 횡포에 지쳐갔고 전쟁이 벌어진다면 차라리 군대 편에 서겠다고 생각했다. 하지만 어떤 사람들은 군대의 횡포에 지쳐 전쟁이 벌어진다면 차라리 깡패들 편이 되겠다고 마음먹었다. 그러다 종국에는 서로가 서로를 다 죽이고 말 것이다.

그날 오후 내내 집과 집, 가게와 가게 사이로 수류탄이 터지고 화염병이 나뒹굴며 총알 날아다니는 소리가 그치지 않았다. 사상자가 났는지 여부조차 아무도 몰랐다. 한편 쇼단초는 영원히 끝나지 않을 가정사 때문에 뒤늦게야 소식을 전해 듣고, 고작 시골 계집애 하나 때문에 시내가 초토화됐다고 열을 냈다. 그는 문제를 일으킨 망할 놈의 부하를 일곱 날 일곱 밤 동안 영창에 처넣고 죽건 말건 물도 음식도 주지 않겠다고 작정했다. 하지만 먼저 피해를 최소화해야 했다. 가장 신임하는 부하 티노 시딕을 보내 마만에게 휴전하자고 제안했다.

한편 괴상하지만 달콤한 신혼에 빠져 있던 마만도 싸움 소식에 크게 신경 쓰지 않았다. 홀로 방랑하던 세월을 청산하고 행복하게 살아보려는 제 노력이 방해받은 것이 짜증스러울 뿐이었다. 어떤 버르장머리 없는 군인이 분명 싸움의 발단이 되었을 것이라 생각했다.

하지만 열두 살 난 아내가 이 혼란을 수습해야 한다고 간곡히 당부했다. 그 말에 자신을 찾아온 티노 시딕에게 쇼단초와 만나겠다고 하고 밖으로 나섰다. 만날 장소는 버스터미널과 군사령부에서 정확히 중간인 중립지대로 정했다. 그곳은 바로 시장이었다.

그 통에 시장 한복판 카드판에서 어슬렁거리던 네 사내, 생선장수, 인력거꾼, 짐꾼, 옷장수 남편이 쫓겨났다. 장사치들이 건 동전이 탁자 이쪽에서 저쪽으로 오가는 판이었다. 쇼단초가 나타나자 카드놀이를 하던 치들은 벌떡 일어나 닭 파는 좌판으로 가서 무슨 일인지 지켜보았다. 일순 시장에 정적이 흘렀다. 장사꾼이며 손님이며 모두 하던 일을 멈추고 과연 두 남자가 그날 오후 벌어진 내전을 중단할 것인지 몇 년 이니 몇 백 년이 가도록 내버려둘 것인지 지켜보았다.

쇼단초는 무기를 소지할 권리를 가진 것은 군대뿐이니 깡패들이 당장 물러나 무기를 모두 반납해야 한다고 했다. 그러나 마만은 군대가 무기를 제멋대로 쓰니 받아들일 수 없다고 맞섰다. 쇼단초가 다시 나섰다.

"이보게 친구, 애들처럼 말꼬리를 잡아서는 이 문제를 해결할 수 없네." 그러고는 말을 계속 이어갔다. "좋네, 그렇다면 한동안은 무장해제는 없을 걸세. 대신 자네 부하들에게 거리에서 폭력을 쓰거나 가게를 부수지는 말라고 해주게."

"이보게 내 친구 쇼단초, 그렇다면 무장한 군인들이 시골 계집애를 놓고 시비를 거는 일은 없어야 한다는데 동의해줘야겠네. 그리고 할리문다의 여느 사내와 마찬가지로 군인들도 유곽에서 여자를 사면 화대를 내고, 술집에서 술을 마시면 술값을 내고, 버스를 타면 차비를 내야 할 걸세."

쇼단초는 길게 한숨을 내쉬었다. 군인들이 받는 월급은 너무 적고, 자카르타의 장군이 제 사업에서 나오는 이윤의 대부분을 가져간다고 낮은 소리를 했다. "그러니 말일세, 친구. 보기에는 별로 솔깃하지 않겠지만 이 복잡한 문제를 풀 수 있는 제안을 하나 하려고 하네."

"그게 뭔지 말해보게나."

"자네 부하 주먹들의 구역 중 일부를 군대에 양보해준다면 말일세. 군인들도 화대며 술값을 낼 수 있을 걸세."

마만은 잠시 생각해보았다. 군인들이 깡패들을 방해하지 않고 서로 좋게 좋게 지낸다면 제 부하들이 벌어들이는 수익 중 일부를 내준다고 해도 아무 문제가 없어 보였다.

그리하여 사람들이 호기심 가득한 눈으로 지켜보는 가운데 아무도 듣지 못할 귓속말이 몇 번 오가더니 합의가 이루어졌다.

마만과 쇼단초는 제각기 가장 신임하는 부하를 보내 오후 4시를 기해 휴전한다는 소식을 널리 알렸다. 군인들은 초소로 돌아가고 깡패들은 아지트로 돌아갔다. 이제 마만과 쇼단초만 남았다. 둘은 여전히 시장 한복판에서 의자에 기대 앉아 호랑이굴에서 살아나온 양 안도의 한숨을 내쉬었다. 그때 쇼단초가 입을 열었다.

"자네 트럼프 칠 줄 아나?"

"버스터미널에서 친구들과 자주 친다네."

그렇게 둘은 생선장수와 짐꾼을 다시 불러들여 트럼프를 치기 시작했고, 둘의 이상한 우정은 그렇게 카드판에서 시작됐다. 군인들과 깡패들에게 지대한 영향을 미칠 여러 문제들이 거기서 그렇게 조용히 해결됐다. 둘은 일주일에 세 번 그 카드판에서 만나기 시작했다. 대놓고 카드놀이에서 이기려고 속임수를 썼지만 이길 때나 질 때나 얻거나 잃는 것은 고작 동전 몇 푼이었다. 어떤 때는 옷장수 남편과 어떤 때는 약장수와, 트럼프를 칠 줄만 안다면 짐꾼, 인력거꾼, 푸줏간 주인, 생선장수 가리지 않고 함께 카드판을 벌였다.

하지만 쇼단초가 카드판에 나타나면 곧 마만이 나타났고 반대로 마만이 나타나면 곧 쇼단초가 나타났다. 다시 봐도 이상한 우정이었다. 왜냐면 둘 다 가슴속 깊은 곳에서는 서로를 미워했기 때문이었다. 마만은 제가 사랑해 마지않는 창녀를 건드린 쇼단초의 후안무치를 두고두고 잊지 않았고, 쇼단초는 마만이 감히 제 사무실에서 저를 협박한 데다 공화국 대통령이 총사령관으로 임명하기까지 한 제 권위를 존경하지 않는 건방진 놈이라며 이를 갈았다.

그 괴상한 우정은 할리문다 사람들을 어리둥절하게 만들었다. 도시의 크고 작은 온갖 문제가 그토록 쉽게 카드판에서 해결될 수 있다는 데 감사하면서도, 군대와 깡패들이 짜고 할리문다의 이문을 독식하는 것을 일단 알고 나면 분통을 터트렸다. 거기다 이 부조리를 호소할 데도 없다는 사실도 깨달았다. 경찰한테 도움을 구할 생각은 아예 하지를 마시라. 경찰이 하는 일이란 복잡한 교차로에서 호루라기나 부는 것이 다였다.

사정이 그렇다보니 그들이 기댈 곳은 공산당밖에 없었고 특히 클리원 동지에게 호소할 수밖에 없었다. 그 시절 클리원 동지와 공산당은 할리문다에서 평판이 최고였다.

한편 쇼단초와 마만의 이상한 우정은 계속됐다. 이제 카드판은 군대와 깡패 간의 싸움이나 수익 배분을 논하는 자리가 아니었다. 쇼단초는 오랜 벗에게 그러하듯 마만에게 신세를 한탄하기 시작했다. 카드놀이를 끝내고 시장 상인들이 점포를 닫고 집으로 갈 때쯤이면 둘은 그런 이야기를 했다. 심지어 클리원 동지 얘기를 할 때도 있었다. 쇼단초는 매번 그자가 진짜 공산주의자가 아니라 알라만다를 빼앗긴 복수를 하려는 것이라고 했다. 마만은 껄껄거리며 다 아는 이야기지만 그 앓는 소리를 다 들어주고는, 그래서 남의 여자를 빼앗으면 안 된다고 말했다. 그 또한 쇼단초가 데위 아유와 동침했다는 소식을 들었을 때 가슴이 찢어질 듯 아팠기 때문이다. 그 말에 쇼단초는 얼굴이 시뻘게지고 눈에는 엄마를 잃은 아이처럼 눈물이 가득 찼다.

"정말이지 이 풍진 세상에 나처럼 의지가지없는 사내도 없을 걸세." 쇼단초가 말했다. "쇼단초가 되기 전에 여남은 살 좀 더 됐을 적에 세이네단에 들어가 일본군의 훈련을 받았지. 일본 놈들에 맞서 반란을 일으키고 놈들이 항복하고도 넉 달이나 게릴라전을 벌였지. 내 인생은 전쟁의 연속이야. 그놈의 돼지 잡는 전쟁도 있었군. 이제 피곤해." 마만은 어린 신부가 늘 주머니에 넣어주는 손수건을 쇼단초에게 건넸다. 쇼단초는 손수건으로 눈가를 닦았다. "나도 남들처럼 살고 싶어. 사랑하고 또 사랑받으며 말일세."

"자네 부하들이 자네를 극진히 따르지 않는가." 마만이 말했다.

"그렇다고 그 애들과 결혼할 순 없는 노릇 아닌가."

"적어도 나나 자네나 참으로 미인을 아내로 두지 않았는가."

"그렇지. 하지만 나는 다른 남자를 가슴에 품은 여자랑 결혼하고 말았네. 그리고 그 사랑은 쉬이 식을 것 같지가 않아."

"그럴지도 모르지. 어부들을 이끄는 클리원 동지를 본 적 있네. 남들의 딱한 처지를 진심으로 걱정하며 바꿔보려고 애쓰더군. 그자가 부럽기도 하네. 할리문다에서 희망 찬 미래를 만들어가는 건 그이밖에 없는 게 아닐까 싶을 정도야."

"공산주의자란 놈들이 늘 그렇지." 쇼단초가 말했다. "이 세상이 얼마나 끔찍하게 썩을 수밖에 없는지 모르는 딱한 자들. 세상이 그 모양이어서 신은 천국을 약속하신 거라구. 딱한 자들을 위로하려고 말이야."

한번 이야기가 시작되면 어찌나 열중했던지 둘은 이미 날이 저문 줄도 모를 때가 태반이었다. 벌써 시간이 이렇게 되었나 하고 둘은 벌떡 일어나 포옹을 하고 다음에 보자고 한 후 각자 반대 방향인 집으로 향했다. 저마다 제 집이 있고 아내가 있는 탓이다.

마만네 집에 일이 생겼다. 식모 미라와 정원사 사프리가 일을 그만두겠다고 나선 것이다. 어느 날 갑자기 두 사람은 서로를 사랑한다는 사실을 깨달아 이제 고향으로 돌아가 결혼해 농사를 지으며 살고 싶다고 했다. 마만은 아직 아내는 어린애인데 어떻게 새로 일하는 사람을 찾아야 할지 막막해졌다. 그러나 일은 생각과 달리 쉽게 풀렸다. 미라와 사프리가 떠나고 난 첫날, 쇼단초와 카드를 치다가 집에 돌아와보니 날은 어두워졌고 저녁상이 차려져 있었다.

"이거 누가 다 차린 거야?" 마만이 의아한 표정으로 물었다.

"내가요."

그때야 마만은 아내가 기가 막힌 살림꾼이라는 걸 알아차렸다. 다림질하고 남편 옷에 향수 뿌리는 일만 잘하는 것이 아니었다. 음식은 모두 직접 했는데 다 무척 맛있었고 입맛에도 꼭 맞았다. 아내가 말하길 아주 어릴 때부터 어머니가 철저하게 가르쳤다고 했다. 빵이나 쿠키를 굽는 데도 재주가 있어 매번 새로운 빵과 과자를 만들어 이웃들에게 돌리곤 했다. 마야 데위는 이웃들과 좋은 관계를 이어가는 친선대사이기도 했다. 마만으로서는 제 평판이 좋아지길 바랄 수 없었던 것이다. 마야 데위가 이웃에 돌린 빵과 과자는 집안에 짭짤한 수입이 되어 돌아왔다. 이웃들이 아들의 할례 의식이 있을 때 케이크를 주문하기 시작했고 주문은 점점 늘어났다. 마야 데위는 학교에서 돌아와 케이크를 구웠고 덕분에 무슨 일이 일어나도 먹고살 걱정은 할 필요가 없게 됐다.

마만은 이런 복덩어리 아내를 두고 박쥐엄마 유곽으로 장모를 찾아갔던 일을 후회하기 시작했다. 어느 날 밤, 그는 유곽으로 장모를 찾아갔다. 데위 아유가 웃으며 물었다. "아직도 마누라 몸에는 손도 못 대고 장모랑 붙어먹으러 온 겐가?"

"아니, 이제 다시는 자기랑 자지 않겠다고 말하러 왔어."

그 대답에 놀라 데위 아유가 물었다. "어째서?"

"자기 막내딸 같은 참한 각시를 두고 다른 여자 몸에 손대고 싶지 않아."

그리고 마만은 기다리는 아내를 보러 재빨리 집으로 갔다.

11

    편도나무를 쪼갠 장작을 알라만다의 잔칫집에 가져다주고 난 뒤 클리원 동지는 바닷가에 제 친구들을 불러모았다. 그는 어릴 적부터 바다를 좋아했다. 어부들 틈에 살면서 어부의 아들만큼이나 자주 바다에 나갔다. 농부의 아들이 낫에 베는 만큼이나 그도 바닷물에 자주 빠졌다. 그는 버섯농장으로 돌아가고 싶지 않았다. 버섯농장은 알라만다와 추억이 너무 많은 곳이었고 그 쓰라린 기억 속에 살고 싶지 않았다.

    그는 친구인 카르민과 사미란과 더불어 바닷가 판단 수풀 뒤쪽에 작은 움막을 지었다. 셋은 밤이면 고깃배를 탔고 잡은 고기는 배주인과 나눴다. 클리원은 바다에서 돌아와 잠깐 눈을 붙인 뒤 마르크스주의 사상을 공부했고 공부한 것을 두 친구에게 가르쳤다. 벨란다 거리의 공산당사에 자주 나가기도 했고, 자카르타의 몇몇 공산주의자와 편지를 주고받기도 했다. 자카르타에 잠시 있는 동안 공산당 학교에 나가기도 했는데 거기서 새 친구를 사귀었던 것이다.

자카르타의 벗들은 그에게 각종 소식지와 잡지를 보내주었고 당은 당 기관지를 보내주었다. 그런 책이 움막 한편에 쌓여갔다. 덕분에 그는 마르크스와 엥겔스, 레닌과 트로츠키, 마오 주석이 무슨 말을 했는지 학습할 수 있었고, 인도네시아 공산주의자인 세마운과 탄 말라카가 쓴 팸플릿도 읽을 수 있게 됐다. 상당수는 금서였지만, 당원 하나가 클리원을 위해 기꺼이 책을 구해주었다.

그는 아직 정식 공산당원이 아니라 일개 후보자였지만 스스로 공산주의 서적을 공부하고 당에서 여는 토론이 있으면 참석해 기회가 생길 때마다 발언했다. 한편 어부들과 플랜테이션 농장 일꾼들을 조직했다. 알라만다가 결혼하고 여섯 달이 지나자 당은 클리원을 지역에서 제일 우수한 인재로 인정하고 정식 당원으로 받아들였다. 그가 맡은 첫 임무는 독립혁명 전쟁 시기의 게릴라들을 다시 모으는 것이었다. 대다수가 공산주의자였던 그들은 전쟁 때는 쇼단초의 군사들과 함께 싸웠지만 여러 해 전 반란이 실패하자 뿔뿔이 흩어졌다. 이제 그들은 낭만적인 혁명의 추억을 떠올리며 다시 당에 가입했다.

그리고 어민조합이 결성됐다. 첫 가입자는 사미란과 카르민이었고 조합장은 클리원 동지였다. 2주 안에 가입자 수는 쉰세 명으로 늘었고 얼마 지나지 않아 어부들은 거의 다 가입했다. 다른 중요한 일이 없으면 조합원들은 일요일마다 항구 바로 옆 어시장 마당에 모였다. 클리원 동지가 조합원들에게 당 선전물을 나눠주고 대형 어선이 어떻게 어민들의 삶을 위협하는지 설명해주었다.

이제 어부들이 치르는 의례는 모두 어민조합이 주관했다. 남쪽 바다의 여왕에게 제물로 소머리를 바치기 전에 클리원 동지가《공산당 선언》의 몇 구절을 인용해가며 짧은 연설을 했다. 파도에 휩쓸려 죽은 어부의 장례를 치를 때도, 어부들이 좋은 날씨에 감사드리는 슬라마탄 고사를 지낼 때도, 클리원 동지의 연설은 빠지지 않았다.

이제 그런 의례마다 부르던 민요 대신 〈인터내셔널가〉를 불렀고 마무리 기도 대신 "만국의 노동자여 단결하라!"를 외쳤다.

"나는 새 종교를 퍼트리는 선교사 같은 존재라고 할 수 있지." 클리원 동지가 당사에서 친구들에게 낄낄대며 말했다. "이제《공산당 선언》이 우리의 성경이야. 종교든 공산주의든 제일 중요한 건 신도 수를 늘리는 거잖아."

클리원 동지에게는 참으로 바쁜 시절이었다. 조직화와 선전 활동만으로도 바쁜데 당 정치학교에서 신입 당원 후보들을 대상으로 하는 정치 강좌도 맡았다. 그래도 여전히 고깃배를 타고 어민조합 일도 보았으며 진심으로 그 일을 좋아했다. 그런지라 당에서 모스크바로 유학할 기회를 주어도 할리문다에 남기를 자청했다.

바다에 나갔다 돌아와 맞는 아침 시간이 클리원 동지가 하루 중 유일하게 쉴 수 있는 시간이었다. 그때면 움막 앞에 앉아 신문 세 종, 공산당이 발행하는《인민일보》와 '동맹' 관계인 다른 당이 발행하는《빈탕 티무르》(동방의 별), 반둥에서 발행하는 당의 지역신문을 정독했다. 세 신문 모두 아침식사 시간 전에 할리문다에 도착했다. 이 신문들을 읽으며 커피를 마시고 나면 움막 뒤 우물에서 목욕을 했다. 그리고 아침을 먹고 정오까지 잤다.

어느 날 아침, 여느 날과 다름없이 신문을 읽다가 여학생 일곱 명이 해변 동쪽으로 걸어가는 것을 보았다. 학생들이 수업을 빼먹고 해변에서 노는 일은 늘 있는 일인지라 별로 신경 쓰지 않고 다시 커피를 마시며 신문을 읽었다. 아직 팔면으로 이어지는 머리기사도 다 읽지 못했는데 그쪽에서 요란한 소리가 들려왔다. 여학생들이 장난치고 까부는 소리가 아니라 공포에 질린 비명과 절규였다.

클리원 동지는 신문을 내려놓고 그쪽으로 가보았다. 여학생들이 뿔뿔이 흩어져 이리저리 날뛰는데 갑자기 여학생 하나가 무리에서 떨어져나와 달리기 시작했다. 개 한 마리가 그를 뒤쫓았다. 할리문다에는 들개가 너무 많단 말야, 클리원 동지는 생각했다. 특히 쇼단초가 들개들을 끌고 온 후로는.

도와주고 싶었지만 여학생은 너무 멀리 가버렸고 개는 고작 삼사 미터 뒤에서 여학생을 쫓고 있었다. 여학생은 누가 자신의 곤경을 지켜보는 것을 알고는 클리원 동지 쪽으로 방향을 틀었다. 개는 여전히 요란하게 짖으며 여학생을 쫓았다. 클리원 동지는 여학생이 오는 쪽으로 달리기 시작했다. 여학생은 겁에 질려 외쳤다. "도와줘요!" 친구들은 한참 뒤에서 비명을 질러댔다.

클리원 동지는 속도를 더 높여 달리기 시작했지만 여학생은 정말이지 놀라울 정도로 빨리 달렸다. 개 짖는 소리와 비명이 섞여 들리는 가운데 여학생은 맹렬한 개주둥이에서 꽤 멀리까지 도망쳤다. 점점 가까이 갈수록 여학생이 달린 거리가 자신이 달린 거리의 두 배쯤 되는 것이 눈에 들어왔다. 클리원이 온 힘을 다해 여학생 쪽으로 달렸는데도 그랬다. 이제 겁에 질린 여학생의 표정이 빤히 보였다. 겨우 몇 십 센티미터를 남겨두고 여학생은 클리원을 움켜잡으며 뛰어들었고 따라오던 개도 여학생을 물려고 달려들었다. 그러나 클리원 동지의 움직임이 조금 더 빨랐다. 개가 달려드는 그 순간 개 아가리를 정확하게 가격한 것이다. 개는 저쪽으로 나가떨어지더니 입에 거품을 물고 축 늘어졌다. 광견병에 걸린 개였고 즉사했다.

클리원은 여학생을 꼭 끌어안았다. 역 앞에서 알라마다와 뜨거운 키스를 나눈 후 여자를 안기는 처음이었다. 여전히 눈독을 들이는 여자가 여럿이었지만, 바람둥이라는 오명을 버리고 당 활동과 일에만 전념했다. 여자에게 눈을 돌릴 시간이 없기도 했다. 그러나 이 여학생은 그저 개한테서 도망치느라 클리원 동지에게 저도 모르게 안겨버렸다. 클리원은 여학생을 다시 꼭 안았다.

얼마나 꼭 안고 있었던지 부드럽고 따뜻한 젖가슴을 느낄 수 있었다. 다른 여학생들이 안도하며 다가오자, 클리원 동지는 밀착됐던 몸을 조심스레 뗴었다. 그제야 안긴 여학생의 남다른 미모가 눈에 들어왔다. 감긴 눈 위로 그려진 날렵한 눈썹, 매끄러운 코, 조각 같은 귀, 도톰한 입술, 뺨…… 고전적인 미인이었다. 이윽고 그는 여학생이 기절한 것을 알아차렸다. 아마 제 품에 달려들던 그때부터 의식을 잃었을 것이다.

잠시 후 친구들이 몰려오자 정신을 잃은 여학생을 의자 위에 조심스럽게 내려놓았다. 몸을 흔들어보았지만 쉽게 깨어날 성싶지 않았다. 그는 밖으로 나가 움막 근처를 지나가던 마차를 세워 여학생들을 집으로 데려다주라고 했다. 여학생들이 정신을 잃은 친구를 데리고 마차에 올라탔다.

이제 마차도 시야에서 사라지고 말발굽 소리도 들리지 않지만 클리원 동지는 아직도 여학생의 머리칼에서 나던 냄새와 젖가슴의 감촉을 느낄 수 있었다. 어여쁜 얼굴이 눈앞에 또렷하게 떠올랐다. 이 모든 생각을 떨치려 당의 미래를 위해 열심히 일해야 할 때라고 자신을 타일러보았다. 하지만 그 온기는 좀처럼 사라지지 않았다. 죽은 개를 파묻는 순간에도, 밥이 다 됐다고 친구들을 깨우는 순간에도 그 온기가 자꾸만 느껴졌다.

잠자리에 눕자 더 괴로워졌다. 아침에 벌어진 그 사건을 수도 없이 복기해보다가 그 여학생의 얼굴을 어디서 본 적이 있는 것 같다는 생각이 퍼뜩 떠올랐다. 어쩌면 이름도 알지 모른다. 여전히 여학생의 체온을 느끼며 어디서 봤는지 기억해내려고 애썼다. 열다섯 살밖에 안 돼 보였으니 전에 만나던 여자들 중 하나는 아닌 게 분명했다.

그러다가 마침내 그 얼굴을 기억해내자 마음은 더 괴로워졌다. 얼굴뿐 아니라 이름도 잘 알았다. 심지어 그 애가 여섯 살밖에 안 됐을 때부터 잘 알았다. 자카르타에 가기 전해에는 거의 매일 보기도 했다. 그 사실을 기억하자마자 제 몸에 남아 있는 여학생의 온기와 젖가슴의 감촉을 모두 지워버리려고 애썼다. 하지만 그러면 그럴수록 그 온기는 더 또렷해지기만 했다.

"아!" 그는 청승맞게 내뱉었다. "알라만다 동생인 아딘다였어."

한낮이 될 때까지 뒤척이다가 그만 일어나 목욕을 하기로 했다. 어부들이 하나둘 집 밖으로 나오기 시작했다. 그물을 손보는 이들도 있고 오락거리를 찾아 시내로 나가는 이들도 있었다. 클리윈 동지는 그물을 펼쳐 살펴본 뒤 씻기 위해 우물로 갔다. 판단 덤불 말고는 벽도 없이 탁 트인 곳이었고, 있는 것이리곤 큰 물통에 작은 바가지, 낡은 고무 샌들이 전부였다. 클리윈 동지는 오줌 줄기처럼 물이 찔찔 나오는 샤워기보다는 바가지로 시원하게 물을 끼얹기를 백배 더 좋아했다.

그러나 그곳에서도 여학생에게서 벗어나지 못했다. 살아 있는 동안은 그 집안 여자들에게서 벗어날 수 없는 것 같았다. 목욕을 다 마치기도 전에 여학생 둘이 찾아왔다고 카르민이 소리쳤다. 급하게 옷만 걸치고 머리는 아직 말리지도 않은 채 나가보니 여학생 둘이 벽에 걸린 마르크스와 레닌의 초상화와 낫과 망치 그림을 쳐다보고 있었다.

"아까 도와주셔서 감사합니다." 아딘다가 수줍은 얼굴로 고개를 숙이며 말했다.

아딘다는 알라만다와는 달랐다. 티 없이 순진무구한 얼굴이었다.

"개보다 훨씬 빨리 달리던걸요. 그렇게 달리다간 개가 먼저 지쳐서 죽었을지도 몰라요." 클리원 동지가 말했다.

"기절하기 직전이었어요. 그랬담 개한테 물리고 말았겠죠."

잠시 동안은 당 일로 바쁘게 보내며 아딘다 생각을 떨쳐버릴 수 있었다. 어민조합 회합에 나가 쇼단초의 대형 어선에 대한 불만을 들어야 했다. 하루는 아침 일찍 어부들과 함께 부두에 나가 직접행동에 나서기로 했다. 대형 어선이 항구에 들어와 잡은 고기를 선창에 내려놓으려는데 클리원 동지와 어부들이 막아섰다. 오랫동안 어부들이 고기를 잡아온 얕은 물에서는 대형 어선이 조업을 하지 않는다는 약속을 받을 때까지 꼼짝 않겠다고 했다.

"당신네들이 잡은 고기가 다 썩어버려도 상관없습니다." 이렇게 시작한 연설은 언제나처럼 "만국의 노동자여, 단결하라!"로 끝났다.

대형 어선의 일꾼들은 하던 일을 멈추고 태평히 난간에 기대

섰다. 그들로서는 어부들과 감정 다퉈 싸울 일도 없고 잡은 고기로 품삯을 받는 것도 아니니 고기가 썩는다고 걱정할 필요가 없었다. 시장 상인들은 속은 것 같은 기분으로 입을 다물고 어부들이 몇이나 되는지 세보았다. 상황이 이렇게 되자 제일 속이 터지는 것은 쇼단초의 대형 어선 선장들과 사무원들이었지만, 그들도 어민조합원을 제지하지는 못했다. 그렇게 긴장 속에 한 시간이 지나갔다. 어부들은 구호를 외치고 〈인터내셔널가〉를 부르며 어깨를 걸고 대열을 맞춰 배건, 사람이건, 물고기건 그들을 가로막는 것은 모두 부숴버릴 기세였다.

클리원 동지는 승리를 확신했다. 잡은 고기는 금방 썩을 테고, 대형 어선들이 요구 사항을 따르지 않는다면 앞으로 매일 고기가 썩게 만들 터였다. 그러나 배 위의 얼음이 다 녹기도 전에 생선이 썩은 내를 풍기기도 전에 경찰과 군대가 들이닥쳤다. 잠깐 불안이 엄습했지만 어부들은 맞서 싸우기로 했다. 그러나 군인들이 하늘을 향해 공포탄을 쏘자 어부들은 놀라 우왕좌왕했다. 클리원 동지는 일단 물러나자고 했다.

이만하면 아딘다 생각을 잊을 만큼 바쁘고 정신없는 하루였다. 하지만 그렇지가 않았다. 어부들 한가운데 아딘다가 있었다.

클리원 동지와 카르민, 사미란이 사는 움막은 어민조합 사무실 역할을 했다. 그러니까 누구나 그 집에 들어갈 수 있다는 뜻이었다. 회의도 자주 있었고 모든 전략과 전술, 계획이 그곳에서 논의됐다. 아딘다는 학교에서 집에 가는 길에 친구들과 자주 움막에 들렀다. 하지만 클리원 동지는 노무시 아딘다에게 오지 말라는 말을 하지 못했다.

아딘다는 영어를 잘했다. 할리문다에 외지 사람이 워낙 많이

311

드나드는지라 영어를 잘한다는 게 특이한 일은 아니었다. 클리원 동지에게는 애서가들이 좋아할 만한 서재가 있었다. 대다수는 정치와 철학 서적이었지만 아딘다가 좋아하는 영어 소설도 제법 있었다. 클리원 동지가 낮잠을 자다 일어나보면 아딘다가 레닌 초상화 아래에 있는 큰 탁자에서 열심히 책을 읽고 있었다. 그럴 때마다 아딘다는 클리원 동지 쪽을 힐끔 보며 허락 없이 들어와서 미안해요, 라고 말하는 듯 살짝 웃어 보였다. 클리원은 안절부절못하며 차를 가져다주었고, 그러면 아딘다는 고마워요, 제가 할 수 있어요, 하고 대답했다. 그러면 클리원은 후다닥 뒤쪽 우물로 가서 부르르 몸을 떨었다.

아딘다는 그 방에서 책을 많이 읽었다. 고리키, 도스토옙스키, 톨스토이 소설을 모두 섭렵했다. 그 책들은 모스크바의 외국어 출판국에서 나온 것을 당이 보내준 것이다. 아딘다는 인도네시아 소설뿐 아니라 공산당 출판기구인 혁신재단과 정부 출판국에서 내놓은 번역물들도 빠짐없이 읽었다.

클리원 동지는 아딘다에게 오지 말라고 하지는 않았지만 온 힘을 다해 피해 다녔다. 그 애와 마주칠 때마다 두 가지 생각이 그를 괴롭혔다. 첫째로는 알라만다와의 추억이 생각나 괴로웠고, 둘째로는 정신이 아득해졌던 그날의 따뜻한 포옹이 떠올라 견딜 수 없었다. 더 열성을 다해 어민조합 일에 매달렸고, 쇼단초의 대형 어선에 맞선 첫 조치가 왜 실패했는지 의논했다. 그는 조합 간부들을 쇼단초의 배에 잠입시켜 어선 노동자들을 조직할 계획을 세웠다. 시간이 좀 걸릴 테지만, 공산주의자들이란 지상에서 가장 참을성 있는 존재들이 아니었던가.

쉬운 일은 아니었다. 그러나 결국은 간부 두 명을 잠입시키는

데 성공했다. 한 척에 한 명씩 겨우 두 명이라 충분하지는 않았지만 없는 것보다는 백배 나았다. 그러나 조합원들은 기다림에 지쳐갔고 빨리 쇼단초의 배를 불태워버리자고 재촉했다. 클리원 동지는 다시 그들을 진정시켰다.

"나한테 시간을 주면 쇼단초를 만나보겠습니다." 그가 말했다.

쇼단초와의 첫 협상은 아무 성과도 낳지 못했다. 오히려 쇼단초는 배를 한 척 더 늘렸다. 그러자 조합원들은 배를 불태워버리는 빠른 길을 택하자고 했다. 두 번째 협상은 클리원이 집으로 찾아가 알라만다의 부풀었지만 텅 빈 배를 봤을 때였다. 클리원의 말을 질투에 눈먼 남자의 저주라고 생각한 사람은 쇼단초만이 아니었다. 아딘다도 그렇게 여겼다.

아딘다는 어느 날 눈물을 흘리며 클리원에게 당부했다. "우리 언니 그만 좀 괴롭혀요. 쇼단초랑 결혼한 것만으로도 충분히 힘들었다고요."

"난 아무 짓도 안 했는데요."

"언니한테 아기를 잃을 거라고 했다면서요."

"그렇지 않아요. 난 그저 배를 보고 내가 본 대로 말한 것뿐이에요."

하지만 아딘다는 눈곱만치도 그 말을 믿지 않았다. 늘 책을 읽던 자리에 앉아 분노와 혼란이 뒤섞인 표정으로 앉아 있었다. 평소에 클리원 동지는 아딘다의 곁에 오지 않았지만, 이날은 힘없이 의자를 끌고 가 앉았다. 그날 오후에는 벽에 붙은 도마뱀과 천장에 매달려 집을 짓는 거미 말고는 아무도 없었다.

"이렇게 부탁할게요. 언니를 잊어요."

"벌써 다 잊어서 이름도 기억이 안 날 지경이야."

313

아딘다는 그 재미없는 농담을 무시했다. "언니한테 화 안 풀렸으면 나한테 화풀이해도 돼요."

"그래, 좋아. 그럼 토마토처럼 꽉 눌러버릴 테다."

"날 죽이건 욕보이건 하고 싶은 대로 해요. 나는 가만히 있을 테니까요." 아딘다는 클리원의 농담에 반응하지 않았다. "노예나 뭐 그런 걸로 만들어도 좋아요." 아딘다는 치마 주머니에서 손수건을 꺼내 뺨에 흐르는 눈물을 닦았다. "원한다면 나랑 결혼해도 돼요."

멀리서 도마뱀 한 마리가 일곱 번 우는 소리를 냈다. 짝을 찾는 신호였다.

정말로 아내의 배 속에서 아기가 사라진다면 쇼단초는 클리원 동지의 저주 때문이라고 생각할 게 분명했다. 이런 문제는 총칼로도 칠대에 걸친 전쟁으로도 해결할 수 없었다. 첫아이의 생명을 구하기 위해서는 평화로운 해결책을 찾아야 했다. 쇼단초는 결국 선장들을 시켜 어부들이 고기를 잡는 데서 멀리 떨어진 깊은 바다로 조업구역을 옮기게 하겠다고 클리원에게 일렀다.

"대신" 쇼단초가 덧붙였다. "내 아내와 아이에게 건 저주는 풀어줘야 하네." 그는 정말이지 아기가 태어나 자신이 아내와 서로 사랑하며 행복한 결혼생활을 누리고 있다고 온 세상에 떳떳히 말하고 싶었다. 그 말에 클리원 동지는 미소를 지었다. 알라만다가 자신만을 사랑하지 쇼단초를 사랑하지 않는 것을 알아서는 아니었다. "빈 냄비와 조업구역 문제는 아무 상관이 없습니다, 쇼단초."

그러나 클리원 동지가 한 말을 못 들은 것처럼 쇼단초는 배들을 멀리 깊은 바다로 옮겼다.

어부들은 자신들이 승리한 줄로만 알고 신바람이 났다. 쇼단초의 대형 어선이 이제 가까운 바다에서 고기를 잡지 않을 뿐 아니라 잡은 고기를 할리문다 어시장에서 팔지도 않았기 때문이었다. 대형 어선은 생선 수요가 훨씬 많은 다른 도시의 경매장으로 향했다.

클리원 동지는 제 마르크스주의자 스승들이 가르쳐준 대로 어부들에게 최대한 알기 쉽게 협상 내용을 설명하고 이제 대형 어선이 먼 바다로 나가면 물고기들이 돌아올 것이라고 했다. 하지만 어부들은 여전히 돈이 좀 생기면 아락을 마시며 바닷가에서 고사를 지내고 남쪽 바다의 여왕에게 소머리를 바쳤다. 아직도 미신에서 벗어나지 못한 탓이다. 그 부분에 관해서라면 클리원 동지도 속수무책이었다. 아마 그들에게는 아주 기본적인 이론도 가르치기 힘들 것이다. 자신도 자카르타에 잠시 머무는 동안 마르크스주의 이론을 조금 배운 것이 다였다. 그저 어부들이 자신들의 운명에 맞서 싸우게 된 것만으로도 기뻤다. 그러나 틈만 나면 동지들에게 인생이란 게 이렇게 쉽지만은 않다고, 우리는 더 강하게 연대해야만 한다고 입버릇처럼 말했다. 진짜 큰 적은 아직 오지 않았기 때문이다.

고사를 지내고 잔치를 연 것은 어부들만이 아니었다. 쇼단초는 기분이 좋아 걸핏하면 고사를 지내고 잔치를 열었다. 그토록 무서워했던 클리원의 저주가 사라진 것에 감사드리며 산모의 건강과 배 속 아이의 무사안녕을 비는 의식을 시냈다. 한밤중에 산파가 주문을 외우면서 알라만다를 온갖 꽃이 가득한 물에 목욕시켰다. 산파는 쇼단초에게 산모의 배가 아름답게 부풀었다면서

315

아기는 건강하고 엄마처럼 예쁜 딸이라고 일러주었다.

쇼단초는 아이가 아들이건 딸이건 상관하지 않았다. 그저 자식이 생긴다는 사실만으로도 너무 좋았다. 그래도 산파가 아이는 딸이라고 하자 신이 나서 날뛰었다. 클리원의 말은 단지 질투심에 찬 남자의 흰소리였던 것이다. 산파의 말을 듣자마자 아기 이름은 누룰 아이니라고 짓기로 했다. 그 이름에 특별한 뜻이 있어서는 아니지만 그저 그 이름이 떠올랐다. 그는 신이 그 이름을 계시해주신 것이 분명하다고 생각했다. 산파가 알라만다에게 꽃이 가득한 물을 한 바가지 더 끼얹었다. 산모는 차가운 밤공기에 몸을 떨며 내일 아침이면 감기에 걸려 있을 것이라 생각했다.

같은 시각 저 멀리 바다 한가운데서는 클리원 동지가 자신이 그때 잘못 본 것이기를 바라며 진심으로 알라만다가 건강한 아이를 낳기를 빌고 있었다. 빈 냄비가 아니어야 했다.

그러나 어른들이 이렇게 간절하게 바라는데도 누룰 아이니는 결국 태어나지 못했다. 알라만다는 아이를 낳아보지도 못했다. 쇼단초가 게릴라 정글에서 돌아온 지 이태째 태어났어야 할 아이였다. 쇼단초가 약속을 어긴 것도 알라만다가 애를 떼버린 것도 아닌데 그렇게 아기가 배 속에서 사라져버렸다. 의사도 산파도 좋다고 한 출산 예정일을 며칠 앞두고 벌어진 일이었다.

알라만다조차 대체 무슨 일이 벌어진 것인지 알 수 없었다. 아침에 일어나자마자 요란한 트림이 올라오더니 어마어마한 양의 공기가 뿜어져나왔다. 그리고 갑자기 다시 날씬한 처녀로 돌아간 듯 배 속이 텅 빈 느낌이었다. 알라만다는 클리원이 제 배를 보며 빈 냄비처럼 바람밖에 들지 않았다고 한 말을 생생히 기억했다. 그러나 정말 그런 일이 벌어지자 어마어마한 충격이 몰려왔다. 날카로운 비명 소리가 상쾌하고 평화로운 아침 공기를 갈라놓았다. 다른 방에서 자던 쇼단초가 러닝셔츠 바람으로 달려왔다. 얼굴에는 베개 자국이 팔뚝에는 모기 물린 자국이 가득했다. 그는 아내의 홀쭉해진 배를 보고 아연실색하고 말았다.

처음에는 아내가 아이를 낳은 줄로만 알고 침대 위며 아래며 할 것 없이 핏자국과 아이를 찾았다. 하지만 아이도 없었고 아이 우는 소리도 들리지 않았다. 이번에는 아내를 빤히 쳐다보았다. 아내는 타들어가는 얼굴로 남편을 바라보고 있었다. 말을 하려고 애써봤지만 벌어진 입은 부들부들 떨리기만 할 뿐 외마디 소리조차 낼 수 없었다.

쇼단초는 클리원의 말이 기억났다. 자제력을 잃고 알라만다를 거칠게 흔들면서 무슨 일이 일어난 것인지 말하라고 소리 질렀다. 그러나 알라만다는 아무 말도 못하고 침대 위로 힘없이 엎어졌다. 그때 산파가 도착했다. 산전수전 다 겪어본 산파는 알라만다를 편한 자세로 눕혀주더니 말했다. "이런 일이 벌어지기도 합니다. 배 속에 아기는 없고 바람만 들은 거죠."

하지만 쇼단초는 그 말을 받아들이지 못했다. "하지만 자네가 배 속의 아이는 딸이라고 하지 않았나!" 분노에 차 소리쳤지만 산파는 차분하기만 했다. 그는 침대 귀퉁이에 앉아 어린애처럼 울기 시작했다. 그토록 꿈꿔왔던 딸 누룰 아이니를 잃고 말았다. 그는 클리원 동지를 생각했다. 예전에는 그를 떠올리며 저주가 실현될지도 모른다는 두려움에 떨었다면, 그 저주가 현실이 된 지금은 주체할 수 없는 분노에 떨었다. 그자가 내 이이를 훔쳐갔으니 나는 복수하고 말리라.

부부는 아기가 사라졌다고 말하지 못하고 사산됐다고 소문을 냈다. 그러나 클리원 동지만은 무슨 일이 벌어졌는지 알았다. 일주일간 죽은 아이의 상을 치른 쇼단초는 복수를 하려고 제 배들을 원래 어장으로 돌려보내고 잡은 고기도 어시장에 내다 팔도록 시켰다. 일꾼들이 어부들이 배에 불을 지를지 모른다고 막아섰지만 쇼단초는 그런 말을 하는 자는 가차 없이 잘라버렸다.

클리원 동지는 쇼단초를 찾아가 왜 약속을 지키지 않느냐고 물었다. 그러나 쇼단초는 약속을 어긴 것은 클리원이라고 했다. 클리원 동지는 성난 어부들을 진정시키겠다는 것 말고는 다른 약속은 하지 않았다고 맞섰지만, 쇼단초는 클리원의 저주를 계속 들먹이며 세상의 모든 여자는 결혼할 남자를 고를 권리가 있다고 말했다.

클리원은 아기가 사라진 것이 자신의 질투와 저주 때문이란 말에 머리끝까지 화가 났다. 하지만 차분한 목소리도 대꾸했다. "왜 그런 일이 벌어졌는지 설명할 방법은 하나밖에 없습니다, 쇼단초. 사랑이라는 감정 없이 몸을 섞었기 때문입니다. 그렇게 생긴 아이는 태어나지 않거나 똥구멍에서 쥐꼬리가 나오는 미친 애가 되게 마련이지요." 쇼단초는 분을 참지 못하고 주먹을 휘둘렀지만 클리원은 살포시 몸을 피했다. "어선을 다른 데로 보내세요. 안 그러면 무슨 일이 일어날지 나도 모릅니다."

쇼단초는 배를 옮기지는 않고 군인들을 갑판에 세워놓고 분노에 찬 어부들을 감시하게 했다. 쇼단초가 비열한 미소를 지으며 어선 위에서 해넘이를 바라보는데 클리원이 조합원 셋과 모터보트를 타고 그 근처를 왔다 갔다 했다. 그들 뒤로 어부 한 사람이 작은 배를 타고 따라왔다. 바다에 고기가 조금이라도 남아 있는지 이리저리 찾는 것이 집에 가져가 먹을 고기라도 잡아보려는 눈치였다.

쇼단초와 마찬가지로 알라만다도 아이를 잃고 충격에서 벗어나지 못했다. 아이가 만들어진 경위가 어떻든 간에 아이는 온전히 제 것이었기 때문이다. 상이 끝나자 쇼단초는 제 사업에 전념했지만 알라만다는 방에 처박혀 아이의 이름을 부르며 깊은 슬픔에 빠졌다.

쇼단초는 모든 것은 신이 정하신 일이지만 우리에겐 둘째, 셋째, 넷째 아니 그보다 더 많은 아이를 낳을 기회가 있다고 아내를 위로하려 했다. "여보, 우리가 사랑을 나누기만 하면 아이는 얼마든지 또 가질 수 있어." 알라만다는 거세게 고개를 저었다. 그 고갯짓은 결혼은 하지만 결코 그를 사랑하는 일은 없을 것이라던 알라만다의 다짐을 일깨워주었다. 그래도 쇼단초는 이번에는 진짜 피와 살을 가진 어여쁜 누룰 아이니를 가져야 하지 않겠냐고 달래보았다. 그러나 알라만다는 화를 냈다. "아이를 잃는 것은 악마를 만나는 것보다 더 끔찍해. 그런데 당신을 사랑하는 건 애 스물을 잃는 것보다 더 끔찍하다고."

바로 그때 쇼단초의 머릿속에는 아내가 쇠속곳을 입지 않았다는 사실이 떠오르면서 더러운 생각이 춤을 추기 시작했다. 알라만다가 그의 속내를 알아차리기 전에 쇼단초는 문을 걸어 잠갔다. 아이를 잃은 그때부터 침대에서 일어나지 못한 알라만다는 이자가 무슨 짓을 저지르려는지 바로 알아차렸다. 그는 벌떡 일어나 싸울 태세로 남편을 내려다보며 말했다. "그래 또 꼴리냐, 이 새끼야? 네놈 좆엔 내 귓구멍이 딱 맞을 거 같은데."

남편이라는 자는 껄껄 웃더니 입을 열었다. "그래도 난 당신 보지가 더 좋은데."

그리고 알라만다는 제대로 저항 한번 하지 못하고 침대 위에 쓰러졌다. 온 힘을 다해 버텨보았지만 순식간에 늑대 떼가 물어뜯기라도 한 양 옷이 갈가리 찢어지고 몸은 벌거벗겨졌다. 쇼단초가 그 위로 올라탔다.

이제 저항해봐야 아무 소용없음을 너무 잘 알았던지라 알라만다는 가만히 있었다. 그래도 그가 입 근처에라도 올라치면 온 힘을 다해 입술을 물어뜯었다. 쇼단초는 슬픔과 쾌감이 괴상하게 뒤섞인 상태로 지치지도 않고 마음껏 제 아내를 쑤시고 또 쑤셔댔다. 알라만다는 또다시 욕보이고 더럽혀진 심정이 됐다. 이번에도 제 몸을 지키지 못했다. 마침내 쇼단초가 지쳐 나가떨어지자 바닥으로 차버렸다. "이 개 같은 강간범, 제 마누라를 강간하다니 너는 니 에미도 강간할 놈이지." 쇼단초에게 베개를 집어던지며 한마디 더 했다. "좆만 길면 제 똥구멍도 쑤셔댈 놈."

쇼단초는 그래도 이번에는 알라만다를 묶어두지는 않았다. 그런데 다음날, 남편이 없는 사이 알라만다가 집에서 사라졌다. 쇼단초는 정신이 나가버렸다. 데위 아유의 집에 사람을 보내봤지만 알라만다는 거기 없었다. 질투심에 불타올라 클리원의 집에도 사람을 보냈지만 거기 있을 리가 없었다. 시내 여기저기 버스터미널과 기차역 할 것 없이 사람을 보내 알라만다가 멀리 가버린 것인지 알아봤지만 아무도 본 사람이 없었다. 쇼단초는 절망에 빠져 베란다 의자 위에 주저앉아 제 신세를 한탄했다. 그가 그토록 사랑하는 여인은 한 번도 단 한 번도 그를 사랑하지 않았다. 지나가던 이웃들이 인사를 했지만 아무에게도 대꾸하지 않았다.

날이 저물기 시작하자 제 신세가 더 처량하게 느껴졌다. 마음은 텅 비고 외로움은 깊어졌다. 알라만다가 돌아온다 해도 제 사랑에 한 치도 응하지 않는 아내와는 행복하게 살 수 없을 것만 같았다. 전사, 진정한 사나이, 진정한 군인답게 포기하고 아내와 이혼하자고 말해야 할지 모르겠다고 생각했다. 아마 그럼 알라만다는 다시 행복해지리라. 그러나 이혼이라는 단어를 생각만 해도 울음이 터져나왔다. 안 되겠다, 대신 아내가 돌아온다면 다시는 아내를 함부로 하지 않겠다고 시키는 대로만 하는 노예가 되어야겠다고 마음먹었다. 그럼 내 곁에 머물러주겠지. 아이는 입양하면 될 테다.

날이 더 어두워지자 베란다 등이 켜졌다. 알라만다의 그림자가 대문가에 비치자 쇼단초는 헛것을 본 게 아니기만을 기도했다. 그림자가 안으로 들어오자 쇼단초는 무릎을 꿇고 용서를 빌었다.

알라만다는 이맛살을 찌푸렸다. "그렇게 빌 필요 없어요. 쇠속곳을 새로 해 입었으니까. 이번에는 더 복잡한 주문을 써야만 열 수 있다죠."

쇼단초는 기가 막힌 얼굴로 아내의 얼굴을 빤히 쳐다봤다. 아내는 그에게 한 치도 적대감을 보이지 않고 다정하기만 했던 것이다.

"밤공기가 차요. 들어가요, 여보."

파업을 벌인 대형 어선 일꾼들이 또 해고됐다. 그들은 어민조합원은 아니지만 배를 태워버린다는 어부들의 협박에 겁을 집어먹고 조업을 거부했다가 쫓겨났다. 결국 대형 이선은 얕은 물로 돌아오고 할리문다 어시장에 잡은 고기를 팔기 시작했다. 협박이 전혀 통하지 않자, 한 어부가 말했다. "동지, 다른 방법이 없습니다. 쇼단초 배를 태우는 수밖에요."

종국에 다른 어부들의 뜻을 따르기까지 그 시간은 클리원 동지로서는 참으로 견디기 힘들게 우울한 시절이었다. 쇼단초의 배를 태울 기회를 찾기까지 또 여러 달이 흘렀다. 클리원 동지는 배를 태우는 일이 벌어지지 않게 하려고 백방으로 애를 썼다. 그는 별 죄책감 없이 배를 태워버릴 독한 사람이 아니었다. 오히려 청승맞은 영화만 봐도 눈시울이 붉어져 친구들에게 울보라고 놀림당하는 그런 사내였다.

그는 조용히 쇼단초를 만나 대화를 시도해봤지만 입씨름만하다가 끝났다. 쇼단초가 어선 문제를 자꾸 알라만다라는 여자를 사이에 두고 다투는 두 남자의 문제로 비화하자 속이 상했다. 그리고 좀 아니키스트적이지만 다른 어부들 말대로 그 빌어먹을 대형 어선을 태워버리는 수밖에 없다고 마음먹었다. 레닌이 스탈린에게 은행을 털라고 하지 않았다면 러시아혁명은 일어나지 않았을 것 아닌가. 어부들의 피를 빨아먹는 배 세 척 태워 없애는 것쯤이야 용서받아 마땅한 일이다.

거기다 쇼단초가 군인들을 시켜 대형 어선 갑판을 지키게 하자 어부들은 더 복수심에 불타올랐다. 그러나 고기잡이배가 군함이나 되는 듯 지키고 선 군인들 때문에 모의해도 대형 어선에 불을 지르기란 쉬운 일이 아니었다. 대형 어선이 얕은 물에 돌아오고 속수무책으로 여섯 달이 흘렀다. 조합원들은 속이 타들어갔다. 클리원 동지는 비밀회의를 열어 방화 계획을 모의했지만 매번 어떻게 실행에 옮길 것인가라는 대목에서 답을 찾지 못했다. 또한 나날이 더 가난해지고 분노는 더 커져가는 어부들의 불평불만에 머리가 터질 지경이었다.

과거 클리원 동지는 머리 아픈 문제가 생기면 여자에게 도망갔다. 여자야말로 제일 확실한 피난처였다. 그러나 이제 곁에 있는 여자라고는 1년 남짓 알고 지낸, 알라만다의 동생 아딘다뿐이었다. 그래서 다른 선택지가 없는 것처럼, 움막에 모여 군인들이 지키는 배에 접근하기가 얼마나 어려운지 밤낮으로 침 튀기며 떠드는 조합원들을 두고 밖으로 나섰다. 예전에 알라만다를 만나러 그토록 자주 가던 집, 데위 아유의 집으로 향했다. 이번에는 아딘다를 만나러 가는 길이었다.

아딘다는 화색을 하며 맞아주었다. 하지만 그는 남자가 복잡한 마음을 달래려고 찾아갈 만한 여자가 아니었다. 그런 줄 몰랐다면 클리원 동지의 오산이었다. 전에 알던 여자들은 대개 말만 하면 선뜻 그를 따라나섰다. 하지만 아딘다는 같이 나가자고 하면 이렇게 말했다. "같이 나가고 싶으면 먼저 어머니께 말씀드려요." 처음으로 찾아간 그날은 아딘다를 데리고 나갈 생각은 아니었다. 다만 얼굴을 보고 이야기라도 하며 어부들과 조합 문제를 잠시나마 잊고 싶었다.

그즈음 클리원 동지는 언제 끝날지 모르는 혁명 투쟁에 지친, 딱한 피란민 같은 신세였다. 그는 자신의 감정과 소망을 누군가에게 허심탄회하게 털어놓고 싶었지만, 당은 당면 과제에 관해서 누구에게나 보안을 지켜야 한다고 늘 강조했다. 조직에는 비밀이 너무 많았다. 그래서 아딘다와는 한 시간 동안 지루한 얘기만 했다. 너덜너덜해진 마음은 조금도 달래지지 않은 채, 집으로 돌아왔다. 그러고는 움막 앞 의자에 앉아 바다 위로 붉게 물드는 하늘을 멍하니 바라보았다.

"누가 동지 이마에 총을 쏴줘야 할 거예요." 현관에서 일어나 집으로 돌아오기 전에 아딘다가 말했다. "그래야 동지는 한순간이라도 자기 자신에 대해 생각해볼 테니까요."

매일 보던 노을이었지만 그날은 왠지 다르게 느껴졌다. 전에는 노을을 보면 알라만다와 모래사장에서 봤던 아름다운 노을이 떠올랐지만, 그날의 서늘한 하늘은 조용하고 처량한 게 마치 메말라 비틀어져가는 제 마음을 비춰놓은 것 같았다. 클로브 담배를 피우면서 혁명이 정말 일어나긴 일어날까, 인간이 다른 인간을 억압하지 않는다는 게 가능하긴 한 일일까 생각해보았다.

오래전 집 근처 모스크에서 이맘이 천국에 대해 얘기하는 것을 들은 적이 있었다. 발밑에 우유가 강처럼 흐르고 아름다운 처녀 요정들이 사방에서 유혹하는 곳이라고 했다. 천국에 있는 것은 뭐든 취해도 되며 금지된 것은 아무것도 없다고 했다. 천국의 모든 것은 믿을 수 없이 아름답다고 했다. 클리원은 천국이 그렇게까지 대단할 필요는 없다고 생각했다. 그저 모두가 똑같은 양의 쌀을 얻을 수 있다면 족하다고 생각했다. 하지만 어쩌면 제 꿈이야말로 믿을 수 없을 만큼 대단한 일인지도 모른다.

그는 알라만다 아니면 알라만다 같은 연인이 필요했다. 그래서 세상 누구에게도 털어놓을 수 없는 생각과 비밀을 솔직하게 털어놓고 싶었다. 충실한 연인이야말로 세상에서 가장 안전한 대나무숲 아닌가. 그러나 그는 그 소녀를, 맨날 똑같은 처량한 노을을 누가 먼 이국에서 보낸 그림엽서의 노을처럼 근사하게 만들어준 그 소녀를 떠나보냈다. 그는 가끔 고독한 혁명가의 삶, 머릿속에는 오직 혁명에 대한 생각만 가득 찬 삶이 자신의 운명인지 물어보곤 했다. 여자와 사랑을 나누면서도 혁명을 생각하고, 혁명을 꿈꾸고, 혁명에 취하고, 혁명을 먹고, 혁명의 똥을 싸는 그런 삶을 살게 될지도 모른다.

이런 생각을 하다보면 옛날이, 혁명이 필요하다는 사실을 몰랐던 그 옛날이 그리워졌다. 그는 늘 가난했지만 훨씬 단순한 방식으로 부자들을 괴롭혔다. 부자들의 정원에 있는 것을 훔치고 부자들의 여자를 유혹했다. 부자들에게 밥값을 내고 영화표를 사게 하고 부자들의 잔치에 가 공짜로 맥주를 마셨다. 그런 데는 당도 선전도 《공산당 선언》도 필요 없었다. 붉게 빛나는 노을을 바라보면서 그는 생각을 멈출 수가 없었다. 그러다 심신이 지친 채로 의자 깊숙이 몸을 파묻고 잠이 들었다. 그렇게 쇼단초의 배를 어떻게 태워버릴지 궁리하면서 여섯 달이 흘렀다. 그러던 어느 날 밤 여느 때처럼 의자에서 잠든 그를 동지들이 깨웠다.

벌써 2주째 대형 어선을 지키던 군인들이 나오지 않았다. 아무 일 없이 시간이 가자 지켜워진 모양이었다. 선장들도 어부들이 그저 허풍만 떤 것이 분명하다고 여기고 군인들을 돌려보냈다. 군인들을 먹이고 담배와 맥주를 대주는 것도 여간 성가신 일이 아니었던 것이다. 대형 어선 선장들은 군인들 없이 조업하기 시작했다. 잡은 고기를 선창에 내릴 때만 군인들이 지켜봤다. 어민조합은 다음 보름날 한밤중에 대형 어선을 공격하기로 했다. 바로 조합원들이 클리원을 깨운 밤이었다. 그토록 오랫동안 기다려온 밤이었다.

"동지, 일어나시오. 혁명은 침대에서 일어나지 않습니다."

클리원 동지는 잠에서 깬 마음을 단단히 먹고 앞장섰다. 별이 총총 박힌 맑은 하늘 아래 쪽배 30척이 바다로 나갔다. 그날 밤은 클리원 동지에게 중요한 날이었다. 그날 이후 그는 혁명에는 냉철한 심장과 강철 같은 결단력이 필요하다고 믿게 되었다. 멀리

어둠 속에서 대형 어선의 희미한 전등불이 보였지만, 쪽배에는 불빛 하나 없었다. 조합원들은 나고 자란 바다의 익숙한 물길을 따라 배를 몰았다. "그러니까 오늘 밤은 억압받는 인민들이 일어났던 바스티유 대봉기 같은 거야." 그들의 지도자는 용기를 내려고 혼자 이렇게 다짐했다.

대형 어선들은 서로 가까이 붙어 조업 중이었다. 각각 어민조합원 세 명에서 다섯 명이 탄 쪽배 열 척이 대형 어선 한 대씩을 맡기로 했다. 쪽배들은 아무것도 모르는 쥐새끼 세 마리를 노리는 뱀 서른 마리처럼 서서히 움직였다. 희미한 불빛 아래로 대형 어선 일꾼들이 그물을 끌어올리고 잡은 고기를 저장고에 담는 모습이 보였다.

클리원 동지는 배 10척을 이끌고 가운데 있는 대형 어선으로 갔다. 나머지 대형 어선 두 척도 포위했을 즈음 그는 요란하게 호루라기를 불었다. 갑판에서 일하던 일꾼들은 깜짝 놀라 일손을 멈췄다. 횃불을 든 남자들로 가득한 쪽배 30척에 포위됐다는 사실을 깨닫고도 놀라움은 진정되지 않았다. 순식간에 반딧불 같은 불빛이 대형 어선 세 척 주변을 에워쌌다.

클리원 동지는 큰 소리로 갑판에 있는 일꾼들에게 외쳤다. "동지들, 우리 배로 뛰어내리십시오. 그 배에 곧 불이 붙습니다."

선장은 불같이 화를 내며 일꾼들에게 맞서 싸우라고 야단법석을 떨었다. 하지만 겁에 질려 제일 먼저 바다로 뛰어들었다가 가장 가까운 쪽배로 헤엄쳐 간 사람은 다름 아닌 선장이었다. 그는 쪽배에 올라와서도 어부들을 꾸짖다가 누군가가 날린 주먹에 정신을 잃고 나가떨어졌다. 한편 갑판에 있던 일꾼들도 경쟁이라도 하듯 바다로 뛰어들어 쪽배로 헤엄쳐 갔고, 조합원들은 그 광경을 지켜보며 귀한 제물이라도 바칠 때처럼 신이 나서 함성을 질러댔다. 누군가가 어색한 투로 〈인터내셔널가〉까지 부르기 시작하자 몇몇이 따라 불렀다. 그들에게는 이 순간이 세상에서 제일 아름다운 노동자들의 축제의 장이었다.

석유가 든 비닐봉지들이 허공을 날아 텅 빈 대형 어선 갑판 위에 떨어지자 바닥이 온통 석유투성이가 됐다. 뒤이어 횃불이 허공을 날아 갑판 위에 떨어지자 불이 석유에 옮겨붙었다. 커다란 모닥불 세 개가 바다 한복판에서 휘황찬란하게 타오르고 쪽배들은 뭍 쪽으로 물러났다. 대형 어선 세 척이 엄청난 소리를 내며 폭발하자 어부들은 기쁨의 함성을 질렀다. "어민조합 만세! 공산당 만세! 만국의 노동자여, 단결하라!"

쇼단초는 반란의 주역이 클리원 동지이며 죽거나 다친 사람은 없지만 배 세 척이 전소됐다는 소식을 들었다. 그러나 그는 그저 크게 한숨을 내쉬며 새로 배를 들여올 때는 경비를 더 강화해야겠다고 마음먹었다. 화를 내는 것 같아 보이지는 않았다. 알라만다가 이제 임신 6개월에 접어들었던 것이다. 그는 하룻밤의 동침으로 다시 결실을 맺었다는 사실에 그저 감사했다. 그는 그런 일로 누룰 아이니의 탄생을 기다리는 일을 그르치고 싶지 않았다. 그는 아내를 큰 도시의 더 큰 병원에 데려가서 검진을 받게 하고, 제일 영험하다는 두쿤을 찾아가 배 속의 아이를 저주로부터 보호해달라며 큰돈을 내는 등 만반의 준비를 했다.

그러나 산달에 접어든 어느 날 이번 아이도 첫 애처럼 배 속에서 홀연히 사라져버렸다. 쇼단초는 분을 참지 못하고 권총을 집어 들고 밖으로 나갔다. 지나가던 사람들이 기겁을 하고 그를 피했다. 클리원 동지가 태어나기도 전에 애들을 훔쳐가버렸다며 쇼단초가 미친 사람처럼 소리를 질러댔던 것이다. 눈에 띄는 대로 아무 데나 총질을 해대더니 이번에는 바닷가 쪽으로 달리기 시작했다. 마음속에는 클리원 동지를 찾아 죽여버리고 말겠다는 생각밖에 없었다. 아무도 감히 그를 말리지 못했다.

12

　그날도 평소처럼 클리원 동지는 커피잔을 들고 베란다에서 신문을 기다리던 중이었다. 이제 더이상 어민조합 사무실로 쓰던 움막에 살지 않았다. 쇼단초가 그를 죽이려던 바로 전날, 벨란다 거리의 공산당사로 옮겨왔다. 쇼단초가 움막을 찾아간 그날, 그는 아무도 심지어 아무것도 찾지 못하자 더 화가 나 움막에 총질을 해대고 불을 질렀다. 그렇게 울다 지쳐 모래밭에서 쓰러진 그를 지나가던 행인이 발견했다. 당사로 이사한 일은 클리원 동지에게는 여러 모로 잘된 일이었다. 몇 년 후 그는 할리문다 공산당 제일인자가 되었다.

　10월 1일이었다. 신문이 오지 않자 클리원 동지는 불편한 마음을 감추지 못했다. 초조하게 다리를 떨며 어제 신문을 펴고 광고를 읽기 시작했다. 광고 말고 다른 내용은 어제 모조리 읽었기 때문이다. 콧수염이 나게 해준다는 약 광고와 독일차를 신용할부 판매한다는 광고 말고는 흥미로울 것이 하나 없었다. 클리원 동지는 신문을 던져버리고 커피를 마시며 도로 쪽을 쳐다봤다. 신문 배달하는 아이가 자전거를 타고 나타나기를 바랐지만 나타난 것은 젊은 여자였다. 아딘다였다.

"안녕하세요, 동지?"

"아니, 안녕 못해요. 신문이 안 왔거든."

아딘다는 미간을 찌푸렸다. "자카르타에서 무슨 일이 났다는 소식 못 들었어요?"

"신문이 안 왔는데 어떻게 알겠어요?"

아딘다는 클리원 동지 옆에 앉더니 묻지도 않고 커피를 한 모금 들이켰다. "라디오에서 공산당 얘기밖에 안 나와요. 공산당이 쿠데타를 일으키고 장군을 여럿 죽였다고요."

"신문이 오면 알게 될 거요."

연령과 직위를 불문하고 당의 중요 인사들이 당사로 모여들기 시작했다. 클리원 동지 이전에 일인자였던 요노 동지가 제일 먼저였고 카르민과 다른 사람들이 뒤를 이었다. 모두들 같은 소식을 가져왔다. 자카르타에서 뭔가 잘못돼도 크게 잘못됐다.

"아무래도 심상치 않습니다." 카르민이 말했다.

"맞습니다." 클리원 동지가 맞장구쳤다. "신문 대금을 꼬박꼬박 냈는데 아직도 신문이 오지 않다니요. 이 못 배워먹은 신문배달원 놈 손을 봐줘야겠습니다."

"대체 어떻게 된 거요, 동지?" 요노 동지가 물었다. "머릿속에 신문 생각밖에 없는 거요?"

클리원 동지는 성난 얼굴로 맞받아쳤다. "몇 년이나 신문이 안 오는 일은 한 번도 없었어요. 그런데 신문이 오지 않으니 이보다 더 큰일이 어딨단 말입니까?"

"들어요, 동지." 아딘다가 나섰다. "오늘 신문을 받은 사람은 아무도 없어요."

"하지만 나는 신문을 받아야 해요."

"문제는 오늘은 신문을 아예 찍지도 않았다는 거예요."

"어째서죠? 오늘은 르바란(이슬람 명절)도 아니고 크리스마스나 설날도 아닌데."

잠시 사라졌던 카르민이 돌아와 말했다. "내가 설명해주지. 군대가 신문사를 모두 점령했어. 그러니까 유감스럽지만 오늘은 신문을 못 읽을 걸세."

"쿠데타보다 더 지독한 일이군." 클리원 동지는 남은 커피를 한입에 털어넣었다.

어쨌거나 그날 아침은 신문을 읽으며 시작하지 못했다. 당 주요 인사들은 비상회의를 소집했다. 자카르타를 비롯한 여러 도시에서 이런저런 소식이 들려왔다. 공산당 중앙당 간부들이 모두 체포됐다, 여기저기서 학살이 시작됐다, 벌써 죽은 당 간부들도 있다…… 비상회의는 할리문다에서 사람들을 모아 대규모 집회를 열고 체포된 당 간부들의 무조건적 석방을 요구하기로 했다. 그러나 들려오는 소식은 여전히 뒤죽박죽 앞뒤가 맞지 않았다. 누구는 D. N. 아이딧*이 처형당했다고 하고 누구는 체포됐을 뿐이라고 하고 누구는 무사하다고 했다. 뇨토**와 다른 인사들에

---

* Dipa Nusantara Aidit(1923~1965). 당시 인도네시아공산당 총서기. 1951년 마디운 반란 이후 새 지도부로 선출돼 공산당을 인도네시아 최대 정당으로 키웠다.
** M. H. Lukman Nyoto(1927~1965). 당시 인도네시아공산당 부서기장이자 내무부 장관.

관한 정보도 종잡을 수 없었다. 그러나 무슨 일이 벌어졌건 간에 당원과 지지자들, 어민들과 플랜테이션 노동자들, 철도 노동자와 농민, 학생들을 모아야 했다. 이제 닥쳐올 날들은 할리문다 역사상 가장 풍진 시절로 기록될 것이다. 길가에 괴물이 떠도는 것을 보게 될 터였다.

각자 임무를 정하고 나자 동지들은 재빨리 흩어져 각자 당 세포들을 접촉하고 위기에 맞설 준비를 시작했다. 포스터를 만들고 현수막을 달았다. 한편 클리윈 동지는 다섯 동지와 비밀회의를 열고 최악의 사태에 대비에 무기를 확보하기로 했다. 독립전쟁 시절 게릴라들이 쓰던 무기가 아직 남아 있었고, 게릴라 출신 공산주의자들은 전투 경험이 있었다. 카르민이 이 무장투쟁단을 조직하기로 했고 클리윈 동지는 권총으로 무장했다. 그를 잃는다면 당에 너무나 큰 손실이었다.

10시가 되자 어민들과 플랜테이션 노동자들이 벌써 벨란다 거리에 몰려들었다. 농민들과 철도 노동자, 부두 노동자들과 학생들은 아직 오는 중이었다.

"거리를 점령합시다." 요노 동지가 말했다.

"동지가 가십시오." 클리윈 동지가 말했다. "전 여기서 신문이 오기를 기다리겠습니다."

아무도 대꾸하지 않았다. 갑자기 너무 큰일이 닥쳐 저러나 보다 하고 이해해보려는 눈치였다. 간부들은 클리윈을 벨란다 거리 끝 공산당사에 남겨두고 갔다. 그는 끝내 오지 않을 신문을 기다렸다. 아딘다만 곁에 남았다.

클리윈이 할리문다 공산당을 이끈 지 두 해, 벨란다 거리 끝의 건물을 당사로 쓴 지도 두 해가 지났다. 큰 2층집에 자리 잡은 당사 마당에는 공산당 깃발과 붉고 흰 인도네시아 국기가 나부꼈다. 건물 전체는 불타는 듯 새빨간 색으로 칠했고 현관 위에는 구리로 된 낫과 망치 장식이 걸려 있었다. 응접실에 들어서면 제일 먼저 보이는 것은 카를 마르크스와 다른 소비에트 지도자들의 대형 유화였다. 클리원 동지는 경비원들과 당사에 살았다. 라디오가 있었지만 클리원 동지는 라디오 듣기를 싫어하고 신문 읽기를 좋아했다. 그래서 그토록 중요한 소식을 듣지 못했던 것이다.

이제 클리원은 밤에 바다에 나가지 않았다. 당의 일이 너무 바빠졌기 때문이었다. 그래도 아침이면 신문 세 종을 읽으며 커피를 마시는 습관은 여전했다. 하지만 오늘은 신문이 오지 않았다. 군인들이 신문사를 점령하고 인쇄용 검은 잉크를 공산주의자들의 붉은 피로 바꿔 넣었다고 알려줬는데도, 그는 아직도 목이 빠져라 신문만 기다렸다.

공산당 할리문다 시위원회를 이끈 두 해 동안, 그는 플랜테이션 노동조합과 농민조합을 조직하고 열 번이 넘는 파업을 승리로 이끌었다. 할리문다에는 당원이 천칠십칠 명이고 지지자가 수천이었다. 절반 이상이 파업 때마다 제 몫을 떠맡고 축구장에서 열리는 집회에 참석하고 당의 정치학교에 나왔다.

그는 조강지처와 자식을 버리고 다른 여자와 결혼한 당원 두 명을 탈당시켰다. 당은 중혼을 철저히 금지했다. 또 트로츠키주의자로 판명된 셋도 내보냈다. 이렇게 엄격한 당 운영으로 클리원 동지는 역대 공산당 지도자 중 가장 가리스마 넘치는 지도자라는 평판을 얻었다.

"지금은 우기지요." 갑자기 클리원 동지가 입을 열었다.

아딘다는 쾌청한 하늘을 바라보며 그렇다고 했다. 아침에는 맑았지만 오후면 10월의 하늘이 갑자기 비를 뿌려댈지 누가 알겠는가. "하지만 저들은 비가 온다고 멈추지 않을 거예요. 아무래도 자카르타의 군인들한테 놀아나는 거 같아요."

"홍수가 나서 신문 나르는 트럭이 못 오는 걸지도 몰라요."

"오늘은 신문을 아예 찍지도 않았다니까요, 동지. 그리고 모르긴 몰라도 적어도 일주일은 신문이 오지 않을 거예요. 어쩌면 다시는 신문이란 걸 찍지 않을지도 모르고요."

"신문이 없다면 우리는 석기시대로 돌아가는 거요."

"정신 좀 차리게 커피 끓여드릴게요."

아딘다는 부엌에 가서 커피 두 잔을 가져왔다. 클리원 동지는 현관에 서서 길 쪽을 바라보고 있었다. 아직도 신문 배달하는 아이가 자전거를 타고 나타나기를 기다리는 모양이었다. 아딘다는 커피를 탁자 위에 놓고 의자에 앉았다.

"자리에 앉으세요." 아딘다가 말했다. "제정신이 돌아왔다면요."

"제정신이 아닌 건 신문 없이 하루를 시작한다는 거요."

"그 망할 놈의 신문 얘기 좀 그만해요! 지금 당이 망할 판이고 당은 정신이 바로 박힌 지도자가 필요하다고요."

어찌됐건 할리문다 최대 정치 세력인 공산당이 쿠데타에 휩쓸리다니 믿을 수 없는 일이었다. 공산당이 할리문다 역사상 최고로 제일 잘나가던 시절이었다. 선거가 있었다면 거저 이겼을 것이다. 할리문다는 붉게 물들어 있었고 시장도 군대도 공산당을 말리지 못했다.

클리원 동지가 당을 이끌었던 지난 2년은 공산당의 황금기였다. 공산당은 각급 학교는 물론 유치원, 장애인 학교에도 압력을 넣어 학생들에게 〈인터내셔널가〉를 가르치게 했다. 학교마다 인도네시아 건국 영웅들의 초상과 함께 마르크스와 레닌의 초상도 걸게 한 것은 물론이다. 그리고 독립기념일이면, 할리문다의 독립기념일은 9월 23일인 것을 잊지 마시라, 공산당이 제일 활기차고 시끌벅적한 행진을 벌였다. 구경꾼이 길 양편에 늘어서 있으면 공산주의자들은 혁명구호를 외쳐대며 지나갔다. 식민지 시절 마르코 카르토디크로모*가 만든 "사마 라타 사마 라사Sama Rata Sama Rasa"라는 구호를 외치기도 했다. 계급이나 지위, 직업의 귀천에 상관없이 모두가 똑같이 대접받아야 한다는 뜻이었다.

"마녀가 빗자루를 잃어버린 꼴이야." 갑자기 클리원 동지가 입을 열었다.

"누구랑 누가요?" 아딘가가 살짝 놀라며 물었다.

"나랑 신문."

이 말에 아딘다는 버럭 짜증이 솟구쳤다. 베란다에 앉아 오지 않는 신문을 기다리면서, 그는 지금 할리문다 거리에서 공산주의자들이 벌이는 집회가 어떨지 그려보았다. 공산주의자들의 행렬은 언제나 축제 같았으니 이번 집회도 그러리라 생각했다. 그러나 앞으로 여러 해가 지나고 나면 다시는 그런 휘황찬란한 광경을 볼 수 없다는 것을 그는 깨닫게 되리라. 그런 행진이 있으면 클리원 동지는 살림 동지가 준 그 모자를 쓰고 오픈카 위에서 손을 흔들었다. 그 모습에 길가에 늘어선 어린 여자애들이 괴성을

---

* Marco Kartodikromo(1890~1932). 인도네시아 언론인이자 작가. 식민 정부와 봉건제를 공개적으로 비판한 최초의 인도네시아 작가.

지르며 자지러졌다.

공산당이 지난 2년 사이에 이뤄낸 이런 성과는 그냥 앉아서 얻은 것이 아니었다. 각고의 노력 끝에 얻어낸 것이었다. 공산당의 적인 보수정당들은 클리원 동지의 인기에 겁을 집어먹고 당분간 선거가 없기만을 바랐다. 몇몇 정당은 공산당의 친구를 자처했지만 실은 등 뒤에서 칼을 꽂을 기회만 노렸다. 심지어 클리원 동지를 암살하려던 일이 두 번이나 있었다는 소문도 돌았다. 한 번은 누군지 알 수 없는 자의 칼에 찔렸고, 한 번은 그가 자는 방 창문으로 수류탄이 날아들었다. 그래도 그는 그런대로 잘 지냈고 연설장에서 범인이 누구건 간에 용서하겠다고 말했다. 범인들은 이 세상에서 착취와 억압을 없애려는 공산주의자들의 뜻을 잘 몰라 그런 짓을 저질렀을 것이라고 했다. 이런 태도 때문에 클리원 동지와 공산당의 명성은 한층 드높아졌고 동네 어린애들조차 그를 찬양했다.

그러나 이 모두가 어머니 미나를 겁에 질리게 만들었다. 미나는 아직 일본군에게 처형당한 남편을 잊지 않았다. 그에게는 정치 선전물이든 축제든 모두 바보 같고 쓸모없는 소동으로만 여겨졌다. 가끔은 아들이 수천 군중을 앞에 두고 연설하는 것을 지켜보기도 했다. "지주 분쇄!" 같은 구호를 외치면 모인 군중이 따라 했다. 아들은 지주뿐 아니라 사채업자, 공장주, 선장, 플랜테이션 농장 관리자, 철도회사도 저주했다. 물론 미국과 네덜란드, 신제국주의도 저주했다. 귀신이 귓가에 뭐라고 속삭여주기라도 하는 듯 연설은 물 흐르듯 거침이 없었다.

클리원 동지가 집에 올 때마다 미나는 적을 많이 만들지 말라고 타일렀다. "친구가 하나라면 너무 적지만 적은 하나라도 너무 많은 법이다. 그런데 너는 적을 너무 많이 만들고 있어." 아들은 아버지나 살림 동지에게 벌어진 그런 일은 절대 없을 것이라고 했다. 그리고 빙긋 웃어 보이며 어머니가 내온 차를 마시고 잠자리에 들었다.

하루는 공산당이 성화를 해대 어린 학생들이 군형무소에 수감되는 일이 벌어졌다. 그 애들이 한 잘못이라곤 학교에서 파티를 벌이다가 무대 위에서 로큰롤을 부른 것뿐이었다. 하지만 쇼단초는 공산당의 요구를 따랐다. 이 소식이 전해지자 미나의 격정은 분노로 변했다. 공산당사로 쳐들어가 아들을 몰아세웠다. "이럴 수는 없다." 미나는 아들의 사무실 한복판에서 소리쳤다. "너도 예전에 기타 치며 그런 노래를 부르고 다니지 않았더냐? 너희 모두 안 그랬단 말이냐?" 미나는 모여든 사람들에게 소리질렀다. "그래놓고 이제 와서 그런 노래를 불렀다고 애들을 잡아넣어?"

그러나 클리원 동지는 당이 정한 규율만을 따르는 경직된 사람이 된 지 오래라, 어머니를 대하는 태도조차 차갑기 그지없었다. 어머니를 좀 달래보더니 곧 밖으로 데려가 인력거에 태워 보냈다.

클리원 동지는 멈추지 않았다. 시의회, 군대, 경찰 모두에 압력을 넣어 썩어빠진 서양 팝음악 레코드를 압수하고 음악을 듣는 사람은 누구나, 집 안에서 몰래 들었다고 해도 체포하게 했다. "미 제국주의 타도! 썩어빠진 제국주의 문화 분쇄!" 클리원 동지는 어디서건 외쳤다. 당은 미국 문화에 반대하는 대신 하층계급의 민속예술은 적극 장려했다. 그런 민속예술 공연에는 물론 당의 선전이 끼어들었다. 그리하여 식민지 이전부터 늘 무시당해오던 민속예술에 전성기가 도래했다. 공산당 창립기념일이면 신트 렌 공연이 열리는데, 주인공 소녀가 양계장 안으로 들어갔다 나오면 더 예뻐진 얼굴로 낫과 망치를 들고 나오는 식이었다. 말춤을 추고 나면 무용수들은 깨진 유리와 야자껍데기뿐 아니라 제국주의의 상징인 성조기와 로큰롤 레코드판 조각도 먹어치웠다.

2년 만에 할리문다 공산당이 급속도로 성장하자 당 중앙에서도 클리원 동지를 주목하기 시작했다. 정치국 위원으로 천거됐다거나 인도네시아공산당 중앙위원회의 강력한 위원 후보라는 소문이 돌았다. 그러나 클리원 동지는 이 영예로운 제안을 모두, 심지어 코민테른 위원으로 천거하겠다는 제안까지 모조리 단칼에 물리쳤다. 그는 자신의 정치 경력이 아니라 할리문다의 흙 위에 공산주의의 씨앗을 싹 틔우기 위해 일하기 때문에 이곳을 떠날 수 없다고 했다.

밖으로 나갔던 사람들이 돌아와 거리의 상황을 보고했다. 쇼 단초가 이끄는 군대가 사방을 막고 있다고 했다. 쇼단초로서는 클리원 동지에 대한 사적 복수마저 할 수 있는 좋은 기회였다.

"D. N. 아이딧이 붙잡혔답니다." 누가 외쳤다.

"뇨토가 처형당했답니다." 다른 사람이 외쳤다.

"D. N. 아이딧이 대통령을 만났답니다."

이리저리 들려오는 소식은 갈피를 잡을 수 없었다. 라디오 말고는 바깥소식을 접할 길이 없었지만 라디오는 믿을 수가 없었다. 오전 내내 라디오는 같은 소리만 반복했다. 공산당이 일으킨 쿠데타는 군부의 재빠른 대응으로 실패했습니다. 구국의 일념으로 군대가 일시적으로 권력을 장악했습니다. 다른 소식이 전해졌다. 대통령은 가택연금 중입니다. 들리는 소식은 모두 혼란스럽기만 했다.

"뭐라도 해보세요!" 아딘다가 말했다.

"뭘 할 수 있겠소. 소련에서도 중국에서도 아무 말이 없는데." 클리원 동지가 대답했다.

동지들은 시위와 집회를 밤까지 계속 이어가기로 했다. 그래서 다들 시위대가 먹을 저녁을 장만하고 인민군 참전용사들이 군대에 맞서 무장할 궁리를 하느라 분주했다. 그러나 클리원 동지는 여전히 밖으로 나갈 생각이 없었다. 아딘다는 여전히 그 베란다에서 신문을 기다리는 클리원 동지를 두고 나왔다.

다음날 아침 아딘다는 평소처럼 아직 박쥐엄마네서 돌아오지 않은 어머니를 위해 아침을 준비했다. 그리고 밖으로 나와 거리의 상황을 살펴보고는 쟁반에 아침상을 차려 당사로 갔다. 클리원 동지는 아직도 커피잔을 들고 베란다에 앉아 있었다.

"안녕하세요, 동지!"

"안녕 못해요."

"뭐라도 좀 먹어요. 어제 하루 종일 아무것도 안 먹었잖아요." 아딘다가 쟁반에 담아온 아침상을 내려놓았다.

"신문이 오기 전엔 못 먹어요."

"장담컨대 신문은 안 와요. 군부가 신문 발행을 금지했다고요."

"신문은 군부 것이 아니란 말이요."

"하지만 군대엔 총칼이 있죠. 대체 언제부터 바보가 된 거예요?"

"그렇다면 지하신문이라도 발행되어야 하는데. 늘 그렇듯이."

그날 아침에도 비상회의가 계속됐다. 반공주의자들도 거리에 몰려나와 시위를 벌이기 시작하자 이제 두 패가 맞서게 됐다. 사람들이 그토록 두려워하던 군대와 깡패 사이의 전쟁이, 출연진만 공산주의자와 반공주의자로 바뀐 채 다시 벌어질 형국이었다. 군대와 경찰이 곳곳에 배치됐지만 도처에서 벌어지는 크고 작은 실랑이와 여기저기 날아다니는 화염병까지 막지는 않았다. 곧 이곳저곳에서 돌이 날아다니기 시작했고 비상회의는 더 자주 열렸다.

"이 모두가 신문이 오지 않아서 벌어진 일이야." 클리원 동지가 구시렁거렸다.

"바보 같은 소리 좀 말게. 그저께 장군 일곱 명이 살해당했어." 카르민이 말했다.

"도대체 왜 그렇게 신문에 집착하는 건가?" 요노 동지가 참지 못하고 물었다.

"볼셰비키한테 신문이 없었다면 10월혁명은 절대 성공할 수 없었으니까요."

지금까지 한 어떤 말보다 설득력 있는 설명이었다. 그래서 다른 동지들은 클리원 동지가 아딘다와 베란다에 앉아 신문을 기다리게 내버려두었다.

낮이 되자 반공주의자 대열이 훨씬 불어났다. 그들은 어제 라디오에서 나오던 뉴스대로 공산주의자들이 쿠데타를 벌였다고 외쳐댔다.

클리원 동지는 아직 농담할 정신은 있는지 그 광경을 보고 이렇게 말했다. "하, 공산당이 쿠데타를 일으키고 공산당 신문을 검열했단 말이지."

오후 1시쯤 처음으로 양 진영 간에 충돌이 벌어졌다. 돌이 날아들자 공방전은 더 심해졌고 이제 양측은 손에 잡히는 대로 무엇이든 던지는 형국이었다. 병원은 금세 부상자로 가득 찼다. 당은 야전병원을 차렸고 아딘다는 부상자들을 돌보느라 정신없었다. 그러나 클리원 동지는 여전히 꼼짝하지 않았다.

이제 당사에도 부상자들이 실려오기 시작했고 건물 전체가 아비규환이었다. 공산주의자와 반공주의자를 막론하고, 할리문다에는 아직 사망자가 없었지만 자카르타에서는 학살이 시작됐다는 소식이 들려왔다. 공산주의자 백여 명이 죽고 나머지는 체포됐다고 했다. 동부 자바에서는 수백 명이 죽었고 중부 자바에서도 학살이 시작됐다고 했다. 모두들 여기서도 그런 일이 벌어질지 모른다는 불길한 예감에 휩싸였다.

결국 해질녘 할리문다에서도 첫 사망자가 나왔다. 할리문다의 첫 공산주의자 희생자는 독립혁명 전쟁 참전용사였던 무알라민이었다. 그는 누구보다도 충성스런 당원이자 이론과 실천의 귀재, 식민지 시절부터 신제국주의 시절까지 투쟁해온 진정한 투사였습니다. 바로 그날 열린 장례식에서 클리원 동지가 읊은 추도사의 한 구절이다. 클리원 동지는 동지가 죽었다는 소식에 그제야 신문 생각을 잠시 잊고 베란다에서 내려왔다. 어쨌거나 무알라민은 무슬림 공산주의자였고 오랫동안 투쟁하다 죽기를 소망해왔다. 그는 그렇게 죽는 것이야말로 자신의 지하드(성전)라고 생각했다. 벌써 여러 해 전 유언장에 자신이 싸우다 죽거들랑 순교자로 매장해달라고 적어두었다. 그래서 시신은 염도 하지 않고 피 묻은 옷을 입은 채 그대로 묻혔다. 그는 바닷가에서 있었던 무력충돌 와중에 군대가 쏜 총에 맞았다. 그날 죽은 사람은 그뿐이었다. 무알라민은 이제 스물한 살이 된 딸 싸리나를 남기고 깄다. 아내는 오래전에 죽었고 부녀는 서로를 끔찍이 아끼는 사이였다. 장례에 모여들었던 조문객들이 하나둘 돌아갔지만 싸리다는 아비의 묘를 떠날 수 없었다. 아무리 집으로 가라고 타일러도 막무가내였다. 결국 파리다만 남고 모두 떠나버렸다.

그리하여 온 도시를 뒤흔든 혼돈 속에서 예기치 않은 작은 사랑이 피어났다.

이 구역 공동묘지의 묘지기 카미노는 올해 서른두 살 먹은 총각이었다. 열여섯 살 되던 해 아비가 말라리아로 죽은 후 부디 다르마 공동묘지의 염장이 겸 묘지기가 됐다. 형제도 자매도 없는지라 아비가 해오던 일을 모두 물려받았다. 아비뿐 아니라 할아버지의 할아버지 어쩌면 더 위의 할아버지부터 해오던 일이었다. 모두 그 일을 꺼려했지만 이 집안 사람들은 이미 망자의 세계가 낯설지 않았다. 카미노 역시 아주 어릴 적부터 공동묘지의 고요함에 익숙했던지라 쉽게 일을 배웠다. 고양이가 볼일 볼 구덩이를 파헤칠 때만큼이나 무덤을 빨리 팠다. 그러나 한 가지 안타까운 일이 있다면 공동묘지 한복판에서 같이 살아줄 여자를 찾기가 쉽지 않다는 것이었다.

할리문다 사람들 대부분이 미신을 철석같이 믿는다는 것이 문제였다. 아직도 악령이며 유령이며 온갖 초자연적인 존재들이 공동묘지에서 활개 치며 망자들의 혼령과 함께 산다고 여겼다. 그런 제 처지를 잘 알았기에 카미노는 감히 누구에게도 청혼할 생각을 하지 못했다. 그가 다른 사람을 만날 일이라고는 염습을 하고 장례를 치를 때뿐이었다. 일이 없으면 묘지 안 커다란 보리수나무 아래에 있는 눅눅하고 습기 찬 집에 머물렀다. 그 집의 콘크리트에는 여기저기 곰팡이가 피어 있었다. 그 외로운 삶에 유일한 즐거움이 있다면 자일랑쿵, 그러니까 망자들의 혼령을 불러내 같이 노는 일이었다. 집안 대대로 내려오는 비술 중 하나였는데 그는 혼령들을 불러 세상만사에 대해 이야기를 늘어놓곤 했다.

그런데 이런 일은 생전 처음이었다. 젊은 여자가 아비의 무덤 곁을 떠나지 않겠다며 무릎을 꿇고 앉아 있었다. 카미노는 가슴이 쿵쾅거렸다. 그래도 문상객들이 다 돌아갔으니 집으로 가고, 밤이 되면 공동묘지에는 할리문다에서 제일 찬 기운이 내려온다고 타일러보았지만 여자는 막무가내였다. 찬 공기 따위는 무서울 게 없다는 투였다. 공동묘지에는 여러 악령과 유령이 떠돈다며 겁을 줬지만 역시 소용없었다. 이런 여인을 지켜보며 카미노는 심장이 터질 것만 같았다. 그래서 아예 이 여인이 영원히 집에 돌아가지 않고 여기서 자신과 함께 살게 해달라고 기도했다.

3만 평쯤 되는 부디 다르마 공동묘지는 야자 플랜테이션 농장을 사이에 두고 주거지와는 떨어진 바닷가 한구석에 있었다. 식민지 시절에 만들어진 이 묘지에는 여전히 빈 땅이 많고 잡초가 무성하게 우거진 데다 바다에서 세찬 바람이 불어왔다. 밤이 되자 카미노는 아비의 묘 앞을 떠나지 않는 파리다를 다시 찾아갔다.

"정말로 집에 가지 않겠다면 우리 집에서 자도 됩니다." 카미노는 감히 여인의 얼굴을 쳐다보지도 못하고 우물쭈물 입을 열었다.

"고마워요. 하지만 이렇게 늦은 시각에 혼자 남의 집에 가는 일은 없을 거예요."

그렇게 밤은 깊어가는데 이 처녀는 담요 한 장 없이 흙바닥에 앉아 있었다. 카미노는 제가 있어봐야 불편하기만 한 것을 눈치채고 집으로 돌아갔다. 그리고 집에서 음식을 좀 만들어 파리다에게 가져다주었다.

"너무 친절하시네요."

"묘지기가 하는 일 중 하나일 뿐입니다."

"하지만 묘지기가 저녁을 가져다줄 때까지 안 가고 있는 사람은 별로 없을 테죠."

"그렇긴 하지만 배고픈 망자의 영혼은 많습니다."

"그럼 망자들과 얘기도 하고 그러시나요?"

카미노는 그때 어쩌면 이 처녀의 삶으로 비집고 들어갈 작은 틈새를 봤을지도 모른다. "그럼요. 원하신다면 아버님의 혼령을 불러올 수도 있어요." 그리하여 선조들에게 배운 대로 무알라민의 혼령을, 그 무슬림 공산주의자 전사를 제 몸으로 불러들였다. 이제 그는 무알라민이 되어 무알라민의 목소리로 말하며 무알라민의 딸과 마주 앉았다. 딸은 아버지의 목소리를 다시 듣게 되자 기뻐 어쩔 줄 몰랐다. 평소에 부녀는 저녁을 먹고 한동안 같이 이야기를 나누다가 잠자리에 들곤 했다. 오늘 파리다는 카미노가 가져다준 밥을 먹고 아버지의 죽음 같은 일은 있지도 않았다는 듯이 다시 아버지와 두런두런 이야기를 나눴다. 그러나 곧 아버지가 죽었다는 것을 기억했다.

"하지만 아빠는 돌아가셨잖아요!"

"뭐 그렇게 부러워할 건 없다. 너도 언젠가 죽게 될 테니까."

파리다는 낮부터 묘지 앞을 떠나지 않았던지라 금세 지쳐 무덤 옆에서 잠들었다. 카미노는 무알라민의 혼령을 보내고 자신으로 돌아왔다. 담요를 가져와 조심스럽게 아주 조심스럽게 파리다를 덮어주었다. 그리고 잠시 멍하니 여인의 얼굴을 바라보았다.

바람에 등불이 흔들리면서 얼굴이 드러났다가 또 어둠에 사라졌다가 했다. 카미노는 담요가 빈틈없이 잘 덮였는지 등잔에 기름이 아침까지 갈 만큼 남았는지 다시 확인하고 집으로 돌아왔다. 잠자리에서 뒤척거리며 밤새도록 아버지의 무덤 곁에서 잠든 여인을 떠올렸다. 결국 캄보자 나뭇잎 사이로 아침햇살이 들어올 때가 돼서야 간신히 눈을 감았다.

오전 10시 30분쯤 됐을 때 그는 어디선가 풍겨오는 음식 냄새에 잠이 깼다. 아직 잠이 다 깨지 않은 채로 침대에서 일어나 집 뒤편으로 가보았다. 눈앞이 아직 흐릿하긴 했지만 한 여자가 김이 나는 그릇을 식탁으로 옮기는 것이 보였다.

"음식을 좀 해봤어요."

그 여자는 파리다였다. 카미노는 깜짝 놀랐다.

"먼저 목욕 아니 세수부터 하세요. 같이 밥 먹어요."

그는 최면에라도 걸린 듯 반쯤 정신이 나간 채 수건도 까먹을 뻔하고 욕실로 들어가 번개처럼 목욕을 했다. 나와보니 파리다는 식탁에 앉아 기다리고 있었다. 밥그릇에는 아직 따뜻한 밥이, 국그릇에는 야채와 마카로니를 넣은 수프가 담겨 있었다. 접시에는 템페* 튀김과 잘게 잘라 바삭하게 튀긴 생선이 있었다.

"전부 부엌에 있는 걸로 만들었어요."

카미노는 고개를 끄덕였다. 기적이 벌어졌다. 다른 사람과 밥을 먹어본 것은 부모님이 돌아가신 후 처음이었다. 그런데 지금 여기에 젊은 여자가, 그것도 지난밤 남몰래 혼자 사랑하게 된 여

---

* 콩을 나뭇잎에 싸서 발효시켜 만드는 식재료.

자가 있었다. 그는 뛰는 가슴을 주체할 수 없었고, 아직도 감히 그 여자의 얼굴을 바로 보지 못했다. 두 사람은 어쩌다 한 번씩 눈이 마주쳤고 그러면 나쁜 짓을 하다가 걸린 사람처럼 얼굴이 빨개지면서 수줍게 웃었다.

이 사랑은 바쁘고 정신없는 그날 낮의 일로 잠시 중단됐다. 공산주의자들과 반공주의자들이 충돌하면서 다섯 명이 죽은 것이다. 공산주의자 넷에 반공주의자 하나였는데 그들을 묻는 일은 모두 카미노의 몫이었다. 그러나 더 많은 시신이 공동묘지로 오기 시작했고 공산당이 망한 게 분명해 보였다. 들어오는 시신의 수가 그렇게 일러주었다. 그는 묘지 구석 공산주의자 구역에 구덩이 네 개를 파고 다른 쪽 구석 일반 구역에 하나를 더 팠다. 다섯 망자의 친지들이 찾아와 무덤 앞에서 울고 당 간부가 추도사를 읊자 그날 낮이 훌쩍 지나갔다. 그러나 바쁜 와중에도 파리다는 떠나지 않았다. 그날도 전날처럼 하루 종일 아버지의 무덤 곁에 앉아 있었다.

카미노는 일을 모두 마치고 씻으러 집으로 돌아가면서 파리다에게 말했다. "내일이면 공산주의자 열 명이 더 죽는다는 데 걸겠어요."

"그렇게 된다면 큰 구덩이 하나를 파고 묻어버리세요. 이런 식으로 가다간 7일째엔 공산주의자 900명이 죽는다는 건데 도저히 각기 무덤을 팔 수 없을 거예요." 파리다가 말했다.

"그렇담 그 자식들이 아가씨처럼 막무가내는 아니었으면 좋겠네요. 밤마다 그 사람들 밥을 해주려면 아주 큰 잔치가 될 테니까요."

"오늘밤에도 제가 손님이 돼도 될까요?"

그 말에 카미노는 마음의 빗장을 허물어버렸다. 그저 고개만 끄덕거렸다. 파리다가 차린 저녁을 먹고 카미노는 다시 한 번 혼령을, 그러니까 무알라민의 혼령을 불러냈다. 파리다는 다시 아버지와 정답게 얘기를 나누다 잠잘 시간인 9시에 혼령을 돌려보냈다. 파리다는 카미노의 부모가 쓰던 방으로 들어갔고 카미노는 어릴 때부터 제가 쓰던 방으로 들어갔다.

다음날 카미노의 예언은 완전히 들어맞지는 않았지만 얼추 현실이 됐다. 아침에 공산주의자 열두 명이 죽었다. 이제는 당 간부의 추도사도 없었다. 상황이 그렇게 급박해졌다. D. N. 아이딧과 다른 공산당 지도부가 사형당했다는 소문이 돌았다. 아침에 죽은 공산주의자 열두 명은 장례식도 없이 묻혔다. 카미노는 망자들의 이름도 몰랐다. 커다란 구덩이 하나를 파서 열두 명을 다 몰아넣긴 했지만 그날은 바쁜 날이었다. 정오에 군용트럭이 와서 시체 여덟 구를 던져놓고 가버렸던 것이다. 해질녘에는 일곱 구가 더 들어왔다.

파리다는 아버지의 무덤 곁에 앉아 있다가 밤이 되면 카미노네 집에서 잤다. 카미노는 여전히 학살당한 시신들을 수습하느라 바빴고 그렇게 일주일이 흘렀다.

공산당 지지자들은 대부분 몸을 피했지만 아직도 천 명이 넘는 공산주의자들이 므르데카 거리 끝에서 군인과 반공주의자들에 맞서 싸우는 중이었다. 오래된 화기를 가진 자들도 몇몇 있었지만 총알이 터무니없이 부족했다. 꼬박 하루 밤낮을 포위당해 있었던지라 굶주리긴 했지만 항복하려는 자는 없었다. 근처의 상점은 모두 박살났고 인근에 살던 사람들은 모두 피난을 갔다. 중무장한 군인들이 길이란 길은 모두 막고 있었고, 지휘관은 공산주의자들에게 해산하라고 명령했다. 쿠데타가 실패하자마자 공산당은 끝장났다고 날카로운 목소리로 말했다. 그러나 천 명이 넘는 공산주의자들은 꼼짝하지 않았다.

날이 저물 때쯤 공산주의자들 쪽에서 총알 몇 방이 군인들 쪽으로 날아갔다. 하지만 그 총알은 군인들에게 상처 하나 내지 못했다. 군사령관은 이 일에 인내심을 잃고 부하들에게 발포 명령을 내리고 말았다. 양쪽에서 총알이 날아들고 공산주의자들은 길바닥에 쓰러졌다. 아직 숨이 붙어 있는 자들은 겁에 질려 이리저리 날뛰다가 서로 밟고 밟혔다. 결국은 총알이 그들에게도 하나씩 박히고 말았다. 그날 해질녘 그 짧은 사격 명령으로 공산주의자 천이백서른두 명이 목숨을 잃고, 할리문다 아니 이 나라에서 공산당의 역사는 끝나버렸다.

시체는 트럭 위에 마구 실려 도살장에서 나오는 수송 차량처럼 줄줄이 카미노의 집 앞으로 갔다. 그날은 카미노의 인생에서 제일 바쁜 날이었다. 어마어마하게 큰 구덩이를 파야 했다. 저녁 내내 팠지만 자정에도 다 못 파고 군인 몇의 도움을 받아서 새벽녘에야 다 팠을 만큼 큰 구덩이였다. 그는 공산주의자들이 항복하기만을 바랐다. 그래서 더 이상 시체가 생기지 않기를 그래서 좀 쉴 수 있기를 바랐다. 그러나 이 모든 순간에도 파리다는 그의 곁에 있었다. 기다려주고 음식을 해주면서 아버지의 묘지 곁에 앉아 있었다.

그날 아침 군인들과 트럭이 떠나고 공산주의자 천이백서른두 명의 시체를 어마어마하게 큰 구덩이 하나에 묻고 난 카미노는 밤새 한숨도 못 잤지만 아직도 팔팔해 보였다. 그는 일주일 내내 묘지에 머무른 파리다에게 가서 물었다.

"아가씨, 제 아내가 돼서 저랑 함께 여기서 살아주시겠습니까?"

파리다는 그를 받아들이는 것이 제 운명이라고 생각했다. 그리하여 그날 아침 두 사람은 목욕하고 제일 좋은 옷으로 갈아입고 촌장을 찾아가 결혼식을 올려달라고 했다. 두 사람은 부부가 돼 파리다의 옛집으로 신혼여행을 떠났다. 그러니까 그날은 공동묘지에 무덤을 팔 묘지기가 없었다는 소리다.

하지만 문제는 없었다. 군인들이 공산주의자들의 시체를 공동묘지로 나르고 카미노를 도와 어마어마하게 큰 구덩이를 파기도 귀찮아진 탓이다. 공산주의자들은 군인들의 손에 죽기도 했지만 반공주의자들의 손에 죽은 이들이 더 많았다. 반공주의자들은 칼이고 낫이고 할 것 없이 사람을 죽이는 데 쓸 수 있는 모든 것으로 사람을 죽이고 시체는 길가에 내버려두었다. 이제 할리문다는 수로며 시 외곽, 산기슭이며 강둑, 다리 한복판이며 수풀 아래 시체가 나뒹굴지 않는 데가 없었다. 죽은 이들은 대부분 도망치려다 잡혀 죽었다.

그러나 공산주의자들이 한 명도 빠짐없이 모조리 죽은 것은 아니었다. 항복하고 유치장이나 군형무소에 수감돼, 무시무시한 블루던 수용소로 가기를 기다리는 이들도 있었다. 심문은 몇 시간이나 계속됐고 다음날 계속된다는 말로 마치기가 일쑤였다. 거기서 굶주려 죽거나 맞아 죽는 이도 여럿이었다. 빨갱이 사냥은 계속됐다. 정글 속 깊은 데까지 들어간 이들도 무사하지 못했다.

그리고 클리원 동지야말로 모두가 혈안이 되어 찾는 인물이었다.

쇼단초는 클리원 동지가 죽었건 살았건 간에 그를 찾기 위한 특별수색대를 조직했다. 사실 클리원 동지는 특별수색대가 올 때까지도 공산당사 베란다에 앉아 아딘다와 함께 신문을 기다리고 있었다. 하지만 신께 맹세컨대 수색대는 클리원 동지와 아딘다를 보지 못했다. 수색대는 공산당사를 박살내놓았다. 마르크스 초상화를 찢어서 낫과 망치가 그려진 공산당 깃발과 함께 태워버리고, 서가에 있던 책도 불태웠다. 다만 인도네시아 전통무술인 실랏에 관한 책들만 무사했는데 쇼단초가 제가 보려고 따로 챙겼기 때문이었다. 쇼단초는 직접 특별수색대를 지휘하다가 실랏에 관한 책이 두 상자나 있는 것을 보고 재빨리 제 지프에 옮겨놓았다. 이 모든 일은 클리원 동지와 아딘다가 빤히 지켜보는 가운데 벌어졌고 두 사람은 아무도 자신들이 있는 것을 알아차리지 못하자 아연실색했다.

수색대는 이제 공동묘지로 향했다. 클리원 동지가 그곳에 숨었다는 첩보를 받았던 것이다. 그러나 공동묘지에는 아무도, 심지어 묘지기 카미노조차 없었다. 다음에는 미나가 사는 집을 급습했다. 하지만 한참을 심문해도 미나는 아들을 마지막으로 본 게 지난주였다고 우겼다.

수색대가 돌아가고 나서 미나는 혼잣말을 했다. "바보 같은 놈. 공산주의자는 모두 사형장의 이슬이 되고 만다는 것을 알았어야지."

그때 누가 쇼단초에게 클리원 동지가 젊은 여자와 바다로 나가는 것을 보았다며 서두르라고 했다. 쇼단초는 분도 풀고 놈에 대한 복수도 하고 말겠다며 바다를 샅샅이 수색하라고 명령했다. 부하들은 모터보트를 타고 클리원을 추적했지만 그의 흔적은 없었고 파도에 흔들리는 쪽배만 찾아냈다. 쇼단초는 시체라도 찾길 바라며 부하들에게 잠수까지 시켰지만 아무것도 찾지 못했다.

쇼단초는 화를 누그러뜨리기 위해 잡아왔던 주요 당 간부 몇 명을 다시 심문했다. 모두들 한결같이 당사 베란다에 앉아 신문을 기다리던 것이 자신이 기억하는 클리원 동지의 마지막 모습이라고 했다. 쇼단초는 그 말이 자기를 놀리려고 하는 소린 줄 알고 화가 나서 날뛰며 간부들을 모두 군형무소 뒷마당으로 끌고 가 제 손으로 총을 쏘아 처형했다.

클리원 동지가 변신하거나 분신술을 써서 동시에 여러 곳에 나타나기도 한다는 소문이 퍼지기도 했다. 그러나 결국은 그도 체포됐다. 쇼단초는 다시 처음부터 갔던 장소들을 재수색해보기로 하고 부하들과 벨란다 거리의 공산당사로 갔다. 그리고 그곳에는 제가 방금 죽여버린 사람들이 말한 대로, 클리원 동지가 제 처제와 아직도 꼼짝 않고 베란다에 앉아 신문을 기다리고 있었다. 날은 어둑어둑하고 부슬부슬 비가 내렸다. 어디에 있었느냐고 묻기도 우세스러웠다. 앉은 품세를 보건대 클리원 동지는 하루 종일 거기에 앉아 있었던 것이 분명했기 때문이다.

"클리원 동지, 너는 체포됐다." 쇼단초가 말했다. "그리고 처제, 처제는 집에 가는 게 좋겠어."

"무슨 죄로 체포하는 거요?" 클리원 동지가 물었다.

"영원히 오지 않을 신문을 기다린 죄지. 그거야말로 할리문다에서 제일 큰 죄야."

클리원이 손을 내밀자 쇼단초가 수갑을 채웠다.

"형부, 저이한테 작별인사를 하게 해주세요. 형부가 감옥으로 데려가자마자 죽일까봐 무서워요." 아딘다가 눈물을 주르륵 흘리며 청했다.

"그렇게 해, 처제." 쇼단초는 고개를 끄덕였고, 아딘다는 아무 말 없이 클리원의 입술에 오랫동안 입을 맞췄다.

클리원 동지가 체포됐다는 소문은 삽시간에 온 도시에 퍼졌다. 여전히 손에 피 칠갑을 한 사람들까지 모두 공산당사부터 군형무소로 가는 길로 몰려들었다. 제각기 클리원 동지에 관한 추억을 가지고 있었던지라 그가 지나가기를 기다렸다.

클리원 동지는 군용 지프에 오르지 않고 차라리 걸어서 군형무소까지 가겠다고 했다. 아딘다는 쇼단초와 함께 지프에 올라 이 작은 행진을 따라 아주 천천히 움직였다. 길 양쪽에 모여든 사람들은 모두 쥐죽은 듯 조용하기만 했다. 사람들은 복잡한 심정으로 아직도 제가 아끼는 모자를 쓰고 지금 눈앞에 지나가는 남자를 보았다. 구경꾼 중 여럿은 어릴 적부터 그의 벗이었다. 그들은 어쩌다가 할리문다에서 제일 똑똑하고 잘생긴 녀석이 공산주의자가 돼버린 걸까 하고 생각했다. 한때 그와 어울렸던 여자들 혹은 남몰래 그에게 연정을 품었던 여자들은 제 연인이 떠나기라도 하는 양 눈물을 쏟았다.

그가 눈앞에 나타나자 사람들의 분노는 사라졌다. 그는 패장敗將의 태도가 아니라 여전히 당당하고 결연하게 한 걸음 한 걸음을 내딛었다. 이제 곧 승리할 전투에 나서는 장수처럼 걸었다. 그리하여 그를 보는 순간 사람들은 그가 과거에 했던 모든 좋은 일만 떠올리고 나쁜 일은 잊어버렸다. 그는 똑똑하고 영리하고 성실하고 예의 바른 젊은이가 아니었던가. 아무도 그가 창녀에게 화대를 안 주거나 쇼단초의 배를 태워버린 사실을 기억하지 못했다.

그가 쓴 모자에는 작고 빨간 별이 수놓아 있었다. 어머니가 만들어준 셔츠에 자카르타에 잠시 머물던 시절 산 바지와 언제

샀는지 기억나지 않는 (어쩌면 누구한테 빌린) 가죽구두를 신고 있었다.

그는 고개를 돌려 멀리서라도 아딘다를 보고 싶었지만 지프 안에 있어 보이지 않았다. 구경꾼들 사이에 알라만다가 있을까 찾아봤지만 그도 없었다. 두 여자를 보지 못하자 모여든 사람 중에 제게 중요한 사람은 없을 것이라 생각하며 담담히 군사령부 뒤쪽 군형무소로 걸어들어갔다. 쇼단초는 재판 없이 내일 새벽 5시에 클리윈이 처형될 것이라고 했다. 그는 이 사실을 간략히 알리고 데위 아유의 집에 아딘다를 데려다주었다.

그러나 얼마 지나지 않아 아딘다가 다시 나타났다. 면회는 금지됐던지라 갈아입을 옷과 음식이 가득한 쟁반을 넣어달라고 당부했다.

"형부, 약속해주세요. 그이가 이 음식을 꼭 먹게 해주세요. 신문을 못 받은 날부터 커피하고 물밖에 먹은 게 없어요."

쇼단초는 그 옷과 음식을 직접 가지고 갔다. 클리윈 동지는 유치장 안 간이침대에서 두 손을 머리 아래 놓고 천장을 보며 누워 있었다.

"동지, 아직 여자들한테 인기가 좋소이다. 어떤 여자가 옷이랑 음식을 넣어달라고 하던데."

"그 여자가 누군지 압니다. 당신 처제가 보냈지요."

그 말을 끝으로 클리윈 동지는 입을 다물고 꼼짝도 하지 않았다. 그러나 감방의 희미한 불빛 아래서 쇼단초는 흐뭇한 미소를 지으며 복수의 순간을 만끽했다. 이놈이 바로 내 어여쁜 아내를 훔쳐가고 두 아이에게 저주를 내린 그놈이다.

"내일이면 네놈이 죽는 꼴을 보겠군."

그는 클리원을 그저 간단히 죽이지 않을 작정이었다. 클리원이 서서히 죽어가는 모습을 보고 싶었다. 손톱을 하나씩 뽑고 머리 가죽을 벗기고 눈알을 뽑고 혀를 잘라버릴 작정이었다. 그 광경을 볼 생각을 하니 절로 웃음이 나왔다.

하지만 클리원 동지는 아무 대꾸도 하지 않았다. 믿을 수 없을 만치 차분하기만 했다. 그런 모습에 쇼단초는 다시 심기가 불편해졌다. 산송장이나 다름없는 놈이 간이침대에 드러누워 제가 순교자라도 되는 양 자기 확신과 만족감을 드러내 보이고 있지 않은가. 클리원은 이런 종말을 맞게 되었을지언정 제가 선택한 삶을 후회하지 않았다. 쇼단초와 클리원 사이에는 사형을 집행할 권력을 지닌 자와 죽기만을 기다리는 사형수라는 깊고도 넓은 간극이 있었다. 권력자는 제 권력에 불안해졌고 사형수는 제 운명에 초연해졌다.

사실 클리원 동지의 머릿속에 쇼단초는 눈곱만치도 없었다. 이제 곧 떠나야 할 고향, 할리문다에서의 수많은 추억들이 밀물처럼 몰려와 다른 생각을 할 겨를이 없었다. 혁명이란 얼마나 피곤한 일이었던가, 그래도 적어도 한 가지는 기쁘기 그지없었다. 이제 반동이나 반혁명분자가 되지 않고도 이 모두를 버리고 떠날 수 있게 됐다는 거지.

그러다보니 쿠데타를 벌인 사람한테 감사해야겠다는 생각마저 들었다. 덕분에 내일이면 죽어서 이 모든 피곤한 일을 잊어도 되게 되었기 때문이다. 어머니 걱정은 하지 않았다. 어머니는 스스로를 돌볼 줄 아는 강인한 사람이었다. 덕분에 별 걱정 없이 심지어 꽤 행복하게 죽을 수 있게 됐다. 그렇게 생각하니 입가에 미소가 떠올랐고, 그 미소는 쇼단초를 더 미치게 만들었다.

"내일 새벽 5시 10분 전에 데리러 올 거다. 형은 5시 정각에 시작될 거고. 마지막 소원이 뭔지나 말해보시지."

"내 마지막 소원은 이것이오. 만국의 노동자여, 단결하라!"

쇼단초는 문이 부서져라 쾅 닫고 나갔다.

13

우기에는 어디서나 결혼을 많이 한다. 골목마다 혼인을 알리는 야자잎으로 장식한 노란 장대가 늘어서고 사람들은 쉴 새 없이 이 잔칫집에 몰려갔다가 저 잔칫집으로 몰려간다. 그사이 장가 못 간 총각들은 유곽에 가서 창녀를 쓰다듬으며 온기를 느끼고 연인들은 더 자주 남몰래 만나 사랑을 나눈다. 결혼한 부부들도 다시 신혼으로 돌아간 듯 서로를 탐닉한다. 그렇게 우기에는 빗속에 잉태된 새 생명이 여인의 배 속에 자리 잡는다.

공산주의자들이 죽어나가는 와중에도 사람들은 틈만 나면, 특히 큰비가 퍼부을 때마다 사랑을 나누었다. 그러나 적어도 학살의 그 순간 쇼단초와 알라만다 사이에 그런 일은 없었다. 마만과 마야 데위도 마찬가지였다.

두 사람은 여전히 5년 전 첫날밤과 달라진 것 없이 매일 밤을 맞았다. 마만은 적어도 한 가지 사실에 행복해했다. 이제 그에게는 돌아갈 집이 생겼다. 나시아에게 반했다가 그 애가 제 연인을 사랑하는 모양을 본 후 얼마나 간절히 꿈꾸던 일이던가. 오랫동안 마만은 그렇게 누군가가 저를 사랑스런 눈길로 바라봐주기를, 집과 가족을 갖기를 소망했다. 그러나 모두가 그를 말썽만 일으키는 깡패로 여기기에 평생 그런 것들 근처에도 가보지 못할 줄만 알았다.

그런데 이제 낮에 터미널에서 노닥거리거나 쇼단초와 카드놀이를 하다가 집에 가면 아내가 기다리고 있었다. 저녁상을 차려놓고 목욕물과 수건까지 대령했다. 그렇게 매일 밤 마만은 하늘 위로 날아갈 것 같은 기분이 됐다. 또 남들처럼 깨끗한 옷을 입고, 남들처럼 밥상에서 밥을 먹고, 남들처럼 이불을 덮고 침대에서 잠을 자니 문명인이 된 기분이었다.

마야 데위는 집안 살림과 학교 공부뿐 아니라 남편을 챙기는 일에도 결코 소홀하지 않았다. 마만은 데위 아유에게 맹세한 대로 다른 여자는 쳐다보지 않으면서도 아내 몸에도 손 하나 까딱하지 않았다. 어린 신부는 한 해 한 해가 다르게 자라나 공산주의자 학살 직전에는 숙녀라고 불러도 손색이 없을 정도였다. 키도 훌쩍 컸고 들어갈 데는 들어가고 나올 데는 나왔으며 젖가슴도 완벽하게 자랐다. 그러나 마만의 눈에는 아직 어린 여학생일 따름이었다. 아내가 숙제를 하면 담배를 피우며 곁에서 지켜보고 밤마다 이불을 덮어주었다. 그러나 결코 한 침대를 쓰는 일은 없었다.

마만은 금욕생활을 놀라울 만큼 잘 견뎌냈다. 욕정을 견딜 수 없을 지경이 되면 화장실로 달려가 몇 번이고 수음하며 제 성난 물건을 달랬다. 이 문제에 관해서라면 쇼단초야말로 가장 허물없는 벗이었다. 이유는 완전히 다르지만 똑같이 독수공방하는 신세라 둘은 점점 더 가까워졌다. 쇼단초는 알라만다가 아직도 클리원이라는 자를 사랑할지 모른다며 징징대는 것은 물론 온갖 내밀한 가정사까지 이 믿음직한 벗에게 털어놓았다.

카드판이 끝나고 다른 이들이 자리를 뜨고 이런저런 할리문다 일들을 처리하고 나면 둘은 으레 아내에 관한 개인사를 끄집어내 이야기했다. 그럴 때면 그저 친구가 아니라 같이 울고 웃는 형님 아우지간이라도 된 것 같았다. 하루는 쇼단초가 부부 사이의 일을 털어놓았다. 결혼한 지 몇 년째 아내와 동침하지 못했다고 했다. 각방을 쓸 뿐 아니라 알라만다가 쇠속곳으로 무장하고 있다는 사실까지 다 고백했다.

"그놈의 쇠속곳을 열려면 주문을 외어야 하는데 그 주문을 아는 사람은 아내밖에 없어."

"임신한 적 있다고 들었는데?"

그 말에 쇼단초는 눈물을 펑펑 쏟았다. "두 번 임신했었지. 헌데 둘 다 배 속에서 사라져버렸지 뭔가. 누룰 아이니라고 이름도 지어줬는데."

"남자랑 안 자고 임신하는 여자는 세상에 없네. 성모 마리아라면 또 몰라도."

쇼단초는 이제 더 큰 소리로 울었다. "아내가 좀 부주의할 때 내가 억지로 강간했다네."

마만은 자신도 아내의 몸에 손을 대본 적이 없다며 쇼단초를 달랬다. "그리고 말일세. 나는 다시는 유곽에 가지 않겠다고 맹세까지 했어. 그래서 화장실에 가서 손장난을 치는 수밖에 없지. 그 방법이 꽤 괜찮다네. 자네도 그렇게 해보는 게 어떤가?"

"그 짓이라면 지긋지긋하게 해봤어. 하다하다 개를 붙잡고 할

뻔도 했네."

"병 주둥이에 안 한 게 어딘가."

둘은 행복한 결혼생활의 비결은 인내라고, 더디게 흐르는 세월을 견디는 수밖에 없다고 맞장구쳤다. 적어도 마만은 아내가 사랑을 나눌 수 있을 만큼 자랄 때까지 기다려야 했다. 그날이 언제 올지는 나도 모르겠네, 쇼단초. 내 생각엔 자네한테도 시간이 필요할 것 같아. 여자란 인내 앞에서 결국 무릎을 꿇게 마련이거든. 여자를 많이 겪어본 지혜로운 노인들이 늘 하는 소리였다. 자네가 참고 견디면 그 결실을 맺을 날이 올 걸세. 빗물이 바윗돌을 뚫지 않던가. 처형도 언젠가는 고집을 꺾고 자네를 받아줄 날이 온다니까. 쇠속곳 벗겨보려고 처형한테 아첨하고 그러지 말게. 언젠가는 처형 손으로 벗는 날이 올 거야. 내 말을 믿게, 쇼단초. 세상에 어떤 여자도, 아니 어떤 남자도 죽는 날까지 고집불통인 사람은 없어.

쇼단초는 아직도 속으로는 마만을 미워했지만 그 작자의 이상하고도 현명한 조언은 진정으로 위안이 됐다. 그래서 아내와의 잠자리 생각을 잠시나마 멈출 수 있었다. 하지만 게릴라 움막에서 아내를 강간하던 그 순간의 쾌감은 도저히 잊을 수 없었다.

쇼단초와 달리 마만은 아내를 강간할 생각은 꿈에도 없었다. 마만이 말만 하면 마야 데위는 기꺼이 옷을 벗고 침대에 올라 응할 것이다. 그러나 그렇게 순진무구한 눈을 한 그 어린애에게 그런 몹쓸 짓을 할 수는 없었다. 어여쁜 우리 막내, 아직 데위 아유의 연인이던 시절 그는 마야 데위를 그렇게 불렀다. 그는 남편의 가장 중요한 임무는 아내를 행복하게 해주는 것이며 좋은 아내가 되는 법은 아내가 스스로 배우게 해야 한다고 생각했다. 나는 우리 꼬맹이 마누라가 얼마나 자랑스러운지 몰라. 그는 부하들에게 늘 이렇게 말했다. 열두 살에 시집왔는데 요리면 요리, 바느질이면 바느질, 청소면 청소, 꽃꽂이까지 못하는 게 없어. 일하던 사람 둘이 결혼하겠다고 가버렸지만 아무 문제가 없지 뭐야. 데위 아유가 딸들을 아주 어릴 때부터 야무지게 가르쳤나봐. 보라고, 요즘은 학교 갔다 집에 오면 이웃에서 주문받은 생일케이크를 만드느라 더 바쁘다네. 마야 데위가 만든 빵과 과자는 예쁘기도 하지만 맛도 좋아서 마만은 걸핏하면 부엌에 몰래 들어가 집어먹곤 했다.

마야 데위의 케이크 사업은 점점 번창해서 일손이 딸릴 정도였다. 결국 결혼 4년째 되던 해에는 열두 살 난 고아 소녀 둘을 일꾼으로 들였다. 마야 데위와 소녀들은 반죽을 하고 케이크와 과자를 굽고 장식을 하느라 분주하게 하루하루를 보냈다.

하지만 학교와 사업이 바쁘다고 해서 마야 데위가 남편 수발을 소홀히 하는 일은 절대 없었다. 그 때문에 마만은 더 행복했다. 하지만 절대로 아내 몸에 손을 대지는 않았다. 아내를 침대 위에 벌거벗겨서 어린 시절의 천진난만한 행복을 부수고 싶지 않았다. 할리문다에서 제일 유명한 창녀를 어머니로 두었지만 마야 데위 자신은 남녀 간의 정사가 어떤 것인지는 꿈에도 모르고 살아왔을 것이라고 생각했다. 더군다나 쇼단초에게 배 속의 아이가 두 번이나 사라진 이야기를 듣고 나서는 아무리 아내일지라도 억지로 동침하는 일은 결코 있어서는 안 된다고 생각했다.

마만은 벌써 몇 년이나 화장실에서 손장난 치는 것 말고 여자를 일체 건드리지 않고 금욕해온 자신이 점점 더 대견스러웠다. 육욕을 견딜 수 없을 때는 일주일에 한 번꼴, 그래도 견딜만 할 때는 한 달에 한 번꼴로 성난 제 연장을 손으로 달랬다. 아내와의 육체적 접촉이라고는 잠자기 전과 학교 가기 전 이마에 해주는 뽀뽀와 영화관에서 어깨를 안아주는 것, 아내가 소파에서 잠들기라도 하면 안아서 침대에 눕혀주는 것이 다였다. 아내의 나신을 본 일도 없었다. 한때 떠돌이 전사였던 이 사내는 신비로울 만치 놀라운 자제력으로 언젠가는 올 그날을 기다리며 또 한 계절을 지나보내던 중이었다.

"이제 학교는 그만 다니려고요." 마야 데위가 이런 말을 꺼내 마만을 놀래켰다. 열일곱 살이 다 되어가던 어느 날이었다. 학교를 그만두고 집안일과 남편 수발에 더 집중하고 싶다고 했다.

마만은 지금까지 집안 살림도 자신에게도 흠잡을 데가 없다고 맞섰다. 사실 남자들이 박쥐엄마 유곽에 얼마나 몰려가는지 생각해보면 마만은 할리문다의 어떤 남편보다 더 잘 섬김받고 있는 것이 분명했다. 그러나 어린 아내의 눈빛을 보니 결심이 확고해 보이고 또 저에게 나쁠 것도 없다고 여겨 허락하고 말았다.

그날 밤 마만은 평소처럼 이불을 덮어주고 잘 자라는 인사를 할 요량으로 아내의 침실에 들어갔다. 그런데 아내가 침대 위에 분홍색 시트를 깔고 발가벗은 채 누워 있는 것이 아닌가. 사방에서 장미향이 풍겨났다. 마야 데위는 희미한 등불 아래서 남편에게 미소를 지으며 말했다.

"여보, 전 당신 아내이고 이제 당신을 잠자리에서 받아들일 만큼 자랐어요." 그는 계속 말을 이었다. "오늘밤 우리 사랑을 나눠요. 세상에서 가장 아름다운 밤이 될 거예요. 5년이나 기다려온 첫날밤이잖아요."

제 어미를 빼다 박은 마야 데위는 정말이지 너무나 아름다웠다. 머리칼은 베개 위에서 물결치고 봉긋한 가슴은 어슴푸레한 불빛 아래서도 눈부시게 빛났다. 마만은 눈앞에 펼쳐진 광경에 숨이 막힐 지경이었다. 신께 맹세컨대 5년간 기다린 대가가 이토록 황홀하리라고는 꿈에도 생각지 못했다. 세상에서 가장 아름답게 빛나는 보석을 얻기 위해 그토록 멀고 먼 길을 돌고 돌아온 것이었던가.

그는 누가 뒤에서 밀기라도 한 양 스르르 아내에게 다가갔다. 조심스럽게 아주 조심스럽게 여체를 쓰다듬자 아내는 몸을 비틀며 숨을 깊게 내쉬었다. 사내는 이제 침대로 올라갔다. 몇 년이나 기다린 사람답지 않게 서두르지 않고 천천히 사랑스러운 아내의 이마에 코를 갖다 댔다. 그리고 뺨과 입술에 불덩이처럼 뜨겁게 입을 맞췄다. 그사이 마야 데위가 어찌나 능수능란하게 남편의 옷을 벗겼던지 사내는 자기가 벌거벗은 줄도 몰랐다.

두 사람은 그렇게 찬란하게 빛나는 끝없는 첫날밤 속으로 녹아들어갔다. 몇 주가 지나도록 집 밖에 나가지 않고 해질녘부터 아침까지 다시 아침부터 해질녘까지 사랑을 나누었다. 먹고 마실 때와 화장실 갈 때, 침대로 돌아가기 전 잠시 바람 쐴 때 말고는 방 밖으로 나오지 않았다. 피와 빗물이 뒤범벅돼 흘러내리던 10월 내내 밖에서 무슨 일이 벌어지는지도 모르고 서로의 육체를 탐닉하며 사랑을 나누었다.

클리원이 그날 새벽 5시에 사형당한다는 소식을 제일 마지막으로 전해 들은 사람은 알라만다였다. 그는 남편이 10월부터 시작된 공산주의자 소탕으로 정신없이 쏘다니기 시작한 이래로 아예 집 밖에 나가지 않았다. 그러나 사형 소식은 바람을 타고 창문을 넘어 남편을 기다리며 방 안에 누워 있던 알라만다에게도 날아들었다. 아직도 남몰래 사랑하는 남자 클리원이 죽게 되었다니, 온몸이 덜덜 떨렸다. 총살형인가, 교수형인가, 물에 빠뜨리려나, 들개에게 던져주려나.

그는 담요를 뒤집어쓰고 침대 모서리에 앉아 뚫어져라 벽시계만 쳐다보았다. 분침은 느리지만 분명히 움직이고 있었다. 제 옛 연인이 제 남편의 명령으로, 어쩌면 남편의 총에 목숨을 잃을 순간이 오고 있었다. 세상에 홀로 남은 것만 같았다. 누가 안아주기라도 하면 좋으련만 안아줄 사람은 없었다. 그가 결혼한 남자는 빨갱이 사냥에 미쳐 자신을 거들떠보지 않았고, 지금 이 순간 가장 함께 있고 싶은 남자는 곧 죽을 모양이었다.

어쨌거나 클리원 동지가 사형당하지 않기를 바라는 사람은 알라만다만이 아니었다. 클리원이 대형 어선 세 척을 불태워버린 일이나 로큰롤에 미친 10대들을 유치장에 처넣은 일은 아무 문제가 되지 않았다. 클리원 동지가 곧 할리문다였고 할리문다가 곧 클리원 동지였다. 그는 창녀와 산적과 게릴라의 소굴로 악명 높았던 할리문다에 새로운 이미지를 만들어준 장본인이었다.

알라만다를 포함해 할리문다 여자들은 할리문다를 생각할 때마다 클리원을 떠올렸다. 하지만 그 남자는 새벽이 오면 죽는다. 그가 죽지 않게 해달라는 기도가 할리문다의 대기 위로 떠올랐다. 하지만 처형을 막을 힘이라고는 없는 사람들의 입에서 나오는 기도일 뿐이었다. 이 순간 사형 집행을 멈출 수 있는 사람이 딱 한 명 있다면 그것은 바로 알라만다였다. 그에게는 무기가 있었다.

새벽 5시가 되기 꼭 35분 전에 쇼단초가 집에 들어왔다. 눈엣

가시 같던 원수 놈이 죽는 꼴을 똑똑히 보기 전에 잠시나마 눈을 붙이려는 생각이었다. 그 미친 공산주의자 놈을 쏴 죽일 권총을 침대 옆에 놓고 지친 몸을 누이려는데, 침대 구석에서 알라만다가 덜덜 떨며 입을 열었다.

"여보, 좀 있다 5시에 그이가 죽는다는 게 사실인가요?"

"맞아."

"당신이 그이를 살려주기만 한다면, 쇠속곳을 벗고 당신을 받아주겠어요." 알라만다의 목소리는 결연했다.

쇼단초는 일어나 어두운 방 안에 앉은 아내를 바라보았다. 부부 간에 참으로 괴상한 거래가 벌어질 참이었다.

"진심으로 하는 말이에요."

"괜찮은 거래군. 그놈한테 질투가 나긴 하지만."

더는 아무 말이 없었다. 쇼단초는 벌떡 일어나 권총을 집어들고 방 밖으로 나갔다. 군사령부에 가보니 부하들이 신이 나서 소총을 닦고 있었다. 이제 30분 후면 할리문다 최고 거물을 처치하게 됐기 때문이다.

쇼단초는 부하들에게 특히 사형 집행을 준비하는 부하들에게 명령을 내렸다. 누구도 클리원 동지를 죽여서는 안 되며 그 이유를 물어서도 안 된다. 본부에서 말이 나온다면 자신이 처리할 일이며, 누구든 그자를 죽인다면 기어이 찾아내 직접 쏴 죽이겠다고 했다. 당사자는 말할 것도 없고 자식, 마누라, 부모, 장인, 장모, 형제자매, 조카, 사촌도 살려두지 않을 것이라고 했다.

그 명령이 어찌나 추상같던지 아무도 토를 달지 못했다. 부하들은 대체 어떻게 된 사연인지 알아보려 고심했지만 쇼단초는 곧바로 집으로 갈 참이었다. 그는 정문에 잠시 멈춰 서서 형 집행을 기대하며 밤새 한잠도 못 잔 부하들을 돌아보았다.

"죽지만 않을 정도로 놈을 좀 손봐줘도 좋다. 하지만 7시 정각에는 풀어줘야 한다."

그리고 그는 집으로 갔다.

침대 위에 알라만다가 실오라기 하나 걸치지 않고 누워 있었다. 마만이 마야 데위와 진짜 첫날밤을 맞던 그때와 꼭 같았다. 우기의 바깥 공기는 차가웠지만 방 안은 따뜻하고 포근했다. 수면등 불빛 아래 그가 너무나 잘 아는 몸의 굴곡이, 들어갈 덴 들어가고 튀어나올 덴 튀어나온 굴곡이 또렷이 보였다. 이제 이 여인은 스물한 살, 터질 듯이 무르익은 과실 같은 나이였다.

그제야 둘러보니 방이 신방처럼 꾸며져 있었다. 침대보며 담요, 모기장까지 모두 알라만다가 좋아하는 금빛이었다. 방구석 콘솔 위에 놓인 난과 월하향이 후각을 즐겁게 했다. 첫날밤 그러니까 결혼하고 5년이나 지나서 맞는 진짜 첫날밤이었다.

쇼단초는 수줍은 새신랑이 된 듯 평소처럼 서두르지 않고 천천히 옷을 벗었다. 그리고 때늦은 첫날밤과 놀랍도록 낭만적이고 따사로운 신혼이 시작됐다. 동트기 전 나눈 사랑은 격렬했다. 금빛 침대에서 사랑을 나누다 바닥에 떨어지자 바닥에서 다시 욕실로 가서 사랑을 이어갔다. 따가운 햇살이 창문을 뚫고 들어올 때쯤에는 소파 위에서 사랑을 나눴다.

부부는 집 안의 문이란 문은 다 닫고 식모들은 부엌에 가두고, 응접실에서 사랑을 나누며 서로에게 포르노 소설을 읽어주었다. 그리고 이번에는 다시 욕실로 들어갔다. 부엌에 갇힌 식모들과 이웃들은 알라만다의 교성과 쇼단초의 신음 소리를 들으며 놀란 입을 다물지 못했다. 그날은 그렇게 세 번 사랑을 나누었지만 다음날까지 총 열한 번 사랑을 나누고 나서야 그들은 비로소 흡족해했다. 5년 동안 굶주려온 한 쌍이 아니었던가.

마만과 마야 데위가 그랬듯 이 부부도 그날 이후로 집 밖에 나가지 않았다. 집 밖에서 일어나는 일에는 아예 신경을 껐다.

몇 달 후 쇼단초는 마야 데위가 임신한 지 한참 됐다는 소식을 들었다. 누가 일러주기를 마만의 부하들이 선물을 사들고 축하한답시고 몰려들었다고 했다. 작은 잔치가 열렸고 깡패들은 뒷마당에서 형편없이 취해버렸다. 마만은 내 집에서는 절대 취해선 안 된다고 엄포를 놓았지만 아무도 신경 쓰지 않았다. 부하들이 대자로 뻗어 눕자 마만은 놈들을 하나씩 끌어내 길가에 던져놓아야 했다.

마만은 베란다에 앉아 부하들이 길가에 널브러지거나 비틀거리며 버스터미널의 제자리로 돌아가는 광경을 지켜보았다. 이제 남들처럼 가족을 부양하며 평범한 삶을 살아가길 바라는 사내와 여러 해 찬바람을 맞으며 부하들과 동고동락해온 사내 사이에서 마만은 자신이 누구인지 혼란스러웠다.

그는 정말이지 정체를 알 수 없는 사람이었다. 집 밖에서는 무자비한 깡패 두목이었지만 마침내 아이가 태어나자 집에만 오면 말도 못하게 자상한 아비이자 남편이 됐다. 오래전부터 맹세해왔듯 아이의 이름은 렝가니스로 지었다. 그러나 그 애가 너무나도 아름다워서 사람들은 '아름다운 렝가니스'라고 불렀다.

그즈음 쇼단초가 찾아왔다. 벗이 외할머니만큼이나 아름다운 딸을 얻었다니 기쁘기 그지없다고 했다. 화장실에서 손장난 말고는 5년간 못 써본 마만의 연장이 여전히 제 구실을 해서 다행이라며 놀리는 것도 물론 잊지 않았다. 이 말에 그 무자비한 깡패는 수줍게 얼굴을 붉히며 쇼단초의 안부를 물었다.

쇼단초가 그제야 함박웃음을 지어 보였다. 아아! 친구, 나를 보게나. 우리 둘에게 은총이 내리고 우리의 인내가 드디어 열매를 맺었다네. 내 아내도 임신을 해서 지금 배가 남산만 하다네. 자네 왜 나를 그런 눈으로 보는 건가. 이번에는 지난 두 차례처럼 그렇게 임신한 게 아니라네. 두 아기는 사라졌지만 이번에는 그런 슬픔은 없을 걸세. 이번에는 진짜 아기가 태어날 거야. 그리고 우리 딸도 자네 딸만큼이나 어여쁠 거야. 왜냐하면 이번에는 억지로 욕보이지 않고 진짜로 사랑을 나누었거든. 남들처럼 그렇게 말이지. 좀 수줍기도 했지만 온기가 가득하고 진실되고 사랑으로 가득한 그런 거 있지 않나.

쇼단초는 계속 이어갔다. 이 말을 들으면 놀랄 걸세. 어느 날 말일세. 새벽이 되기 직전이었네. 내 아내가 벌거벗고 나를 받아주었다네. 준비가 됐으니 더 이상 싸우지 않겠다더군. 그렇게 몇 주 동안이나 우리는 아름다운 밤을 보냈다네. 참된 신혼이었지. 자네 얘기와 크게 다를 게 없다네, 친구. 아마도 우주가 우리를 같은 운명으로 이끌었나보네.

두 사내는 마주보며 낄낄거렸다.

쇼단초는 마만이 사정을 다 알 필요는 없다고 여기고, 클리원 동지를 살려주는 대가로 아내의 마음을 얻은 부분은 슬쩍 빼놓고 말하지 않았다.

두 사내는 신이 나서 마만의 양어장 근처에 마주 앉아 잔을 기울였다. 할 이야기가 너무 많았다. 머리를 맞대고 카드놀이 기술을 연구하다가 조만간 시장에서 카드판을 다시 열자고 약속했다. 둘 다 끝이 안 날 것만 같은 신혼에 빠져든 나머지 벌써 몇 달째 카드판이 열리지 못했던 것이다.

렝가니스가 태어난 지 여섯 달이 지난 어느 날이었다. 알라만다가 진통을 시작했다는 소식을 듣자마자 마만은 아내와 딸을 데리고 쇼단초의 집으로 향했다. 마침 아기가 첫울음을 터트릴 때 도착해 마만은 바로 그 순간 쇼단초의 손을 맞잡을 수 있었다. 이제 막 아비가 된 사내는 진짜 살과 피와 뼈를 가진 세상의 거의 모든 아기들과 같은 건강한 아기를 보자 감격했다. 아기는 딸이었고, 쇼단초의 벗이자 적인 사내의 딸만큼이나 예뻤다.

마만이 말했다. "축하하네, 쇼단초. 우리 애들이 제일 친한 사촌이자 친구가 됐으면 좋겠네."

"물론이지."

"애 이름은 지어놨는가?"

"사라진 제 언니들 이름을 따서 누룰 아이니라고 할 참이네."

그리하여 결혼한 그날부터 몇 년이나 기다리고 또 기다려 금쪽보다 귀한 딸을 얻은 두 아버지의 이야기가 시작되었다. 두 사내는 각기 제 딸을 끔찍이도 사랑했던지라, 청어장수와 푸줏간 주인이 끼는 카드판에도 어린 딸을 데리고 나왔다. 아이들은 함께 자라났다. 두 사내는 아이들이 카드를 섞게 하고 동전을 던져 내기를 하게 해주었다. 그렇게 두 사내의 우정은 딸들의 존재로 더 두터워졌다.

한편 누룰 아이니가 태어나고 열흘 하고 이틀이 지난 후에 세 번째 사촌이 태어났다. 아딘다는 아들을 낳았고 아비는 아들 이름을 크리산이라고 지었다. 이 이야기는 다른 이야기, 몇 달 전 클리원 동지가 처형되기로 되어 있던 날 시작된 다른 가족과 다른 운명에 관한 이야기다. 그날 예정대로 사형이 집행되었다면 크리산이 태어나는 일은 없었을 것이다. 그러나 운명은 그를 살려냈다. 그때만 해도 이제 막 태어난 세 번째 사촌, 데위 아유의 손자가 먼 훗날 상상도 못할 끔찍한 비극의 씨앗이 될지 아무도 알지 못했다.

한편 공동묘지에서는 카미노와 파리다가 조용하고 행복하게 살아갔다. 카미노는 마침내 묘지기의 아내가 되려는 여자를 만나서 감격했다. 파리다가 그를 택한 유일한 이유가 아버지 무덤 가까이에 있을 수 있기 때문이었다고 해도 개의치 않았다.

"죽은 양반을 질투해봐야 무엇하겠어."

두 사람은 여전히 자일랑쿵 놀이를 하며 무알라민의 혼령을 자주 불러냈다. 망자는 딸이 묘지기를 남편으로 삼은 것이 흐뭇한 눈치였다.

"묘지기만큼 선량한 사람이 또 어디 있겠느냐. 더 섬기지 않아도 될 존재들을 기꺼이 섬기는 이들이 아니냐."

얼마 후 파리다가 아이를 갖자 부부는 더 행복해했다. "만약 아들이라면 새 세대의 묘지기가 되겠지만, 딸이라면 할리문다 사람들은 이제 망자를 묻어줄 사람을 찾기 어려울지 몰라요." 파리다가 남편에게 말했다.

그렇게 둘은 같이 살아갔다. 때로는 망자들의 혼을 불러내 이야기를 나누며 시간을 보냈다. 가끔은 시체를 떠메고 온 상주들과 말을 섞었고 더 가끔은 인근의 코코아 농장과 야자 농장에 가서 이웃을 만나기도 했다.

부러울 것 없는 삶이었다. 집은 시에서 내준 것이라 쫓겨날 리 없었고 돈이 떨어지는 일도 없었다. 사람들은 거의 매일 묘를 찾아와 카미노의 손에 돈을 쥐어주었다. 망자가 죽은 지 7일째, 40일째, 100일째, 1,000일째 되는 날이면 상주들은 다시 무덤을 찾았고, 라마단 단식월 초와 르바란에 오는 이들도 있었다. 이 공동묘지에 묻힌 사람이 너무 많았던지라 하루도 빠짐없이 참배객이 있다고 해도 놀랄 것이 없었다. 덕분에 묘지기 가족의 삶이 적막하지 않았기에 카미노와 파리다는 참배객들의 방문을 반겼다.

유일하게 귀찮은 일이 있다면 귀신들의 장난이었다. 악령은 아니지만 좀 짓궂은 귀신들이었다. 묘지를 지나가는 행인을 놀래키고 괴이한 소리를 내거나 목 없는 고구마장수로 나타나기도 했다. 사람들은 밤에는 묘지에 가지 않으려 했지만, 카미노와 파리다는 이미 익숙해져서 남들이 닭을 쫓듯 귀신을 쫓았다. 어쩔 때는 부부가 도리어 귀신들을 놀래주기도 했다.

낮에 별로 할 일이 없을 때면 파리다는 아직도 아버지의 무덤가에 홀로 앉아 있곤 했다. 그는 무덤가에 의자를 놔두었다. 배가 점점 불러와 오래 앉아 있기가 힘들어지자 캄보자나무 아래 그늘에 자리를 펴고 누웠다. 하지만 바닷바람에 모래가 날라와 편치가 않았다. 카미노는 캄보자나무 두 그루 사이에 밧줄로 만든 그물침대를 걸어주었다. 아내가 그 위에 누워 눈을 감으면 바람이 아내와 아이를 부드럽게 흔들어주었다.

그러나 그 그물침대가 재앙을 불러왔다. 임신 6개월이 되어가던 어느 날 파리다는 그물침대에서 잠들었다가 끔찍한 악몽을 꾸었다. 놀라서 깬 그는 허둥지둥 그물침대에서 내려오다가 그만 떨어지고 말았다. 파리다는 피를 흘리며 숨을 거두었다. 비명 소리를 듣고 달려온 카미노가 도착하기도 전이었다.

카미노가 얼마나 애통해했던가. 아내와 태어날 아이를 한꺼

번에 잃었으니, 이제 그렇게 오랫동안 견뎌온 지독한 외로움으로 돌아가야 했다. 잠시나마 행복을 맛본 뒤라 앞으로 닥칠 고독은 이전보다 더 지독하고 고통스러울 터였다.

그는 제 손으로 아내의 장례를 치렀다. 이웃 한둘에게만 간신히 소식을 알렸을 뿐 더 이상 부고를 전하기도 힘들 정도로 상심했다. 그물침대를 만들어 건 제 자신을 책망하니 더 가슴이 찢어질 것 같았다. 애틋한 손길로 아내를 염하고 기도를 마치고, 집에 차고 넘치게 쌓여 있던 수의 한 벌을 아내에게 입혔다. 해질녘이 되자 무알라민의 묘 바로 옆에 새 무덤을 파기 시작했다. 그곳이야말로 아내가 잠들기 바라는 곳임을 너무 잘 알았기 때문이다. 밤이 되어서야 구덩이가 완성됐다. 눈물을 줄줄 흘리면서 아내의 시신을 구덩이에 내리고 판자로 잘 덮어주었다. 구덩이를 흙으로 덮으면서 그는 온몸을 비틀며 통곡하고 또 통곡했다.

그날 밤 그는 잠들지 못했다. 파리다가 아버지의 죽음을 슬퍼하던 그날처럼 카미노도 아내의 무덤 곁에서 꼼짝 않고 있었다. 몸 여기저기 흙이 묻고 아직 무덤을 판 삽도 옆에 그대로 꽂혀 있었다. 갑자기 어디서 아주 작게 낑낑대는 소리가 들렸다. 아이 울음소리, 아니 갓난애 우는 소리였다. 이리저리 살펴보았지만 주변에는 아무것도 없었다. 묘지의 귀신들이 장난을 치는 모양이라고 생각해보았지만 울음소리는 점점 더 또렷해졌다. 그 소리가 나는 곳은 아내의 무덤이었다.

귀신이라도 들린 사람처럼 그는 새로 생긴 무덤을 파헤쳤다. 판자를 걷어내자 수의에 싸인 시신의 가랑이 사이로 꿈틀대는 것이 보였다. 황급히 수의를 걷어내자 가랑이 사이에 아기가 반쯤 나와 있었다. 아기는 분명 숨이 붙어 있을 뿐 아니라 울음소리도 우렁찼다. 카미노는 아이를 들어올려 이빨로 탯줄을 끊었다.

아들이었다. 무덤 속에서 태어난 미숙아였지만 꽤나 건강해 보였다. 그 작은 아이는 아내가 보내준 사랑의 징표이자 축복이었다. 카미노는 아들의 이름을 킨킨이라 짓고 금이야 옥이야 홀로 키웠다.

사형당하기로 되어 있던 날 아침, 클리원 동지는 온몸이 만신창이가 된 채 군사령부 뒤편 들판에서 발견됐다. 아딘다가 시체라도 찾겠다는 일념으로 왔다가 아직 숨이 붙어 있는 그를 발견했다. 어쨌거나 클리원은 아딘다가 간절히 바랐던 대로 그가 넣어준 (온 데 핏자국이 묻기는 했지만) 깨끗한 새 옷을 갖춰 입은 채였다. 그날 새벽 4시 30분 쇼단초가 집에 간 후 클리원 동지는 차분하게 죽을 준비를 했다. 목욕까지 하고 거울 앞에 서서 저승사자가 제 몰골을 마음에 들어하길 바랐다.

"죽는 게 겁나나, 동지?" 처형 시간이 다가오자 간수 하나가 물었다.

"겁이라, 겁내는 건 군인들뿐이지요. 무서울 게 없다면 무기 같은 건 필요 없을 테니까요."

5시 정각이 되자 군인 여럿이 그를 데리고 나갔다. 군인들은 안 그래도 쇼단초의 명령 때문에 이 거물을 못 죽이게 돼 기분이 별로 좋지 않았는데 죽음 앞에서도 초연한 이 작자를 보자 분이 치밀어 올랐다.

"내 발로 내 무덤에 가겠소." 클리원 동지가 말했다.

"이렇게 모시는 걸 용서하시오, 동지." 군인 중 하나가 말했다.

군인들은 막무가내로 클리원 동지의 양손을 붙들더니 다리를 질질 끌고 밖으로 나갔다. 데리고 나갔다. 복도를 지나는 사이 군인 하나가 무자비하게 발길질을 해댔다. 이제 계획대로라면 처형장이 되었어야 할 작은 연병장 한복판에 던져졌다. 총살을 당한다면 3미터 높이 벽 복판에 서서 10미터쯤 떨어져 선 총살 집행단과 마주해야 할 것이다. 그러나 그날 아침 사격은 없었다. 있는 것은 연병장을 밝히는 조명등뿐이었다. 그 조명 때문에 일어나려고 애쓰는데 클리원 동지는 눈이 부셨다. 끌려오는 내내 발길질을 당해 온몸이 부서질 듯 아팠다. 죽어가면서도 뼈가 부러지지는 않았으면 좋겠다고 생각했다.

결국 그는 일어섰다. 한 걸음 내딛을 때마다 등 뒤로 피가 흘러내리는 것이 느껴졌다. 비틀거리면서 총살을 당할 벽을 향해 움직였다. 그러나 군인들은 다시 매서운 주먹을 날리고 군홧발로 발길질을 하고 소총 개머리판으로 쳐댔다.

"이래 가지고는 안 죽을 텐데." 클리원 동지가 말했다.

한 번 더 군홧발이 날아오자 그는 기절했다. 그제야 고문이 끝났다. 군인들은 군화 끝으로 그를 이리저리 밀기만 할 뿐, 죽을까봐 더 치지는 못했다. 쇼단초는 놈을 고문해도 좋다고 했지만 죽여서는 안 된다고 했다. 군인들은 정신을 잃은 클리원을 사령부 바깥 공터로 끌고 갔다. 개들이 물어뜯어 숨이 끊어진대도 자신들이 책임질 일은 아니었다.

정신을 차려보니 클리원 동지는 병실에 누워 있었다. 온몸에 부목을 대고 붕대가 칭칭 감겨 있었다. 곁에는 아닌나가 있어 있었다. 그가 깨어나자 아던다의 얼굴에 사랑스럽기 그지없는 미소가 번졌다.

"이 아가씨가 환자를 큰길까지 끌고 와서 인력거에 실어 여기까지 데려왔어요. 이틀 밤낮 동안 의식이 없었는데도 내내 자리를 지켰고요." 의사가 와서 말했다.

클리원 동지는 입에 붕대가 감겨 소리가 나오지 않았지만 고맙다는 말을 해보려 했다. 그러나 아딘다는 클리원의 눈빛만 보고도 무슨 말을 하려는지 알았다. 그저 고개를 끄덕이며 빨리 몸을 추스르라고 했다.

수없이 많은 파업을 주동했고 천 명이 넘는 할리문다의 공산주의자들을 지도했던 남자다. 그런데 이제 모든 것을 잃었다. 친구는 물론이요, 고향인 할리문다마저. 이제 할리문다는 새로운 세상, 공산주의자가 없는 세상으로 옮겨가는 중이었다.

그렇게 아딘다가 병구완을 하고 미나가 매일 아침 들르는 것 외에는 아무도 만나지 않은 채 일주일이 흘렀다. 여전히 의식이 흐릿했고, 그럴 때마다 친구들의 이름을 불러댔다. 하지만 친구들은 이미 다 죽었고 벌써 지옥에 가 있을 것이다. 어쩔 때는 신문을 찾았다. 아직도 이 모든 혼란이 신문이 오지 않아서 생긴 일이라고 믿는 것 같았다. 헛소리를 심하게 하면 아딘다는 열이 끓어오르는 이마 위에 찬 수건을 얹어주었고 그제야 그는 스르르 잠들었다.

"정신병원으로 옮겨드리는 편이 어떨까요?" 한번은 의사가 아딘다에게 물었다.

"그럴 필요는 없을 것 같아요. 미친 건 세상이지 이이가 아니니까요."

몸이 그런대로 회복되자 클리원 동지는 병원에서 나와 어머니의 집으로 들어갔다. 그는 세상과 담을 쌓기 시작했다. 어머니의 재봉틀을 차지하고 앉아 들어오는 재봉일만 했다. 남들과 말한 마디 섞지 않고 재봉질만 해서인지 그의 재봉은 어머니의 솜씨만큼이나 단정하고 꼼꼼했다. 움푹 들어간 눈으로 재봉바늘이 움직이는 모양만 뚫어져라 쳐다보는 듯했다. 그렇게 현실감각을 잃고 바쁘게 재봉틀을 돌려댔다. 일거리가 다 떨어지면 손수건이든 베갯잇이든 아무거나 집어 들어 재봉질을 했고 재봉할 만한 천마저 다 떨어지면 천쪼가리를 모아서 조각보를 만들었다. 그마저도 여의치 않으면 머릿속에 떠오르는 대로 아무거나 만들었다.

그렇게 누구와도 말을 섞지 않고 집 밖에도 나오지 않자 사람들은 그를 없는 사람 취급하기 시작했다. 대놓고 무시하거나 차라리 그때 죽었어야 했다는 말을 내뱉는 사람도 있었다.

"동지는 사형도 안 당하고 죽어버린 거예요." 아딘다는 벌써 여러 번 그를 세상으로 데리고 나가려고 애쓰다가 이렇게 말했다. "어쩌면 그때 정신병원에 보냈어야 했나봐요." 클리원은 대답하지 않았고, 아딘다는 그가 다시 세상으로 나가리란 희망을 버렸다.

그러던 어느 날 아침 클리원은 말끔히 옷을 차려입고 집을 나섰다. 그가 대문을 지나 밖으로 나가는 것을 보고 어머니는 깜짝 놀랐다. 그 클리원 동지가 다시 밖으로 나왔다는 소문은 강물이 범람하듯 삽시간에 퍼져 거리에 구경꾼들이 구름처럼 몰려들었다. 사람들은 그가 군인들에게 포위되어 감옥으로 끌려가던 그때처럼 프라무카 거리, 렝가니스 거리, 키당 거리, 벨란다 거리, 므르데카 거리를 지나가는 보양을 바라보았다. 그는 그때처럼 그저 무심하게 제 갈 길을 가기만 했다. 자꾸만 몰려드는 구경꾼은 그에게는 빨리 지나쳐야 할 축제 행렬 같은 것일 뿐이었다.

"어디로 가는 겁니까?" 누가 물었다.

"막다른 길."

병원에서 나와 그가 처음으로 입을 연 순간이었다. 그래서 사람들은 오랑우탄이 말을 하기라도 한 양 법석을 떨었다. 구경꾼들은 그가 이제는 불타 폐허가 된 옛 당사로 가서 공산당이 돌아왔다고 선언할 줄 알았다. 어떤 사람들은 그가 바다로 가 몸을 던져 자살할 것이라고 했다. 하지만 아무도 그가 정말 어디로 가는지는 모르고 그저 따라가기 바빴다. 그 꼴이 정말이지 축제 행렬과 다를 바 없었다.

시내 광장을 지나가다 그는 장미 한 송이를 꺾어 들더니 신성한 물건이라도 다루는 듯 조심스럽게 향을 맡았다. 여자들은 넋을 놓고 그 광경을 바라보았다.

한 달 동안 집에만 있어서인지 공산당을 이끌던 시절보다 살이 오르고 훨씬 건강해 보였다. 퀭한 눈에는 슬픔과 우울이 가득했지만, 방금 장미를 들어 향기를 맡는 순간에는 다시 눈빛이 반짝했다. 한때 수많은 여자들을 설레게 했던 그 눈빛이었다. 여자들은 그가 지금 자신의 집으로 향하는 길이기를 소망했다. 재결합, 추억 아니 무엇으로 불러도 상관없었다. 오래전에 맺었던 사랑, 아니면 한 번도 맺어지지 못한 사랑을 꽃피우러 오는 길이기를. 이제 더 많은 이들이 뒤를 따르며 똑같은 감정으로 하나가 되어갔다.

"동지, 그 꽃은 누구에게 주려는 겁니까?"

"개한테 주려고요."

그러더니 정말 지나가던 떠돌이 개한테 꽃을 던져버렸다.

그가 아딘다를 찾아가는 것으로 드러나자 여자들은 가슴이 찢어졌다. 이제 스무 살이 된 아딘다는 다른 두 자매보다 훨씬 어미를 빼닮았다. 클리원 동지가 집으로 찾아오자 데위 아유는 깜짝 놀라며 그를 맞았다. 호기심에 찬 수백 개의 눈동자가 그 집 앞마당에 다닥다닥 늘어서서 무슨 일이 벌어질지 기다리고 있었다. 벌써 5년째 데위 아유를 만나지 못한 쇼단초와 알라만다조차 뜨거운 신혼을 잠시 중단하고 구경꾼 틈에 섞여 있었다. 사람들은 그가 데위 아유를 만나러 온 것인지 아딘다를 만나러 온 것인지 궁금해했다. 그때나 지금이나 클리원은 인기남이었고 모두들 그가 벌이는 드라마를 기꺼이 지켜볼 준비가 돼 있었다. 한때 할리문다에서 제일 사랑받는 남자였고 동시에 가장 미움받는 남자이기도 하지 않았던가.

"안녕하세요, 어머님." 클리원 동지가 말했다.

"어떻게 지냈어요. 어떻게 사형을 면한 것인지 궁금하던 차였어요." 데위 아유가 말했다.

"그 사람들도 제가 차라리 죽는 게 더 낫다는 걸 알았던 거죠." 데위 아유는 그 말의 아이러니에 조용히 웃었다.

"우리 딸이 끓인 커피 한 잔 하겠어요? 지난 두어 해 사이에 두 사람이 꽤 가까워졌다고 들었는데."

"어느 따님 말씀입니까?"

"남은 딸은 아딘다밖에 없어요."

"네, 고맙습니다. 실은 오늘 아딘다에게 청혼하러 왔습니다."

구경꾼들 사이에서 우레와 같은 함성이 터졌다. 청혼이라는 말에 놀랐고 그래서 어자들의 기슴은 더 길가리 찢어졌나. 알라만다조차 그 말에 눈물을 쏟았다. 마치 제가 청혼을 받은 것처럼 감격하기도 했지만 또 동생이 그런 축복을 차지한 것에 질투가 나기도 했다. 누구보다 놀란 사람은 벽 뒤에서 엿듣고 있던 아딘다였다. 그는 쟁반에 커피 두 잔을 들고 나오다가 흠칫 놀라 잠시 멈춰 서야 했다. 다행히 커피잔을 떨어뜨리지는 않았다. 아딘다는 기쁘기도 하고 놀라기도 해서 어지러웠다. 그러나 데위 아유는 산전수전 다 겪으며 인생의 쓴맛을 본지라 평정심을 잃지 않았다. 그저 미소를 지어 보였다.

"글쎄, 우리 딸은 어떻게 생각하는지 먼저 물어봐야겠는걸."

데위 아유는 안으로 들어갔다. 아딘다는 너무 부끄러워서 얼굴을 들지 못했다. 구경꾼들이 집 전체를 에워싸고 있었던 것이다. 하지만 어머니를 향해 확신에 찬 얼굴로 고개를 끄덕였다. 데위 아유는 응접실로 돌아와 클리원 동지 앞에 쟁반을 놓았다.

"아딘다가 좋다는군요." 데위 아유가 웃으면서 클리원에게 말했다. "그럼 이제 내 사위가 되는 거군요. 내 사위 중에 나랑 안 자본 남자는 처음인걸."

"저도 어머님이랑 자보기를 바라 마지않던 때가 있었습니다." 클리원이 수줍게 말했다.

"잘 알고 있어요."

클리원 동지는 그해 11월 말 아딘다와 결혼했다. 데위 아유가 비용을 댄 결혼식도 성대하게 올렸다. 살찐 암소 두 마리에 염소 네 마리, 닭 수백 마리를 잡았고 쌀, 감자, 콩, 국수, 계란은 얼마나 썼는지 알 수 없을 정도였다. 클리원 동지는 고깃배를 타던 시절 모아둔 돈 말고는 가진 게 없는지라 간소한 식을 올리고 싶었지만 데위 아유는 마지막 남은 딸에게 큰 잔치를 열어주고 싶었다.

예물로는 자카르타에 있던 시절 이동 사진관에서 일하며 번 돈으로 산 반지를 주었다. 솔직히 말하면 그 반지는 알라만다에게 주려고 산 것이었다. 아딘다는 반지에 얽힌 사연을 알았지만 개의치 않았다. 오히려 반지를 내보이며 자랑스러워했다. 신혼부부는 데위 아유가 잡아준 만 근처의 호텔로 신혼여행을 갔다.

데위 아유는 신혼부부에게 쇼단초와 같은 주택단지에 집도 장만해주었다. 두 집은 겨우 한 집을 사이에 두고 그렇게 가까웠다. 클리원 동지는 곧 논밭을 한 뙈기 사서 혼자 힘으로 일구기 시작했다. 밭 귀퉁이에는 연못을 만들고 치어를 풀어놓았다. 아침마다 쌀겨를 주다가 물고기가 다 크자 카사바잎과 파파야잎을 던져주었다. 논에는 남들처럼 벼를 심었다. 아딘다는 농부의 아내가 되기 위해 많은 것을 배워야 했다. 이제껏 논흙 한번 만져본 적이 없기 때문이지만, 마음은 기쁘기만 했다.

클리원 동지는 농부들이 그렇듯 새벽같이 논에 나갔다. 물꼬를 살피고, 잡초를 뽑고, 물고기 밥을 주고, 논둑에 콩을 심었다. 아딘다는 집안일을 맡았다. 집안일을 다 마치고 날이 밝아오면 아딘다가 광주리에 아침을 싸들고 밭으로 왔다. 부부는 클리원 동지가 논 귀퉁이에 지은 벽도 없는 농막에 앉아 밥을 먹었다. 집으로 돌아갈 때면 광주리에 어린 카사바잎과 고구마가 가득 담겨 있었다.

이듬해 1월 아딘다가 병원에서 임신이 확실하다는 진단을 받았다. 이 소식에 기뻐한 것은 부부만이 아니었다. 부부를 아는 사람은 모두 기뻐해주었으나 그중에서도 제일 먼저 달려와 축하해준 사람은 알라만다였다. 그도 아직 임신 중이고 누룰 아이니는 아직 태어나지 않았을 때였다. 클리원 부부가 아딘다가 심은 아름다운 꽃들을 바라보며 베란다에서 쉬고 있는데 알라만다가 나타났다. 부부는 그가 나타나자 깜짝 놀랐다. 그간 이웃에 살면서도 한 번도 인사를 주고받거나 왕래하는 일이 없었기 때문이었다.

클리원 동지는 좀 어색해했지만 아딘다는 곧장 언니를 끌어 안고 서로 뺨에 입을 맞추었다.

"의사가 뭐라고 하니?" 알라만다가 물었다.

"의사 말이 딸이면 할머니 같은 창녀는 되지 말고 아들이면 아버지 같은 공산주의자가 되지 말았으면 좋겠대."

알라만다가 웃었다.

"의사가 언니한테는 뭐래?" 아딘다가 물었다.

"알다시피 두 번이나 그래서 아직 모르겠어."

"알라만다." 클리원 동지가 갑자기 입을 열자 자매는 동시에 그쪽으로 고개를 돌렸다. 그는 알라만다의 배를 바라보고 있던 중이었다. 알라만다는 그가 두 번이나 자신의 배 안에는 빈 냄비 처럼 바람밖에 안 들었다고 했던 것을 기억했다. 그 기억이 떠오르자 얼굴에 핏기가 가셨다. "맹세컨대 이번에는 빈 냄비가 아니야."

알라만다는 그를 쳐다보며 다시 한 번 그 말을 해주길 바랐다. 그는 고개를 끄덕였다. "아주 예쁜 딸이야. 엄마보다 더 예쁠 지도 몰라. 머리칼은 칠흑 같고 눈은 아버지를 닮아서 부리부리해. 너희 애는 우리 애보다 열흘 하고 이틀 먼저 나올 거야. 언니 들 이름을 따서 누룰 아이니라고 해도 좋아. 내 말을 믿어. 이 아이는 아리따운 숙녀로 자라날 거야."

"세상에! 정말로 그렇게 된다면 누룰 아이니라고 하겠어." 그 날 밤 쇼단초가 말했다. 부부는 이제야 위의 두 아이가 사라진 것이 클리원의 저주 때문이 아니라 사랑의 부재 때문임을 깨달았다. 클리원의 목숨을 살려주는 대가로 알라만다는 남편에게 진정한 사랑을 주었고 그 사랑이 이제 결실을 맺으려 한다. 사랑만이 그들이 그토록 간절히 바라던 것을 주었던 것이다.

한편 클리원 동지는 아내와 배 속의 아이를 먹여 살려야 한다는 생각에 농사 말고 다른 사업을 궁리하기 시작했다. 아직 당을 이끌던 시절 그는 어린이책을 많이 모아두었다. 쇼단초의 부하들과 반공주의자들이 그 책을 다 태워버렸지만, 쇼단초는 공산주의와는 상관없는 무술에 관한 책을 빼돌려 본부에 두고 뒤적이곤 했다. 알라만다가 다녀간 지 얼마 지나지 않아 쇼단초가 그 책 상자 두 개를 돌려주었다. 그 책을 가지고 클리원 동지는 집 앞에 작은 책 대여소를 열었다. 손님이래봐야 학생들이 대부분이었지만 아딘다에게도 소일거리가 생겨 두 사람은 꽤나 신이 났다.

그리고 마침내 누룰 아이니가 태어났다. "축하하네, 쇼단초. 우리 애들이 좋은 사촌이자 친구가 됐으면 좋겠네." 마만이 이렇게 말하자 쇼단초는 꽤나 감동받았다.

아버지들이 서로 품어온 원한을 누그러뜨리고 자식들은 친하게 지내도록 하자는 제안이었다. 쇼단초도 좋다고 했다. 둘은 렝가니스와 누룰 아이니를 같은 유치원에 보내기로 약속했다.

그리고 클리원 동지가 말한 대로 열흘 하고 이틀 후 아딘다가 아들을 낳자, 쇼단초는 여전히 들떠서 마만의 평화와 희망에 찬 제안을 조금 다른 말로 바꿔 클리원에게 전했다. "축하하네, 동지. 우리아는 달리 이 아이들은 좋은 친구가 되길 바라네. 누가 알겠나. 좋은 짝이 될지도 모르지."

클리원 동지는 아들을 크리산이라고 이름 지었다. 그 아이는 누룰 아이니와 맺어질 운명이었는지도 모른다. 하지만 인생에는 언제나 예상치 못한 일이 벌어지는 법. 둘 사이에 렝가니스가 끼어들었다.

14

1976년 할리문다에는 저세상으로 곱게 가지 못한 원혼이 득
시글거렸다. 할리문다 사람들은 물론이요, 이제 막 할리문다역
에 내린 네덜란드인 관광객 두 사람도 금방 알아차릴 정도였다.
두 사람은 70대쯤 된 부부 같아 보였다. 그 나이에도 남편은 어깨
에 커다란 배낭을 멨고 부인은 작은 배낭에 우산을 들었다. 승강
장에 내리자마자 비릿한 썩은 내 나는 공기가 무겁게 내려앉은
것을 느낄 수 있었다. 부부는 극장 불빛처럼 시뻘건 전등빛에 이
리저리 흩어지는 들쭉날쭉한 그림자들이 눈앞에 보여 흠칫 놀라
뒤로 물러섰다.

"귀신 들린 집에 들어서는 거 같아." 부인이 고개를 내저으며
말했다.

"그게 아니라 대학살이 있었넌 보양이야." 남편이 말했다.

인력거꾼이 그들을 호텔로 데려다주며 귀신 얘기를 해주었
다. 귀신들은 아주 힘이 셉니다, 그러니까 길 한복판에서 인력거

가 뒤집히지 않게 해달라고 기도하십쇼. "그런 일이 자주 벌어지는가?" 남편이 물었다. "사실 그런 일은 잘 없습죠." 하지만 그는 자동차가 가로대를 들이받더니 바다로 날아간 적이 있다고 했다. 차에 탄 사람은 다 즉사했는데 다들 원한에 찬 귀신이 벌인 짓이라고 여긴다고 했다. 2년 전에 난 시장 대화재도 귀신들의 소행이 분명하다고 했다.

"귀신이 얼마나 있는가?" 부인이 물었다.

"그게 마님, 귀신을 세볼 만큼 멍청한 사람은 없습죠."

부부는 여러 해 전 이 도시에서 수천 명도 넘는 공산주의자들이 학살당했다는 사실을 알게 됐다. 사람들은 공산주의자들을 미워하긴 했지만 이 도시에서 그토록 끔찍한 대학살은 없었으며 다시는 그런 일이 없기를 바란다고 했다. 그렇다. 천 명이 넘는 사람이 죽었다. 망자는 대부분 부디 다르마 공동묘지에 묻혔다. 그러지 못한 망자는 길가에서 썩어갔다. 견디다 못한 사람들이 나서긴 했지만 그것은 시신을 수습한다기보다는 바나나밭에서 썩어가는 똥을 치우는 것에 가까운 행위였다.

네덜란드인 부부는 만에 있는 제법 좋은 호텔에 도착했다. 아내가 남편의 귀에 속삭였다. "우리 여기서 사랑을 나누다가 아빠한테 걸렸잖아. 그때가 아빠를 마지막으로 본 거였지만." 남편이 고개를 끄덕였다. 호텔 프런트에 들어서니 하얀 제복에 너무 완벽하게 대칭이라서 좀 부자연스러워 보이는 나비넥타이를 한 직원이 맞아주었다. 직원은 미소를 지으며 방명록을 내밀었다. 남편이 우아한 구식 필체로 이름을 썼다. "헨리와 아너 스탐러."

두 사람은 그날은 하루 종일 호텔방에서 쉬었다. 아너 스탐러는 식민지 시절에 비해 할리문다가 참 많이 변했다고 했다. "이제

이 호텔도 원주민이 주인일 거야." 다음날부터 관광을 하려는 눈치였지만 서두르는 기색은 전혀 없었다. 아무래도 한동안 몇 달 아니 몇 년은 머물 심산인 모양이었다. 전쟁 때문에 쫓겨가기 전 여기 살던 시절을 그리워하며 그렇게 머무는 네덜란드인이 여럿 있었다.

벨보이가 룸서비스를 가져다주며 일렀다. "여기에 머무시는 동안 공산주의자 유령을 조심하셔야 합니다."

"카를 마르크스가 《공산당 선언》 첫머리에서 이미 경고했지." 헨리 스탬러가 껄껄거리며 대꾸했다. 그리고 두 사람은 저녁을 먹으며 완전히 잊었던 열대의 맛을 다시 음미했다.

식사를 시작하기 전, 헨리가 벨보이에게 물었다.

"혹시 자네 데위 아유라는 여자를 아나? 지금쯤 쉰두 살 정도 됐을 텐데."

"물론입니다. 할리문다에서 데위 아유를 모르는 사람은 없습니다."

헨리와 아뇌는 말은 안 했지만 날아갈 듯 기쁜 기색이었다. 부부가 지구 절반을 날아 할리문다까지 온 까닭은 아버지 집 현관에 버리고 온 딸을 찾기 위해서였다. 그런데 이렇게 쉽게 딸을 찾다니 믿을 수 없었다. 두 사람은 기가 막힌 얼굴로 벨보이를 쳐다보았다.

"그 여자가 백인 혼혈이 맞는가?"

"맞습니다. 할리문다에 데위 아유는 하나뿐입니다."

"아직 살아 있는가?" 이뇌 스탬리가 눈물이 글썽해지며 물었다.

"아니요. 얼마 전에 죽었습니다."

"어쩌다가?"

"죽고 싶어서 죽었다고 합니다." 벨보이는 물러갈 차비를 했다. 그러나 문밖을 나서기 전에 한마디 덧붙였다. "데위 아유 말고도 창녀는 많습니다. 원하신다면 불러드리죠."

그리하여 이제 두 사람은 데위 아유가 창녀였다는 사실을 알게 됐다. 저녁식사를 마치고 벨보이를 다시 불러들여 딸에 대해 물었다. 그의 말이 데위 아유는 할리문다의 전설, 최고의 창녀였다고 했지만 헨리에게나 아뇌에게 별다른 감흥은 없었다. "남자라면 누구나 데위 아유와 자보고 싶어 했습니다. 사위 셋 중 둘도 장모와 같이 잤을 정도니까요. 정말 끝내주는 창녀였죠."

"그러니까 딸을 셋 뒀단 말인가?" 아뇌 스탐러가 물었다.

"넷입니다. 막내는 데위 아유가 죽기 스물하루 전에 태어났죠."

벨보이는 부부의 막내 손녀딸이 살고 있는 주소를 일러주었다. 그 아이는 로시나라는 벙어리 하녀가 돌봐주고 있으며 이름은 잔틱이라고 했다.

"하지만 막내딸은 괴물처럼 못생겼대요."

다음날 부부는 그 집을 찾아가 두 눈으로 그런 손녀딸을 확인하고 기절할 뻔했다. "새카맣게 타버린 과자 같네." 아뇌 스탐러가 의자에 쓰러지듯 앉으며 말했다.

로시나는 복도에 매놓은 요람에 아기를 눕히고 손님들에게 찬 레몬주스를 내왔다. "마님은 예쁜 아기를 낳는 게 지겨워지셔서 못생긴 아기를 낳게 해달라고 했어요. 그래서 저 아기가 태어났죠." 로시나가 수화로 말했다.

그러나 헨리와 아뇌는 로시나의 수화를 전혀 이해할 수 없었다. 로시나로서는 제 수화를 이해하지 못하는 사람과 대화하기란 참으로 성가신 일이었다. 그러나 본래 심성이 고운 여인인지라 종이와 펜을 가져와 방금 한 말을 적어주었다.

"그럼 다른 딸들은 어떻게 되었는가?"

"다른 딸들은 남자에게 다리 벌려주는 법을 배우자마자 떠나버렸답니다." 로시나는 일전에 데위 아유가 일러준 대로 대답했다.

스탐러 부부는 잠시 집을 둘러보았다. 벽에 걸린 테트와 마리에 스탐러의 사진을 보고 부부가 펑펑 울어대자 로시나는 고개를 흔들었다. 그렇게 울고 나서는 아직 10대였던 자신들의 사진을 발견하고는 깔깔대며 웃었다. "이제 막 정신병원에서 나온 노인네들이 분명해." 로시나가 요람의 아기에게 수화로 말했다. 헨리와 아뇌는 데위 아유의 사진을 보고 감탄을 금치 못했다. 아주 어린 시절의 사진과 10대 시절의 사진이 있었다. 전쟁 때문에 20대 시절의 사진은 아예 없었지만 그 후로 찍은 사진은 아주 최근의 것까지 여럿이었다. 헨리와 아뇌는 나이를 불문하고 언제나 빛이 나는 딸의 미모에 감탄했다. 남자라면 모두 꿈꾸는 창녀였다는 것이 놀랄 일은 아니었다.

딸 말고도 아름다운 여자들의 사진이 있었다. 흰 얼굴에 째진 눈을 한 젊은 여자는 알라만다라고 해요. 로시나가 안내원 역할을 계속했다. 쇼단초라는 군인과 결혼해서 누룰 아이니라는 딸을 두었죠. 마님과 가장 닮은 여자는 둘째딸 아딘다입니다. 로시나는 계속 적어내렸다. 클리원이라는 공산주의자와 결혼해서 크리산이라는 아들을 낳았습니다. 세일 혼혈 같은 얼굴에 셋 중 가상 예쁜 아가씨가 셋째 마야 데위예요. 열두 살에 할리문다에서 가장 악명 높은 깡패, 미치광이 마만과 결혼했답니다. 결혼하고도

5년이나 처녀로 살다가 렝가니스라는 딸을 낳았죠. 로시나는 한 번도 세 딸을 만난 적이 없었지만 데위 아유에게 들은 대로 전해 주었다.

그때 갑자기 엄청난 힘이 그들을 치고 갔다. 방 안의 공기가 모두 빨려나가거나 살갗 위에서 얼어붙어버린 것 같은 느낌이었다. 다들 뒷목의 털이 곤두섰다.

"세상에! 이게 대체 무슨 일인가?"

"잘 모르겠습니다. 하지만 이 집에 귀신이 있긴 해요. 그렇게 나쁜 귀신은 아니지만 원한이 있나봐요."

"공산주의자 귀신인가?" 아뉘 스탐러가 남편 곁으로 바짝 붙으며 물었다.

"공산주의자 귀신들은 길에 있지 이 집에 있지는 않아요."

바람이 불어오더니 양쪽 벽에 걸린 사진들이 조금씩 흔들흔들거리기 시작했다. 로시나가 들고 있던 공책이 휙 덮이더니 아기가 누운 요람이 얌전히 앞뒤로 왔다 갔다 했다. 부엌에서는 접시가 깨지고 냄비가 바닥에 떨어지는 소리가 났다.

"데위 아유 귀신인가?"

"모르겠어요. 마님이 말씀하시길 마 게딕 귀신이 늘 따라다닌다며 겁내셨죠. 하지만 여태껏 그 귀신이 해를 입힌 적은 없어요."

"마 게딕이 누구인가?" 헨리가 물었다.

"마님의 전남편이었다고 합니다."

"할리문다에는 귀신이 너무 많아." 헨리가 입을 열었다. 그 이상한 기운이 사라지자 벽에 걸린 액자들은 다시 못 위에 가만히 걸려 있었다. 그는 레몬주스를 한 모금 마시며 진정하려 했다.

"마 게딕이란 남자의 사진은 보이지가 않는걸."

"저도 그분을 보진 못했습니다." 로시나가 대답했다.

잔틱이 태어나기 전 로시나와 데위 아유는 부엌 앞 의자에 앉아 서로 살아온 얘기를 들려주곤 했다. 데위 아유는 마 게딕의 이야기도 해주었다. 우격다짐을 써서라도 그와 결혼했던 것은 진심으로 그를 사랑했기 때문이라고 했다. 그 노인만큼 사랑한 남자는 없었다고 했다. "내 사랑은 눈곱만치도 보답받지 못했지만 말이지. 사실 그이는 나더러 요망한 계집이라고 했어." 데위 아유는 웃으면서 말했다. 마 게딕을 두 눈으로 보기 전부터 그를 사랑했다. 어머니의 어머니가 그를 너무나도 사랑했던 까닭이었다. "그 안쓰러운 한 쌍, 마 게딕과 마 이양. 두 사람의 사랑이 깨지면서 두 사람의 삶도 무너져 내렸지. 발정난 네덜란드 남자 하나 때문에. 그리고 제일 끔찍한 건 그 발정난 네덜란드인이 바로 내 할아버지란 사실이야." 데위 아유는 그 사랑 이야기를 듣던 그 순간부터 마 게딕을 사랑했다. 집에서 일하던 아이 아니면 이웃의 누군가가 그 이야기를 해주었을 것이다. 데위 아유는 마 게딕과 결혼하지 못하면 죽어버리고 말겠다고 했다. 그래서 그를 납치해와 억지로 결혼식을 올렸던 것이다. 그러나 한 번도 제대로 동침하지 못했다. "그이는 산꼭대기로 달려가서는 몸을 던졌어. 몸뚱이는 정육점의 고깃덩어리처럼 갈기갈기 찢겼지." 그날로 마 게딕은 귀신이 되어 데위 아유를 쫓아다녔다.

스탐러 부부도 물론 마 이양과 마 게딕의 사연을 잘 알았다. 그러나 데위 아유가 마 게딕과 결혼했난 얘기는 금시초문이었디.

"마님은 그렇게 마 게딕 귀신이랑 쉰두 살까지 사셨던 거죠." 로시나가 적었다.

"그런데 어쩌다가 그 애가 창녀가 된 건가?"

로시나는 전쟁 동안 무슨 일이 벌어졌는지 또 전쟁이 끝나고 어떻게 됐는지 데위 아유가 해준 이야기를 전해주었다. 박쥐엄마에게 진 빚을 갚기도 해야 했지만, 마 이양과 마 게덕에게 벌어진 일이 또 벌어져선 안 된다고 생각했기 때문이었다. "남자가 창녀한테 간다면 따로 첩을 둘 필요가 없는 법." 데위 아유는 이렇게 설명했다. "남자가 첩을 들일 때마다 첩이 될 여자를 사랑했던 남자의 가슴은 찢어지는 법이지. 사랑이 망가지고 삶은 무너져 내릴 거야. 하지만 남자가 창녀에게 간다면 그 아내만 속상하고 말 따름이야. 아내는 이미 결혼한 몸이니까. 그리고 남편이 처음 창녀한테 가게 할 만한 잘못을 저질렀을 테고."

"그래서 마님은 창녀가 되셨다고 합니다. 제가 꼭 마님 일대기를 쓰는 것 같네요." 그렇게 써놓고는 로시나는 빙그레 웃었다.

"어쩌다가 우리 딸이 그런 고약한 생각을 하게 됐을까?" 아뇌가 남편에게 물었다.

"그 애를 나쁘게 생각 말아. 근친상간한 우린들 나을 게 있는가. 그걸 잊어서는 안 돼."

아무도 그 일을 잊지 않았다. 데위 아유에게 이야기로만 들은 로시나조차 잊은 적이 없었다.

그리고 귀신이 또 나타났다. 이번에는 레몬주스가 놓여 있던 탁자를 뒤엎어버렸다.

그러나 쇼단초만큼 귀신들에게 시달린 사람은 없었다. 학살이 있고 나서 여러 해 동안 그는 제대로 잠을 못 잤다. 간신히 잠이 들라치면 몽유병에 시달렸다. 공산주의자 귀신들이 사방에서 시도 때도 없이 덮쳐댔다. 카드놀이판에서 꼼짝 못하게 하거나 끝도 없이 지게 만들기도 했다. 그렇게 귀신들에게 시달리다보니 그는 미쳐갔다. 옷을 뒤집어 입거나 속옷 바람으로 집 밖에 나가고, 남의 집에 들어가는 일도 예사였다. 아내와 사랑을 나누고 있다고 생각했는데 정신을 차려보면 변기 구멍을 쑤셔대고 있었다. 욕탕에 들어가 앉으면 목욕물은 끈적끈적한 핏물로 변해 있었다. 목욕물뿐 아니라 집 안의 물 전부, 찻주전자와 보온병의 뜨거운 물마저 검붉은 피로 보였다.

할리문다 사람들은 모두 귀신을 보거나 느끼고 겁을 집어먹었지만 그중에서도 가장 겁먹은 자는 쇼단초였다.

귀신들은 걸핏하면 쇼단초의 침실 창문에 나타났다. 이마에 난 총구멍에서 끝도 없이 피를 쏟아대며 무슨 할 말이라도 있는 듯 신음 소리를 냈지만 말을 하지는 못했다. 쇼단초는 귀신들이 보이면 비명을 지르며 얼굴이 하얗게 질려 꼼짝하지 못했다. 그러면 알라만다가 와서 진정시켜주었다.

"생각 좀 해봐. 그냥 공산주의자 귀신일 뿐이라고."

"놈이 나를 죽이려고 해."

"지금 죽나 10년 있다 죽나 뭐가 다르다고."

그러나 그런 말로도 쇼단초를 진정시킬 수는 없었다. 그래서 창가에 모여든 귀신들을 어떻게든 쫓아내야 했다. 가끔 어떤 귀신들은 아무리 쫓아도 가지 않고 무슨 말을 하고 싶은 듯 끙끙거렸다. 알라만다가 마실 것이나 먹을 것을 내주면 귀신들은 사막이라도 건너온 양 벌컥벌컥 마시고 3년 동안 굶은 듯 게걸스럽게 먹어댔다. 실컷 먹고 마시고 나면 귀신들은 어디론가 가버렸고 그제야 쇼단초는 진정했다.

처음에 쇼단초는 귀신을 봐도 하나도 겁내지 않았다. 제 손으로 죽인 공산주의자 귀신이 나타나 〈인터내셔널가〉 구절을 우물거리면 권총을 빼들고 쏴버렸다. 처음에는 총 한 방만 쏘면 사라졌는데 좀 지나자 귀신도 면역이 생겼는지 총을 쏴도 가지 않았다. 쇼단초가 온 시내를 돌아다니며 귀신을 쏘아대서 길모퉁이마다 총알 자국이 생겼다. 귀신에게 총을 쏘면 귀신 몸에 새로 구멍이 났고 그 사이로 피가 줄줄 흘러나왔다. 그런 몰골로 자꾸 가까이 다가오자 결국 쇼단초는 도망치고 말았다. 그때부터 그는 정말로 귀신들을 겁내기 시작했다.

그가 귀신에게 시달리다가 미친 것 같아 보이긴 했지만 사실 헛것을 보는 것은 아니었다. 다른 사람도 그가 보는 것을 봤고 다른 사람도 그가 겁내는 것을 겁냈다. 차이점은 쇼단초는 누구보다 훨씬 더 겁을 낸다는 것이었다. 특히 아내와 비교해보면 더 그랬다. 알라만다는 금방 귀신에게 익숙해져서 귀신도 좀 지나면 그만두겠지 하고 말았다.

그리하여 쇼단초는 사는 게 사는 게 아닌 상태였다. 학살 때 공산주의자를 제일 많이 죽인 사람은 아닐지 몰라도 충분히 많이 죽였다는 것은 인정해야 했다. 그는 공산당 주요 인사 여럿을 권총으로 직접 쏴 죽이기도 했다. 그러니 귀신들이 복수를 하려고 한다 해도 받아들이는 수밖에 없었다. 그러나 귀신이 있을 때는 물론이고 귀신이 없을 때조차 겁에 질려 있어서 그의 삶은 엉망진창이 되어갔다.

그중 최악은 이제 열 살 난 딸마저 이상해져간다는 것이었다. 누룰 아이니는 날이면 날마다 제 목에 암바렐라 씨가 걸렸다고 징징댔다. 씨를 꺼내달라면서 제 아비를 졸졸 따라다녔다. 쇼단초는 그게 다 귀신들이 한 짓이라고 했고 딸은 그 말을 믿었다. 알라만다만이 아이가 아비의 관심을 끌려고 하는 짓임을 알아보았다. 아비는 겁에 질려 제가 만든 공포의 세계에 갇혀 자식에게서도 멀어졌던 것이다.

거기다 쇼단초는 공포에 질린 나머지 온갖 이상한 행동을 하기 시작했다. 한번은 실성한 거지가 개를 때리는 장면을 목격했다. 모두 쇼단초가 얼마나 개를 사랑하는지 잘 알았다. 그는 개를 키우고 있었고 게릴라 시절에는 들개를 키우고 번식시켰다. 그런 그인지라 거지가 개를 패는 것을 보자 눈이 돌아가, 거지를 마구 잡이로 때리고 감옥에 넣어버렸다. 딱한 거지가 개를 좀 때렸다고 재판도 없이 군형무소에 갇히자 사람들은 어안이 벙벙해졌다. 알라만다도 깜짝 놀라 남편에게 물었다.

"진짜 무슨 일이었던 거야?"

"그 거지 놈한테 빨갱이 귀신이 들렸어."

하루는 어부가 술에 취해 한밤중에 고래고래 노래를 불러댔다. 그 통에 모두 잠이 깼다. 쇼단초는 엎치락뒤치락하다가 겨우 잠이 들었다 깨버린지라 이성을 잃었다. 총을 들고 밖으로 나가 어부의 다리를 쏘고는 감옥에 처넣었다.

"당신 미쳤어? 술 취했다고 사람을 감옥에 넣어?"

"놈한테 빨갱이 귀신이 들렸어."

그 후로도 쇼단초는 제 마음에 들지 않는 일을 하는 자는 누구든 빨갱이 귀신이 들렸다고 우겨댔다. 한때 명상을 즐기던 차분한 쇼단초는 흔적도 없이 사라졌다.

결국 1976년 알라만다는 남편을 데리고 자카르타에 갔다. 할리문다에는 정신병원이 없는 탓이었다. 일주일 후 병원에 남편을 입원시키고 혼자 딸을 돌보러 돌아왔다.

그리하여 쇼단초가 할리문다에서 사라졌다. 그렇다고 귀신까지 사라지지는 않았지만 귀신들은 이제 더 이상 제 상처를 드러내 보이거나 아프다고 울어대지 않았다. 어느덧 할리문다 사람들은 누구건 맘에 들지 않으면 빨갱이 귀신이 들렸다며 고문하고 기약 없이 감옥에 넣어버리는 쇼단초가 진짜 귀신보다 더 무서워졌다. 그리하여 그가 사라지자 잠시나마 안도했다.

그러나 쇼단초는 금방 돌아왔다.

"빌어먹을!" 그가 돌아와 내뱉은 첫마디였다. "의사 놈들이 자꾸 나더러 미쳤다잖아. 그래서 한 놈을 쏴주고 집으로 온 거야."

"당신은 미친 게 아니고말고. 그저 제정신이 아닐 뿐이야." 알라만다가 대꾸했다.

"아빠 내 목에 암바렐라 씨가 걸렸어요." 아이니가 말했다.

"입을 벌려봐라. 내가 그 작은 빨갱이를 쏴주지."

하지만 아이니가 아무리 입을 크게 벌려도 암바렐라 씨를 쏘지는 않았다.

할리문다로 돌아왔다는 것은 그가 다시 제 두려움의 근거지로 왔다는 뜻이다. 귀신이 다가오면 쫓을 목적으로 개를 더 많이 키우기 시작했지만 귀신들은 개보다 머리가 더 잘 돌아갔다. 지붕으로 날아가거나 천장에서 모습을 드러냈다. 쇼단초가 침대에서 비명을 질러대면 알라만다가 음식을 가져와 귀신들을 대접했다.

"클리원 동지만이 저 귀신들을 다룰 수 있단 말이지." 쇼단초가 구시렁거렸다.

"어이구, 크리산이 태어난 지 얼마 되지도 않았는데 그이를 부루섬*으로 보낸 건 당신이야." 알라만다가 대꾸했다.

사실이었다. 쇼단초는 이제 와 깊이 후회했다. 아내가 약속을 안 지켰다고 화를 내서 후회하는 것은 아니었다. 제 입장에서는 목숨은 살려주기로 한 약속을 어긴 적이 없었다. 어쨌거나 제 덕분에 그는 살아남았고, 클리원처럼 안 죽고 살아남은 공산주의자들을 부루섬으로 유배 보내기로 한 장군들의 결정을 뒤집을 힘이 쇼단초에게는 없었다. 그는 다만 클리원 동지가 이곳에 남아서 빨갱이 귀신들을 어떻게 해주지 못하는 것이 원통했다. 그자가 필요했다. 어떻게든 그자를 데려오든지 아니면 자신이 유배를 가는 수밖에 없었다.

쇼단초는 후자를 택했다. 군부가 동티모르를 점령**했지만 저항하는 게릴라들 때문에 인도네시아군이 고전한다는 소식이 들려오자, 쇼단초는 할리문다 귀신들에게 작별을 고하고 아내와 딸을 두고 동티모르에 가기로 했다. 장군들은 모두 쇼단초의 명성과 신출귀몰한 게릴라 전술을 잘 알았으며 그런 경험이야말로 동티모르에 필요한 것이었다.

쇼단초가 떠난다는 소식이 곧 온 할리문다에 퍼졌다. 출발하는 날 독립광장에서 열린 환송식에는 군악대까지 동원됐다. 쇼단초는 제복을 차려입고 지붕 없는 지프 위에 올라 시내를 행진했다. 모여든 사람들에게 손을 흔들어주고 귀신들에게는 의기양양

---

* 인도네시아 동쪽 말루쿠제도의 외딴 섬. 공산당 학살 후 권력을 잡은 수하르토 정권이 반체제 인사들을 유형보낸 곳이다. 대문호 프라무댜 아난타 투르도 1969년부터 1972년까지 수감되어 '부루 4부작'을 썼다.

** 포르투갈령이었던 동티모르에서 1975년 포르투갈이 물러나자 인도네시아 군부가 동티모르를 강제로 병합한 사건. 동티모르는 긴 저항 끝에 2002년 독립했다.

한 미소를 지어줬다. 그렇게 그와 동료들은 시 경계를 넘어 멀리 사라졌다. 어찌나 들떴던지 아내와 딸에게 작별인사하는 것도 까먹었다.

"아빠는 암바렐라 씨도 안 꺼내줬어." 아이니가 화를 냈다.

"엄마 말을 믿으렴. 아빠는 금방 올 거야. 할리문다에서야 끝내주는 게릴라였지만 동티모르는 할리문다가 아니거든." 알라만다가 딸을 달랬다.

그 말이 맞았다. 여섯 달이 지나지 않아 쇼단초가 정강이에 총알이 박힌 채로 돌아왔다. 할리문다에서 그를 치워버리기란 불가능한 일 같아 보였다.

그는 아내에게 그 빌어먹을 데서 전쟁을 벌이기가 얼마나 어려운 일인지 모른다고 불평하며 너무 빨리 돌아온 것에 대한 변명을 늘어놓았다. "대체 그 황무지 같은 데서 뭘 찾는 건지 모르겠어." 알라만다는 남편을 병원에 보내 박힌 총알을 빼려 했지만 그는 막무가내였다. 이제 하나도 아프지 않고 그저 다리를 좀 절게 됐을 뿐이니 괜찮다고 했다. 박힌 총알을 쓰라린 기념품쯤으로 여기는 모양이었다. "날 쏜 놈이 〈인터내셔널가〉를 부른 걸로 봐서 공산주의자 놈들이 사방 천지에 있는 게 분명해."

클리원 동지의 책 대여소는 결국 문을 닫아야 했다. 몇몇 사람들이 그가 반교육적인 불량서적을 읽혀 학생들을 망친다고 소문을 퍼트렸던 것이다. 아울러 전설적인 공산주의자였던 그의 과거도 다시 입방아에 올랐다. 그는 터무니없는 소문에 화를 참을 수 없었지만 아딘다는 물론 알라만다와 쇼단초까지 나서서 그를 진정시켰다. 결국 대여소를 닫고 책을 창고에 넣으면서도, 제 자식이 자라면 그 책들을 읽혀서 과연 그 애가 정말로 망쳐지는지 아닌지 보여주겠다며 이를 갈았다.

"내가 좋은 책을 갖다놓기 싫어서 안 갖다놓는 게 아니야. 좋은 책은 놈들이 다 태워버려서 못 갖다놓는 거지."

얼마 전 쇼단초는 유령 출자자와 동업해서 막 얼음공장을 시작했다. 책 대여소를 닫고 형편이 어려운 것을 알고 클리원 동지에게 정식 동업자로 공장 관리를 맡아달라고 제안했다. 얼음공장은 전망이 좋았다. 기억하시라. 공산당이 망하고 즉 어민조합이 해산하고 나서 할리문다에는 대형 어선이 더 많아졌으며 그 배들은 모두 얼음이 필요했다.

하지만 클리원 동지는 그 제안을 거절했다. 이유를 대지는 않았지만 이념 때문일 수도, 아니면 간신히 사형을 모면한 그날 아침 이후로 그 부부의 도움이라면 무엇이든 부담스러워서일 수도 있었다. 난데없이 그는 제비집 사냥꾼이 되기로 했다.

제비집 사냥꾼들은 보통 네 명이 한 조가 되어 새집을 찾아다녔다. 제비집은 중국계 상인에게 가져다주면 값을 잘 쳐주었고 대도시나 때론 외국으로 팔려갔다. 클리원 동지에게는 누가 제비집을 먹는지는 중요하지 않았다. 직접 먹어보니 밍밍한 마카로니맛이 났다. 제비가 침을 뱉어 새집을 짓는다고 하지만 새똥으로 만든대도 상관없었다. 그저 제비집을 찾아 중국계 상인에게 팔 생각뿐이었다.

할리문다 남쪽 정글곶은 전쟁 때 쇼단초 무리도 범접하지 못했을 만큼 사람 손이 닿지 않은 지역이었다. 이 정글은 싥아시른 절벽으로 둘러싸였고, 그 절벽에는 크고 작은 동굴이 많았다. 동굴 입구는 대개 절벽 아래 있어서 바닷물에 잠겨 있다가 썰물 때만 입구가 드러났다. 그런 동굴 안에 제비가 집을 짓고 바닷물 표면 바로 위를 날아 파도를 뚫고 동굴 입구를 드나들었다.

제비집 사냥꾼들은 보통 밤에 일했다. 제비집을 넣을 자루와 약간의 음식, 제비는 무슨 기름이건 기름 냄새라면 질색하기 때문에 무엇보다 중요한 횃불, 동굴에 사는 뱀에 물릴 때를 대비한 해독제를 챙겨가지고 나섰다. 제비집 사냥꾼 네 사람은 소음이 나지 않게 모터 없는 배를 타고 노를 저으며 조심조심 절벽에 다가갔다. 변덕 심한 파도가 동굴 입구에서 거센 물살을 만들기 때문에 온 주의를 기울여야 했다. 갑자기 파도가 바뀌며 동굴 안에 갇히는 일도 부지기수였다. 가끔은 튀어나온 바위에 닻을 던져두고 밧줄에 몸을 매어 높은 데 있는 동굴에 기어올라가는 모험을 감수하기도 했다. 목숨을 건 위험천만한 일이었다.

날씨와 파도가 도와주지 않아 며칠씩 속수무책으로 기다리는 일도 잦았다. 그래도 제비집 사냥으로 버는 수입은 제법 짭짤해 네 집 다 형편이 폈다. 클리원 동지로서는 농사나 책 대여소에서 버는 수입보다 훨씬 벌이가 괜찮았다. 그러나 한 달 남짓 그가 새집 사냥꾼으로 일하는 동안 아딘다는 밤마다 갓난아이를 안고 초조하게 남편을 기다려야 했다.

그러던 어느 날 밤 같이 일하던 동료 한 명이 절벽에서 미끄러지면서 산호초에 처박히는 사고가 났다. 그 자리에서 즉사해 구조할 수도 없었고 병원에 갈 필요도 없었다. 그날 밤 제비집을 잔뜩 찾아내긴 했지만 동료의 시체를 싣고 돌아가야 한다면 아무런 의미가 없었다. 그날 찾은 제비집 판 돈을 모두 망자의 가족들에게 건네주고 남은 세 사람은 제비집 사냥을 그만두기로 했다. 제비가 집을 짓는 한 다른 제비집 사냥꾼들은 계속 제비집을 찾아나설 것이고 죽는 사람은 또 나올 것이다. 하지만 클리원 동지는 그런 위험한 일은 하지 말아야겠다고 결심했다. 자신이 죽으면 아내와 갓난아기만 남는데 결코 그런 일은 없어야 했다.

그는 머리를 굴려 다른 사업을 구상해보았다. 그 시절 할리문다 해변은 휴양지로 탈바꿈하는 중이었다. 사실 할리문다는 식민지 시절부터 정글 곳에 둘러싸인 해변으로 유명했지만, 새로 들어선 시 정부가 할리문다를 해변의 도시로 홍보하기 시작하면서 더 널리 알려졌다. 호텔이 여기저기 새로 들어서고 기념품 가판도 여럿 생겼다. 주전부리를 팔던 노점은 번듯한 해산물 식당으로 바뀌고 바퀴 자국으로 울퉁불퉁하던 길에는 아스팔트가 깔렸다. 여기저기 국내외에서 관광객이 왔고 대개 아름다운 바닷가에서 물놀이를 즐겼다. 서쪽 만이 물놀이 장소로 인기 있었고 동쪽 만에는 항구와 어시장이 자리 잡았다. 클리원 동지는 수영하러 오는 관광객들에게 필요한 것이 무엇인지, 제가 할 수 있는 일이 무엇인지 열심히 생각했다. 그리고 답을 찾았다.

"수영바지를 만들겠어." 그는 아딘다에게 말했다.

별로 신통하게 들리지는 않았지만 클리원 동지는 개의치 않고 싱거 재봉틀을 사들였다. 물놀이 관광객들은 수영바지를 며칠만 입고 버릴 테니 최대한 싸게 만들어 팔 생각이었다. 그러니 제일 싼 원단을 찾아야 했다. 그는 어머니를 찾아갔다.

"밀가루 포대가 제일 싸지. 나는 그걸 주머니 가장자리에 쓴단다." 미나가 말했다.

클리원 동지는 먼저 밀가루 포대에서 상표 지우는 법을 연구해 천을 표백한 후 재단했다. 사실 클리원 동지의 반바지는 농부들이 논에서 일할 때 입는 바지와 다를 게 없었다. 하지만 그는 재봉질을 하기 전에 천에 날염으로 문양을 찍어 자기만의 상품을 만들었다. 그림 실력은 별로였지만, 알록달록한 물고기라든가, 주홍빛 석양 아래로 드리워진 야자수 같은 도안을 직접 만들어 찍었다. 그리고 관광객들이 원한다면 기념품으로 수영바지를 간직할 수 있게 도안 아래에 할리문다라고 크게 글씨를 찍기도 했다.

해변에 늘어선 작은 노점에 이 바지를 대주기 시작했는데 제법 잘 팔렸다. 싸고 문양이 재미있기도 했지만 무엇보다도 물놀이를 하려면 수영바지가 필요했다. 주문이 늘자 클리원 동지는 더 바쁘게 일해야 했다. 아딘다가 재봉을 돕기도 했지만 보통은 아이를 돌보고 장부를 봤다. 주문이 쏟아지자 클리원 동지는 일감 일부를 어머니에게 보냈다. 하지만 한 달 후에 미나도 감당하지 못할 만큼 주문이 밀리자, 재봉틀 세 대를 더 들이고 재봉사 셋과 날염 일을 할 일꾼 하나를 고용했다. 문양을 고안하는 것은 여전히 그의 몫이었다. 사업은 번창했고 그는 작은 자본가가 되어갔지만 상관없다고 생각했다.

어쩌면 과거를 잊었을지도 모른다. 어쨌거나 클리원 동지는 어렵게 되찾은 일상을, 번창하는 사업과 아름다운 아내와 무럭무럭 자라는 아이와 함께 안온한 삶을 누렸다. 얼마 가지 않아 중국계와 파당 출신의 경쟁자들이 나타났다. 그래도 여전히 클리원이 만든 바지가 제일 인기였다.

그러나 이 행복은 오래가지 못했다. 그는 다시 그 클리원 동지 그러니까 옛날의 클리원 동지로 돌아갔다.

할리문다가 해변 휴양지로 유명해지자 시장은 욕심이 났다. 바닷가 주변의 땅을 팔아 큰 호텔이며 레스토랑과 바, 카지노, 박쥐엄마네보다 더 큰 유곽을 짓고 싶어진 것이다. 바닷가 땅은 거의 어부들이 주인이었다. 해변과 길이 붙어 있는 곳에는 소유자가 없는 땅이 있었지만 그곳에서는 영세한 기념품 노점들이 장사를 했다. 처음 시 정부는 어민들에게 접근해 땅을 팔지 않겠냐고 점잖게 묻고 노점상들에게는 새로 기념품 시장을 만들어줄 테니 나가라고 했다. 하지만 어민들은 조상에게서 물려받아 여러 대째 살고 있는 땅에서 떠나려 하지 않았다. 소금기 밴 공기를 마시며 살아야 하는 그들은 절대 내륙으로 갈 수 없었다. 노점상들도 옮기려 들지 않았다. 새로 짓는다는 시장은 사람들이 몰려드는 해변에서 한참 떨어진 곳에 있었다.

군인들이 들이닥치고 깡패들이 몰려와 행패를 부리며 겁을 주었다. 그러나 매일 밤 먼 바다에 나가 죽음과 맞서는 어민들은 쉽게 겁내지 않았고, 그런 어민들을 보며 노점상들도 덩달아 물러나지 않았다. 겁주기가 실패하자 공권력이 나섰다. 시장이 친히 해변에 나와, 바다와 큰길 사이의 임자 없는 땅은 국유지라며 곧 불도저가 노점들을 밀어버릴 것이라고 공언했다.

그리하여 클리윈 동지는 다시 옛날의 그 클리윈 동지로 돌아갔다. 그는 눈앞에서 이런 일이 벌어지게 내버려둘 수 없었다. 앞장선 이유가 이념과 연대 때문인지 이 일로 자기 사업도 큰 타격을 받기 때문인지는 아무도 모를 일이었다. 그는 어민과 노점상들을 모아 큰 시위를 조직했고 동조자들을 끌어모았다. 공산당이 망한 후 벌어진 가장 큰 시위였다. 시위대는 노점상을 진압하러 오는 불도저를 막기 위해 길을 봉쇄했고, 결국 군대가 출동했다. 그때까지 클리윈 동지는 군대가 와도 개의치 않고 선두에서 시위를 이끌던 중이었다.

공산주의자 잔당이 개입했는지 알아보려 시위대를 사찰하던 정보과 직원들은 금방 클리원 동지의 존재를 알아보았다. 곧 보고가 올라가고 그 사내야말로 진짜 공산주의자라는 사실이 확인됐다.

자카르타의 장군들이 닦달을 해대자 쇼단초는 클리원 동지를 체포할 수밖에 없었다. 쇼단초는 왜 그런 어리석은 짓을 했느냐고 물었다.

"나는 공산주의자요. 공산주의자라면 누구라도 같은 일을 했을 거요." 클리원 동지가 말했다.

그는 결국 블루던 수용소로 끌려갔다. 그곳에서 기약 없이 갇혀 있던 옛 동지들을 만났다. 동지들은 그가 아직도 살아 있다는 사실에, 그리고 이제야 블루던 수용소에 갇혔다는 사실에 놀라움을 금치 못했다. 동지들은 굶주리고 헐벗고 면회마저 금지된 채로 비참하게 살아가고 있었다. 그럼에도 그는 옛 동지들을 다시 볼 수 있어서 안도했다. 군인들과 간수들이 번갈아가며 그들을 심문하고 고문했다. 클리원 동지는 그 명성 때문에 더 잔인하고 가학적인 고문을 당했다.

"나를 믿어봐. 그자는 그래도 살아남을 거야." 쇼단초가 분을 참지 못하는 아내를 달래며 말했다. "그리고 만에 하나 죽는다고 해도 빨갱이들은 늘 귀신이 돼서 돌아오잖아. 당신이나 나나 너무 잘 알듯."

"아딘다한테도 그렇게 말해보지 그래." 알라만다가 받아쳤다.

오래 지나지 않아 블루던 수용소에 있던 공산주의자 전체가 부루섬으로 보내졌다. 한 명도 빠짐없이, 예외는 없었다. 부루섬에서 무슨 일이 벌어지는지는 아무도 몰랐다. 식민지 시절의 보번 디홀 같은 곳이거나 나치의 강제수용소 같은 곳일지도 모른다. 죄수들은 모두 지금까지 겪어본 고문보다 더 끔찍한 일이 벌어질 것이라고 막연히 두려워했다. 클리원 동지는 어머니와 아내와 아들에게 작별인사도 하지 못했다. 단지 쇼단초에게만 작별인사를 했다. 군함이 죄수들을 모두 인도네시아제도에서 제일 동쪽 끝인 그 섬으로 실어가기 직전 쇼단초가 그를 찾아가 말했다.

"내가 처제와 아이는 돌봐주겠소."

집에 오자 알라만다가 성이 나서 말했다. "봐봐. 이젠 그이를 부루섬으로 보냈잖아. 거기 가면 죽도록 장작만 패다가 굶어 죽을 테고."

"하지만 생각해봐. 다 그자가 자초한 일이야. 한번 빨갱이는 영원한 빨갱이인 법이지. 과격한 자들. 나는 면책권이 있는 대통령도 아니고 사령관도 아니야. 그저 작은 부대의 쇼단초일 뿐이야."

"당신 아직도 아딘다한테 말 안 했잖아."

그리하려 쇼단초는 결국 아딘다를 찾아갔다. 클리원이 그렇게 돼서 무척 유감스런 일이지만 자신도 어떻게 손을 쓸 수 없었다고 털어놓았다. 정치적으로 아주 복잡한 상황이었다.

"형부, 그렇다면 적어도 그이가 얼마나 거기 있게 될지 정도는 알려주세요."

"나도 몰라, 처제. 새로 쿠데타가 나서 새 정부가 들어선다면 모를까."

크리산은 아버지를 제대로 알지 못했다. 크리산이 아버지에 대해 아는 것이라고는 어머니와 이모부 쇼단초와 이모 알라만다가 해준 얘기가 전부였다. 막내 이모 부부인 마야 데위와 마만은 클리원 동지를 잘 몰랐다. 1979년 부루섬에 갇혀 있던 수감자들 중 마지막으로 클리원 동지가 풀려나 집으로 돌아왔을 때 크리산은 벌써 열세 살이었다. 아딘다는 기뻐서 어쩔 줄 몰랐지만 크리산은 그 기쁨을 함께 나눌 수 없었다. 그로서는 아버지가 갑자기 한집에 살게 된 낯선 손님처럼 느껴졌다. 크리산은 정말이지 아버지를 제대로 알지 못했다. 클리원 동지가 블루던 수용소에 있다가 부루섬으로 보내졌을 때 크리산은 아직 아기였던 것이다.

그리하여 크리산은 아버지를 알고 싶었다. 특히 세 식구가 밥을 먹을 때면 식탁 맞은편에 앉은 아버지를 유심히 관찰했다. 아버지는 어머니가 보여준 옛날 사진 속에서보다 훨씬 말랐다. 예전에는 말끔히 면도를 한 모습이었지만 이제는 수염이 제멋대로 난 데다가 긴 머리칼은 목까지 내려왔다. 아버지가 집에 오자마자 제일 먼저 찾은 것이 다 해진 모자여서 크리산은 꽤나 놀랐다. 그 모자는 이제 다 바래서 원래 색깔이 검정인지 갈색인지 회색인지도 불분명한 채 아직 선반 위에 모셔져 있었다. 아버지는 모자를 쓰다듬었지만 쓰는 일은 없었다. 늘 원래 있던 선반 위에 가지런히 올려둘 뿐이었다. 그런 봉두난발에 모자를 쓰기란 불가능하기도 했다.

집에 돌아온 클리원 동지는 말을 거의 하지 않았다. 크리산은 아버지가 정말 큰 집회에서 이름을 날리던 명연설가였다는 이야기가 믿기지 않았다. 그래도 밤에 세 식구가 나란히 누우면 아버지는 어머니에게 이런저런 말을 많이 했다. 그러나 크리산에게는 거의 말이 없었다. 그저 잘 지내니, 애야? 이제 몇 살이지? 이정도였다. 거기다 아버지는 이 질문을 수도 없이 해서 아들은 아버지가 실성한 게 아닐까 싶을 정도였다. 아직 쉰 살도 안 됐지만 벌써 건망증이 왔을지도 모를 일이다. 크리산은 아버지가 몇 살인지도 몰랐다. 어쩌면 마흔 살일지도 모른다. 어쨌든 아버지는 너무 늙고 부서질 듯 약하고 침울해 보였다.

어쩌면 클리원 동지도 아들을 보면서 똑같이 이상하다고 느꼈을지 모른다. 그 또한 아들을 잘 알지 못했다. 크리산이 그랬던 것처럼 클리원 동지도 무슨 생각을 하는지 알아내려는 듯 한참이나 아들을 바라보았다. 크리산은 한 번도 아버지에게 무슨 생각을 하느냐고 묻지 않고 눈으로만 관찰하면서 아버지를 알아가겠다고 생각했다. 아버지는 낡고 다 찢어진 옷만 입었다. 크리산은 그게 슬펐다.

여러 날 동안 클리원 동지는 집 밖으로 나가지 않았고 찾아오는 사람 또한 없었다. 그가 아무도 모르게 집으로 왔던지라 아딘다와 클리원은 아무에게도 이 사실을 알리지 않았다. 그가 다시 세상과 만날 준비가 될 때까지 그의 평화를 지켜줄 참이었다. 쇼단초와 알라만다도, 어머니 미나조차 그가 돌아온 줄 몰랐다.

"부루섬은 어떤 곳인가요?" 한번은 크리산이 저녁상에서 물었다.

"거기서 제일 좋은 음식은 네가 변소에서 볼 수 있는 그런 거란다."

그 말에 밥상 분위기가 가라앉았다. 아딘다는 아들에게 아무 말도 말라고 눈짓을 했고 그 후로는 셋 다 묵묵히 밥만 먹었다. 클리원 동지는 잠자리에서 아내에게조차 부루섬에 관해서는 말하지 않으려 했다. 아딘다와 크리산도 다시는 감히 묻지 못했다.

아무 말도 없고 집 밖에 나가는 일도 없어 클리원 동지는 점점 더 우울해져가는 듯했다. 너무 오래전에 떠난 집이 낯설었는지도 모르고, 이 도시에 수없이 떠도는 공산주의자 귀신들을 보고 서글퍼졌는지도 모른다. 한번은 누가 문을 두드려서 크리산이 문을 열었다. 문 앞에는 낡은 옷을 입은 남자가 서 있었다. 가슴팍 총상에서 피가 끝없이 흘러내리고 있었다. 크리산은 비명을 지를 뻔했지만 아버지가 나와 그를 맞았다.

"잘 지냈나, 카르민?"

"잘 못 지냈네, 동지. 난 죽었거든." 상처 입은 남자가 말했다.

크리산은 얼굴이 하얗게 질려 자꾸 벽 쪽으로 물러났다. 클리원 동지는 물 한 동이와 수건을 가지고 와 정성껏 상처를 닦아주었다. 그러자 피가 멎었다.

"커피 한 잔 하려나? 신문은 없지만 말이야." 클리원 동지가 물었다.

둘은 커피를 마셨다. 크리산은 그 광경을 지켜보면서도 아버지가 무시무시한 귀신과 저렇게 가까이 있다는 사실을 믿고 싶지 않았다. 둘은 지난 시절에 대해서 이야기하며 조용히 웃었다. 커피를 다 마시자 귀신은 떠날 차비를 했다.

"어디로 가는가?" 클리원 동지가 물었다.

"망자들이 가는 곳으로."

귀신이 사라지자 크리산은 정신을 잃고 바닥에 쓰러졌다.

매번 다른 귀신이 찾아왔고 그때마다 클리원 동지는 더 쓸쓸해졌다. 귀신들 때문에 서글퍼졌는지 혹은 다른 이유가 있는지도 몰랐다. 13년이나 아버지를 몰랐던 크리산은 귀신들에게 질투가 났다. 아버지가 귀신들 말고 자신에게도 말을 걸어줬으면 했지만 그날 저녁 이후 감히 아버지에게 말을 걸지 못했다.

하루는 클리원 동지가 아딘다에게 물었다. "쇼단초는 어떤가?"

"형부는 공산주의자 귀신 때문에 거의 미쳐가고 있어요."

"만나봐야겠어."

"그렇게 해요. 당신한테도 좋을 거예요."

아직 무더운 해질녘이었다. 산 쪽에서 선선한 바람이 불어왔다. 클리원 동지가 걸어나가자 이웃들은 저이가 마침내 돌아왔구나 하고 놀랐다. 쇼단초의 집은 빤히 보이는 데 있는지라 2분 만에 집 앞에 도착해서 문을 두들겼다. 문을 열어준 이는 알라만다였고 그 또한 이웃들처럼 크게 놀랐다.

"당신 귀신은 아니지요." 알라만다가 간신히 입을 열었다.

"무서운 귀신이지." 클리원 동지가 답했다. "살아 있는 공산주의자를 무서워한다면 말이야"

"돌아왔군요."

"집으로 보내주더군."

"들어와요."

알라만다가 마실 것을 내오는 사이 클리원 동지는 응접실 의자에 앉았다. 알라만다가 나오자 그는 쇼단초는 어디 있냐고 안부를 물었다.

"동네 어느 구석에서 공산주의자 귀신에게 총질을 하거나 시장에서 카드놀이를 하고 있을 거예요."

그 후로 두 사람은 아무 말도 하지 않았다. 클리원 동지는 누룰 아이니에 대해 물어볼 생각이었지만 갑자기 아무것도 묻고 싶지 않아졌다. 알라만나가 바로 맞은편에 앉아 있다. 그의 부드러운 눈빛에는 안쓰러움과 그 이상의 무엇이 가득했다. 클리원 동지는 언제 어디였는지는 잊었지만 그런 눈빛을 본 적이 있었다. 그는 아이니에 대해서는 까맣게 잊어버렸다. 그 애는 어디 갔거나 렝가니스네 집에 갔을지도 모르겠다. 어떻고 해도 상관없었다. 그는 그저 눈앞에 있는 이 여인의 눈빛을 바라보았다. 아주 오래전에 본 적 있는 눈빛이었다.

부루섬에서 머리를 다쳐서 무엇이든 이해하는 데 시간이 걸렸다. 하지만 사내는 곧 기억했고 또 이해했다. 그렇다. 그는 그 눈빛을 본 적 있었다. 작은 눈에 가득한 사랑과 그리움, 세상에서 오직 알라만다만이 보여준 것이었다. 그 눈빛은 새끼 고양이를 어르는 소녀의 손길만큼 부드럽다가 곧 그리움으로 타올랐다. 그는 그제야 그 눈빛을 알아보고 그토록 오랫동안 그 눈빛을 잊었던 자신을 바보라고 생각했다. 그도 그리움과 열정이 가득한 눈빛으로 알라만다를 바라보았다. 침울하고 늙은 사내가 순간 오랫동안 잃었던 사랑을 되찾은 소년이 되었다.

그렇게 일은 벌어지고 말았다.

두 남녀는 일어서더니 아무 말도 없이 서로의 품으로 파고들었다. 울음이 비어져 나왔지만 오래가지는 않았다. 둘은 어느덧 그때 편도나무 아래에서처럼 뜨겁게 입을 맞추기 시작했다. 입맞춤은 소파로 옮겨가면서도 이어졌다. 여자가 소파에 눕자 남자가 그 위로 올라갔다. 둘은 허겁지겁 서로의 옷을 벗겨주고 거칠고 격렬하게 사랑을 나누었다.

사랑을 나누고 나서 둘은 눈곱만치도 그 일을 후회하지 않았다.

그러나 클리원이 집으로 돌아와보니 아내가 현관 앞에서 기다리고 있었다. 그는 번져나오는 기쁨을 감추고 다시 침울한 사내로 돌아가려 애써보았다. 하지만 아딘다는 속지 않았다.

"그 집에서 무슨 일이 있었는지 귀신들이 와서 알려주더군요. 하지만 당신이 행복했다면 난 괜찮아요."

그 말이 그를 휘저어놓았다. 알라만다와의 일을 후회하지는 않지만 갑자기 아내 앞에 선 자신이 더럽게 느껴졌다. 하지만 당신이 행복했다면 난 괜찮아요, 라고 말하는 아내, 그토록 긴 세월 자신을 기다려준 아내. 하지만 그는 갑자기 나타나서 갑자기 아내를 배신했다.

클리원 동지는 아무 말도 하지 않고 손님방으로 들어가 문을 걸어 잠갔다. 그리고 아내와 아들이 아무리 나오라고 방문을 두들겨도 나오지 않았다. 다음날 아침, 아침을 먹으라고 해도 묵묵부답이었다. 아딘다와 크리산이 번갈아가며 방문을 두들겼지만 아무 소리도 나지 않았다. 걱정이 된 두 사람은 더 요란하게 방문을 두들겼지만 아무 반응이 없긴 마찬가지였다.

결국 크리산이 부엌에 가서, 비둘기용 새장을 만들 때 나무를 쪼개는 데 쓰는 손도끼를 가져와 문짝을 부수기 시작했다. 문짝 복판이 갈라졌고 아딘다는 아들이 문 부수는 것을 보기만 했다. 몇 번 더 치자 크리산이 손을 넣어 문을 딸 만한 구멍이 났다. 아들과 어머니는 문을 열었다. 클리원 동지는 침대보를 찢어 만든 줄로 대들보에 목을 매고 죽어 있었다. 아들은 정신을 잃고 쓰러지는 어머니를 붙들어야 했다.

클리원 동지를 본 이웃들의 입을 통해 그가 돌아왔다는 소문이 삽시간에 온 도시에 퍼졌다. 그러나 다들 너무 늦었다. 이제 그의 관을 따라가는 장례 행렬밖에 볼 수 없었다. 아버지를 제대로 알 기회를 갖지 못했고 앞으로도 갖지 못할 크리산처럼, 다들 너무 늦었다. 아버지와 아들은 아주 잠시, 일주일도 채 안 되는 시간을 함께 보냈다. 부자가 서로를 알기에는 턱없이 부족한 시간이었다. 크리산만큼이나 그의 죽음 앞에서 서러워한 사람은 없었다. 그는 선반 위의 모자를 제 몫의 유품으로 챙겼다. 옛날 사진에서 아버지는 그 모자를 쓰고 있었다. 그는 아버지를 조금이라도 더 친밀하게 느껴보려고 그 모자를 자주 썼다.

이제 할리문다에는 공산주의자 귀신이 하나 더 생겼다. 하지만 고맙게도 그 귀신은 누구에게도 모습을 드러내지 않았다.

15

렝가니스가 사내아이를 낳던 날 아침, 온 할리문다 사람이 아침 일과를 팽개치고 그 집 앞에 모여들었다. 닭 모이를 주고, 물통을 채우고, 설거지도 해야 했지만 죄다 던져두고 달려올 이유가 한둘이 아니었던 탓이다. 첫째 렝가니스는 그 미모로 명성이 자자했다. 특히 그해 할리문다 해변아가씨로 뽑히고 나서는 더 유명해졌다. 둘째 그는 악명이 자자한 깡패 마만의 딸이 아닌가. 셋째 가장 중요하게는 개한테 강간당하고 애를 낳았다는 여자는 할리문다 역사상 그가 처음이었다.

그러나 해산을 거든 산파가 나와 이르기를 렝가니스의 자궁에서 나온 아이는 다른 아이와 하등 다를 것 없는 인간의 아이라고 했다. 그제야 구경꾼들은 주둥이가 시꺼먼 누렁이한테 당한 게 정말 맛ㅏ고 수군댔다. 그린 누렁이는 밤하늘에 별이 보이는 것처럼 할리문다 어디서나 볼 수 있는 그런 개였다. 그 일은 얼추 아홉 달 전 학교 화장실에서 수업 시작을 알리는 종이 치고 얼마

지나지 않아 벌어졌다.

그 모든 일은 렝가니스가 제 아비를 닮아 내기를 좋아해서 시작됐다. 짓궂은 동무들이 레몬주스 다섯 병을 한 방울도 남김없이 마시면 한 병을 거저 주겠다고 하자, 렝가니스는 다섯 병을 다 마셔버렸다. 그리고 수업 시작을 알리는 종이 울리자 오줌보가 터질 지경이 됐다. 어쨌거나 때가 좋지 않았다. 수업에 조금이라도 늦게 들어가려고 종이 치고 나서야 화장실로 몰려가는 게 이 학교의 전통이라면 전통이었다. 이 전통 덕분에 화장실 앞에 늘어선 줄은 무시무시하게 길었다. 렝가니스가 차례를 기다리다가는 속옷과 치마를 다 적실 것이 분명했다. 그렇다고 교실 제자리에 가서 실례를 할 수도 없는 노릇이었다. 제아무리 천방지축인 렝가니스도 그래서는 안 된다고 생각했다.

교사校舍 뒤편의 화장실 열네 칸 중 열세 칸 앞에는 이미 줄이 길게 늘어섰다. 화장실 안에는 똥오줌을 누는 애들보다 교장의 눈을 피해 여럿이 담배를 돌려 피우는 아이들이 더 많았다. 맨 끝에 있는 칸은 여러 해째 아무도 쓰지 않았다. 그 칸에서 여학생이 자살했다는 소문도 있었고 누가 거기서 애를 낳고 목 졸려 죽었다는 소문도 있었다. 어떤 소문도 사실로 확인된 것은 없었지만 한 가지 분명한 것이 있다면 그곳은 온갖 악령과 사악한 기운이 모여드는 곳이란 것이었다.

식민지 시절에 코코아 농장과 야자 농장 옆에 세워진 이 학교는 본래 프란치스코회 사범학교였다. 농장도 학교도 모두 네덜란드인 소유였다가 네덜란드가 물러간 후에는 공립학교가 됐다. 열네 번째 칸이 그렇게 된 데 대한 그나마 그럴듯한 설명은 이러하다. 한번은 야자 열매인지 나뭇가지가 떨어지면서 지붕을 뚫어버렸는데 학교는 수리할 돈이 없어 그대로 내버려두었다. 그렇게 시간이 흐르면서 뚫린 구멍으로 야자잎이 들어와 쌓이고 비가 새면서 점점 곰팡이와 습기가 차기 시작했다. 거기다 도마뱀과 거미가 집을 짓고 고인 물에는 장구벌레와 녹조가 들끓었다. 어쨌거나 열네 번째 칸은 그렇게 무시무시한 곳이 돼버렸고 아무도 그 앞에 설 엄두를 내지 못했다.

렝가니스가 들어갈 때까지 열네 번째 칸은 그렇게 버려진 곳이었다. 레몬주스 다섯 병으로 가득 찬 오줌보가 터지기 일보직전이라 별수 없었다. 문을 열자 주둥이가 시커먼 누렁 개 한 마리가 야자잎 무더기에 코를 대고 킁킁거리고 있었다. 이웃이 키우는 듯한 들개 잡종이었다. 렝가니스는 개를 쫓을 겨를도 없어 안으로 들어가 문을 닫았다. 그 좁은 공간에 개와 함께 갇힌 것이다. 어찌나 급했던지 미처 속옷을 내리기도 전에 레몬주스 다섯 병어치의 오줌이 줄줄 흘러내리기 시작했다. 뜨끈한 오줌이 흘러내리며 허벅지와 장딴지, 발목은 물론이요, 양말과 신발까지 흠뻑 적셨다.

그다음 렝가니스는 갓 태어난 아기처럼 완전히 발가벗은 채로 교실로 돌아가 대소동을 일으켰다. 지난 16년간 벌인 수많은 소동에 이은 또 다른 소동이리라. 같은 반 학생들은 들고 있던 책을 떨어뜨리고 의자에서 뒤로 넘어갔다. 늙은 수학 선생은 칠판이 더럽다고 투덜거리다가, 순간 제 연장이 벌떡 서면서 몇 년째 자신을 괴롭혀온 발기부전이 치유되는 기적을 경험했다. 렝가니스가 할리문다에서 제일 예쁜 소녀이며 렝가니스 공주의 진정한 후예임을 모르는 사람은 없었다. 하지만 그 애의 알몸을 보는 것은 완전히 다른 문제였다. 그 아이의 몸뚱이는 얼굴만큼이나 아름다워서 교실에 있던 사람 모두 입을 딱 벌렸다.

"나 화장실에서 개한테 강간당했어!"

속옷에 오줌을 싼 채로 개와 화장실에 갇혔다는 그의 말을 들어보면 그런 일이 있을 수도 있겠다 싶었다. 렝가니스는 속옷을 입은 채로 오줌을 싸고 나서 5분 동안 꼼짝도 못하고 멍하니 서 있었다. 축축하고 지린내가 나는 치마와 양말과 신발을 바라보았다. 밖에서 다른 아이들의 소리가 더 들리지 않을 때까지 그렇게 화장실 안에서 어찌할 바를 모르고 서 있었다. 아직 어린애 수준의 지능밖에 되지 않는 그의 두뇌는 옷을 몽땅 벗어던지라고 명령했다. 그는 이상하게 들뜬 상태로 옷을 모두 벗어 벽에 걸린 녹슨 못에 걸고, 구멍 난 지붕으로 스며드는 햇살이 오줌을 말려주기를 기다렸다. 그렇게 입은 옷을 세탁소에 다 맡긴 나그네처럼 벌거벗은 채로 서 있는데 개가 달려들었다고 했다. 렝가니스는 그렇게 개한테 강간을 당했다.

"개가 내 옷도 몽땅 물고 갔어."

그는 신비로울 만치 어여쁜 외모에 백치 같은 단순함이 합쳐져 관능적이기 짝이 없었다. 남자라면 누구라도 그의 알몸을 본다면, 더군다나 화장실 안에 같이 갇힌다면 덮치지 않을 재간이 없었을 것이다. 렝가니스에게는 사내의 육욕에 불을 지르게 만드는 마력이 있었다. 다만 할리문다 사람이라면 누구나 그 아비가 얼마나 무자비한지 잘 알았던지라, 그날 아침 개에게 강간당하기 전까지 그는 처녀로 남아 있을 수 있었다.

마만이라면 제 외동딸을 건드린 자를 한 치의 고민도 없이 죽여버릴 것이다. 그러나 렝가니스는 가는 곳마다 남자들의 마음을 휘저어놓았다. 길가에서 버스를 기다리면서도 철없는 어린애처

럼 치마를 치켜올리고, 덥다 싶으면 웃옷 단추를 몇 개나 끌러버
렸다. 그러면 허벅지와 종아리를 감싼 요정의 것 같은 매끄러운
살결과 열여섯 살 청춘에게나 있는 탱탱한 젖가슴의 굴곡이 드
러났다. 하지만 그렇다고 해서 넋을 놓고 그 애를 쳐다봐서는 안
된다. 그랬다가는 얼마 지나지 않아 할리문다에서 제일 무시무시
한 깡패 마만이 찾아와, 내 딸을 음탕한 눈으로 쳐다본 놈이 바로
네놈이냐며 호통을 칠 터였다. 마만에게 두들겨 맞으면 적어도
여섯 달은 온몸에 깁스를 하고 드러누워야 했다.

그런 일이 있을 때마다 렝가니스와는 다른 종류의 아름다움
을 지닌 소녀 누룰 아이니가 나타나 렝가니스의 보호자를 자청
했다. 둘은 기저귀를 차던 시절부터 친구였다. 아이니는 렝가니
스의 치맛단을 내리고 웃옷의 단추를 채워주었다. 그리고 나직하
게 말했다. "그러면 못 써, 예쁜이."

이제 아이니가 나설 때였다. 그는 언제나 렝가니스가 벌이는
해괴한 짓들을 처리할 준비가 돼 있었다. 지금은 렝가니스가 교
실 앞에서 발가벗은 채 서 있지 않은가. 키 167센티미터에 몸무게
52킬로그램, 터질 듯 무르익은 몸에 칠흑 같은 머리칼, 푸른 눈동
자가 반짝반짝 빛났다. 제 어미의 미모를 고대로 물려받은 할리
문다에서 제일 아름다운 혼혈아였다. 그러나 정작 렝가니스 본
인은 태연자약하기만 했다. 왜 다들, 여러 날 굶은 악어처럼 입을
딱 벌리고 있는지 궁금할 따름이었다. 아이니가 벌떡 일어나 교
탁 탁자보를 낚아채더니 렝가니스의 몸에 둘러주었다. 그 통에
교탁 위에 있던 물컵이 박살나고 수학 선생의 가죽가방이 바닥
으로 날아갔다.

아이니의 그런 거침없는 성격은 아비인 쇼단초에게서 물려받

앉을 것이다. 아이니가 말 한마디 없이 쳐다보기만 했는데도 교실의 남학생들과 수학 선생 모두 움찔했다. 그가 렝가니스를 데리고 나가자 교실 안에는 분노와 실망의 목소리가 울려퍼졌다.

"빌어먹을, 개새끼가? 우리는 렝가니스한테 손가락 하나 까딱 못해봤는데."

여학생 몇몇이 렝가니스에게 입힐 체육복을 찾으러 체육관에 갔다.

마야 데위는 딸을 학교에 보내고 평소처럼 하루를 보내던 중이었다. 별것 아니지만 꺼림칙하기 짝이 없는 일이 벌어졌다. 한창 거실을 쓰는데 전등에 앉은 도마뱀이 싼 똥이 어깨에 떨어진 것이다. 냄새나 똥을 닦는 일의 귀찮음은 문제가 아니었다. 도마뱀 똥을 맞는 것은 안 좋은 일이 생길 징조라는 것이 문제였다.

남편과 달리 마야 데위는 평판이 좋았다. 사람들은 그가 창녀데위 아유의 딸인 것에도 크게 신경 쓰지 않았다. 마야 데위는 얌전하고 성품이 어진 데다 신앙심도 깊었다. 그래서 이 여인만 보면 딸의 천방지축 같은 행동이나 남편의 말썽을 모두 용서하게 됐다. 마야 데위는 목요일이면 여자들의 기도모임에 나가고 일요일 저녁에는 계모임에 나가 사람들을 사귀었다. 그 덕분에 그 집식구 전체가 조금이나마 문명인처럼 보인다고 해도 과언이 아니었다.

마야 데위는 도마뱀 똥을 치우고 일하는 아이에게 거실을 마저 쓸게 했다. 네덜란드 혈통이 여전히 뚜렷해 가뜩이나 하얀 얼굴이 죽은 지 이틀 지난 시체처럼 더 새하얗게 질렸다. 베란다에 앉아서 딸이나 남편에게 무슨 안 좋은 일이 있는 것은 아닌지 걱정하기 시작했다. 그간 수도 없이 많은 사건들이 벌어졌다. 마야 데위는 정확히 무슨 일인지는 알 수 없지만 언젠가 무슨 큰일이 벌어질 것 같은 불길함 예감에 늘 시달려왔다. 그러나 이렇게 걱정하는 것 말고는 할 수 있는 일이 없었다. 빌어먹을 도마뱀 똥.

같은 시각 마만은 여느 때와 다름없이 버스터미널의 제 혼들 의자에 앉아 있었다. 그 의자를 차지하려고 에디를 죽였다. 마야 데위는 다른 사람이 그 의자를 차지하기 위해 마만을 죽이지 않을까 늘 걱정이었다. 남들은 극악무도한 자라고들 욕하지만 그에겐 사랑하는 남편이었기 때문에 결코 그런 일은 없어야 했다. 풍문처럼 정말 남편이 불사의 존재라 총알이 그의 몸을 뚫을 수 없기만을 바랐다.

그런 생각을 하고 있는데 대문 앞에 인력거가 섰다. 렝가니스와 아이니였다. 마야 데위는 대체 왜 애들이 이렇게 일찍 집에 오는지, 왜 렝가니스는 교복이 아니라 체육복을 입고 있는지 궁금해졌다. 아이들이 앞에 와 설 때까지 마야 데위는 그렇게 어미닭처럼 걱정에 가득 차 있었다. 무슨 일이 있었는지 물어보려고 누룰 아이니를 보니 얼굴이 죽은 지 사흘 지난 시체처럼 새하얗게 질려 있었다. 아이니는 울음보가 터졌고 마야 데위는 아직 입을 열지도 않았는데 렝가니스가 말했다.

"엄마, 나 화장실에서 개한테 강간당했어요." 별일도 아니라는 듯한 당당한 목소리였다. "임신할지도 모르겠네."

그 말에 마야 데위는 의자에 털썩 주저앉았다. 이번엔 그의 얼굴이 죽은 지 나흘 지난 시체처럼 창백해졌다. 그러나 그는 절대 화를 내지 않는 엄마인지라 그저 멍하니 딸을 바라보며 물었다. "그 개가 어떤 개였는데?"

417

내년에 개기일식이 있으리라는 안 좋은 소식이 삽시간에 온 도시에 퍼졌다. 예언자들이 말하길 내년은 악운이 낀 해라 온갖 흉한 일이 다 일어날 것이라고 했단다. 정말로 렝가니스가 개한테 겁탈당했다면 흉한 일은 벌써 시작된 것이리라. 소문은 역병처럼 순식간에 온 도시에 퍼졌지만 정작 아비인 마만은 깜깜무소식이었다. 아마 할리문다 사람들이 동정하는 눈길로 그를 바라본 것은 이번이 처음이었을 것이다.

한 달 가까이 지나도록 마만에게 소문을 전해줄 만한 배짱을 가진 자가 나타나지 않았다.

그리고 킨킨이라는 렝가니스 또래의 남학생이 그를 찾아왔다. 뚱뚱하고 머저리같이 생긴 데다 하는 짓도 죄다 서툴기만 했다. 제 몸에는 턱없이 작은 웃옷에 빛바랜 갈색 코듀로이 바지를 입고 하얀 스니커즈를 신었는데 동그란 안경까지 써서 만화책에서 막 튀어나온 주인공 같아 보였다. 킨킨이 감히 무자비한 깡패 두목에게 다가설 때 마만은 말오줌 같은 맥주를 한 잔 마시고 기분이 나빠져 마호가니 흔들의자에서 졸고 있었다. 몇몇이 그가 묘지기 카미노의 아들임을 알아보았지만 이미 막기에는 늦어버렸다.

마만은 졸다가 깨 거의 자동적으로 맥주잔을 들어올렸다가 머뭇머뭇 내려놓았다. 그리고 짜증 섞인 눈으로 제 앞에 얼어붙어 옷자락을 만지작거리는 아이를 쳐다보았다. 마만은 간신히 평정심을 되찾았다.

"원하는 게 뭔지 말하고 꺼져버려!" 그가 버럭 소리를 질렀다.

그러나 몇 분이 지나도 아이는 우물쭈물하며 입을 열지 못했다. 마만은 화가 치밀어 맥주잔에 남아 있는 맥주를 아이의 머리

위에 부어버렸다.

"말을 해. 안 그러면 진흙탕에 던져버린다."

"따님인 렝가니스와 결혼하고 싶습니다." 킨킨이 마침내 입을 열었다.

"우리 딸이 너랑 결혼할 일은 없어. 그 앤 누구든 제가 결혼하고 싶은 남자랑 결혼할 수 있지만 너는 아닌 것 같구나. 그리고 넌 결혼하기엔 아직 턱없이 어려." 마만은 화가 나기보다 흐뭇해 보였다.

킨킨은 렝가니스와 한 반이었다. 그는 렝가니스를 처음 본 순간부터 사랑에 빠졌다고 했다. 그 애를 볼 때마다 온몸이 떨렸고 그 애를 보지 못하면 보고 싶어서 몸이 떨렸다. 그 사랑 때문에 열병과 불면증, 호흡곤란에 시달렸다. 렝가니스의 공책에 향내 나는 종이에 쓴 연서를 몰래 넣어두기도 했지만 답장을 받은 적은 없었다. 그는 그렇게 속으로 죽어가면서도 로미오가 줄리엣을 혹은 라마가 신타를 사랑하듯* 렝가니스를 사랑한다고 했다.

"우리 딸은 학교를 마치면 저기 큰길에 사는 여자처럼 치과의사가 될 거다. 너희 둘이 아무리 사랑한다고 해도 지금은 결혼할 이유가 없어."

"하지만 따님은 임신했고 누군가와는 결혼해야 합니다."

마만은 그 말에 코웃음을 쳤다. "그러니깐 어떤 놈이 내 딸을 욕보이고 임신시켰단 말인데 그런 일은 내 눈에 흙이 들어가기 전엔 일어날 리 없어."

---

* 《라마야나》의 남녀 주인공.

"개가 학교 화장실에서 따님을 욕보였어요."

이 말에 마만은 더 신이 났다. 그리고 사랑에 눈이 먼 이 아이에게 정말로 렝가니스를 사랑한다면 포기하라고 타이르고 돌려보냈다.

그는 해질녘에 집에 가자마자 낮에 있었던 일은 까맣게 잊었다. 딸도 아내도 아무 말이 없었으니 아무 일도 없는 것이 분명하다며 평소처럼 낮잠을 잤다. 7시쯤 아내가 저녁을 먹으라고 깨우고 모기향을 피우자 킨킨이 왔던 일이 생각났다. 그 아이가 찾아와서 딸이 개한테 강간당했다고 했던 것이 정말로 일어난 일인지 아니면 꿈에서 본 것인지 모르겠다고 아내에게 물었다.

"몇 주 전에 렝가니스가 그런 말을 하긴 했어요." 마야 데위가 말했다.

"그런데 왜 아무 말도 안 했어?"

"우리 눈에 흙이 들어가기 전에 그런 일이 있기야 하겠어요?"

그 후 몇 주 동안 부부는 딸을 둘러싼 소문 때문에 안절부절못했다. 어쨌거나 렝가니스가 벌거벗고 교실에 들어섰던 그 일은 온갖 판타지의 근원이 되었고 그 광경을 보지 못한 사람들은 마냥 아쉬워했다. 그러나 아무도 렝가니스가 한 말을 곧이곧대로 믿지 않았다. 그가 정말로 바보가 아니라면 관심을 끌어보려고 한 소리가 분명하다고 여겼다. 강간을 당한 것은 분명하지만 개가 아니라 어떤 못된 놈의 소행일 것이라고 했다. 누군지는 모르지만 그놈의 강단과 행운을 부러워했다. 신앙심 깊은 아낙들은 렝가니스의 처지를 딱하게 여겨 가슴에 손을 얹고 기도를 올려주었다.

"아무도 그 애를 건들지 못해. 우리가 살아 있는 한." 마만이 간단히 결론지었다.

그는 딸에게 할리문다 미의 여신의 이름을 주었다. 그러나 전설에 따르면 렝가니스 공주는 개와 결혼하지 않았던가.

"임신이라니 그럴 리 없어. 하지만 그게 사실이라면 내 할리문다 개란 개는 다 죽여버리겠어."

가족은 소문을 애써 무시하면서 일상으로 돌아갔다. 렝가니스의 말썽은 늘 있는 일이었다. 새끼 고양이를 끓는 기름솥에 던져버리는가 하면, 궁금하다는 이유로 곡마단 공연 중간에 벌떡일어나 광대의 가면을 벗겨버리기도 하지 않았던가. 마야 데위는 다시 빵과 과자 굽는 일에 몰두하고 마만은 제 흔들의자로 돌아가 낮에는 쇼단초와 카드놀이를 했다.

벌써 여러 해째 그는 심심하면 쇼단초와 트럼프 놀이를 했다. 생선장수, 야채장수, 짐꾼, 인력거꾼도 카드판에 끼었다. 쇼단초가 동티모르에 전쟁을 하러 간 여섯 달 동안은 카드놀이가 중단됐다. 아마 쇼단초가 마만보다 한두 살 위일 것이다. 쇼단초는 카드놀이가 하고 싶어지면 오후 3시쯤 스쿠터를 몰고 나타났다. 탈곡기처럼 털털거리는 스쿠터 소리에 마만은 낮잠을 자다가도 쇼단초가 온 것을 알고 금세 깼다. 쇼단초는 다른 군인들보다 키가 작고 말랐지만 군복을 요란스럽게 차려입어 작은 체구를 가렸다. 얼룩덜룩한 녹색 군복에 단단한 악어가죽 군화를 신고 허리에는 권총과 나무방망이를 대롱대롱 매달고 다녔다. 살갗은 검고 콧수염은 몇 가닥이 세어가고 있었다. 그의 본명을 기억하는 사람은 거의 없고 그저 그가 일본군에 맞서 반란을 일으키던 시기 쇼단을 이끌었다는 것만 알았다.

어느 목요일 오후에 카드판이 벌어졌다. 이번에는 푸줏간 점원 아이와 생선장수가 가세했고 쇼단초가 미제 담배 한 갑을 탁자 위에 올려놓으면서 의식은 시작되었다. 카드패를 돌리기 전에 네 사람은 모두 담배를 피워 물었다. 담배 연기가 생선 비린내와 야채 썩는 내를 덮어주었다.

"아, 여기 조커가 있네. 자네 조커는 어떤가?"

두 사내의 실낱같은 우호관계는 딸들의 우정 덕분에 날로 두터워졌다. 렝가니스와 아이니가 아직 오줌싸개이던 시절 아비들은 딸들을 카드판에 데려와 오동통한 아이 손에 조커를 쥐어주었다. 그러면 아이들은 저도 카드판에 끼었다고 여기고 더 이상 방해하지 않았다. 그때부터 트럼프를 칠 때 조커는 따로 빼놓았고 조커란 곧 딸들을 가리키는 말이 되었다.

"코찔찔이 놈이 와서 딸애와 결혼하게 해달라더군."

할리문다는 말이 많은 고장인지라 쇼단초도 소문을 들어 알고 있었지만 별다른 대꾸를 하지 않았다.

"그 애가 결혼해서 애를 낳고 내가 할아버지가 된다니, 상상이 안 돼." 마만은 카드판의 세 사내를, 특히 쇼단초를 쳐다보며 대꾸해달라는 눈빛을 보냈다. "이제 겨우 열여섯 살인걸."

"내 조커도 마찬가지네."

쇼단초가 내년에 퇴역한다는 소문이 자자했다. 동티모르에서 입은 부상은 좀처럼 나아지질 않았고 총알은 여전히 정강이에 박힌 채였다. 이대로 대령 계급장을 달고 퇴역하면, 자리를 너무 오래 차지하고 앉아 할리문다 군부대 전체를 제멋대로 조종한다는 구설수를 잠재울 수 있을 것이었다. 그 자리는 독립선언 여섯 달 전에 일본군에 반란을 일으키고 참모총장 제안까지 받았던 그에게는 턱없이 어울리지 않는 초라한 것이었다. 그러나 그는 할리문다를 떠나지도 인도네시아 군대를 떠나지도 않았다. 독립전쟁 당시 네덜란드–영국 연합군과 맞서 싸우면서 대령 계급을 달았지만 그는 한 번도 승진을 바라지 않았다. 공산주의자들을 쓸어버린 후에는, 대통령을 도와달라는 제안도 받았지만 거절했다. 이제 겨우 너무나 사랑하는 아내와 딸 곁에 있게 되었는데 할리문다를 떠날 이유가 없었다. 이제는 퇴역할 때였다.

"렝가니스가 개한테 욕보였다는 소문이 있던데."

"할리문다에는 개가 너무 많아." 마만이 중얼거렸다.

이 말에 쇼단초는 경악을 금치 못했다. 할리문다에 개가 많긴 했지만 감히 아무도 천하의 쇼단초 앞에서 불평하는 것을 본 적이 없었다.

"학교 화장실에서 벌어진 일이 사실이라면 말이지. 나한텐 독약이 많아." 마만이 차갑게 이어갔다. "2년 전에 창녀 하나가 광견병으로 죽은 후론 말이야. 내 딸한테 벌어진 일이 아니래도 개를 먹는 바탁 사람 집에 개들을 보내버릴 이유는 한둘이 아니지."

그는 꼭 집어 말하지는 않았지만 카드판에 앉은 사람들은 모두 이 말이 쇼단초를 향한 것임을 잘 알았다. 할리문다 개들은 거의 들개와 그 잡종인데 이 개들은 돼지 사냥 이후로 쇼단초가 교배시킨 것들이었다. 옛날 렝가니스 공주가 안개 낀 정글에 처음 와서 할리문다가 생겼을 때 개를 데려온 것은 사실이다. 하지만 쇼단초 이전에는 아무도 개를 교배시키지 않았다.

"그저 소문이길 바라네." 결국 쇼단초가 입을 열었다.

"아니면 내 딸이 벌인 여러 바보짓 중 하나거나." 마만이 빈성대듯 대꾸했다. 그는 딸을 다른 애들처럼 만들어보려고 두쿤을 찾아간 얘기를 시작했다. 어떤 두쿤은 악령이 들었다고 했고 어떤 두쿤은 그가 자라기를 거부한다고 했다. 그래서 렝가니스는 열여섯 살짜리 몸에 갇힌 여섯 살짜리 아이라고 했다. 연유가 무엇이건 간에 두쿤들이 할 수 있는 일은 없었다. "그래서 말이지, 딸애를 학교에 넣으려고 선생을 셋이나 두들겨줘야 했다네." 이 불운한 아비는 오늘 감상에 젖어 영 카드놀이를 할 기분이 아니었다. "그래 자네들도 내 딸을 보고 웃어댈 텐가?"

"우리는 언제나 조커들을 보고 웃지 않았나." 쇼단초가 말했다.

마만이 먼저 자리에서 일어났다. 집으로 걸어가는 동안 산에서 바람이 불어와 파도 소리가 요란했다. 박쥐 한 무리가 바람에 맞서 술 취한 사람처럼 비틀거리며 주홍빛 하늘을 날았다. 어부들이 노와 그물과 얼음통을 들고 집을 나섰다. 반대로 농부들은 삽과 빈 자루를 들고 집으로 향했다. 구름이 가득한 하늘 때문에 안 그래도 무거운 마음이 더 무거워졌다.

마만의 집은 식민지 시절 네덜란드인이 살던 집이라 정원이 제법 컸다. 장모 데위 아유가 물려준 이 집은 그가 창녀로 일하며 모은 돈으로 되사들인 것이었다. 집 앞에는 괭이밥나무와 작은 사워나무가 자랐고 아내 마야 데위가 쥐똥나무로 울타리를 만들어두었다. 잘 가꿔진 정원을 보자 무거운 마음이 좀 가벼워졌다. 하지만 집에 들어서자 아내가 빨래바구니 앞에서 울고 있었다.

"애가 임신이라도 한 건 아닌지 걱정돼요." 그토록 차분하던 여인이 평정심을 잃었다. "한 달이 더 지났는데도 애가 달거리를 안 해요." 그러면서 빨래바구니 안의 속옷을 펼쳐놓았다.

마만은 잠시 골똘히 생각했다. "정말 그렇다면 개가 한 짓일 리가 없어." 확신에 찬 목소리였다. "강간을 했다면 우리 렝가니스가 개를 강간했어야지."

424

버스터미널에서 한 청혼이 무위로 돌아간 후 킨킨은 공동묘지에 돌아다니는 개들을 공기총으로 쏘아 죽이는 데 열중했다. 그는 렝가니스가 개에게 강간당했다고 믿는 유일한 사람이었다. 질투에 눈이 먼 나머지 제 구역에서라도 개라면 한 마리도 가만 두지 않겠다고 든 것이다. 개가 눈에 띄지 않으면 시장에서 파는 개 포스터를 캄보자나무 가지에 걸어놓고 사격 연습을 했다. 아비 카미노만이 아들의 기행을 알고 걱정했다.

"왜 그러는 거냐, 아들아? 개에게 죄가 있다면 짖어대는 것뿐이야."

"개는 개예요, 아빠." 아들은 포스터에 마지막 총알을 조준하며 고개도 돌리지 않고 차갑게 대꾸했다. "그리고 그놈들 중 하나가 제가 좋아하는 애를 욕보였어요."

"개가 여자를 욕보였단 소리는 처음 들어보는구나. 너 혹시 암캐를 좋아하는 거냐?"

"제기랄. 아빠, 집에 가세요. 이 총알은 개한테 쏠 거지 아빠한테 쏠 게 아니니까요."

사랑에 빠지면서 킨킨은 저를 둘러싼 신비로운 분위기, 그러니까 같은 반 애들이 그렇다고 여긴 그런 분위기마저 완전히 무너뜨려버렸다. 아무도 그와 놀려고 하지 않았고 그 또한 아무와도 놀 생각이 없었다. 그의 친한 친구들은 애들이 질겁할 망자들의 혼이었다. 교복에는 언제나 짙은 향내가 배어 있어서 아무도 같이 앉으려 하지 않았다. 선생님들도 그를 부르지 않았는데 걸핏하면 그가 망자의 목소리로 대답했기 때문이다. 애들은 암기 시험이 있으면 그가 귀신에게 도와달라고 하는 걸 뻔히 알면서도 감히 뭐라고 하지 못했다. 그는 누구나 그가 있는 것을 알지만 아무도 관심 가져주지 않는 배꼽 같은 존재였다. 적어도 렝가니스를 만나기 전까지는 그랬다.

그가 렝가니스를 처음 본 것은 고등학교에 입학한 첫날이었다. 교무실에서 일대격전이 벌어지자 9년째 무료한 학교 생활에 지루해하던 아이들이 우르르 몰려갔다. 킨킨은 아마 제일 마지막으로 현장에 나타난 아이였을 것이다. 벌써 한 사내가 선생 셋을 때려눕히고 난 후였다. 선생들은 사내의 딸을 이 학교에 받아들일 수 없다며 지적장애인을 위한 특수학교로 보내라고 했다. 하지만 사내는 제 딸은 정상이라고 주장했다.

"내 딸이 남들과 다른 데가 있다면 이 할리문다에서 아니 전 우주에서 제일 예쁘다는 것뿐이야." 사내는 이렇게 소리치며 바닥에 널브러진 선생 셋과 책상 뒤에서 부들부들 떠는 교장을 쳐다보았다.

소녀는 흰색과 회색으로 된 교복을 입고 아비 뒤에 서 있었다. 교복은 재봉틀 기름내마저 가시지 않고 치마 주름이 칼날처럼 잡힌 완전 새것이었다. 흑단 같은 머리는 인도네시아 국기 색인 흰색과 빨강색으로 된 리본으로 땋아 양 갈래로 드리웠다. 교칙대로 검정 구두에, 작은 레이스 꽃으로 가장자리를 두른 하얀 양말을 신었다. 맨살이 드러난 종아리는 매혹적이었다. 누가 봐도 소녀가 바보일 리가 없었다. 킨킨도 교무실 창문으로 소녀를 훔쳐보며 그렇게 생각했다. 소녀는 이 사악한 세상에서 길을 잃은 천사임에 분명했다. 그렇게 스치듯 소녀를 본 그 순간부터 그는 사랑의 열병에 휩쓸렸다. 그리하여 다른 아이들과 말 한번 하는 법 없던 그가 큐피드의 화살을 맞고 소녀에게 다가가 이름을 물었다. 소녀는 어리둥절한 표정으로 오른쪽 가슴에 달린 명찰을 가리켰다. "여기 있잖아. 난 렝가니스야."

학생들은 누구나 명찰을 달았지만 그는 도무지 명찰에 초점을 맞출 수가 없었다. 눈길은 소녀의 가느다란 손가락이 가리키는 명찰이 아니라 젖가슴으로 갔다. 그는 입학 첫날 내내 홀로 교실 구석에서 온몸을 덜덜 떨었다.

고통은 점점 더해갔다.

초등학교 이래 킨킨이 누구에게 말을 거는 것을 본 적이 없는 아이들이 그 모습을 보고 놀라 쳐다보았다. 그러나 그 괴상한 아이가 귀신이나 흑마술의 힘을 빌려 자기를 괴롭힐까 두려워서 감히 킨킨을 놀리거나 하지는 못했다. 한 아이만이 예외였다. 렝가니스의 보호자로 한 반에 들어온 모양인 그 애는 겁도 없이 킨킨을 협박했다.

"내 말 잘 들어, 묘지기 아들. 내 친구 귀찮게 하면 고추가 당근 썰리듯 썰릴 줄 알아."

킨킨은 아무 대답도 못하고 아이니가 재빨리 렝가니스 곁에 가서 앉는 모습을 바라보았다. 거의 눈물이 날 지경이었다. 그토록 소망해온 사랑을 얻으려면 대체 얼마나 많은 장애물을 넘어야 한단 말인가. 날이면 날마다 그는 렝가니스를 집에 데려다주기를 꿈꿨다. 사랑에 빠진 그 나이 남자애로서는 렝가니스와 함께 걷는 것만큼 황홀한 일은 없을 것이다. 하지만 언제나 아이니가 선수를 쳤다. 킨킨은 너무 화가 나 아이니에게 이렇게 말하기도 했다 "누가 너를 없애주면 좋겠어."

"직접 해보시지 그래. 불알 달린 사내라면."

하지만 그는 감히 그럴 엄두를 내지 못했고, 한 번도 렝가니스를 집에 데려다줄 기회도 얻지 못했다. 그가 누린 한 가지 기뺨이 있다면 교실에서나마 그 아름다운 얼굴을 마음껏 쳐다보는 것이었다. 수업에는 전혀 신경을 쓰지 않고 렝가니스만 바라보았기 때문에 성적은 점점 바닥으로 떨어졌다. 그나마 시험 점수가 빵점이 아니었던 것은 시험 때면 자일랑쿵으로 귀신들에게 답을 물었기 때문이었다. 킨킨은 그렇게 사랑 때문에 제대로 먹지도 자지도 못하면서 말도 못하게 삐쩍 말라갔다.

"너 나보다 상태가 안 좋아 보인다." 한번은 렝가니스마저 이렇게 말했다. "진짜 바보 같아."

병원에서는 렝가니스가 임신 7주 차에 접어들고 있는 게 분명하다고 했다. 마만도 마야 데위도 그 말을 믿을 수 없었지만 다른 병원 다섯 군데서도 같은 진단이 나왔다. 두쿤들도 같은 말을 했다.

임신이 확실해지자 아비가 제일 먼저 한 일은 소문이 더 커지지 않게 딸을 방에 가두는 것이었다. 마야 데위는 사생아를 여럿 낳은 창녀를 어미로 둔 과거에서 벗어나려고 애써왔다. 그러나 렝가니스에게 벌어진 일은 역시 피는 속이지 못한다는 저주만 다시 확인해준 꼴이었다. 사람들은 저 부정한 가족은 영원히 부정한 아이들만 낳을 것이라고 손가락질을 해댈 것이다. 그리하여 부부는 사람들이 임신한 10대 소녀를 금방 잊어주기를 바라며 딸을 방에 가두기로 했다.

렝가니스의 방은 2층에 있어서 뛰어내리기엔 너무 높았고 방문은 밖에서 굳게 잠겨 있었다. 방 안에 친구라고는 곰인형과 싸구려 소설 한 무더기, 라디오뿐이었다. 마야 데위가 손수 딸의 시중을 모두 들었다. 세끼 식사를 가져다주고 요강과 목욕물까지 직접 챙겼다. 렝가니스는 학교에 가고 싶다고 울어댔지만 어미는 완강했다. "이제 개 조심할게요." 마야 데위는 울음을 터트렸다. "안 된다, 아가. 누가 학교 화장실에서 너를 욕보였는지 말하기 전엔 안 돼."

부부는 이 질문을 수없이 해보았지만 딸은 이 문제에 관한 한 놀라우리만치 고집을 부렸다. 대답은 언제나 같았다. 주둥이가 시커먼 누렁이요. 할리문다 어디에나 있는 그런 개를 한 마리씩 잡아 심문할 수도 없는 노릇이었다. 딸에게 납득할 만한 대답을 듣지 못하자 마야 데위는 다시 문을 열쇠로 잠갔다. 그러면 렝가니스는 비명을 질러대며 학교에 가게 해달라고 울부짖었다. 그 소리는 젖은 기저귀를 찬 아기 울음소리처럼 애처롭고 요란했다. 그 소리가 들리면 이웃들은 밖으로 나와 2층 창문을 올려다보고 행인들은 가던 걸음을 멈추고 서로 귀엣말을 했다. 마만은 딸을 다른 데로 보내자고 했지만 마야 데위는 절대 반대하며 제 손으로 딸을 거두겠다고 했다. "딸을 잃는 것보다는 남부끄러운 게 나아요."

결국 부부는 딸을 가둬두기를 포기하고 학교로 돌려보내기로 했다. 하지만 이 또한 쉽지 않은 일이었다. 학교가 임신한 학생을 받아준 적이 없었던 것이다. 학교운영위원회는 그런 일을 허용하면 다른 여학생들에게 안 좋은 영향을 끼친다고 받아들일 수 없다고 결정했다. 그리하여 마만은 다시 학교를 찾아가 다시 노크도 없이 교장실로 쳐들어가 딸의 퇴학을 막아야 했다. 불쌍한 교장은 양쪽에서 몰리게 됐다. 한편으론 딸을 걱정하는 다른 학부형들의 입장도 고려해야 했다. 렝가니스에게 벌어진 일을 보건대 학교가 안전하지 않다는 불만이 있었다. 다른 한편으론 누구도 이겨본 적 없는 무지막지한 깡패를 상대해야 했다. 교장은 이마와 목으로 흘러내리는 식은땀을 연신 닦았다.

"좋습니다, 렝가니스 아버님. 따님은 아직 졸업하지 않았으니 우리 학교 학생이 분명합니다. 하지만 저를 좀 도와주셔야 합니다. 누가 따님에게 그런 짓을 했는지 밝혀야 합니다. 그래야 다른 여학생 학부모들을 진정시키지요. 또 한 가지는 헐렁한 옷을 입혀서 보내주셔야겠습니다."

그 말에 마만은 킨킨을 떠올렸다. 그날 해질 무렵 카드놀이판에서 슬그머니 빠져나가 카미노의 집을 찾아갔다. 킨킨은 예전과 다를 바 없이 개 포스터에 총질을 하느라 여념이 없었다. 잠시나마 마만은 그 애의 사격 솜씨에 감탄을 금치 못했다. 하지만 한편으로 왜 저런 이상한 짓을 하는지 의아했다. 킨킨이 여러 차례 총을 쏘고 나자 개 포스터는 바닥으로 떨어졌다. 돌아서서 마만 쪽으로 오는 그 애의 눈에는 놀란 흔적이 전혀 없었다.

"제가 하는 거 다 보셨죠?" 자랑스럽게 물었다. 아이가 설명을 마칠 때까지 마만은 무슨 일인지 다 이해하지 못했다. "저는 개들을 모조리, 개 포스터까지 쏴버리고 있어요. 개들이 밉고 질투 나요. 개는 렝가니스를 욕보였으니까요. 제가 얼마나 그 애를 사랑하는지 아시잖아요."

카미노가 집 앞에 나와 두 사람을 지켜보았다. 할리문다에서 제일 무시무시한 깡패가 아들을 찾아오다니 뭐가 잘못돼도 단단히 잘못된 것이 분명했다. 하지만 그는 최대한 공손하게 커피 한 잔 하시라고 청했다. 마만과 킨킨은 망자들이 남기고 간 해괴한 물건들이 가득한 응접실에 앉았다. 카미노는 커피를 내오고 자리를 피해주었다. 마만이 물었다. "말해봐라. 누가 렝가니스를 욕보였니?”

아이는 어리둥절한 표정이었다. “아시는 줄 알았는데요. 학교 화장실에서 개가 그랬잖아요.” 마만이 기다리던 답은 아니었다. 그 대답에 좀 짜증이 나기도 했지만, 적어도 이 아이도 남들 이상은 아무것도 모르며 오직 렝가니스와 신만이 화장실에서 진짜 무슨 일이 있었는지 아는 것이 분명해졌다. 그는 커피를 삼키며 마음을 가라앉혔다.

풀리지 않는 수수께끼 혹은 출구 없는 미로와 맞닥뜨린 느낌이었다. 차라리 목숨을 건 결투에서 적과 맞장뜨는 편이 누군지도 모르는 강간범을 찾는 것보다 나을 성싶었다. 그는 말 한마디 없이 잠자코 앉아 있기만 했다. 원하는 답을 듣기까지 계속 버티고 싶었지만 자리에서 일어났다. 그리고 허스키한 목소리로 침묵을 깼다.

“다들 그렇게 알고 있듯이 그 애를 욕보인 게 개란 말이지. 그렇다면 개랑 결혼을 시키는 수밖에 없겠군.”

그 말을 듣고 킨킨은 잠을 이룰 수가 없었다. 전보다 더 지독한 불면증이 찾아왔다. 그의 불면 때문에 아비도 공동묘지의 귀신들도 편히 잠들 수 없었다. 아침이 오자 킨킨은 번개처럼 목욕을 하고 렝가니스네 집으로 달려갔다. 새벽부터 잠을 깬 마만이 찌푸린 얼굴로 나왔다

“개와 결혼하다니 그럴 순 없어요!” 킨킨의 목소리는 죽어가는 사람이 사력을 다해 내는 외마디 비명 같았다. “제가 따님과 결혼하겠습니다.”

그편이 백번 나았다. 마만도 잘 알았다. 그는 버스터미널에 이 아이가 처음 찾아왔던 때를 떠올렸다. 아직 문제가 커지기 전

이었던 그때 청혼을 받아들이지 않은 것을 후회했다. 그는 고개를 끄덕이며 왜 결혼하고 싶으냐고 물었다.

"제가 렝가니스를 욕보였어요. 개가 아니에요."

그 아이를 뒷마당으로 끌고 가 죽을 만큼 패주고도 모자랄 일이었다. 그러나 마만의 한 방에 이미 아이는 피투성이가 돼 울타리 구석에 처박히더니 맞서지도 않았다. 그럴 힘도 없었을 것이다. 마야 데위는 남편이 아이를 죽이기라도 할까봐 황급히 달려나왔다. 그는 젖 먹던 힘까지 다 끌어내 여전히 아이에게 달려드는 남편을 붙들었다. 킨킨은 이미 뒷마당의 작은 연못 한구석에 쓰러져 있었다. 죽지는 않았지만 참을 수 없는 고통에 신음하고 있었다.

"네놈을 죽이지는 않을 거야." 아내가 간신히 그를 아이에게서 좀 떨어진 데로 데려갔다. "너는 살아서 내 딸이랑 결혼해야 하니까 말이야."

그날 아침 내내 킨킨은 렝가니스가 아이를 낳고 나면 자기와 결혼한다고 동네방네 떠벌리고 다녔다. 해질녘에 아이니는 사촌 크리산의 자전거 뒤에 타고 공동묘지로 킨킨을 찾아갔다.

"넌 그날 화장실에 있지도 않았어." 아이니가 화난 목소리로 말했다.

킨킨은 두 사람에게 웃어 보이며 그 사실을 부인하지 않았다. 그리고 둘을 집 안으로 들이고 학교 친구가 집으로 찾아온 것은 처음이라며 고맙다고 했다. 그 집은 과히 편안한 곳은 아니었다. 오래된 데다 여자의 손길이라곤 닿지 않아 먼지투성이였고, 망자들이 남기고 간 물건들이 사방에 쌓여 집이라기보다는 미라 발굴 현장 같았다.

부엌에서 찬 레몬주스를 가져다주며 킨킨은 어머니가 제가 태어날 때 돌아가시고 안 계셔서 집 안이 엉망이라며 사과했다. 대화 주제를 바꿔보려는 노력이었는지도 모른다. 하지만 아이니 는 눈곱만치도 마음을 풀지 않고 킨킨을 공격했다.

"이 교활한 호모 새끼, 네가 그 애를 욕보였을 리가 없어."

"물론이지. 난 렝가니스한테 그런 짓 못해. 제아무리 기회가 있다고 해도 사랑하는 사람한테 그럴 수는 없지. 난 그 애를 사랑 해서 예를 갖춰서 청혼했고 이제 결혼할 거야."

킨킨은 아비가 하던 일과 집을 물려받을 것이다. 아무도 묘지 기 일을 하고 싶어 하지 않는지라 그 일은 집안 대대로 물려받게 마련이었다. 할리문다 사람들은 공동묘지에는 악령과 원혼들이 득시글거리기 때문에 묘지기 집안 사람들만 거기서 살 수 있다 고 믿었다. 묘지기 집안에는 자일랑쿵을 이용해 귀신들과 잘 지 내는 비법이 전해져 내려오기도 했다. 형제자매가 없는 킨킨은 그 유일한 후계자였다. 다른 아이들이 그를 무서워하는 것은 단 지 묘지기의 아들이고 귀신들과 어울리기 때문만은 아니었다. 어 깨 위에 악령을 데리고 다니기라도 하는 듯 얼굴에선 차가운 기 운이 느껴지고 몸에는 음습한 냄새가 났다. 크리산은 이미 뒷목 의 털이 바짝 선 상태로 그저 입을 다물고 있었다. 아이니가 고집 을 부리지만 않았어도 정말이지 여기 오는 일은 없었을 것이다.

"흑마술 좀 부린다고 뭐든 네 마음대로 될 거라고 생각하진 마." 아이니가 계속 말을 이어갔다.

"흑마술은 아무 쓸모가 없어." 킨킨이 손을 내저으며 말했다. "진짜가 아닌 가짜 힘을 조금 줄 뿐이지. 그리고 나쁘기도 하고.

내가 겪어보니 사랑이야말로 무엇보다도 힘이 세."

사랑에 눈이 먼 이 아이는 고집이 대단했고 아이니도 그 사실을 알았다. 아이니는 킨킨이 렝가니스를 사랑하지 못하게 할 생각은 없었다. 다만 렝가니스를 지켜주고 싶었고 이 결혼에는 무언가 잘못된 데가 있다고 느꼈다. 그는 벌떡 일어나더니 크리산의 손을 잡아끌었다. 떠나기 전에 킨킨을 쳐다보며 한마디 했다. "진심으로 렝가니스를 사랑해줘야 해." 마치 결혼식 날 장모가 사위에게 하는 말처럼 들렸다.

킨킨은 자신 있게 고개를 끄덕였다. "물론이지."

"하지만 네 사랑이 짝사랑이고 내 예쁜 사촌은 결혼하고 싶어 하지 않는다면, 난 어떻게 해서든 이 결혼을 막을 거야. 렝가니스를 지켜주고 늘 행복하게 해주는 게 내 임무거든."

아이니의 목소리에는 위엄이 서려 있었고 이 때문에 사람들은 그를 똑바로 쳐다보지 못할 때가 많았다. 킨킨도 고개를 똑바로 들지 못했다. "그래, 하지만 렝가니스 아버지가 벌써 내 청혼을 승낙하셨는걸."

"그렇다고 해도 상관없어."

아이니는 킨킨에게 대꾸할 기회도 주지 않았다. 그가 크리산의 손을 잡아당기자 소년은 쏜살같이 자전거를 가지러 갔다. 둘은 다시 자전거를 타고 이번에는 렝가니스네 집으로 갔다. 집 안은 난장판이었고 2층에서는 렝가니스가 짐승처럼 울어대는 소리가 났다. 아래층에는 마야 데위가 소파 구석에서 소리 없이 울고 있고 식모들은 부엌에 어정쩡하게 서 있었다. 크리산은 이모 앞에 앉고 아이니는 곁에 앉아 손을 마주 잡았다. "이모, 무슨 일이에요?"

마야 데위는 소매 끝으로 눈물을 닦았다. 그는 마치 아무 일도 아니라는 듯 조카들에게 웃어 보이려고 애를 썼다. "킨킨이랑 결혼하게 됐다는 말을 듣자마자 저러는구나."

"그 자식이 온 학교에 소문을 내고 다녔어요." 아이니가 말했다.

"그 딱한 애는 다른 남자의 애를 가진 여자랑 결혼하겠다는구나. 렝가니스를 너무나 사랑하는 게지."

"그 자식이 렝가니스를 사랑하는지 아닌지는 중요하지 않아요. 렝가니스는 자기가 사랑하지 않는 사람이랑 결혼해선 안 돼요."

"사실 결혼 얘기가 나오기엔 너무 이르지. 너희는 이제 겨우 열여섯 살이 아니냐."

그때 갑자기 렝가니스의 울음소리가 그쳤다. 모두들 긴장했지만 렝가니스는 곧 아래층으로 허둥지둥 내려왔다. 얼음물에 빠졌다 나온 것처럼 벌겋게 부은 얼굴에 잠옷 바람이었다. 눈물을 닦을 생각도 없이 어미 옆에 바짝 붙어 앉았다.

"묘지기 아들을 사랑하지 않고 그 애랑 결혼하기도 싫다면 어미한테 말하렴. 넌 누구를 좋아하고 누구랑 결혼하고 싶은 거니?" 딱한 어미가 물었다.

"아무도 필요 없어. 하지만 꼭 결혼해야 한다면 강간범이랑 할 거야."

"그게 누군데."

"난 개랑 결혼할 거야."

렝가니스는 벌써 임신한 태가 뚜렷했다. 여느 임산부들이 그러하듯 그 아름다움이 더 빛나 보였다. 몇 년이나 자른 적 없는 칠흑 같은 머리를 엉덩이까지 치렁치렁 늘어뜨렸다. 피부는 이제 막 오븐에서 꺼낸 따끈한 빵껍질 같은 빛깔이었다. 태어나던 그날부터 사람들은 그가 할리문다 최고의 미녀가 될 것을 알았다. 부모는 그 점을 꽤나 자랑스러워했지만 동시에 그 값을 치러야 했다. 딸은 아름답지만 백치에 가까웠던 것이다. 마야 데위는 아침마다 학교 가기 전 딸의 머리를 땋아주느라 난리굿을 치면서도 딸이 제일 단정해 보이게 하려고 온 힘을 다했다. 해마다 열리는 해변아가씨 선발대회에는 마만이 데려갔다. 렝가니스는 몸치에 음치라 춤도 노래도 모두 엉망이었지만, 심사위원들이 죄다 그 미모에 취해 만장일치로 해변아가씨에 선발됐다.

"어떤 개였는지 기억 안 나?" 아이니가 물었다.

렝가니스는 한숨을 쉬며 고개를 저었다. "개는 다 똑같아 보여. 아기가 태어나면 그 개가 찾아올지도 몰라."

"그 개가 애가 태어난 걸 어떻게 알고?"

"아기가 짖어대면 알아듣고 올 거야."

그가 어떻게 이런 말도 안 되는 상상을 하게 됐는지는 아무도 모를 노릇이었다. 하지만 렝가니스는 참으로 행복해 보이기만 했다. 렝가니스가 볼이 발그레해지며 행복해하자 다른 사람은 다 입을 다물었다. 어미는 그런 딸을 더 이상 다그치지 못하고 꼭 안고 머리칼을 쓸어내렸다. "아가, 그거 아니? 엄마도 딱 네 나이 때 너를 가졌단다."

그날 밤, 마야 데위는 남편에게 딸이 벌인 소동을 포함해 그날 있었던 일을 모두 이야기했다. 마만은 참담한 표정으로 계단에 앉았다.

"그날 화장실에 있었던 게 킨킨이 아니라는 걸 모르는 사람이 없어요. 그리고 렝가니스는 그 애랑 결혼하기 싫어하고요."

"그렇다면 진짜 강간범이 누군지 말하게 해야 하는데."

"입을 안 연다면요?"

"입을 안 연다면 나로서는 누구든 결혼하겠다는 남자랑 결혼 시키는 수밖에 없어. 강간범이 개가 아니라면."

아니나 다를까 렝가니스는 입을 열지 않았다. 그와 결혼하고 싶어 하는 남자는 많았지만 청혼할 만한 배짱이 있는 사람은 킨 킨뿐이었다. 그리하여 렝가니스가 싫다고 하는데도 결혼 준비는 착착 진행됐고 몸을 풀 날도 다가왔다. 무슨 일이 벌어지고 있는 지 모르는 것은 아니었지만 렝가니스는 의외로 담담하게 받아들 였다. 다만 킨킨 그 자식은 크게 후회하게 될 것이라고 했다.

아이니는 이 난장판의 한복판에 서게 됐다. "렝가니스를 억지 로 결혼시키면 그 애가 무슨 짓을 저지를지도 몰라요." 그는 렝가 니스를 누구보다 잘 알았다. 렝가니스의 부모도 그만큼이나 딸을 잘 알았지만 신경 쓰지 않는 듯했다. 두 사람에게는 마야 데위가 두 언니와 마찬가지로 아비 없는 사생아라는 것, 그리고 딸인 렝 가니스만큼은 그런 운명을 반복하지 않는 것만이 중요했다. 제대 로 어디에 뿌리를 내리고 살아본 적 없는 마만조차 딸의 그런 운 명을 한탄했다. 딸이 강간당했는데, 할리문다 최고의 깡패인 그 가 어떤 놈이 저지른 일인지조차 모른다니. 지금까지 살아오면서 만난 적 중에서 이보다 무시무시한 적은 없었다.

"내가 그 애 이름을 렝가니스라고 지었지. 다들 알다시피 렝 가니스 공주는 아직 할리문다가 정글이던 시절 개와 결혼했고." 마만이 탄식했다.

결혼식이 가까워지자 그는 대여업체에서 잔치에 쓸 각종 물품을 빌려왔다. 집 앞에 말레이 악단을 불러 공연을 하게 할 참이었다. 절망에 빠진 자의 절박한 몸짓이었다.

"이모부, 이래선 안 돼요. 렝가니스는 결혼하기 싫어한다고요. 왜 여자는 임신하면 다 결혼해야 하나요?" 점점 답답해진 아이니가 물었다.

하지만 그는 어린 계집애의 불평불만을 일일이 상대하고 싶지 않아 묵묵히 결혼식을 준비했다. 의사가 렝가니스의 출산 예정일을 알려주었고 잔칫날은 바로 그 다음날로 잡아두었다. 산파의 도움으로 인간 아이를 낳고 나서도 렝가니스는 그 애가 개의 자식이 맞다고 우겨댔다. 어쨌거나 부모는 억지로라도 딸을 결혼시키려 들었고, 렝가니스는 결혼식 전날 밤 아기와 함께 사라지는 것으로 그에 화답했다.

"아이니한테 갔을 거야." 아비가 말했다. 하지만 그 집에 사람을 보내보니 정작 아이니는 무슨 일이 벌어졌는지도 모르고 있었다. 황망해진 심부름꾼은 사라진 신부가 집에 와 있기를 바라며 돌아왔다. 하지만 방 안에는 작은 쪽지 하나뿐이었다. "나 개랑 결혼하러 가요."

16

고백: 아이니의 무덤을 파헤치고
시체를 침대 밑에 감춘 사람은 크리산이다.

언젠가부터 크리산은 매일 아침 잠에서 깨면 제 방 창가에 서
서 쇼단초네 뒤 베란다를 쳐다보았다. 물론 아이니가 살아 있을
때의 이야기다. 그는 창가에서 아이니가 아직 잠이 덜 깨 비틀거
리며 나와 수돗가에서 세수를 하는 모습을 숨죽여 지켜보았다.
해질녘에도 같은 자리에 서서 같은 데를 쳐다보았다. 그 시간에
아이니는 어머니에게 조잘조잘 수다를 떨며 뒤뜰에서 저녁상에
올릴 바얌(비듬나물)이나 캉쿵(공심채) 같은 푸성귀를 뽑게 마련
이었다. 하지만 이제 아이니는 거기 없었다. 아이니는 죽었고 시
체는 크리산의 침대 밑에 있다.

그는 사람들이 벌써 파헤쳐진 무덤을 발견하는 장면을 그려
보았다. 그리고 누군가가 쇼단초에게 개가 무덤을 파놓았다고 알

려주는 장면도 상상해보았다. 쇼단초는 무더운 일요일이면 늘 앉는 곳에 앉아서 그 소식을 들을 것이다. 이제 늙은 태를 감출 수 없었지만, 그는 죽는 날까지 그 자리를 지키려는 듯 여전히 할리문다 군사령부를 맡고 있었다. 물론 그는 위의 두 아이를 배 속에서 잃고 어렵게 얻은 셋째딸의 무덤을 개가 파헤쳤다는 말을 믿지 않을 것이다. 구덩이를 상당히 깊이 판 데다가 튼튼한 버팀목을 대어두었기 때문에 개가 시체 냄새를 맡고 조금 파헤칠 수는 있어도 시체를 끌고 갈 수는 없기 때문이다.

"이런 짓은 인간만이 할 수 있다. 그리고 이런 짓을 할 인간은 마만뿐이야." 그는 아마 이렇게 말할지도 모르겠다.

크리산은 어른들 머리 꼭대기에 앉아 그들을 가지고 노는 기분이 들어 신이 났다. 그는 쇼단초가 얼마나 깡패 마만을 미워하는지 잘 알았다. 자신이 태어나기도 전에 있었던 일이지만 쇼단초가 마만이 부대에 찾아와 협박한 일로 맺힌 원한을 떨쳐내지 못한 것을 너무 잘 알았다. 물론 무덤을 판 것은 마만의 소행이 아니다. 사실 마만은 제 자식 렝가니스를 찾는 데 혈안이 돼 아이니의 무덤 근처에도 간 적이 없었다. 다시 말하지만 아이니의 무덤을 파헤치고 시체를 침대 밑에 감춘 사람은 크리산이다. 크리산은 아무도 자신을 의심하지 않는 것이 놀랍기만 했다.

더군다나 크리산은 맨손과 맨발로 무덤을 파헤쳤다. 그 방법이 바로 개가 무덤을 파는 방법이고 죽은 아이니가 화내지 않을 방법이라고 생각했다. 아이니가 묻힌 지 일주일이 지났지만 아직 무덤 주변의 흙은 부드러웠다. 크리산은 밤새도록 쉬지 않고 흙을 파헤쳤다. 아이니를 기쁘게 해주려고 떠돌이 개까지 한 마리 끌고 와서 캄보자나무 둥치에 묶어두었다. 묶인 채 가만히 크리산을 지켜보는 그 개는 아무 짝에도 쓸모가 없어 보였지만, 사람들이 개 발자국을 보면 쇼단초 딸의 무덤을 판 것이 개의 소행이라고 여기지 않겠는가. 크리산은 그렇게 생각하며 제 발자국을 말끔히 지웠다.

맨손 맨발로 무덤을 파헤치기란 참으로 힘든 일이었다. 그러나 그 방법이야말로 개가 무덤을 파는 법이 아니겠는가? 크리산은 개도 아니면서 개처럼 행동하며 개 행세를 했다. 심지어 개라도 된 양 혀를 내 빼물고 날름거렸다. 아이니가 하늘에서 그런 저를 보고 기뻐하리라 믿었다. 무덤을 파헤치다 목이 마르면 개처럼 네 발로 기어 공동묘지 둘레로 난 수로에 가서 개처럼 물을 할짝거렸다. 그렇게 저녁 7시 30분부터 파헤치기 시작해 새벽 3시가 되어서야 버팀목이 드러났다.

비스듬히 대어놓은 버팀목만 들어내니 수의에 싸인 채 구덩이에 누워 있는 아이니가 보였다. 버팀목을 몇 개 부수자 크리산은 금세 아이니의 시체를 구덩이에서 끌어올릴 수 있었다. 아이니는 새털처럼 가벼웠고 크리산은 알 수 없는 환희로 벅차올랐다. 드디어 이렇게 아이니를 꼭 끌어안을 수 있게 되었구나, 그러니 아이니가 죽었다고 해도 상관없었다. 수의에서 묘한 향이 퍼져 마치 꽃밭 한복판에 있는 것 같은 느낌이었다. 물론 그 향내는 진짜 꽃 냄새가 아니라 죽은 소녀의 몸에서 나는 냄새였다.

가고 싶은 데로 가라며 묶어둔 개를 풀어주고 크리산은 아이니의 시체를 어깨에 떠멨다. 잰걸음으로, 하지만 조심조심 집으로 갔다. 벌써 사람들이 일어나 아침기도를 하러 모스크에 나갈 준비를 할 시간이었다. 야채장수가 시장에 나갈 때고, 사람들이 똥을 누러 공동묘지에서 멀지 않은 웅덩이로 나올지도 모르는 시간이었다.

다행히 아무도 마주치지 않고 무사히 집에 도착했다. 아침 일찍 일어나는 어머니도 할머니도 오늘은 아직 일어나지 않았다(아버지가 죽은 후 할머니 미나는 이 집에 들어와 어머니 아딘다와 함께 재봉일을 했다). 그는 부엌문을 통해 살금살금 제 방으로 들어가 시체를 침대 밑에 숨겼다. 이제 부엌부터 방까지 제가 왔던 길을 따라 난 발자국과 떨어진 흙을 치워야 했다. 안 그랬다가는 아침마다 바닥을 쓰는 어머니의 의심을 살 것이 분명했다. 크리산은 학교에서 비질을 하는 잡부보다 재빠르게 움직였다. 이제 침대로 돌아가 시체를 살펴볼 차례였다. 크리산은 침대 밑에서 아이니의 몸을 시체를 끄집어내 수의를 끌렀다.

동시에 더 짙은 향내가 피어올랐다. 크리산이 보기에 아이니는 아직 살아 있는 것만 같았다. 죽은 것이 아니라 잠시 잠들었다가 곧 깨어날 것만 같았다. 크리산은 놀라지 않았다. 몇 년 아니 몇 백 년이나 묻혔대도 아이니의 몸은 썩지 않을 거라 믿어왔기 때문이다. 이제 고작 일주일이 지났는데 상할 리가 없었다. 그날 아침 그는 그 증거를 보았다. 살아 있을 때처럼 발그레한 그 애의 볼을 살짝 어루만졌다.

그러다 불현듯 아이니의 벗은 몸을 보고 있는 것이 부끄러워졌다. 허둥지둥 수의로 시신의 몸을 가리고 얼굴만 내놓았다. 그리고 갑자기 펑펑 울기 시작했다. 아이니가 죽은 후 크리산은 이 황량한 세상에 혼자 남은 심정이었다. 그러나 곧 서러운 울음은 고마워하는 울음으로 바뀌었다. 아이니는 죽었지만 썩지 않았다. 크리산은 아이니가 자신을 위해 영원히 아름다운 그 상태로 남아주었다고 여겼다. 자기도 모르게 벌써 시체의 뺨에 입을 맞추고 있었다.

크리산은 오래전부터 아이니를 사랑했다. 그리고 한 요람에서 잠들던 그 시절부터 아이니도 자신을 사랑했을 것이라고 믿어 의심치 않았다. 렝가니스가 그렇듯 아이니도 사촌이었다. 아이들의 어미인 알라만다, 아딘다, 마야 데위는 모두 데위 아유의 딸들이니 세 아이는 사촌 사이였다. 아이니는 크리산보다 열흘하고 이틀 먼저 태어났고, 크리산이 태어나서 제일 먼저 본 얼굴이 바로 아이니였다. 아버지와 알라만다 이모, 쇼단초 이모부가 해산을 지켜볼 때 아이니는 제 어미의 품에 안겨 있었다. 갓난아이들도 첫눈에 사랑에 빠지는지 모를 일이다. 거기다가 쇼단초는 이 아이들이 잘 어울리는 한 쌍이 될지도 모른다고 말을 얹지 않았던가. 크리산은 태어나자마자 그 말을 듣고 아이니와 저는 서로 사랑하게 될 운명이라고 여겼을지도 모른다. 그날 이후로도 두 아이는 늘 함께였다. 갓난쟁이 시절부터 같이 울고 같이 오줌 싸고 같은 유치원과 같은 학교에 다녔다. 크리산은 제가 한순간도 아이니를 사랑하지 않은 적이 없다는 것을 깨달았다.

그러나 아이니에게 사랑을 고백하기란 쉬운 일이 아니었다. 그 애는 사촌이고 또 하나뿐인 단짝이었다. 고백했다가는 그 소중한 관계마저 망쳐버릴지 모른다. 하지만 고백하지 않으면 아이니는 크리산이 평생토록 저를 사랑해왔다는 사실을 모르고 다른 남자를 만날 수도 있다. 그러면 그의 가슴은 찢어지리라. 그런 일이야말로 그가 세상에서 가장 무서워하는 것이었다. 그런 고통 속에 사느니 차라리 목을 매달고 말 것이다.

문제는 그뿐만이 아니었다. 크리산은 렝가니스와 아이니 말고는 얘기할 친구가 하나도 없었다. 엄마나 할머니 혹은 이모나 이모부들에게 그런 고민을 털어놓을 수도 없었다. 하다못해 일기에도 그런 고민을 쓸 수 없었다. 일기장을 아무리 잘 감춰봐야 결국은 아이니가 읽을 것이다. 아이니도 자신을 좋아한다면 문제될 것 없겠지만, 또 그럴 가능성이 없는 것도 아니지만 확신할 수가 없었다. 아이니가 그의 마음을 알아버렸는데 그를 좋아하지 않는 것만큼 끔찍한 일은 없을 것이다. 어느 것 하나 쉬운 일이 없었다. 그는 왜 자신이 아이니의 사촌으로 태어났는지 원망스럽기만 했다. 킨킨이 버스터미널로 마만을 찾아가 렝가니스에게 청혼을 하자 크리산은 겁이 났다. 그 애가 세상 사람들을 향해 렝가니스를 사랑한다고 선언했으니 곧 누군가가 쇼단초를 찾아가 아이니에게 청혼할 날도 멀지 않았다. 그런 일이 벌어지기 전에 아이니를 제 것으로 만들고 말겠다고 크리산은 결심했다.

그래서 몇 주 동안 끙끙 앓으면서 사랑을 고백할 계획을 세웠다.

먼저 연서를 써보았다. 그러나 '아이니' 세 글자를 써야 하는 자리는 일부러 빈 칸으로 남겨두었다. 그는 각각이 단편소설인 것처럼 긴 편지 열 통을 썼다. 하지만 한 통도 전해주지 못하고 가장 안전한 장소인 속옷 서랍장 밑에 감춰두었다. 아이니는 아무 때고 들이닥쳐서 제 물건을 아무것이나 들춰보았다. 클리원 동지가 남긴 무협 소설을 특히 좋아했다. 크리산과 아이니, 렝가니스 이렇게 세 사람 사이에는 무언의 약속이 있었는데 셋 사이에는 네 것 내 것이 없었다. 유일한 예외는 크리산의 속옷이었다. 아이니는 속옷에는 손댄 적이 없었으니 그곳이라면 열정의 증거물을 꼭꼭 숨겨두기에 적당한 곳이었다.

그러다 편지 쓰기가 바보 같다는 생각이 들었다. 아이니에게 직접 사랑한다고 말해야겠다고 결심했다. 사촌으로서가 아니라 그 이상으로, 남자가 여자를 사랑하듯 너를 사랑한다고. 둘이 아무리 친하다 해도, 둘의 우정이 제아무리 따뜻하다 해도, 결국은 둘이 맺어질 운명이라고 해도, 제 진정한 감정을 소리 내어 말하지 않으면 인생이 무미건조할 것만 같았다.

이제 며칠째 거울 앞에 서서 고백하는 연습을 했다. 아이니가 제 옆에 서 있다고 상상해보았다. 아마도 둘은 바닷가에 서서 수면 위로 날아 앉는 갈매기를 쳐다보고 있을 것이다. 그가 입을 연다. "아이니……" 그리고 잠시 멈춰 서로 마주보고 아이니가 준비를 할 때까지 기다려야겠지. 그러면 파도 소리와 바람에 흔들리는 야자잎과 판단 수풀의 불협화음을 가르고 이렇게 똑똑히 말할 것이다. "내가 널 사랑하는 거 아니?"

딱 그 한 문장이면 됐다. 그는 자신이 그 말을 할 수 있다고 생각했다. 그러면 아이니는 얼굴을 붉힐 것이다. 그가 몰래 사랑했다는 사실을 아주 오래전부터 알았더라도 아이니는 그럴 것이다. 그의 눈을 똑바로 보지 못할 정도로 수줍어하며 고개를 숙이고 너무 좋아하는 티를 내지 않으려고 할 것이다. 똑바로 그를 쳐다보지도 못하면서 자기도 사랑한다고 고백할 것이다.

그다음부터는 모든 것이 순조로울 것이다. 아이니의 손을 잡고 행복해지기만 하면 된다. 결혼을 하고 아이를 낳고 손주들을 보고 그렇게 몇 십 년을 같이 살다가 한날한시에 죽을 것이다. 그 후로 벌어질 일은 모두 다 너무 아름답기만 해서 그는 다시 또다시 곱씹고 곱씹으며 더 열심히 고백하는 연습을 했나. ㄱ 한 문장을 거듭 다시 말해보았다. 화장실에서도 침대에 누워서도 어디서건 되뇌어보았다.

한번은 할머니를 앞에 두고 연습했다. 크리산은 베란다에 앉아 바느질을 하고 있는 미나 옆에 앉았다가 불쑥 입을 열었다. "할머니." 연습해온 대로 거기서 멈췄다.

미나는 하던 바느질을 멈추고 궁금한 표정을 지으며 두꺼운 안경 너머로 손자를 바라보았다. 늘 그렇듯 아무 짝에도 필요 없는 물건을 사겠다며 돈을 달라고 하겠거니 했다. 하지만 손자의 입에서 튀어나온 말은 그를 놀라 자빠지게 만들었다.

"내가 할머니 정말 사랑하는 거 알죠?"

미나는 눈물이 그렁그렁해지더니 바느질거리를 내려놓았다. 의자를 끌어오더니 크리산을 꼭 끌어안았다. 눈물을 줄줄 흘리며 그는 말했다. "아이고, 우리 예쁜 강아지. 내 아들 그 미치광이 공산당 놈은 이런 말 한 번 해주지 않았지."

그러나 아이니와 함께 있을 때마다, 어쩌다가 렝가니스가 없이 단둘이 있게 되었어도 그렇게 줄기차게 연습한 그 말은 나오지 않았다. 다음번엔 꼭 말하리라 다짐했지만 둘만 있을 기회가 오면 그 말은 쏙 들어가버렸다. 아이니 앞에만 서면 벙어리가 되었다. 크리산은 말할 수 없는 사랑의 폭풍 한복판에 던져진 심정이었다.

렝가니스가 아기를 낳고 사라져버린 그날까지 그렇게 아무 말도 못하고 시간만 보냈다. 그 와중에 렝가니스가 가출을 했다. 가장 화가 난 사람은 부모인 마야 데위와 마만이 아니라 아이니였다. 아이니가 렝가니스의 보호자를 자임한다는 사실은 누구나 알고 있었다. 그런데 렝가니스가 누구의 애인지도 모를 아기(렝가니스는 개의 아이라고 주장했지만)를 낳고 사라져버리자 아이니는 절망에 빠졌다. 바로 그날부터 심하게 앓기 시작했다. 고열에 시달리며 렝가니스의 이름을 불러댔다. 아이니와 렝가니스는 세상에 둘도 없는 단짝이었고 두 아이가 각각 크리산과 친한 것과 비교도 안 되게 훨씬 친했다. 아마도 둘 다 여자이기 때문일 것이다. 그 때문에 크리산은 자주 질투심에 휩싸이곤 했다.

고열은 며칠이 지나도 내리지 않았고, 의사들은 무슨 병인지 알아내지도 못했다. 온갖 검사를 해보았지만 수치는 모두 정상이었다.

"공산주의자 귀신이 들린 게 분명해." 쇼단초가 말했다.

"입 닥치지 못해!" 알라만다가 꽥 소리를 질렀다.

크리산은 학교에 다녀오면 아이니의 병상을 지켰다. 침대 곁에 앉아 그 애가 열에 시달리며 벌벌 떠는 모습을 지켜보았다. 아이니에게 사랑한다고, 남자가 여자를 사랑하는 것처럼 그렇게 사랑한다고 고백하기에는 적당한 때가 아니었다. 그즈음 두 아이는 열일곱 살이 되어갔다.

아이니는 걸핏하면 예고도 없이 크리산의 방에 찾아왔다. 문으로 들어올 때도 있고 열린 창문으로 기어올라올 때도 있었다. 둘 다 열일곱 살이 되고 나서도 아프기 전까지는 심심하면 와서 놀다 가곤 했다. 어느 날 저녁 7시쯤이었다. 아이니가 무슨 못된 장난을 칠 계획이라도 있었는지 빙글거리며 창문으로 들어왔다. 너무 예쁘고 사랑스럽고 건강해 보였다. 르바란에 입는 새 옷처럼 새하얀 레이스 옷을 차려입어서인지 더 순수하고 청초해 보였다. 크리산은 언제나 이 깜짝 방문을 좋아했다. 아이니의 얼굴은 장난스런 미소를 감주지 못한 채 빛났고 칠흑 같은 머리는 등에서 물결쳐 숨막히게 아름다웠다. 부리부리한 눈은 반짝거렸고, 콧날은 부드러웠고, 탐스런 입술은 장난기 가득한 미소를 짓고 있었고, 볼은 발그레했다. 크리산은 막 할머니, 어머니와 저녁을 먹고 드러누웠다가 이 갑작스런 방문에 깜짝 놀랐다. 그제야 7시가 넘었는데도 창문을 열어둔 것을 깨달았다.

"너!" 그는 벌떡 일어나 외쳤다. "너 다 나았어?"

"국가대표 선수만큼 건강해." 아이니는 보디빌더처럼 팔을 으쓱해 보이며 깔깔거렸다.

그리고 크리산의 간절한 염원이 힘을 발휘했는지 두 아이는 누가 먼저랄 것도 없이 다가가 서로 꼭 끌어안았다. 오래전 아딘다가 미친개에 쫓기다가 클리원 동지를 안았을 때보다 더 따뜻한 포옹이었다. 누가 시작했는지도 모르게 둘은 입을 맞추기 시작했다. 오래전 알라만다와 클리원 동지가 편도나무 아래서 입을 맞출 때보다 더 뜨거운 입맞춤이었다. 그러다가 둘은 침대 위로 쓰러졌다.

"아이니, 내가 널 사랑하는 거 아니?" 드디어 크리산이 입을 열었다.

아이니가 황홀한 미소로 답하자 크리산은 온몸이 찌릿찌릿해져서 다시 입을 맞췄다. 얼마 지나지 않아 두 아이는 옷을 벗어던지고 걷잡을 수 없는 욕망의 불길에 휩싸였다. 클리원 동지를 살려주기로 하고 알라만다와 쇼단초가 사랑을 나눈 그 새벽보다, 마만과 마야 데위가 5년을 기다렸다가 사랑을 나눈 그 밤보다 더 거칠고 격렬한 사랑이었다. 두 아이는 10대 아이들에게만 있을 폭발적인 열정과 호기심으로 밤새도록 지치지 않고 사랑의 게임을 벌였다.

그렇게 격렬한 사랑을 나누고 난 후 아이니는 새하얀 옷을 다시 입더니 창문을 훌쩍 넘어갔다.

"나 집에 가야 해."아이니가 손을 흔들었다. "가야……
해…… 가야…… 해……"

갑자기 눈앞이 뿌옇게 흐려지더니 사타구니가 감전된 것 같
은 느낌이 들었다. 화들짝 잠에서 깨어보니 아이니는 없었다. 심
지어 창문도 굳게 잠겨 있었다. 그저 꿈이었다. 첫 몽정은 아니었
지만 이렇게 짜릿하고 생생한 몽정은 처음이었다. 더군다나 그토
록 오래 소망해왔지만 한 번도 꿈에 나오지 않던 아이니가 등장
하지 않았는가. 덕분에 날아갈 듯 기분이 좋아졌다.

먼동이 밝아올 무렵 그는 창문을 열고 쇼단초네 뒤 베란다를
바라보았다. 사람들이 잔뜩 몰려 있었고 제 어머니마저 거기 있
었다. 뭔가가 심장 한구석을 치고 갔다. 크리산은 눈곱도 떼지 않
고 창문을 훌쩍 넘어갔다. 몰려든 사람들을 뚫고 아이니가 누워
있던 방으로 달려갔다. 알라만다가 침대 맡에서 울고 있었다. 크
리산이 나타나자 알라만다는 일어나 꼭 안아주면서도 눈물을 멈
추지 못했다. 그가 묻기도 전에 알라만다가 입을 열었다.

"네 예쁜 각시가 하늘로 가버렸구나."

그리고 크리산은 무덤을 파헤쳐서 아이니의 시체를 집으로
가져왔다. 그는 시체 옆에서 아이니가 죽기 전에 꾼 그 아름다운
꿈을 생각하며 통곡했다. 무엇이 그렇게 서러웠을까. 아이니가
죽기 전에 그에게 사랑한다고 말하지 못해서일지도 모르겠다. 아
니면 아이니가 죽기 전에 꿈에서라도 찾아와줘서 고마워 울었을
지도 모른다. 아이니는 다시 돌아오지 못할 곳으로 가기 전에 크
리산을 찾아와 고백을 받아주고 순결을 주고 사랑을 나누었다.
어쩌면 아이니가 죽었다는 상실감과 그리움 때문에 눈물이 났는
지도 모르겠다. 시체가 제아무리 살았을 때와 똑같이 아름답다고

해도 살아 있는 아이니와 같을 수는 없으니까.

두 번째 고백: 렝가니스를 죽이고
시체를 바다에 던진 사람은 크리산이다.

아이니의 무덤을 파헤치고 일주일이 지났다. 누가 창문을 조
심스럽게 두들겨 크리산이 창문을 열어보니 렝가니스였다. 렝가
니스는 흙투성이에 봉두난발을 하고 흠뻑 젖은 채였지만 그 무
엇도 렝가니스의 미모를 털끝만큼도 상하게 하지는 못했다. 크리
산조차 렝가니스가 아이니보다 훨씬 예쁘다는 사실을 인정할 수
밖에 없었다.

"세상에, 너 뭐하는 거야?" 크리산이 물었다.

"추워 죽겠어."

"바보야, 그걸 누가 몰라?"

크리산은 보는 눈이 없기를 바라며 손을 내밀어 렝가니스가
방 안으로 들어오게 도와주었다. 렝가니스는 진흙탕 같은 데 빠
졌던 모양이었다. 그리고 끔찍이도 배가 고파 보였다.

"옷부터 갈아입어." 크리산이 방문이 잠겼는지 확인하면서
말했다.

렝가니스는 크리산의 옷장을 열어 티셔츠, 청바지, 속옷을 꺼
냈다. 그리고 아무런 거리낌 없이 입고 있던 옷을 하나씩 벗어던
졌다. 불빛 아래 실오라기 하나 걸치지 않은 젖은 몸이 빛을 내
며 드러나자 크리산은 숨이 막힐 것 같았다. 불끈 솟아오른 제 연
장을 감추려고 침대에 앉아 다리를 꼬았다. 제 앞에 선 이 눈부신
몸을 욕보이고 싶은 마음이 굴뚝같았지만 그럴 수는 없었다. 렝

가니스가 태연히 수건을 찾아 제 몸의 물기를 닦는 내내 그는 침대에 꼼짝 않고 앉아 있었다.

크리산은 터질 듯 부풀어 오른 렝가니스의 젖가슴을 한참이나 들여다보았다. 저 가슴을 주무르고 빨고 젖꼭지를 희롱하는 자신을 상상해보았다. 가슴과 엉덩이 사이로는 컴퍼스로 그리기라도 한 듯 완벽한 좌우대칭의 곡선이 보였다. 무성한 음모 사이로 살짝 튀어나온 살갗도 보였다. 어린 야자 같아 보이기도 하는 그곳은 보드랍고 말랑말랑할 것이다. 그는 사촌을 침대에 눕히고 욕보이고 싶은 마음이 점점 더 커졌다. 하지만 그럴 수는 없었다. 아이니의 시신이 침대 밑에 있는 한 그럴 수는 없었다.

마침내 그 고문이 끝났다. 렝가니스는 남자 속옷이라도 개의치 않고 크리산의 속옷을 입었다. 크리산의 청바지를 입고 티셔츠를 걸치자 젖가슴은 금방 가려졌다. 하지만 여전히 티셔츠 사이로 젖꼭지가 비쳐서 크리산은 힘든 시간을 보내야 했다.

"나 어때, 개야?" 렝가니스가 물었다.

"개라고 부르지 마. 난 크리산이야."

"알았어, 크리산." 렝가니스는 크리산 옆 침대 끄트머리에 앉았다. "나 배고파."

크리산은 부엌에 가서 밥 한 그릇에 바얌 나물과 생선튀김을 챙겨왔다. 찬장에 있는 것은 그게 다였다. 그는 렝가니스에게 물 한 잔도 가져다주었다. 렝가니스는 아귀처럼 먹어대더니 밥을 더 달라고 했다. 크리산은 다시 부엌으로 가 먼저와 비슷한 양으로 음식을 챙겨갔다. 렝가니스는 예의범절이라고는 배워본 적 없는 듯 걸신들린 것처럼 음식을 먹어댔다. 그래도 렝가니스가 음식을 더 달라고 하지 않아 다행이었다. 밤새 제가 3인분을 다 먹어치웠다고 하면 어머니도 할머니도 믿어주지 않을 것이기 때문이었다.

"그런데." 렝가니스가 머리를 말리기 시작하자 크리산이 물었다. "아기는 어쨌어?"

"개들이 달려들어 먹어버렸어."

"뭐? 하지만 다행이기도 하다. 어떻게 된 건지 얘기해봐."

렝가니스가 이야기를 시작했다. 그날 밤 그는 아기를 데리고 집을 나와 쇼단초의 게릴라 움막으로 향했다. 그 움막은 오랫동안 렝가니스, 아이니, 크리산의 비밀기지 같은 곳이었다. 아이들은 어디선가 그 움막에 대한 얘기를 듣고 움막을 찾아냈다. 그 후로 두 번인가 세 번 더 소풍을 가기도 했다. 그날 밤 렝가니스는 거기야말로 가장 숨기 좋은 곳이어서 아이니조차도 제가 거기에 갔을 거라고는 짐작도 못 할 거라 생각했다. 그런데 아기는 계속 울어댔고 아무리 달래봐도 계속 칭얼거렸다. 알몸으로 강보에 싸인 아기는 어미의 체온밖에 기댈 데가 없었다.

보통 여덟 시간이면 닿을 거리였지만 렝가니스는 꼬박 하루 밤낮을 걸어야 했다. 길을 헤매기도 했고 또 아기 때문에 빨리 걸을 수 없었다. 바보처럼 비상식량을 챙기는 것을 잊어버려 움막에 도착했을 때는 이미 배가 고파 죽을 지경이었다.

"거긴 먹을 게 없었어." 렝가니스가 말했다.

거기다 그는 도시에서 자란 아이였다. 그 때문에 숲에 있는 것 중 무엇을 먹어도 되는지 알 턱이 없었다. 하지만 무엇이라도 찾아내야 했다. 간신히 나무에서 떨어진 호두를 찾았지만 껍질이 너무 단단했다. 돌멩이로 찍어 껍질을 깨고 속을 꺼내보니 그런대로 맛이 괜찮아 첫날은 호두를 잔뜩 모아서 저녁으로 먹었다.

마실 물을 구하는 것은 큰 문제가 아니었다. 움막 바로 옆으로 깨끗한 개울물이 흘렀다.

하지만 계속 울어대는 아기는 골칫거리였다. 걷는 동안은 강보 귀퉁이로 아기 입을 틀어막아 울음소리가 새어나가지 않게 했다. 남의 눈에 띄지 않기 위해 큰길은 피하고 나무 그늘 아래로 걷거나 바나나 과수원과 밭 한복판을 가로질러 걸었다. 그래도 조심해야만 했다. 농부들이 밤에도 제 농작물을 돌보러 나오는데다 야경꾼이나 뱀장어며 귀뚜라미를 잡는 사람들과 마주칠 수도 있었다. 강보 귀퉁이는 아기 입을 제법 잘 틀어막아주었지만 아기는 거의 죽을 지경이 됐다. 마침내 정글에 이르자 이 밤중에 이런 데를 돌아다니는 사람은 없으리라 여기고 아기 입에 물린 재갈을 뺐다. 그리고 자지러지게 울어대는 아이를 데리고 숲속으로 들어갔다.

게릴라 움막에 도착해서도 아기는 계속 울어댔다. 렝가니스는 처음에는 아기를 달래고 얼러봤지만 시간이 지날수록 지쳐 그마저 그만두었다. 아기 똥오줌에 강보가 젖고 더러워졌지만 갈아줄 것도 없어 아기를 강보의 덜 젖은 쪽으로 돌려 눕혀주었다. 아기는 계속 울었다. 하지만 시간이 갈수록 울음소리는 점점 약해졌고 그제야 렝가니스는 아기가 아픈 것을 알아차렸다. 온몸이 불덩이 같은데도 몸을 벌벌 떨고 있었다. 하지만 그는 아기한테 무엇을 해줘야 할지 몰라 아기가 앓는 것을 바라보기만 했다.

"사흘째 되던 날 아기는 죽었어." 렝가니스가 말했다.

아기가 죽고 나서도 무엇을 해야 할지 모르기는 마찬가지였다. 움막 밖으로 나와 오래전 쇼단초와 부하들이 식탁으로 쓰던 돌 위에 죽은 아기를 올려놓았다. 그렇게 꼬박 하루 동안 죽은 아이를 바라보았다. 아무 생각도 할 수 없었다. 해질녘이 돼서야 시체를 바다에 던져버려야겠다는 생각이 들었다. 그러나 시체 냄새를 맡고 들개들이 몰려왔다. 들개들이 아기 시체를 향해 탐욕스런 눈빛을 보내자 렝가니스는 어찌할 바를 모르고 아기를 들개들 쪽으로 던져버렸다. 들개들은 시체를 놓고 저희들끼리 다투었다. 그러다가 그중 한 마리가 아기를 물고 숲속으로 달려가자 나머지도 따라갔다.

"넌 악마보다 더 지독해." 렝가니스의 얘기를 듣던 크리산이 말했다.

"하지만 그편이 무덤을 파기보단 쉽잖아." 렝가니스가 받아쳤다.

둘은 입을 다물었다. 들개들이 불쌍한 아기 시체를 갈가리 찢어발기는 광경을 그려보고 있었는지도 모른다. 크리산은 마만이 제 손주에게 무슨 일이 벌어졌는지 안다면 무슨 일을 벌일지 모르겠다고 생각했다. 할리문다 전체에 불을 지르고 개란 개는 다 죽여버리고 사람까지 죽일지 모른다. 하지만 이제 와서 아기 시체를 찾아봐야 아무 소용없을 테다. 들개들은 아무것도 남겨두지 않았을 것이다. 놈들은 아기의 보드라운 뼈마저 다 먹어치웠을 테니까. 크리산은 들개가 아기 머리통을 통째로 삼키는 장면을 상상하다 헛구역질을 했다.

"그리고 너는 오지 않았지." 렝가니스가 분노와 실망이 뒤섞인 표정으로 크리산을 쳐다보았다. "난 어제 저녁까지 기다렸어. 호두 말고 아무것도 못 먹은 채로 말이야."

"갈 수 없었어."

"넌 나빠." 렝가니스의 목소리가 높아졌다.

"갈 수가 없었어." 크리산은 어머니나 할머니에게 들킬세라 렝가니스에게 목소리를 낮추라고 손짓을 하며 말했다. "아이니가 앓다가 죽었어."

"뭐?"

"아이니가 앓다가 죽었어."

"말도 안 돼."

크리산은 벌떡 일어나더니 침대 밑에서 시체를 끄집어내 렝가니스에게 보여주었다. 아이니는 수의에 싸인 채 바닥에 누워 있었다. 처음 크리산이 무덤을 파헤쳤을 때와 마찬가지로 상한 데 없이 아름다웠다.

"자는 거 같은데." 렝가니스는 이렇게 말하더니 침대에서 내려와 아이니의 얼굴을 들여다봤다.

"깨울 수 있으면 깨워봐."

렝가니스는 아이니를 깨워보려 했지만 아무 소용없었다. 몸을 흔들고 눈꺼풀을 벌리고 코를 비틀어봤지만 아이니는 깨어나지 않았다. 렝가니스는 결국 주저앉아 울음을 터트렸다. 평생의 단짝을 잃은 것이다. 아이니는 필요할 때마다 언제나 곁에 있어준 벗이었다. 렝가니스는 아이니에게 함께 도망을 치자고 하지 않은 것을 후회했다. 제가 사라진 후 슬픔과 걱정으로 아이니가 죽어갔다는 사실을 알면 렝가니스는 더 제정신이 아닐 터였다. 한편 크리산은 렝가니스의 울음소리가 어머니와 할머니를 깨울까봐 안절부절못했다. 렝가니스가 물었다.

"그런데 아이니는 왜 여기 있어?"

"내가 무덤을 팠어."

"너는 왜 무덤을 팠어?"

크리산은 말문이 막혔다. 그는 아무 말 않고 렝가니스를 잠시 바라보며 시간을 벌어보았다. 기가 막힌 대답이 떠올랐다. "우리가 결혼하는 걸 아이니한테 보여주려고. 그래서 데려왔어."

렝가니스는 그 대답이 마음에 들었다.

"그럼 우리는 언제 결혼해?"

그 말에 크리산은 짜증이 좀 났지만 침대 귀퉁이에 앉아 한참 생각을 하는 척했다. 그리고 렝가니스를 보았다. 다음에는 아이니의 얼굴을 자세히 들여다보다가 방문에 걸린 옷들로, 무협 소설 더미로, 베개로 시선을 옮겼다. 렝가니스는 아직도 대답을 기다리는 표정으로 크리산을 쳐다보았다.

"오늘밤에." 크리산이 대답했다.

"어디서?"

"그건 지금 생각 중이야."

크리산은 생각이 떠오르자마자 렝가니스에게 계획을 일러주었다. 둘은 아이니를 감싼 수의를 벗기고 크리산의 옷을 꺼내 입혔다. 렝가니스처럼 아이니도 남자 속옷에 청바지, 티셔츠를 걸쳤다. 얼추 아이니의 모습이 시체가 아니라 잠든 여자애처럼 보이자, 크리산은 방문을 열고 어머니와 할머니가 아직 자고 있는지 확인했다. 다음엔 조심조심 제 자전거를 뒷문 밖에 끌어다 놓았다. 다시 방으로 돌아와 아이니의 시체를 어깨에 둘러멨다. 렝가니스도 따라나오자 방문을 열쇠로 잠갔다. 둘은 까치발로 부엌을 통과해 뒷문으로 나갔다. 렝가니스가 자전거 뒷자리에 앉아 온 힘을 다해 아이니의 시체를 꼭 끌어안고 크리산은 앞자리에 앉았다. 힘껏 페달을 밟자 자전거는 금세 뒷마당을 벗어났고 한밤중에 가로등 아래를 지나 바다로 향했다.

운 좋게도 세 아이를 본 사람은 많지 않았다. 한두 사람을 지나치기는 했지만 열일곱 살짜리 남자애가 자전거에 여자 둘을 태우고 가는 것을 별로 이상하게 여기지 않았다. 늦게까지 놀다가 집에 가는 모양이라고 생각했다. 아무도 자전거를 모는 아이가 크리산이고 가운데는 살았을 때는 아이니라 불렸던 시체이며 뒤에 앉은 아이는 아비가 애타게 찾고 있는 렝가니스라고 생각지 않았다.

크리산은 해변과 바다를 갈라놓은 콘크리트 방파제 앞에 멈춰 섰다. 벌써 새벽이 다 됐고 정박해놓은 배 여러 척이 보였다. 먼동이 트면서 하늘이 조금씩 분홍빛으로 물들고 있었다. 참으로 상서로운 때라고 생각했다.

"여기서 기다려. 배를 훔쳐올게." 크리산이 말했다.

렝가니스는 아직도 아이니를 꼭 붙들고 있다가 자전거에서 내려 근처 벽에 기대앉았다.

곧 크리산이 배 한 척을 타고 나타났다. 어쩌면 그 배는 임자 없는 배일지도 모른다. 구멍은 안 났지만 정말 엉망진창인 낡은 배였다. 크리산은 렝가니스가 기다리는 방파제 가까이 배를 대더니 말했다. "시체를 이쪽으로 던져." 렝가니스가 아이니의 시체를 배 안으로 던져넣자 배가 잠시 앞뒤로 기우뚱했다. 그리고 렝가니스는 배 위에 올라 한쪽 끝에 앉았다. 반대쪽 끝에 앉은 크리산은 노를 저어 바다 한가운데로, 자신이 약속한 결혼 장소로 갔다.

크리산은 뭍으로 돌아오는 고깃배가 지나가는 길목은 피했지만 더 멀리 있는 대형 어선은 신경 쓰지 않았다. 마 이양 산 너머로 아침이 오고 있었다. 햇빛이 직사광선으로 바다의 표면을 꿰

뚫으면서 눈부시게 빛났다. 동녘의 붉은 기운이 서서히 사라지고 갈매기와 제비들이 날아다니기 시작했다. 날이 밝아오자 크리산 으로서는 고깃배들이 어느 쪽으로 오는지 알기가 쉬워졌다. 고깃 배들이 너무 가까워진다 싶으면 배를 다른 쪽으로 돌렸다.

소년은 한참 동안 아무도 없을 조용한 곳을 찾아 노를 저었 다. 마침내 짙푸른 바다 한편에서 그런 데를 찾았다. 그는 그곳이 아주 깊은 물인 것을 알아보았다. 그런 데는 고기가 없게 마련이 라 아무도 찾지 않는 것이다. 물론 렝가니스도 크리산도 그곳이 오래전 클리원이 알라만다를 납치해 데려왔던 곳인 줄은 알지 못했다.

아침이 완전히 밝았다.

"그럼 우리 언제 결혼하는 거야?"

"보채지 마. 먼저 햇볕 좀 쬐자." 크리산이 말했다.

그는 배 한쪽 끝에 누워서 하늘을 바라보았다. 렝가니스도 반 대편 끝에서 그렇게 하늘을 보려고 했다. 크리산은 어두운 표정 으로 이맛살을 찌푸렸다. 쾌청한 아침을 즐길 기분이 전혀 아니 었다. 결혼식만 고대하던 렝가니스는 안절부절못하며 일어나 앉 아 다시 물었다.

"결혼식은 어떻게 할 건데?"

"깜짝 놀라게 해줄게."

크리산은 아이니의 시체를 넘어 렝가니스 쪽으로 다가갔다.

"돌아봐." 그가 말했다.

렝가니스는 수평선 쪽을 향해 크리산에게 등을 보이며 돌아 섰다. 한참을 기다렸지만 아무 일도 일어나지 않았다. 갑자기 크 리산의 손이 번개처럼 렝가니스의 목을 조르기 시작했다. 렝가니스는 무슨 일이 벌어지는지조차 알아차리지 못했다. 크리산은 손수건을 렝가니스의 목에 감고 양 끝을 단단히 잡아당겼다. 렝가니스는 벗어나려고 몸부림을 치며 다리를 버둥거렸고 손으로는 손수건을 잡아빼려고 힘을 주었다. 그러나 크리산의 힘이 월등히 셌다. 5분쯤 지났을까. 렝가니스는 패자가 되어 아이니의 시체 바로 옆에 쓰러졌다.

크리산은 렝가니스를 바라보았다. 눈물이 글썽했다. 거칠게 숨을 몰아쉬었다.

덜덜 떨리는 손으로 렝가니스의 시체를 들어 바다에 던졌다. 그리고 뱃전에서 목 놓아 울었다. 감수성 예민한 10대 소녀처럼, 갓난아기처럼, 가슴이 찢어지는 것처럼 눈물을 쏟았다. 울다가 아무도 듣는 사람도 없는데 혼자 중얼거렸다.

"내가 너를 죽였어." 크리산은 통곡하고 또 통곡했다. "왜냐하면 내가 사랑하는 건 아이니뿐이거든." 그 후로도 30분 넘게 더 울고 또 울었다.

세 번째 고백: 학교 화장실에서 렝가니스를 강간하고
나 몰라라 한 것은 크리산이다.

가장 말하기 힘들었던 부분이지만 사실이다.

언젠가 학교 수업이 끝나고 아이니와 크리산이 렝가니스네 집에 놀러간 일이 있었다. 크리산은 소파에 앉아 옛날 잡지를 뒤적거렸고 두 소녀는 위층 렝가니스 방에 있었다. 갑자기 계단을 내려오는 발걸음 소리가 났다. 잡지를 내려놓고 고개를 들어보니 렝가니스가 팬티와 브라 차림으로 눈앞에 서 있었다. 렝가니스의 속옷 차림을 본 것이 처음은 아니었다. 하지만 그건 어릴 적 얘기고 지금은 모두 열다섯 살이 되었고, 크리산은 몽정을 시작한 지 한참 지났다.

다른 사내들처럼 크리산도 렝가니스의 아름답고 치명적인 육체에 넋이 나갔다. 무르익었다고밖에는 달리 표현할 말이 없었다. 걸핏하면 그 애의 단단하고 봉긋한 가슴과 잘록한 허리를 상상해보곤 했는데, 이제 눈앞에서 거의 전부를 볼 수 있었다. 그는 그 빛나는 육체 전체와 가랑이 사이 작고 부드러운 둔덕을 아슬아슬하게 가린 팬티를 감상할 수 있었다. 일순간 크리산의 물건이 벌떡 서더니 쇠처럼 단단해졌다. 바지에 꽉 끼어 꼼짝달싹할 수 없을 정도라 바지를 이리저리 살살 돌려야 할 정도였다. 한편 렝가니스는 크리산이 거기서 자기를 쳐다봐도 아무 상관없다는 태도였다. 사실은 크리산이 자기를 봐줘서 한껏 신이 났다. 렝가니스는 그렇게나 소리 없이 계단을 내려와 다림질대에서 옷을 찾아 입었다. 그렇게 욕정의 순간은 지나갔지만 크리산은 그 순간을 잊을 수 없었다.

남자가 사랑하는 여자는 두 종류가 있다. 첫 번째는 존재 그 자체로 아낌받고 사랑받는 여자이고 두 번째는 잠자리용으로 사랑받는 여자다. 크리산은 제가 두 가지를 다 가졌다고, 아이니는 첫 번째이고 렝가니스는 두 번째라고 생각했다. 아이니와 결혼하고 싶었지만 렝가니스와 자보고 싶다는 생각을 버릴 수가 없었다. 문제는 아이니에게는 고백도 못했고 렝가니스와 자볼 방법도 묘연하기만 하다는 것이었다.

어린 시절 셋에게는 근사한 은신처가 있었다. 쇼단초가 클리원 동지의 밭 한 귀퉁이에 있는 오래된 반얀나무 가지 위에 나무로 작은 집을 지어주었다. 부모들은 셋이 밭에서 놀면 절대 걱정하는 법이 없었다. 아이들이 서로 돌보며 잘 놀았기 때문이다. 전에도 세 아이는 늘 어울려 다녔지만 나무 위의 집이 생긴 후로는 거기서 아예 살다시피 했다. 셋은 결혼식 놀이를 제일 자주 했다. 렝가니스는 언제나 신부가 되고 싶어 했고, 유일한 남자인 크리산은 늘 신랑이었다. 아이니는 증인, 주례, 하객의 역할을 혼자다 했다. 아이들은 결혼식 놀이를 좋아했다. 아이니의 신랑이 되고 싶었던 크리산은 억지춘향이 노릇이라고 여겼지만 다른 두 아이는 그 놀이를 좋아했다.

렝가니스와 크리산이 잭푸르트잎으로 만든 왕관을 쓰고 반얀나무 아래 나란히 앉으면, 아이니는 그 앞에 무릎을 꿇고 물었다.

"그럼 두 사람은 서로 부부가 되겠습니까?"

"네." 크리산과 렝가니스가 대답했다.

"그럼 이제 두 사람은 부부가 되었습니다. 키스하십시오."

렝가니스는 크리산의 입술에 자기의 입술을 갖다 댔고 이 대목이야말로 크리산이 제일 좋아하는 부분이었다.

그러나 문제는 렝가니스가 이것을 단순한 놀이로만 여기지 않았다는 점이다. 그는 현실에서도 크리산을 제 약혼자로 여겼다.

크리산은 그런 렝가니스가 짜증스러웠지만 어찌할 도리가 없었다. 아이니처럼 그도 렝가니스가 어떤 애인지 잘 알았던 탓이다. 버릇없고 철없고 어린애 같고 단순하고 불안정한 애였다. 렝가니스에게 화를 내봐야 아무 소용이 없었다. 하지만 더 짜증나는 것은 아이니의 태도였다. 크리산은 아이니와 한편이 돼 렝가니스를 모질게 다그쳐서라도 현실을 깨닫게 하고 싶었지만, 아이니는 늘 렝가니스의 바보 같은 언행을 감싸주었다.

그때만 해도 크리산은 렝가니스와 자보려고 그렇게 안달하지는 않았다. 렝가니스가 정말 아름답고 색기 넘치는 것을 모르지 않았지만 상관할 바 아니었다. 그는 심각한 얼굴을 한 조용한 여자, 차분하지만 단호한 여자, 아이니 같은 여자가 더 좋았다. 렝가니스의 몸 따윈 잊어, 그는 때로 렝가니스를 쓸모없는 존재나 들러리쯤으로 치부하기도 했다. 거기다 늘 렝가니스를 감싸고도는 아이니 때문에 질투도 났다.

그러나 그를 더 질투 나게 하는 존재는 따로 있었다. 아이니는 개를 좋아했다. 개라면 정신을 못 차리는 제 아비의 성정을 고대로 물려받았다. 렝가니스가 없을 때면 둘이서만 있고 싶었지만, 렝가니스가 없으면 아이니는 개들과 놀았다. 그가 아무리 주의를 끌어보려고 해도 개와 노는 것에만 열중했다.

"내가 개가 되어야 나를 좋아해줄 거야?" 하루는 짜증이 날 대로 난 크리산이 아이니에게 묻기도 했다.

"그럴 필요 없어. 그냥 진정한 남자가 되도록 해. 내가 좋아할 수 있게."

수수께끼 같은 그 말이 정확히 무슨 뜻인지는 알 수 없었다. 크리산은 언젠가 한 번은 렝가니스에게 불평을 늘어놓았다. "차라리 개가 되고 싶어."

"좋아 좋아. 개한테 꼬리가 없으면 어떨지 궁금했거든."

렝가니스와 심각한 얘기를 하는 것은 불가능한 일이었다.

그래서 크리산은 아이니의 관심을 끌어보려고 개 흉내를 내기 시작했다. 셋이 학교에서 돌아오다가 혹은 쏘다니다가 멀리서라도 개가 보이면 그는 짖어댔다. "멍멍멍!" 아니면 어디 아픈 강아지 흉내를 냈다. "깨갱깽깽깽." 한밤중에 울어대는 들개 소리를 내기도 했다. "아우우우우우."

"적어도 소리는 개 같다. 크리산이 들개 흉내 내는 소리 들으면 닭살이 돋아." 렝가니스가 평했다.

"그래도 저 소리를 듣고 암캐가 사랑에 빠지지는 않지." 아이니가 말했다.

아이니는 크리산의 어린애 같은 짓을 놀려주려는 모양이었지만, 그는 개의치 않고 아이니가 있건 없건 개 흉내를 냈다. 화장실에서 소변을 볼 때는 한 다리를 들고 늘 혀를 빼물었다.

"네 발로 걷는다고 해도 개가 되진 않아." 아이니는 크리산이 멍청하게 군다고 생각하며 그렇게 말했다. "하지만 머릿속은 개가 될지도 모르지."

어쩌면 사실일지도 모른다. 아이니가 죽자 감춰놓은 뼈다귀를 파헤치는 개처럼 크리산은 무덤을 파헤쳤다. 아이니가 개를 좋아했으니 그는 개가 되었다. 아니 적어도 개처럼 짖고 혀를 빼물고 수로에서 물을 핥아먹고 무덤의 흙을 맨손으로 파헤쳤다.

그리고 그전에 학교 화장실에서 렝가니스를 강간할 때도 그는 개였다.

렝가니스가 속옷 바람으로 계단에서 내려오던 그 순간 크리산은 처음으로 그 애와 자고 싶어졌다. 자보고 싶은 마음 때문에 그 애가 벌이는 어린애 같은 짓들도 다 너그러이 용서했다. 이제 렝가니스가 갑자기 뒤에서 다가와 눈을 가리고 누군지 맞혀보라고 해도 가만히 서 있었다. 그런 짓을 할 사람은 그 애밖에 없었다. 등 뒤로 젖가슴의 감촉이 느껴지면 크리산은 그냥 가만히 서서 누군지 모르는 척하며 보드라운 손의 감촉을 즐겼다.

셋이 같이 걷기라도 하면 렝가니스는 늘 가운데서 걸으려고 했다. 아이니가 렝가니스의 손을 잡았다. 뒤쪽에 선 크리산은 렝가니스의 반대편 손을 잡고 그 보드라움을 즐겼다.

아이니와 크리산의 집은 가까웠기 때문에 둘은 늘 렝가니스를 먼저 집에 바래다주었다. 렝가니스는 작별인사로 아이니의 볼에 입을 맞췄고 아이니도 답례로 렝가니스의 볼에 입을 맞췄다. 처음에 크리산은 애들 같다며 그 인사를 싫어했지만 그 사건 이후로는 제 뺨에 닿는 그 입술의 온기를 좋아했고 저도 그 애의 따뜻한 볼에 입을 맞췄다.

그리고 밤이 되면 아이니와의 결혼식뿐만 아니라 렝가니스와의 격정적인 정사도 상상해보았다.

이제 어떻게 그럴 기회를 만들 것인가가 문제였다.

한번은 아이니는 집 안에 있고 크리산과 렝가니스만 쇼단초의 집 마당에 앉아 있게 됐다. 크리산이 렝가니스를 끌어안자 렝가니스도 그를 안았다. 아이니는 물론이고 그 누구라도 그 광경을 보고 이상하게 생각하지는 않을 터였다. 세 아이는 사촌이라기보다는 3남매 같은 사이였던 것이다. 거기다가 렝가니스는 누구에게 안기거나 안아주는 것을 좋아했다. 그날 크리산은 렝가니스를 유혹했다.

"너 정말로 나한테 시집오고 싶어?" 그는 농담조로 물었다.

렝가니스는 심각하게 대답했다. "응, 내 인생에 너 말고 다른 남자는 없어. 그러니까 넌 나랑 결혼해야 해."

"결혼한 사람들은 같이 자는데."

"응, 우리도 언젠가 같이 자게 될 거야."

"언젠가는 잘 거야, 그치?"

"응, 언젠가는."

464

크리산은 렝가니스를 놓아주었다. 렝가니스는 여전히 크리산의 어깨에 팔을 두른 채였다. 그때 아이니가 로즈애플 한 바구니에 칼과 삼발*을 챙겨나왔다. 셋은 마당에 둘러앉아 로즈애플에 삼발을 찍어 먹었다. 삼발에 든 고추 때문에 셋은 혀가 화끈 달아올랐고, 렝가니스와 같이 잘 날을 상상하던 크리산의 가슴은 후끈 달아올랐다.

마침내 그 기회가 찾아왔다. 렝가니스가 친구들과 레몬주스 다섯 병 마시기 내기를 하던 그때, 크리산은 화장실 근처에서 여자애들을 훔쳐보며 친구들과 담배를 피우던 중이었다. 렝가니스가 귀신이 득시글거리는 열네 번째 칸에 들어가는 것을 보자마자 그는 지금이야말로 절호의 기회라고 생각했다. 그는 재빨리 한적한 운동장 구석으로 가 2미터가 넘는 코코아 농장 담 위로 기어올라갔다. 코코아 나뭇가지를 타고 화장실 쪽으로 다가갔다. 화장실 지붕에는 구멍이 잔뜩 나 있었다. 그 구멍 사이로 렝가니스가 쪼그리고 앉아 오줌을 누는 모습을 몰래 훔쳐보았다.

"야아." 나직히 렝가니스를 불렀다.

렝가니스는 위를 올려다보고 깜짝 놀랐다. "거기서 뭐하는 거야? 조심해, 떨어져 죽을라."

"널 기다렸어."

"내가 올라가기를?"

"아니, 우리 그거 할래?"

"너 내려올 수는 있는 거야?" 렝가니스가 물었다.

---

* 인도네시아식 매운 양념.

"그럼, 금방 내려갈게."

크리산은 썩어 들어가는 기둥을 잡고 훌쩍 뛰어내려왔다. 이제 둘 다 화장실 안이었다. 렝가니스의 속옷은 무릎께에 걸쳐 있었다. 냄새가 지독한 화장실은 결코 근사한 장소가 아니었지만 한껏 몸이 단 크리산에게는 문제가 되지 않았다.

"자, 이제 하자." 그가 속삭였다.

"어떻게 하는지 모르는데." 렝가니스가 속삭이며 대꾸했다.

"내가 가르쳐줄게."

소년은 무릎에 걸쳐 있던 소녀의 속옷을 끌어내려 벽에 박힌 녹슨 못에 걸었다. 다음에는 평정심을 잃지 않고 소녀의 교복 단추를 하나씩 천천히 끌렀다. 여체가 서서히 드러나자 그는 숨을 삼켰다. 교복 상의도 녹슨 못에 걸었다. 이제 치마를 벗겼다. 사타구니에 검은 털이 보이자 넋이 나갔다. 조금 떨렸지만 재빨리 손을 놀려 브래지어도 벗겼다. 그토록 갈망해오던 젖가슴이 드러나자 그는 안도의 한숨을 내쉬었다. 이제 소년은 제 옷을 벗었다. 먼저 상의를 벗고 바지와 속옷을 벗어던졌다. 소년이 크고 단단하게 선 제 물건을 들어 렝가니스에게 보여주자 소녀는 웃기게 생겼다며 낄낄거렸다.

그 후로는 도무지 진정할 수 없었다. 소년이 젖가슴을 양손에 움켜쥐고 주물러대자 소녀는 헉 하고 숨을 내쉬었다. 소녀는 소년의 몸을 꼭 끌어안았고 소년은 소녀를 벽으로 밀어붙였다. 소년은 소녀의 입술에 키스하기 시작했다. 그토록 갈망해왔지만 결혼식 놀이 이후로는 느껴보지 못한 입술이었다. 소년의 손은 둘의 가슴 사이에 있고 소녀의 손은 소년의 등을 부드럽게 할퀴었다. 소년은 소녀의 몸 안에 들어가려고 서둘렀지만 어정쩡하게

466

선 자세로는 간신히 허벅지에만 가닿을 뿐이었다. "한쪽 다리를 물통 위에 올려봐." 소년이 속삭였다. 소녀가 다리를 들어올리자 음부가 확 드러났고 이제 소년은 어렵지 않게 소녀의 몸 안으로 들어갈 수 있었다. 소녀의 몸 안은 벌써 완전히 젖었고 또 따뜻했다. 소년 소녀가 몸을 들썩거리자 자갈 깔린 길을 걸을 때처럼 요란한 소리가 났다. 첫 경험이 으레 그렇듯 금방 끝나버렸지만 둘 다 좋기만 했다.

여기까지가 바로 그날 벌어진 일의 전말이다.

"그런데 나 임신하면 어떡해?" 짧은 정사를 마치고 렝가니스가 물었다.

크리산은 렝가니스가 남녀가 몸을 섞으면 임신한다는 것을 알 줄 몰랐다. 덜컥 겁이 나서 말도 안 되는 생각이 머릿속에 떠올랐다.

"개한테 강간당했다고 해."

"난 개한테 강간당하지 않았는데."

"나 개 맞잖아. 내가 멍멍 짖고 혀 내밀고 있는 거 너도 봤잖아."

"그렇긴 해."

"그러니까 개한테 강간당했다고 해. 주둥이가 시커먼 누렁이한테."

"주둥이가 시커먼 누렁이."

"내 이름은 절대 말하면 안 돼."

"그래도 나랑 결혼하는 거 맞지?"

"그럼, 정말로 임신하게 되면 그때 계획을 세워보자."

크리산은 재빨리 옷을 입고 아까 들어왔던 구멍으로 기어올라갔다. 머릿속으로 렝가니스의 옷을 모조리 가지고 가서 아무도 찾지 못할 곳에 버려야겠다고 생각했다. 한편 렝가니스는 신발과 양말까지 모조리 벗어버리고 실오라기 하나 걸치지 않은 채 화장실에서 나가 교실로 돌아갔다. 렝가니스와 다른 반인 크리산은 그 애가 일으킨 소동을 모르고 지나갔다.

렝가니스가 진짜로 임신해버리자 둘은 도망칠 계획을 세웠다. 게릴라 움막으로 도망가서 진짜 결혼식을 올리기로 했다. 그러나 일은 계획대로 되지 않았다. 그 아홉 달 동안 크리산은 어른들, 특히 마만과 마야 데위, 어머니가 자신이 강간범이란 사실을 알게 되면 무슨 일이 벌어질지 두려워서 미쳐버릴 지경이었다. 그래서 게릴라 움막에서 렝가니스를 죽이고 진실을 파묻어버릴 계획을 세웠다. 그러나 이 또한 계획대로 되지 않았다. 그래서 바다 한가운데서 그 애를 죽이고 시체는 바다에 던져버린 것이다.

17

마만은 육신에서 벗어나 목사*한 지 사흘째 되던 날 이승으로 돌아왔다. 물론 마야 데위에게 작별인사를 하기 위해서였다.

바로 사흘 전 마야 데위는 마만의 시체를 묻었다. 시체는 들개들에게 갈가리 찢어발겨지고 구더기와 파리가 들끓어 도저히 누구인지 알아볼 수 없는 상태였다. 파리가 별똥별 꼬리처럼 줄지어 시체에 달려들었다. "그건 내가 아니었어." 마만이 말했다. 마야 데위는 사흘 동안 하늘이 무너진 듯 슬픔에 빠져 있었다. 딸을 앞세운 지 얼마 되지 않았는데 남편마저 잃은 탓이다. 사흘 동안 상복을 입고도 사랑하는 남편과 딸이 죽었을 리 없다고 자신을 속여보기도 했다.

두 언니에게 내린 가혹한 운명이 자신에게도 찾아왔다고 여

---

* Moksa. 힌두교에서 말하는 윤회의 굴레에서 벗어니 육신을 남기지 않고 사라지는 해탈의 경지. 명상이나 요가 등의 수행을 통해 도달할 수 있다고 한다.

겨보기도 했다. 알라만다는 딸 누룰 아이니를 잃었고 쇼단초는 무덤에서 누가 훔쳐간 딸의 시체를 찾겠다며 사라졌다. 아딘다에 게는 아직 아들 크리산이 있지만 남편 클리웡 동지는 자살로 생을 마감했다. 하지만 그렇게 생각해도 위안이 되지 않았다.

아침마다 남편과 딸 렝가니스와 같이 먹던 시절처럼 아침밥을 3인분씩 차렸다. 두 사람 몫의 접시며 밥, 야채, 반찬을 모두 상에 올려두었다. 물론 먹는 사람은 마야 데위뿐이고 이 의식이 끝나면 아무도 손대지 않은 음식은 쓰레기통으로 갔다. 그래도 그는 사흘 내내 끼니마다 똑같이 3인분의 상을 차렸다.

마만이 살아 있던 시절에도 부부는 아직 딸이 살아 있는 것처럼 서로를 위해 연극을 했다. 식탁에 앉을 때마다 렝가니스 몫의 음식을 언제나처럼 차려놓았다가 식사가 끝나면 버렸다. 그런데 이제는 마야 데위 혼자서 이 연극을 해야만 했다.

혼자서.

그러나 마만이 죽은 지 사흘째 되던 날 그는 혼자가 아니었다. 그날은 같이 밥을 먹을 사람이 생겼다. 그는 지난 사흘 동안 그랬듯 상복을 입고 3인분의 음식을 차린 식탁에 앉아 남편과 딸이 제자리에 앉아서 밥을 먹고 있다고 믿어보려던 차였다. 아직 밥 한술도 뜨기 전, 침실 문이 열리고 한 사내가 나오더니 평소처럼 식탁에 앉았다. 마야 데위는 밥을 떠먹고 사내는 국을 저었다. 그리고 사내는 평소처럼 말 한마디 없이 허겁지겁 밥을 먹었다. 나머지 밥 한 그릇은 그래도 남았고 나머지 의자 하나도 여전히 비어 있었다. 하지만 마야 데위는 마만이 제자리에 앉아 밥을 먹고 있는 것처럼 딸 렝가니스도 제자리에 있다고 믿어보았다. 그는 저녁밥을 다 먹고 나서야 남편이 정말로 눈앞에 있는 것을 알아차렸다. 딸의 그릇은 그대로였지만 남편의 밥그릇과 국그릇은 다 비어 있었다. 그는 믿을 수 없다는 표정으로 남편을 바라보았다. 둘은 그렇게 서로를 한참이나 바라보았다. 마야 데위가 거의 들릴락말락하는 목소리로 물었다. "당신이야?"

"작별인사를 하러 왔어."

마야 데위는 남편 곁으로 가 그가 초로 만들어져 금방 녹아버리기라도 하는 양 조심스럽게 만져보았다. 손가락으로 남편의 이마를 조심스럽게 어루만지다가 코로 입으로 턱으로 내려갔다. 그러다가 어린애 같은 호기심 가득한 얼굴로 남편을 뚫어져라 쳐다보았다. 체온을 느끼고 나서야 남편이 살아 있구나 싶었다. 그는 가까이 가서 남편을 꼭 끌어안았다. 마만도 기대어 우는 아내의 등을 쓸어주며 정수리에 코를 박고 사랑스럽게 킁킁거렸다.

"작별인사를 하러 왔다고?" 여인은 갑자기 남편의 얼굴을 올려다보며 물었다.

"작별인사를 하러 왔어."

"그럼 또 가는 거야?"

"나는 벌써 죽었거든. 이미 목사 했어."

"우리 애는?"

"내가 저세상에서 지켜주려고."

마만은 아내의 뺨 한쪽을 어루만지며 다른 쪽에 입을 맞췄다. 그리고 들어왔던 방으로 다시 들어가더니 방문을 잠갔다. 마야 데위는 어리둥절한 표정으로 방문을 보다가 남편의 빈 밥그릇과 딸의 아직 그대로 남은 밥그릇으로 눈길을 돌렸다. 그리고 다시 방문을 바라보았다. 벌떡 일어나 방문으로 달려가 문을 열어보았다. 하지만 안에는 아무도 없었다.

그는 계속 남편을 찾았다. 어제 저녁에 닫아두었던 창문이 열리지는 않았는지 확인해보았다. 침대 아래도 한참을 들여다봤지만 다 탄 모기향과 기도용 슬리퍼밖에 없었다. 마만이 있을 곳이라고는 거기뿐이었다. 옷이 가득한 옷장에 덩치 큰 남편이 숨어 있을 리 없지만 그래도 문을 열어보았다. 침대 위와 화장대까지 샅샅이 들여다보며 무슨 단서라도 찾을 수 있길 바랐다. 하지만 아무것도 없었다. 방에서 나와 식탁을 물끄러미 바라보았다.

다시 뒷정리를 시작했다. 식탁을 치우고 남은 밥과 반찬을 찬장에 넣었다. 남은 음식은 이따가 과자 굽는 일을 돕는 아이들이 먹을 것이다. 더러운 그릇을 설거지통에 넣고 렝가니스 몫의 밥을 버렸다. 하지만 평소처럼 설거지를 할 기분이 아니라 손만 씻고 말았다. 침실로 돌아가 텅 빈 방을 바라보며 아직 남편이 거기 있는 것처럼 물었다.

"벌써 목사 했다면 사흘 전에 묻은 건 대체 누구란 말이야?"

그 이야기는 오래된 배신에 관한 것이다. 부부가 아직 신혼이던 시절, 결혼하고 5년 만에 첫날밤을 치르던 그날 전에 일어난 일이고, 렝가니스가 태어나기도 전에 일어난 일이다.

어느 푹푹 찌는 일요일 오후, 한 사내가 버스터미널에 나타났다. 우람한 몸집에 한쪽 귀가 찢어진 대머리 사내였다. 주말을 할리문다에서 보내고 돌아가는 행락객으로 북적이는 터미널에서 이 사내는 사정없이 제 갈 길을 만들었다. 누구든 제 앞길을 막으면 밀쳐버리고 담배장수 좌판도 엎어버렸다. 그는 마만을 만나러 왔다. 그는 마만의 마호가니 흔들의자, 마만이 바보 에디를 죽이고 차지한 바로 그 의자를 차지하러 온 것이었다.

472

할리문다를 접수한 후 마만은 권력의 상징인 그 의자를 차지하려는 사내들의 도전을 수없이 받아왔다. 도전자들을 제압하기란 식은 죽 먹기여서 굳이 죽일 필요도 없었다. 그러나 새로운 도전자는 끊임없이 나타났고 이제 또 새로운 도전자가 나타난 것이다. 마만 패거리 몇몇은 그 낯선 사내가 터미널에 들어서는 순간부터 그가 왜 여기 나타났는지 눈치챘다. 마만 또한 잘 알았다. 그러나 그저 조용히 다리를 꼬고 의자를 흔들며 담배를 피우기만 했다. 아무도 새 도전자가 누구인지 어디서 왔는지 어떻게 마만의 명성을 알게 됐는지 몰랐다. 그가 할리문다 출신이 아닌 것만은 분명했다. 이 고장 사람이라면 벌써 오래전에 의자를 차지하러 나타났을 터였다.

아직 마만이 모양이라는 못생긴 여자에게 맡겨둔 항아리에 제 돈을 보관하던 시절이었다. 그는 모양을 제 마누라만큼이나 믿었다. 무엇을 사야 할지는 몰랐지만 언젠가 아내를 깜짝 놀라게 할 선물을 사주려고 돈을 모으던 중이었다(결국 이 돈은 무엇을 사는 데는 쓰이지 못하고 케이크 가게를 열 종잣돈이 되었다). 마만처럼 모양도 매일 터미널에 나왔다. 그는 낮에는 마실 것과 담배를 팔고, 밤에는 못생긴 얼굴에 개의치 않고(컴컴한 수풀에 들어가면 예쁜 얼굴과 못생긴 얼굴에 무슨 차이가 있겠는가?) 유곽에서 돈을 쓰기를 아까워하는 남자들한테 몸을 허락했다. 모양은 남자에게 돈을 바라는 법이 없었다. 마만은 모양과 살을 섞은 적도 없고 그럴 생각도 없었지만 돈 항아리만은 그에게 맡겼다. 항아리는 모양의 움막에 있는 그의 침대 아래에 있었다. 마만 패거리는 모두 항아리가 어디 있는지 잘 알았지만 항아리를 훔치기는커녕 쳐다볼 생각도 하지 않았다.

학생들이 터미널을 패싸움 장소로 쓰는 탓에 이곳에서는 걸 핏하면 실랑이가 벌어졌다. 평소에 마만이 싸움에 말려드는 일은 없었다. 그런데 이제 대머리 사내가 깡패 두목에게 다가가자 앞 으로 벌어질 일에 관심이 집중됐다. 대머리가 의자를 차지하리 라고 보는 사람은 한 명도 없었다. 어느덧 터미널 사람들은 세상 에 마만을 쓰러뜨릴 수 있는 자는 없다고 믿게 되었다. 공화국 군 대가 다 몰려들어 공격한다면 또 모를까. 하지만 소문대로 마만 이 어떤 무기에도 끄떡 없는 불사의 존재라면 군대도 별수 없을 것이다. 그래도 사람들은 언제나 마만이 싸우는 것을 보고 싶어 했다.

그날 아침 일찍 학교 가기 전 마야 데위는 새 옷을 침대에 가 져다주며 오늘은 제발 옷을 더럽히지 말라고 당부했다. 매일 다 림질까지 한 깨끗한 옷을 입혀 보내도 마만은 언제나 더러운 차 림으로 돌아왔다. 버스 차장이 주저앉은 버스를 수리하는 것을 도와주다가 기름이 튀기도 했고 버스에 쌓인 먼지나 매연을 묻 혀가기도 했다. 마야 데위는 얼룩을 지우는 게 힘들어서가 아니 라, 옷이 더러우면 몰골이 추레해 보여서 싫다고 했다. 그래서 그 날 마만은 때가 잘 타는 크림색 셔츠를 입으면서 오늘은 무슨 일 이 있어도 절대 옷을 더럽히지 않겠노라고 약속했다. 그러나 그 날은 싸움을 피할 수 없었다.

푹푹 찌는 일요일 낮, 그는 그 의자에 앉아 느릿느릿 담배를 빨고 느릿느릿 연기를 내뿜으며 쉬던 중이었다. 그때 대머리가 터미널에 들어섰고 이제 무슨 일이 벌어질지는 불보듯 뻔했다. 대머리가 눈앞에 섰다. 그러나 마만은 그렇게나 옷을 더럽히기가 싫었던지 대머리가 입을 열기도 전에 벌떡 일어나 말했다. "의자를 원하신다면 앉으시게나. 가져갈 생각이 있다면 그러시고." 대머리는 물론이고 아무도 그 말을 믿지 못했다. 대머리는 말문이 막힌 채 빈 의자만 쳐다보았다.

"그렇게 간단한 문제가 아니다. 나는 의자뿐 아니라 의자에 따르는 모든 것을 원한다." 대머리가 말했다.

"무슨 말인지 알아들었소. 그러니까 의자에 앉으시고 다 가지시란 말이오." 마만은 고개를 끄덕이며 담배꽁초를 던졌다.

"싸움이라면 한 번도 진 적 없는 주먹이 순순히 제자리를 내놓겠다고?" 대머리가 말했다. "깡패 생활 청산하고 좋은 남편이라도 되려는 게 아니라면 말이 안 된다."

마만은 미소를 지으며 고개를 끄덕이더니 대머리에게 마호가니 흔들의자에 앉으라는 손짓을 했다. 대머리는 권력과 용기와 승리의 상징인 의자로 넙죽 다가갔다. 그러나 한쪽 엉덩이가 닿기도 전에 마만의 주먹이 대머리의 목덜미를 정확히 날려버렸다. 그 주먹이 어찌나 셌던지 사람들은 목뼈가 부러진 줄 알았다. 대머리는 의자 옆에 픽 쓰러졌다. 어쨌거나 마만은 옷을 더럽히지 않았다. 대머리는 터미널 구석으로 질질 끌려갔고 마만은 다시 의자에 앉아 담배를 물었다.

그날 이후 대머리는 마만의 부하가 되어 터미널에서 어슬렁거렸다. 대머리는 자기 이름이 로미오라고 했다. 셰익스피어를 읽었는지는 몰라도 자기를 로미오로 불러달라고 했다. 한 덩치 하는 데다 한쪽 귀까지 찢어진 대머리 사내를 그렇게 부르자니 좀 이상했지만 어쨌거나 다들 그를 로미오라고 불렀다. 로미오는 마만 패거리에 들어가 마만의 권위에 복종하며 다른 치들과 함께 살았다. 아무도 그가 어디 출신인지 무엇을 하다 흘러들었는지 몰랐지만 다른 치들도 과거가 떳떳지 않기는 마찬가지였다. 그리고 다른 치들과 마찬가지로 로미오도 종종 모양과 살을 섞었다. 그러던 어느 날 그가 마만에게 물었다. "모양과 결혼하고 싶습니다, 형님."

"가서 모양한테 결혼하고 싶은지 물어봐." 마만이 대답했다.

모양이 로미오와 결혼하겠다고 했다. 그리하여 한 달 후 식을 치렀고 마만이 작은 잔치를 열어주었다. 신혼부부는 모양이 혼자 살던 움막에 들어가 살기로 했다.

"내 신께 맹세컨대 모양은 결혼해도 다른 사내들이랑 계속 붙어먹을걸." 마만이 말했다.

로미오와 모양은 뜨거운 신혼을 보내 사람들의 질투를 샀다. 둘은 밤새도록 사랑을 나누고 느지막이 버스터미널에 나타났다. 대낮에도 노점을 버려두고 걸핏하면 사라져서 터미널에서 멀지 않은 코코아 농장 근처 덤불에서 사랑을 나눴다. 그러나 얼마 가지 않아 마만의 예언이 맞아떨어졌다. 밤에 남편이 집을 비우기라도 하면 모양은 노점을 닫고 다른 사내들과 사랑을 나눴다. 인력거꾼과도 자고 버스 차장과도 잤다. 남자 둘을 동시에 상대하기도 했다.

"여자가 즐거움을 좇겠다는데 막을 길이 있겠습니까. 제 마누라라고 해도요." 로미오가 말했다.

"자네 도통했구먼. 미친 게 아니라면 말이지." 마만이 말했다.

"마누라가 돈을 주더군요." 로미오가 한때 갈망하던 마호가니 의자 곁에 앉으며 말을 이었다. "유곽에 가보라면서요."

바보 에디가 도시를 주름잡던 시절부터 마만이 그 자리를 꿰찬 지금까지 버스터미널은 할리문다 주먹들의 자랑거리였다. 터미널은 그리 크지 않았다. 할리문다에서 나가는 큰길은 북쪽과 동쪽 두 방향뿐이고, 서쪽으로 난 좁은 길은 작은 도시 둘을 지나면 끝나는 막다른 길인 탓이었다. 터미널에 할리문다 깡패가 다 모이는 것은 아니고 한 줌만 있었다. 그러나 마만이 언제나 거기 있기에 터미널은 깡패들에게 근거지 같은 곳이었다. 마만은 터미널에서 사람들이 들락거리는 모양을 지켜보며 마호가니 흔들의자에 앉아 있기를 좋아했다. 마만 패거리는 모두 행복해 보였다. 돈 한 푼 받지 않고 자주던 모양이 로미오와 결혼한 것이 아쉬웠지만, 그는 여전히 마음만 내키면 다른 사내와 자는 데 거리낌이 없었다.

그러나 평화로워 보이던 어느 날 이 행복이 무너져버렸다. 모양은 노점을 열고도 물건을 팔 생각은 안 하고, 마만이 오기만을 기다렸다. 잠시 후 마만이 결혼한 후론 늘 그렇듯 깡패 같지 않은 말쑥한 차림으로 나타났다. 모양은 그 앞으로 가더니 남편에게 버림받은 아내처럼 통곡했다. 마만은 로미오가 떠났나보다고 생각했다. 하지만 모양이 로미오를 정말로 사랑했는지는 몰랐던지라 연유를 물어보았다.

"왜 그래?"

"로미오가 가버렸어요."

짐작대로였지만 여전히 이상했다.

"로미오를 그렇게 사랑한 것도 아니잖아."

그 말에 모양이 옷자락을 들어 눈물을 찍어냈다. 그러자 모양의 치렁치렁한 뱃살이 드러났다.

"문제는 놈이 대장의 돈 항아리도 들고 튀었다는 거예요."

로미오가 터미널에서 버스를 타고 갔을 리는 없고, 아직 이른 시간이라 할리문다를 지나가는 기차도 없었다. 그렇다면 정글로 도망쳤거나 한패가 있어 차를 태워준 것이 분명했다. 어쨌거나 마만은 화가 머리끝까지 나서 놈을 산 채로든 죽여서든 잡기로 했다. 부하들을 하나도 빠짐없이 모조리 불러들였다. 부하들을 놈이 갈 만한 곳으로 보냈다. 인근 도시로도 부하를 보내 그쪽 깡패들에게 도움을 요청하기도 했다. 부하들에게 로미오를 찾기 전에는 절대 돌아오지 말라고 빈손으로 오면 두들겨주겠다고 엄포를 놓았다. 그리하여 깡패들이 모조리 사라지자 할리문다는 역사 이래 가장 평화로운 순간을 맞았고, 홀로 남은 마만은 분을 삭이지 못했다. 그는 오랫동안 정직하게 땀 흘려 번 돈으로 가족을 먹여 살리는 그런 삶을 꿈꿔왔다. 남들처럼 가족을 이루며 살고 싶었다. 그 아름다운 꿈을 이루려고 그동안 돈을 모아왔다. 무언가를 사려고 했다. 고깃배를 사서 어부가 될 수도 있고, 트럭을 사서 야채장수를 할 수도 있고, 땅을 몇 마지기 사서 농부가 될 수도 있었다. 아직 무엇을 살지 정하지도 못했는데 어떤 놈이 그 돈을 모두 들고 튀었다. 마만은 정말이지 분을 참을 수 없어 사흘 내내 안절부절못했다. 그 모습에 놀라 이유를 묻는 아내에게는 아무 말을 할 수 없었지만, 버스터미널에서는 버럭버럭 화를 내서 차장과 운전수들은 온 힘을 다해 그를 피해 다녔다.

나흘째 되던 날 부하 둘이 로미오를 잡아왔다. 가장 치열한 게릴라전이 벌어졌던 할리문다 서쪽 울창한 정글 반대편 끝에 있는 작은 도시에서 찾았다고 했다. 다행히도 마만의 돈은 그대로였다. 돈을 쓸 틈도 없이 붙들려온 탓에 술 한 잔, 레몬주스 한 잔, 담배 한 갑 값만 빠졌을 뿐이었다. 그러나 마만의 분노는 조금도 사그라지지 않았다.

　로미오는 오면서 부하들에게 두들겨 맞아 몰골이 이미 말이 아니었지만, 마만은 분을 참지 못하고 기꺼이 다시 죽기 직전까지 두들겨주었다. 그새 사람들이 닭싸움 구경이라도 하듯 둥글게 모여들었다. 로미오는 신음하면서 다시는 그런 짓을 하지 않겠다며 한 번만 봐달라고 애걸복걸했다. 그러나 경험 많은 마만은 한 번 배신한 자는 절대 믿지 않았다. 마만은 계속 배신자를 패고 배신자는 거듭 용서를 빌었다. 갈수록 구경꾼들이 더 모여들었다. 앞줄은 바닥에 앉고 뒷줄은 서서 이 잔인하기 짝이 없는 광경을 멍하니 지켜보았다. 터미널 앞 경찰들마저 눈을 감고 파출소에서 나오지 않았다.

　바닷바람이 임박한 죽음의 냄새를 곳곳에 퍼트리자 시체를 파먹는 독수리들이 몰려들기 시작했다. 하지만 로미오는 아직 죽지 않았다. 로미오의 명줄이 길어서가 아니라 마만이 더 고통스럽게 죽이려고 일부러 시간을 끈 탓이었다. 마만은 이번 일을 계기로 모두에게 배신자의 말로가 어떤지 똑똑히 일러주고 싶었다. 다만 시체를 기다리는 독수리들에게는 아주 미안스러웠다. 이빨을 하나씩 천천히 뽑고 손가락 두세 개를 분지르고 발톱을 죄다 뽑고 발가벗겨 음모를 하나씩 뽑느라 먹잇감의 숨이 끊어지는 데 너무 오래 걸려서는 아니었다. 거기다 이미 담배로 지진 자국이 뒤덮인 몸뚱이 전체를 다시 한 번 지져주었는데 그 때문도 아니었다. 독수리들에게 미안한 까닭은 놈들과 기쁨을 나눌 생각이 전혀 없었기 때문이었다. 누구에게도 시체를 내주지 않고 로미오를 산 채로 불태워서 마지막 분노를 풀 작정이었다.

　그리하여 석유와 라이터를 준비하려는데 돌연 못생긴 여자가 구경꾼들 틈에서 나타나 마만을 막아섰다. 여자는 남편을 한 번만 용서해달라고, 목숨만 살려주면 남편을 믿을 수 있는 인간으로 만들어보겠다고 빌었다.

"벗이여, 제게 한 번만 기회를 주세요. 어쨌거나 제 남편이 아닙니까." 모양이 말했다.

마만은 그 말에 크게 감동받아 순간 마음이 약해졌다. 석유통을 쓰레기통에 던져버리더니 구경꾼들을 향해 로미오에게 기회를 한 번 더 주겠다고 했고, 이제 누구든 자신을 배신하면 살려주는 일은 결코 없으리라고 했다. 그런고로 모양과 결혼한 로미오는 재가 되지도 독수리 밥이 되지도 않고 살아남아 마만의 가장 충직한 부하가 되었다. 한편 마만은 되찾은 돈을 모두 마야 데위에게 주었고, 그 돈은 얼마 후 고아 소녀 둘을 일꾼으로 데려와 과자를 만들어 파는 사업을 시작하는 데 종잣돈이 됐다.

"당신이 땅에 묻은 사람은 그자요, 로미오." 마만이 말했다.

물론 마야 데위는 들어본 적 없는 이름이었다.

마야 데위에게 이 모든 문제는 딸 렝가니스가 갓난아기를 데리고 "개와 결혼"하겠다며 집을 나가면서 시작됐다.

때는 12월, 연중 날씨가 가장 변덕스러운 달이다. 거기다 연말을 해변 휴양지에서 보내려는 관광객들이 몰려와 그 인파 속에 길을 잃기 십상이었다. 도시 전체가 흥청거리고 장사도 잘되기 마련이라 할리문다 사람들은 남에게 신경 쓸 겨를이 없었다. 클리원 동지가 앞장서서 철거를 막아낸 이래 기념품 노점은 여전히 장사가 잘됐다. 그 인파 속에서 길을 잃은 아이와 노인들, 사라진 젊은 여자들이 부지기수였다. 사람을 찾는 벽보가 쉴 틈 없이 붙었고 해변에는 사람을 찾는 방송이 확성기로 연일 울려

퍼졌다.

하지만 렝가니스는 그렇게 없어진 것이 아니었다. 없어진 관광객은 이리저리 수소문해보면 금방 찾을 수 있었지만 렝가니스는 제 발로 집을 나가 행방이 묘연했다. 마야 데위와 마만은 여기저기 딸의 행방을 수소문하고 로미오를 찾아다닐 때처럼 부하들을 사방으로 풀었지만 딸을 찾을 수 없었다. 쇼단초도 렝가니스가 사라진 후 이유를 알 수 없는 열병을 앓는 딸이 걱정돼 수색대를 풀었다. 그러나 게릴라 움막은 수색 범위에 넣지 않았다. 아이들이 그곳을 알고 있을 줄은 꿈에도 몰랐던 것이다.

수색이 밤낮으로 계속되는 사이, 잔치를 준비하려고 빌려온 물품은 모두 원래 있던 곳으로 돌아갔다. 이 일로 킨킨은 살짝 정신이 나가 혼자서 온 시내를 헤매고 다녔다. 동시에 공기총을 들고 다니며 눈에 띄는 개는 모조리 쏘아 죽였다. 자일랑쿵으로 귀신들을 불러내 렝가니스의 행방을 물어보기도 했지만 아무도 알지 못했다.

"힘센 악령이 렝가니스를 숨겨주고 있구나." 킨킨은 탄식했다.

"렝가니스는 며칠 못 가 죽어요. 뭘 먹어야 하는지도 모르고, 돈도 한 푼 없는데." 마야 데위가 울면서 말했다.

"그렇다고 해서 그 애가 죽으란 법은 없지. 배가 고프면 갓난애라도 잡아먹으면 되잖아." 마만이 아내를 위로한답시고 대꾸했다.

렝가니스를 찾으러 간 사람들이 빈손으로 하나둘 돌아오기 시작했다. 어느 누구도 렝가니스의 흔적은커녕 단서도 찾지 못했다. "렝가니스가 목사 했을 리도 없고. 생전 명상이라고 해본 적이 없으니." 마만이 말했다. 그리하여 부하들은 다시 덤불이란 덤불, 골목이란 골목, 빈민가란 빈민가를 샅샅이 뒤졌지만 결국 아무것도 찾지 못했다. 마야 데위는 학교 친구란 친구는 하나씩 다 찾아가보았지만, 렝가니스와 같이 노는 친한 친구는 아이니와 크리산뿐이라 소용없는 일이었다. 그는 안절부절못하며 딸이 사라지던 날 밤 곁에 있지 않은 것을 후회했다.

새해 첫날이 지나자 할리문다에는 관광객이 더 몰려왔다. 물에 빠져 죽은 사람도 여럿이었다. 마만과 마야 데위는 시체를 하나씩 다 살펴보았다. 대부분은 표지판을 무시하고 수영금지구역에 들어갔다가 죽은 관광객이었으나, 결국 부부는 딸을 찾았다. 바닷물도 렝가니스의 아름다움을 어쩌지 못했다. 물에 빠진 지 얼마나 오래됐는지 알 수 없지만 파도에 시체가 밀려와 사람들 눈에 띄었다. 다들 금방 렝가니스인 것을 알아보고 마만과 마야 데위에게 알렸다. 그 애는 입은 옷이 거의 해지고 삭아버린 채 바닷가에 누워 있었다. 얼굴은 고운 모습 그대로였고 긴 머리는 물 위에 뜬 채 파도에 흔들리고 있었다. 하지만 여느 익사한 사람들과는 달리 배가 부풀지 않았고 목에는 시커먼 멍 자국이 있었다. 누군가가 그를 죽이고 시체를 바다에 던져버린 것이었다. 마야 데위는 참지 못하고 통곡했다.

"어쨌거나 우리 딸을 묻어줘야지. 그리고 우리 딸을 죽인 그 개새끼를 찾아내고야 말겠어." 마만이 부들부들 떨며 말했다.

"개가 사람 목을 졸랐을 리는 없어요." 마야 데위가 쓰러질 듯 남편의 어깨에 기대며 말했다.

마만은 딸의 시신을 안고 집으로 향했다. 시신은 렝가니스가 집을 나간 지 한 달이 다 되어서야 할리문다 해변 제일 구석에서 발견됐다. 마만을 뒤따르는 마야 데위는 흐르는 눈물을 주체하지 못했다. 사람들이 부부를 딱하게 여겨 그 뒤를 따라갔다.

그날 해질녘 입관을 마친 렝가니스의 관이 시내를 지나 부디다르마 공동묘지로 향했다. 킨킨은 그날 매장될 시신이 제가 진정 사랑했던 소녀인 것을 알고 거의 까무러칠 지경이었다. 그는 무엇으로도 달랠 수 없는 슬픔 속에서 아버지 카미노를 도와 무덤을 팠다. 마만과 카미노와 함께 시체를 내리기까지 했다. 그리고 마만이 제일 먼저 시신 위에 흙을 뿌렸고 킨킨도 같이 흙을 덮고 나무로 만든 묘비를 정성스럽게 꽂았다.

"렝가니스를 죽인 놈을 꼭 찾아내서 복수하고 말겠어요." 킨킨이 분노에 차서 말했다.

"그렇게 하렴. 그놈을 잡으면 네 손으로 죽이게 해주마." 마만이 말했다.

그날 밤 마만과 킨킨은 렝가니스의 무덤에서 만나 렝가니스의 혼을 불러내기로 했다. 킨킨이 혼령을 불러내고 마만은 기다렸다. 자일랑쿵이 시작됐지만 렝가니스는 나타나지 않았다. 킨킨은 다른 혼령들을 불러내 누가 렝가니스를 죽였는지 물어봤지만, 렝가니스가 어디로 도망갔는지 물어본 지난번처럼 아무도 범인을 알지 못했다.

"안 되겠네요." 킨킨은 자일랑쿵을 끝내고 체념하며 말했다. "엄청나게 센 악령이 처음부터 저를 방해하고 있어요."

"필요하다면 내가 목사 해서 악령과 붙어보겠다. 하지만 먼저 누가 범인인지 알아내야겠어." 마만이 말했다.

그때는 마만과 마야 데위가 현실을 인정하지 못하고 아직 렝가니스가 살아 있는 양 행동하던 시절이었다. 아침상과 저녁상에 딸의 자리를 만들고 딸 몫의 음식을 차렸다. 식사가 끝나면 그 음식을 버려야 했지만 부부는 그만두지 않았다. 그사이 경찰이 무덤을 파서 렝가니스의 시신을 검시하고 다시 묻었다. 마만은 그 일을 반대하지 않았다. 경찰이 범인을 잡아들이리라 믿었기 때문이었다. 그러나 일주일이 지나고 한 달이 지나도 아무 설명도, 하다못해 단서조차 찾지 못했다. 경찰이 한 일이라고는 오만 사람들을 불러다가 심문한 것뿐이었다. 마만과 마야 데위는 각각 다섯 번이나 경찰서에 출두했다. 다른 참고인들도 마찬가지였다. 하지만 살인범의 정체는 묘연했다. 마만은 지칠 대로 지쳐 경찰을 믿을 수 없게 됐다. 그러던 차에 경찰이 또 집을 수색하겠다며 오자 벌컥 화를 냈다.

"이 집에서 범인이 나올 리가 없잖소. 당신네 경찰들은 대가리에 생각도 없는 바보들인가."

그때 문득 하늘에서 계시라도 받은 것처럼 이제 무엇을 해야 할지 깨달았다.

"그 애를 죽인 자가 없다면 그건 온 할리문다가 죽였단 뜻이지." 그는 확신에 차서 말했다. 마만은 월요일부터 부하 서른 명을 데리고 행동을 개시했고 그 시간은 할리문다 사람들에게 가장 끔찍한 시간으로 기억될 것이었다. 깡패들은 먼저 경찰서로 가서 닥치는 대로 물건을 부수고, 막아서는 경찰을 무조건 두들겨 팼다. 결국 경찰 여럿이 병원에 실려가고, 마만은 불을 지르는 것으로 경찰서 방문을 마무리했다. 딸을 죽인 살인범을 잡지 못한 경찰에 품은 원한을 그제야 좀 풀 수 있었다.

마만이 이끄는 깡패들이 경찰서를 불태웠다는 소식에 할리문다 전체가 발칵 뒤집혔다. 연기가 하늘 높이 치솟고 소방관들이 달려왔건만 불길을 잡지 못했다. 여느 때 같으면 불구경을 나왔겠지만 마만과 부하들이 정신을 잃고 날뛴다는 소리를 듣고 사람들은 집 밖으로 나오지 못했다. 그저 그 괴물 같은 인간이 무슨 끔찍한 짓을 벌일지 모른다며 수군대기만 했다. 더군다나 그자가 할리문다 사람 모두가 렝가니스의 죽음에 책임이 있다고 했다지 않은가.

이제 마만은 반백 년 넘게 산 중늙은이였다. 그러나 그 힘은 처음 이곳에 나타나 난리법석을 피우며 바보 에디를 죽였을 때와 다를 바 없었다. 이곳에 와서 그토록 오랫동안 꿈꿔오던 가족을 얻었다. 아내는 할리문다 미녀들을 한자리에 모아놓아도 그중 가장 아름답다는 그 집 자매들 중에서도 제일 예쁜 미녀였고 딸은 올해 해변아가씨 선발대회에서 왕관을 쓴 미녀였다. 마만은 직접 선발대회에 딸을 데려갔고 또 참으로 자랑스레 여겼다.

그런 딸을 도저히 받아들일 수 없는 참혹한 방식으로 잃고 말았다. 딸이 목 졸려 죽었고 시체는 바다에 던져졌지만 누구의 소행인지도 몰랐다. 그는 딸이 학교 화장실에서 개한테 강간당했다고 했던 바로 그때 가만히 있었던 것을 이제 와 후회했다. 뭔가 손을 썼어야 했다. 적어도 학교에 가서 남학생들을 모조리 족쳤어야 했다. 렝가니스가 그놈들 중 하나를 개라고 잘못 말했을 수 있지 않은가. 렝가니스를 강간한 것이 정말로 개라면 그리고 그 개를 찾아낼 수 없다면 할리문다 개들을 다 없애버려서는 안 될 이유는 무엇이란 말인가? 킨킨이라는 놈은 어설프게나마 그러고 있지 않은가?

"메인 혼트 이스 베헬로펀Mijn hond is weggelopen(내 개는 달아났어)." 그는 무슨 뜻인지 알 수 없는 말을 내뱉었다.

경찰서에 불을 지르고 나오는 길에 개 한 마리가 쓰레기를 뒤지는 모습이 눈에 띄었다. 마만은 그 개를 붙잡아 목을 비틀어 죽여버렸다. "개새끼한테서 내 딸도 지키지 못하는데 권력이 무슨 소용이란 말인가? 할리문다의 개란 개는 다 죽여버리자."

마만의 부하들이 폭도의 무리가 되어 사방으로 흩어졌다. 그 중에는 공기총이나 단검, 또는 긴 칼 같은 무시무시한 흉기를 든 자도 있었다.

"내 인생이 엉망진창이 된다 해도 좋아. 개들을 다 몰살시키고 말겠다." 마만이 한숨을 쉬었다.

"대장, 그냥 애를 하나 더 만들면 안 됩니까?" 로미오가 물었다.

마만에게는 눈꼽만치도 위로가 안 되는 소리였다. "나한테 열 자식이 있다 한들 내 딸이 그렇게 죽었는데 어찌 가만히 있을 수 있겠느냐." 마만이 개가 또 없는지 골목을 살피며 슬픈 목소리로 말했다. "그 앤 겨우 열일곱 살이었어."

"쇼단초네 딸도 죽었잖아요." 로미오가 말했다.

"그렇다고 위로가 될 건 없지."

그리하여 18년 전 공산주의자 대학살에 비견할 만한 사상 최악의 개 대학살이 시작되었다. 쇼단초가 이 일을 알면 무슨 일이 벌어질지 모두들 조마조마했다. 그는 개를 무척 좋아하는 데다 할리문다 개 중 상당수는 오래전 그가 돼지 사냥용으로 데려온 들개의 후손이기 때문이다. 하지만 딸의 무덤이 파헤쳐진 이래 딸의 시체를 찾는다고 할리문다는 물론이고 시골 마을 구석구석 까지 헤집고 다니느라 아직 소식을 못 들은 듯했다. 깡패들은 별다른 방해 없이 떠돌이 개들을 잡아 죽이고 꼬치구이감처럼 갈가리 찢어놓았다. 길가에는 목 잘린 개 대가리가 피를 뚝뚝 흘리며 걸려 있어서 마치 다른 개들에게 할리문다에서 꺼지라고 경고하는 듯했다. 쓰레기통을 뒤지거나 해변을 배회하는 떠돌이 개들을 남김없이 처단한 후에는 주인이 있는 개마저 손대기 시작했다. 개 주인들이 맞서보았지만 깡패들은 꿈쩍도 하지 않았다. 울타리를 부수고 개집에 있는 개, 특히 목줄을 해서 속수무책인 개들을 죽였다. 창문을 깨고 집 안으로도 쳐들어가 집 안에 누워 있던 개들마저 죽여서 부엌의 튀김솥에 던져버렸다.

몇몇 사람들이 이 횡포에 반발했지만 마만은 개의치 않았다. "개란 놈이 내 딸을 욕보였다면 놈들은 인간의 가장 나쁜 면을 물려받은 게 분명해." 그는 부하들에게 심지어 개 주인의 집도 부숴버리라고 했다.

"이렇게 난동을 부리다가는 군대와 맞붙어야 하게 생겼는데요." 로미오가 닥쳐올 두려움을 예감하며 말했다.

"우린 이미 군인들과 붙어본 적이 있지 않더냐."

로미오는 믿을 수 없는 표정으로 제 두목을 쳐다보았다.

"딸이 개죽음을 당하고 분을 이길 수 없는 사내가 대체 무엇을 할 수 있단 말이냐? 그 사람들한테 죄가 없다는 건 알아. 하지만 난 화를 참을 수가 없어."

어쩌면 딸의 죽음은 핑계일지도 모른다. 마만은 부하들만 빼고 할리문다 사람 모두에게 서운하고 화가 났다. 그 서운함은 사실 아주 오래된 것이었다. 사람들이 마만과 그 패거리를 할 일 없이 노닥거리며 술이나 마시고 싸움질이나 하는 쓸모없는 인간으로 낮춰 보는 것을 너무 잘 알았던 탓이다. 또한 남들이 딸 렝가니스를 백치라 여기고 사내들이 그 애를 음탕한 눈으로 바라본 것 또한 분통 터질 일이었다. 그는 화낼 이유가 여러 가지였다.

"사람들은 우리를 아무짝에도 쓸모없는 인간쓰레기라 여기지. 맞는 말일지도 몰라. 하지만 우린 인간 구실을 할 만큼 배우지도 못했고 제대로 살아볼 기회도 없었다고. 결국 도둑이며 소매치기가 된 자들이 무얼 할 수 있단 말이냐. 시간이나 때우면서 부러워 죽겠는 사람들에게 복수할 기회만 기다릴밖에. 사람들이 가족들과 행복하게 있는 걸 보면 질투가 났어. 나도 그렇게 되고 싶었지. 나는 간신히 그토록 바라던 가족을 이루었지만 부하들은 또 그렇지 못했지. 이제야 겨우 행복을 맛보았는데 어떤 놈이 내 행복을 훔쳐가버리니, 오래된 분노가 되살아나는군."

로미오가 겁내던 일이 벌어지고야 말았다. 폭동이 도시 전체로 번져갔다. 일부 개 주인들이 맞서기 시작하자 깡패들은 더 사납게 날뛰며 개뿐 아니라 무엇이든 박살냈다. 자동차가 뒤집히고 교통 표지판과 가로수가 뽑혀나갔다. 상점 유리창과 진열장이 박살나고 파출소 여러 곳이 불탔다. 싸움에 휘말려 다친 사람도 여럿이었다. 온 도시가 공포에 휩싸이자 군부는 계엄령을 선포했다. 쇼단초가 시 계엄사령관으로 임명되었고 깡패들을 진압하고 진압이 어려우면 사살하라는 명령이 내려왔다.

"내 오래전부터 저 깡패 놈들을 빨갱이들처럼 쓸어버려야 한다고 생각해왔지." 딸의 시체를 찾으러 갔다가 빈손으로 돌아온 쇼단초가 아내에게 말했다.

"클리원 동지를 부루섬에 처넣더니 이제는 마만 제부를 죽이려 들어?" 알라만다가 말했다(그는 클리원 동지가 자살하기 바로 전날 둘이 동침한 사실을 남편에게 말하지 않았다). "내 동생들을 모두 과부로 만들 참이야?"

쇼단초는 깜짝 놀라 아내를 쳐다봤다.

"놈을 그냥 두면 온 할리문다 사람들이 다 죽게 생겼는데, 그럼 나더러 어쩌란 말인가?" 쇼단초가 되물었다. "그뿐만 아니야. 생각해보라고. 놈이 제 딸을 제대로 간수하지 못해서 그 앤 애를 뺐지. 그러고는 딸이 싫다는 놈이랑 억지로 결혼을 시키려고 했어. 그래서 그 애가 몸을 푼 그날 밤에 집을 나가지 않았냐고. 그때문에 우리 아이니가 너무 상심해 죽었고. 거기다가 어떤 놈이 무덤에서 아이니를 훔쳐가기까지 했어. 그래도 모르겠어? 그 깡패 두목 놈이 우리 아이, 우리 셋째 아이니를 죽인 살인범이라고."

"이브한테 아담에게 왜 선악과를 먹자고 해서 우리를 이 저주받은 세상에 살게 했냐고 따지시지 그래?" 알라만다가 비아냥대며 말했다.

쇼단초는 아내 말을 귓등으로 들었다. 깡패 소탕은 본부에서 내려온 명령이지만, 그와 별개로 이번에 딸의 죽음에 대한 복수를 할 참이었다. 거기다 옛날에 데위 아유를 건드렸다고 마만이 득달같이 제 사무실에 찾아와 협박했던 일로 생긴 원한마저 되살아났다. 세상에 그 누구도, 하물며 일본도 네덜란드도 저를 함부로 대하지 못했는데 그 깡패 놈이 감히 면전에서 협박을 해대지 않았던가. 쇼단초는 총알도 어쩌지 못하는 놈의 괴력을 두 눈으로 봤지만 개의치 않았다. 그래도 놈을 죽일 수 있는 방법이 한둘은 있을 테고. 방법만 있다면 무슨 짓이든 마다하지 않으리라. 한때 특히 카드판에서 그자와 절친한 벗이었던 적도 있었지만 늘 언젠가는 놈을 죽이고야 말겠다고 생각했다. 이제 그때가 왔나. 그러니 미누라가 무슨 소리를 해도 귀를 막고 듣지 않았다.

"그럼 당신 마음대로 하고 집에 들어올 생각은 하지도 마. 그럼 우리 셋 다 똑같이 과부가 되는 거고 공평해지는 거니까." 알라만다가 말했다.

"둘째 처제는 아직 크리산이 있잖아."

"그게 부러우면 그 애마저 죽이든지."

쇼단초는 깡패 소탕 작전을 직접 지휘했다. 부하들을 모두 집합시키고 가까운 부대에서 병력까지 지원받았다. 긴급회의를 열어 깡패들이 난동을 부린 지역을 지도에 표시하고 쓸어버릴 작전을 세웠다. 그는 현장에서 작전을 지휘하기에는 너무 늙어 퇴역만 기다리고 있던 처지였지만, 오늘은 제법 팔팔하고 머리도 팽팽 돌아가는 느낌이었다. "빨갱이들을 죽일 때랑은 좀 다르게 하도록 하지. 이번에는 죽은 놈들을 모조리 자루에 집어넣어야 한다."

그리하여 트럭 한 대가 빈 자루를 가득 싣고 왔다.

주민들이 덜 놀라도록 작전은 밤에만 진행할 작정이었다. 군인과 저격수들은 무장은 하되 사복을 입고 깡패들의 본거지로 향했다. 군인들은 문신을 한 자, 술 마시는 자, 특히 난동을 부리거나 개를 죽이는 자는 모두 깡패로 간주하고 그 자리에서 사살했다. 시체는 바로 자루에 넣어 수로에 던지거나 길가에 내버려두었다. 사람들이 자루를 발견하면 알아서 묻어줄 것이다. 이편이 일일이 수의를 입히는 것보다 훨씬 간편했다.

"놈들한테는 수의도 아까워. 묘지에 묻어주기도 아깝고말고." 쇼단초의 말이었다.

아침이 되자 할리문다 깡패의 절반이 비닐 노끈으로 묶은 자루에 담겨 사라졌다. 그런 자루는 길가에 널브러져 있거나, 강에 떠다니거나, 바닷가에서 파도에 떠밀려 다니거나, 덤불에 쌓여 있거나 수로에 처박혀 있었다. 개들이 물어뜯고 파리 떼가 끓기도 했다. 그날 해질녘까지 그 자루에 손을 대는 사람은 없었다.

마침내 문제아들이 사라졌다고 사람들은 환호했다. 물론 사람들은 공산주의자들이 어떻게 죽어갔는지, 그리고 공산주의자 귀신들에게 얼마나 오래 시달렸는지 생생히 기억했다. 하지만 어쨌건 그 불한당들이 살아서 말썽을 부리느니 귀신이 되는 편이 낫다고 여겼다. 그래서 구더기와 독수리들이 놈들의 골수까지 파먹어주기를 바라며 자루를 내버려두었다. 하지만 시체 썩는 냄새가 견딜 수 없어지자 결국 사람들은 가까운 데에 있는 시체를 자루째 묻어주는 수밖에 없었다.

그것은 시신을 수습한다기보다는 바나나밭에서 썩어가는 똥을 치우는 것에 가까운 행위였다.

둘째 날 셋째 날 넷째 날 다시 다섯째 날 여섯째 날 일곱째 날까지 학살은 밤마다 계속됐다. 작전은 신속하게 진행되어, 할리문다의 깡패란 깡패는 거의 자루 속으로 들어갔다. 그러나 아직 마만의 시체를 보지 못한 쇼단초는 만족할 수 없었다.

그 주 내내 마만은 집에 들어오지 않았다. 마야 데위는 남편 걱정에 제정신이 아니었다. 지난 일주일 내내 밤마다 깡패란 깡패는 모조리 죽어나간다는 소리를 들었다. 누구의 소행인지는 몰라도 깡패들은 머리와 가슴에 총을 맞고 죽었다고 했다. 아무나 총기를 가진 것은 아니기에 사람들은 누가 그 작전을 지휘하는지 짐작만 할 수 있었다. 그래서 마야 데위는 쇼단초를 찾아갔다.

"형부, 제 남편을 죽이셨나요?"

"아직. 저기 군인들한테 물어보는 게 나을 거야."

마야 데위는 군인들을 하나씩 붙잡고 물어보았지만 쇼단초와 같은 대답만 들었다.

"아직."

하지만 그는 군인들을 믿을 수 없었다. 쇼단초는 클리원을 부루섬으로 보내버렸으니 남편 마만도 능히 죽이고 남을 위인이었다. 소문처럼 남편이 무기도 어쩌지 못하는 불사의 존재이길 바랐지만, 거리에 널린 수많은 시체를 보니 자루를 들춰보지 않을 수 없었다. 저 중에 남편의 시체가 있을지 모를 일이었다.

그리하여 그 아름다운 여인은 붉은 머릿수건으로 햇살을 가리며 자루를 하나씩 풀어 확인하기 시작했다. 시체 썩는 냄새가 코를 찔러도 파리 떼가 달려들어도 개의치 않았다. 시체의 얼굴과 사랑하는 남편의 얼굴을 비교해보았다. 남편은 없었다. 하지만 남편의 절친한 벗들이 거의 다 자루 안에 있는 것을 보고 나니 남편도 살아 있을 것 같지 않았다. 남편이 불사의 존재라는 소문은 허튼 소리에 불과하고 벌써 군인의 손에 죽었을지도 모른다. 그는 남편을 찾아야 했다. 죽었다면 예를 갖춰 묻어줘야 했다.

썩는 냄새가 너무 심해서 벌써 묻어버린 시체들도 확인해봐야 했다. 마야 데위는 시체를 묻는 사내들을 찾아가 제 남편을 묻었는지 물었다. "아직 못 봤습니다만." 사내들이 대답했다. "냄새로 미루어보건대 아직이에요." 우리 남편은 냄새가 어떨 거라고 생각하길래요? 여인은 다시 물었다.

"다른 깡패들보다 더 지독한 냄새가 날 게 분명합니다. 두목이니까요." 마야 데위는 마음이 상하기는커녕 그 말에 일리가 있다고 여기고 수색을 계속했다. 강물에 떠내려가는 시체 두엇이 보이기에 쫓아가서 확인해보기도 했지만 남편은 아니었다. 해변에도 시체가 널려 있어 그 시절 할리문다는 관광객 하나 없이 한산했다. 마야 데위는 바닷가에서 온종일 시체 자루를 확인해보았지만 허사였다. 날이 어두워지자 오늘밤에는 더 이상 학살이 없기를 그리고 남편이 불쑥 돌아오기를 빌며 집으로 왔다. 하지만 그 소망은 이루어지지 않았고 그는 다음날 아침에도 미처 다 확인하지 못한 자루들을 열어봐야 했다.

그러다가 만난 사람들이 일러주기를 남편과 로미오가 일곱째 날 학살을 피해 정글로 도망치는 것을 봤다고 했다. 군인들도 그 얘기를 들었다고 했다. 마야 데위는 허둥지둥 정글로 달려가며 군인들이 아직 남편을 찾지 못했기만 바랐다. 그렇게 그는 홀로 정글로 들어갔다. 어제 썼던 붉은 머릿수건을 다시 두르고 슬리퍼를 끌며 덤불이 빽빽한 산길로 한 걸음씩 들어섰다. 식민지 시절부터 보호구역이었던 이 정글에는 원숭이나 사슴뿐 아니라 들소나 표범도 살았지만, 살았든 죽었든 남편을 찾을 수만 있다면 무서울 것이 없었다.

군인 넷이 지나가는 것이 보이자 그들을 붙잡았다.

"제 남편을 죽였나요?"

"이번엔 그렇게 됐습니다, 부인. 고인의 명복을 빕니다." 군인 중 우두머리가 대답했다.

"그럼 시체는 어디 두었나요?"

"100미터쯤 쭉 가다보면 있을 겁니다. 망고나무 옆에 두었는데 벌써 파리가 잔뜩 달라붙었어요."

"자루에 넣었나요?"

"네, 아기처럼 웅크린 채로요."

"그럼 전 이만."

"그럼 이만."

마야 데위가 군인이 일러준 대로 100미터쯤 더 걸어가자, 과연 그곳에는 파리 떼가 잔뜩 꼬인 자루가 하나 있었다. 까마귀가

자루를 쪼아대고 개 두 마리가 달려들어 살점을 씹어대고 있었다. 마야 데위는 짐승들을 쫓아내고 자루를 풀어, '아기처럼 웅크린' 시체가 남편인지 확인했다. 얼굴은 알아볼 수 없었지만 그 안에 있는 것은 확실히 남편이었다. 그는 울지 않았다. 놀라우리만치 차분하게 비닐 노끈으로 자루를 다시 묶었다. 자루를 이고 갈 만한 힘이 없었던지라 자루를 질질 끌어 부디 다르마 공동묘지에 갔다. 묘지기에게 예를 갖춰 남편을 묻어달라고 부탁했다. 그 먼 길 내내 파리들이 별똥별 꼬리처럼 뒤따라왔다.

파리는 묘지기 카미노가 시신을 닦고 향수를 뿌린 뒤에야 사라졌다. 이제 똑바로 누운 시신의 이마와 가슴팍에는 총상이 또렷이 보였다. 총 두 발을 맞고 즉사한 것이 분명했다. 그 광경을 보고서야 마야 데위는 눈물을 쏟았지만 금방 감정을 추슬렀다. 카미노는 재빨리 시신을 수의로 감싸고 망자를 위한 주문을 외웠다. 아들 킨킨이 제 장인이 됐어야 할 사내에게 조의를 표했다. 마만의 시신은 딸의 묘지 바로 옆에 묻혔고, 마야 데위는 두 무덤 사이에 꿇어앉아 한 시간 가까이 자리를 뜨지 못했다. 세상에 홀로 버려진 듯 막막하기만 했다. 그는 홀로 상복을 입었고 그로부터 셋째 날 마만이 저세상에서 잠시 돌아온 것이었다.

우리가 이미 그 괴력을 본 적 있듯 마만은 진짜 불사의 존재였다. 학살 따위는 두렵지 않았다. 하지만 친구들이 죽어 길거리에 널브러져 있는 꼴은 더 이상 볼 수 없어서 늘 따라다니는 부하 로미오에게 말했다.

"우리 정글로 들어가자."

학살이 시작되고 7일째 되던 날, 둘은 은신처에서 나와 정글

494

로 들어갔다. 이제 마만에게 할리문다는 기쁨이 되지 못했다. 벗들이 모조리 눈앞에 죽어 나뒹구는 그곳에서 어찌 제 불사의 힘과 권력을 자랑스러워할 수 있겠는가.

"곧 다들 귀신이 되겠지. 우리가 살아남는다 해도 귀신들이 괴로워하는 꼴을 보며 괴로워해야겠지." 도망 길에 그는 클리원 동지가 학살 이후 어떻게 살아갔을까 생각해보았다. 학살당한 벗들이 피 흘리는 귀신이 되어 나타날 때마다 그의 슬픔은 더 깊어갔을 것이다. 그 얼마나 고통스러운 삶인가. 마만은 그렇게 살고 싶지 않았다.

"귀신한테서 도망칠 길은 없겠지요." 로미오가 말했다.

"맞아, 우리도 귀신이 되지 않는 한. 클리원 동지가 결국 자살한 것처럼 말야."

"저는 자살할 용기가 없어요."

"나도 그래서 다른 방법을 생각 중이다."

그는 사람들이 잘 가지 않는 곳으로 가기로 했다. 그곳의 정글은 보호구역이라 농사짓는 농부도 없고 게으름뱅이 산림감시원 몇이 돌아다닐 뿐이었다. 거기로 가면 군인들에게 발각되기 전까지 시간을 좀 벌 수 있을 것 같았다. 군인들은 아마도 그를 죽일 수 없겠지만 어쨌거나 귀찮게 할 것이다. 마만은 결단을 내려보려는 중이었다.

"친구들이 모두 개죽음을 당했는데 나 혼자 살아남을 수는 없지." 비통한 목소리였다.

"남들은 다 잘 사는데 나 혼자 죽을 수는 없습니다." 로미오가 말했다.

"하지만 처를 생각해야지. 딸애도 죽었는데 나마저 죽으면 어

495

떻게 혼자 견디겠나.”

“제 처는 걱정 안 해도 됩니다. 못생겨도 치마만 두르면 좋다는 사내들이 널렸는걸요. 하지만 전 그래도 죽기 싫습니다요.”

두 사람은 일본 동굴(전쟁 중에 일본군이 요새로 쓰려고 파둔 동굴)이 있는 야트막한 산에 도착했다. 산꼭대기에서 쉬면서도 마만은 이 세상을 등지고 싶은 마음과 마야 데위를 혼자 두고 갈 수 없다는 마음 사이에서 갈팡질팡했다. 그는 일본 동굴 안을 들여다보았다. 어둡고 습한 데다 사방에 벽이 둘러쳐 있어 요새라기보다는 감방 같았다. 하지만 이런 곳이야말로 명상하기 가장 좋은 곳이 아니던가. 여기서 목사 할 때까지 명상해야겠다고 생각했다. 아내가 걱정이었지만 마음을 다잡았다.

“지금이 아니라도 언젠가는 죽는 법. 마야 데위는 내가 아는 가장 강한 여자야.”

마침내 그는 일본 동굴에서 명상을 하기로 결심하고 안으로 들어갔다. 그는 로미오에게 산꼭대기에서 망을 보라고 했다. 군인들이 여기까지 찾아낼지 모를 일 아닌가. “놈들이 오면 나를 깨워.”

“놈들이 발을 들여놓기도 전에 다 죽여버리고 말 겁니다.”로미오가 말했다.

“네놈 목소리가 떨리는구나. 하지만 난 너를 믿는다.”

마만은 동굴 안으로 들어가 축축한 바닥에서 명상을 시작했다. 얼마 지나지 않아 그는 목사의 경지에 이르렀다. 육신이 연기처럼 사라지더니 작은 빛으로 쪼개졌다. 자살한 것은 아니지만 육신을 버리고 이 세상에서 벗어난 것이다. 영혼에 족쇄를 채워온 물질에서 벗어나 이제 빛과 하나 되어 수정처럼 빛나며 하늘로 향했다. 그러나 하늘에 이르기 전에 군인 넷이 산마루의 로미오에게 총을 들이대는 것을 보았다. 군인들의 눈앞을 흐려서 로미오를 도와주려고 했지만, 로미오는 벌써 입을 열었다.

"살려주십시오! 마만이 어디 숨었는지 말씀드리죠."

"좋아, 말해봐." 군인 하나가 말했다.

"일본 동굴에서 명상하는 중입니다."

군인들은 동굴 안으로 들어갔지만 마만을 찾을 수 없었다. 로미오는 그 틈을 타 도망치려고 했지만 마만이 그렇게 내버려둘 리 없었다. 그가 꼭 붙들자 로미오는 아무리 기를 쓰고 달리려 해도 그 자리에서 한 발짝도 움직일 수 없었다.

"한 번 배신한 놈은 또 배신하게 마련이지." 마만이 말했다. 로미오는 마만을 볼 수는 없었지만 그 벼락같은 목소리는 선명하게 들렸다.

마만은 로미오의 얼굴을 제 얼굴로 바꿔놓았다. 바로 그때 마만을 찾지 못한 군인들이 성이 나서 돌아왔다. 그런데 마만이 바로 여기 있는 게 아닌가.

"이제야 네놈을 찾았구나, 마만." 그들은 로미오가 서 있는 산마루를 향해 총을 겨눴다.

"저는 로미오예요. 마만이 아닙니다."

그러나 이미 총알 두 방이 날아와 숨을 끊어놓았다. 한 방은 머리에 다른 한 방은 가슴에 명중했다. 마야 데위가 찾은 시체는 바로 그 시체였고, 마만은 하늘로 올라갔다가 목사 한 지 사흘째 되던 날 아내를 찾아갔던 것이다.

18

그 사악하기 이를 데 없는 악령은 신이 나서 날뛰었다. 그토록 오랜 세월이 걸렸지만 드디어 원수를 다 갚았기 때문이다. 마침내 승리했기 때문이다.

"나는 사랑하는 사람들을 모두 갈라놓았지. 그놈이 나를 사랑하는 이와 갈라놓은 것처럼." 악령이 데위 아유에게 말했다.

나는 사랑하는 사람들을 모두 갈라놓았지. 그놈이 나를 사랑하는 이와 갈라놓은 것처럼. 그의 목소리가 메아리가 되어 울렸다.

"하지만 나는 당신을 사랑했어요. 진심으로." 데위 아유가 말했다.

"그래, 그래서 나는 너한테서 도망쳤지. 스탐러의 손녀딸!"

그래, 그래서 나는 너한테서 도망쳤지. 스탐러의 손녀딸!

데위 아유는 믿을 수가 없었다. 여태까지 그가 보기에 악령은 그저 흔한 귀신 같아 보였다. 언젠가 악령이 무슨 짓을 벌일 줄은 알았지만 그의 복수가 이토록 잔인하고 원한이 이렇게나 깊은 줄은 몰랐다.

"네 딸들을 봐. 이제 모두 불쌍한 과부가 됐지. 거기다 넷째는 평생 결혼도 못하고 늙어 죽을 테고."

네 딸들을 봐. 이제 모두 불쌍한 과부가 됐지. 거기다 넷째는 평생 결혼도 못하고 늙어 죽을 테고.

쇼단초가 제 본거지라 할 수 있는 게릴라 움막에서 악령에게 잔인하게 살해당한 후였다. 데위 아유는 어느 날 아침 일찍 나타나 화덕 앞에서 불을 쬐는 쇼단초를 보고도 제 사위를 알아보지 못했다. 오랫동안 죽어 있기도 했지만 살아서도 그자와 마주한 일이 거의 없었던 탓이다. 쇼단초는 할리문다의 깡패들을 싹 쓸어버리고 몇 년 동안이나 도시 구석구석과 정글을 샅샅이 뒤지며 누군가 훔쳐간 딸의 시체를 찾아다녔다. 하지만 결국 시체는 찾지 못했고 지칠 대로 지쳐 할리문다로 돌아왔으나, 아내 알라만다를 찾아갈 용기가 없어 장모 데위 아유의 집으로 왔던 것이다.

"쇼단초를 죽일 만한 사람을 찾을 수가 없어서 내가 나서기로 했지." 악령이 입을 열었다.

쇼단초를 죽일 만한 사람을 찾을 수가 없어서 내가 나서기로 했지.

"내 처음부터 네놈이 어설픈 코미디를 벌인다는 것을 알았어." 데위 아유가 말했나.

아니다. 엄밀히 말하자면 악령이 제 손으로 쇼단초를 죽인 것은 아니었다. 그렇다고 쇼단초가 다른 인간의 손에 죽은 것도 아니었다. 쇼단초는 늙고 외로웠다. 알라만다는 남편이 동생 둘을 모두 과부로 만들어버리자 쇼단초를 쫓아냈다. 쇼단초는 그런 아내를 다시 찾아갈 용기가 나지 않았고 세상에서 제일 사랑하는 딸마저 잃었다. 울적한 심사를 달래러 그는 정글 속 게릴라 움막을 자주 찾았다. 움막은 예전과 똑같지는 않아도 그런대로 잘 보존되어 있어서 거기에 가면 좋았던 옛날 생각을 하며 위안을 얻을 수 있었다.

예전처럼 게릴라 움막 주위에 들개를 키우며 마음을 달래보기도 했다. 이제 늙고 쇠약했지만 욕심은 여전해서 들개를 길들이며 정신없이 바쁘게 지냈다. 들개 소굴에 들어가 새끼를 훔쳐오기도 했다. 새끼 때부터 들개를 길들일 심산이었던 것이다. 하루는 어미 개가 새끼를 찾으러 왔다.

어미 개가 제 무리를 이끌고 나타났을 때 쇼단초는 옛날에 부하들과 밥을 먹던 큰 바윗돌 위에 누워 있었다. 렝가니스가 죽은 아기의 시체를 올려놓았다가 들개들에게 시체를 던져준 그 돌이었다. 암캐는 제 적이 무방비 상태로 있는 그 순간을 놓치지 않고 바로 달려들어 허벅지 근육을 물어뜯었다. 다시 말하지만 쇼단초는 이제 늙었다. 반사신경도 예전 같지 않았고 공격을 받고도 제대로 저항하지 못했다. 다른 들개들이 달려드는데도 맞서 싸울 차비를 하지 못했다. 한 놈은 팔에 달려들고 다른 놈은 종아리를 물어뜯었다. 여기저기 난 상처가 벌어지면서 늙은이의 몸에서 빠져나온 피가 바위를 적셨다. 쇼단초는 그래도 이리저리 들개들을 발로 차며 몰아내려 애썼지만, 상처는 꽤나 깊었고 몸은 지치기 시작했다. 그는 동작을 멈추고 하늘을 올려다보았다. 그제야 죽음이 눈앞에 왔으며 평생 아껴온 들개들 손에 죽게 된 것을 깨달았다. 그는 몸이 갈가리 찢기고 산 채로 뜯어 먹히다 죽었다. 하지만 독자들이여, 들개란 놈은 게으른 족속이라 보통은 시체만 먹는다는 사실을 잊지 마시라. 쇼단초는 아마도 들개에게 산 채로 잡아먹힌 흔치 않은 인간일지도 모른다. 그는 그렇게 처참하게 죽을 운명이었다.

쇼단초가 게릴라 움막에 간다고 하고서 일주일이 지나도 돌아오지 않자 데위 아유는 걱정이 됐다. 한때 쇼단초의 부하였던 퇴역군인 둘의 안내를 받아 정글을 훑으며 그를 찾아나섰다. 거기서 세 사람은 끔찍하기 짝이 없는 시체를 발견했다. 얼굴은 형체를 알아볼 수도 없게 완전히 망가져 있어서 남은 군복 쪼가리를 보고서야 그 시체가 쇼단초의 것임을 알아보았다. 들개들은 그를 끌고 가지도 않고 바로 그 돌 위에서 아직 따뜻한 그의 살을 파먹었다. 그리고 독수리들이 달려들어 아직 붙어 있는 살과 고깃점을 쪼아 먹었다. 데위 아유는 그 잔해가 썩기 바로 직전에 도착한 것이었다.

세 사람은 시신을 검은 비닐봉지에 담았다. 소방관들이 타버린 시체를 시체안치소로 운반할 때 쓰는 봉지였다. 그 봉지를 알라만다의 발밑에 놓고 데위 아유가 말했다.

"딸아, 네 남편의 뼈를 가져왔다. 들개들이 그자를 먹어치워버렸구나."

"엄마, 전 그이가 들개 아흔여섯 마리를 끌고 돼지 사냥을 한다고 여기 왔을 때부터 그런 일이 벌어질 줄 알았어요."

"그래도 조금은 슬퍼하렴. 적어도 그자는 너한테 아무 짐도 안 남겼잖냐."

알라만다는 그 뼈를 묻어주었다. 살점이 조금 붙은 그 뼈들은 토막 내 파는 국물용 사골 같아 보였다. 쇼단초는 전쟁영웅을 위한 국립묘지에 묻혔고 장례는 육군장으로 치러졌다. 알라만다는 적어도 그 점에 대해서는 감사했다. 만약 쇼단초가 공동묘지에 묻힌다면 귀신이 되어서 클리원 동지의 귀신과 싸워댈 것이 뻔했기 때문이다. 쇼단초는 전쟁영웅 구역에서 국기로 감싼 관 속에 누워 편히 잠들 것이다. 군인들이 조의를 표하는 예포를 쏘자, 알라만다는 귀신이 된 남편이 포탄에 맞아 다시 죽는 상상을 했고 덕분에 기분이 좀 나아졌다.

이제 알라만다도 두 동생처럼 진짜 과부가 됐다.

"놈들이 공산주의자들을 학살하고 클리원이 총살당하게 됐을 때 네놈이 꾸민 일인 것을 처음 알아차렸다." 데위 아유가 다시 악령에게 말했다.

"그자는 그때 처량하게 죽었어야 했는데."

그자는 그때 처량하게 죽었어야 했는데.

"하지만 사랑이 힘을 발휘했지. 알라만다가 그를 죽음에서 구해냈지."

악령은 낄낄대며 웃었다. "그리고 10년도 더 지나서 둘이 붙어먹었지. 그자는 곧장 목을 매 자살하고. 자살. 자살. 놈도 죽었어. 하. 하. 하."

그리고 10년도 더 지나서 둘이 붙어먹었지. 그자는 곧장 목을 매 자살하고. 자살. 자살. 놈도 죽었어. 하. 하. 하.

"하지만 내 마침내 알게 됐다."

사실이었다. 데위 아유는 악령이 복수를 꾸미는 것을 알고 있었다. 악령은 아무래도 테트 스탐러의 자손인 제 가족의 사랑을 모두 짓밟아버리려는 모양이었다. 테트 스탐러가 저와 마 이양의 사랑을 짓밟아버린 것처럼. 하지만 데위 아유도 악령의 복수가 이토록 잔인할 줄은 상상하지 못했다. 악령이 아직 살아 있던 시절에도, 아직 만나보기 전에도 그의 가슴에 얼마나 깊은 슬픔과 한이 서려 있는지 알 수 있었다. 그 때문에 그를 사랑했고 강제로라도 결혼하려 했다. 데위 아유는 그에게 제 할머니 마 이양이 주지 못한 사랑을 주고 싶었다. 하지만 그는 가슴 깊은 곳에서 우러난 데위 아유의 순수한 사랑을 받아주지 않았다. 그때 데위 아유는 마 이양을 향한 그의 사랑이 무엇과도 바꿀 수 없는 것이며 하나뿐인 진정한 사랑이 뿌리째 뽑힌 후 그가 얼마나 고통받았는지 깨달았다. 그래서 죽으면 원한에 가득 찬 악령이 될 것을, 망자들의 세계에서 잠들지 못하고 구천을 떠돌 것을 알았다. 그 악령은 어디건 데위 아유를 쫓아다녔다. 블루던 수용소에서도, 유곽에서도, 옮겨 다닌 여러 집에서도 늘 그 존재를 느낄 수 있었다. 하지만 악령이 이렇게까지 끔찍한 복수를 계획하고 있는 줄은 꿈에도 몰랐다. 두 딸 알라만다와 아딘다가 사랑하는 남자 클리원 동지가 사형당한다는 소문을 듣던 바로 그 아침까지도.

"놈이 아직 결혼하지 않았을 때였지. 네 딸 중 하나와 결혼하기 전에 놈을 죽게 둘 수는 없었어. 하. 하. 하."

놈이 아직 결혼하지 않았을 때였지. 네 딸 중 하나와 결혼하기 전에 놈을 죽게 둘 수는 없었어. 하. 하. 하.

쇼단초가 죽고 얼마 지나지 않아, 흔들리지 않는 굳은 의지의 소유자 데위 아유는 킨킨의 도움을 받아 악령을 불러냈다. 악령은 그 앞에 서서 웃음을 터뜨리며 악의를 마음껏 드러냈다.

"렝가니스를 죽인 범인을 찾으려는 걸 몇 번이나 훼방한 바로 이 악령이에요." 킨킨이 말했다.

"맞아, 나는 네놈조차 사랑하는 사람과 떼놓았지. 하. 하. 하."

맞아, 나는 네놈조차 사랑하는 사람과 떼놓았지. 하. 하. 하.

속삭이는 바람 소리와 정글 깊은 데서 들개들이 울부짖는 소리를 듣고 데위 아유는 알라만다가 클리원 동지의 사형을 막아낸 것을 알았다. 그래서 어쩌면 아직은 사랑이 악령이 된 전남편의 저주를 끊어낼 수 있을지도 모르겠다고 생각했다. 하지만 그 방법이 무엇인지는 알 수 없었다. 그는 평생 거의 매 순간 어떻게 딸들의 행복을 지켜낼지, 어떻게 평생 따라다니는 악령의 저주에서 딸들을 벗어나게 할 수 있을지 생각했다. 그리하여 딸들이 남편을 찾아 결혼하면 멀리 쫓아버리고 다시는 친정에 발들이지 못하게 했던 것이다. 마만과 마야 데위는 내쫓지 않고 대신 자신이 새집으로 옮겨갔다. 그때는 악령이 이토록 잔인한 복수를 꾸미는 줄 몰랐지만, 어쨌거나 딸들을 악령에게서 멀리 떨어뜨려 놓으려 했던 것이다.

마지막 남은 딸까지 시집보내고 10년이 지나 또 임신하자 다시 걱정이 되기 시작했다. 배 속에 악령의 제물이 될 핏덩이가 자라나고 있었다. 어떻게 해서든 이 아이를 구해내야 했다. 갖은 방법을 동원해 아이를 떼어내려 했다. 아이가 태어나지 않는다면 모든 저주와 복수에서 벗어날 수 있을 것 아닌가. 하지만 아기는 여간한 악바리가 아니었다. 아기는 배 속에서 계속 자랐다. 딸이라면 제 언니들처럼 예쁠 테고 아들이라면 세상에서 제일 잘생긴 남자가 될 테다. 그런 아이들은 자라면서 사랑을 듬뿍 받게 될 테고 그 애들에게도 남들에게 줄 사랑이 넘치게 될 것이다. 그러면 악령은 또다시 그 사랑을 산산이 망가뜨릴 기회를 엿볼 것이다. 테트 스탐러가 그의 사랑을 부숴버렸듯 어떻게 해서든 그 아이의 사랑도 박살낼 것이다.

그래서 로시나에게 이렇게 말했던 것이다. "예쁜 아이라면 지긋지긋해."

"그러면 못생긴 애를 낳게 해달라고 기도하세요."

그 벙어리 소녀에게 감사해야 할 일이었다. 태어나서 처음으로 기도가 이루어져 못생긴 딸, 세상에서 제일 못생긴 딸을 낳았기 때문이다. 그 애의 이름은 아이러니하게도 잔틱(아름다움)이라 지었다. 그런 얼굴과 몸을 한 아이를 사랑할 사람은 남녀를 막론하고 하나도 없을 것이다. 그렇다면 악령의 저주로부터 자유로울 것이 아닌가. 로시나에게 감사해야 할 일이었다.

"하지만 그 애도 애를 뱄지. 누가 그 애를 사랑한다는 거 아니겠나?"

하지만 그 애도 애를 뱄지. 누가 그 애를 사랑한다는 거 아니겠나?

그렇다.

"하지만 아직 그자를 죽이진 않았지."

"아직 죽이진 않았지."

아직 죽이진 않았지.

어느 날 밤 다시 막내딸의 방에서 사랑을 나누는 듯한 이상한 소란이 벌어지자, 데위 아유는 도끼로 방문을 부수고 들어갔다. 그토록 못생긴 딸과도 사랑을 나누는 자가 생기다니 하늘이 무너지는 것 같은 심정이었다. 누가 그 애를 사랑하다니, 그런 일이야말로 막내가 태어나기 전부터 벌어지지 않기를 바라온 일이 아닌가. 간신히 진정하고 나자 그런 여자와 붙어먹는 멍청한 작자는 대체 누구인지 궁금해졌다. 그러나 방 안에는 벌거벗은 채

깜짝 놀라 침대 모서리에 웅크린 잔틱만 있을 뿐 다른 사람은 보이지 않았다.

"어떤 놈이랑 붙어먹던 게냐?" 데위 아유는 분노와 실망과 두려움이 뒤섞인 목소리로 물었다.

"절대로 말 안 해요. 내 왕자님인걸요."

그러나 무언가가 보였다. 뿌옇게 흐리긴 했지만 침대에서 내려가는 물체가 있었다. 데위 아유가 침대 곁 협탁으로 다가가자, 어두침침한 수면등 아래라 또렷하지는 않았지만 바닥에 땀에 젖은 듯 물기 묻은 발자국 몇 개가 보였다. 그 보이지 않는 형상은 재빨리 커튼을 젖히고 창문을 열더니 뛰어내려 도망쳤다. 그때 데위 아유는 그 까닭은 알 수 없지만 악령이 직접 잔틱과 사랑을 나누러 온 것이라고 생각했다.

"아니야, 그건 내가 아니었어." 악령이 화를 내며 말했다.

아니야, 그건 내가 아니었어.

"당신이 내가 그자를 못 보게 한 거로군."

"맞아, 하. 하. 하."

맞아, 하. 하. 하.

악령의 복수는 아무런 방해도 받지 않고 끝나갔다. 악령의 저주는 스탐러의 피를 물려받은 사람이라면 누구에게나 뻗쳤고 그들의 삶을 망가뜨렸다. 알라만다는 쇼단초를 잃었다. 남편을 사랑한 적 없고 오히려 증오하는 쪽에 가까웠지만 남편을 진정으로 염려한 적도 있었다. 거기다 두 아이는 낳기도 전에 잃고 간신히 얻은 셋째 아이니도 어린 나이에 잃었다. 마야 데위는 더 처참하게 딸 렝가니스를 잃었다. 누가 그 애를 죽이고 바다에 던져버렸는데 범인조차 알 수 없었다. 거기다가 남편은 제 벗들이 다 죽어나가는 꼴을 보고 이승을 견딜 수 없다며 목사 해 사후세계로 사라져버렸다. 둘째인 아딘다는 남편 클리원이 목을 매고 죽은 꼴을 봐야 했다. 하지만 그에게는 아직 크리산이 있다. 그리고 이제 막내 잔틱에게 연인이 생긴 모양이다. 데위 아유는 어쨌거나 남아 있는 자식들을 악령에게서 지켜내야 했다. 그는 아딘다가 크리산을 잃거나 잔틱의 연인이 누구건 간에 막내가 연인을 잃게 내버려두지 않을 것이다. 그는 악령과 싸우기 위해서라면 무엇이든 할 것이다.

"너를 막아야겠다." 데위 아유가 말했다.

"뭘?" 악령이 물었다.

뭘?

"내 가족을 망치고 있으니까."

"하. 하. 하. 너희 가족의 운명은 정해진 지 오래다. 나를 막을 수 없어."

하. 하. 하. 너희 가족의 운명은 정해진 지 오래다. 나를 막을 수 없어.

"하지만 내 아버지와 어머니를 갈라놓지는 못했지."

"그건 네 어미가 내 사랑의 살과 피에서 나왔기 때문이야."

그건 네 어미가 내 사랑의 살과 피에서 나왔기 때문이야.

"나는 마 이양의 손녀인데?"

"벌써 한 다리 긴녀야."

벌써 한 다리 건녀야.

데위 아유는 주머니에서 천천히 칼을 꺼냈다. 군용칼의 칼날이 번득였다. "쇼단초 방에서 이 칼을 찾았지." 누구에게 하는 말인지 알 수 없었다. 킨킨은 겁에 질려 데위 아유가 칼을 빼들고 화내는 광경을 지켜보았다. "이 칼로 너를 죽이고 말 테다." 악령은 비웃기만 했다.

"하. 하. 하. 인간은 나를 죽일 수 없어."

하. 하. 하. 인간은 나를 죽일 수 없어.

"그래도 한번 해보면 안 될까?" 데위 아유가 대꾸했다.

"그래 한번 해봐."

그래 한번 해봐.

악령은 더 능글맞고 역겨운 미소를 지었고 데위 아유는 그에게로 다가갔다. 킨킨은 도저히 더 지켜볼 수 없어 얼굴을 감싸버렸다. 데위 아유가 잠시 악령을 노려보자 악령도 그를 노려보았다. 그리고 온 힘을 다해, 가슴속의 온 분노와 증오심을 다해 잠시나마 남편이었던 그를 칼로 찔렀다. 그 분노는 악령의 분노만큼이나 깊었다. 피가 튀었다. 다시 칼로 찔렀다. 다시 피가 튀었다. 또다시 칼로 찔렀다. 다시 찌를 때마다 강도는 점점 세졌다. 그렇게 다섯 번을 찔렀다.

악령은 바닥에 쓰러진 채 제 가슴팍을 붙들고 신음했다.

"어떻게 네가 나를 죽일 수 있는 거지?"

어떻게 네가 나를 죽일 수 있는 거지?

"나는 쉰두 살에 죽었지. 사실 내가 온 힘과 의지로 죽은 것이었지. 힘을 키워 언젠가는 네놈을 눌러버리려는 생각에서였어. 드디어 그날이 왔구나. 평범한 인간이 스물한 해 동안 죽어 있다가 무덤에서 일어날 수 있다고 생각하느냐? 나는 이제 인간이 아니다. 그러니까 너를 죽일 수 있는 거야."

"나를 죽일 수 있을지는 몰라도 내 저주는 계속될 거야."

508

나를 죽일 수 있을지는 몰라도 내 저주는 계속될 거야.

악령은 한 줌의 시꺼먼 연기로 변하더니 공기 중으로 흩어져버렸다. 데위 아유는 이제야 킨킨을 쳐다보았다.

"이제 내 할 일은 끝났다. 나는 망자들의 세계로 돌아가련다. 애야, 잘 있거라. 도와줘서 고마웠다."

그리고 그는 사라졌다. 이루 말할 수 없이 아름다운 나비로 변하더니 창문 밖으로 날아가버렸다.

그 사내는 걸핏하면 느닷없이 나타났다. 하지만 워낙 자주 있는 일이라 잔틱은 이제 놀라지 않았다. 사내는 잔틱이 아주 어릴 때부터 갑자기 나타나서는 말을 걸었다. 로시나가 바로 곁에 있을 때도 자주 그랬지만 로시나는 그를 보지 못했다. 로시나는 소리를 잘 듣는데도 그 사내의 목소리를 듣지 못했다. 사내는 늙었다. 어찌나 늙었는지 눈썹마저 다 하얗게 세었다. 피부는 까무잡잡하고 몸에는 고된 노동으로 생긴 탄탄한 근육이 잡혀 있었다. 잔틱은 그에게서 모든 것을 배웠다. 로시나가 학교에 입학시키려고 애쓰던 시절 잔틱은 학교에 가고 싶지 않았다. 그런 잔틱에게 사내가 말했다.

"글 쓰는 법을 알려주마. 나는 글이라고는 배워본 적 없다만."

글 쓰는 법을 알려주마. 나는 글이라고는 배워본 적 없다만.

"읽는 법도 가르쳐주마. 나는 배워본 적 없다만."

읽는 법도 가르쳐주마. 나는 배워본 적 없다만.

잔틱은 이제 원하는 것을 모두 얻었고 더 이상 바랄 것이 없었다. 그 사내가 벗이 되어주었기 때문이다. 다른 사람들은 제 얼굴만 보고도 역겨워했지만 사내는 친구가 돼주었고 제 못난 얼굴도 신경 쓰지 않았다. 둘은 자주 재미있게 놀았다. 로시나는 잔틱이 걸핏하면 뜬금없이 깔깔대며 웃는 것을 보고 깜짝깜짝 놀라곤 했다.

읽기와 쓰기를 배우자 꼬마 잔틱은 그렇게나 신이 날 수가 없었다. 어머니가 남긴 책들을 찾아내 모조리 읽었더니 그렇게나 재미있을 수가 없었다. 책에서 마음에 드는 구절을 옮겨 쓰면서 쓰기 연습을 했더니 그 또한 재미났다. 다만 로시나는 어찌된 일인지 영문을 알 수 없었다.

"천사가 와서 이런 걸 가르쳐주는 거야?" 로시나가 글로 썼다.

"맞아요, 천사가 가르쳐줘요."

천사는 매일같이 오지는 않았다. 하지만 잔틱은 그가 언제고 마음이 동하면 와서 무언가를 가르쳐주리라는 것을 잘 알았다. 이제 다른 친구는 필요 없었다. 못생겼다고 놀리는 친구 따윈 필요 없었다. 놀러 나갈 이유도 없었다. 집 안에만 있어도 그렇게나 재미있게 놀 수 있었다. 남들에게 제 모습을 보여 놀라게 하고 싶은 생각은 추호도 없었고 그러지도 않았다. 집 안에 있으면 행복하고 편안했다. 마음 좋은 천사가 기꺼이 제 벗이 되어주었기에.

"너한테 음식 만드는 법을 알려줄 수도 있어. 나는 사실 배워 본 적 없지만."

너한테 음식 만드는 법을 알려줄 수도 있어. 나는 사실 배워 본 적 없지만.

그리하여 잔틱은 금세 음식 만드는 법을 배웠고 어떤 음식에는 어떤 양념이 필요한지 모조리 익혔다. 그뿐이 아니었다. 뜨개질, 바느질, 자수도 섭렵했다. 기회만 있었다면 자동차 수리법도, 논에서 쟁기질하는 법도 배웠을 것이다. 그는 모두를 그 친절한 천사에게 배웠다. 천사는 성실하고 참을성 있게 모든 것을 가르쳐주었다.

"이런 걸 모두 배운 적 없으면서 어떻게 알려주시는 거죠?" 한번은 잔틱이 물었다.

"할 줄 아는 사람에게서 훔쳐오지."

할 줄 아는 사람에게서 훔쳐오지.

"남한테 훔치지 않고 할 줄 아는 건 뭔가요?"

"수레 끌기."

수레 끌기.

그렇게 그는 그 집에서 로시나와 자랐다. 로시나는 금세 잔틱의 예사롭지 않은 능력에 익숙해져갔다. 데위 아유는 상당한 유산을 남기고 떠났고 로시나가 할 일은 그 돈으로 하루하루를 꾸려나가는 것이었다. 로시나는 매일 장에 가고 잔틱은 집에 남았다. 이 집에는 귀신이 있어, 언젠가 데위 아유가 말한 적 있었다. 하지만 귀신은 누구도 괴롭히지 않는 듯했다. 만약 잔틱을 가르친 것이 귀신이라면 그 귀신은 좋은 귀신일 것이다. 로시나는 잔틱을 혼자 집에 두고 가도 걱정할 필요가 없다고 생각했다.

담장에서 호기심에 차 집 안을 들여다보는 아이들조차 걱정할 필요가 없었다. 잔틱은 결코 제 모습을 보이지 않을 것이기 때문이다. 성정이 고운 그는 제가 모습을 드러내면 아이들이 죽었다 살아날 만큼 놀라리라는 것을 잘 알았다. 그는 태어나던 날부터 지를 봐온 로시나에게만 모습을 보였다. 그는 제가 남들이 누리는 삶을 포기하는 편이 차라리 낫다고 여겼다. 그의 삶은 집을 벗어나지 않았다. 제 방과 부엌, 욕실, 어쩌다가 어두워지고 나면 마당에 나오는 게 다였다. 그는 끔찍하게도 지루한 삶을 살아가면서도 행복하기만 했다.

"이제 너한테 왕자를 보내주려고 한다." 천사가 말했다.

이제 너한테 왕자를 보내주려고 한다.

이제 잔틱은 다 자란 처녀였고 남들처럼 남자를 만나 사랑을 해보고 싶어졌다. 그러나 세상에 저를 사랑해줄 남자는 하나도 없다는 것을 너무 잘 알기에 슬퍼졌다. 그는 사랑받을 존재가 아니었다. 그는 전기 소켓처럼 생긴 코에 숯덩이 같은 피부를 한 흉물이었다. 메스껍고 구역질 나게 하고 무서워서 기절하거나 오줌을 지리고 겁에 질려 도망치게 만드는 존재이지 사랑받을 존재가 아니었다.

"그렇지 않아. 이제 네 왕자님이 찾아올 거다."

그렇지 않아. 이제 네 왕자님이 찾아올 거다.

그럴 리가 없었다. 아무도 그를 본 적이 없고 아무도 그를 모른다. 알지도 못하는데 누가 어떻게 그를 사랑한단 말인가.

"내가 너한테 거짓말한 적 있느냐?"

내가 너한테 거짓말한 적 있느냐?

아니요.

"해가 지고 베란다에서 기다리면 왕자가 찾아올 거다."

해가 지고 베란다에서 기다리면 왕자가 찾아올 거다.

잔틱은 어두워지면 베란다에 앉아 있기를 좋아했다. 어두운 밤에는 남들이 제 괴물 같은 얼굴을 보고 놀랄까봐 조마조마해하지 않으며 맑은 공기를 마실 수 있었다. 그는 어둠 속에서 편안했고 밤은 가장 친한 친구 같은 시간이었다. 가끔은 해뜨기 전에 일어나, 천사가 샛별이라고 부르는 분홍별을 쳐다보기도 했다. 그는 그 아름다움 때문에 샛별을 좋아했다. 제 이름의 뜻이 그러하듯.

이제 그는 베란다에 앉아 천사가 보내주기로 한 왕자를 기다렸다. 왕자가 어떻게 올지는 몰랐다. 어쩌면 샛별에서 용을 타고 날아오거나 땅속에서 솟아나 깜짝 놀라게 할지도 모른다. 왕자에 관해서는 아무것도 모르지만 그래도 기다렸다. 첫날 밤에는 아무도 지나가지 않았다. 거지 하나 보이지 않았다.

그러나 천사가 거짓말을 할 리 없다고 생각했다. 그래서 다음 날에 또 기다렸다. 그날 밤은 장례 행렬이 지나가긴 했지만 왕자는 오지 않았다. 바지구르* 장수도 지나갔지만 잔틱 쪽은 쳐다보지도 않았다. 결국 왕자는 나타나지 않았다. 그는 너무 졸려 의자에서 잠들었고 로시나가 그를 방에 데려다 눕혔다.

셋째 날 밤, 여전히 아무도 나타나지 않았다. 로시나가 왜 밤마다 베란다에 앉아 있느냐고 묻자 잔틱은 이렇게 답했다. "왕자님이 오기를 기다려요." 로시나는 사춘기가 시작되나보다고 생각했다. 잔틱이 달거리를 시작한 것은 알았지만 이제 남자까지 찾는다니, 남자가 찾아와 사랑해주기를 바라며 베란다에 앉아 기다리고 있다니, 이런 생각에 로시나는 한없이 서글퍼져 제 방으로 가 한참 눈물을 쏟았다. 저 불쌍한 아이는 세상에 저를 사랑해줄 이는 하나도 없다는 것을 아직 모르는구나. 평생 왕자란 없을 것인데도.

하지만 잔틱은 넷째 밤에도 다섯째 밤에도 여섯째 밤에도 기나렸다. 일곱째 밤에 한 남자가 마당 뒤쪽 덤불에서 나와 잔틱을

---

*   설탕과 코코아밀크를 섞은 서부 자바식 음료.

놀래켰다. 잘생긴 그 남자를 보자마자 잔틱은 그가 바로 제 왕자가 분명하다고 생각했다. 나이는 서른 살쯤 되었고 눈빛은 부드러웠다. 머리는 단정하게 빗어 넘겼고 상복 같은 검은 옷을 입었다. 남자는 장미 한 송이를 들고 다가와 잔틱에게 내밀었다. 혹시 거절이라도 당할까 두려워하는 듯 조심스러운 몸짓이었다.

"받아줘요, 잔틱."

꽃을 받아드는 잔틱의 가슴에 꽃이 피어났고, 남자는 곧 사라졌다. 그는 다음날 밤에도 나타나 장미꽃을 쥐어주고 사라졌다. 셋째 날 밤에는 다른 장미를 쥐어주고 나서 입을 열었다.

"내일 밤 그대의 창문을 두드릴게요."

다음날 하루 종일 잔틱은 첫 데이트를 기다리는 계집애들처럼 밤이 오기를, 왕자님이 나타나 제 창문을 두드리기를 초조하게 기다렸다. 어떤 옷을 입을지 묻고 또 묻고 거울 앞에서 이 옷 저 옷을 입어보며 법석을 떨었다. 제 못생긴 얼굴은 까맣게 잊어버리고 어머니의 화장대와 로시나의 화장대를 오가며 화장을 한다고 난리였다. 로시나는 왕자님의 방문 따위는 까맣게 모르고 잔틱이 장미를 가져올 때마다 저 불쌍한 것이 마당에서 직접 꺾어오고는 왕자님이 주었다고 하는 줄로만 알았다. 그러다가 이렇게 온종일 치장을 한다고 법석을 떠는 꼴을 보니 서글퍼졌다.

"주제도 모르고 공주처럼 차려입으려는 개구리 꼴이지 뭐야." 그는 쏟아지는 눈물을 닦으며 혼잣말을 했다.

잔틱은 제 상냥한 천사와 이야기하고 싶었다. 천사는 아무 때고 불쑥 찾아오곤 했지만 왕자님이 나타난 이후로는 보이지 않았다. 물어볼 것이 많았다. 첫 데이트는 어떻게 준비해야 하는지, 왕자가 창문을 두드리면 어떻게 해야 할지, 왕자가 유혹이라도 하면 어떻게 대처해야 할지, 무슨 얘기를 해야 할지 등등. 궁금한 것이 너무 많았지만 천사는 나타나지 않았다.

결국 잔틱은 늘 입는 평상복으로 갈아입고 초조하기만 한 마음을 달래며 밤이 오기를 기다렸다. 베란다가 아니라 제 방에서, 침대 귀퉁이에 앉아 안절부절못했다. 면접장에서 제 이름을 부르기만 기다리는 구직자처럼, 혹시라도 가만히 창문을 두드리는 소리를 놓칠세라 귀를 쫑긋 세웠다. 가끔은 벌떡 일어나 커튼 틈을 내다보기도 했지만 창밖에는 어둠 속에 시커먼 식물들만 있을 뿐 아무것도 보이지 않았다. 그러면 다시 침대 귀퉁이에 앉아 아까처럼 안절부절못했다.

그때 창문을 두드리는 소리가 들렸다. 너무 조심스럽게 두드려서 귀를 쫑긋 세워야 간신히 들리는 소리였다. 다시 창문을 세 번 두드리는 소리가 들렸다. 잔틱은 뒤죽박죽한 기분으로 달려가 창문을 열었다.

그의 왕자님이 평소처럼 장미를 들고 서 있었다.

"들어가도 될까요?" 왕자가 물었다.

잔틱은 수줍게 고개만 끄덕였다.

왕자는 장미꽃을 건네주더니 창문을 훌쩍 넘어 들어왔다. 잠시 서서 방 안을 둘러보더니 이쪽 구석에서 저쪽 구석으로 천천히 움직였다. 그러더니 창문을 걸어 잠그는 잔틱 쪽을 쳐다보았다. 왕자는 침대 귀퉁이에 걸터앉더니 잔틱에게 옆에 와 앉으라고 손짓을 했다. 잔틱은 순순히 그렇게 했고 잠시 둘은 아무 말도 하지 않았다.

"오랫동안 그대를 만날 날을 기다려왔소." 왕자가 입을 열었다.

잔틱은 기분이 우쭐해져서 어떻게 자기를 알았냐고 묻지도 않았다.

"참으로 오랫동안 그대를 알고 싶었소. 만져보고도 싶었고요."

이 말에 잔틱의 가슴이 쿵쾅거리기 시작했다. 그는 감히 왕자님을 쳐다보지도 못했다. 남자가 손을 가만히 어루만지자 놀라서 온몸이 얼어붙었다.

"손등에 입 맞춰도 될까요?" 왕자님이 물었다. 그가 오른 손등에 입을 대는데도 잔틱은 대답은커녕 완전히 얼어붙어버렸다.

왕자님은 말하고 잔틱은 그저 가만히 앉아 있기만 했다. 두 사람의 첫 데이트는 이게 다였다. 잔틱은 너무 수줍고 부끄러워서 어쩌다 고개를 끄덕이거나 저었다가 다시 수줍어하기만 했다. 그렇게 한 시간 반이 흐르고 왕자가 떠나야 할 시간이었다. 그는 들어올 때처럼 창문으로 나갔다. 가기 전에 다음 데이트 약속을 했다.

"오늘처럼 기다려줘요. 주말에 다시 봐요."

주말에는 잔틱도 입을 열 것이다. 벙어리처럼 가만히 있거나 고개만 끄덕이거나 젓지 않고 수줍어하기만 하지도 않을 것이다. 왕자님이 지루해하지 않도록 이야기도 할 것이다. 뭐라도 해야 했다. 노인은 다시 나타나지 않았지만 잔틱은 개의치 않았다. 노인보다 훨씬 잘생기고 상냥한 왕자님이 생겼다. 잔틱을 숨 막히게 하고 유혹하는 왕자님. 어쩌면 그는 잔틱을 사랑할지도 모른다. 잔틱은 주말이 오기만을 기다리면서 가슴이 쿵쾅거렸다.

약속한 대로 왕자님은 주말에 나타났다. 오늘도 장미꽃 한 송이를 가져다주었다. 그는 창문으로 들어와 침대 위 잔틱 곁에 앉았다. 이번에는 잔틱이 먼저 입을 열었다.

"그 장미는 어디서 났나요?"

"이 집 정원에서 땄지요."

"정말요?"

"돈이 다 떨어져서."

둘은 깔깔거렸다.

그리고 왕자는 다시 잔틱의 손을 잡았고 잔틱도 이번에는 손을 마주잡았다. 하지만 왕자가 허락도 없이 손등에 입을 맞추자 잔틱은 다시 수줍고 부끄럽기만 한 예전의 얼어붙은 상태로 돌아갔다. 왕자가 손을 어루만지자 잔틱은 황홀감에 허공으로 두둥실 떠오르는 것만 같았다. 다음 순간 눈을 떠보니 코앞에 왕자가 얼굴을 들이대고 있었다. 주체할 수 없이 심장이 뛰었다. 무슨 일이 벌어지려는지도 모르는데 왕자가 얼굴을 들이밀었고 잔틱은 제 입술 위로 포개지는 입술을 느꼈다. 왕자의 입술은 잔틱의 입술을 비집고 들어와 입가를 적셨다. 잔틱은 저도 입맞춤에 화답하려 애썼다. 그리고 마침내 입술뿐 아니라 왕자의 혀도 거칠게 움직이고 있음을 깨달았다. 둘은 아주 오랫동안 30분 가까이 왕자가 돌아가야 할 때까지 그렇게 입을 맞추었다.

그날의 입맞춤은 잔틱의 마음을 뒤흔들어놓았다. 그는 파리가 날아왔다가 가는 만큼 시간이 빨리 지나 주말이 왔으면 좋겠다고 생각했다. 그는 다음날에도 그 다음날에도 입술의 온기를 느낄 수 있었다. 그는 입을 맞추기까지 일어난 모든 일을 한순간도 빠짐없이 떠올려보았다. 그때마다 주체할 수 없이 심장이 뛰었다.

그랬다. 다음번 만남에서 둘은 아무 말도 없이 입부터 맞췄다. 잔틱은 방 안에 있고 왕자는 아직 바깥에 선 채였는데 창가에서부터 입을 맞추었다. 왕자가 창문을 넘어 안으로 들어오고 잔틱이 덧문을 닫는 동안에도 두 사람은 잠시도 입술을 떼지 않았다. 입맞춤은 방 안에서도 이어졌고 잔틱은 등 뒤로 벽이 닿는 것을 느꼈다. 왕자가 거칠고 뜨겁게 그를 벽으로 밀어붙였던 것이다.

아주 천천히 왕자의 짓궂은 손이 잔틱의 옷 아래로 미끄러져 들어갔고, 일순 방 안 공기가 후끈 달아올랐다. 두 사람은 하나씩 옷을 벗어 바닥에 내던졌다. 둘 다 발가벗자 왕자는 잔틱을 안아 들고 침대로 갔다.

"사랑을 나누는 법을 알려줄게요." 왕자가 말했다.

"네, 좋아요." 잔틱이 대답했다.

그렇게 둘은 사랑을 나누기 시작했다. 첫 경험을 치르며 잔틱은 고통과 환희 사이를 오가는 교성을 질러댔다. 그 소리에 로시나는 방문 앞에 서서 한참을 고민했다. 그러다 (잔틱이 깜빡하고 걸어 잠그지 않은) 방문을 열어보니 잔틱이 혼자 침대 위에서 벌거벗은 채 들썩거리고 있었다. 그 광경에 로시나는 다시 서글픈 심정이 되어 고개를 저으며 가만히 문을 닫고 나왔다. 그 와중에도 왕자는 잠시도 잔틱의 피 흘리는 가랑이 사이를 탐하기를 멈추지 않았고 잔틱은 환희에 찬 교성을 질러댔다.

왕자는 언제나 창문으로 들어왔지만 잔틱은 늘 베란다에서 그를 기다렸다. 그리움을 견딜 수 없어서, 왕자가 도착하는 그 순간을 보고 싶어서였다. 둘은 만날 때마다 사랑을 나누었다. 때로는 두 번씩 사랑을 나누기도 했고 그러면 세상에서 가장 축복받은 연인들처럼 행복해졌다. 잔틱은 로시나가 왕자를 보지 못하는 것에 크게 놀라지 않았다. 심지어 무덤에서 살아 돌아온 데위 아유도 방문을 부수고 들어왔지만 왕자를 보지 못했다. 이상한 일이 매일 밥먹듯 벌어지는 집이 아니던가. 잔틱이 보는 천사 노인을 로시나는 한 번도 못 보지 않았던가.

그리하여 잔틱은 아이를 뱄다.

하지만 임신한 것을 알고도 잔틱은 왕자가 오기만을 기다렸고 둘은 사랑을 나누었다. 그는 지금의 행복이 망가질까 너무 두려워 왕자에게는 임신 소식을 알리지 않았다.

데위 아유가 다시 한 번 망자들의 세계로 돌아가고 얼마 지나지 않은 어느 날이었다. 잔틱과 왕자는 사랑을 나누고 벌거벗은 채 누워서 쉬던 중이었다. 갑자기 문이 부서지더니 한 사내가 공기총을 들고 나타났다. 키가 작고 통통한 그 사내 주위에는 슬픈 기운이 감돌았다. 그는 잔틱의 얼굴을 보고 잠시 몸을 부르르 떨었지만 금세 왕자에게 눈길을 돌리더니 분노에 차 소리쳤다.

"네 이놈! 렝가니스를 죽인 놈! 내가 복수하러 왔다!"

왕자는 미처 몸을 피하지 못했다. 날아온 총알이 정확히 그의 이마 한가운데에 박혔다. 그는 죽어가며 침대 위로 쓰러졌다. 총을 든 남자는 다시 장전을 하더니 또 왕자를 쏘았다. 그는 분노와 원한에 차 다섯 발을 더 쏘았고 잔틱은 계속 비명을 질러댔다.

사람들은 그가 외할머니 집에 갔다가 총에 맞아 죽은 줄로만 알았다.

크리산의 장례식에는 온 가족이 다 참석했다. 아딘다는 슬픔에 섰있다. 이제 완벽했다. 알라만다는 쇼단초와 아이니를 잃었고, 마야 데위는 마만과 렝가니스를 잃었고, 이제 아딘다는 클리원 동지를 먼저 보내고 크리산을 잃었다. 셋 다 사랑하는 사람을 모두 잃었다.

세 자매는 부디 다르마 공동묘지로 가는 크리산의 관을 뒤따랐다. 가는 길에 알라만다와 마야 데위는 아딘다를 위로했다.

"우리는 저주받은 가족 같아." 아딘다가 울먹였다.

"저주받은 가족 같은 게 아냐. 우리야말로 정말로 저주받은 가족이지." 알라만다가 바로잡았다.

늙은 카미노가 아딘다의 청대로 아버지의 묘 바로 옆에 크리산의 묘를 팠다. 아딘다는 그 옆자리를 자신의 자리로 미리 사두었다.

보통 여자들은 묘지까지 따라가지 않게 마련이다. 여자들은 오래전 파리다가 그랬듯 망자와 각별했던 이가 이별을 받아들이지 못할 때나 장지에 갔다. 그러나 크리산의 관을 따라가는 사람은 세 자매와 여섯 사내뿐이었다. 사내들은 관을 든 이웃과 망자를 위해 기도해줄 이맘이었다.

세 자매는 검은 상복을 입었고, 해질녘이라 햇살이 강하지도 비가 오지도 않는데 양산을 써 사람들의 눈을 피했다. 그렇게 셋뿐이었다. 시간이 좀 지나자 멀리서 검은 점 두 개가 보이기 시작했다. 점 두 개가 점점 더 가까워지더니 상복을 입은 두 여인이 됐다.

더 놀랄 일은 두 여인이 크리산의 장례식에 참석하러 왔다는 것이었다. 이제 막 시신이 내려지고 흙으로 덮을 참이었다. 자매들은 그들의 등장에도 놀랐지만 그중 한 여인의 흉측한 얼굴을 보고는 더 놀랐다. 처음에는 묘지에 사는 귀신인 줄만 알았다. 그러다가 자매는 금방 데위 아유의 막내딸에 대한 소문을 기억해냈다. 한 번도 본 적은 없지만 괴물처럼 흉측하다고들 하지 않던가. 그 괴물 같은 여자는 크리산의 죽음에 꽤나 충격을 받은 모양이었다. 그는 눈물을 쏟으며 수의에 싸인 크리산을 보내지 않겠다는 듯 애타게 바라보았다. 시신은 이제 거의 흙에 덮여갔다. 못생긴 여인은 어쩐지 어미인 아딘다보다 더 서러워 보였다.

그에게 말을 건 것은 알라만다였다. "댁이 잔틱인가요?"

잔틱이 고개를 끄덕이며 대꾸했다. "알라만다, 아딘다, 마야 데위 언니시죠?"

"우리는 모두 데위 아유의 딸들이야." 알라만다는 흉측한 얼굴에 개의치 않고 잔틱을 끌어안았다.

잔틱이 다시 입을 열었다. "언니들에게 하나 남은 조카마저 떠나서 얼마나 상심이 크세요."

장례가 모두 끝나고 다 같이 잔틱과 로시나가 사는 데위 아유의 집으로 갔다. 집을 둘러보고 어린 시절 사진과 어머니의 사진을 돌려보고 힘들었던 지난 시절을 떠올리며 눈물지었다. 이제 모두 버려진 고아 신세였다. 이제 자매들에게는 서로와 다시금 쌓아올려야 할 우애밖에 남은 것이 없었다.

"엄마는 다시 돌아오셨지만 오래 계시진 않았어요. 크리산이 죽기 전에 다시 떠나셨죠." 잔틱이 말했다.

"죽은 사람들이란 그러기 마련이지. 내 남편도 죽은 지 3일 후에 돌아왔었지." 마야 데위가 말했다.

그 후로도 자매들은 각자 제 집에서 조용히 살아갔다. 하지만 서로 찾아가며 마음을 달랬다. 장례식에 모습을 드러낸 후로 잔틱은 언니들을 찾아가기 시작했다. 그는 이제 남들의 시선 따위는 신경 쓰지 않고, 긴 옷을 입고 얼굴을 가리는 베일을 쓰고 밖에 나다녔다. 자매들은 그런 삶을 감사히 누렸다. 과거의 불행은 잊고 서로를 사랑하고 감사하며 살아갔다.

그렇게 자매들은 늙어갔고 사람들은 자매들을 가리켜 "떼과 부"라고 부르곤 했다.

그러나 자매들은 서로 사랑하며 행복하게 잘 살았다.

임신 6개월째에 잔틱은 조산을 했고 아기는 한 번 울어보지도 못하고 죽었다. 언니들과 로시나가 뒤뜰에 아기를 묻어주었다.

"묻기 전에 아기 이름을 지어주지 않을래?" 알라만다가 물었다.

"이름이 있으면 더 가슴 아플 거예요."

"애 아버지가 누군지 물어봐도 되겠니?" 아딘다가 물었다.

"내 왕자님이요."

자매들 사이에는 아직 말하지 않은 것이 많았다. 아딘다가 다 알고 있지만 알라만다는 클리윈 동지와의 부정을 결코 털어놓지 않았다. 그래서 언니들은 잔틱의 왕자님이 누구인지 애써 알아내려 하지 않았다.

아기는 묻혔고 자매들은 계속 그렇게 살아갔다. 서로 사랑하고 서로의 비밀을 지켜주며 그렇게 살아갔다.

렝가니스의 시체가 발견되자 크리산은 누군가 제 소행을 알아낼까 두려워졌다. 침대 밑에 아이니의 시체까지 감춰둬서 두려움은 점점 더 커졌다. 쇼단초가 분노에 차 미친 사람처럼 딸의 시체를 찾아 사방을 들쑤시고 다니는 중이었다.

시신을 무덤에 다시 돌려놓을까 생각해봤다. 하지만 딸의 무덤이 파헤쳐진 후 쇼단초가 무덤에 보초를 세워놓았기 때문에 그건 불가능한 일이었다. 아이니를 무덤에 돌려놓는 것은 너무 위험했다. 크리산은 누가 알기 전에 침대 밑에 있는 시체를 없애야 한다는 생각 때문에 완전히 정신이 나가버렸다.

하루 종일 방문을 걸어 잠그고 방에서 나오지 않았다. 혹시라도 어머니나 할머니가 방에 들어와 침대 아래에서 희미하게 피어오르는 향내가 무엇인지 들춰볼까 두려웠다. 어머니나 할머니가 방 청소를 한다고 할까봐 안 하던 청소마저 제 손으로 했다.

다음에는 사랑하는 소녀의 몸둥이를 토막 내볼까 생각해봤다. 이리저리 토막을 내면 여기저기 버리기 쉬울 것이다. 개들이 먹어버리면 시체는 영원히 발견되지 않을 테니 무덤에 시체를 돌려놓는 쪽보다 훨씬 안전할 테다. 하지만 아이니의 아름다운 얼굴을 보고 있자면, 죽어서도 한 치도 썩지 않은 그 아이가 지금이라도 깨어나 눈을 비빌 것만 같아 도저히 그럴 수가 없었다. 아이니를 너무나 사랑했기에 그 애를 토막 내고 있는 자신을 상상만 해도 눈물이 쏟아졌다. 칼까지 준비했지만 내려칠 용기가 없어 그만두었다. 그는 아이니를 다시 수의에 고이 싸서 침대 밑에 밀어넣었다.

한때는 제가 저지른 죄를 모두 고백해버릴까 하는 절박한 심정까지 몰렸다. 그러다가 묘안이 떠올랐다. 그렇게 아이니에게 작별을 고하자고 마음먹었다.

렝가니스와 함께 아이니의 시체를 가지고 바다에 갔던 그날처럼 시체에 제 옷을 입혔다. 새벽이 오기 전 시체를 등에 업은 채 자전거를 타고 바닷가로 나갔다. 전에 훔쳐 탔던 그 배에 다시 올랐다. 그리고 바다 한가운데로 아이니의 시체를 데려갔다. 하지만 이번에는 시체만이 아니라 제 머리통보다 두 배는 큰 돌 두 개도 가져갔다.

동틀 무렵 크리산의 배는 렝가니스를 죽인 그 자리에 이르렀다. 그 바다는 너무나 깊어서 상어조차도 아이니를 발견할 수 없을 것이다. 그는 아이니의 몸에 큰 돌 두 개를 단단히 묶었다. 눈물이 줄줄 흐르고 마음은 돌처럼 무거웠지만 이 일은 꼭 해야만했다. 어찌나 꽁꽁 묶었던지 주둥이가 날카로운 새치도 밧줄을자를 수 없을 정도였다. 시체를 던지자 돌 두 개의 무게만큼이나빠르게 아이니는 바닷속으로 흔적도 없이 가라앉았다. 쇼단초가몇 백 년 동안 딸을 찾아다닌대도 영원히 찾을 수 없을 것이다.

크리산은 마음이 무거웠지만 동시에 안도하며 집으로 향했다. 가는 길에 혼자 노를 젓는 어부와 마주쳤다.

"바다에서 혼자 무엇을 하는 게냐? 배에는 고기 한 마리없이."

바다에서 혼자 무엇을 하는 게냐? 배에는 고기 한 마리 없이.

"시체를 버렸어요." 크리산은 어디까지 무엇을 아는지 모르겠는 노인의 목소리에 소름이 돋는 것을 느끼며 곧이곧대로 대답했다.

"아름다운 여자 때문에 상처를 받았나? 하. 하. 하. 얘야, 그렇다면 말이다. 못생긴 여자를 찾아보렴. 그런 여자는 절대 상처를주지 않는단다."

아름다운 여자 때문에 상처를 받았나? 하. 하. 하. 얘야, 그렇다면 말이다. 못생긴 여자를 찾아보렴. 그런 여자는 절대 상처를주지 않는단다.

그 말만 남기고 어부는 반대편으로 사라졌다. 하지만 크리산은 노인이 한 말을 오랫동안 생각해보았다. 자전거를 세워둔 곳에 이르자 혼자 이렇게 중얼거렸다. "어쩌면 맞는 소리인지도 몰라. 못생긴 여자를 찾아봐야겠다. 세상에서 제일 못생긴 여자로."

데위 아유가 악령을 처치하고 얼마 지나지 않아 킨킨은 렝가니스의 무덤에서 자일랑쿵으로 혼령을 불러냈다. 방해하던 악령이 사라졌으니 이번에는 성공하리라 믿어 의심치 않았다. 렝가니스의 혼령이 들어올 나무인형을 무덤 위에 흙으로 잘 고정시켰다. 킨킨이 주문을 외우자 곧 인형이 흔들렸다. 혼령이 불려나왔다는 신호였다. 하지만 인형은 심하게 떨리더니 거의 쓰러질 뻔했다. 혼령이 화가 났다는 뜻이다. 킨킨은 혼령을 달래려고 해보았지만 렝가니스는 버럭 화를 냈다.

"이 멍청이, 뭐하는 짓이야?"

"너를 부르고 있지."

"그건 나도 알아. 하지만 잘 들어. 아무리 그래봐야 너는 나랑 결혼할 수 없어."

"나는 누가 널 죽였는지 알고 싶을 뿐이야. 제발 널 대신해 복수하게 해줘."

나무인형, 곧 렝가니스가 대꾸했다. "네가 천 년을 더 산대도 누가 날 죽였는지 얘기해주지 않을 거야."

"왜? 내가 복수해주는 게 싫어?"

"난 그이를 너무나 사랑하거든."

"그렇다면 내가 그놈을 죽이면 너희는 저세상에서 만날 수 있잖아."

"개수작하지 마." 렝가니스는 사라져버렸다.

그러나 결국 킨킨은 렝가니스가 아니라 누군지도 모르는 혼령에게서 진실을 알아내고 말았다. 그는 이제 악령이 사라졌으니 어떤 혼령이든 진실을 말해주겠거니 생각하고 아무 혼령이나 불러내보았다. 불려나온 혼령은 늙고 병약해 보였으나 목소리에는 강단이 있었다.

"하. 하. 하. 내 예전만은 못하다만 돌아왔단다. 얘야."

하. 하. 하. 내 예전만은 못하다만 돌아왔단다. 얘야.

"누가 렝가니스를 죽였는지 아세요?" 킨킨이 물었다.

"그럼. 그 애를 죽인 건 크리산이야. 렝가니스를 정말로 사랑했다면, 네놈이 불알 단 사내라면 그놈을 죽여라. 하. 하. 하."

그럼. 그 애를 죽인 건 크리산이야. 렝가니스를 정말로 사랑했다면, 네놈이 불알 단 사내라면 그놈을 죽여라. 하. 하. 하.

그리하여 그는 잔틱의 침실에서 크리산에게 공기총 다섯 발을 쏘아 죽이게 되었던 것이다.

그리고 킨킨은 7년간 감옥에서 다른 죄수들에게 시달리며 험한 세월을 보냈다. 일주일에 한 번꼴로 후장을 따이고 매일같이 두들겨 맞았다. 끼니때마다 배식은 절반 넘게 빼앗기고 불쌍한 아비가 넣어둔 차입품은 흔적도 없이 사라지곤 했다. 그러나 그 모든 고난 속에서도 그는 행복했다. 처음 보는 순간부터 사랑했던 소녀를 죽인 범인을 처단하고 진정한 사랑의 임무를 완수했기 때문이었다.

그렇게 7년이 흐르고 킨킨은 모범수로 사면됐다. 지치고 수척한 몰골로 바깥세상에 돌아왔다. 긴 머리는 헝클어지고 얼굴에는 뼈와 살가죽만 남아 이마와 턱이 튀어나왔다. 남들 눈에는 산송장 같아 보였지만 그는 자유의 공기를 들이마시며 진정한 해방감을 느꼈다.

감옥에서 사복과 약간의 식비, 교통편도 내주었지만 그는 옷도 갈아입지 않고 넝마를 걸친 채로 걸었다. 받은 사복을 접은 그대로 손에 들고 식비로 받은 돈은 주머니에 넣었다. 그는 조금도 시간을 지체할 수 없었다. 집으로 가서 그자가 묻힌 자리를 확인해야 했다.

마침내 클리원 동지의 무덤 옆에서 크리산의 무덤을 찾았다. 묘비에 이름이 또렷이 써 있으니 틀릴 리 없었다. 킨킨은 새 묘비명을 만들었다. 원래 있던 묘비명을 떼어버리고 제가 만든 것으로 바꾸었다.

거기에는 이렇게 쓰여 있었다. **개(1966~1997)**

여러 해 동안 크리산은 못생긴 연인을 두는 것에 대해 곰곰이 생각해보았다. "못생긴 여자가 어때서? 밤일하는 데 추녀랑 미녀가 다를 게 뭐람." 그리고 사람들이 데위 아유의 막내딸에 대해 수군대는 말을 기억해냈다. 못생기기로는 세상에 그런 흉측한 형상은 없다고들 했다. 외할머니 데위 아유의 딸이니 잔틱이라는 추녀는 제 이모였지만 상관없었다. 사촌과도 붙어먹었는데 이모랑 좀 붙어먹는다고 뭐 달라질 게 있는가?

그리하여 어느 날 밤 외할머니 집으로 가서 베란다에서 누군가를 기다리는 것처럼 앉아 있는 그 추녀를 보았다. 어떻게 다가가야 할지 몰라 며칠 동안은 그냥 그렇게 어둠 속에서 훔쳐보기만 했다. 일곱째 날이 되어서야 울타리를 지나 마당을 건너갈 용기가 났다. 마당 구석에서 딴 장미 한 송이를 꺾어 잔틱에게 건넸다.

"받아줘요, 잔틱."

그 후로는 만사가 순조로웠다. 그리고 마침내 잔틱을 침대에 쓰러뜨렸다. 둘은 몸을 섞고 또 섞었다. 다를 것이 무엇이란 말인가, 일단 여자 몸에 들어가면 느낌은 똑같았다. 아름다운 렝가니스의 몸에 들어가나 못생긴 잔틱의 몸에 들어가나 다를 것이 없었다. 모든 것이 똑같았다. 모두 제 연장이 정액을 토해 내게 만들었다. 크리산은 계속 못생긴 잔틱과 몸을 섞었다. 그의 말대로라면 "잔틱을 따먹었다". 잔틱이 애를 밴 것을 알고 나서도 "계속 따먹었다".

어느 날 잔틱이 물었다. "왜 나를 원해?"

솔직히 말해야 할지 아닌지 모르면서도 그는 대답했다. "너를 사랑하니까."

"이렇게 못생긴 나를 사랑해?"

"응."

"왜?"

"왜"라는 질문에 답하기란 늘 어려운 일인지라 그는 대답하지 않았다. "어떻게"라는 질문이 더 쉬웠기에 거기에만 답할 수 있었다. 제 사랑을 증명해 보이려고 그는 감언이설을 늘어놓으며 잔틱을 쓰다듬었다. 아무리 못생겼거나 역겹고 무시무시해도 그는 개의치 않는다고, 모든 것이 만족스럽고 살아오면서 이렇게 행복했던 적이 없다고 말했다. 하지만 잔틱은 만나서 사랑을 나눌 때마다 "왜?"냐고 물었다. 크리산은 묵묵부답이었다. 그는 답을 알았지만 말하고 싶지 않았다. 하지만 죽기 바로 전날 밤 그는 실토하고 말았다.

네 번째 고백: "아름다움 그것은 상처니까."

아름다움 그것은 상처니까.

예기치 않은 운석처럼 등장한 작가

에카 쿠르니아완은 1975년 11월 28일 인도네시아 서부 자바의 작은 마을에서 태어났다. 그날은 포르투갈의 식민지였던 동티모르가 독립을 선언한 날이기도 했다(열흘 후 인도네시아 군부는 동티모르를 강제 합병했고 그날부터 27년간 이어진 독립투쟁이 시작됐다). 어린 시절 에카는 외딴 시골마을에서 외조부모 손에서 자랐고, 외할머니와 먼 친척인 동네 할머니가 해준 옛날이야기와 라디오에서 나오는 지역 민담을 들으며 처음으로 이야기의 세계에 매혹됐다. 초등학교 4학년이 되어서야 팡안다란의 부모에게 옮겨갔다. 서부 자바(순다)에 속하는 팡안다란은 중부 자바(자바)와의 경계에 있어 두 문화와 언어가 공존하는 작은 읍소재지였다(가상의 도시 할리문다와 닮은 점이 많은 곳이기도 하다). 그곳에서 에카는 도서 대여점이나 노점에서 구한 무협, 호러 등 다양한 싸구려 장르 소설을 탐독하며 시골마을에서 접한 것과는 다른 종류의 이야기의 세계에 빠져들었다.

이후 에카는 가자마다대학교 철학과에 입학하면서 중부 자바의 족자카르타로 가게 됐다. 대학에서 철학 공부는 뒷전이었고 도서관에서 세계문학 작품을 찾아 읽는 일에 열중했다. 멜빌, 마르케스, 고골, 도스토옙스키, 체호프, 세르반테스 등 대작가들의 작품을 읽으며 다른 차원의 이야기, 곧 문학의 세계와 만났다. 특히 노벨상 수상 작가 크누트 함순의 《굶주림》을 읽고 작가가 되어야겠다고 결심했다고 한다.

한편 전국 각지에서 학생들이 몰려드는 대학 도시인 족자카르타는 학생운동의 중심지이기도 했다. 1990년대 운동권들의 주력 사업 중 하나는 금서였던 프라무댜 아난타 투르의 '부루 4부작' 해적판을 대학가에 유포하는 것이었다. '부루 4부작'은 프라무댜가 부루섬의 수용소에 갇혀 있던 동안 쓴 대작으로 실존 인물을 모델로 한 주인공이 근대적 개인으로 성장하는 과정을 통해 인도네시아 민족주의와 사회주의의 기원을 밝혀낸다. 독재정권이 공식 역사와 집단 기억에서 지워버린 바로 그 역사와 기억을 불러와 독재에 맞서는 새로운 정치적 상상력을 제공한 것이다. 그래서 이 책은 에카가 속한 세대의 정신세계를 형성하는 데 중요한 역할을 했다. 에카도 부루 4부작을 읽고 깊이 감동받아 철학과 졸업논문으로 〈프라무댜 아난타 투르와 사회주의 리얼리즘 문학〉이라는 논문을 쓰기도 했다. 또한 글을 쓴다면 프라무댜처럼 인도네시아에 대한 이야기를 쓰겠다고 마음먹었다고 한다.

1998년 아시아 금융·위기가 인도네시아를 강타한 이래 연일 이어진 폭동과 격렬한 시위 끝에 수하르토가 사임하고 32년의 '신질서' 독재 시대가 막을 내렸다. 이제 인도네시아는 새로운 에너지로 들끓기 시작했다. 특히 검열이 실질적인 힘을 잃으면서 문화예술 분야가 폭발적으로 성장하고 독서 대중의 수가 비약적으로 증가했다. 바로 이 시기에 에카는 첫 단편집《화장실 벽의 낙서》(2000년)와 첫 장편소설《아름다움 그것은 상처》(2002년)를 발표했다. 두 작품으로 그는 일약 인도네시아 문단의 스타가 되었으나 인도네시아 바깥의 세계가 그를 주목하기까지는 10년이 넘는 세월이 더 걸렸다.

마침내 2015년《아름다움 그것은 상처》와 두 번째 장편《호랑이 남자》가 영어로 번역되었다. 마침 그해 프랑크푸르트 도서전 주빈국은 인도네시아였고 전 세계 출판 관계자들은 뒤늦게야 두 작품의 거침없는 상상력과 독창성에 놀라게 된다. 2016년 두 번째 장편《호랑이 남자》가 인도네시아 작가 최초로 맨부커 인터내셔널 부문 후보에 오르면서 다시 한 번 전 세계 출판계를 놀라게 한다. 두 작품의 판권이 30여 개국 이상에 팔려나갔고 순식간에 에카 쿠르니아완은 전 세계가 주목하는 작가로 떠올랐다. 그야말로 예기치 않은 운석 같은 등장이었다.

와양의 세계와 달랑의 목소리

스물일곱 살에 쓴 첫 장편《아름다움 그것은 상처》에는 작가의 세계를 형성해준 서로 다른 이야기의 세계들이 차곡차곡 깔려 있다.

어린 시절 시골마을에서 지역의 구전설화, 10대 시절 탐독한 장르 소설, 대학 도서관에서 만난 세계문학의 세계 그리고 프라무댜로 인해 촉발되었을 인도네시아 역사에 대한 관심이 그것들이다. 또한 본문에서 여러 번 언급되는 와양의 세계는 가장 밑바탕에 깔린 뼈대 같은 구조라고 할 수 있다.

와양은 인도네시아인 특히 자바인과 순다인(그리고 발리인)의 가치와 형이상학이 투영된 서사이자 고도로 발달한 공연예술이다. 와양은 달랑이라고 불리는 공연자가 흰 천으로 된 스크린 뒤에서 소가죽을 얇게 펴 정교하게 세공해 만든 인형을 움직이며 이야기와 노래를 들려주는 방식으로 진행한다. 관객은 스크린에 비친 그림자를 보게 되기 때문에 흔히 그림자인형극이라고 부른다. 보통 중요한 의례가 있을 때 저녁부터 새벽까지 밤새도록 공연하며, 주로 산스크리트 대서사인 《마하바라타》와 《라마야나》를 주제로 하지만 《마하바라타》의 인기가 월등하다. 인도네시아화된 《마하바라타》에는 산스크리트 서사에는 없는 어릿광대 같은 삼부자가 등장하고 등장인물의 이름 또한 인도네시아식이다. 서구인들이 사건을 설명하는 데 성경을 인용하고 성경의 등장인물 이름을 따 자식의 이름을 짓듯이, 인도네시아인은 와양을 인용하고 와양의 등장인물 이름을 따 자식의 이름을 짓는다.

와양에서 달랑의 역할은 절대적이다. 달랑은 양손으로는 가죽인

형을 움직이고 입으로는 이야기를 전하고 등장인물의 대사를 읊고 발로는 딱딱이를 치며 공연 전체를 관장한다. 전투 장면을 얼마나 실감나게 묘사하는가, 얼마나 관객을 웃기는가 등은 전적으로 달랑의 역량에 달렸다. 또한 달랑은 즉흥적으로 시사적 사안에 대해 발언하거나 정부를 찬양 또는 비판하는 등 자신의 정치적 입장을 드러내기도 한다. 즉 와양에서 현실 사건과 역사는 끊임없이 재해석되어 새로운 이야기가 되거나 기존의 이야기에 합쳐진다. 그런 면에서《아름다움 그것은 상처》의 화자는 와양의 달랑과 무척이나 닮아 있다. 전지적 작가 시점의 이 화자는 작품 구석구석에 개입하고 등장인물의 내력과 내면을 모두 간파할 뿐 아니라 텍스트 안에서 그 존재를 드러내는 데에도 거리낌이 없다. 무엇보다 이질적인 요소들을 끌어와 기상천외하고 다층적인 하나의 이야기로 엮어내면서 역사적 사건을 재해석하는 화자는 작품 전체의 분위기를 이끌어나간다.

또한《아름다움 그것은 상처》의 주인공은 와양의 주인공처럼 믿을 수 없을 만치 아름답거나 괴물처럼 추악하거나, 불패의 게릴라 군인이나 불사의 깡패 혹은 매력적인 공산주의자와 같이 그 자체로 어떤 가치를 온전히 체현하는 전형적 인물이다.《마하바라타》가 반쯤은 신이고 반쯤은 인간인 형제들의 모험과 피할 수 없는 운명의 대결을 다룬 대서사라면,《아름다움 그것은 상처》는 비범한 여주인공과 그 딸들이 운명에 맞서 싸우는 여정을 그린 대서사다(데위 아유의 이름에서 '데위'는 여신을 뜻하는 산스크리트어라는 점을 기억하자).《아름다움 그것은 상처》가 취하는 서사의 구조와 화자의 목소리는 전근대적 서사의 그것을 취하고 있으나 그 안에 담긴 내용은 아무도 상상 못한 새로운 것이다. 이렇게 옛것과 새것을 엮어 익숙한 듯 낯선 무엇으로 만들어내는 솜씨야말로 에카가 이야기꾼으로서 탁월한 지점이다.

인도네시아라는 '상상된 공동체'

흔히 언론에서 에카 쿠르니아완을 "귄터 그라스, 가브리엘 가르시아 마르케스, 살만 루슈디의 문학적 자식"이라고 평하고, 작가도 그런 평가를 영광으로 받아들인다. 마술적 리얼리즘으로 분류되는 것에 대해서도 라틴아메리카와 인도네시아의 경험과 역사가 다르기 때문에 같은 선상에 놓을 수는 없겠지만, 그편이 독자들의 이해를 돕는다면 문제될 것이 없다는 입장이다. 마르케스의《백 년 동안의 고독》이나 루슈디의《한밤의 아이들》같은 마술적 리얼리즘의 걸작은 한 가족의 역사를 통해 한 나라의 역사를 은유적으로 보여주지만 독자들이 그 황당무계한 이야기를 즐기는 데 역사적 지식이 반드시 필수적이지는 않다. 따라서 인도네시아의 역사를 모른다고 해서 이 작품 자체를 즐기는 데 큰 장애가 되지는 않겠지만, 이 이야기와 역사 세계가 만나는 지점이 어디일지 궁금할 독자들을 위해 간략하게나마 인도네시아라는 민족국가가 형성된 과정을 소개하고자 한다.

우리가 지금 인도네시아라고 부르는 국가의 기원은 네덜란드령 동인도다. 네덜란드령 동인도 이전의 영토에는 각기 다른 문화를 지닌 다양한 종족이 세운 크고 작은 왕국과 부족국가가 난립했으나 통일된 국가가 성립한 적은 없었다. 1602년 네덜란드는 당시 어마어마한 이윤을 남기던 국제 향료무역을 독점하기 위해 네덜란드령 동인도회사를 설립했다. 이 회사와 바타비아를 거점으로 자바를 장악하고 지속적으로 영향력을 확대해 1920년경 현재의 영토를 완성했다. 한편 자바의 토착 귀족인 프리야이와 공모해 원주민의 노동과 토착 귀족의 관리감독으로 차와 설탕 등 돈벌이 작물을 생산하는 이중 착취 구조인 강제재배제도를 구축했다. 네덜란드는 이렇게 뽑아낸 초과 이윤을 바탕으로 막대한 부를 축적했지만 수탈에 시달리던 원주민의 삶은 비참하기 짝이 없었다. 그 실상은 한 네덜란드인 식민 관료가 필명으로 1860년 발표한 소설《막스 하벨라르》에 잘 그려져 있다.

1901년 식민지를 이윤 추구의 장소로만 여기지 않고 식민지 신민의 복리도 염려하겠다는 이른바 윤리적 통치가 선포됐다. 원주민의 삶은 크게 달라지지 않았지만 제한적으로나마 원주민들은 유럽식 교육을 받을 기회를 얻었고, 이는 돌이킬 수 없는 결과를 낳았다. 교육을 받은 소수의 엘리트들은 이전 세대와는 완전히 다른 '세계관'을 가진 주체가 되었고, 이들 중에서 20세기 민족주의 운동을 이끈 지도자들이 나왔기 때문이다. 이렇게 싹트기 시작한 민족주의와 '인도네시아'라는 '상상된 공동체'에 대한 구상은 식민주의에 대한 식민지의 근대적 응답이었다. 식민지 이전에 통일된 국가가 존재하지 않았던 인도네시아 같은 곳에서 민족주의란, 영토 안에 피식민지인 모두를 포괄하는 광의의 민족주의로 전근대의 모순과 식민지 모순을 동시에 극복하는 것이어야 했다. 그러나 이 기획이 넘어야 할 장애물은 한두 가지가 아니었고 민족주의 지도자들 안에서도 공산주의자, 민족주의자, 무슬림의 입장이 날카롭게 충돌했다. 수카르노는 이런 상충하는 세력이 함께할 수 있다는 믿음을 주는 수사법을 구사하며 국민당을 창당하고 반식민주의 세력을 이끌었다.

1942년부터 1945년까지 일본 점령기는 네덜란드 식민통치 기간에 비하면 아주 짧은 시간이었지만, 인도네시아라는 국가의 틀을 형성하는 데는 중요한 역할을 했다. 일본은 서구 제국주의에 반대한다는 명분으로 '범아시아'를 내세우며 인도네시아어 사용을 장려하고 민족주의자들과 협력했을 뿐 아니라, 원주민 군대를 조직하고 동원하기 위해 마을과 지역 공동체를 구획하는 등 근대국가의 뼈대가 되는 작업을 진행했기 때문이다.

일본이 항복한 이틀 후인 1945년 8월 17일 수카르노와 하타가 독립을 선언했으나 네덜란드는 인도네시아를 되찾겠다며 돌아왔다. 식민 세력을 몰아내기 위한 인도네시아의 '혁명'은 4년을 끈 길고 혼란한 싸움 끝에 네덜란드가 인도네시아에서 손을 떼는 것으로 마무리되었다.

독립 후 10년 가까이 벌인 의회민주주의 실험은 거듭되는 지역 반란으로 파산을 맞았고, 수카르노는 독재적인 교도민주주의를 내세우며 반제국주의 친공산당 노선을 강화하기 시작했다. 코민테른은 아시아 신생국의 공산주의자들에게 서구 제국주의에 맞서기 위해 먼저 민족부르주아지와 협력해 민족국가를 세우라는 명령을 내렸다. 인도네시아공산당은 이 명령을 따라 수카르노와 협력하면서 공산권 밖에서 가장 큰 공산당으로 성장했고 선거에서도 최대 정당으로 떠올랐다.

그러나 1965년 9월 30일 친공산당 쿠데타 시도가 실패하고 인도네시아 역사에서 가장 끔찍한 암흑기라 할 공산주의자 학살이 벌어졌다. 쿠데타의 내막도 학살의 규모도 여전히 정확히 밝혀지지 않지만, 최소 10만 명에서 최대 200만 명 이상이 희생당했다고 한다. 아주 최근 기밀 해제된 문서에 따르면 미국은 이 학살을 알면서도 방조했으며 반서방 성향의 수카르노가 몰락하고 친미 정권이 들어선 데 환호한 것으로 밝혀졌다.

학살이 끝나고 들어선 수하르토의 '신질서' 정권은 역설적으로 인도네시아를 전쟁 이전으로 돌려놓았다. 식민지 시기 지배층이 다시 권력의 중심으로 돌아온 것이다. 군인과 깡패와 중국계 자본이 결탁한 지배층이 중앙을 장악했고, 전근대적 사회 위계가 지역을 지배했다. 혹자는 이 시기에 정치가 안정되고 경제가 성장했다고 주장하지만, 수하르토 정권이 저지른 인권 유린과 부정부패는 유례를 찾을수 없을 만큼 대단한 규모였다. 특히 1975년 포르투갈에서 독립한 동티모르를 무력으로 침략해 강제 합병한 일은 피식민지였던 국가가 약소국을 무력으로 점령해 식민지로 삼은 최악의 무력 침공이었다. 또한 수하르토 일가의 부정축재 규모는 전 세계 다른 독재자들이 따라올 수 없을 정도로 천문학적인 액수라고 한다. 지배층 내부의 반목과 충돌 속에서도 32년간 지속된 철권통치는 1998년 아시아를 강타한 금융위기로 야기된 대규모 시위와 폭동으로 수하르토가 사퇴하면서 종말을 고하는데 소설 속의 '개'가 살았던 1966년~1997년과 시기상 거의 일치한다.

　에카 쿠르니아완의 이름을 처음으로 들은 것은 8년 전 싱가포르에서였다. 인도네시아 정치사 수업을 마무리하면서 우리는 베네딕트앤더슨의 〈엑시트 수하르토Exit Suharto〉*라는 글을 읽었다. 수하르토정권의 미움을 사 27년 동안 인도네시아에 입국 금지되었던 노학자가, 40년 묵은 지독한 원한을 가득 담아 독재자의 죽음 앞에 덩실덩실 춤을 추며 바치는 축사 같은 글이었다. 그 글의 말미에서 그는 에카 쿠르니아완을 인도네시아의 대문호 프라무댜 아난타 투르의 후계자로 지목한다. 또한《아름다움 그것은 상처》와《호랑이 남자》의 악몽 같은 줄거리와 등장인물들을 보며 희망은 없다고 느끼겠지만 "순연하게 아름답고 우아한 언어와 충만한 상상력에서 첫눈 내리는 겨울 하늘을 바라볼 때와 같은 설렘"을 느끼게 된다고 했다. 그 후 인도네시아에 가자마자 내가 제일 먼저 한 일은 그 소설 두 권을 구해 읽는 것이었다. "3월 어느 주말 해질녘, 스물한 해 동안 죽어 있던 데위 아유가 무덤에서 일어났다"는 첫 문장부터 뭔가 굉장한 일이 벌어질 것만 같은 기대 속에 소설을 읽어 내려갔다. 책을 다 읽고 멍하니 오토바이 행렬을 바라보다가 갑자기, 언젠가는 이 책을 한국어로 꼭 번역하고 싶다고 생각했다. 그러나 그날이 이렇게 빨리 올 줄은 몰랐다. 그런 예기치 않은 기회를 만들고 함께 고생해주신 오월의봄 편집부에 감사드린다.

2017년 12월
박소현

---

* *New Left Review* 50, Mar Apr 2008. https://newleftreview.org/issues/II50/articles/benedict-anderson-exit-suharto.